# Guérisseur

## Les Îles Glorieuses

\*\*

Glenda Larke

# Guérisseur

## *Les Îles Glorieuses*

\* \*

*Traduit de l'anglais (Australie)
par Mélanie Fazi*

ÉDITIONS FRANCE LOISIRS

Titre original : Gilfeather The isles of glory, book 2
L'édition originale est parue en 2004 en Australie chez Voyager

Édition du Club France Loisirs,
avec l'autorisation des Éditions Pygmalion

Éditions France Loisirs,
123, boulevard de Grenelle, Paris
www.franceloisirs.com

*Ce livre est pour toi, Natasha,*
*avec tout mon amour,*
*et en te remerciant pour ce que tu es.*

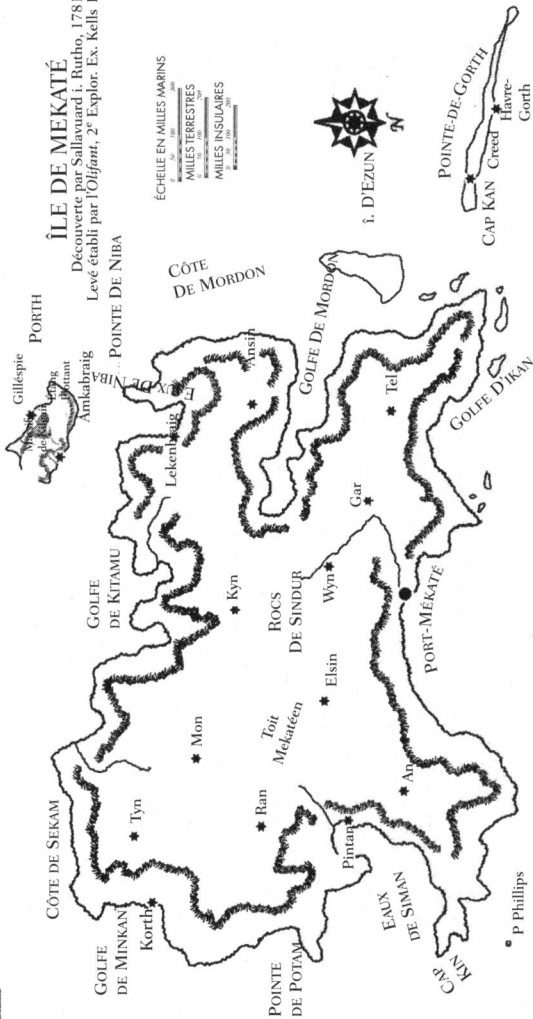

ÎLE DE MEKATÉ
Découverte par Sallavuard i. Rutho, 1781
Levé établi par l'Olifant, 2e Explor. Ex. Kells 1784

ÉCHELLE EN MILLES MARINS
MILLES TERRESTRES
MILLES INSULAIRES

PORTH
Gillespie
Moutant
Amkabraig

CÔTE DE SEKAM

GOLFE DE KITAMU

POINTE DE NIBA

CÔTE DE MORDON

POINTE-DE-GORTH
Havre-Gorth
CAP KAN Creed

GOLFE DE MINKAN
Korth
POINTE DE POTAM
Tyn
Mon
Ran
Toit Mekatéen
Kyn
ROCS DE SINDUR
Elsin
Wyn
Gar
Lekenbraig
EAUX DE NIBA
Ansin
Tel
GOLFE DE MORDON
GOLFE D'IKAN
i. D'EZUN
PORT-MÉKATÉ
An
Pintan
EAUX DE SIMAN
CAP KIN°
P. Phillips

LES PIMENTS
LA MOLAIRE
LA DENT
LE BEC
LA SERRE
LA GRIFFE
TEMPLE
DES VENTS
LES PHALANGES
LE CROC
Port-Xolchas
LA DENT DE LAIT
LES GRAINES
LA NAGEOIRE
BARBACANE-XOLCHAS
L'ÉBOULIS
LES MIETTES
LE COUMALINGE

.... *Itinéraire de la course des pics*
шшш *Pont*
— *Glissière*

LA MURAILLE

**N**

# PICS INTÉRIEURS DE XOLCHAS
Découverts par Sallavuard, 1638
Levé établi par l'Explorateur Ex. 1842

ÉCHELLE EN MILLES MARINS
0    50    100    200

MILLES TERRESTRES
0    50    100    200

MILLES INSULAIRES
0    50    100    200

© P. Phillips

CR

Lettre du Chercheur (Première catégorie) S. iso Fabold, Département national d'exploration, Ministère fédéral du commerce, Kells, au Doyen M. iso Kipswon, Président de la Société nationale d'études scientifiques, anthropologiques et ethnographiques des peuples non-kellois.

En date du 28/2ᵉ Solitaire/1793

Cher oncle,

*Veuillez me pardonner d'avoir si peu écrit ces derniers temps : je m'affairais à préparer des fiches informatives pour le Ministère. Il envisage de financer une expédition commerciale aux îles Glorieuses ! Vous imaginez ma joie. J'aurais adoré pouvoir dire que nos bureaucrates ont enfin compris que le commerce officiel avec l'archipel glorien serait des plus lucratifs – et que, si nous ne nous lançons pas, d'autres nations du continent le feront à notre place (je pense notamment aux États Souverains) –, mais j'ai hélas cru comprendre qu'il fallait davantage y voir l'influence* de la Ligue des missionnaires kellois. Les groupes religieux se contentent de déguiser cette expédition en mission de commerce afin d'obtenir le financement du gouvernement, que la constitution, comme vous le savez, interdit aux projets non laïcs. Je crois qu'ils ont l'oreille de plusieurs membres du Conseil des ministres.

J'ai pour ma part l'intuition que les missionnaires trouveront aux Glorieuses un terrain difficile où moissonner les âmes. Comme vous vous le rappelez peut-être des premiers articles que je vous ai envoyés, ils possèdent déjà une religion monothéiste omniprésente dans l'archipel et dotée d'un réseau de prêtres, baptisés patriarches, ainsi que de frères convers que l'on nomme fidéens (diminutif de « fidèles du divin »).

Quoi qu'il en soit, veuillez trouver ci-joint à titre informatif la suite des entretiens, traduits comme toujours par Nathan iso Vadim. Il s'agit cette fois d'un narrateur différent, médecin originaire d'une communauté rurale d'éleveurs de bêtes qui habitent un insulat du nom de Mekaté. Je crois qu'il aurait refusé de nous parler si Braise n'avait fait pression sur lui. Je ne peux pas dire que je l'apprécie. Il s'est toujours montré poli, quoique un peu irascible, mais je n'ai jamais pu chasser l'impression qu'il se moquait de moi en secret. Enfin, vous en jugerez par vous-même. Comme à notre habitude, nous avons très peu retouché les conversations. Nous n'avons pas tenté de reproduire une approximation de son accent dans le corps du texte, de crainte que les lecteurs le trouvent fastidieux. Et la tâche est, de toute manière, difficile à *accomplir dans le cadre d'une traduction. Ces gardiens de troupeaux des montagnes roulent les « r » d'une manière assez pénible, bien que certains trouvent agréable la cadence mélodieuse de leur discours. Dans cette traduction, Nathan a rendu le discours direct de cet individu dans un équivalent du parler de nos montagnards kellois.*

*Veuillez transmettre mes sentiments affectueux à tante Rosris, et lui dire de ne pas tirer de conclusions hâtives. Elle comprendra de quoi je parle ! Anyara et moi sommes tous deux des adultes réfléchis, parfaitement conscients qu'un ethnographe comme moi, qui s'absente si souvent pour de longues missions d'exploration, ferait un piètre mari. Nous n'avons, à l'heure actuelle, trouvé aucune solution satisfaisante à cette situation.*

*Bien à vous,*
*Votre obéissant neveu,*

*Shor iso Fabold*

# 1

## *Kelwyn*

J'ai rencontré Braise et Flamme pour la première fois la veille du jour où j'ai tué ma femme. La veille au soir, plus précisément. Il semblerait que je doive vous en parler. Croyez-moi, je n'ai aucune envie de vous raconter tout ça, mais Braise insiste. Elle juge important que les Kellois comprennent les Glorieuses, et elle a peut-être raison sur ce point : jusqu'ici, vous ne m'avez pas semblé extrêmement perspicaces, alors que vous venez ici depuis une bonne dizaine d'années…

D'accord, d'accord. Braise me reproche toujours de devenir grincheux avec l'âge. Je vais commencer comme il se doit.

C'était dans la salle d'une auberge de Port-Mekaté, par une de ces nuits chaudes et humides où l'air semble trop épais pour qu'on le respire. Je me rappelle que la sueur me coulait le long du dos et tachait ma chemise d'une auréole. J'avais une chambre à l'étage, mais c'était un débarras étouffant que je préférais éviter. Elle donnait sur les quais, où des navires s'agitaient sans cesse au bout de leurs amarres et où débardeurs et marins se chamaillaient à longueur de nuit, si bien que j'avais décidé de passer la soirée dans la salle commune. Je n'avais pas l'intention de me montrer extrêmement sociable. Plongé dans les ennuis jusqu'au cou, je n'avais qu'une envie, faire durer toute la soirée ma chope d'hydromel coupé d'eau en me demandant comment je pourrais bien, au nom de la Création, résoudre des problèmes parfaitement insolubles.

Mon problème le plus immédiat consistait à devoir me rendre au Bureau felliâtre des affaires religieuses et juridiques, qui était fermé pour la journée. Il me fallait patienter jusqu'à son ouverture, le lendemain matin, pour apprendre ce qui était arrivé à ma femme.

Dans l'attente, l'inquiétude rôdait au creux de mon estomac comme de la nourriture trop épicée qui promet des moments difficiles. Je ne disposais alors que d'un papier m'informant que je devais, en tant qu'époux de Jastriákyn Longuetourbe de Wyn, me présenter au Bureau dès que possible. C'était une sommation pressante et je n'avais aucune raison véritable de ne pas y répondre. Jastriá et moi n'étions pas felliâtres et ne l'avions jamais été. Par ailleurs, le culte de Fellih n'avait jamais été une religion officielle, et son chef religieux, le Parangon, ne possédait aucun statut officiel sur l'île de Mekaté. Le portenaire lui-même était fidéen, tout comme la majeure partie de sa cour et de ses gardes, à ma connaissance.

Malgré tout, inquiété par cette sommation, je n'avais pas hésité : j'étais parti aussitôt pour Port-Mekaté. J'étais même descendu jusqu'au bas des

Pentes à dos de selve – ce que les anciens de mon tharn auraient fortement désapprouvé – afin de voyager plus vite. Le trajet m'avait quand même pris deux jours et j'avais trouvé le Bureau fermé pour la journée en arrivant.

Alors je me trouvais là, à siroter mon hydromel sans prêter la moindre attention aux autres occupants de l'auberge. À m'efforcer d'oublier tout le bois mort qui m'entourait. À essayer surtout d'ignorer l'odeur de cet endroit : le piquant de la fumée de charbon, du grog chaud et du vin renversé imprégnait tout l'endroit ; une odeur étouffée de moisissure, de mangrove et de voiles humides me parvenait de l'extérieur. J'avais vaguement conscience d'un groupe d'individus en train de jouer aux cartes à l'autre bout de la pièce, de plusieurs marchands qui parlaient affaires près de la porte, d'une femme assise seule à une table dans le coin opposé. À part ça, rien n'existait pour moi. Toutes mes pensées – teintées d'un mélange d'exaspération, d'amour et de frustration – allaient vers Jastriá. Au nom du vaste ciel, qu'avait-elle fait cette fois ?

« Je vous ressers de l'hydromel, Syr ? » demanda le serveur qui attendait près de moi, cruche en main.

Il venait de me gratifier d'un titre auquel je n'avais pas droit et le savait certainement. Je fis signe que non en espérant qu'il s'en irait simplement.

Mais l'auberge était calme, et lui bavard. « Vous descendez des Prairies célestes, c'est ça ? » demanda-t-il comme si la question se posait. Après tout, j'avais un selve dans son écurie et je portais un tagaird et une dague.

Je hochai la tête.

« Vous devez être fatigué. Je peux demander à ma femme de vous servir un repas, si vous voulez.

— J'n'ai pas faim », répondis-je avec un geste de négation qui aurait fait valser ma chope s'il ne l'avait rattrapée à temps.

Il la reposa soigneusement sur la table. « Ah, j'imagine que la chaleur et l'humidité vous oppressent. C'est toujours le cas avec les Célestiens, ai-je cru comprendre, ajouta-t-il en épongeant énergiquement l'hydromel renversé.

— D'autres gens des Prairies viennent ici ? »

J'étais surpris. Peu de gardiens de selves s'aventuraient hors des Prairies, et ce n'était pas par hasard. Personne ne voulait subir de son plein gré l'atroce climat de la côte, sans parler de la saleté des rues et de l'étroitesse d'esprit des citadins. Bien que nous soyons tous mekatéens, les gardiens de selves des Prairies célestes avaient peu en commun avec les gens de la ville et les pêcheurs de la côte.

« Des Célestiens ici ? Oh, il y en a parfois qui viennent vendre de la laine de selve ou payer des impôts », répondit-il en restant volontairement dans le vague, et je compris qu'il n'avait pas cru que je prendrais ses paroles au pied de la lettre. J'étouffai une bouffée d'irritation momentanée. On se fiait tellement aux odeurs, sur le Toit mekatéen, qu'il nous était parfois difficile de comprendre et d'employer les ruses et subtilités des conversations de la côte. Je me trompais encore souvent ; les gens de la côte me trouvaient brusque, voire grossier, et leurs politesses me faisaient souvent l'effet d'un mensonge.

Sans doute prit-il ma question comme un encouragement, car il se pencha vers moi pour chuchoter sur un ton conspirateur : « Vous avez remarqué cette beauté cirkasienne, dans le coin ? »

Pas vraiment, mais je songeai, après lui avoir jeté un coup d'œil, qu'il n'aurait jamais cru à cette réponse. La femme que je vis assise seule était d'une stupéfiante beauté : cheveux dorés, yeux de la couleur de ces saphirs qu'on ramassait parfois dans les cours d'eau des Prairies célestes. Son seul défaut était de ne posséder qu'un bras, l'autre se terminant juste au-dessus du coude. Elle portait des vêtements de voyage tachés de sel marin. Elle dégageait une odeur de sel, de fatigue, ainsi qu'une légère senteur animale que je ne connaissais pas, le tout mêlé d'un fort arôme de parfum. L'une de ces senteurs tropicales trop épicées : chypre ? Patchouli ? Nard ? Je n'en savais trop rien.

« Mais qu'est-ce qu'un rêve de marin comme cette fille trafique seule dans un bar la nuit ? demanda le serveur. J'aimerais bien le savoir. »

Comme je haussais les épaules, il soupira.

« Les affaires vont de mal en pis, poursuivit-il en se penchant contre la table de telle sorte que son ventre rebondi reposait sur le bois. C'est à cause des prêtres felliâtres. Ils n'aiment pas la boisson. Ni les jeux de cartes. Ni la musique. La danse. Les prostituées. Le jeu. Ils n'aiment rien qui soit marrant. Ça ne me dérangerait pas s'ils gardaient leurs idées pour eux, mais non, il faut qu'ils culpabilisent les non-croyants qui s'adonnent à tout ça, et qu'ils fassent jeter en prison les croyants qui s'y adonnent. Au point que les buveurs s'en vont quand un groupe de felliâtres entre ici pour manger. »

Ses paroles me surprirent. La situation n'était pas si terrible lors de mon dernier passage sur la côte.

Je ne voyageais plus tellement depuis que Jastriá et moi nous étions séparés, mais j'étais médecin, et l'on ne pouvait se procurer certaines herbes et autres ingrédients médicinaux qu'en s'éloignant des Prairies célestes. Les forêts basses de Mekaté n'étaient peut-être qu'une bande étroite bordant les montagnes, une frange séparant la mer du bas de la pente, mais la diversité de leur flore était aussi stupéfiante qu'utile aux herboristes. Je descendais donc sur la côte au minimum une fois par an pour acheter des plantes chez les apothicaires ou les cueillir moi-même dans la forêt. Je m'efforçais d'écourter mes trajets : ce que je voyais le long de la côte mekatéenne ne manquait jamais de me fendre le cœur.

Le serveur parlait toujours sans s'interrompre.

« Vous autres, les gens des Prairies, vous avez plus de bon sens que nous. Vous ne vénérez pas le Maître-Fellih, hein ? »

Je fis signe que non et ricanai en essayant d'imaginer des gardiens de selves se pliant à la doctrine felliâtre. Nous étions beaucoup trop pragmatiques et satisfaits de notre sort. Oh, les missionnaires felliâtres avaient bien tenté d'infiltrer les Prairies, tout comme les fidéens ; mais tous s'étaient heurtés à un mur d'indifférence dur comme la pierre, si bien qu'ils avaient fini par aller prêcher ailleurs leurs idées sur Dieu, le péché et la vie après la mort.

Je me demandais toujours comment me débarrasser du serveur quand l'un des joueurs de cartes commanda une tournée, et il se redressa donc pour aller les servir. Je décidai de finir mon hydromel et de monter dans ma chambre, mais, tandis que je vidais ma chope, je sentis une odeur que je jugeai déplacée. Celle des plumes. Incontestablement, je percevais une odeur de plumes, et il me semblait curieux de trouver un oiseau tard le soir dans une chambre d'auberge.

Mû par une vague curiosité, je regardai autour de moi. Il me fallut un moment avant que mes yeux repèrent ce qu'avait identifié mon nez : une petite créature quelconque et noirâtre, une sorte de moineau, perché sur les poutres en dessous du toit, près de la table où se déroulait la partie de cartes. Je ne connaissais pas cette espèce, mais elle n'avait certainement pas sa place dans la salle d'une auberge. L'oiseau semblait agité ; tête penchée, il regardait au bas de son perchoir et, de temps à autre, il bougeait d'une patte sur l'autre et battait brièvement des ailes. À une occasion, il voleta même jusqu'à une autre poutre avant de refaire le trajet en sens inverse. De toute évidence, cette pauvre créature se trouvait prise au piège dans cette pièce et ne savait plus comment sortir. Je compatissais.

La table des joueurs était bruyante. Trois ou quatre d'entre eux étaient plus qu'à moitié imbibés ; deux autres se disputaient calmement au sujet de la partie précédente, cherchant à décider si c'était par chance ou par habileté que la seule femme présente parmi eux avait gagné une coquette somme. N'ayant jamais joué aux cartes, je ne comprenais pas la conversation, mais il me sembla percevoir une curieuse tension au sein du groupe. Quelqu'un jouait les mauvais perdants et la femme était mal à l'aise, même si elle le cachait bien. Des vrilles de soupçon perçaient parmi les sons, avec une âcreté très différente de l'odeur forte et piquante de la bière contenue dans les tonneaux alignés le long des murs ou des mixtures qui mijotaient dans la brasserie du fond.

Je leur prêtai donc un peu plus d'attention. Je me redressai et me glissai plus près du bord de mon banc, dans l'intention de rejoindre discrètement ma chambre. Au lieu de quoi je ne réussis qu'à renverser le restant de ma chope à terre. Aucun des joueurs de cartes ne prit la peine de chercher l'origine de ce boucan. Il était vraiment temps que je parte.

Alors que je me penchais pour ramasser ma chope, l'un des joueurs, un jeune homme à la voix stridente et au visage rougi par l'alcool, jeta de l'argent au centre de la table et dit : « Ta mise, frangine. On va voir si tu peux refaire aussi bien. »

La femme leva les yeux vers les poutres, réfléchissant visiblement à sa mise, puis reposa ses cartes, face contre table, en secouant la tête avec un sourire. « Non, dit-elle. Je ne crois pas. La cagnotte est à vous, mon ami. En fait, il est temps que j'aille me coucher.

— Attendez un instant. » Un autre joueur posa sa main sur la sienne alors qu'elle la tendait pour ramasser ses gains. « Vous ne pouvez pas gagner tout cet argent et ensuite vous contenter de filer ! »

Elle le dévisagea, tout sourire éteint. Si j'avais été l'un de ses compagnons, je me serais inquiété ; quelque chose en elle faisait picoter mon nez. « Oh, mais je crois bien que si, répondit-elle en retirant sa main. Si vous n'aimez pas perdre, vous feriez mieux de ne pas jouer. Merc… »

Elle ne termina jamais sa phrase. Alors même que je me levais pour partir, les portes s'ouvrirent et un groupe fit irruption dans l'auberge.

Ce n'étaient pas des clients, de toute évidence. L'un d'entre eux portait une robe bleue, des chaussures surélevées et un chapeau cylindrique à bord étroit – la tenue des prêtres felliâtres ; je savais au moins ça. Les autres avaient des airs de truands ; ils portaient de longs gourdins de bois à bout arrondi. Le prêtre balaya la pièce du regard, puis désigna les joueurs de cartes. Les porteurs de gourdins allèrent entourer la table. Le silence retomba aussitôt dans la salle. Les marchands se volatilisèrent par une porte latérale. La Cirkasienne ne bougea pas, et moi non plus.

Enfin, si, elle bougea, mais avec des gestes si maîtrisés, si discrets, que les nouveaux arrivants ne remarquèrent sans doute rien. Elle posa la main sur la poignée de son épée rangée dans le fourreau qui pendait au dos de sa chaise. J'étais intrigué ; j'ignorais qu'il existait des femmes maniant l'épée. J'hésitai entre partir, au risque d'attirer l'attention, et me contenter de rester immobile.

Le serveur prit la parole. « Syr-prêtre, je vous en prie, c'est un établissement respectable… »

Le prêtre lui décocha un regard méprisant. « Les établissements respectables ne tolèrent pas les jeux d'argent. »

L'un des jeunes gens assis à table se leva, la posture belligérante. « Syr-felliâtre, dit-il, qu'est-ce qui peut bien vous amener ici ?

— Les affaires du Maître, répliqua le prêtre sur un ton qui m'agaça tous les sens. Vous avez trahi votre foi, mon garçon. » Une insulte manifeste, car le « garçon » devait avoir dans les vingt-cinq ans. « Montrez-moi vos pouces. »

L'homme rougit jusqu'au cou, dégageant une odeur de peur et de ressentiment mêlés. Il tendit les mains à contrecœur. Le prêtre felliâtre les inspecta puis adressa un signe de tête aux porteurs de gourdins. « Vous aussi », lança-t-il aux joueurs de cartes.

L'un d'entre eux répondit calmement : « Ce ne sera pas nécessaire. Autant vous l'avouer franchement : nous sommes tous felliâtres, excepté cette dame. Et nous sommes bel et bien tombés en disgrâce devant Fellih ce soir. Vous m'en voyez contrit. Nous allons abandonner ce lieu d'iniquité et rentrer chez nous afin de prier que Fellih nous pardonne. »

Il se leva et s'inclina bien bas en direction du prêtre. Alors seulement, je remarquai qu'il portait les chaussures surélevées des felliâtres. Comme tous les autres, en fait, excepté la femme.

S'il pensait que les choses en resteraient là, il se trompait. « Pas si vite, répondit le prêtre. La peine s'élève à bien plus qu'une pénitence, mon garçon. C'est l'emprisonnement doublé d'une amende. »

Celui dont j'avais perçu le ressentiment rétorqua vivement : « Vous dépassez les bornes, Syr-prêtre ! Je suis le fils du notable Dunkan Kantor et mes amis sont…

— Nul homme, nul fils, ne sont au-dessus des lois du Maître. » Le prêtre adressa un nouveau signe de tête aux porteurs de gourdins. Quelques secondes plus tard, ils traînaient les jeunes gens dehors sans écouter leurs protestations. Le prêtre reporta son attention sur la femme. « Montrez-moi vos pouces. »

Je crus un instant qu'elle allait refuser mais, comme il y avait toujours quatre porteurs de gourdins derrière le prêtre, elle haussa les épaules et tendit ses deux mains l'une après l'autre. Le prêtre hocha la tête, satisfait. Il leva les yeux vers son visage ; puis, sans prévenir, il lui écarta les cheveux de l'oreille gauche. Il en trouva le lobe nu ; cette femme ne possédait pas de tatouage de citoyenneté. Je ne comprenais pas grand-chose aux subtilités des différences physiques entre les gens des divers insulats, mais quelque chose dans son apparence – sa haute taille, sa peau hâlée, ses cheveux bruns et ses yeux d'un vert stupéfiant – lui apprit qu'elle était le fruit d'un métissage inter-insulaire.

« Sang-mêlé », souffla-t-il, et ces trois syllabes exprimaient une telle haine que j'en restai bouche bée. Comment pouvait-on mépriser quelqu'un sur la seule base d'un accident de naissance ?

« C'est exact, répondit-elle calmement. Et je suis arrivée à Mekaté ce soir même. » Elle mentait, je le percevais bien, mais je devais être le seul. Elle restait aussi imperturbable qu'un lac de montagne. « D'après la loi, les non-citoyens ne peuvent demeurer ici que trois jours.

— Vous avez corrompu notre jeunesse ! Des *jeux de cartes* ! » Son irritation était si palpable qu'elle me fit tressaillir.

Elle lui retourna un regard vide d'expression. « Je ne me rappelle pas leur avoir appris à jouer. Ni à parier leur argent. Ils semblaient déjà bien au courant de la procédure avant mon arrivée.

— Votre comportement est typique des mal nés et nous ne voulons pas de gens comme vous ici. Montrez-moi votre marque. »

Son intonation me fit grimacer, ainsi que son odeur de rage à peine contenue. La femme ne sembla guère s'inquiéter de la façon dont il plissa les yeux, ni de sa voix soudain devenue monocorde, mais ses paroles la réduisirent néanmoins au silence. J'en eus le souffle coupé. Il y avait en elle une splendeur, une dignité qui transcendaient sa situation et révélaient cet homme tel qu'il était vraiment : petit et mesquin. Mais il y avait aussi tout autre chose : une colère profonde et permanente qui lui donnait l'air dangereux, même sans épée. La tension qui régnait dans la pièce s'intensifia quelque peu. Sans un mot, et avec une économie de mouvement réfléchie, elle défit le haut de sa tunique et dénuda son dos afin qu'il y voie la marque. Une hideuse cicatrice en forme de triangle vide, incrustée profondément par brûlure dans son omoplate. Elle avait mal guéri et la peau était plissée tout autour.

Elle rajusta sa tunique. « Pardonnez-moi, dit-elle avec une ironie de surface masquant la rage intense qui bouillonnait en elle. J'ignorais que les jeux étaient illégaux ici. Ça n'avait rien d'évident. Avec votre permission, je vais me retirer. » Elle se détourna de lui, peut-être afin de s'emparer de son épée.

Les événements s'enchaînèrent ensuite si vite que les avertissements que je lançai, imité par la Cirkasienne, arrivèrent trop tard. Le prêtre fit signe à l'un des quatre porteurs de gourdins restants, qui lui abattit son arme sur le crâne aussi vite qu'un selve crache sa bave. Nous l'avions avertie juste assez tôt pour qu'elle se tourne, si bien que son épaule amortit une grande partie du choc. Malgré tout, elle se retrouva sonnée et perdit l'avantage. Du moins, ce fut ce que je crus d'abord, mais j'en fus moins certain l'instant d'après. Tandis qu'elle titubait, l'un des autres tenta de la projeter violemment contre le mur. Elle se baissa, comme si elle perdait l'équilibre, et le type bascula par-dessus son dos. Avant qu'il atteigne le sol, elle se redressa, si bien que ce fut la tête de l'homme, plutôt que la sienne, qui alla heurter les pierres du mur. Il se retrouva dans les vapes. L'incident semblait totalement fortuit, mais la grâce et la fluidité de l'enchaînement me laissèrent songeur. Malgré tout, elle était très pâle et dut s'appuyer au mur pour se redresser. Un filet de sang lui collait les cheveux au niveau de la tempe. Je ne pensais pas qu'elle feigne le vertige ; elle était près de s'évanouir et l'action n'avait rien arrangé.

Je m'avançai pour manifester mon mécontentement. « Un p'tit instant, lançai-je au prêtre, c'n'était pas nécessaire ! Vous avez blessé cette dame alors qu'elle n'offrait aucune résistance. Je suis méd'cin, permettez-moi d'l'examiner. Pis lui aussi », ajoutai-je après coup.

Le prêtre me toisa d'un air glacial. « Nous n'avons pas besoin qu'un guérisseur païen se mêle de nos affaires.

— Ils sont ptêt' commotionnés…

— Osez-vous me contredire, gardien de selves ? » demanda-t-il avec un dégoût manifeste. Il fit signe à l'un des derniers porteurs de gourdins. Il la saisit par les bras qu'il lui tira derrière le dos ; un autre la menotta avant qu'elle puisse protester. De toute évidence, ils avaient déjà fait ce genre de choses, et souvent. Sur un signe du prêtre, ils l'embarquèrent et franchirent la porte avec elle. Derrière moi, la Cirkasienne était également debout, le visage aussi pâle qu'un fleur blanche des prés. Le prêtre se retourna vers nous deux. « Vos pouces », nous dit-il.

Clignant des yeux, je balbutiai : « Il lui faut des soins… » Je voulus le contourner, mais il me bloqua le passage d'une main levée.

« Alors, laissez-moi m'occuper de cet homme, dis-je en désignant la brute affalée à terre qui commençait à peine à remuer.

— Vos pouces », lâcha-t-il d'une voix cassante, traduisant une telle autorité que je m'arrêtai.

28

La Cirkasienne haussa les épaules et tendit les mains. Il les inspecta, hocha la tête d'un air satisfait puis reporta son attention sur moi. J'ignorais ce qu'il cherchait, mais je le laissai regarder malgré tout. Il parut satisfait et déclara : « Vous êtes tous deux étrangers. Suivez l'exemple des cœurs purs et vous serez les bienvenus sur la côte. Ne vous laissez pas séduire par les péchés dont vous avez été témoins ce soir en cet antre de l'immoralité. » Il était enveloppé d'une odeur de sincérité qui s'élevait dans les airs en volutes. Il *croyait* à ce qu'il disait. Derrière lui, la brute sonnée se releva péniblement et chercha ses amis du regard.

« Oh, je n'crois pas qu'il y ait grand risque, répondis-je d'une voix blanche. Ce n'sont pas là des péchés qu'il me plairait d'imiter. »

Il manquait trop d'imagination pour percevoir le sarcasme de ma réponse. Il pencha la tête et se dirigea vers la table où s'entassait toujours l'argent de la partie de cartes. Il tira son porte-monnaie et ramassa d'un geste tout l'argent rassemblé au centre. Il n'y en avait pas tant que ça ; le plus gros des gains se trouvait dans les tas séparés appartenant aux joueurs, mais il les ignora et quitta l'auberge à grands pas. Il laissa aussi l'épée de la sang-mêlé, toujours accrochée au dos de la chaise.

Je m'avançai d'un pas vers l'homme au gourdin, dans l'intention de lui proposer mon aide, mais il fila par la porte à toutes jambes. La Cirkasienne s'assit en silence à la table de jeu. Je me retournai vers le serveur. « C'était quoi, cette histoire de pouces ?

— Ah… les felliâtres se font tatouer des cercles bleus sur les pouces, à la naissance ou lors de leur conversion.

— Et si un homme change d'avis quant à ses croyances ? » demandai-je.

Il me regarda comme s'il avait peine à me croire à ce point innocent. « Quand on est felliâtre, on le reste à vie. Ce n'est pas une religion qu'on peut quitter. Pas vivant, en tout cas.

— C'est… c'est incroyable. Des parents peuvent condamner leurs enfants à une vie d'engagement ? »

Il haussa les épaules pour indiquer qu'il ne comprenait pas plus que moi.

« Et la marque que portait cette femme à l'épaule ? demandai-je.

— Elle indique qu'elle est infertile. On castre les sang-mêlé de sexe masculin et on stérilise les femmes, avant de les marquer pour montrer ce qu'on leur a fait.

— On ? Mais *qui* fait donc ça ? » À la réflexion, j'avais entendu parler de cette pratique, mais je l'avais crue tombée en désuétude, je ne sais pourquoi.

Il haussa les épaules comme si la question le mettait mal à l'aise. « Les autorités. Ici, ce sont les prêtres felliâtres ou les gardes du portenaire. C'est la loi dans tous les insulats, même si j'ai entendu les patriarches fidéens prêcher contre cette pratique.

— Mais c'est barbare !

— Gardien de selves, dit-il gentiment, vous feriez mieux de retourner là d'où vous venez. Ce monde est trop dur pour les gens comme vous. »

Je grimaçai. Il avait sans doute raison. Je jetai un coup d'œil à la table de jeu, m'apprêtant à faire un commentaire sur l'argent restant, quand je constatai qu'il avait disparu. La Cirkasienne se dirigeait vers nous, l'épée de l'autre femme en main.

« Mais vous n'pouvez pas faire ça ! » lançai-je sans réfléchir.

Elle me regarda avec une innocente perplexité. « Quoi donc ?

— Prendre tout leur argent.

— Quel argent ?

— Çui qu'ils ont laissé sur la table.

— C'est le prêtre qui l'a pris.

— Il n'en a pris qu'une partie ! »

Je me tournai vers le serveur dans l'espoir qu'il me soutienne, mais il se contenta de me retourner mon regard, intrigué. « C'est le prêtre qui l'a pris, dit-il. Il a tout pris, je l'ai vu faire. »

La Cirkasienne hocha la tête. « Où vont-ils emmener les joueurs ? demanda-t-elle.

— Au Bureau felliâtre des affaires religieuses et juridiques, répondit le serveur. Il y a des cellules. Demain, ils comparaîtront devant le magistrat felliâtre. Des avocats des deux parties citeront le Livre Saint, lequel rapporte, bien entendu, la parole de Fellih, et celui qui aura les meilleures citations gagnera le procès. »

J'en restai bouche bée. « C'est absurde. » Bien que je ne connaisse pas grand-chose aux concepts de tribunaux, d'avocats et de magistrats – ces choses-là

31

n'existaient pas dans les Prairies célestes –, ce qu'il me décrivait me paraissait ridicule.

« Pas aux yeux des felliâtres, répondit-il. Ils croient que Fellih est omnipotent et ne peut commettre d'erreurs. Donc, si le magistrat et les avocats prient, comme ils le font, pour qu'il inspire leurs décisions, le résultat doit traduire les souhaits de Fellih. C'est d'une logique imparable. » Il ricana. « C'est l'une des nombreuses raisons pour lesquelles je suis fidéen plutôt que felliâtre. »

Cet homme me devenait sympathique mais je ne voulais pas m'embarquer dans des discussions religieuses. Dans les Prairies célestes, nous ne croyions en aucun dieu, ce qui me semblait bien plus sensé. Je me retournai vers la Cirkasienne.

« Et vous maint'nez que vous n'avez pas pris c't'argent ? Pis l'épée que vous portez là ? »

Elle parut surprise. Après un moment de silence, elle déclara : « Je ne suis pas en train de la voler. »

Je clignai des yeux, dérouté. Après tout, elle avait l'arme en main, mais parlait avec une honnêteté stupéfiante malgré les preuves qui la contredisaient.

Elle nous salua tous deux d'un signe de tête puis se dirigea vers l'escalier.

Je me retournai vers le serveur, mais son flot de paroles semblait tari. En fait, il s'éloignait tout doucement comme s'il commençait finalement à douter que je sois inoffensif. Je lui souhaitai une bonne nuit puis me dirigeai moi aussi vers ma chambre – intrigué, mais conscient qu'il serait idiot de faire des histoires. Tout ça ne me concernait pas.

J'avais monté la moitié des marches quand je me sentis observé. Quand je me retournai, le seul regard que je croisai fut celui de l'oiseau. Le même volatile que j'avais vu perché sur les poutres, mais il s'était déplacé sur le noyau de l'escalier. Il resta planté à me surveiller jusqu'à ce que je me détourne et reprenne la montée vers ma chambre. Je me sentais curieusement dépassé ; un oiseau n'aurait jamais dû éprouver les émotions dont je flairais l'odeur chez celui-ci.

## 2

### *Kelwyn*

Tôt le lendemain matin, je me rendis au Bureau felliâtre des affaires religieuses et juridiques, empli d'une
anxiété qui dégageait une odeur piquante et tangible,
du moins à mes propres narines. À ma grande surprise,
des gens attendaient déjà devant le bâtiment. La plupart semblaient être des marchands bien vêtus, accompagnés de leurs épouses et serviteurs. Certaines des
femmes pleuraient ; les hommes étaient d'humeur
aussi sombre que leurs habits. Ils bavardaient en attendant l'ouverture du bureau, tripotant leurs chapelets,
remuant dans leurs chaussures inconfortables.

« Qu'est-ce qui se passe ? » demandai-je à un homme
qui vendait des escargots de mer grillés, tout juste tirés
des braises, de l'autre côté de la rue. L'odeur omniprésente faisait remuer le bout de mon nez.

Il haussa les épaules d'un air indifférent tout en
remuant les escargots sur le grill du bout de sa spatule.
« Hier soir, on a arrêté des fils de marchands qui
jouaient pour de l'argent. Leurs parents viennent les
faire libérer. »

Je regardai tous ces gens s'affairer. Près de moi, une femme en étreignait une autre en gémissant : « Leeitha ! Est-ce que je ne lui ai pas *toujours* répété d'être un bon garçon ? Je lui interdisais de sortir le soir mais il n'a jamais voulu m'écouter ! »

Elle était vêtue de rouge, avec un châle bleu jeté sur les épaules et des sandales de cuir aux pieds. Comme elle était une femme, on se moquait bien que ses pieds puissent être contaminés par la poussière. On obligeait les hommes, prêtres ou frères convers, à porter ces chaussures à semelles surélevées et on leur interdisait de toucher la terre et d'afficher d'autres couleurs vives que le bleu. Ils n'étaient pas censés marcher seuls dans les rues ; en fait, la religion felliâtre les contraignait à ne se déplacer qu'à deux ou en groupe, prétendument pour s'assurer du bon comportement de chaque individu. Les restrictions imposées aux femmes felliâtres étaient moins draconiennes, tant qu'elles ne commettaient pas l'adultère ni ne tentaient les hommes par leur comportement ou leur tenue. Jastriá m'avait un jour expliqué cette anomalie. Elle ne découlait pas d'une attitude plus libérale envers les femmes, mais d'un aspect assez déplaisant de cette religion : on ne les considérait pas comme dignes d'intérêt. Le Maître-Fellih méprisait les femmes, et le Livre Saint regorgeait de récits les décrivant comme superficielles, écervelées, incapables de piété comme d'érudition. Les femmes, apparemment, n'allaient au paradis que si leurs maris cumulaient assez de mérites au cours de leur vie pour les emmener avec eux. Les femmes riches, par conséquent, prenaient souvent plusieurs époux dans l'espoir que l'un d'entre eux soit assez méritant pour l'emmener au paradis. (Avec un rire cynique, Jastriá avait commenté qu'un tel pragmatisme prouvait plutôt l'intelligence des femmes que le contraire.)

« Si vous venez voir le Parangon, vous allez devoir attendre », me dit le marchand d'escargots tandis que j'observais la foule. Il brisa l'extrémité d'une coquille d'escargot et aspira bruyamment l'animal hors de son logement. « Aaah, quel délice ! Vous êtes sûr que vous n'en voulez pas ? » Je fis signe que non. « Le Parangon va devoir s'occuper de tous les gosses gâtés de ces marchands avant de daigner s'intéresser au cas d'un Célestien. » Il ricana comme pour indiquer sa piètre opinion des felliâtres. « Soyez prudent, gardien de selves ; ce n'est jamais très judicieux d'égratigner les prêtres felliâtres.

— Au moins, vous v'sentez assez libre pour critiquer », dis-je en me déplaçant de manière à me trouver sous le vent par rapport à ses mollusques grillés.

L'odeur de la chair brûlée m'a toujours donné la nausée. Je songeai que j'avais peut-être déjà froissé la sensibilité d'un prêtre avec mon intervention irréfléchie de la veille. Il ne me restait qu'à espérer ne plus jamais croiser cet individu.

« Le portenaire de Mekaté garantit la liberté religieuse des Mekatéens, acquiesça le marchand. Mais je n'aimerais pas faire partie des felliâtres. Ils ont leur propre système juridique, qui est pénible pour les croyants. Il leur mène vraiment une vie d'enfer, les pauvres. Vous êtes *sûr* de ne pas vouloir d'escargots ?

Ils sont parfaitement frais. Ils se tortillent encore quand ils arrivent sur les braises. » Il m'en agita un sous le nez, qu'il tenait par une antenne. Il était encore vivant.

Je m'empressai de reculer, heurtai quelque chose et m'excusai avant de comprendre que je m'adressais à un poteau enfoncé dans le sol. Le marchand d'escargots sourit. Mes oreilles se mirent à chauffer. C'est un des inconvénients d'être un rouquin à la peau très pâle : quand on rougit, ça se remarque tout de suite.

Je partis en quête d'un coin tranquille où patienter.

On me conduisit enfin dans le bureau du Parangon quelques heures plus tard, ravi de ne pas avoir croisé le prêtre de la veille.

Il me fallut déployer des efforts considérables pour cacher le dégoût que m'inspirait cette pièce. Le bois des meubles ne provenait pas d'arbres écimés ; à elle seule, la taille de la table m'horrifiait. On avait massacré des arbres entiers dans le seul but de fournir un bureau à cet homme. Ce que je tentais de masquer, c'était ma révulsion face à tant de morts inutiles. Comme dans le but de souligner ce gaspillage, la fenêtre aux volets ouverts, derrière le bureau, donnait sur une rangée d'arbres, géants vieillissants qui étaient les derniers vestiges d'une forêt sans âge. Ils étaient garnis d'une vie abondante. Fougères et orchidées poussaient dans les fissures, des plantes grimpantes s'enroulaient autour des rameaux, des lichens dessinaient des motifs sur une écorce qui devait grouiller d'insectes et de lézards – spectacle de vie et de fécondité qui ne rendait ce bureau que plus funèbre encore.

Lorsque je m'avançai, je trébuchai sur un tapis coloré. Le Parangon de la Loi religieuse, un homme de petite taille, rasé de près, attendit patiemment que je retrouve mon équilibre et approche de son bureau. Comme l'ordonnait sa religion, il portait une robe qui le couvrait du cou jusqu'aux poignets et aux genoux et laissait ses jambes nues en dessous. La couleur bleue de sa robe était censée symboliser le paradis, tout comme ses chaussures à semelles compensées devaient l'éloigner de la terre. Son chapeau de prêtre était d'une hauteur ridicule, afin de symboliser l'effort de tendre vers le Maître-Fellih. Il était attaché sous son menton au moyen d'un gros nœud noir.

« Je suis le Parangon Dih Pellidree, annonça-t-il avec une politesse glaciale. Veuillez vous asseoir. Vous souhaitiez me voir ? »

Comme son secrétaire lui avait déjà donné mon nom, je répondis : « Oui. C't'au sujet de la femme qu'a été mon épouse : Jastriákyn Longuetourbe de Wyn. » En m'asseyant, je faillis renverser la chaise tant son indifférence me rendait nerveux. J'en percevais l'odeur sur lui et tout autour. Il voulait que je m'en aille. Je l'ennuyais.

« Ah. Oui, mon secrétaire m'a apporté votre dossier. Voyons voir. » Il tira un dossier d'une pile posée sur son bureau et se mit à le feuilleter.

« Syr, je n'suis au courant de rien. Est-ce qu'elle est ici ? C'est votre bureau qui m'a conseillé de v'nir vous voir.

— Ah, oui. Je me rappelle maintenant cette affaire. Elle est ici, dans la prison du sous-sol. » Il joignit le bout des doigts qu'il tapota les uns contre les autres. « C'est à moi que revient la tâche déplaisante de vous informer, gardien de selves, qu'elle a été jugée pour le péché d'adultère.

— Jugée ? » balbutiai-je tout en m'efforçant de trouver prise sur ses paroles. Je n'étais pas sûr de comprendre le mot.

« Devant le tribunal religieux.

— Elle va être punie ?

— Elle a été condamnée à mort par lapidation. »

J'en eus le souffle coupé. « À *mort* ? Pour un adultère ?

— C'est exact. Sa mort est inévitable, compte tenu des circonstances. »

Il n'aurait pas pu me stupéfier davantage. Ses paroles m'avaient fait l'effet d'un coup à l'estomac. Je luttai pour chercher mes mots, trouver un sens à une situation qui en était totalement dépourvue.

Il patienta, toujours aussi poli et distant. Indifférent. Je flairais l'air en quête de quelque chose, n'importe quoi, qui puisse me dicter que faire, que dire, que demander. Faute d'indices pour m'aider, je m'obligeai à réfléchir. « L'adultère ? repris-je enfin. Dans c'cas, si quelqu'un a subi un tort, ce s'rait son mari. Qu'avez-vous à voir là-d'dans ? »

Ses yeux étincelèrent. « Le Maître-Fellih, loué soit Son nom, a subi un tort. Le Maître déteste l'iniquité sous toutes ses formes, et le sexe illicite est à Ses yeux un ignoble péché. Votre épouse encourt donc la peine capitale. »

*Ce n'est pas possible.* Je m'efforçai de retrouver mon calme et ma logique. De réfléchir à un moyen d'empêcher l'impensable. « Elle fait partie des Célestiens. Elle n'est pas de votre religion. Je n'vois pas dans c'cas comment elle aurait pu pécher envers votre religion ? »

Le même éclat s'embrasa de nouveau dans ses yeux, mais il conserva une ferme prise sur ses émotions. Je ne perçus aucune odeur. « Quand un païen entre dans nos vies, il ou elle se trouve alors sous l'emprise de nos lois. C'est notre droit, qui nous est garanti par le portenaire et le Maître-Fellih. »

Je ne parvins qu'à répéter, abasourdi : « Entre dans vos vies ? » J'avais le plus grand mal à imaginer Jastriá nouer le moindre lien avec les felliâtres. Leurs croyances représentaient tout ce qu'elle méprisait.

« Elle a séduit un fidèle. »

Mon cœur se serra. *Création, Jastriá, qu'as-tu donc fait ?* La gorge sèche, je cherchais toujours désespérément un sens à tout ça, une solution pour mettre fin à cette folie. Trouve quelque chose, bave de selve ! *Au tisserand, parle de laine, au flûtiste de musique et à l'épouse d'amour…* Autant jouer leur jeu, si c'était nécessaire.

« Dans la m'sure où Jastriá n'est plus mon épouse, on peut difficilement parler d'adultère.

— Vous avez divorcé ? Où sont les papiers ?

— On n'en utilise pas sur le Toit mekatéen, Parangon Pellidree. Je, hum, j'n'habite plus avec

40

Jastriá depuis plusieurs années d'ça ; d'après nos coutumes, ça veut dire qu'on n'est plus mariés.

— Ce n'est pas suffisant aux yeux de la loi felliâtre.

— Vous ne r'connaissez pas nos coutumes ? Ben, c'est parfait alors. C'est s'lon ces coutumes-là qu'on s'était mariés. Pis y avait pas d'papiers non plus. Donc, selon votre définition, on n'a jamais été mariés. Vous n'pouvez pas accuser d'adultère une femme qui n'l'a jamais été.

— Vous jouez sur les mots, gardien de selves ! Ainsi que sur les faits. Votre épouse a forniqué et en sera punie. Quoi qu'il en soit, le fait qu'elle n'ait peut-être pas été mariée n'a rien à voir : elle a séduit un fidèle ! Elle a été surprise en train de se livrer à l'acte avec lui, non pas sous un toit comme l'exige la décence mais dehors, sans vergogne, s'accouplant comme des animaux dans l'herbe. Son amant était marié, bien qu'elle-même ne le soit pas. Elle a été jugée et condamnée, l'affaire est close. » Son intonation laissait sous-entendre qu'il ne s'en souciait guère et s'étonnait que ce ne soit pas mon cas, compte tenu des circonstances. Je flairai une bouffée d'indignation, mais rien de plus. « Il ne lui reste plus beaucoup de temps, poursuivit-il. Son exécution aura lieu au coucher du soleil, sur la place publique.

— Au coucher du soleil ? *Ce soir ?*

— Ce soir.

— Par l'aube de la Création ! » Je restai immobile sur mon siège, face à ce prêtre moralisateur, avec l'impression qu'on venait de m'éventrer. Je parvins enfin à déclarer avec un certain calme : « Vous

41

n'laissez jamais la clémence tempérer vos décisions, Parangon ? Vous app'lez votre Dieu "Fellih le Miséricordieux". C'est d'la miséricorde, ça ?

— Ne remettez pas en cause les voies du Maître-Fellih, païen. » Sa voix comme son odeur corporelle m'envoyaient des signaux menaçants.

« Et l'amant de Jastriá ? Lui aussi, on va l'assassiner ?

— Je n'aime pas les termes que vous employez, gardien de selves ! L'homme a déjà payé pour son crime. Il a été jugé puis exécuté pour relation illicite avec une païenne. »

J'inspirai profondément, cherchant à calmer l'émoi qui faisait monter la nausée en moi. « Il n'existe aucun moyen d'empêcher l'exécution de Jastriá ? Ou de la retarder, au moins ?

— Aucun. Les décisions du tribunal religieux ne sont jamais annulées. Comment pourrait-il en être autrement ? Les jugements ne sont rendus qu'après avoir demandé au Maître-Fellih de guider le tribunal, qui ne peut donc jamais se tromper. Si votre épouse est encore en vie, c'est uniquement parce que l'on a jugé raisonnable de vous prévenir avant sa mort, comme c'est vous qui avez subi le préjudice et qui êtes responsable des affaires de votre épouse. »

Je sentis toute couleur déserter mon visage.

« V'z'êtes en train d'me dire que j'ai signé l'arrêt de mort de Jastriá en v'nant ici ? »

Le Parangon haussa les épaules. « De toute façon, nous n'aurions pas retardé l'exécution beaucoup plus longtemps. »

Je restai immobile, incapable de parler. Puis je parvins enfin à extirper quelques mots de ma gorge. « Jastriá... Je peux la voir ?

— Certainement. Ce n'est que justice : une femme adultère doit affronter l'homme auquel elle a causé du tort et subir ses remontrances. Je vais vous faire escorter jusqu'aux cellules. »

Il sonna une cloche posée sur son bureau et donna des ordres à l'homme qui répondit à l'appel.

Je me levai, mais au prix d'un gros effort : mes jambes ne semblaient plus m'appartenir. Je fis une pause en chemin et me retournai vers le Parangon. « La lapi… lapidation, demandai-je. De quoi s'agit-il ? » Ma voix non plus ne semblait pas m'appartenir : c'était quelqu'un d'autre qui parlait, et dont les paroles me provenaient de très loin.

Dih Pellidree leva les yeux des papiers étalés sur son bureau. « Oh, des pierres répondit-il, indifférent jusqu'au bout. Donner la mort à coups de pierre. »

Je titubai, car mon corps se retrouvait soudain incapable de fonctionner tandis que mon esprit s'efforçait d'accepter la réalité cachée derrière ses mots.

Pellidree ne me regardait même pas. Il rangeait le dossier de Jastriákyn au bas de la pile pour prendre celui qui se trouvait au-dessus. Dossier suivant, crime suivant, châtiment suivant. Tout ça en une journée de travail. Je mourais d'envie de le tuer, de débarrasser le monde de ses airs moralisateurs et suffisants. Pour la première fois de ma vie, j'éprouvais l'envie désespérée d'ôter à un être humain la vie que lui prêtait la Création.

« Par ici », me dit le felliâtre qui devait me conduire aux cellules. Il dut me saisir par le coude pour m'éloigner doucement du bureau du Parangon.

Les cellules étaient vastes, sèches et quelconques. Chaque porte était équipée d'une grille assez grande, à travers laquelle nous allions devoir nous parler. Je demandai bien qu'on me laisse entrer, mais ma demande fut évidemment rejetée. On me fouilla minutieusement, puis mon guide me laissa. Non sans surveillance, car un autre garde était assis à une table au bout du bloc de cellules.

Je regardai par la grille. Deux femmes se trouvaient dans la cellule : la première était la sang-mêlé joueuse de cartes ; l'autre était Jastriá. Elles étaient toutes deux assises sur l'unique tapis que contenait la pièce. L'autre femme venait de dire quelque chose qui avait fait rire Jastriá, et le bruit de ce rire fit ressurgir un flot de souvenirs obsédants, d'autant plus poignants que je la savais près de mourir.

Jastriá… Une femme merveilleuse et farouche, forte tête – et qu'une religion barbare allait massacrer de façon barbare, au seul motif qu'elle avait donné son corps à un inconnu. Création, que ces deux-là avaient payé cher leur passion !

« Jastriá », la hélai-je, et elle leva les yeux.

Je devinai à son odeur qu'elle ne s'était pas attendue à me voir. « *Kel ?* » Elle approcha de la porte, ne croyant qu'à moitié à ce que lui disaient ses

44

sens. « Je pensais bien avoir senti ton odeur un peu plus tôt, mais j'n'y croyais pas !

— On m'a envoyé un message aux Prairies, pour me d'mander de venir. Alors, c'est c'que j'ai fait. »

Elle me regarda avec des yeux cernés et tourmentés. « Oh, Kel. Je suis désolée. T'n'aurais pas dû… » Elle déglutit. « On t'a dit c'qui s'est passé ? On va me tuer, t'sais. »

Je hochai la tête. « Jastriá, comment as-tu pu être idiote à ce point ? » Ce n'était pas ce que je voulais dire, et j'aurais ravalé mes mots si je l'avais pu. Je la réprimandais alors qu'elle allait mourir. Je me passai les doigts dans les cheveux, geste de frustration face à mon propre manque d'égards.

Elle éclata d'un rire minuscule. « Ah, tu m'connais bien, Kel. Je f'rais n'importe quoi pour une émotion forte, pour un frisson. Il fallait que je vive ma vie au maximum, que je goûte à tout, que je boive à toutes les coupes. C'était marrant, tout l'temps que ça a duré. » Cette dernière phrase était un mensonge, et nous le savions tous deux. Ç'avait été au contraire la quête désespérée d'une tranquillité d'esprit qu'elle n'avait jamais connue. Elle leva la main pour ôter le peigne qui retenait sa crinière, laquelle se libéra en une cascade rousse.

« J'ai essayé, Jas, répondis-je. J'ai essayé d'les faire changer d'avis, mais ils n'ont rien voulu savoir.

— Ils t'ont dit quand ? » demanda-t-elle. Elle paraissait beaucoup plus calme que moi.

Je m'arrêtai pour la laisser d'abord prendre une inspiration, de sorte qu'elle sente que j'allais lui annoncer de mauvaises nouvelles. C'était une politesse des Prairies célestes : comme si quelqu'un pouvait jamais se préparer à ce que j'allais dire. « Ils ont dit… ce… ce soir. Au coucher du soleil, sur la place. »

Elle haussa les épaules d'un air insouciant, mais dégagea une vague d'émotions qui me heurta de plein fouet et me cloua sur place : peur, horreur, amertume, résignation. J'en percevais le goût au fond de ma gorge quand je respirais.

« Quelle importance ? De toute façon, c'n'est pas une vie d'rester dans cette cellule, pour quelqu'un qu'est né dans les Prairies. »

J'éprouvai le besoin de lui poser la question. Je voulais des réponses. Je voulais désespérément comprendre. « Oh, Création – pourquoi, Jastriá, *pourquoi* ? »

Qu'est-ce qui l'avait poussée à me quitter, ainsi que l'abri du foyer que j'avais bâti pour elle parmi la crasse et la puanteur de la côte ? Qu'est-ce qui avait pu la désenchanter au point qu'elle ne se soucie plus de mourir ? Elle n'avait que vingt-neuf ans !

Elle me regarda avec une expression proche de la pitié. « Je n'le supportais plus, Kel. Fallait que je sois moi-même, pas que je r'semble au lait caillé qu'a pris la forme du moule, comme tous les autres. Y a une partie de toi qui comprend ça, non ? C'est pour ça que j't'ai épousé ! »

Je la regardai fixement en me demandant si je comprenais bien. Peut-être Jastriá avait-elle vu en moi davantage qu'il n'y avait vraiment : peut-être avait-elle cru trouver une âme semblable à la sienne, tout aussi indocile. Elle croyait que j'avais le cœur aussi rebelle que le sien. Mais je n'en avais pas l'étoffe. Je ne voulais pas briser le moule ; je voulais en créer de nouveaux. Je ne voulais pas lutter contre les anciens du tharn ; je voulais qu'ils approuvent de nouvelles manières de vivre. Je ne trouvais aucune satisfaction à choquer ma famille, à blesser ceux qui m'aimaient. Tout ce que je voulais, c'était trouver comment vivre avec les restrictions sans devenir fou. Je voulais faire du Toit mekatéen un meilleur endroit où vivre. Jastriá voulait le détruire. Elle me reprochait de manquer de caractère ; je la trouvais irresponsable. Elle me traitait d'animal trop mort pour être dépecé. Je la comparais à un lionceau des herbes qui hurle à la lune en attendant qu'elle s'effrite.

Pourtant, il était vrai que je n'étais pas fait dans le même moule que la moyenne des gardiens de selves des Prairies célestes. J'étais médecin, herboriste et chirurgien, formé par mes grands-parents, mes parents et mon oncle. Je traversais les Prairies à dos de selve, comme tous ceux de ma Maison, pour accoucher les bébés, soigner les malades, suturer les plaies, prescrire les remèdes. Dès que j'avais eu l'âge de porter mon premier tagaird et ma première dague, j'avais accompagné mon oncle jusqu'à la côte pour acheter les plantes et les remèdes que nous utilisions. Adulte, je m'étais découvert un intérêt marqué pour la préparation des potions et l'utilisation de remèdes à base d'herbes, et j'avais obtenu des anciens de mon tharn la permission de descendre sur la côte en quête d'ingrédients chaque fois que c'était nécessaire. J'avais même reçu à cette fin une portion du trésor des Prairies célestes. J'avais donc fait ce qu'accomplissaient peu de gens des Prairies : j'avais voyagé. C'est vrai, je n'avais jamais quitté l'île de Mekaté, mais j'avais échappé à la rigueur de la vie des Prairies célestes d'une manière qui était accessible à peu de gens. D'une certaine façon, je devais à cette échappatoire de conserver ma santé mentale.

Après notre mariage, j'emmenais Jastriá, bien entendu, croyant la guérir ainsi de son agitation, de son insatisfaction. Mais rien ne la satisfaisait. Quand nous étions sur la côte, elle se montrait dédaigneuse et cinglante ; mais, quand nos retournions à Wyn, elle luttait contre tout et tout le monde. Je tentais de la comprendre, et une partie de moi y parvenait. Mais une autre partie se contentait de lui crier : pourquoi ne peux-tu pas te satisfaire des bonnes choses ? Te conformer pour préserver ce qui est précieux ? Si les gens agissaient et circulaient selon leur bon vouloir, le monde fragile des Prairies se désintégrerait. Il *fallait* des règles.

En fin de compte, le tharn – mon tharn – l'avait chassée. Exilée pour un an, en punition de ses transgressions. Je l'aimais assez pour décider de la suivre, afin de nous établir sur la côte. Je vendais me services aux gens de la côte, et je croyais que nous arriverions à vivoter. Mais la première fois que je l'avais quittée pour remonter voir ma famille, elle avait disparu. Elle m'avait laissé un mot bref et s'en était allée.

Je l'avais cherchée des semaines. Après quoi je l'avais guettée chaque fois que je retournais à Port-Mekaté. Je ne l'avais jamais retrouvée.

Mais, à présent, elle était enfermée dans une cellule et me demandait si je comprenais ce qui l'avait rendue à ce point agitée, incapable de s'installer.

« Si je te comprends ? répondis-je. En partie. Un peu. Après tout, je n'ai jamais eu envie de rester chez moi pour vivre comme mon père. Mais, Jas, tu viens de signer ton arrêt de mort ! Est-ce que ça en valait la *peine* ?

— T'sais quoi, je m'en fous, dit-elle. Je croyais que ça résoudrait tout d'être libre de faire ce que je voulais, mais ça n'a jamais été le cas. Parce que j'n'ai jamais vraiment été libre. Les Célestiens me méprisaient parce que je *voulais* être différente ; les gens de la côte, parce que je l'*étais*. À croire que je n'pouvais être heureuse nulle part.

— Et l'homme…, commençai-je, mais je ne trouvai pas comment lui poser cette question.

— Çui avec qui on m'a trouvée ? Il me payait pour ça, Kel. Je n'le connaissais même pas. »

Pris de nausée, je détournai le regard.

Lorsqu'elle flaira mon dégoût, la colère l'envahit. « J'suis contente de mourir. T'entends ça ? J'suis contente ! »

Je ne savais que répondre. Je comprenais que je l'avais déçue. Si je m'étais senti impuissant lors de nos années de mariage, je ne l'étais pas moins à présent que les barreaux de sa prison nous séparaient. « Je suis désolé », répondis-je ; des mots inadéquats pour une situation terrassante.

Elle soupira. « Ça n'fait rien. Jamais j'n'aurais dû t'épouser. J'n'aurais dû épouser personne. Mais je n'sais pas c'que j'aurais dû faire : il n'y a pas de r'mède contre la corrosion d'l'esprit. "Crachat lancé au ciel te r'tombe au visage." Enfin, c'est moi qu'ai choisi de cracher vers le ciel.

— Je n'peux vraiment rien faire ? On n'devrait pas être en train d'parler du fait qu'tu vas mourir. On devrait chercher un moyen d'l'empêcher. Tu connais quelqu'un ici que je puisse aller voir ? »

Elle glissa la main à travers les barreaux et posa les doigts sur mes lèvres. « Arrête, Kel. C'n'est pas le genre de chose que tu peux résoudre avec tes r'mèdes.

— Jas, Création… »

On se dévisagea, chacun inspirant le désespoir et l'horreur de l'autre, chacun conscient de l'autre d'une façon que les gens de la côte ne connaissent jamais, comme si l'air nous séparant charriait mille détails subtils, pour que nous les lisions à chaque inspiration. Pour ma part, tout ce que j'avais à dire était là, dépouillé des douces paroles ou des raffinements sociaux : culpabilité, amour, chagrin. Je connaissais son regret, sa tristesse, l'intense fureur qui couvait en elle. Je sentis les traces de l'étincelle de passion qu'elle avait naguère éprouvée pour moi, longtemps auparavant.

Nous étions si jeunes alors.

Par-dessus son épaule, j'aperçus sa compagne de cellule. La femme s'appuyait au mur du fond, bras croisés, tête baissée. Elle avait dû entendre chaque mot.

Jas s'agita, soupira. « Kel, il y a une chose que tu peux faire pour moi.

— Oui.

— C'est ptêt' la chose la plus dure que je t'aurai jamais d'mandée. »

J'hésitai, méfiant, redoutant de la décevoir de nouveau. « Qu'est-ce que c'est ?

— J'ai peur de ce qu'on va m'faire. Paraît… que ça peut être une mort lente. Pis douloureuse.

— On t'a expliqué ?

— Pour les pierres ? » Elle hocha la tête.

« Je, je pourrais te donner quelque chose à prendre, si on m'laisse rentrer ; une drogue… »

Mais on me fouillerait et on me la confisquerait. Son arôme m'apprit qu'elle pensait la même chose.

« On m'a dit que le mari trompé a le privilège de, hem, d'lancer la première pierre. » Elle s'éclaircit la gorge. « T'es… t'es un homme costaud, Kelwyn. »

Le vomi me monta dans la gorge. *Non !* Pas ça. *Jamais*. Je ravalai ma bile. « S'te plaît, Kel.

— Tu n'comprends pas c'que tu me d'mandes. Je suis *méd'cin*. Pis, dans le temps, j't'aimais plus que tout au monde.

— Oh, j'le sais bien. Mais j'suis égoïste, comme toujours. Pis j'ai peur. Je n'demanderais jamais ça à quelqu'un de moins courageux. »

Elle me manipulait, comme elle l'avait fait des milliers de fois. Bien sûr qu'elle savait ce qu'elle me demandait ; c'était l'évidence même. Je percevais même dans son odeur une nuance déplaisante. Mais que pouvais-je répondre ? Je lui touchai le visage à travers les barreaux, m'efforçant d'étouffer ma douleur de sorte qu'elle ne la sente pas. « Si… Si on m'laisse faire.

— Tu promets ?

— Je te l'jure.

— T'es quelqu'un de bien, Kel. Tu méritais mieux. »

Mais j'en doutais. Je l'avais déçue, et je le savais.

« Va-t'en met'nant. Et puisses-tu n'faire qu'un avec la Création. »

Je faillis m'étrangler quand je lui adressai le salut aux mourants : « Rejoins la Création en paix. » Je retirai la main et agrippai les barreaux, répugnant à partir.

Derrière elle, l'autre femme s'avança. Elle m'adressa un signe de tête, le visage calme. « Allez-y, dit-elle. Essayez de voir le portenaire. Ou son chambellan. » Elle glissa un bras autour de l'épaule de Jastriá.

Je hochai la tête. « Je vais le faire. Et vous, vous allez bien ? V'm'aviez l'air commotionnée, hier soir.

— Oui, c'est possible, répondit-elle avec un sourire ironique. Autrement, je ne me retrouverais pas enfermée ici. Vous avez vu la Cirkasienne blonde, ce matin ? »

Je fis signe que non et m'apprêtai à repartir, mais le garde posté au bout du passage me cria : « Ne bougez pas ! Vous devez attendre une escorte. » Il sonna une cloche sur son bureau pour appeler un autre garde. « Attendez là où vous êtes. »

Je m'assis sur la première marche et patientai, la tête entre les mains. Je me sentais si affreusement impuissant, et tellement fautif. Mais qu'avais-je donc fait de travers ? Je n'en savais rien. J'ignorais comment j'aurais pu rendre Jastriá heureuse, mais il devait bien exister un moyen. Simplement, je ne l'avais jamais trouvé.

Une ou deux minutes plus tard, un garde descendit l'escalier, mais il escortait quelqu'un d'autre : la Cirkasienne. Elle portait une tenue de voyage, méprisant la préférence des felliâtres pour les jupes, et elle avait fixé dans son dos l'épée de l'autre femme. Aux prises

52

avec mes propres émotions, je notai à peine l'incongruité de sa présence, *armée* qui plus est, alors même que l'autre femme venait de la mentionner.

« De la visite pour la sang-mêlé ! dit l'escorte au garde du passage, avant de se tourner vers moi. Vous êtes prêt à repartir ? Attendez que cette Cirkasienne en ait fini et je vous escorterai ensemble. Restez où vous êtes. » Il se tourna vers la Cirkasienne avec un sourire rempli d'anticipation. « Je suis obligé de vous fouiller, vous savez. »

Avec une perplexité croissante, je le regardai fouiller la bourse à sa ceinture puis la tapoter de haut en bas, de manière plus soigneuse qu'intrusive, ignorant son épée pendant tout ce temps comme si elle n'existait pas. Elle la fit glisser dans son dos tandis qu'il inspectait sa bourse et la déposa près de la porte de la cellule. Aucun des gardes ne parut la remarquer. Celui qui l'inspectait souriait toujours avec une évidente jubilation tandis qu'il promenait les mains sur son corps ; elle demeurait stoïque. Quand il en eut fini, il désigna la cellule de Jastriá. « Vous pouvez entrer, demoiselle. » Il la gratifia d'un dernier sourire narquois puis alla rejoindre l'autre garde. Je me contentai de regarder fixement l'épée, hypnotisé. Création, que se passait-il donc pour que des gardes laissent entrer une visiteuse armée dans une prison ? Ils n'avaient pas pu la rater : elle était tellement énorme qu'elle faisait paraître la Cirkasienne minuscule.

La sang-mêlé avait remplacé Jastriá devant la grille. La Cirkasienne ramassa l'épée qu'elle lui tendit, munie de son harnais. La poignée traversa les barreaux à grand-peine. Puis elle tira de sa bourse un objet qu'elle lui passa également ; il ressemblait à un petit bout de métal muni d'un crochet. Absorbés par leur conversation, les gardes ne remarquèrent rien.

D'un ton que je jugeai peu aimable, la sang-mêlé lança : « T'en as mis du temps !

— Bonjour, moi aussi je suis ravie de te voir, rétorqua la Cirkasienne. Et merci, Braise, d'avoir risqué ta peau en m'apportant mon épée sous le nez des gardes.

— La ferme, Flamme, répondit gentiment l'autre. Le rouquin des Prairies n'en perd pas une miette, derrière toi.

— Ça ne fait rien. Il est Clairvoyant, de toute façon. »

La sang-mêlé fit signe à la Cirkasienne de s'écarter pour qu'elle puisse me voir, toujours assis sur les marches. « N'importe quoi, dit-elle.

— Mais si.

— Mais non.

— Mais si, Braise. Il voit l'épée. Et il a vu tout l'argent que j'ai raflé sur la table de jeu. »

Voilà qui suffit à détourner son attention. « Ah, c'est bien, tu l'as récupéré ?

— En grande partie. J'ai laissé le prêtre felliâtre en prendre un peu. Histoire qu'il ne se doute de rien. »

La sang-mêlé reporta son regard sur moi. Le nom de Braise lui convenait bien. « Il n'est pas Clairvoyant, Flamme. Je les reconnais plus ou moins. Je sens une affinité avec eux. Et ce rouquin hirsute ne fait pas partie de mes semblables.

— En tout cas, il perce mes illusions à jour.

— Ah oui ? » demanda-t-elle, sourcils froncés, tout en me scrutant avec intérêt.

Si je n'avais pas été en train d'essayer de digérer les événements de la matinée, j'aurais peut-être répondu, m'indignant qu'elles parlent de moi comme d'un absent alors que j'entendais tout. Mais, pour l'heure, leur conversation – ainsi que leurs noms – me semblaient simplement bizarres, et j'étais tellement anéanti que je n'arrivais pas à m'en soucier.

Flamme haussa les épaules. « Aucune importance. Il ne dira rien. Il a essayé de t'aider hier soir. Tu ne te rappelles pas ?

— Vaguement. J'étais un peu sonnée.

— Ouais, Braise la célèbre bretteuse qui se laisse vaincre par un type armé d'un gourdin. Ah, c'était mémorable.

— Ouais, bon, ça m'arrive d'être aussi stupide qu'un homard dans une marmite. Je le sais. Je n'ai pas besoin qu'on me le rappelle, merde. Mon épaule me fait un mal de chien et j'ai une migraine de tous les diables. Et pourquoi tu n'es pas venue m'aider ? Tu parles d'une amie !

— Tout s'est passé trop vite. Et je me demandais si le prêtre n'était pas Clairvoyant. »

Braise afficha une mine contrariée. « Et alors ? Que vaudrait la vie sans quelques prises de risques ?

— Elle serait beaucoup plus paisible ! C'est à cause de tes risques débiles qu'on s'est retrouvées dans cette situation !

— Hé, comment voulais-tu qu'on mange, autrement ? Je ne te voyais pas postuler pour faire la vaisselle ou récurer le sol. »

La Cirkasienne haussa un sourcil et Braise sourit, à ma grande surprise.

Flamme ne lui rendit pas son rictus. Elle se contenta de demander d'une voix grave : « Tu sais ce qu'ils ont prévu pour toi ? »

La voix de la sang-mêlé se teinta d'une nuance hilare. « On va m'expulser demain matin sur un navire en partance pour la Pointe-de-Gorth. »

L'expression de Flamme était comique. « Après tout le mal qu'on s'est donné pour *quitter* ce trou ?

— Belle ironie, hein ? Enfin, bref, je pensais partir d'ici ce soir, au coucher du soleil. » Elle baissa la voix jusqu'au plus infime murmure, mais j'avais une excellente ouïe à l'époque. « Ma compagne de cellule va être exécutée publiquement sur la place située devant le bâtiment, au crépuscule. Je crois que ça va distraire l'attention des gens, pas toi ? »

Je détournai le regard, écœuré, et cessai de les écouter.


Port-Mekaté dégageait toujours une myriade d'odeurs. De charbons ardents, de hauts fourneaux ; des miasmes de crasse et de fumée, de sacs de fertilisant à base de poisson prêts à l'exportation. Le long du fleuve qui traversait les quartiers en serpentant paresseusement, les laisses mêlées d'eaux d'égouts empestaient les ordures. La ville semblait tapie sur la terre comme si elle venait s'y nourrir : hideuse, obscène, pareille à une tumeur. D'année en année, elle se déployait, débordant sur la forêt qu'elle dépouillait sur son passage. Elle aspirait la beauté de la terre et recrachait l'infection des tas d'ordures, des fosses d'aisances et des crassiers.

Je me demandais souvent comment des êtres humains pouvaient autoriser la construction d'une telle abomination, et comment l'on pouvait ensuite vouloir vivre dans un tel cloaque.

Autrefois, la ville avait également été infestée de criminels, mais il fallait reconnaître aux felliâtres le mérite d'y avoir remédié à mesure que leur influence religieuse s'étendait d'un quartier à l'autre. Leurs bonnes œuvres avaient en grande partie apaisé la misère qui alimentait le crime ; grâce à leurs gardes armés de gourdins, tout manquement était bientôt devenu une entreprise risquée.

Lors de mes premiers séjours sur la côte, j'avais évité la ville autant que possible. Pendant l'exil de Jastriá, j'y avais vécu trois mois, jusqu'à sa disparition. Je n'avais guère goûté l'expérience et peinais à comprendre comment elle pouvait l'apprécier, et même envisager seulement de se faire sa place dans une partie du monde qui recelait tant de crasse et de laideur, sans parler des felliâtres à la foi si dure et implacable. Je n'avais pas compris que ce n'était pas Port-Mekaté qui l'attirait, mais les Prairies célestes qui la dégoûtaient et l'aventure qui l'appelait.

Bien sûr, il y avait en ville d'autres religions que le culte felliâtre, et d'autres gens aussi. Le portenaire, pour commencer, qui dirigeait l'insulat et ses habitants, felliâtres et Célestiens compris. Malheureusement, j'ignorais comment un simple médecin des

Prairies pourrait obtenir une entrevue avec le dirigeant de l'insulat, ou son chambellan, dans un intervalle de moins de sept heures.

La Création sait quels efforts j'ai déployés, avec toutes les armes que je puisse concevoir : subornation, persuasion, mensonges et vérité. Mon échec ne m'étonna guère.


Les exécutions publiques semblaient exercer une forme d'attraction perverse. Quand j'atteignis la grand-place de la ville ce soir-là, elle grouillait de monde, et pas uniquement de felliâtres. Les gens s'agitaient comme des tourbillons d'excitation et d'obscène impatience. J'avais cru dans ma grande naïveté que l'ambiance serait lugubre, adaptée à une telle tragédie. Au lieu de quoi elle évoquait un carnaval : la foule dégageait des odeurs de désir et de ferveur, de sueur et d'une vibrante animation, d'une avidité bestiale de voir couler le sang.

Il y avait un poteau planté dans le sol d'un côté de la place, près duquel était posé un seau rempli de sable à répandre plus tard sur le sang. J'entendais rire les garçons qui avaient amassé les tas de pierres omniprésents. Il n'y avait pas de felliâtres de sexe féminin sur cette place : c'était un travail d'hommes au nom d'une religion d'hommes. De petits groupes d'adeptes d'autres religions se tenaient bien en retrait, éparpillés en lisière de la foule. Eux au moins semblaient d'humeur plus sobre.

Une cloche sonnait pour signaler le coucher du soleil, mais la nuit n'était pas encore tombée quand on la conduisit au poteau. Elle était majestueuse, ma Jastriá. Majestueuse et fière. *Moi*, j'étais très fier d'elle en tout cas. Elle portait une longue robe droite et ses cheveux lui tombaient sur les épaules, exactement comme elle aimait les porter. Elle gardait la tête haute et se dirigeait vers le piquet sans personne pour l'aider. Son regard balaya la foule, stoïque, jusqu'à me trouver. Elle m'adressa un infime sourire et resta très calme tandis qu'on l'attachait et qu'on la laissait là pour affronter la mort au milieu de ce cercle d'hommes. La foule ne s'approcha pas d'elle ; les gens voulaient de l'espace pour faire leur travail, pour assister au spectacle, pour exulter. Leurs émotions me terrassaient : je percevais chaque nuance de leur odeur, puanteur d'humanité corrompue.

Près de moi, j'entendis un jeune homme dire à un autre : « Vise le nez. Je te parie tout ce que tu veux que je l'atteins avant toi. »

L'autre éclata de rire et choisit une pierre sur le tas posé devant lui. « Tu ne toucherais rien de plus petit que le cul d'un bœuf à cette distance. »

Un troisième les réprimanda. « Prenez garde. Quelqu'un pourrait croire que vous êtes réellement en train de jouer pour de l'argent, et alors c'est vous qui auriez des ennuis ! Et, de toute façon, vous ne devriez pas commencer par le visage. Le prédicateur felliâtre que j'ai entendu hier soir disait qu'il fallait briser les jambes en premier. Ensuite, le corps. Et terminer par le visage.

— Pourquoi ça ? demanda le premier.

— Ça prend plus longtemps, et ça fait plus mal. Les pécheurs doivent mourir lentement. Ainsi, ils ont le temps de méditer leurs péchés, et puis, si leur mort est douloureuse, ça permet de, comment dire, de *dissuader* les autres. »

Ne supportant pas d'en entendre plus, je m'éloignai.

L'instant d'après, le Parangon Dih Pellidree vint se placer près de Jastriá, suivi par d'autres prêtres vacillant sur leurs hautes semelles. Des acolytes vêtus de noir leur emboîtaient le pas, chacun muni d'un panier contenant cinq grosses pierres destinées aux prêtres. Un de mes voisins, me voyant non-croyant, entreprit de m'expliquer le déroulement de la cérémonie : « Ce sont eux qui commencent à lancer avant nous. C'est leur privilège, quelque chose comme ça. Un des avantages du statut de prêtre, j'imagine. Vous connaissez cette putain des Prairies célestes, gardien de selves ? Joli morceau en tout cas. »

Je ne répondis pas. Le Parangon exposa la nature du crime et le verdict, puis entonna des prières au Maître-Fellih. Il versait de l'huile parfumée par terre à la fin de chaque verset. Il n'y en avait que pour Fellih le Sage, Fellih le Magnifique, le Juge équitable. Quand il en eut fini, Jastriá cracha par terre.

Une exclamation s'éleva de la foule, suivie de marmonnements furieux.

Le Parangon me regarda. Je décroisai les bras et levai la main pour lui montrer la pierre que j'y serrais. « C'est votre privilège », dit-il en penchant la tête pour masquer sa surprise. Il ne s'était pas attendu à ce que je fasse valoir ma prérogative de mari trompé.

« Hé, dit mon voisin avec un rictus, c'est vot' femme, alors ? Allez-y, gardien de selves ! Elle l'a mérité, cette salope ! »

Je m'avançai tout en faisant rebondir la pierre dans ma main pour en jauger le poids. Combien de fois avais-je effectué ce geste, gamin, quand je protégeais les troupeaux de selves contre les lions des herbes des Prairies ? C'était important pour nous d'apprendre à tirer juste. Essentiel, même, car les gens des Prairies célestes ne tuaient jamais. Absolument jamais. Quelque créature que ce soit. Les enfants apprenaient donc à viser avec précision, à jeter une pierre contre le flanc d'un lion des herbes juste assez fort pour lui faire mal, mais jamais assez pour le mutiler ni même le blesser.

Un frisson d'anticipation traversa la foule comme le vent faisant onduler les herbes. J'en flairai la puanteur aigrelette et moite de désir déplacé. Je croisai le regard de Jastriá et lus, au-delà du défi, toutes ces choses que je ne voulais pas voir : peur de mourir, regret vis-à-vis d'une existence qui lui avait apporté si peu de bonheur, résignation face à la défaite, colère. Il n'y avait là aucun amour, ni hésitation.

Je vis remuer ses lèvres et devinai ses mots : « La Création m'emporte. *Maintenant*, Kelwyn. » Elle afficha alors une expression adressée à moi, et à moi seul. Elle charriait un message qui me glaça jusqu'à la moelle : c'était tout ce que je ne voulais pas savoir.

Je murmurai son nom et songeai : *que la Création me pardonne.*

Je reculai le bras. Et le temps parut ralentir, à moins que ce ne soit que dans mes souvenirs ? Je crus voir la pierre quitter ma main et se mettre à tournoyer. Une fois, deux fois, trois fois, tandis qu'elle traversait la place. Je n'avais aucun doute quant au résultat ; je connaissais la puissance de mon tir, la justesse de mon œil. Enfant, j'avais toujours été celui qui lançait le plus loin et visait le plus juste. J'eus l'impression de passer une éternité à regarder cette pierre tourner dans les airs. Est-il possible que j'aie entendu l'os se briser quand elle le heurta ? Car c'est ce que je me rappelle.

Jastriá s'affala, attachée au poteau, affichant toujours son demi-sourire, avec sa tempe brisée qui s'enfonçait dans son crâne. Cette blessure profanait sa beauté en même temps qu'elle achevait sa vie dans une gerbe de sang, de cervelle et d'éclats d'os.

Mon innocence aussi vola en éclats. *Comment m'en savais-tu capable, Jastriá ?* Comment savais-tu que je renoncerais si facilement à tout ce qu'impliquait mon appartenance aux Célestiens ? Tu me connaissais mieux que moi-même.

Je me détournai, révolté, différent de l'homme qui était entré sur cette place ce soir-là. Celui que j'étais à présent savait qu'il ne se verrait plus jamais de la même façon. Je me frayai un chemin à travers la foule. Les gens s'agitaient autour de moi, évoquant les remous d'un fleuve se déversant dans un étang. Ils firent résonner leurs pierres, marmonnant de colère à l'idée qu'on les prive de leur plaisir, qu'on leur retire le spectacle d'une lente agonie et l'occasion d'infliger un juste châtiment à cette pécheresse païenne. Les plus éloignés s'approchèrent et je compris qu'ils voulaient me blesser moi aussi pour exprimer leur frustration.

J'élevai mon siffle-selve à mes lèvres et soufflai fort et longtemps. Les plus proches hésitèrent, sans comprendre : le bruit de ce sifflet n'était pas audible par les oreilles humaines. Ceux qui voyaient mon visage tentèrent de s'écarter. Des cris retentirent en lisière de la foule quand Skandor apparut. Je ne reprocherais à personne de s'être écarté pour le laisser passer. Skandor, quand on le contrariait, bavait un filet de bile et retroussait les babines en dévoilant ses dents jaunissantes. L'impression produite était effrayante. Il l'*était,* lui-même : il était capable de se racler la gorge et de cracher une bile verdâtre et à l'odeur infecte avec une incroyable précision à quinze pas, et personne n'appréciait le contact de la bave de selve. Elle démangeait autant qu'elle empestait. Pendant des *jours.*

Je l'avais laissé attaché à l'un des arbres immenses derrière le Bureau des affaires religieuses et juridiques, assez lâchement pour qu'il puisse se dégager si j'avais besoin de lui de toute urgence, dans un moment comme celui-ci. Il arriva au trot à ma recherche, repoussant la foule à grands coups d'encolure sur sa droite et sa gauche, mordant avec humeur ceux qui reculaient trop lentement, donnant de grands coups de tête latéraux.

Mais ce que je n'avais pas prévu, même dans mes plans de secours les plus improbables, c'était qu'il y aurait quelqu'un sur son dos.

# 3

## *Kelwyn*

Sans selves, il n'y aurait jamais eu de Célestiens. Il ne pousse pas grand-chose sur le Toit mekatéen. Il s'élève assez loin au-dessus du niveau de la mer, à des centaines de mètres, pour échapper à la chaleur tropicale, mais son sol est entièrement rocheux, à peine couvert par une maigre couche de terre. Mais il y pleut, et même beaucoup. Des marins m'ont dit que Mekaté se trouvait à la fois sur le chemin d'un courant océanique chaud venu du sud-ouest et de vents provenant de la même direction, combinaison qui apporte toute l'année des nuages d'humidité. Les Pentes forcent les nuages à remonter et, lorsqu'ils refroidissent, ils se déchargent de leur fardeau sous forme de pluie. On dit du climat des Prairies célestes que, lorsqu'on ne voit pas de pluie, c'est seulement que la brume est trop dense.

Les selves, heureusement, ont besoin d'un climat humide et de la variété d'herbes qui couvrent les hautes prairies, et les gens des Prairies ont besoin des selves. Leur crottin nous procure du combustible pour le feu et de l'engrais pour nos cultures. Leur peau nous fournit du cuir, leur laine nos habits et couvertures, leurs os le matériau pour les aiguilles, les broches et d'innombrables autres articles. Leur lait nous donne du beurre, du fromage et du lait caillé. Leurs sabots durs comme fer peuvent être taillés et affûtés pour donner des couteaux et toutes sortes d'ustensiles. Bien entendu, nous ne les tuons jamais délibérément – les gens des Prairies ne tuent jamais volontairement –, mais nous sommes un peuple pragmatique, si bien qu'un selve qui doit être abattu à cause d'une blessure, ou qui meurt de vieillesse, est utilisé jusqu'au dernier cil.

Vous n'en avez jamais vu ? Ah. Donc, imaginez le corps d'un mouton – un très gros mouton à longs poils hirsutes –, les jambes d'un poney de l'archipel des Vigiles, la queue dressée et les oreilles d'un cerf, le museau d'une chèvre et le cou d'un… enfin, je ne sais pas trop quelles autres bêtes ont le même cou que les selves. Une encolure longue, droite et perpendiculaire. Ils ne ressemblent en rien à vos chevaux kellois. Et ils sont couverts de laine plutôt que de poils. Dans des nuances de brun, de gris, de noir ou de blanc, ou d'une combinaison de plusieurs de ces couleurs.

Tout habitant des Prairies assez vieux pour marcher possède au moins un selve, et nous avons générale-ment une affinité avec ceux que nous employons comme montures, mais ils sont par bien des aspects difficiles à aimer. Ils sont irascibles et irritables, avec une tendance à mordre, à cracher et à donner des coups d'encolure latéraux. Ils sont également assez stupides et pas franchement loyaux. Skandor était le meilleur selve que j'aie jamais possédé, car il avait un minimum d'intelligence. Il répondait volontiers au sifflet, même s'il se moquait bien de savoir qui l'utilisait. Il détestait toutefois être monté par tout autre que moi, et c'est pourquoi le voir fendre la foule avec quelqu'un d'autre sur le dos me cloua sur place de stupéfaction.

C'était la dénommée Braise, toujours censée se trouver en prison. Cela dit, elle ne le montait pas vraiment – il avait décidé où il allait et il aurait fallu pas moins d'une jambe cassée pour l'en empêcher –, mais elle parvenait à rester en selle. Elle y paraissait même relativement à l'aise. Elle portait son épée dans son dos, dans son harnais.

Quand il me rejoignit, Skandor s'arrêta, si bien qu'elle se pencha et tendit la main pour m'aider à monter.

Au lieu de la prendre, je grommelai : « Enfer et sombrelune, qu'est-ce que vous trafiquez sur mon selve ?

— On pourrait en parler plus tard ? demanda-t-elle. Je crois que vous devriez vraiment filer d'ici. Cette foule ressemble à une nuée de guêpes qui cherche quelque chose à attaquer, et je crois bien que c'est à vous qu'elle pense. »

Comme elle avait raison, je saisis sa main et elle me hissa derrière elle. Je lui repris les rênes et talonnai très fort les flancs de Skandor. L'animal s'en offusqua et se mit à cracher tout en pivotant. La foule s'éparpilla aussitôt, aspergée de bave à l'odeur infecte. Un chien gigantesque aux pattes énormes bondit au milieu de ce chaos et tenta de mordre un homme qui tenait une pierre à la main. Celui-ci la lâcha et s'enfuit en courant. Le chien reporta son attention sur un prêtre felliâtre en approche, qui commit l'erreur de vouloir le frapper à l'aide de son bâton. L'animal bondit et arracha la manche de sa robe de l'épaule au poignet, sans cesser de gronder. L'homme tomba au sol et un hoquet traversa la foule, pour enfler en une rumeur qui se propagea vers l'extérieur. Cette réaction me surprit, mais je me rappelai ensuite que les felliâtres n'étaient pas censés toucher la terre, surtout les prêtres.

« *Oh, merde !* » s'écria la femme en se baissant lorsque quelqu'un lui lança une pierre. Le projectile la manqua mais heurta violemment Skandor à la base du cou. Il comprit le signal et accéléra l'allure.

« Où est mon sac ? » grommelai-je. Je l'avais laissé attaché à la selle de Skandor mais il ne s'y trouvait plus. Un autre le remplaçait.

« Là où vous aviez attaché votre bête.

— J'm'étonne de n'pas vous voir couverte de bave. »

J'étais en rogne contre Skandor. Il était censé *m'appartenir*, ce maudit bestiau. Il n'aurait pas dû accepter de se laisser voler. Ce fut alors que quelqu'un bondit pour saisir les rênes, et Skandor se racheta d'un coup d'encolure latéral qui fit valdinguer l'individu. Suivit un nouveau jet de bile dans le sillage de son mouvement. La foule s'éparpilla de nouveau en poussant des cris aigus.

« Il adore cracher, celui-là, commenta Braise. J'imagine que je ne lui ai pas laissé le temps de protester. »

Alors qu'on atteignait déjà la lisière de la foule, je dirigeai Skandor vers l'arrière du Bureau des affaires religieuses et juridiques. Une nouvelle pierre vola tout près de ma tête en m'écorchant l'oreille. Heureusement, la suivante atterrit sur la croupe de Skandor qui se mit à dévaler la rue à toute allure en laissant la foule derrière lui.

Je le guidai le long du bâtiment et on longea avec fracas l'entrée voûtée des salles d'audience. La rue était déserte ; tout le monde devait se trouver sur les lieux de l'exécution. Un calme plus grand encore régnait au niveau des arbres situés derrière le bâtiment. Je ramenai Skandor au pas à l'emplacement où je l'avais précédemment attaché, et j'y retrouvai bel et bien mon sac. Ainsi que la Cirkasienne. Elle portait son propre sac sur le dos.

« Met'nant, vous descendez, dis-je à la femme installée devant moi. Je n'veux pas savoir c'que vous trafiquiez avec mon bestiau ; descendez pis laissez-moi tranquille. »

Le contrecoup se faisait sentir ; j'avais juste envie de rester seul. De faire mon deuil. D'accepter ce que je venais de faire. De quitter à jamais cette ville maudite. Je dus poser mes mains contre mes cuisses pour les empêcher de trembler.

J'ignore ce qui se serait produit ensuite, mais tout choix nous fut soudain retiré. Une cloche se mit à sonner bruyamment, accompagnée par des cris véhéments. Je crus que c'était à cause de moi, de ce qui s'était produit sur la place, mais Flamme s'écria :

« *Par les ossuaires !* Braise, ils ont découvert ton évasion. Taillons-nous vite d'ici ! »

Tout en parlant, elle me jeta mon sac. Sans réfléchir, je lâchai les rênes pour le rattraper. Braise tendit la main pour prendre celle de Flamme et la hisser derrière moi. « Hé ! m'exclamai-je. Bleu du ciel, qu'est-ce que vous trafiquez ? »

Alors même que je prononçais ces mots, Flamme monta en selle et Braise s'empara des rênes et planta les talons dans les flancs de Skandor.

Ce fut alors qu'une demi-douzaine de gardes, menés par un prêtre qui clopinait à toute allure sur ses chaussures idiotes, surgirent du bâtiment en courant vers nous. Tous les gardes portaient des piques, mais heureusement pas d'arcs. Les selves sont grands et costauds, mais c'était pousser un peu loin que de faire monter trois personnes sur le dos de Skandor – dont deux aussi charpentées que Braise et moi. Il renâcla en donnant des coups d'encolure. Le prêtre nous cria de ne pas bouger. Horrifié, je reconnus celui de l'auberge. Le garde de devant nous fonça dessus en brandissant sa pique. Et ce n'était pas moi qui contrôlais les rênes, c'était cette maudite bonne femme.

D'un coup de rênes, elle fit pivoter Skandor sur place ; la pique frôla l'épaule de l'animal, ne nous ratant que de quelques centimètres. Je tendis le pied tandis que nous tournions et heurtai le garde en pleine poitrine. Nos regards se croisèrent une fraction de seconde, puis il s'effondra. On perdit tous trois l'équilibre et on faillit tomber de Skandor. Braise se remit en selle en tirant sur le pommeau et me rattrapa. Au nom des cieux, que cette femme était forte ! Je saisis Flamme derrière moi et la hissai à son tour.

Les autres gardes nous avaient presque rejoints et Skandor ne bougeait pas.

« Flamme ! aboya Braise. Mais fais quelque chose, andouille de sylve ! » Quant à ce qu'elle attendait de la Cirkasienne amputée d'un bras, je l'ignorais. Elle-même s'affairait avec les rênes et s'efforçait de faire bouger Skandor. Elle hurla : « Et vous, là, le rouquin, quel que soit votre nom, tirez mon épée ! »

Le garde le plus proche se trouvait presque en position de nous atteindre d'un coup de pique. Je tentai de tirer l'épée du baudrier que Braise portait dans son dos. Elle était trop longue. Je dus me dresser sur mes étriers pour l'extraire, et n'y parvins qu'après en avoir d'abord chassé les pieds de Braise. Je faillis lâcher l'arme avant de comprendre que ça nécessitait deux mains, suite à quoi je passai tout près de décapiter Braise, puis moi-même. Lorsque je parvins à grand-peine à la maîtriser, ne sachant vraiment pas qu'en faire, je finis par l'agiter sans grande conviction en direction du garde. Je n'avais peut-être pas l'air franchement redoutable, mais l'épée, si, et il recula donc d'un bond.

Braise se tortilla pour me reprendre son arme, maudissant mon incompétence en termes bien sentis. Puis, d'un mouvement fluide et gracieux, elle se pencha pour agiter l'épée, non pas en direction des gardes mais du prêtre, qui tentait de s'emparer des rênes. Je protestai d'un cri, mais je ne lui rendais pas justice. Braise n'essayait pas de le tuer. Au contraire, avec une remarquable précision – dans la mesure où Skandor ne cessait de tournoyer –, elle glissa l'épée sous le ruban du chapeau noué sous son menton. Le ruban céda et le couvre-chef tomba, pour être piétiné par le selve. Braise éclata de rire. Le prêtre s'empourpra, déversant un flot de propos que son indignation face à cette moquerie délibérée rendait incohérents.

Tous les autres gardes nous avaient alors rattrapés, si bien que Skandor, quoique ayant finalement décidé que Braise voulait qu'il bouge, ne pouvait s'échapper de ce cercle d'hommes menaçants.

« Cernez-les ! » s'écria l'un d'eux.

Soudain, sans raison apparente, tous les gardes qui avançaient vers nous s'immobilisèrent, le visage exprimant une perplexité qui céda la place aux prémices de la peur. D'autres, qui arrivaient par-derrière, percutèrent le groupe. Une douce odeur nous enveloppa, puissante et attrayante. Du patchouli ? Mais qu'était donc cet arôme… ? Je l'avais déjà senti à l'auberge. Le gros chien qui avait attaqué le prêtre surgit de nulle part et ajouta au chaos ambiant en cherchant à mordre les gardes, arrachant un gros morceau de chair à l'homme tombé à terre, puis s'emparant du chapeau pour le secouer. Lorsqu'un garde leva son épée pour l'attaquer par-derrière, le chien ne remarqua rien – mais le coup d'épée ne vint jamais. Braise réussit enfin à maîtriser Skandor et le selve se fraya un chemin en bousculant des hommes à demi étourdis. À la dernière minute, Braise se pencha bien bas sur la selle et cueillit le chapeau du prêtre à la pointe de son épée. On remonta la ruelle au petit galop tandis qu'elle brandissait son trophée au bout de sa lame comme un étendard de bataille pris à l'ennemi. Skandor ne peinait même pas sous notre poids. Derrière nous, les gardes et le prêtre nous regardaient filer, visiblement troublés.

« Qu'est-ce qu'ils ont vu ? demanda Braise avec intérêt.

— Pas grand-chose, répondit Flamme. Je me suis contentée de brouiller légèrement nos contours, puis j'ai ajouté quelques flammes et un monstre ou deux. Assez pour nous tirer de là. » Elle soupira. « Je viens encore d'enfreindre la loi des îles : ça ne sera *jamais* considéré comme un emploi justifié de la magie. »

Encore quelque chose que je ne comprenais pas. J'ouvris la bouche pour parler, puis compris que je n'avais aucune idée de ce que je voulais dire. Braise jeta le chapeau puis me tendit l'épée que je glissai dans son harnais. C'était curieusement plus difficile que de l'en tirer : je récoltai quelques coupures, piquai Skandor de sa pointe – il tourna la tête en s'ébrouant d'un air indigné –, puis éraflai la tête de Braise d'un coup de la poignée avant que l'arme retombe enfin à sa place.

« Franchement, Braise, lança Flamme d'un air irrité, tu étais obligée de jouer avec le chapeau de ce prédicateur ? On aurait pu se faire tuer pendant que tu t'amusais !

— Il m'a fait assommer par son homme de main avec un gourdin, Flamme, et ensuite jeter en prison. Crois-moi, j'avais envie de lui faire bien pire qu'esquinter son chapeau, à ce crétin moralisateur. »

72

Elle regarda par-dessus son épaule, un rictus aux lèvres. « T'as vu son expression quand on s'est enfuies ? »

Flamme se mit à glousser. J'avais l'impression de tenir compagnie à deux folles échappées de l'hospice du coin.

J'attendis qu'on ait mis de la distance et pas mal de tournants entre les gardes et nous avant de tendre la main devant Braise pour tirer sur les rênes. Skandor s'arrêta docilement. Nous nous trouvions devant une pente descendant vers le fleuve et la lumière s'estompait enfin dans le ciel. Un allumeur de réverbères venait de passer et les lampes à huile brillaient d'une lueur vacillante du haut de leurs supports. Comme la plupart des gens se trouvaient chez eux en train de prendre leur repas du soir, il ne semblait y avoir aucun témoin – excepté ce chien qui reniflait les sabots de mon selve.

Braise se retourna sur la selle. « Y a un problème ? demanda-t-elle.

— Descendez, lui lançai-je, maîtrisant ma colère à grand-peine. Toutes les deux.

— D'accord, répondit-elle, mais on ne pourrait pas aller juste un peu plus loin ? On est trop près à mon goût de cette abomination de Bureau de la fourberie religieuse et des conneries juridiques.

— Descendez, répétai-je froidement. Pis laissez-moi tranquille.

— Tsk, tsk, dit Flamme derrière moi. Qu'est-ce qui a bien pu vous mettre dans tous vos états comme ça ? On était seulement… »

Braise s'empressa de l'interrompre. « Flamme, ces sales hypocrites viennent de l'obliger à tuer sa femme. Il a bien le droit d'être un peu grincheux. »

J'explosai. « *Eux*, oui, ils m'ont fait ça, à moi pis à ma femme. Mais c'que vous v'nez d'me faire, vous deux, c'est tout autre chose. Mais v'z'avez la cervelle d'un ver de terre pour ne pas comprendre ? *Je suis mekatéen*. Je dois vivre dans cet insulat et vous v'nez de faire de moi un fugitif, recherché pour complicité d'évasion ! Le prêtre pourra r'trouver mon nom dans le registre de l'auberge. Pis je viens d'apprendre c'qu'arrive aux Célestiens qui s'mêlent des affaires des felliâtres. Ma femme est *morte*, là-bas. Tout ça pour avoir couché avec un adorateur de Fellih ! Alors, que croyez-vous qu'ils feront à un homme qu'a aidé quelqu'un à s'évader d'leur prison ? »

Toutes deux restèrent parfaitement immobiles. « Oh, par les ossuaires, dit Flamme d'une petite voix. Je suis désolée. Je n'y avais pas réfléchi. Et je… je ne savais pas, pour votre femme. C'était elle qui partageait la cellule de Braise ? Je ne savais pas. »

Quand je me retournai vers elle, je me retrouvai nez à bec avec un oiseau perché sur son épaule. Il ressemblait à celui que j'avais vu à l'auberge. J'ignorais d'où il venait, depuis quand et pourquoi. J'avais l'impression que le monde, devenu fou, s'effondrait autour de moi.

D'un geste spontané, Flamme appuya le visage contre mon dos, inondant mes sens de sa compassion. « Je suis affreusement désolée », murmura-t-elle.

Ce geste étrange faillit me faire perdre mes moyens. C'en était trop : j'avais envie de craquer, de pleurer, de laisser s'exprimer cette boule de culpabilité en moi. De m'emporter contre elles, de crier, de les secouer jusqu'à leur faire rentrer un peu de bon sens dans la tête. Au lieu de quoi je pris une profonde inspiration pour me calmer et reportai de nouveau mon attention sur Braise. Elle était toujours tournée sur la selle pour me regarder. Elle hocha la tête, visiblement en accord avec les sentiments de Flamme.

« Nous n'avions pas l'intention de vous impliquer là-dedans, dit-elle. Nous voulions juste voler votre monture. Mais quand j'ai grimpé sur son dos, elle s'est ruée vers la place et je n'ai rien pu faire pour l'arrêter. Est-ce qu'on peut se racheter d'une manière ou d'une autre ?

— En vous dénonçant, peut-être ? aboyai-je. Vous pourriez commencer par expliquer aux gardes felliâtres c'qui s'est passé.

— Hum, à part cette option-là. » Elle eut le bon goût d'afficher un air penaud, mais elle ne comptait visiblement pas menacer sa liberté pour garantir la mienne.

Je serrai les dents de frustration et d'impuissance.

« On va vous laisser, si vous insistez, reprit-elle. On doit atteindre l'enclave ghemphique la plus proche. À tout hasard, est-ce que vous savez…

— Si v'croyez qu'un ghemph va vous aider, c'est *vous* qu'avez de la brume dans la cervelle. *Jamais* ils n'enfreignent la loi.

— Mais je dois en trouver un. J'ai besoin d'informations qu'ils pourront peut-être me fournir. » Elle soutenait calmement mon regard. Elle ne suppliait pas, tant elle s'attendait à me voir obéir.

« Par la Création, mais vous avez l'*culot* de m'demander quelque chose ? »

Elle hocha la tête, en silence cette fois.

Je repris les rênes. « C'est sur mon ch'min », soupirai-je.

Je n'en revenais pas de voir le monde s'écrouler si vite autour de moi.


L'enclave ghemphique était petite : une dizaine de maisons bâties sur les rives du fleuve à marée qui ondulait, incontinent, à travers les faubourgs de la ville en direction de la mer. Toute cette zone était entourée de mares saumâtres qui se remplissaient puis se vidaient au gré des marées, réseau de canaux que des mangroves protégeaient du soleil. Un fouillis de branches enchevêtrées et de racines recourbées formaient une barrière inextricable et marécageuse qui protégeait l'enclave des regards. Ils aimaient l'intimité, ces ghemphs. Et les moustiques ne semblaient guère les déranger.

L'un des deux chemins qui montaient de Port-Mekaté le long des Pentes, et menaient donc au Toit mekatéen, passait tout près et les ghemphs y avaient planté un panneau désignant l'entrée du sentier plus étroit qui conduisait à leur village. On s'arrêta près du panneau pour que Braise l'examine à la lueur de sa lanterne et s'assure que nous arrivions au bon endroit. Il annonçait : *Tatouages ghemphiques*. Aucun prix n'y figurait, mais le tarif des tatouages était fixe dans l'ensemble des îles Glorieuses, qu'il s'agisse d'un lapin au corps de nacre bon marché comme le mien, ou d'un œil à l'iris d'aigue-marine coûteuse comme celui de la Cirkasienne. On recevait le tatouage et le bijou correspondant à notre citoyenneté, point final. En fait, la seule qualité que les gens leur reconnaissaient jamais était leur nature incorruptible. Quelle que soit la somme offerte, on ne pouvait les soudoyer.

La question de la citoyenneté ne nous tracassait pas beaucoup, dans les Prairies célestes, mais j'en avais entendu assez pour savoir à quel point la vie pouvait être dure pour ceux qui n'en possédaient pas. L'absence de tatouage vous désignait comme non-citoyen, privé de statut comme de droits. On pouvait se faire chasser légalement d'un insulat. Ceux qui survivaient y parvenaient essentiellement en enfreignant la loi, ou en menant des existences de parias dans des endroits comme la Pointe-de-Gorth.

Toujours munis de la lanterne, on quitta le chemin principal pour emprunter le sentier. Il devait être alors près de minuit, quoique je n'en aie aucune certitude, faute de voir le ciel. Trop de fumée et de saleté dans l'air, comme souvent à Port-Mekaté.

Le chien nous suivait toujours, reniflant les sabots de Skandor ou disparaissant dans les broussailles, pour revenir un peu plus tard avec les pattes crottées et la langue pendante. Ses pattes épaisses, de la taille de gros fromages ronds, évoquaient davantage celles d'un lion des herbes et me poussaient à me demander s'il s'agissait vraiment d'un chien. Sa démarche était curieuse ; son arrière-train semblait toujours dépasser ses pattes avant du côté droit, d'une manière assez déroutante. On ne savait jamais vraiment s'il se dirigeait droit vers nous ou dans une tout autre direction. C'était une bête malpropre, dont le corps couvert d'un pelage inégal et glabre par endroits donnait l'impression d'avoir subi l'assaut d'une armée d'acariens. Il me suffisait de le regarder pour éprouver des démangeaisons.

Braise arrêta Skandor. « Ce sont leurs maisons ? » me demanda-t-elle. Les bâtiments situés au bout du sentier baignaient dans la pénombre, comme on pouvait s'y attendre à cette heure nocturne, et l'on n'y voyait quasiment rien sous les arbres.

« J'imagine, répondis-je. Je n'suis jamais v'nu par ici. V'z'allez réveiller quelqu'un ?

— Ce ne sera pas nécessaire, répondit une voix surgie de l'obscurité. Vous voulez un tatouage ?

— Non, répondit Braise. Juste un ghemph. Ou peut-être l'un des anciens. »

Après un bref silence, la voix reprit : « Je fais partie des anciens, ici. »

Braise mit pied à terre et me passa les rênes. Sans un mot, elle tendit la main droite, paume tournée vers le ciel, à la silhouette indistincte qui se tenait devant l'une des maisons. Elle éleva la lanterne pour éclairer ce qu'elle lui montrait, quoi que ça puisse bien être. Je vis luire un éclat doré. Le ghemph l'observa et laissa échapper un sifflement de surprise. Quoi qu'elle ait pu lui montrer, ça lui avait coupé le souffle, mais il ne fit pas mine de s'emparer de l'offrande. « Qui a fait ça ? » demanda-t-il. J'ignorais totalement quel était son sexe, et mon odorat ne m'apprenait rien. Les ghemphs n'avaient pas de véritable odeur ; ils étaient aussi neutres que la rosée matinale.

« Eylsa, répondit-elle. Qui m'a également honorée de son nom spirituel.

— Un honneur, en effet, murmura-t-il. Et vous venez ici m'apprendre sa mort.

— Eh bien, oui. Vous… la connaissiez ?

— Elle n'était pas ma sœur de colonie. Je ne l'ai jamais rencontrée. »

Braise hocha la tête mais je ne suis pas sûr qu'elle ait compris. Elle répondit : « Il se fait tard. J'ai beaucoup de choses à vous dire, mais elles peuvent sans doute attendre demain matin. Y a-t-il un endroit où nous puissions nous abriter pour la nuit ? »

Il sembla pris au dépourvu, comme si elle avait demandé quelque chose qu'il n'était pas en mesure de lui fournir, mais il finit par répondre : « Il y a la grange, là-bas. » Il désigna une structure tout juste apparente derrière les maisons.

« Ce sera parfait.

— Il y a de l'eau et de la nourriture pour vos bêtes. Et pour vous-mêmes, vous avez de l'eau ? demanda-t-il tout en nous menant jusqu'au bâtiment et en ouvrant la porte.

— Assez pour ce soir, répondit-elle.

— Alors je vais vous souhaiter une bonne nuit. »

Il s'inclina puis se fondit dans les ténèbres. Je ne vis pas dans quelle maison il entra, s'il le fit toutefois. Je le voyais mal dans le noir, mais il m'avait semblé que sa peau était humide et qu'il n'était vêtu que d'un pagne ou d'une serviette. Ça m'intriguait. Pourquoi se baignait-il dehors dans le noir ?

La grange était assez vaste pour qu'on puisse se coucher sur la paille et abriter Skandor en plus. Il s'y trouvait aussi quelques chèvres et de nombreuses poules. Lorsqu'elles se furent remises du choc de se faire renifler par un énorme canidé, on put tous s'installer pour la nuit. Juste avant de fermer les yeux, je demandai : « C'est votre chien, n'est-ce pas ? En tout cas, c'n'est pas le mien. »

Braise éclata de rire dans le noir. « Oui. Il s'appelle Fouineur. Il est à moitié lurgier de Fagne, une espèce de canidés aquatiques.

— Ah. Je voulais juste m'en assurer.

— Tu vois, Braise ? grommela Flamme. Lui non plus, il n'aime pas ton sac à puces géant.

— Bandes d'ingrats, répondit-elle d'un air indigné. Cet animal a mordu pas mal de felliâtres pour nous aujourd'hui. »

Sans doute avait-elle raison. Mais ça ne rendait pas cette bestiole plus attrayante pour autant.


Je m'éveillai bien avant l'aube d'un rêve tourmenté que je ne me rappelais pas et ne *voulais* pas me rappeler. Bleu du ciel, la réalité était déjà bien assez terrible. Ce regard qu'elle m'avait lancé. Le moment où la pierre l'avait atteinte. Le *bruit*, l'odeur du sang. Puis elle était morte, de ma main, et la fragile étincelle qui lui donnait vie s'était éteinte.

*Jastriá*. Comment avais-je pu la décevoir à ce point ?

Je m'extirpai du tagaird que j'employais comme couverture et sortis. Il avait plu au cours de la nuit et l'air avait fraîchi. Il y avait même des zones de ciel dégagé où brillaient les étoiles. C'était un mois de double lune, dont la lumière éclairait le chemin que j'empruntai et qui menait au-delà de la dernière maison à travers les mangroves et jusqu'au bord du fleuve. Il y avait là un embarcadère équipé de marches descendant jusqu'à la boue, mais aucun bateau en vue. Ni aucun endroit où les amarrer, ce qui était étrange. En raison de la marée basse, il n'y avait pas beaucoup d'eau. Je m'assis au bout de la jetée, surpris de découvrir à quel point les laisses à découvert étaient bruyantes : j'entendis des frottements, des claquements de pinces, des sauteurs de vase qui battaient de la queue pour défendre leur territoire, des centaines de messages différents que je percevais sans savoir les interpréter.

Je cherchais ce que j'avais bien pu faire de travers, et pourquoi je n'avais pas réussi à l'aider. Ne trouvant aucune réponse, je ne parvins au bout du compte qu'à me mettre à pleurer, à violents sanglots qui remontaient d'une zone obscure en moi et déchiraient tout mon être.

Absorbé par mon chagrin, je ne sentis pas Braise approcher. Je ne l'entendis pas non plus ; pour une femme de sa taille, elle était capable de se déplacer aussi discrètement qu'un lion des herbes dans la prairie. Je ne remarquai sa présence que lorsqu'elle m'entoura les épaules d'un bras en s'asseyant près de moi. Elle me laissa sangloter jusqu'à épuiser mes larmes puis me tendit un mouchoir. Une femme très terre à terre. C'était ce dont j'avais besoin.

« Je crois que vous n'auriez rien pu faire pour la sauver, dit-elle quand je me fus enfin calmé. Elle voulait mourir : c'est aussi simple que ça. »

Je me sentais mis à nu devant elle, et je m'en moquais bien. Je lui demandai dans un souffle : « Mais *pourquoi* ?

— Parfois, dit-elle prudemment, comme si elle y avait longuement réfléchi à d'autres occasions, parfois il y a des gens qui ne sont pas nés au bon endroit. Ils s'efforcent d'y trouver un sens, mais en vain. Certains cherchent alors une solution en essayant de changer le monde : ce sont les révolutionnaires. D'autres cherchent à se conformer aux attentes des autres. Ce qui finit par les rendre aussi malheureux que des crabes qui voudraient marcher droit, parce qu'ils contredisent leur propre nature. Beaucoup d'entre eux, comme Jastriá, finissent par s'enfuir en croyant trouver un endroit qui n'essaie pas de les modeler pour faire d'eux ce qu'ils ne sont pas. Ce rêve de liberté est souvent illusoire, surtout quand ils emportent leurs problèmes avec eux. Celui de Jastriá était de ne pas pouvoir contrôler son propre destin. Sa tragédie était d'être une femme sans dons particuliers, car ces femmes-là ont peu de chances de s'échapper. Les hommes ont souvent plus de choix.

— Qu'est-ce que j'aurais dû faire ? » demandai-je sans vraiment attendre de réponse. La question s'adressait à moi-même, pas à elle, mais elle répliqua malgré tout :

« Ce n'était pas votre problème, dit-elle par irritation plus que par gentillesse. C'était le sien. Et, au bout du compte, elle n'a trouvé qu'une façon de le résoudre. C'était sa faiblesse, pas la vôtre.

— Elle vous en a parlé ? » Je me sentais blessé. Jaloux, même.

« Oui, indirectement. On a parlé de beaucoup de choses. Elle savait qu'elle allait mourir. Elle voulait quelqu'un qui comprenne, et j'étais là. »

Une révélation fulgurante me traversa alors. « Elle aurait pu partir avec vous, hein ? Elle aurait pu s'échapper aussi. Vous le lui avez proposé ! Par les cieux, elle a *r'fusé* la liberté qu'vous lui offriez. »

Braise me regarda d'un air compatissant. « Oui. »

Je frissonnai comme si mon corps tout entier rejetait cette idée. « Toute cette après-midi-là, je l'ai passée à courir partout en espérant trouver quelqu'un qu'veuille bien m'écouter, qu'ait le pouvoir d'empêcher la lapidation. Un patriarche fidéen. Le Commandant de la Garde. Le chambellan. Le port'naire. Pendant tout c'temps, elle avait les moyens de s'enfuir, pis elle a *r'fusé*. »

J'éprouvai une grande amertume envers Jastriá et tentai de la combattre. Elle était *morte* : comment pouvais-je être en colère contre elle ? Mais je le pouvais, et je l'étais bel et bien.

« C'était son choix », dit Braise.

Je la dévisageai, dirigeant ma colère vers quelqu'un qui la méritait moins. « V'n'auriez pas pu la convaincre ? V'z'avez *essayé*, au moins ? »

Ses yeux lancèrent des éclairs, mais elle répondit calmement : « J'ai menacé de l'assommer et de m'enfuir en la portant sur mon épaule. Elle m'a répondu que si je l'approchais, elle allait hurler pour avertir les gardes que j'avais une épée et un outil pour crocheter la serrure. Elle avait plus de volonté de mourir que moi de la garder en vie, voilà tout. »

Elle disait vrai ; mon nez me confirmait sa sincérité.

Il me fallut du temps pour formuler ce qui me trottait dans un coin de la tête et me rongeait comme un ulcère, malgré mes efforts pour l'ignorer. « Je n'peux pas m'empêcher de penser que… qu'elle voulait qu'ce soit moi qui la tue parce que... parce que… »

Mais je ne trouvais pas les mots pour exprimer cette idée. Elle était trop affreuse.

Dans un premier temps, elle ne comprit pas de quoi je parlais. Puis elle me demanda, interloquée : « Vous voulez dire pas simplement parce qu'elle avait peur de souffrir, mais pour vous faire du mal ? »

Je hochai la tête et tentai de tout lui expliquer, conscient pendant tout ce temps de parler à une femme portant une épée qui n'avait manifestement rien d'un accessoire décoratif. « Tuer quelqu'un, c'est c'qu'un Célestien peut faire de pire. C'est le seul crime puni d'exil permanent. On n'tue même pas les souris, dans les Prairies célestes. Pis c'est encore pire qu'on me le demande à *moi*, en tant que méd'cin, guérisseur, qui me consacre à *sauver* des vies. » Ma voix s'abaissa jusqu'au murmure. J'arrivais à peine à extraire les mots de ma gorge. « La tuer a… souillé mon âme. Pour toujours. Elle d'vait bien s'y attendre. Braise, qu'est-ce que je lui ai fait de si affreux pour qu'elle estime que je méritais ça ? »

Tandis qu'elle y réfléchissait, je sentis l'odeur de mépris qui imprégnait ses pensées. Elle croyait que je m'appropriais la tragédie de Jastriá pour des motifs pervers propres à mon esprit tordu. Elle ne répondit pas : « Ce n'est pas *votre* tragédie, espèce de salaud », mais je lus ce sentiment dans son regard, j'en sentis l'odeur sur sa peau. L'arôme de son mépris évoquait celui de la combustion de l'huile.

Je ne le lui reprochais pas. Elle ne me connaissais pas, ni Jastriá, ni les Célestiens, elle tuait probablement des gens pour gagner sa vie, et elle n'avait pas vu le dernier regard que m'avait lancé ma femme juste avant de mourir. Dans ses derniers instants, Jastriá affichait l'expression triomphante avec laquelle un vainqueur nargue un adversaire haï. Elle croyait gagner une bataille que je n'avais même pas conscience de livrer. Je me sentais écœuré.

Je savais au fond de mon cœur qu'il me fallait découvrir la réponse à la question que j'avais posée à Braise. Même alors, je n'étais pas sûr de trouver jamais la paix ; sans elle, la douleur ne s'apaiserait jamais.

Bien entendu, j'ignorais alors qu'il viendrait un temps où la mort d'une femme semblerait dérisoire ; une bagatelle comparée aux milliers d'innocents qui devraient mourir, et atrocement, de ma main. Moi qui n'avais jamais voulu tuer, j'ai fini par massacrer des gens en quantité innombrable. La paix que je cherchais après la mort de Jastriá devint un rêve insaisissable qui m'a hanté ma vie entière.

Je retournai chercher Skandor dans l'étable pour le faire manger dehors. Je le conduisis un peu plus loin sur la rive et l'attachai à un emplacement où j'étais sûr que personne ne le verrait depuis la route ni le fleuve. À mon retour, les ghemphs étaient debout et l'un d'entre eux s'entretenait avec Braise et Flamme. Je ne savais pas trop si c'était celui que nous avions rencontré la veille ; difficile à dire. Ils s'habillaient tous de la même façon et ne se différenciaient guère entre eux. Leur peau avait une teinte grisâtre qui s'assombrissait progressivement de la tête jusqu'à leurs pieds nus et palmés, qu'ils avaient noirs comme suie. Leur corps était dépourvu de toute pilosité et je n'arrivais jamais à distinguer les mâles des femelles. Certains étaient plus ridés que d'autres, mais j'ignorais s'il fallait en déduire qu'ils étaient plus âgés.

À mon approche, Braise se retourna et déclara poliment : « Kelwyn, ce ghemph est le plus âgé des anciens de cette enclave. Je suis désolée, mais je ne connais pas votre nom de famille pour vous présenter en bonne et due forme. Jastriá vous appelait seulement Kelwyn.

— Gilfeather. »

Ses sourcils se haussèrent brusquement. « Vous ne seriez pas parent de *Garrowyn* Gilfeather, par hasard ?

— Par les cieux, v'connaissez mon oncle ? »

Elle éclata de rire. « Nom d'un poisson-chat, je n'ai rencontré que deux hommes des Prairies mekatéens de toute ma vie et il faut qu'ils soient *parents* ? »

Je haussai les épaules. « C'qu'il y a d'étonnant, c'est qu'vous en ayez rencontré. Très peu d'entre nous descendent du Toit mekatéen. Si vous d'viez en rencontrer un, alors il y avait de fortes chances que ce soit mon oncle ou moi-même. On descend ici en quête d'herbes et de médicaments, comme on est tous deux méd'cins.

— Votre accent n'est pas aussi prononcé que le sien.

— Je préfère être compris quand j'descends des Prairies célestes. L'oncle Garrowyn est une vieille bique contrariante qui préfère déconcerter les gens. » Je me tournai vers le ghemph. « Je dois vous r'mercier de nous avoir laissés utiliser vot' grange. Je m'en vais met'nant, je n'souhaite pas attirer d'ennuis sur vos têtes et je crois bien ne pas être extrêmement populaire à Port-Mekaté ce matin. »

Le ghemph leva la main. « Nous serions honorés que vous acceptiez de demeurer assez longtemps parmi nous pour partager notre repas matinal. Nous avons cuisiné tout spécialement pour nous adapter aux goûts des humains.

Je clignai des yeux et me tournai vers Braise, me demandant ce qu'elle avait bien pu montrer la veille au ghemph pour nous garantir tout ça. Les ghemphs parlaient rarement aux humains, et uniquement par nécessité dans le cadre des affaires, jamais pour se plier à des conventions sociales. Ils s'exprimaient plus souvent par monosyllabes que par longues phrases alambiquées Et ils n'invitaient *jamais* personne à manger.

Braise me retourna un regard innocent. « Je suis persuadée qu'il peut, hum, demeurer parmi vous un peu plus longtemps. »

J'aurais dû refuser. Leur faire mes adieux puis m'en aller. En fait, j'ouvris la bouche dans cette intention mais Braise me devança. « Je ne me suis jamais vraiment présentée, me dit-elle. Je m'appelle Braise Sangmêlé et je suis née non-citoyenne à L'Axe, dans l'archipel des Vigiles. Mon amie s'appelle Flamme Coursevent de Cirkase. Et je suis sincèrement désolée de ce qu'on vous a fait. »

Je la regardai alors, réellement, pour la première fois. C'était une femme costaude, charpentée, coiffée d'une masse de cheveux à longueur d'épaule qu'elle portait tressée sur la nuque. Je me considère comme un homme de haute taille, mais elle me dépassait. Personne ne l'aurait qualifiée de belle mais elle possédait une présence qui imposait le respect, et ses yeux étaient bien trop perçants pour ne pas déconcerter. Elle avait beau s'excuser de m'avoir impliqué dans ses affaires, elle n'avait pas l'air de le regretter sincèrement.

« Désolée ? Ce s'rait à refaire, vous r'commence-riez », lui lançai-je sans ménagement avec la certitude d'être dans le vrai.

Flamme allait protester mais cet oiseau était revenu se percher sur son épaule et, lorsqu'il se mit à sautiller en pépiant, elle ferma la bouche. J'échangeai un regard avec l'oiseau et un frisson me parcourut l'échine. J'avais envie de m'éloigner d'ici le plus vite possible.

Je me retournai vers le ghemph pour lui faire cette réponse, mais découvris alors que nous étions entourés d'autres ghemphs. Ils avaient apporté des chaises ainsi qu'une table où ils disposaient des plats de nourriture fumante. Avant que je puisse comprendre ce qui se passait, on me poussa doucement à prendre place et on versa quelque chose de chaud dans une chope qu'on me fourra dans la main. Je protestai à grands gestes, renversant une grande partie de ma boisson, mais tous les ghemphs avaient disparu sauf deux. L'un d'entre eux, l'ancien auquel on m'avait présenté, s'assit face à Braise ; l'autre se glissa sur un siège voisin du mien.

« Que voulez-vous donc savoir ? » demanda l'ancien sans préambule.

Je cessai de protester et entrepris de nettoyer les dégâts à l'aide de la serviette d'algues posée près de mon assiette. Ou ce que je pris du moins pour une ser-viette ; je vis un peu plus tard mon voisin ghemph mordiller la sienne et compris que j'avais dû me tromper.

Braise posa sa chope et je vis alors sa paume. La peau était incrustée d'or, dessinant une sorte de fioriture qui était incontestablement l'œuvre d'un tatoueur ghemph. C'était sans doute ce qu'elle avait montré la veille à l'ancien. Je l'observais toujours en me demandant dans quoi je m'étais embarqué quand Braise répondit : « Je cherche un carministe extrêmement puissant. L'un des noms qu'il emploie est Morthred, la Mort Rouge, et il se dirigeait vers Mekaté aux dernières nouvelles. Il semblerait qu'il y ait une enclave de carministes quelque part dans cet insulat. Beaucoup d'entre eux sont des sylves corrompus : il a le pouvoir de transformer cette magie bleu argenté en rouge carmin. De changer les sylves en carministes. »

Le ghemph ne sembla guère ravi, mais guère surpris non plus. « En quoi ces événements vous concernent-ils ? demanda-t-il enfin.

— Nous voulons l'arrêter. Nous avons… des comptes personnels à régler, mais ça va beaucoup plus loin. Il faut l'arrêter avant qu'il devienne assez puissant pour causer de plus grands dégâts. Il rêve de pouvoir politique et il est passé à deux doigts de soumettre la castenelle Lyssal, l'héritière des îles Cirkasiennes. Il a également tenté d'assassiner Ransom Holswood, l'héritier des îles de Béthanie. » Elle marqua une pause pour boire le contenu de sa chope et ses yeux se voilèrent sous l'effet du choc. La boisson devait avoir un goût affreux. Je m'étais apprêté à goûter la mienne mais je la reposai intacte sur la table.

« N'est-ce pas là une tâche davantage adaptée aux sylves de l'archipel des Vigiles ? demanda le ghemph.

— Eux aussi recherchent ce carministe, bien entendu. Mais seuls les Clairvoyants peuvent le vaincre, car eux seuls sont immunisés contre la magie carmine. Et eux seuls peuvent la *voir*.

— Vous êtes donc Clairvoyantes ?

— Moi, oui. Flamme est sylve. »

J'écoutais leurs échanges avec un scepticisme croissant. Mon oncle Garrowyn régalait souvent les enfants des Prairies célestes d'histoires parlant de magie, de sylves qui dupaient les gens au moyen d'illusions et guérissaient les malades par la force de leur esprit, et de méchants carministes qu'il avait rencontrés et vaincus lors de ses voyages. J'avais passé l'âge de croire à ces récits.

« Qu'est-ce qui vous pousse à croire que les ghemphs pourraient vous aider ?

— Lorsque des gens vivent trop loin de vos enclaves et ne peuvent vous amener leurs bébés, c'est vous qui allez vers eux. Il n'y a pas un coin paumé dans l'ensemble des Glorieuses que vous ne visitiez pas – sauf la Pointe-de-Gorth. Vous êtes les mieux placés pour remarquer tout ce qui est… anormal. Tout ce qui n'est pas comme il le devrait. »

Il baissa la tête pour saluer la justesse de ses propos. « Nous ne nous occupons normalement pas des affaires humaines. Nous effectuons ces tatouages pour vos citoyens afin que vos dirigeants puissent imposer leurs règles et leurs lois, mais ces choses-là ne sont pas… de notre ressort. Notre seul désir a toujours été qu'on nous laisse en paix. »

Pour la première fois, Flamme prit la parole : « Vous croyez vraiment que les carministes laisseront les ghemphs en paix s'ils occupent des positions de pouvoir ? Eylsa a été tuée par des carministes. Assassinée. Ils haïssent tout ce qu'ils ne peuvent contrôler. Vous autres, les ghemphs, vous êtes trop indépendants et ils y verront une menace. Et puis Braise m'a dit que vous étiez insensibles à la magie. Ils détestent les gens qui résistent à leurs sortilèges. »

Levant sa main tatouée, Braise ajouta : « Eylsa a fait ceci avec son sang pendant qu'elle agonisait. Je crois que vous savez que ça doit être la vérité. »

L'ancien ne répondit pas.

Flamme vida son verre, sans conséquences négatives apparentes, et goûta de bon cœur à plusieurs des plats. Je m'obligeai à prendre un peu de nourriture : elle avait un vague goût que j'imaginais être celui du poisson, doublé de celui de la boue de mangrove. Quand je tentai de le faire passer avec le contenu de la chope, je faillis m'étouffer. On aurait cru du vinaigre aromatisé aux algues.

Le second ghemph, assis près de moi, se tourna vers Braise et déclara calmement : « Eylsa était ma sœur de colonie. Nous avons grandi ensemble. Je souhaite vous remercier au nom de la colonie, car vous avez dû prendre grand soin d'elle pour qu'elle vous honore ainsi. Nous vous gratifierions bien volontiers d'un saut.

— D'un sceau ? demanda Braise, déroutée.

— Nous vous honorerions volontiers.

— C'est moi qui étais honorée, répondit Braise. J'ai perdu une amie véritable. »

Il était difficile de croire qu'une telle affirmation puisse être exacte, et pourtant je percevais chez Braise une odeur de détresse bien réelle, aussi puissante que la mixture que je venais d'avaler. Elle regrettait sincèrement cette ghemph, une créature d'une autre race, laquelle s'était toujours, pour autant que je sache, soigneusement gardée de nouer des liens avec les humains.

« Porth, dit soudain l'ancien. Ce doit être à Porth. »

Braise fronça les sourcils. De toute évidence, ce nom lui évoquait quelque chose.

« Où est-ce ? demanda Flamme.

— C'est une île au large de la côte nord-est. J'y ai tué un carministe il y a… oh, sept ou huit ans, répondit Braise avec autant de désinvolture que si elle mentionnait le temps pluvieux ou quelque chose de tout aussi inoffensif. Il avait accédé au poste de gouverneur de l'île. Il avait même créé une école pour jeunes carministes sur le Mekaté continental, qu'il a fallu nettoyer un ou deux ans plus tard. Certains se sont échappés et on ne les a jamais retrouvés. Quelles nouvelles avez-vous de Porth ? »

Le ghemph fronça les sourcils. « J'ai entendu des rumeurs, essentiellement. L'une des nôtres a visité un lieu nommé l'Étang Flottant afin de tatouer les bébés des villages qui l'entourent. Elle nous a dit que les gens avaient peur. Ils parlaient de toutes sortes de choses : d'esprits lacustres, d'étrangers, d'un village situé sur une île, au milieu d'un lac, dont plus personne n'avait de nouvelles.

— Elle s'est rendue sur cette île ?

— Oh, oui, bien entendu. C'était son devoir, vous comprenez. Elle n'y a trouvé aucun enfant, absolument aucun. Les villageois n'ont pas vu sa présence d'un bon œil et lui ont demandé de partir. Ce qu'elle a fait bien volontiers ; elle disait qu'il se passait là-bas quelque chose d'extrêmement anormal. C'est le seul endroit où j'aie entendu parler de la moindre… singularité. »

Braise parut encore plus songeuse. « Eylsa m'a dit que la magie n'affectait pas les ghemphs, mais est-ce que vous la voyez ? Est-ce que cette tatoueuse ghemph aurait vu les traces d'un asservissement par magie carmine, par exemple ?

— Nous ne percevons ni les couleurs ni l'odeur de la magie comme les Clairvoyants. Mais elle aurait dû en éprouver la… vibration. Toutefois, elle est très jeune. C'était son premier voyage et il se peut qu'elle n'ait pas compris ce qu'elle ressentait.

— Je vous remercie. Je crois que nous devons nous y rendre. Mais nous avons un léger problème avec les prêtres felliâtres de Mekaté qui nous compliquera la tâche si nous voulons partir par bateau. Y a-t-il un trajet qui permette de rejoindre par les terres un autre port des environs de Port-Mekaté ? »

Les deux ghemphs se tournèrent vers moi.

Je répondis à contrecœur : « Le seul moyen, c'est de monter jusqu'au Toit pis de redescendre de l'autre côté, au niveau des Eaux de Niba. Là-bas, il y a un port qui s'appelle Lekenbraig, d'où part un paquebot qui s'rend à Porth. »

Comme en réponse à un signal, Flamme et Braise se mirent à sourire.

« Oh, non, dis-je en les regardant tour à tour. Jamais d'la vie. Je n'vous conduirai *nulle part* ! »

＿＿＿＿＿＿ CR ＿＿＿＿＿＿

Lettre du Chercheur (Première catégorie) S. iso Fabold, Département national d'exploration, Ministère fédéral du commerce, Kells, au Doyen M. iso Kipswon, Président de la Société nationale d'études scientifiques, anthropologiques et ethnographiques des peuples non-kellois.

En date du 28/2ᵉ Solitaire/1793

Cher oncle,

*Merci pour votre mot. Pour répondre à votre question : oui, entendre Gilfeather parler avec une telle désinvolture de sa rencontre avec les ghemphs m'a effectivement causé un choc, en plus de fournir l'argument le plus convaincant prouvant que les ghemphs étaient une réalité plutôt que le produit de l'imagination d'un peuple. Gilfeather est, après tout, un homme de science, un médecin et, bien qu'il ait été élevé dans une zone montagneuse reculée, un homme d'éducation et de savoir. Et pourtant, nous n'expliquons toujours pas pourquoi nous ne voyons pas de ghemphs dans les îles Glorieuses à l'heure actuelle, pourquoi (s'ils ont jamais existé) ils n'ont laissé aucun artefact, pourquoi on ne trouve aucun document écrit les concernant, pourquoi les gens répugnent tellement à aborder le sujet. Comme je vous l'ai déjà dit, cette question mérite d'être étudiée de plus près.*

*Quant à votre seconde question : non, je n'ai parlé personnellement à aucun felliâtre. En réalité, ils se font plutôt rares de nos jours, car leur religion est tombée en disgrâce. Même le portenaire de Mekaté a, je crois, réduit leur influence. J'ai le sentiment que Tor Ryder, à mesure que sa propre influence grandissait, y a beaucoup contribué. Mais j'y reviendrai plus tard.*

*Sur une note plus personnelle, j'ai passé la semaine avant-dernière avec Anyara à la campagne. Nous logions chez son oncle et sa tante (Sheveron i. Trekald que vous connaissez, je crois), après quoi je suis rentré en ville afin de continuer à organiser le nouveau voyage. Je n'ai pas encore reçu ma lettre d'affectation, mais on m'a demandé d'entamer les préparatifs, et j'en déduis qu'elle ne tardera guère. Nathan a de nouveau accepté de m'accompagner aux îles en tant que traducteur, mais je peine à trouver un artiste. Anyara, bénie soit-elle, a proposé ses services ! Bien entendu, jamais je ne l'approuverais, même mariés. Le voyage est trop rigoureux pour les personnes du sexe fragile. La perspective de nouvelles missions d'exploration des Glorieuses l'exalte cependant tout autant que moi, même si je pense que je vais lui manquer. Elle m'a fait promettre, si je m'y rends* bel et bien, de retourner voir Braise si elle est toujours en vie.

Je dois abréger : on vient de me livrer une liasse de papiers. Des formulaires à remplir en trois exemplaires pour commander les fournitures scientifiques. Je suis en train de faire fabriquer une nouvelle longue-vue, ainsi que l'un de ces microscopes ultramodernes, afin d'observer les spécimens de plantes et les insectes.

Mon affection à tante Rosris.
Votre dévoué neveu,

Shor iso Fabold

# 4

## *Kelwyn*

« C'est le pire repas que j'aie pris de toute ma vie, commenta Braise tandis que nous gravissions péniblement les Pentes. Si les ghemphs pensent que notre cuisine ressemble à ça, j'aimerais autant goûter la leur.

— J'ai entendu dire qu'ils mangent tous les aliments crus, répliqua Flamme. Avec les os et tout. Mais je n'ai pas trouvé leur nourriture si mauvaise. La boisson avait un drôle de goût, c'est tout.

— *Pas si mauvaise ?* Flamme, c'était infect ! Tu as le palais d'un poisson-chat qui se nourrit de ce qu'il trouve en farfouillant au fond de l'eau.

— N'importe quoi. Mon palais a été éduqué par les meilleurs chefs de Château-Cirkase. Et puis c'est toi qui me dis ça ? Je t'ai vu manger du ragoût d'arénicoles et de tentacules de méduse quand on était à Cap Kan !

— J'avais faim. Après plusieurs jours en mer à dos de poney, n'importe quel restaurant m'aurait convenu, et c'était le seul disponible.

— Et il n'avait qu'un seul plat sur le menu, j'ai remarqué. Tu aurais dû remarquer que je n'y ai pas goûté, *moi* ! »

J'avais enfin compris que les insultes qu'elles se lançaient avec une telle désinvolture étaient en fait d'amicales plaisanteries. Il m'avait fallu un moment pour m'en rendre compte ; ce n'était pas un style de conversation très populaire dans les Prairies célestes. Heureusement, mon cercle familial comptait Garrowyn Gilfeather, à qui il arrivait – avec ce que je supposais être une certaine affection familiale mêlée d'exaspération – de me qualifier de « catastrophe d'échalas rouquin avec deux pieds gauches et l'adresse d'un selve qui apprend à soulever le couvercle des cruches de lait ».

Braise et Flamme, avais-je décidé, devaient être amantes. Je sentais l'odeur de leur affection mutuelle. Ça ne me dérangeait pas ; dans les Prairies célestes, ces relations n'étaient pas considérées comme immorales. C'était quelque chose qu'on acceptait lorsque ça se produisait, et qu'on accueillait à la limite avec une vague pitié. Les gens des Prairies considéraient le fait d'avoir des enfants comme un grand bonheur, et savoir que certains couples ne pouvaient le connaître à cause de la nature de leur relation les attristait.

Ma situation me tracassait bien davantage. J'avais le plus grand mal à croire que je m'étais laissé embarquer dans un tel pétrin. Et les choses avaient empiré depuis notre départ de l'enclave ghemphique. J'avais eu l'intention de remonter les Pentes, seul. J'avais compté voyager le plus vite possible sur Skandor avant que les gardes felliâtres parviennent à me couper la retraite. Mais, au bout du compte, nous avions quitté l'enclave tous ensemble dans la plus grande hâte, sans grande avance sur nos poursuivants.

Pendant que nous partagions le petit déjeuner des ghemphs, un jeune avait surgi en criant quelque chose dans leur langue incompréhensible. L'ancien s'était empressé de traduire, tout en nous entraînant loin de la table : « Un groupe de gardes felliâtres arrive avec la marée et ils ont les troupes du portenaire avec eux. »

Je n'attendis pas. Je ne les remerciai même pas. Je me précipitai vers la grange, m'emparai de mon sac et de la selle de Skandor, puis fonçai là où j'avais attaché le selve. Quand je lançai un bref coup d'œil par-dessus mon épaule, je vis Flamme et Braise courir à ma suite, et Fouineur qui les suivait à grandes foulées maladroites. Comme le bateau n'était pas encore en vue, nous avions de bonnes chances de pouvoir nous enfuir discrètement.

J'aurais sans doute pu bondir sur mon selve et les planter là. Mais je songeai qu'elles se feraient alors sans doute capturer. Et qui sait quelle histoire elles raconteraient ensuite au sujet de mon implication dans leur évasion ? Une fois en selle, j'hésitai juste assez longtemps pour que Braise me saisisse le bras et se hisse derrière moi. Je masquai un soupir et attendis Flamme.

Heureusement, je connaissais globalement cette zone car j'étais souvent venu y cueillir des plantes médicinales. Je dirigeai Skandor au trot vers la forêt et ne ralentis qu'une fois certain que personne ne nous suivait. Quand on émergea au niveau d'un étroit sentier qui traversait des plantations de bambou, je ramenai Skandor au pas. J'insistai pour qu'on garde le silence, davantage parce que je ne souhaitais pas parler que pour des raisons de sécurité, mais je me gardai bien de leur préciser ce point.

Les gens du village avaient coutume de couper les bambous pour en faire des poteaux, mais on ne croisa personne ce jour-là. Environ trois heures plus tard, lorsqu'on atteignit la forêt de l'autre côté, on remplit nos outres à un cours d'eau. Je dénichai des tubercules que nous pourrions faire rôtir plus tard, car aucun d'entre nous ne transportait de nourriture dans son sac. Quatre heures plus tard, nous gravissions le sentier qui menait au Toit, d'où l'on pouvait, d'un simple coup d'œil vers le bas, s'assurer que personne ne nous suivait. Nous avions mis pied à terre et je laissai reposer Skandor en le menant au bout d'une longe – et ce fut alors que Flamme et Braise se lancèrent dans cette conversation sur la nourriture ghemphique.

La montée était ardue pour Flamme. De toute évidence, elle n'était pas habituée à la vie dure. Sa main restante, douce et blanche, n'était pas celle d'une femme qui s'était occupée de tâches ménagères ou du labourage des champs. Je me demandais depuis combien de temps on lui avait amputé l'autre bras. J'avais vu son moignon le matin même, alors qu'elle se lavait dans un ruisseau, et il donnait l'impression d'avoir cicatrisé depuis des mois.

J'avais envie de marcher en éclaireur, en les laissant derrière moi et les envoyer se faire voir. Je soupçonnais la Cirkasienne de ne pas être tout à fait guérie de son traumatisme, quel qu'il puisse bien être. Il y avait quelque chose dans ses yeux, un air détruit, qui en disait encore plus long que la façon dont elle traînait derrière nous. Sans parler de ces nuances de douleur dont je percevais l'odeur derrière son arôme énigmatique. On l'avait blessée, et brutalement, de façons qui n'avaient rien à voir avec son trauma physique. Elle bavardait si constamment avec son oiseau que je m'interrogeais sur sa santé mentale.

Lorsqu'on atteignit une saillie herbeuse où Skandor put se nourrir, je demandai qu'on s'arrête. Flamme se laissa tomber dans l'herbe, soulagée. Braise se montra nettement plus prudente. Je la vis regarder autour d'elle, inspecter la saillie, observer le chemin ascendant, regarder fixement dans la direction dont nous provenions. Alors seulement, elle détacha son épée. Elle n'aimait pas courir de risques, cette femme, et je m'interrogeais sur son histoire. Elle était bien plus impénétrable que Flamme ; la plupart du temps, j'échouais totalement à la cerner. Hors des Prairies, c'était l'une des rares personnes que j'aie rencontrées qui soient capables, lorsqu'elles le souhaitaient, de contenir à tel point leurs sentiments qu'elles ne dégageaient aucune odeur dans l'air.

Je pris nos sacs sur la selle de Skandor, puis dessanglai et libérai l'animal pour lui permettre de paître. « On reste ici une heure », leur annonçai-je avant d'aller jeter un coup d'œil par-dessus le bord. Nous nous trouvions déjà loin au-dessus de la côte et de l'excroissance que formait Port-Mekaté. De cette hauteur, on apercevait les cicatrices que leur ville, leurs carrières, leurs mines et leur pillage de forêts avaient laissées sur le paysage. Un air sale planait autour des bâtiments et de la mer ; là où le fleuve se déversait dans l'océan, un triangle d'eau boueuse tranchait le bleu comme une lame de couteau avant de se déployer en un éventail de particules brunes.

« Ils en font des dégâts, hein ? » déclara Braise près de moi.

Flamme se retourna dans l'herbe pour jeter un œil. « Par l'Abîme, je ne suis jamais montée si haut de toute ma vie. Tout est si *petit* ! On est presque arrivés au sommet ? »

Je secouai la tête. « Même pas à mi-ch'min. Va falloir qu'on dorme quelque part le long du sentier. »

Elle frissonna. « Alors j'espère qu'on trouvera une saillie de taille correcte. Je détesterais me retourner dans mon sommeil. Braise, je t'avais dit qu'on aurait dû y aller en bateau. J'aurais pu recourir à une illusion…

— Ça t'aurait affaiblie.

— Ah, parce que gravir cette saloperie de montagne, ça ne m'affaiblit pas ? »

Braise l'ignora. « Combien de temps nous faudra-t-il pour atteindre l'autre côté du Toit mekatéen et redescendre vers la côte ?

— Ç'dépendra du fait qu'vous ayez ou non des selves pour traverser les Prairies, répondis-je. Ptêt' dix jours de marche là-haut, si vous maintenez l'allure. Pis encore quelques jours pour atteindre le port, Lekenbraig.

— On a de l'argent pour louer des bêtes.

— Çui qu'vous avez volé aux joueurs de cartes, répondis-je d'une voix neutre.

— En effet. » Elle me regarda d'un air curieux. « C'étaient de sales gosses de riches qui méritaient une leçon. L'argent ne représentait pas grand-chose pour eux et je n'ai eu aucun scrupule à le transférer dans nos poches alors que nous étions affamées et sans le sou. Vous savez, je trichais avant même que Flamme ne vole l'argent, quoique ça n'ait sans doute pas été nécessaire. C'étaient des joueurs effroyables. » Elle pencha la tête et soutint mon regard d'un air neutre. « Vous êtes vraiment si droit que ça, Kelwyn Gilfeather, ou juste un hypocrite qui se donne de grands airs ? »

Je m'efforçai d'apaiser ma colère. « On ne vole pas, dans les Prairies. Pis v'z'aurez du mal à y acheter quoi que ce soit. On n'utilise pas d'argent. »

De toute évidence, elle ne me croyait pas.

« Pourquoi s'en servir quand il n'y a rien à acheter ? demandai-je en guise d'explication. On a tout sous la main. Si j'ai b'soin d'un nouveau tagaird, quelqu'un va m'en tisser un. Si les enfants du tailleur sont malades, j'vais les soigner. Si un pont a b'soin d'être réparé, tout le tharn s'en occupe. Pis quand on a b'soin de quelque chose qui n'est disponible qu'en bas des Pentes, alors on peut puiser dans la trésorerie des Prairies célestes pour l'acheter.

— D'où vient cet argent ? demanda Braise, toujours sceptique.

104

— Les tharns vendent leur excédent d'laine aux gens d'en bas.

— Les tharns ? demanda Flamme.

— Les villages, comme vous diriez sans doute. Dix maisons r'groupées ensemble. Le tharn, c'est l'unité qui s'occupe de mille selves, cent bestiaux pour chaque maison. Généralement, il y a dix personnes par foyer. Donc une centaine de gens des Prairies par tharn environ.

— Et un tagaird ? » poursuivit Flamme.

Je tâtai la pièce de serge de laine que je portais par-dessus mon pantalon étroit et ma chemise. Elle remplaçait châle ou manteau et pouvait protéger de la pluie ou servir de couverture en cas de besoin. « C'est ça. La t'nue des gens des Prairies, adoptée aussi bien par les hommes que par les femmes. Les gens de la vieille école comme mon oncle Garrowyn ne portent que des sous-vêtements en d'sous, mais je préfère porter un pantalon.

— De la laine de selve », dit Braise en tâtant l'étoffe.

Je hochai la tête. « Ce motif de tissage désigne le porteur comme un membre de la Maison Gilfeather. Et cette combinaison de rouge et de vert sombre est propre à mon tharn. »

Elle leva les yeux comme si elle en comprenait les implications. « Difficile d'être anonyme dans les Prairies, hein ? Alors, dites-moi, comment est-ce qu'on survivra sur le Toit mekatéen si on ne peut pas acheter ce dont on a besoin ?

— Si les gens vous aiment bien pis qu'ils vous font confiance, ils vous donneront ou prêteront c'qu'il vous faut. S'ils ne vous aiment pas, ils vous escorteront jusqu'au bord de la Pente et vous d'manderont de partir.

— Garrowyn disait que c'était un paradis. »

Je haussai un sourcil incrédule. Je connaissais mon oncle.

« Il disait aussi qu'un paradis doit avoir des règles. Et que celui des uns peut être l'enfer des autres », ajouta-t-elle.

Voilà qui lui ressemblait davantage. « Mon oncle a toujours eu la langue trop bien pendue. Il ne reste jamais chez lui plus d'un ou deux mois d'affilée. Pis ensuite il s'en retourne. Rien que ça, c'n'est pas commun. On fait exception pour lui grâce à ses talents curatifs ; lui, il dit qu'il voyage de par le monde pour enrichir ses connaissances médicales. J'le soupçonne plutôt d'le faire plutôt parce qu'il étouffe dans les Prairies. C'la dit, vu tout c'qu'il nous apprend chaque fois qu'il revient, on lui passe ses excentricités. » Je marquai une pause avant d'entrer dans le détail. « La vérité, c'est que nous habitons un endroit fragile et qu'on n'peut y survivre qu'en se conformant à des règles et à des restrictions. Oui, c'est le paradis, mais un paradis qu'on pourrait détruire en un clin d'œil si chacun f'sait comme ça lui chante. C'est le paradoxe des Prairies célestes. Le paradis a un prix, pis certains diraient que ce prix c'est l'enfer. »

Quand j'en eus fini, elles gardèrent toutes deux le silence. Puis Flamme leva son bras amputé. « Dites-moi, Kelwyn, demanda-t-elle pour changer de sujet, que voyez-vous ? »

Je ne comprenais pas ce qu'elle voulait dire. « Votre bras ? »

Elle hocha la tête.

« Il a été amputé au-d'sus du coude. Il n'y a pas si longtemps. Pis ça a bien cicatrisé. »

Flamme se tourna vers Braise. « Tu vois, je te l'avais dit. »

J'ignore ce qu'elle fit ensuite, mais Braise recula vivement comme si on venait de lui lancer quelque chose à la tête. J'eus seulement conscience que l'arôme qui entourait Flamme s'intensifiait. Elle dégageait toujours à mes narines une sorte de parfum suave qui m'obsédait car je n'arrivais jamais à le nommer. Pour l'heure, il était puissant, presque écœurant, mais je n'arrivais toujours pas à dire ce qu'il me rappelait, si toutefois il me rappelait quelque chose.

« Il est Clairvoyant, dit Flamme. Il savait que mon bras était une illusion. Et pourtant, il n'a pas vu la boule de magie sylve que je viens de lui lancer. Il ne s'est pas baissé.

— Mais, moi, si, répondit Braise, songeuse. J'ai vu la magie qui l'entourait, et ça a suffi à me donner envie de l'éviter. Lui n'a rien vu du tout. Il n'a même pas cligné des yeux. » Elle me regardait d'un air étonné.

« Quelle boule ? » demandai-je.

Flamme secoua la tête, incrédule. « Il n'a rien vu ? Ni l'illusion, ni la lueur sylve ? Mais quel genre de personne est-ce là ?

— Un être humain rationnel ? proposai-je.

— Ce n'est pas possible qu'il fasse semblant, hein ? » demanda Flamme, apparemment toujours dubitative.

Je serrai les dents. « Savez quoi ? J'commence à trouver fort irritant qu'vous parliez d'ma pomme comme si j'n'étais pas là. Pis j'commence à me demander si v'n'avez pas de la brume plein la cervelle, toutes les deux. Je n'crois pas à la magie parce qu'elle n'existe pas. V'z'êtes trop vieilles pour croire aux sortilèges et à la réalité des superstitions, des mythes et légendes. Bientôt, v'z'allez m'dire que les Dustels ont disparu à cause des actes d'un carministe, comme le disent les conteurs sur la côte. »

L'oiseau perché sur l'épaule de Flamme voleta droit vers moi tout en pépiant.

« Ruarth ! » l'admonesta Flamme. Il retourna se poser sur son épaule. J'aurais juré qu'il me lançait un regard noir.

Braise me sourit. « Attention où vous mettez les pieds, Gilfeather : essayez de ne pas les mettre dans le plat. Ruarth est dustellois. Il n'aime pas que l'on remette en question l'existence des carministes. En fait, nous croyons que le carministe que nous poursuivons est justement le salopard qui a fait sombrer l'archipel des Dustels.

— Braise ! s'écria Flamme. Tu ne devrais pas lui parler des oiseaux dustellois ! »

Braise lui adressa un large sourire. « Quelle importance ? Il n'en croit pas un mot. »

J'en avais par-dessus la tête de ces deux-là. Elles se moquaient de moi, et je ne méritais ça de la part d'aucune d'entre elles. Je me relevai tant bien que mal. « Il est temps de repartir. »

Flamme gémit. « Ça ne fait même pas une heure pleine, se plaignit-elle.

— Sans doute pas, acquiesçai-je avec une expression qui devait évoquer le rictus d'un lion des herbes affamé. Je n'supporterai pas plus longtemps votre conversation inepte. »

Je gâchai ma sortie en oubliant que j'avais dessanglé la selle de Skandor. Celle-ci glissa lorsque je voulus monter et je m'étalai pitoyablement de tout mon long.

Je faisais souvent ce genre de choses. Très souvent.


Lorsqu'on trouva un endroit où camper cette nuit-là, il s'était mis à pleuvoir. Pas très fort, mais continuellement. Je parvins à entretenir un feu dans un foyer de pierre construit à la hâte. En guise de combustible, je dénichai du vieux crottin de selve dans l'herbe qui nous entourait. Je fis griller les tubercules qui nous fournirent un repas substantiel, bien que fade. Mais nous ne disposions, pour tenir la pluie à l'écart, que de la mince couverture étanche que je transportais dans mon sac, faite de laine de selve feutrée et huilée. Comme elle était conçue pour une personne, pas pour trois, on dut s'asseoir très près les uns des autres, genoux relevés, adossés à un rocher, avec la couverture tendue au-dessus de nos têtes. Comme ce genre de situation appelait aux discussions sérieuses, je ne m'étonnai pas d'entendre Flamme déclarer : « Je suis sincèrement désolée pour votre femme, Kelwyn. Et désolée aussi de vous avoir fourré dans cette sale situation. On ne peut vraiment rien faire pour arranger les choses ? Peut-être qu'on pourrait écrire une lettre quand on sera à l'abri loin de l'île.

— Ce que tu peux être naïve, Flamme », l'interrompit Braise. Je supposais qu'elle devait souvent employer ce terme au sujet de Flamme. « Quelle attention veux-tu qu'ils prêtent à une lettre d'une évadée de prison et de sa complice leur disant qu'on a obligé Gilfeather à nous aider ? »

Flamme soupira. « Aucune, j'imagine. »

Braise se tourna vers moi. « Ils monteraient vraiment jusqu'ici pour vous retrouver ? Ou c'est après nous qu'ils en ont ?

— Et comment, qu'ils viendraient. Ils me veulent tout autant que vous deux. »

La voyant sceptique, je m'expliquai. « Faut qu'vous compreniez les relations qu'on a avec les autorités de la côte, nous autres les gardiens de selves. On paie des impôts au port'naire, sous forme de tissu qu'on fabrique à partir de la première tonte des selvereaux de la saison. Cette laine est fine pis très r'cherchée. » Je tâtai ma manche de chemise. « Ça, c'est d'la laine de selvereau. En échange, on nous laisse tranquilles. Personne n'est autorisé à entrer sur le territoire du Toit sans notre accord. On applique nos propres lois, on gère nos propres affaires, on éduque nos enfants nousmêmes. 'Videmment, une fois par an, les ghemphs viennent tatouer nos nouveau-nés. Mais y a un hic ; nous avons un accord selon lequel, dès qu'un des nôtres descend en bas des Pentes, ils sont traités comme n'importe quel citoyen de la côte, et ils ne peuvent pas venir chercher refuge sur le Toit s'ils font quelque chose de mal.

» Mais ça va bien plus loin. Bizarrement, les gens de la côte se méfient de nous. Ils nous craignent. Ils nous trouvent étranges avec nos barbes et nos ch'veux roux, pis c'qu'ils considèrent comme des manières impies, vu qu'on n'vénère aucun dieu. La plus grande partie du territoire de Mekaté nous appartient, à nous, pas à eux. Ils vivent le long de la frange de cette île en s'accrochant à la côte de manière aussi précaire qu'des fougères à une falaise. On dirait qu'ils veulent être constamment rassurés sur le fait qu'on n'va pas débouler du haut du Toit pour tout saccager pis les pousser vers la mer.

» Donc, oui, ils partiraient à ma r'cherche, même si vous n'étiez pas avec moi, pour des questions de principe. Pis quand ils me tiendront, ils appliqueront la loi jusqu'à ses dernières limites. J'en ai eu la certitude dès l'instant où le ghemph m'a dit qu'les gardes felliâtres avaient les troupes du port'naire avec elles. Le port'naire soutient les adorateurs de Fellih. Pis ils ont fait vite : ils ont dû décider hier soir de se lancer à notre poursuite dans l'espoir de nous couper la retraite. »

Flamme jura, employant une expression obscène qui me fit cligner les yeux de surprise. Inconsciente de ma réaction, elle ajouta : « Alors on est vraiment dans le pétrin. Je suis désolée.

— Ils ne pouvaient tout de même pas savoir que nous étions dans le village des ghemphs ? protesta Braise.

— Nan, bien sûr que nan. C'juste que l'entrée de ce village est la plus proche de ce sentier ascendant. Je suis persuadé que d'autres gardes nous ont cherchés ailleurs. »

L'oiseau apprivoisé de Flamme, perché sur son genou, se mit à pépier. Elle déclara : « Ruarth veut savoir ce que vous allez faire maintenant. Est-ce que votre peuple va vous cacher ?

— J'n'en sais rien. Pis ne m'demandez pas de croire aux oiseaux qui parlent, répondis-je, dégoûté. C'n'est pas parce que je viens d'une nation de gardiens de selves que ça fait de moi quelqu'un d'idiot, de mal éduqué ou de crédule. »

Il y eut un silence. Puis elle déclara sur un ton dangereusement tendu : « Et ce n'est pas parce que je parle à un oiseau que je suis une menteuse ou une folle. J'aurai sans doute du mal à vous prouver que je comprends Ruarth, mais je peux prouver que *lui* vous comprend. » L'odeur de sa colère me heurta de plein fouet.

« Attention, Flamme, dit Braise avec un amusement perceptible. Tout à l'heure, tu ne voulais pas qu'il soit au courant de l'existence des oiseaux dustellois… »

Mais j'avais contrarié la Cirkasienne et il n'y avait maintenant plus moyen de l'arrêter. « Eh bien, il est temps qu'il apprenne. Puisqu'on va voyager ensemble.

— Ah, mais jamais d'la vie ! » protestai-je.

Elle poursuivit sans interruption mais c'était à Braise qu'elle parlait, pas à moi. « Braise, on a détruit sa vie. Il doit venir avec nous, que pourrait-il faire d'autre ? Il faut qu'on l'aide, et peut-être que lui aussi peut nous aider. Après tout, il est insensible à la magie sylve. Peut-être qu'il l'est aussi à la magie carmine. » Elle me tourna le dos. « Dites à Ruarth de faire quelque chose. Quelque chose dont un oiseau soit capable, évidemment. Absolument n'importe quoi. »

Je me retournai vers l'oiseau. Comme le soleil ne s'était pas encore tout à fait couché, je le voyais assez bien. Il me fixa d'un œil bleu vif, tête penchée. « Très bien, répondis-je, persuadé de parvenir à contrarier la ruse qu'elle avait en tête, quelle qu'elle soit. Flamme, fermez les yeux pis restez parfaitement immobile et silencieuse. Vous aussi, Braise. » Flamme haussa les épaules et s'exécuta. Braise sourit, appréciant visiblement cette précaution, puis l'imita. « Ruarth, volez jusqu'à ma main gauche et donnez-moi cinq coups de bec. »

Il n'attendit pas. Et il ne se réfréna pas, non plus. Il asséna de furieux coups de bec à ma main gauche, posée sur mon genou. Cinq fois. Puis il resta planté là à me regarder tandis que mon univers minutieusement réfléchi s'effondrait autour de moi pour la deuxième fois en deux jours.

« Oh, mon Dieu, déclara Flamme d'un air contrit quand elle ouvrit les yeux et vit le sang qu'il avait fait couler. Ruarth, ce n'est pas gentil. » Elle s'excusa d'un regard.

Près de moi, Braise éclata de rire.

# 5

## *Kelwyn*

Pour être honnête, j'essayais de ne pas penser du tout à Ruarth. Ni à la magie sylve. Ni à la carmine. Je dormis de façon intermittente et, lorsqu'on reprit notre montée le lendemain matin, je pris l'avance sur les femmes, tirant Skandor derrière moi, sans les attendre quand elles tardaient. Braise, bien entendu, aurait pu suivre aisément mon allure, mais elle calquait la sienne sur celle de Flamme. Je préférais faire bande à part. De temps en temps, leur chien, Fouineur, me rejoignait en gambadant, avec ses pattes énormes et sa langue pendante, pour venir voir si tout allait bien, mais j'étais seul avec mes pensées le reste du temps. Avec Jastriá. Et ce dernier regard qu'elle m'avait lancé.

J'atteignis le haut des Pentes en milieu de matinée. Le temps était toujours brumeux, ce qui était normal dans les Prairies. La brume ne s'était toujours pas dissipée quand Flamme et Braise me rejoignirent.

« On attend que ça se dégage ? » demanda Braise, scrutant toute cette blancheur droit devant elle. Cette garce n'était même pas essoufflée.

« V'seriez encore ici dans plusieurs jours. Nan, on va avancer.

— Mais je ne vois pas de chemin.

— Il n'y en a pas. Il n'y en a aucun dans les Prairies. Pas de routes, ni d'sentiers.

— *Aucun ?*

— Aucun. À part quelques pierres surélevées qui vont de maison en maison dans chaque tharn. En fait, tant qu'vous êtes ici, vous d'vez vous plier à nos règles. Vous ne d'vez pas marcher dans les pas de la personne qui vous d'vance. C'est pour s'assurer qu'aucun ch'min ne s'ra jamais tracé.

— Quel mal y aurait-il à ça ? demanda Flamme en ouvrant de grands yeux.

— Comme je vous l'ai d'jà dit, cet endroit est fragile. Il n'y pousse que des pâturins pis de la laîche, et il y pleut souvent, parfois très fort. S'il n'y a pas d'herbe, toute la terre est emportée. L'érosion, c'est le pire ennemi des Prairies. Alors on n'trace pas d'chemins. V'n'allez pas marcher derrière moi, mais à côté, pis vous f'rez attention à ne pas laisser de marques. »

Elle scruta la brume d'un air inquiet. « C'est très bien, tout ça, mais comment va-t-on retrouver notre chemin ? »

Je tendis le doigt. « Mon tharn se trouve à cinq heures de chevauchée à dos de selve, au p'tit galop, par là. Même dans la brume la plus épaisse, je n'perdrais pas mon ch'min, je le r'trouverais à l'odeur.

— Il sent si mauvais que ça ? » demanda-t-elle innocemment.

115

Je n'arrivais pas à décider si elle était sérieuse ou si elle me taquinait. « Mais pas du tout. Il sent le pain en train d'cuire, le crottin de selve séché qui brûle dans les foyers, les teintures végétales que nos voisins préparent pour la laine, pis les crêpes que ma belle-sœur vient d'faire cuire sur la grille du fourneau.

— Et vous sentez tout ça à travers la brume ?

— Je plaisante. C'bien trop loin pour que j'sente quoi que ce soit. Le tharn Wyn est à plus d'un jour de marche d'ici, et on voyagera à la vitesse de la marche même si on se relaie pour monter Skandor. Les gens des Prairies ont un bon nez, mais pas à c'point. » Cette odeur de crêpes était alléchante. J'avais déjà faim, mais je ne comptais pas le leur dire.

« Alors, *comment* est-ce que vous vous y repérez dans la brume ? demanda Braise.

— Je connais chaque brin d'herbe entre ici et chez moi. Je vous assure. Flamme, v'z'allez monter un moment sur ma bête. »

Elle grimaça en se frottant les cuisses d'un air éloquent. « Je préférerais marcher. Je peux me soigner moi-même, mais c'est fatigant.

L'aspect des cernes qui lui soulignaient les yeux ne me plaisait guère. « Montez, insistai-je. Vous verrez qu'il est bien plus confortable quand il n'a qu'une personne sur le dos et pas trois. »

Elle ouvrit la bouche pour protester mais Braise me soutint et Flamme monta donc. Braise calquait son allure sur la mienne. « Les gens des Prairies ont vraiment un meilleur odorat que la plupart des gens ? »

Je haussai les épaules d'un air évasif. « Comment voulez-vous que je l'sache ? Je n'connais qu'mon propre nez. »

Elle insista. « Dites-moi, quelle odeur associez-vous à Flamme ?

— Une odeur douce, dis-je. Mais, aujourd'hui, elle ne porte pas son parfum. Pis j'en suis franchement soulagé.

— Ce n'est pas un parfum, répondit-elle, c'est la magie sylve. Vous ne la sentez plus car elle a renoncé à se créer un bras gauche par illusion. »

Je grimaçai. « S'il vous plaît, arrêtez avec ces bêtises.

— Beaucoup de gens croient à la magie, Gilfeather.

— Ça n'la rend pas vraie pour autant. Beaucoup de gens croient que le Maître-Fellih existe pis qu'il se serait réjoui de la mort de Jastriá. Ça n'le rend pas réel pour autant.

— Quelles sont les croyances religieuses des gens des Prairies ?

— Nous n'en avons pas vraiment. Nous croyons que nous faisons partie du monde. Pis que nous d'vons l'transmettre à nos descendants tel que nous l'avons r'çu. À notre mort, nous s'rons enterrés pis nous finirons par nous fondre à la terre. Comme ça, en tant que partie intégrante de la terre, nous nous confions au soin de nos descendants. Et toujours en tant que tels, nous nous occuperons d'eux en retour.

— Pas de paradis ni d'enfer ? Et vous ne croyez pas que c'est un dieu, un créateur, qui vous a placés sur cette terre ?

— Nan. Pourquoi ce s'rait un dieu ? Ou n'importe quel être ? Nous existons, c'est tout. Nous vivons, mourons, et le cycle se poursuit. Nous nous réjouissons d'avance de savoir que nous r'joindrons la terre. Nous n'y pensons pas tant comme à une mort que comme à une renaissance progressive dans la terre qui nous a nourris, et donc dans chaque personne née après nous. Nous croyons à la conscience de la terre, dont la nature ne peut nous être connue qu'après notre mort. La mort n'est pas une fin, juste un état différent, si différent que ça n'sert à rien d'y penser.

— Vous croyez que vos ancêtres font partie de vous en ce moment même ?

— D'une certaine façon.

— Pas de culte, ni de dieux, ni de temples, ni de patriarches ?

— Pas un seul.

— Ça me plaît bien, comme religion. » Elle me souriait, mais je lus sur son visage une expression mélancolique, presque tragique. Avec un haussement d'épaules, elle changea de sujet. « Vous niez toujours que Ruarth nous comprenne ? »

Je secouai la tête. « Nan. Je n'suis pas cruche. Je vois bien que oui. Pis ce vieux Skandor vient bien quand j'l'appelle. Mais ça n'en fait pas d'la magie pour autant. C'est ptêt' juste que l'espèce de Ruarth est… différente. D'accord, il y a des oiseaux doués de raison. Je n'doute pas qu'il y ait plein de merveilles dans l'monde que j'n'ai pas encore assez voyagé pour voir, pis auxquelles j'aurais sans doute du mal à croire.

— Vous êtes têtu, Kelwyn Gilfeather.

— Je suis méd'cin, j'étudie la science de la guérison. J'aime voir les faits avant de prescrire les r'mèdes. »

D'un coup d'œil en biais, elle s'assura que Flamme et Skandor ne soient pas en train de se perdre dans la brume. « Vous n'avez pas assez voyagé, gardien de selves. Vraiment pas assez. »

D'un grognement, je mis fin à la conversation en tirant le bout de mon tagaird par-dessus ma tête pour me protéger de la brume. On peut exprimer bien des choses avec un tagaird.


Le soleil perça la brume juste avant qu'on atteigne Wyn le lendemain après-midi.

D'une manière assez perverse, j'en fus ravi car ça me permit de leur montrer que le Toit mekatéen était le plus bel endroit de l'ensemble des îles Glorieuses. J'ignore pourquoi je voulais qu'elles aiment mon pays. Peut-être simplement pour montrer à Braise Sangmêlé que moi, au moins, je n'avais pas besoin de voyager loin pour voir ce que le monde pouvait offrir de meilleur.

Et le Toit mekatéen en faisait partie, sans aucun doute. Nous l'appelons Prairies célestes mais, en réalité, ce n'était pas un terrain plat. Il y avait des collines onduleuses et des criques rocheuses ; des rochers escarpés et de grosses pierres rondes sculptées par le vent et la pluie ; de vastes prairies aux couleurs éclatantes qui variaient selon les périodes de l'année. Pour l'heure, c'était un océan de calices roses et de chatons gris. Dès que le soleil apparut et que la brume s'estompa, les marguerites blanches poussant entre le rose et le gris ouvrirent leurs pétales et ce fut comme si l'on repeignait les prairies sous nos yeux. Quand les nuages cachaient le soleil, les marguerites se fermaient en mouvement, telle une œuvre d'art vivante.

Nous nous trouvions au sommet de la pente qui menait au ruisseau connu sous le nom de Cours de Wyn. Les maisons de Wyn étaient disposées le long du cours d'eau, à raison de cinq de chaque côté, et les portes d'entrée en étaient juste assez éloignées pour éviter toute inondation en cas de tempête. L'arrière des maisons était construit contre les pentes afin de minimiser l'impact sur le paysage. La pièce de devant était en surplomb, mais coiffée de gazon où l'on faisait pousser les céréales et légumes que cultivaient les gens des Prairies. Une passerelle de pierre enjambait le ruisseau et des pierres surélevées menaient d'une maison à la voisine et au pont.

« C'est ça ? demanda Braise près de moi. C'est Wyn ? »

Je fus froissé de la voir si peu impressionnée. « Oui, c'est ça. En fait, vous n'verrez jamais rien d'autre sur le Toit mekatéen. Il n'y a pas de villes, rien que des tharns. Et chacun possède dix Maisons au nom d'une famille. Pis il n'y a jamais plus de chemins que ceux-ci.

— Où sont vos troupeaux de selves ?

— En pâture. On n'les amène jamais jusqu'au tharn, à part les quelques-uns qu'on trait. Les gardiens de

120

selves les surveillent jour et nuit en les conduisant d'une zone à l'autre pour qu'ils ne marquent pas le paysage. On se partage la tâche entre nous tous. » Je me retournai vers elles. « Au tharn, vous d'vez faire très attention de n'pas abîmer la terre. Ne quittez pas les pierres surélevées si vous allez rendre visite à une autre maison.

— Et Fouineur ? Il sera le bienvenu ? » demanda Braise.

Flamme ricana. « Comme si ce sac à puces ambulant était le bienvenu où que ce soit. »

J'hésitai. « On n'a pas d'animaux domestiques. Pis on n'a pas de viande pour un animal si gros. En fait, on ne mange pas d'viande, en règle générale. »

Braise roula des yeux. « Vous mangez *quoi*, alors ?

— Du lait, du fromage, du lait caillé, des baies, des noix, du pain à la farine de tubercule, le placenta des selves à la saison des naissances… » Flamme émit un curieux bruit étranglé et je m'arrêtai. « C'très bon pour la santé, lui dis-je.

— Je veux bien le croire, répondit-elle.

— Ouais », dit Braise en tapant deux fois dans ses mains à l'intention de Fouineur. Il lui lança un regard perçant comme pour s'assurer de sa sincérité, puis s'éloigna furtivement.

Ce satané bestiau me faisait me sentir coupable. « Je suis désolé.

— C'est un croisement de chien et de lurgier. Ce sont des animaux chasseurs. Il peut se débrouiller. »

Lorsqu'on entreprit de descendre la colline, l'un des enfants du tharn, Haidwyn, le fils du tanneur, nous aperçut. Il s'empressa d'aller annoncer aux gens de ma maison que j'étais rentré. Je ne doutais pas qu'ils le sachent déjà ; on disait en blaguant, dans ma famille, que ma mère pouvait me flairer d'un bout à l'autre des Prairies, mais les enfants du tharn aimaient être les premiers à repérer les visiteurs ou les voyageurs de retour.

Bien que je ne sois parti que depuis six jours, on trouva toute ma famille rassemblée dans la salle commune pour m'accueillir lorsqu'on atteignit la porte d'entrée. Je passai de l'un à l'autre en leur frôlant la joue du dos de la main par ordre de préséance, selon la coutume : ma grand-mère, mon père, ma mère, mon oncle, mon frère et sa femme. Les deux autres membres de notre maison, ma cousine et son mari, devaient être partis prendre leur tour de garde des troupeaux de selves. Je me retournai pour désigner Braise et Flamme. Elles se tenaient derrière moi sur le pas de la porte, mal à l'aise, absorbant sans doute l'étrangeté de la pièce aux murs laqués, chichement meublée de pierre et de bois, où elles ne devaient pas se sentir à leur place.

« J'amène deux dames d'en bas dans les Prairies, annonçai-je à ma famille, prenant ainsi officiellement Braise et Flamme sous ma responsabilité. Elles doivent traverser le Toit pour se rendre à Lekenbraig. Voici Braise Sangmêlé, et Flamme Coursevent derrière elle. » Je ne mentionnai pas Ruarth, discrètement perché sur l'épaule de Flamme où il gardait le silence. Je présentai les membres de ma famille par leur nom et leur lien de parenté avec moi, et conclus en déclarant : « Je crois que vous connaissez toutes deux mon oncle Garrowyn. Quand êtes-vous rentré, mon oncle ? V'z'avez dû me croiser à Port-Mekaté. »

Il me gratifia de son sourire habituel teinté de cynisme. « Oui. J'ai passé deux s'maines à cueillir des plantes sur la côte sur le chemin du r'tour. Je suis arrivé à Wyn hier. J'ai cru comprendre que tu étais descendu en bas des Pentes à la d'mande du Parangon-de-Fellih, Kel. » Il salua Flamme d'un signe de tête. « Ravi de vous voir en forme, dam'selle. On dirait qu'le boucher a bien fait son travail. »

— Le boucher ? » répéta Flamme en fronçant les sourcils.

Braise intervint un peu trop vite pour être naturelle, me sembla-t-il. « Ravie de vous revoir, Garrowyn. Et je suis sûre que l'état du bras de Flamme doit beaucoup à vos talents. »

Garrowyn lui adressa un sourire entendu et se tourna vers moi. « Qu'est-ce qu'ils te voulaient, Kel, ces felliâtres ? »

Je marquai une pause pour les prévenir, alerter leurs sens, puis déclarai : « Ils ont tué Jastriákyn, parce qu'elle avait commis le crime de coucher avec l'un des leurs. »

Une onde de choc traversa l'assemblée ; l'odeur de son impact parvint à mes narines. Jastriá était partie depuis quatre ans, mais son absence avait laissé un vide jamais rempli depuis et suscité un malaise qui ne s'apaisait pas. Au moins, je pouvais désormais y mettre fin. Je me tournai vers mon frère Jaimwyn et sa femme Tessrym. « De la mort vient la renaissance. Je n'apporterai jamais d'autre épouse dans cette Maison ; le droit d'enfanter vous revient. » Tessrym, qui avait déjà dépassé les trente ans, éclata en sanglots et Jaim l'entoura d'un bras. Je leur accordais la permission d'avoir un enfant, renonçant à mon droit d'accorder à ma partenaire la dixième place de notre foyer. Même si je ne le vécus pas sur le moment comme un sacrifice, je sentis se flétrir mes espoirs et mes rêves. Par ces mots, je tranchais quelque chose qui ne repousserait jamais.

Ma grand-mère afficha un sourire radieux qui éclaira son visage de l'intérieur. « Tu fais bien, Kel. Nous sommes tristes pour toi, mais une naissance apportera de la joie dans ce foyer. »

Je lui rendis son sourire, la sachant attristée que sa longévité empêche les autres d'enfanter. Il n'était pas rare qu'un ancien sorte dans le froid par une nuit de tempête, espérant mettre fin à sa vie pour accorder ainsi à ses chers descendants le droit de concevoir. Aucun d'entre nous ne voulait qu'elle finisse ainsi.

Ma mère posa une main compatissante sur mon bras, assez longtemps pour m'informer de son amour et de son inquiétude, puis se retourna vers Braise et Flamme. « Venez, je vois bien qu'vos habits sont trempés. J'vais vous prêter des tagairds secs pis vous montrer où vous pourrez vous laver et vous changer. Quand vous en aurez fini, ce s'ra l'heure du repas. »

D'un hochement de tête, je la remerciai de son hospitalité. Puis je montai moi aussi me laver.

Tandis que je balayais du regard l'ancienne chambre de Jastriá, je m'efforçais de la voir par les yeux d'étrangers. La pièce elle-même était taillée dans le flanc de colline sur deux niveaux, chacun solidifié au moyen d'une couche de laque. Celle-ci provenait de cornes et d'os de selves, et la superposition des couches au fil des générations l'avait durcie comme l'acier des épées malgré son doux éclat de miel. On avait percé une fenêtre dans la pente de la colline, munie de vitres de laque semi-translucide. Il n'y avait pas de lit mais c'était dans le niveau supérieur de la chambre, à hauteur de la hanche, que l'on installait le matériel de couchage : couvertures de laine et douces fourrures de selve. De l'autre côté de cette zone surélevée se trouvaient empilés mes tagairds, pantalons, chemises et sous-vêtements de rechange. C'était une chambre simple sans décoration, ni chaises, ni placards. Je me demandai ce qu'en penseraient Braise et Flamme. Ma mère leur avait attribué la chambre de mes cousins, qui était identique.

Jaimwyn entra, muni d'une cuvette et d'une serviette. « Tu f'rais mieux de t'laver ici : les dam'selles occupent la salle de bains.

— Merci. »

Il remarqua ma distraction et reprit : « T'étais en train de penser à Jastriákyn. »

Ce n'était pas le cas, mais je pensai à elle dès qu'il prononça son nom. Je la vis me faire signe, allongée voluptueusement sur les couvertures ; je sentis de nouveau son odeur de sexe et de passion, revis cette façon qu'elle avait de rejeter ses cheveux en arrière et de jouer avec son tagaird et les plis de sa chemise pour me tenter.

« Oui, répondis-je. Y avait une partie d'elle qui s'ra difficile à oublier.

— J'apprécie ta décision de n'pas te r'marier. T'en es sûr, mon garçon ? »

Il m'appelait souvent ainsi pour me taquiner. Avec mes trente ans, j'étais l'aîné des deux. « Oui. J'n'ai pas spécialement envie.

— Tu d'vrais. C'n'était pas le mariage qui posait problème, c'était la mariée.

— Faut pas dire du mal des morts, Jaimie.

— Nan, je n'en f'rai rien. Je n'suis pas en train de dire du mal, mais la vérité. Elle n'en f'sait qu'à sa tête et elle a fait r'sortir ce côté en toi. Ton mariage aurait été plus heureux si t'avais choisi une autre fille. Quelqu'un comme ma Tess. »

Je me retins à temps de frissonner. Tess était physiquement attirante mais elle avait une âme de pédante, l'imagination d'une tique et pas le moindre sens de l'humour. La seule chose susceptible de faire sourire Tessrym, c'était la vue d'un plat bien préparé ou d'une étoffe bien tissée. Je m'empressai de retirer tagaird et chemise et me penchai pour me laver.

Il poursuivit, sans prêter attention à ma réaction : « J'ai beaucoup d'affection pour toi, petit frère, mais ton extravagance m'a causé bien des inquiétudes. »

Dégoulinant toujours d'eau, je le regardai, stupéfait. « Mon extravagance ? Quelle extravagance ?

— Oh, allons, t'sais bien de quoi j'parle. Tu r'sembles à l'oncle Garrowyn, qui rêve tout le temps de descendre au bas des Pentes. Pis quand t'es là, tu passes ton temps à expérimenter avec tes herbes et tes potions et à lire tes manuels, alors que t'es déjà le meilleur méd'cin qu'on ait sur le Toit. C'n'est pas une attitude normale, mon garçon.

— Tu s'ras p'têt bien content de mes talents quand un de tes marmots tomb'ra malade. »

Il haussa les épaules et m'adressa un sourire penaud. « Ah, ça oui, j'te l'accorde. C'pour ça que je n'te gronde pas. Mais ça m'inquiète, malgré tout, car je n'te vois pas heureux, mon garçon. Tu n'rentres pas dans le moule. »

*Rentrer dans le moule.* Création, ce que j'avais pu entendre cette expression en grandissant. « Faut qu'tu rentres dans l'moule, Kel. » « N'essaie pas de briser le moule, mon garçon. » « Tu dois apprendre à trouver ta place, pis tu n'la trouveras pas tant que tu ne s'ras pas rentré dans le moule. »

Je répondis avec irritation : « Je suis un homme des Prairies, Jaimie. Ma place est ici, pis j'n'ai jamais rien fait qu'ait enfreint une seule règle du tharn depuis l'époque où j'étais marmot. » En tout cas, pas dans les Prairies célestes.

« Nan, bien sûr que nan, s'empressa-t-il de répondre. Jamais je n't'accuserais d'une chose pareille. Mais, pour la plupart d'entre nous, le moule est confortable. C'comme ça que les choses doivent être. Ça m'fait d'la peine que tu n'l'aies jamais r'senti comme ça. » Puis il changea de sujet, conscient qu'il y avait là des zones que je ne souhaitais pas explorer. « La dam'selle que tu nous a ram'née, la plus jeune des deux, j'n'en avais jamais vu d'aussi belle. » Il roula les yeux vers le haut.

Je m'efforçai de calquer mon humeur sur la sienne. « Toi, un homme marié ! Quelle honte. Tiens, passe-moi la serviette. »

Il me la lança. « Tess m'arracherait les yeux, dit-il avec regret. Mais, en vérité, si jamais une jeune fille pouvait me tenter, ce s'rait celle-ci. Quel dommage, pour son bras. » Il m'asséna une tape dans le dos et quitta la pièce.

À peine la porte de laine épaisse était-elle retombée qu'on la souleva de nouveau. C'était ma mère. Elle resta un moment plantée là, immobile. Je savais ce qu'elle faisait : elle sondait mon odeur. Il y a dans les Prairies un dicton selon lequel on ne peut fuir nulle part le nez d'une mère. Le premier à l'avoir décrété devait en avoir une qui ressemblait à la mienne ; elle avait empoisonné ma vie d'adolescent, car elle savait toujours exactement quand je désirais une jeune fille, et laquelle… « Tu as des ennuis bien pires que tu n'le dis », déclara-t-elle sans prendre de gants.

*Ah, les mères.* « Ptêt' », répondis-je avant d'aller lui frôler la joue pour tenter de la rassurer, mais mon odeur dut lui raconter une tout autre histoire. Elle aurait pu parler, mais ce n'était pas dans sa nature. Elle me laissa percevoir son amour, son soutien, son inquiétude. Elle m'enveloppa des odeurs de mon enfance, de la sécurité et de l'amour que j'avais possédés alors. Mais elle ne pouvait me cacher l'autre émotion qu'elle ressentait : la peur. Je la sentais qui trottinait dans les recoins de ses pensées comme une souris qui redoute de sortir à l'air libre. « Sois prudent », dit-elle enfin. Puis elle me caressa la joue à son tour et quitta la pièce.

Alors qu'elle sortait, Garrowyn entra. Je lui fis signe d'approcher tout en me demandant ce qui allait suivre. Les peurs de ma mère m'avaient déstabilisé et je soupçonnais que je me sentirais encore plus mal lorsque Garrowyn en aurait fini avec moi. Je choisis un maillot de corps propre et l'enfilai.

« C'tout un nid d'vipères que tu nous as ram'né, gamin », déclara-t-il. Il se passa la main dans les cheveux selon un geste que je m'étais approprié. J'avais parfois l'impression que nous étions chacun le miroir de l'autre, uniquement séparés par le temps : j'étais l'homme qu'il avait été trente ans plus tôt. Nous avions tous deux le nez long, des cheveux évoquant de la laine de selve tondue avant qu'on la carde, une barbe qui poussait dans tous les sens et une peau que les taches de son tentaient, avec un succès quasi total, de recouvrir entièrement. Garrowyn était peut-être plus grisonnant et moi plus grand et plus large, mais la ressemblance était telle qu'on nous croyait souvent père et fils.

« Un nid de vipères ? répétai-je. Tu parles de ces femmes ? »

Il hocha la tête. « Imprégnées de magie jusqu'à leurs jolis sourcils.

— Pas toi, mon oncle, répondis-je avec un gémissement, tu n'vas quand même pas me dire que toutes ces histoires qu'tu nous racontais quand on était gamins étaient *vraies* ? »

Il haussa les épaules. « Qui sait c'qu'est vrai pis c'qui n'l'est pas ? C'est sûr, je n'vois pas la magie moi-même et elle ne peut pas m'faire de mal. Mais j'ai vu des gens qu'elle avait blessés, affreusement, pis ta Cirkasienne en fait partie. Et j'ai vu des gens qu'elle a trompés, qui voyaient des choses qu'étaient pas là, ou l'inverse. P'têt qu'il faut y croire pour qu'elle vous affecte. J'n'en sais rien. J'sens son odeur, ça c'est sûr. Pis j'n'aime pas c'qu'on en fait. Les Vigiles, 'vec leurs illusions sylves, embrouillent l'esprit d'ceux qui s'opposent à eux. Pis les carministes tuent, mutilent et pervertissent. Ils me font peur, gamin, même s'ils ne peuvent pas m'atteindre. Ces âmes-là sont malades, et leur mal est trop nocif pour qu'on puisse le guérir.

— C't'une maladie, alors ? » demandai-je, m'efforçant toujours de trouver une explication rationnelle à tous ces contes sur la magie.

Il haussa les épaules. « Ça s'pourrait bien. Mais j'ai appris d'expérience qu'on ne gagne jamais rien à enquêter sur le sujet. Ta Cirkasienne, là, elle avait une plaie carmine sur le bras qu'était en train de la pervertir. »

— Tu veux dire qu'elle affectait sa personnalité, sans doute rien d'plus que ça », lançai-je, méprisant.

Il ignora ma tentative de chercher la science derrière la fable. « Alors on lui a coupé l'bras, poursuivit-il. J'ai aidé, pis j'ai mis les bouts. J'pensais rentrer m'reposer ici bien tranquillement, jusqu'à c'que l'histoire soit tombée dans l'oubli et le carministe parti ailleurs, pis qu'est-ce que j'découvre ? Mon n'veu se pointe sur le pas de la porte avec les deux mêmes maelströms en jupons ! Quand j'les ai vues là, j'ai senti qu'le destin nous t'nait entre ses griffes et qu'il nous laissera jamais filer. » Il soupira. « Y a des gens qu'attirent les querelles comme les Rocs de Sindur attirent les éclairs. Pis t'en as amené non pas une, mais deux sous c'toit, gamin.

— Ce n'sont que des *femmes*, répondis-je. C'n'est pas non plus la peste.

— Ces deux-là attirent les ennuis. Je n'sais pas au juste à quoi recourent les carministes – magie, maladie, hypnose ou poison –, mais je sais que Flamme a été infectée et qu'la sang-mêlé a contrarié les projets du carministe. Où qu'il soit et qui qu'il soit, ces deux jolies dam'selles doivent être les deux personnes qu'il haïra le plus. Prends garde à toi, gamin. Les carministes sont connus pour aimer s'venger même des plus p'tits affronts.

— Çui-là en particulier, dis-je en prenant un tagaird propre, elles ont l'air de penser qu'il est à Porth. Elles veulent partir à sa poursuite.

— Laisse-les partir. Et vite.

— C'est c'que j'vais faire. Mais mon problème à moi, mon oncle, ce n'sont pas les carministes. Ce sont les prêtres felliâtres qu'en veulent à ma peau. »

J'entrepris de plisser le tagaird et de m'en envelopper, dérouté de constater que certains des plis cachés semblaient mal placés. Visiblement, j'avais perdu du poids loin des Prairies.

Il leva les yeux, fronçant les sourcils. « Tu f'rais mieux de m'dire c'qui t'est arrivé, Kel. Ça m'avait l'air grave.

— Ça l'est. » Tandis que je fixais les plis du tissu, je lui relatai dans les grandes lignes les événements de Port-Mekaté. Lorsque j'atteignis la fin, il déployait de gros efforts pour contenir ses émotions afin que le reste de la maison ne soit pas submergé par l'évidence de son agitation.

« Création, Kel. Tu t'es flanqué dans un d'ces pétrins. Les adorateurs de Fellih vont débouler ici en moins d'temps qu'il n'en faut à un selve pour remuer la queue, en réclamant qu'on vous livre tous les trois.

— Ils ne savent pas qu'on est r'montés en haut des Pentes. » Il accueillit la bêtise de ma remarque avec tout le mépris qu'elle méritait.

« Évidemment qu'si ! Où veux-tu qu'un homme des Prairies aille avec un selve ? Mais c'n'est pas ça, le pire. T'as raconté aux autres comment Jastriákyn est morte ?

— Braise est au courant. Elle a entendu Jastriá me d'mander de le faire. Pis elle a vu mon expression ensuite. Et j'suis sûr qu'elle a dû le dire à Flamme depuis. Ces deux-là n'ont pas de secrets l'une pour l'autre.

— Ne l'dis à aucun des nôtres, Kel. Personne ne comprendrait.

— Mais elle allait mourir de toute façon. D'une mort lente et atroce, et eux en auraient fait un *jeu*.

— Oui, ça, je l'sais bien, gamin. Mais c'n'est pas ça qui poserait problème aux gens. C'qui va leur rester en travers de la gorge, c'est de t'en savoir *capable*. Tu m'comprends ? »

J'y réfléchis et répondis lentement : « Ils vont me prendre pour une sorte de monstre. Avec des tendances violentes.

— *Capable* de violence, en tout cas. Et ça suffit. La croyance, gamin, c'est toujours c'qui nous a gardés en vie et distingués : la certitude d'être un peuple meilleur, avec un mode de vie meilleur. Les gens d'ici nous r'gardent déjà de travers passqu'on quitte le Toit de temps à autre. Mais ils le tolèrent parce qu'on est méd'cins et qu'ils ont besoin de nos r'mèdes. Mais s'ils apprennent que t'es capable de tuer, tu n'as plus ta place ici. »

Je m'affaissai sur le lit, la tête entre les mains. « C'est vrai ? murmurai-je. Alors qu'elle allait d'jà mourir ? »

La question était inutile. J'en connaissais déjà la réponse. Au fond de mon cœur, je la savais alors même que je prenais ma décision de la tuer. Simplement, je n'avais pas voulu y faire face.

« Oui, je l'crains bien, gamin. Ne raconte jamais aux tiens c'qui s'est passé sur cette place. Jamais. Pis faut espérer qu'ils ne l'entendront jamais raconter par quelqu'un. Motus, Kel. Et pour *toujours*. »

# 6

## *Kelwyn*

Dans les maisons des Prairies célestes, la salle commune, seule pièce un tant soit peu spacieuse, occupait la largeur du bâtiment. À une extrémité se trouvait le fourneau de pierre à combustion lente. C'était là qu'on faisait toute la cuisine, en nous servant de crottin de selve comme combustible. La chaleur ainsi générée était canalisée par des tuyauteries de pierre qui réchauffaient la maison et fournissaient de l'eau chaude à la salle de bains. Au centre de la pièce se trouvait la salle à manger en contrebas, conçue de telle sorte que des sièges y soient inutiles. La table était une longue dalle posée sur des colonnes de pierre. À l'autre extrémité de la pièce, des étagères laquées, taillées à même la terre et la pierre de la colline, rassemblaient toutes les richesses de la famille : les livres d'études accumulés sur des générations, tous écrits sur du vélin de selve. Les endroits comme L'Axe possédaient des presses typographiques et des livres imprimés ; mais, sur le Toit mekatéen, tout était encore manuscrit. Dans notre maison, c'était également la zone où Garrowyn et moi rangions nos flacons de verre fumé, achetés à Port-Mekaté, pour nos remèdes. C'était ici aussi que se trouvait l'établi de pierre où l'on broyait les herbes et préparait les potions.

Quand je regagnai la salle commune, Braise s'y trouvait déjà en train d'examiner les livres. Ma mère, ma grand-mère et Tessrym s'affairaient à cuisiner ; mon père et mon frère étaient au ruisseau, en train de pomper l'eau destinée à la citerne de la maison et de bavarder avec Garrowyn. Il devait certainement leur expliquer que les adorateurs de Fellih nous poursuivaient, Braise, Flamme et moi, à cause de cette évasion. J'allai rejoindre Braise.

« Vous avez une quantité de livres impressionnante, dit-elle. Toutes les maisons du tharn ressemblent à celle-ci ?

— Eh bien, oui. Ici, dans la maison Gilfeather, il y a surtout des livres portant sur des sujets liés aux herbes, aux r'mèdes et aux maladies, vu que nous sommes une famille de méd'cins. Chaque maison a sa spécialité. Chaque tharn a son tisseur, son fileur pis son artisan du cuir, bien sûr, mais les maisons de méd'cins sont plus rares. On soigne les malades de tous les tharns de cette zone du Toit. C'est pareil pour beaucoup d'autres maisons spécialisées : les potiers, les rétameurs, les teinturiers pis ainsi de suite – chaque maison sert toute une zone. »

Elle remit en place le livre qu'elle venait d'inspecter. « Et si un membre de la maison des potiers rejoignait par alliance une maison de teinturiers ? »

135

Je m'agitai, mal à l'aise. La question semblait innocente, mais je perçus une trace de mépris sous-jacent, et l'idée qu'elle puisse nous mépriser me blessait. « Les spécialités sont associées aux maisons, pas aux familles. Comme les noms, en fait. Tous ceux qui vivent ici sont des Gilfeather tant qu'ils y restent, quelle que soit leur maison d'naissance. La plupart du temps, un homme ou une femme cherche un partenaire qui soit du même métier. Si c'n'est pas l'cas, alors un des deux doit changer d'profession. Il n'y a pas d'exceptions. C'était l'un des… problèmes qui se posaient avec Jastriá. Elle prov'nait d'une maison de laqueurs mais elle détestait ça. Quand on s'est mariés, elle voulait dev'nir sage-femme, mais elle n'était pas faite pour ce métier. Elle ne voulait rien étudier, elle n'avait pas… de *tact* avec les patients. Elle ne f'sait pas d'efforts.

— Et elle n'avait pas le choix ?

— Le seul dont on dispose, c'est d'savoir si c'est l'homme qui rejoint la maison de sa femme, ou l'inverse, ou s'ils partent tous deux dans un tout autre endroit. Mais ça dépend aussi des places disponibles dans les maisons. Elles ne peuvent jamais cont'nir plus de dix personnes.

— Mais vous devez bien pouvoir en construire une nouvelle ?

— On n'fait pas ces choses-là. »

Elle me dévisagea une bonne minute. « Et j'imagine que vous ne créez pas non plus de nouveaux villages. »

Je fis signe que non. « Les Prairies célestes contiennent déjà le nombre maximal de selves possible. Il ne peut pas y avoir d'autres tharns, sinon nous en souffririons tous.

— Ça explique ce que vous disiez à votre frère. Vous lui avez donné la permission de commencer une nouvelle famille. Tout ce système est très… rigide. » Malgré son expression neutre, elle ne parvenait pas à cacher à mon nez une nuance réprobatrice.

« Vous pensez ptêt' ça, mais réfléchissez à une chose : ici, personne n'a jamais faim ni froid pis personne ne manque d'amour. Jamais. » J'avais lancé ces mots sans vraiment y réfléchir mais, même sans mon odorat, j'aurais compris que j'avais touché une corde sensible en elle. Elle me lança un regard perçant comme pour demander : *Comment le saviez-vous ?* Je compris alors qu'elle avait dû vivre une enfance de pauvreté. Je m'empressai de poursuivre : « Il n'y a presque jamais de crimes dans les Prairies célestes. Ni meurtres, ni larcins. Parce qu'il n'y a ni pauvreté, ni négligence, ni personne qui soit dans le besoin.

— Ni liberté. »

Je haussai les épaules. « C'est quoi, le plus important ?

— Demandez à Jastriá. »

J'eus l'impression de recevoir une gifle, et je reculai pour m'écarter d'elle.

Elle s'en montra aussitôt contrite. « Désolée, c'était grossier. Je ne voulais pas vous blesser.

— Ah nan ? Qu'est-ce que vous faisiez alors ?

— Je vous livrais le fond de ma pensée.

— Oui. J'avais r'marqué.

— Ça vous donnera peut-être une petite idée de ses motivations. »

Je hochai la tête, décidant qu'elle devait dire la vérité. Cette sang-mêlé avait son franc-parler, mais je ne la pensais pas mesquine. Je détournai le regard et me mis à tripoter le mortier et le pilon posés sur le comptoir derrière les étagères. « J'aimerais bien vous d'mander quelque chose, à Flamme et à vous, si vous voulez bien. J'aimerais autant que personne n'apprenne en détail comment Jastriá est morte. Ni quel… rôle j'y ai joué. Vous pourriez ne l'dire à personne ?

— Vous n'aviez même pas besoin de me le demander », répondit-elle doucement.

Je rougis. Parfois, quand je parlais à Braise, j'avais le don de faire preuve d'autant de maladresse qu'un selve nouveau-né qui essaie de se lever. Elle m'intimidait.

« Combien de temps pensez-vous qu'on puisse rester ici sans risque ? » demanda-t-elle pour changer de sujet.

Je regardai par la porte Garrowyn en train de s'entretenir avec un groupe de gens : un représentant de chaque Maison, à vue de nez. « J'ai dans l'idée que mon oncle vient d'raconter le plus gros de cette sale histoire. Mon père voudra certainement en parler à l'heure du souper. » Je me retournai vers elle, d'humeur soudain irritable. « J'aurais préféré qu'vous trouviez un meilleur moyen qu'le jeu d'rassembler de l'argent.

— Moi aussi. Je n'avais pas l'intention de contrarier les felliâtres.

— Je n'vous ai pas entendue dire qu'vous étiez arrivée à Mekaté par poney de mer ? Si v'z'aviez b'soin d'argent, pourquoi v'n'avez pas vendu la bête ?

— On était épuisées quand on a accosté au Cap Kan. On s'est contentées de nous laisser tomber au bas du poney sur la plage, et il est reparti à la nage. Croyez-moi, j'ai connu des moments plus glorieux. »

Je faillis éclater de rire. C'était agréable de savoir qu'il lui arrivait aussi de commettre de grossières erreurs.

« Et c'est à moi qu'elle le reproche, évidemment », déclara Flamme qui arrivait derrière moi. « L'air de dire que la personne chargée de conduire la bête ne devrait jamais se soucier de s'en occuper. Ça, c'est le boulot du passager. Ou du moins, c'est ce qu'elle m'a annoncé alors que ce satané bestiau s'éloignait en gambadant parmi les brisants. Évidemment, il était déjà un poil trop tard… » Elle sourit, mais son expression céda la place à un froncement de sourcils lorsqu'une autre idée lui traversa l'esprit. « Au fait, Braise, c'était quoi cette remarque de Garrowyn au sujet d'un boucher ?

— Oh, rien. Ça doit être une expression. »

Mais Flamme ne lâchait pas le morceau. « Tu ne vas pas me dire que l'homme que tu as payé pour me couper le bras était un chirurgien incompétent qui avait la réputation de massacrer ses patients ?

— Non, sauf si tu y tiens absolument », répondit Braise d'une voix neutre.

Flamme rouvrit la bouche, la referma, tandis qu'elle s'efforçait de décrypter ce que Braise pouvait bien vouloir dire, puis déclara : « Je me le rappelle vaguement en train de déclarer qu'il avait amputé le bras de sa femme.

— Tu délirais. »

Flamme fronçait toujours les sourcils, cherchant à se souvenir. Elle braquait sur Braise un regard lourd de soupçon. Heureusement pour Braise, ce fut le moment que choisit ma mère pour nous inviter à passer à table. Tandis que je sortais appeler Jaimwyn, Garrowyn et mon père, elle désigna leur siège aux deux femmes. En l'absence de mes cousins, il restait de la place pour deux.

La première partie du repas se déroula sans encombre. Ma mère, sans qu'on le lui ait demandé, posa un petit bol d'eau ainsi que quelques graines sur la table, près du coude de Flamme, à l'intention de Ruarth. Je ne pus m'empêcher de me demander s'il allait nous faire honte en salissant la table, et je le couvai de regards en biais jusqu'à ce que Braise me toise en haussant un sourcil. Au nom du ciel, comment faisait-elle pour deviner en permanence ce que je pensais ?

« Vous avez d'la chance, commenta mon père alors qu'on posait le dernier plat sur la table, on a d'la viande aujourd'hui. Un des selves de la Maison Tomwyn est mort hier, et on a partagé sa carcasse entre toutes les maisons du tharn. »

Braise, sur le point d'avaler une bouchée de ragoût, faillit s'étrangler. Flamme reposa sa cuiller dans son bol.

« Il est mort de quoi ? demanda Braise de but en blanc.

— Oh, de vieillesse, je pense, répondit mon père. Mais ne v'z'en faites pas, ma femme sait parfaitement comment attendrir un vieux selve.

— Je vous croyais tous végétariens, me dit Braise, le visage inexpressif.

— C'juste qu'on ne tue pas pour se nourrir. Mais si la nourriture meurt d'elle-même, pourquoi la gâcher ? »

— Pourquoi, en effet ? » répondit-elle avec une curieuse expression. Après quoi toutes deux délaissèrent plus ou moins la viande pour se concentrer sur le lait caillé, le cresson, le pain et le beurre. Ce qui nous convenait très bien : la viande de selve était un mets de choix dont on ne bénéficiait pas souvent.

Vers le milieu du dîner, mon père aborda la question des événements de Port-Mekaté, comme je m'y attendais.

« Garrow m'a dit qu'les adorateurs de Fellih vous cherchaient en ville, dit-il à Braise.

— Je le crains bien, répondit-elle en hochant la tête.

— Nous avons abordé l'sujet – avec l'ensemble des autres maisons, j'veux dire.

— Nous ne voulons pas attirer d'ennuis à votre tharn.

— Oh, les ennuis viendront, compte tenu d'l'implication d'mon fils. Ça, on n'pourra rien y changer. On n'vous donnera pas l'asile, on a pris cette décision. Mais on n'aime pas beaucoup les felliâtres, après c'qu'ils ont fait à l'un des nôtres. » Il parlait bien sûr de Jastriákyn. « On va vous aider à partir. V'z'êtes *sûres* de n'pas vouloir encore un peu d'viande ?

— Non, merci. Quand voudriez-vous qu'on parte ?

— C'n'est pas la peine de filer tant qu'on n'aura pas reçu de signal. Jaim va aller chercher des selves dans le pré pour qu'vous puissiez les monter, pis Tess et ma femme vont préparer de la nourriture qu'vous pourrez emporter.

— Du fromage à pâte dure, dit ma mère, du levain, des choses qui supportent le voyage.

— C'est très gentil de votre part. »

Mon père reprit : « Quand v'z'atteindrez les Pentes au-dessus des Eaux de Niba, r'lâchez les bêtes. Elles reviendront d'elles-mêmes. Ça n'sert à rien de les emmener plus loin.

— Vous avez parlé d'un signal ? demanda Braise.

— Oui. Nous r'cevons toujours un signal. Dès que les gardes du portenaire et les prêtres felliâtres arriveront sur le Toit, ils iront droit au tharn Gar – c'est c'qu'ils font toujours. Les gens d'la côte ne sauront pas où s'trouve le tharn Wyn, même s'ils connaissent le nom du tharn de Kel. Ils demanderont à Gar. Ceux de Gar nous passeront le mot pendant qu'ils les r'tiendront. Les gens d'la côte n'auront pas d'monture, v'savez, alors ils devront les louer, pis des guides aussi... Il faudra des négociations. V'z'aurez largement l'temps d'filer. Mais n'vous attendez pas à ce qu'on mente pour vous protéger. On leur dira qu'vous êtes passées ici, pis aussi où vous allez, s'ils le d'mandent. Enfin, bref, ne v'z'en faites pas, il y a peu d'chances qu'ils vous rattrapent.

142

— Ne me dites rien, répondit Braise, laissez-moi deviner. Les guides des Prairies ont une fâcheuse tendance à se perdre.

— Quelque chose comme ça », répondit mon père en lui adressant un sourire malicieux. Il l'aimait bien, ce qui m'étonnait. En règle générale, mon père n'appréciait guère les gens d'en bas. Il prit une gorgée de lait chaud tout en m'observant par-dessus le bord de sa tasse. Son arôme s'intensifia, m'avertissant de ce qui allait suivre. Son chagrin me submergea, m'étouffant presque par son ampleur. « Mais, pour toi, Kel, c't'une autre histoire. J'suis désolé, gamin, mais le tharn a décidé de t'exiler. »

J'éprouvai un grand malaise mais ne répondis rien.

Flamme et Braise semblèrent surprises. « Et vous décidez ça comme ça ? demanda Flamme.

— Oui. Nous d'vons protéger le tharn et la paix qui règne entre la côte et les Prairies célestes. »

Ma mère chercha ma main qu'elle serra sous la table. « Combien de temps ? demanda-t-elle à mon père.

— Un an au moins, et deux d'préférence. » Il soupira. « Garrow te donnera des contacts dans l'ensemble des îles. Tu pourras travailler comme méd'cin et chirurgien partout où t'iras, tu l'sais bien. Ton oncle a de l'argent pour te permettre de t'installer. Tu n'auras qu'à conduire d'abord Braise et Flamme jusqu'à la côte, pis t'en aller bien vite dans un autre insulat, avant qu'les autres villes côtières apprennent que t'es r'cherché. On expliquera c'qui s'est passé au bureau du port'naire, on dira qu'tu n'avais pas l'intention de t'impliquer dans les affaires des extra-insulaires et des criminels. » Il s'éclaircit la gorge et regarda Braise avec l'air de s'excuser. « On va tenter de laver ton nom, Kel. Écris-nous quand tu s'ras installé, et on te contactera quand tu pourras rev'nir. N't'en fais pas, on se débrouillera bien à nous tous pour s'occuper des malades, même si Garrowyn repart. Tess est en train de dev'nir une excellente sage-femme, tu sais, pis elle est très douée avec les marmots. »

Je hochai la tête. Je m'y étais plus ou moins attendu après ce que m'avait dit Garrowyn, mais ça n'en était pas moins pénible. Deux années pleines loin des Prairies célestes ? Cette idée m'horrifiait. Je pris soin de ne pas regarder Braise, redoutant de ne pouvoir empêcher la rage de se lire sur mes traits. Je reposai ma cuiller ; je n'avais plus faim.


Après le déjeuner, Jaim prit la monture commune du village pour aller chercher notre troupeau. Il le localiserait à l'odeur, car les bêtes pouvaient se trouver n'importe où. Nous reconnaissions tous l'odeur de nos propres selves, bien entendu. Ma mère allait et venait d'un air affairé, donnant des ordres à mon père et à Tess, se réfugiant dans l'action pour ne pas devoir réfléchir. Ma grand-mère somnolait devant le feu. Je m'installai avec Garrowyn, qui tenta de m'apprendre en un après-midi tout ce que je devais savoir sur la vie extra-insulaire. Je me sentais comme si je venais de tomber d'un selve mais n'avais pas encore touché terre. Tôt ou tard surviendrait un impact aussi douloureux que la fin de la Création ; en attendant, il n'y avait qu'une impression constante de désastre imminent. Et pourtant, une partie de moi était exaltée. On m'offrait l'occasion de visiter d'autres parties du monde, de chercher de nouvelles herbes, de nouveaux remèdes, de parler à d'autres guérisseurs. Même le pessimisme de Garrowyn n'étouffait pas totalement mon excitation.

« C'n'est pas aussi facile de se faire une place comme méd'cin que ton père a l'air de l'croire, me prévint-il. Les gens qu'ont de l'argent peuvent s'offrir les services des guérisseurs sylves, et crois-moi, beaucoup d'entre eux font un boulot bien meilleur que nous autres, surtout si le patient va leur d'mander un trait'ment assez tôt. C'qui nous laisse les pauvres, et ils ne paient pas beaucoup. C'qu'est logique. C't'une des raisons pour lesquelles je suis allé à la Pointe-de-Gorth. Là-bas, il n'y a pas de guérisseurs sylves, donc on soigne les riches aussi. C'la dit, je ne te r'commanderais pas c't'endroit. Pas en c'moment. Nan, va plutôt à l'île de Breth. J'te donnerai le nom d'une femme qui pourra t'aider à t'y installer. Tu pourras récupérer mon coffre de méd'cin.

— Où s'trouve-t-il ? demandai-je.

— Je l'ai laissé à Port-Mekaté, chez un ami, comme d'habitude. » Son coffre était énorme, beaucoup trop pour qu'il puisse le traîner en haut des Pentes à chacun de ses retours.

Avec un grognement, je répondis : « En fait, je n'crois pas être très pressé d'y r'tourner.

— Je peux lui d'mander de t'l'envoyer. Écoute, j'ai une autre amie à Amkabraig, sur Porth. Quelqu'un de très bien qu's'appelle Anistie. Tu passeras de toute façon par Amkabraig ; le paquebot inter-insulaire qui part de Lekenbraig y passe avant de poursuivre jusqu'aux Pics-de-Xolchas pis à Breth à partir de là. Je d'manderai à Anistie de t'expédier mon coffre par la mer. J'vais te donner son nom pis les instructions pour la trouver.

— Nan, mon oncle. Ça t'obligerait à r'descendre à Port-Mekaté pour organiser tout ça, et je n'suis pas sûr que ce soit une très bonne idée en ce moment.

— Nan, nan, j'vais payer un des hommes qu'on a envoyés à ta poursuite pour qu'il livre la lettre à mon amie à Port-Mekaté. »

Je le dévisageai, incrédule. « Tu vas faire *quoi* ? Et s'il lit ta lettre ?

— Hé, gamin, t'veux bien m'accorder un poil de confiance ? J'peux formuler ça de telle manière qu'il ne s'doutera de rien. Pis ils ne m'croiront jamais assez empoté pour leur donner une lettre qui t'concerne. »

Je capitulai en levant les bras au ciel. Garrowyn avait toujours été impossible. Ma vie semblait me filer entre les doigts, et j'allais visiblement me retrouver coincé en compagnie de Braise Sangmêlé bien plus longtemps que je ne l'aurais voulu.

« Elle va t'plaire, Anistie, poursuivit-il. Pis tu pourras mettre à profit le temps qu'tu passeras là-bas ; tu pourras fouiner dans mes papiers et mes affaires qu'sont restés chez elle.

— Des papiers ?

— Oui, je les ai rassemblés au fil des ans. Comme j'n'ai jamais eu l'courage de les trimballer tout du long jusqu'ici, j'les ai laissés chez Anistie Brittlelyn. Et pis les laisser là-bas, ça m'donne un prétexte pour passer la voir de temps en temps. C'quelqu'un de très sage, Anistie. » Il m'adressa un clin d'œil.

Je l'ignorai. « De quel genre de papiers est-ce qu'on parle ?

— Ils concernent principalement la magie. Surtout la carmine. Ça m'a toujours fasciné. Tu n't'es jamais d'mandé d'où v'nait la magie ?

— Nan, pas vraiment. Et que t'ont appris ces papiers ?

— Oh, je n'les ai pas encore tous lus. J'ai toujours eu d'autres choses à faire chez Anistie, t'sais.

— T'es une fripouille, mon oncle.

— Oui, bien sûr. J'n'ai jamais prétendu être aut'chose. Les fripouilles s'amusent beaucoup plus ; tu d'vrais y penser des fois, Kel. T'es un gamin trop sérieux pour ton propre bien, t'sais.

— Mon oncle, répondis-je, j'crois que j'ai envie d'une promenade. »

Il leva les yeux du papier où il notait l'adresse d'Anistie, faillit protester mais se contenta de hocher la tête. « Oui, répondit-il. J'imagine que tu vas d'voir faire tes adieux à c't endroit. Pis j'vais te chercher des habits ordinaires. Ç'vaudrait ptêt' mieux que tu n'portes pas de tagaird quand tu voyageras dans les îles de Mekaté ; ça te distinguerait trop, et je crois que tu n'as pas b'soin de ça. »

Je hochai la tête, mais je ne l'écoutais plus vraiment.

Je quittai la maison et entrepris de gravir la colline située derrière le tharn. Un flot de souvenirs me revenait à chaque pas : je me voyais perché sur les épaules de mon père qui cueillait des champignons sauvages ; en train de courir avec ma mère, main dans la main, juste pour nous amuser ; de faire la course sur la colline avec Jaim et de basculer cul par-dessus tête au milieu des marguerites ; de faire l'amour à Jastriá dans la chaleur de l'après-midi, derrière les rochers escarpés en haut de la pente. Des souvenirs d'odeurs : fleurs des prés constellées d'abeilles couvertes de pollen, selves mouillés sous la pluie, baies mûres embuées par la brume, l'odeur neuve et propre des tagairds qu'on venait de teindre et qui claquaient au vent sur la corde à linge.

Jastriá avait renoncé à tout ça de son plein gré, par désir de liberté. À cause d'elle, je bénéficiais d'une liberté dont je ne voulais pas.

Je m'assis au sommet de la colline, fermai les yeux et m'imprégnai de toutes ces senteurs, comme si je devais en absorber assez pour me durer toute une vie. Je voulais me souvenir de tout.

Ce fut Fouineur qui brisa ma concentration et me ramena au présent. Il me fourra son museau humide contre le visage et se mit à me lécher. Il dégageait une forte odeur de poisson. J'ouvris les yeux et le regardai. C'était le chien le plus laid que j'aie jamais vu, et il parvenait à paraître absurdement content de lui. Il avait attrapé un poisson qu'il avait déposé près de moi dans l'herbe. Après s'être assuré que je l'avais vu, il entreprit de le disséquer avec une surprenante dextérité, extirpant soigneusement l'arête centrale et les nageoires. Quand il eut mangé la moitié des parties charnues, il m'en offrit un morceau. Comme je refusais, il mangea le reste avec délectation. J'étais habitué aux chiens de Port-Mekaté, mais celui-ci ne leur ressemblait pas.

À bien y réfléchir, rien dans ma vie n'était alors conforme aux apparences, même notre départ imminent.


Je descendis la colline et allai remplir mes bagages d'autant de remèdes et de matériel que je pouvais en emporter. Quand on voyageait à dos de selve, ça n'avait aucune importance, mais viendrait un temps où il me faudrait tout porter sur mon dos, si bien que je me montrai aussi impitoyable que je savais l'être, surtout quand je vis la taille du fromage que ma mère était en train d'emballer.

Lorsque Jaim revint le lendemain avec deux selves supplémentaires, j'avais tout terminé. Garrowyn m'avait fourni de l'argent, des adresses et des consignes, ainsi qu'assez de conseils pour toute une vie. Mon père m'avait donné sa meilleure dague, ma mère avait préparé d'énormes rations de nourriture pour chacun d'entre nous, ce qui était le meilleur moyen pour elle de m'exprimer son affection. Ce n'était pas une femme de mots, ma mère.

Je retournai la dague entre mes mains. Sa courte lame était faite d'acier d'en bas des Pentes ; la poignée était de corne de selve si vieille qu'elle était noire.

C'était moins une arme qu'un outil à tout faire. Nous n'avions pas besoin d'armes dans les Prairies. Je remerciai mon père d'un signe de tête, souris à ma mère et m'étonnai de sentir une boule dans ma gorge.

Il ne restait qu'à nous dire au revoir…

Braise tenait la bride de sa monture qu'elle s'efforçait d'amadouer, mais la bête montrait constamment les dents et laissait échapper un filet de bile. Flamme regarda sa monture avec une expression dubitative et déclara que, bien qu'elle ait monté à Cirkase les poneys de l'archipel des Vigiles dans son enfance, elle avait déjà découvert qu'elle ne se débrouillait pas très bien avec nos montures.

J'étais en train d'aider à seller les selves quand Tess déclara : « Voilà quelqu'un. »

Mon père leva la tête de la sangle qu'il était en train de resserrer. Comme il avait le meilleur nez d'entre nous tous, il déclara : « Quelqu'un qui vient de Gar. Le fils aîné de Madrigogar Elsin. »

Il avait bien sûr raison, comme toujours. C'était Deringar, un homme de mon âge, l'un des résiniers de la Maison Elsin, qui débola au tharn à toute allure, ignorant la pente avec un aplomb qui nous sidéra tous. Il ne ralentit qu'en atteignant la première maison et, même alors, il longea à cheval les pierres surélevées, une énorme entorse aux bonnes manières qui fit s'empourprer mon père de colère et pâlir ma mère plus perspicace. J'échangeai un regard avec Garrowyn. Braise s'en aperçut et plissa les yeux. Peu de choses lui échappaient. Les maisons du tharn se vidèrent lorsque tout le monde se précipita dehors ; lorsque

Derin s'arrêta devant moi, plus personne ne pouvait ignorer son état d'agitation.

Je me résignai, envahi par un chagrin si lourd qu'il me paralysait.

Derin me regarda bien droit lorsqu'il prit la parole. « Il y a une délégation de Port-Mekaté : une vingtaine d'hommes en tout. Ils se disent à la recherche de trois criminels, dont tu fais partie, Kel Gilfeather de Wyn. »

Je gardai le silence. Une *vingtaine* d'hommes ?

« Ils portent le sceau du portenaire, pis ils ont r'çu l'ordre de te ram'ner en bas. »

Je hochai la tête et attendis la suite, sachant qu'il y en aurait une.

« On va les ret'nir jusqu'au matin. » Il se retourna vers mon père. « Torrwyn, nous demandons, nous le peuple de Gar, que Kel soit exilé à vie des Prairies célestes. »

La mâchoire de mon père s'affaissa. « Pour avoir aidé ces dam'selles ? demanda-t-il, incrédule. C'n'était rien qu'un p'tit incident sur lequel il n'a pas eu beaucoup d'contrôle.

— Nan, il ne vous a pas dit toute la vérité, Torr. C'est sa main qu'a lancé la pierre qui a pris la vie de sa femme, du moins si j'en crois l'un des felliâtres. Et cet homme ignorait la gravité de ses propos ! C'était juste une remarque en passant, comme quoi Kel devait être sacrément costaud pour avoir une telle force dans l'bras. Le reste du groupe nous a confirmé l'histoire. » Il me dévisagea comme s'il me voyait pour la première fois de sa vie. Dire que nous avions joué ensemble toute notre vie, gardé nos troupeaux

151

ensemble, ricané en parlant de filles et d'amour en grandissant. « T'es un assassin, Kel, et on n'veut plus d'toi ici, nous, les gens de Gar. Plus jamais. »

Je me retournai vers mon père pour tenter de me défendre. « Ils allaient la tuer lentement. Je voulais lui épargner cette douleur. »

Ma mère s'effondra. Garrow la rattrapa dans sa chute et l'étendit à terre. Mon père ne sembla rien remarquer. Il me dévisageait, l'arôme vide d'émotion. Derin fit pivoter sa monture puis s'éloigna, plus circonspect qu'à son arrivée. Tess me lança un coup d'œil horrifié puis déclara à son mari : « Viens, Jaimie, on rentre. » Elle tira sur sa manche mais il se dégagea pour aller aider maman, sans me regarder. Tess tourna les talons et rentra ; s'il y avait eu une porte à claquer, elle l'aurait fait. Sa répugnance flottait dans l'air derrière elle.

« Allons-y met'nant », dis-je à Braise.

Elle hocha la tête et alla aider Flamme à monter en selle. J'attachai le dernier bagage à la selle de Skandor et me tournai vers Jaim pour demander : « Elle va bien ? »

Il était agenouillé près de notre mère dont la tête reposait sur ses genoux, mais il ne répondit pas à ma question. Il me demanda plutôt : « C'est *vrai*, Kel ? Toi, un méd'cin ? »

Comme je hochais la tête, il détourna le regard. Il n'y aurait jamais d'explication qu'il puisse comprendre.

Garrowyn déclara : « Elle va s'en sortir, gamin. Tu f'rais mieux de t'en aller. »

Mon père saisit ma bride lorsque je montai en selle. « Mon grand », dit-il. On se dévisagea avec un chagrin mutuel. J'avais envie de lui demander : *Comment est-ce que ça peut changer quoi que ce soit ?* De lui dire que j'étais son fils ; n'étais-je pas la même personne que j'avais toujours été ? Mais je redoutais sa réponse.

« Écris-nous, me dit-il enfin. Écris toujours, pour ta mère. » Et je compris alors que les choses avaient changé à jamais pour lui.

Je hochai la tête et dis à Garrow : « Dis-lui que je l'aime. »

Et ce fut ainsi qu'on quitta Wyn.

Je me demande parfois ce qu'auraient pensé les gens des Prairies s'ils avaient su ce qui m'est arrivé ensuite, s'ils avaient appris que j'ai fini par devenir l'un des pires assassins de toute l'histoire glorieuse, rivalisant même avec Morthred en personne. Peut-être auraient-ils hoché la tête et déclaré, l'air solennel : « On le savait bien qu'il portait ça en lui, non ? »

CR

Lettre à T. iso Tramin, Maître de conférences (Deuxième catégorie), Académie mithodienne d'études historiques, Croisée de Yamindaton, Kells, de la part du Chercheur (Première catégorie) S. iso Fabold, Département national d'exploration, Ministère fédéral du commerce, Kells.

En date du 2/2ᵉ Double/1793

Mon très cher Treff,

*Ainsi donc, vous voilà intrigué par le nouveau héros de mes récits gloriens ? J'avoue avoir beaucoup ri quand vous m'avez écrit que vous regrettiez de ne pas être historien dans les îles Glorieuses, tant la vie y semblait plus intéressante ! Et moi qui avais toujours cru que notre propre histoire comptait bien trop de batailles et de récits de conquête…*

*Je regrette que vous ne puissiez rencontrer Gilfeather. Malgré le poids des ans, il demeure un solide gaillard à la carrure d'ours, désormais coiffé, bien sûr, d'une crinière grise assortie d'une barbe grisonnante. Je*

154

crois qu'il devait être extrêmement imposant dans sa jeunesse, du moins lorsqu'il ne trébuchait pas sur tout ce qui croisait son chemin. Il le fait encore beaucoup. Lors de notre dernier séjour, il a renversé du thé chaud sur Nathan et abîmé deux pages de notes. Les habitants de la ville qu'il habite désormais, nommée Osgath, sur l'île d'Arutha, le traitent avec un curieux mélange de vénération, de peur et de respect. (Vous ne trouverez cet endroit sur aucune des vieilles cartes gloriennes, mais il figure sur certaines des cartes kelloises plus récentes que je possède.)

Je crains de ne l'avoir jamais vraiment apprécié, et je crois que c'était réciproque, mais il semblerait qu'il ait été, de l'avis général, un excellent médecin en son temps. Il a fondé l'école de médecine locale d'Osgath et y demeure l'équivalent de notre Docteur émérite. Les gens viennent des quatre coins des Glorieuses étudier dans son école. En revanche, sa réputation de médecin demeure entachée par son histoire. Je l'ai entendu surnommer Gilfeather du Massacre.

Quoi qu'il en soit, Tramin, vous m'en voyez désolé mais il vous faudra attendre votre tour pour lire la prochaine liasse de traductions gloriennes. Elles sont actuellement entre les mains de mon oncle. Je sais que la remarque de Gilfeather se qualifiant d'assassin vous a intrigué et que vous souhaitez en savoir davantage. Vous en apprendrez davantage, ne vous en faites pas, et vous pourrez alors en juger par vous-même.

Quand redescendrez-vous de la Croisée de Yamindaton ? Il y a en ville un nouveau salon de dégustation qui fait actuellement fureur. On y sert un *breuvage nommé chocolat, une boisson sirupeuse de couleur marron qui provient des Spatts, dans les îles Glorieuses. Tout à fait délicieuse. Quelle ironie, n'est-ce pas ? Je n'en ai jamais bu à Donjon-de-Spatt mais je me suis découvert une passion pour cette boisson dans cette boutique voisine de mon appartement en ville. Je vous en offrirai une tasse...*

*Amitiés,*

*Shor*

# 7

## *Kelwyn*

Je savais que nous n'avions aucune raison de filer comme si nous avions tous les lions des herbes des Prairies sur les talons. Nous autres, les Tu, nous n'abandonnions pas si facilement les nôtres, quoi qu'ils aient bien pu faire. Oui, les gens du tharn Gar accepteraient de servir de guides aux gardes ; oui, ils les conduiraient au tharn Wyn, où mon père leur apprendrait que nous étions partis pour la côte. Les guides proposeraient alors de leur montrer quelle route nous avions empruntée, mais ils suivraient un trajet tortueux. Le temps qu'ils atteignent l'autre côté du Toit, plusieurs jours seraient écoulés et nous serions partis depuis longtemps.

Ce qui ne nous autorisait pas pour autant à lambiner, d'autant que je devais passer voir la famille de Jastriá au tharn Kyn, ce qui représentait un détour non négligeable. Nous devions conserver une allure soutenue, ce qui n'était pas toujours si facile. Braise semblait avoir une bonne assiette et m'apprit sur un ton neutre qu'elle avait monté des poneys volés lors de son enfance passée à L'Axe et toutes sortes de bêtes depuis, des poneys de mer aux ânes vigiliens, des buffles de Fagne aux changres de Calment. J'ignorais ce qu'étaient certaines de ces créatures, mais ça importait peu, car je voyais nettement qu'elle allait s'en sortir. Je n'en aurais pas dit autant de Flamme. Elle ne s'était pas encore habituée à la perte de son membre ; pire encore, elle n'aimait visiblement pas se trouver si loin du sol. Elle s'accrochait à la selle d'un air lugubre et paraissait déterminée à ne pas se plaindre, si bien que je laissai Braise l'instruire, ce qui ralentissait toutefois notre progression.

À peine avions-nous quitté Wyn que Fouineur apparut et vint se placer aux côtés de Braise. N'étant pas d'humeur à parler, je restai en tête, ralentissant de temps à autre quand je les voyais prendre trop de retard.

Quand il se mit à pleuvoir en fin d'après-midi, je m'arrêtai pour installer notre camp à la base des Rocs de Sindur, où des rochers éparpillés nous protégeaient du vent. Au moins, nous disposions à présent d'un abri en peau de selve digne de ce nom, qui nous protégeait de la majeure partie de l'eau, ainsi que de couvertures plus chaudes fournies par mon père.

Ce fut Braise qui se mit en quête de crottin dans l'herbe pour entretenir le feu. Quand j'eus terminé d'installer correctement notre abri et d'entraver les selves pour les libérer, elle avait commencé à faire bouillir l'eau. Un peu plus tard, elle me tendait un repas cuit dans les cendres ; j'ignore comment elle s'y était prise, mais elle avait fait fondre du fromage à l'intérieur d'une couche de pain. Je n'avais ni appétit ni intention de manger, mais l'odeur était alléchante et je terminai en fin de compte tout ce qu'elle m'avait donné. Je restais toutefois d'humeur sombre et j'allai m'allonger sous l'abri aussitôt après le repas, emmitouflé pour me protéger du froid, et m'endormis.

Je m'éveillai au milieu de la nuit. La pluie avait cessé et les lunes jumelles, à présent levées, se touchaient presque, ou du moins en donnaient-elles l'impression – l'une était d'argent, l'autre d'or, combinaison qui teintait le monde d'un éclat vert bleuté. Les vestiges du rêve que je venais de faire s'attardaient ; non, plus qu'un rêve, c'était un cauchemar. Jastriákyn se tenait sur le toit de notre maison familiale, entourée de prêtres felliâtres qui lui jetaient du crottin de selve séché. Elle m'appelait à l'aide en hurlant et je lui criais : « N't'en fais pas, Jastriá, je vais te sauver. » Elle me souriait d'un air heureux. Puis je m'emparais d'une pierre…

Je m'extirpai du tagaird de rechange que j'utilisais comme couverture et me levai, pris de nausée. Fouineur leva la tête, plein d'espoir, mais je l'ignorai. Je descendis un peu plus bas sur la colline puis m'assis sur une pierre ronde en étreignant mes genoux. La nuit était froide mais j'y prêtais à peine attention.

Combien de temps me faudrait-il pour apprendre à vivre avec ce que j'avais fait ? Je ne pouvais même pas concevoir de finir par l'accepter. *J'avais tué ma femme.* Celle que j'avais autrefois aimée si passionnément que je serais mort pour elle. Que j'avais envisagée comme mère de mes enfants. Désirée au point que l'idée de coucher un jour avec une autre aurait été blasphématoire. Qui avait fini par éprouver un profond besoin de me punir pour ce que j'avais fait, ou n'avais pas fait.

Une femme que je n'avais pas du tout connue.

Fouineur vint poser le menton sur mon genou en geignant. Je lui tapotai distraitement la tête, et il se mit à baver de gratitude.

« Je n'aime pas beaucoup les chiens. »

Surpris, je me redressai. J'étais tellement absorbé par mes soucis que je n'avais pas entendu approcher Flamme. Pour une fois, son oiseau n'était nulle part en vue. « Mais, curieusement, poursuivit-elle tandis que l'animal tournait vers elle ses attentions baveuses, je me suis attachée à Fouineur. Bien sûr, je ne l'ai pas dit à Braise. C'est un secret entre lui et moi. » Elle le gratouilla sous la gorge et il me fouetta d'un coup de queue. Je dus le repousser, car il m'avait fait mal.

Elle s'installa sur un autre rocher, sans me regarder. « J'imagine que vous n'avez pas envie de compagnie pour le moment, mais je voulais vous dire à quel point je suis désolée qu'ils aient appris comment Jastriá est morte. Moi non plus, je n'arrivais pas à dormir. » Elle secoua la tête et ajouta : « Je passe mon temps à m'excuser auprès de vous, alors même que je sais que ça ne vous aide en rien. »

Comme je ne répondais pas, elle poursuivit : « Quand j'ai décidé de partir à la poursuite de Morthred, je croyais que ce n'était qu'entre lui et moi. Qu'aucune de mes actions ne pourrait jamais causer de tort au reste du monde ; qu'il était simplement concevable que ça permette d'améliorer la situation des îles. Mais, à cause de cette décision, j'ai brisé votre vie.

Votre famille s'est montrée si gentille avec nous, et maintenant elle est anéantie par ce qu'elle a appris. Rien de tout ça ne se serait produit si nous n'avions pas volé votre selve. Rien de ce que je peux dire n'améliorera jamais votre situation, mais je veux que vous sachiez que j'effacerais tout ça si je le pouvais. »

Je pris alors la parole, sous l'effet de la surprise plus que d'autre chose : « C'était votre idée de partir à la poursuite de Morthred ? Pas celle de Braise ?

— Non, c'était bien la mienne. Braise m'a suivie parce qu'elle ne supportait pas l'idée que je parte seule à la recherche de ce salopard. Elle a ses propres blessures à panser, mais je crois qu'elle ne se serait jamais lancée là-dedans si je n'en avais pas eu le projet en premier lieu. »

Je me retrouvai en train de réviser mon opinion d'elle. « Pourquoi ? lui demandai-je. Pourquoi était-ce si important qu'vous partiez à sa r'cherche ?

— Il y a une raison évidente : Ruarth. Tant que Morthred est en vie, Ruarth et beaucoup d'autres Dustellois conserveront leur forme d'oiseaux. »

Je hochai la tête tout en m'efforçant d'accepter comme un fait cette idée extravagante, sans y parvenir. Je pouvais admettre que les oiseaux dustellois soient doués de raison, mais l'idée qu'ils deviennent un jour humains était grotesque.

« Mais il y a autre chose. Quelque chose… C'est comme si… Morthred… »

Quoi qu'elle ait voulu me confier, elle ne trouva pas les mots pour l'exprimer. Plus tard, avec le recul, je compris à quel point elle était passée près de me dire

161

quelque chose qui nous aurait épargné tant de douleur et de chagrin. Qui aurait changé notre futur à tous. Elle ne cherchait pas à cacher la vérité, bien sûr, mais elle ne l'avait pas encore comprise. Elle éprouvait quelque chose, mais de manière trop vague pour pouvoir le formuler. Lorsqu'elle le comprit, il était trop tard… et là réside sa tragédie.

Quand elle reprit enfin, j'eus l'intuition qu'elle ne me dit pas ce qu'elle avait eu en tête au départ. « Il est très puissant. Mes pouvoirs ne sont rien comparés aux siens. La dernière fois que nous l'avons vu, il était affaibli, c'est vrai, mais je ne crois pas qu'il le restera longtemps. » Elle dégageait une odeur forte : peur, répugnance – un tourbillon d'émotions si intenses que j'en fus choqué. « La plupart des gens mauvais ont du bon en eux. Lui aussi. Il est conscient de cette zone de bonté en lui, et il la torture avec autant de jubilation qu'il torture les autres. Il m'a dit à une occasion qu'il avait connu une enfance heureuse, jusqu'à ce qu'on trahisse et massacre sa famille. C'est peut-être le souvenir de ce qu'il était autrefois qui fait de lui ce qu'il est désormais. Il est fou, Kel. Et sa folie est redoutable. Il n'aime pas tuer les gens, car ça ne sert qu'à les délivrer de leur supplice. S'il le pouvait, il s'assurerait que chaque citoyen des îles Glorieuses vive dans la terreur, la douleur, la culpabilité et le désespoir pour l'éternité, afin qu'il puisse… s'en réjouir. Et pourtant, alors même qu'il commet toutes ces atrocités, il souffre lui-même… C'est un être humain tordu et torturé, dont l'âme est à ce point déformée qu'on ferait preuve de clémence en le tuant. » Elle inspira profondément, comme si respirer lui demandait un effort. « Vous savez, il a tenté de faire de moi sa semblable. Deux fois. Vous savez ce qu'éprouverait un sylve corrompu à la magie carmine ? »

Je fis signe que non. Je ne *croyais* même pas à la magie. Cela dit… pourquoi les gardes ne l'avaient-ils pas vue passer l'épée de Braise à travers les barreaux de sa cellule ? Pourquoi, plus tard, avaient-ils échoué à nous poursuivre ?

« La sensation même de la magie carmine nous blesse, reprit-elle. Elle nous brûle. Un sylve corrompu doit vivre avec cette douleur physique. Mais ce n'est rien comparé au reste. Le pire, c'est que ce sylve se rappellerait qui il… qui elle a été. Elle se rappellerait ses propres croyances, sa personnalité, alors même qu'elle commettrait des actes qui seraient l'antithèse de la sylve en elle. Elle tuerait sans hésiter les gens qu'elle aime, souffrant le martyre pendant tout ce temps, mais incapable d'aller à l'encontre de la magie carmine en elle. Il serait théoriquement possible de la guérir, de la retransformer en sylve, en tuant le carministe qui l'a corrompue. Mais la magie carmine elle-même ne la laisserait jamais redevenir sylve. Car cette sylve corrompue serait *elle-même* devenue carministe et emploierait donc ses pouvoirs carmins pour le rester, si bien que la sylve en elle se retrouverait prise au piège, incapable de s'échapper. Elle ne permettrait jamais aux autres de la guérir. Et ne pourrait jamais obéir à cette partie d'elle qui voudrait *désespérément* redevenir sylve. » L'une de ses mains agrippa si fort la fourrure de Fouineur qu'il poussa un geignement ; elle

163

ne l'entendit même pas. « Je ne peux rien imaginer de plus atroce. Ce serait bien pire que la mort, et de loin. » Elle était secouée de violents frissons, comme sous l'effet de la fièvre.

Je la regardai fixement, horrifié, incapable de parler.

Création, me dis-je. Il l'a violée. Ou pire encore.

Avec une effrayante intensité, elle déclara : « Je veux qu'il meure, Kel. Je le désire tellement que ça me consume presque. » Elle me sourit faiblement, comprenant sans doute à mon expression à quel point elle avait dû s'emporter. « C'est *vous* qui vouliez savoir. »

Trois jours plus tard, en fin d'après-midi, on croisa deux jeunes gens du tharn Kyn gardant un troupeau de selves. Je me les rappelais vaguement d'une fête estivale de l'année précédente ; l'un d'entre eux était parent de Jastriá. Ils se réjouirent de nous voir ; garder les bêtes pendant un mois peut être assez monotone, même pour les gens des Prairies qui n'ont jamais rêvé d'une autre vie. Ils me saluèrent et se présentèrent sous le nom de Corkyn et Belankyn, mais leurs yeux ne quittèrent jamais Flamme. Ils s'efforcèrent de faire preuve de politesse mais avaient du mal à aligner deux mots cohérents. Comme ils n'avaient pas d'autre compagnie qu'eux-mêmes et les selves, n'importe quelle femme leur aurait sans doute paru séduisante ; pour deux adolescents d'à peine dix-huit ans, Flamme Coursevent devait évoquer un rêve de marin. Quant à Braise, avec son énorme épée, ils devaient davantage être enclins à la traiter avec un respect ébloui.

On prit notre repas du soir, agrémenté du lait frais que nous donnèrent les jeunes gens. Braise et Flamme étaient ravies de se reposer ; en fait, Flamme était tellement endolorie qu'elle avait eu le plus grand mal à bouger une fois descendue de sa monture. Quand je lui proposai un baume, elle sourit et me répondit qu'elle était parfaitement capable de se soigner elle-même, merci bien. Par chance, les deux jeunes gens se montraient bien volontiers aux petits soins pour elle, et ils s'occupèrent de sa monture et lui apportèrent de l'eau chaude pour sa toilette. Braise se contentait de les couver d'un regard cynique et se tourna vers moi en roulant des yeux la fois où l'un des jeunes proposa de masser le dos de Flamme tandis que je montais à dos de selve pour rendre visite aux parents de Jastriá, au tharn Kyn.

Ma rencontre avec les membres de la Maison Longuetourbe fut éprouvante pour nous tous. Les parents de Jastriá étaient des gens affectueux mais qui ne comprenaient ni leur fille, ni les raisons de sa nature tourmentée. Ils avaient été heureux de la voir mariée, attristés que ça n'ait pas résolu son problème, anéantis par son exil. Ils l'aimaient et eurent le cœur brisé quand je leur appris sa mort.

Le pire fut de sentir, derrière leur chagrin, une tout autre odeur : le soulagement. Une petite partie honteuse d'eux-mêmes se réjouissait de son départ, qui signifiait la paix. Pour elle comme pour eux. Ça me dégoûtait autant que ça les rabaissait, au point de me faire haïr l'espace d'un instant tout ce qu'étaient les Prairies célestes. Jastriákyn méritait mieux.

Tôt, le lendemain matin, je regagnai notre campement, d'humeur encore plus sombre que lors de mon départ. Dès mon arrivée, on fit nos adieux aux deux jeunes gens, qui me semblèrent d'une remarquable gaieté malgré le climat affreusement gris et humide. Il se remit à pleuvoir alors qu'on s'éloignait et le trajet fut un cauchemar, car il bruina toute la journée et le ciel ne se dégagea qu'en fin de journée.

Ce fut à peine si j'alignai deux mots de la soirée, et le temps vint même à bout des traditionnelles chamailleries dont Flamme et Braise semblaient tant se délecter. Elles ne reprirent que le soir, alors qu'on installait notre camp et qu'un Fouineur humide et boueux, qui venait de se rouler dans une zone bourbeuse, s'ébrouait en aspergeant Flamme d'une boue malodorante.

Elle poussa un petit cri de désarroi, claqua la croupe de Fouineur à l'aide du paquet qu'elle venait de tirer de son sac et se mit à brailler : « Cette fois, c'en est trop, Braise ! Soit ce sac à puces malodorant apprend les bonnes manières, soit je le fais *griller* sur les charbons ardents pour le dîner de ce soir !

— Pas possible, répondit Braise, pince-sans-rire. Gilfeather refuse de manger des bêtes abattues délibérément.

— S'il ne fait pas attention, je dégusterai ses côtes demain matin au petit déjeuner.

— Celles de Gilfeather ?

— Celles de Fouineur, grande courge de Clairvoyante ! »

L'objet de son courroux s'éloigna furtivement pour se réfugier derrière Braise, ou du moins essaya-t-il, car sa taille lui compliquait la tâche. Braise baissa les yeux vers lui en soupirant.

« Dis donc, gros tas, c'est toi qui es censé me protéger, pas l'inverse. Si tu apprenais au moins à faire fuir tous les amoureux transis qui tournent autour de Flamme, tu gagnerais ta pitance ! J'ai à peine fermé l'œil de la nuit. Flamme, j'espère que ce n'est pas avec le *pain* que tu viens de dérouiller ce bestiau ? »

Elle baissa les yeux vers sa main. « Ah. Si, en fait. Mais ce n'est pas grave, il est emballé. Plus ou moins. »

Avec un soupir, Braise lui prit le paquet endommagé.

Je continuai à dresser notre abri tout en réfléchissant à leur conversation. Elle n'avait quand même pas voulu dire… Je lançai un coup d'œil à Flamme et rougis de mes propres pensées. Quand même pas les *deux* garçons. Et puis, ne préférait-elle pas les femmes ? Braise me vit m'empourprer et me regarda d'un air interrogateur. Je rougis encore davantage et me remis au travail. Je n'allais certainement pas leur poser la question. Je déclarai plutôt : « J'ai de l'onguent pour Fouineur. Je l'ai préparé chez moi, mais j'avais oublié de vous le donner. Ça aidera à soigner sa gale. Enfin, je crois. Ça marche sur les selves quand ils ont des maladies de peau. »

Cette nuit-là aussi j'eus du mal à dormir. Ça devenait une habitude, au point que je me demandais s'il serait judicieux de recourir à un soporifique. Au lieu de quoi je me levai une heure environ après m'être couché, dans l'intention cette fois d'entreprendre une longue promenade. Les deux lunes brillaient, toutes deux décroissantes à mesure que nous approchions du mois de sombrelune, mais luisant toujours vivement dans un ciel qui semblait s'être débarrassé de ses nuages.

Je ne m'étais guère éloigné quand je m'aperçus que je n'étais pas seul.

Je me retournai pour voir Braise en train de me suivre. Je réprimai un soupir. J'avais parfois l'impression que ces deux femmes déployaient des trésors d'ingéniosité pour m'agacer. « Vous voulez quoi ? » demandai-je quand elle me rejoignit, consciente de mon ton cassant.

Elle le remarqua bien entendu. « Vous ne dormez pas, dit-elle. Et quand vous le faites, votre sommeil est agité. Je me disais que je pouvais peut-être vous aider. »

Je me demandai si elle était en train de s'offrir à moi, mais chassai cette pensée à peine formulée. Il n'y avait là aucune invitation de nature sexuelle. « Qu'est-ce que vous voulez dire ? demandai-je d'une voix neutre.

— En fait, j'ai réfléchi. Maintenant que j'ai vu comment vous viviez à Wyn, que j'ai rencontré votre famille et parlé hier soir à ces deux jeunes crétins de Kyn, j'ai fait le rapprochement avec des choses que Jastriá m'a dites. Je crois que je la comprends mieux. Je crois savoir ce qui l'a motivée. »

168

Je me retournai pour me remettre en ma marche et elle vint se placer à mes côtés. « Je crois que vous aviez raison : elle voulait bel et bien vous faire du mal.

— Ah, ça oui, je l'sais bien. Elle voulait me faire le plus grand mal possible. Mais qu'est-ce que j'ai fait pour mériter ça ?

— Vous lui avez menti, peut-être. Involontairement, mais le résultat était le même. Elle vous avait vu vous échapper des Prairies pour conserver votre santé mentale ; elle avait vu Garrowyn voyager encore plus loin. Elle pensait pouvoir vous convaincre de l'emmener loin, très loin d'ici. Mais vous n'étiez pas honnête avec vous-même. Vous ne l'êtes toujours pas.

— Ça veut dire quoi, ça ?

— Regardez-vous, Kel. Et regardez votre frère. Jaimwyn est médecin comme vous. Il prépare des remèdes et s'en va soigner des gens hors du tharn, mais il ne descend jamais en bas des Pentes. Il n'essaie jamais rien de nouveau, ne va jamais chercher de nouvelles herbes, de nouveaux traitements, de nouveaux remèdes. Il n'a jamais joué avec le feu en épousant une femme comme Jastriá, rebelle et passionnée. Il y a un monde de différences entre vous deux. Il se contente parfaitement de rester à Wyn, de faire la même chose que votre père, et son père avant lui. D'épouser une femme comme Tess. Mais vous n'êtes pas le genre d'homme capable de passer le restant de vos jours à Wyn, pas plus que votre oncle. Jastriá l'avait compris ; elle avait vu en vous ce qu'elle voyait en elle-même. Le désir de nouveauté, de nouveaux

169

défis. La passion. Elle espérait que vous alliez la sauver de la monotonie abrutissante de cet endroit.

» Au lieu de quoi vous reveniez toujours à Wyn. Pour vous y installer ou faire semblant. Ça la rendait folle de rage que vous ne puissiez pas reconnaître ce que vous étiez réellement : un rebelle, comme elle. »

J'avais envie de céder à la rage et de lui renvoyer ses mensonges en pleine figure, de m'écrier : *Je ne suis pas comme ça !* Mais je ne pouvais pas. Au plus profond de mon cœur, je savais que ce qui m'avait permis d'apprécier Wyn – voire de le supporter – pendant toutes ces années, c'était de savoir que je pouvais parfois m'en aller. Et ce n'était pas comme ça que les Tu normaux pensaient à leur foyer. Simplement, je n'avais pas eu le courage de le dire, ni d'assouvir mes besoins de la façon la plus logique en faisant comme mon oncle Garrow et en passant la majeure partie de ma vie au loin.

Je finis par répondre doucement : « Jastriá m'a supplié d'le faire, pis même souvent, mais je rev'nais toujours et je l'emm'nais avec moi. Vers la sécurité. Ça a quelque chose de séduisant, vous savez : la sécurité, la certitude, toujours savoir c'qu'on fait pis comment. Il n'y a pas à réfléchir. Mais j'n'avais pas l'courage de partir… en sachant que si j'le faisais, il n'y aurait plus de certitudes. Plus de sécurité. Je l'aimais, mais pas assez pour lui donner c'qu'elle voulait.

— Je crois que vous le vouliez aussi. Et c'est *ça* qui la rendait amère.

— Dans ce cas, j'ai c'que j'voulais, nan ? répondis-je, amer à mon tour. Alors, dites-moi, pourquoi j'me sens si mal ? » Je n'attendais aucune réponse et n'en obtins aucune.

On marcha en silence sur un kilomètre environ avant que je déclare lentement : « Alors elle m'a puni. Elle a r'fusé l'occasion de s'enfuir que vous lui offriez, pis elle m'a forcé à la tuer. C'qui lui a donné en plus la satisfaction de s'venger de moi, comme elle estimait que je l'avais trahie.

— Je crois que oui. Elle avait l'impression qu'il n'y avait aucun… aucun espoir. Et elle était très en colère. Ce n'était pas votre faute.

— Vous v'nez de me dire que si. »

Elle me saisit le bras pour m'obliger à m'arrêter. « Pas du tout. Je vous ai donné une explication. » Elle me retourna face à elle et m'obligea à la regarder dans les yeux. Je devais lever la tête. Puis elle déclara : « Jastriá était adulte. Assez âgée pour prendre ses propres décisions. Elle aurait pu se débrouiller pour vivre une vie correcte loin des Prairies célestes. Elle était intelligente, présentait bien et ne manquait pas de ressources. Elle a choisi de céder à ses tendances auto-destructrices et, comme un poisson prisonnier d'un hameçon, elle a préféré accuser le pêcheur plutôt qu'elle-même. *Ce n'était pas votre faute*. »

Je me retournai pour me remettre en marche et elle me suivit à grandes foulées. « Gilfeather, je sais ce que vous traversez.

— Je n'vois pas comment vous pourriez en avoir la moindre idée. J'ai *tué* ma femme ! »

Elle m'apaisa d'un geste conciliant. « D'accord, je n'ai jamais tué de mari. Enfin, pas encore. Mais j'ai tué Niamor – un ami, un homme que j'appréciais et respectais, bien qu'il soit une crapule. C'était il y a… tout juste un mois, à la Pointe-de-Gorth. »

L'amertume déborda en moi. « Pis alors ? V'portez une épée, j'vous rappelle ! V'z'avez sans doute tué des tas de gens ! J'imagine que c'est votre *métier*.

— Je ne tue pas mes amis, en règle générale. »

Sa voix tremblait et j'en éprouvai une telle surprise que je m'arrêtai net pour la regarder.

Elle saisit alors l'occasion pour s'expliquer. « Il avait été attaqué par le maître-carme qui l'avait laissé pourrir sur place. Une des morts les plus atroces qui soient. Il m'a demandé de le tuer, alors je l'ai fait. »

À ma grande stupéfaction, je vis scintiller une larme au bord de ses cils. Création, ces deux femmes me déconcertaient chaque fois que je pensais les cerner. D'abord Flamme, que j'avais crue aussi tendre que du beurre de selve oublié au soleil, se révélait être à l'initiative du projet consistant à débarrasser les îles d'un supposé maître-carme, un sorcier puissant et maléfique. Et maintenant, Braise, que j'avais crue aussi dure que de la corne de selve, pleurait la mort d'un ami et se souciait assez de mon désespoir pour m'en parler…

« Ce n'est pas le genre de choses dont on se remet facilement, dit-elle. Ni qu'on oublie un jour. Je me suis dit que ça vous aiderait peut-être de savoir que quelqu'un d'autre comprenait. »

J'en fus curieusement touché. « Oui », répondis-je enfin, parvenant à me montrer courtois.

On fit demi-tour pour regagner le campement.

« Je vous remercie pour l'onguent destiné à Fouineur, dit-elle. C'était très gentil de votre part. Et je m'étonne que vous y ayez pensé malgré tous vos ennuis. Vous êtes un homme remarquable, Kelwyn.

— Nan. Je suis guérisseur, c'est tout. Pis c't'animal a une maladie de peau.

— Enfin, bref, je vous remercie, dit-elle avant de plisser le nez. Mais qu'est-ce que c'est que ce parfum, ici ? Je ne me rappelle pas l'avoir senti plus tôt dans la soirée.

— Des fleurs de lune. Elles ne fleurissent que la nuit, et seulement les mois de doublelune. Leur odeur est censément aphrodisiaque et les jeunes mariés choisissent souvent de garder les selves pour trouver des carrés de fleurs de lune où s'étendre… »

Je m'interrompis, gêné. Je n'avais pas envie de lui parler de ça.

Elle éclata de rire. « Alors il ne nous reste qu'à espérer qu'il n'y en ait pas aux alentours de notre campement.

— Nan, lui répondis-je avec un sourire, j'n'en ai senti aucune là-bas. Pis j'ai dans l'idée que c'est plus un mythe qu'un fait scientifique. C'la dit…

— Quoi donc ?

— Elles se propagent d'une façon intéressante. V'nez, j'vais vous montrer. »

Je suivis l'arôme le plus prononcé, trébuchant maladroitement dans le noir, jusqu'à trouver un carré de fleurs de lune coiffant comme de la neige le sommet d'une pente. Le vent charriait cette senteur dans les airs, conditions idéales pour le processus de fertilisation. Les fleurs femelles étaient plus hautes, déployant leurs pétales translucides couleur crème comme des voiles pour saisir le vent ; autour de leur tige, les minuscules fleurs mâles blanches, couvrant les buissons bas par milliers, semblaient les guetter.

« C'est charmant, dit Braise, quoique un peu envahissant.

— Regardez », lui dis-je.

Un souffle de vent atteignit l'une des fleurs femelles qui se détacha de la plante mère, ouvrant bien grand ses glandes odorantes. Le vent le charria très haut dans les airs et le parfum s'intensifia. En réponse, des centaines de fleurs mâles jaillirent dans les airs, mues par des mécanismes stimulés par les arômes.

Un nuage de pétales blancs se mit à tournoyer dans les airs. L'espace d'un instant, ils dérivèrent çà et là, à la merci du vent, jusqu'à ce qu'une fleur mâle frôle enfin les pétales de la femelle. Les pétales crème enfermèrent le petit bourgeon dans une affectueuse étreinte florale. Ils continuèrent à dériver, tournoyant légèrement au vent jusqu'à disparaître au loin. L'âcreté de leur arôme s'attardait dans l'air.

J'entendis Braise cesser de retenir son souffle. « Ouais. Je vois bien en quoi ça peut réveiller la passion chez de jeunes gardiens de selves portés sur la chose. »

Elle se retourna vers moi et l'on resta un long moment à se dévisager au clair de lune. L'un de ces instants où le temps se suspend et qui aurait pu évoluer dans un sens ou dans l'autre, jusqu'à ce que sa position m'apprenne que ce n'était pas réellement moi qu'elle désirait, même si l'idée de coucher avec moi ne lui déplaisait pas. J'éprouvai une amère déception qui me stupéfia moi-même. Jusqu'alors, je n'avais jamais pensé à Braise en ces termes. Mais je comprenais que j'avais envie d'elle, besoin de son réconfort, de sa compagnie, de sa tendresse. L'idée de posséder une telle femme, d'être possédé par elle, était incroyablement séduisante.

Création, ne sois pas stupide, me dis-je avec humeur. C'est Flamme. Braise préfère les femmes. Elle désire Flamme, mais celle-ci préfère les hommes. Ça doit être ça. C'est triste. Si tu veux coucher avec quelqu'un, gamin, tu ferais mieux de rêver de la Cirkasienne.

Laquelle ne serait sans doute pas contre, à en juger par ses activités avec le jeune garçon – ou les jeunes garçons – de Kyn.

D'un commun accord, on fit demi-tour en direction du campement. « Vous allez devoir m'en apprendre un peu plus sur votre odorat, me dit-elle au bout d'un moment.

— Qu'est-ce que je peux bien vous dire ? » demandai-je d'un ton dégagé, avant de gâter le moment en fonçant droit sur un buisson épineux. Avec un juron, je m'arrêtai pour m'en extraire. « Nous autres, dans les Prairies, on a un bon nez, c'est tout.

— Vous avez l'odorat meilleur que la vue, commenta-t-elle en observant mon combat futile contre les épines

175

recourbées de la plante, connue dans le coin sous le sobriquet de "pas-si-vite". Je crois que ça va plus loin, Gilfeather, ne me prenez pas pour une cervelle de coque. Vous savez des choses que les gens ne devraient pas savoir. C'est de la magie ? » Elle s'approcha pour m'aider à dégager les épines de mon tagaird.

« Ces choses-là n'existent pas, rétorquai-je, de nouveau irrité. On a l'nez différent, c'tout. Comme v'z'avez dû le r'marquer, les gens des Prairies ont le nez droit et d'une longueur inhabituelle. À l'intérieur, la structure est très différente de celle des autres insulaires. Enfin, c'est c'que me dit Garrow. J'n'ai jamais disséqué de cadavres des gens d'en bas, mais lui, si. On dirait que découper le corps des morts lui pose moins d'problèmes que çui des vivants. Il dit qu'on a le nez plus complexe sur un plan anatomique, et qu'il possède plus de terminaisons nerveuses. Pis v'z'avez sans doute remarqué que la pointe a tendance à remuer légèrement quand… quand il est stimulé. »

Quand je fus enfin libéré du buisson, on se remit en marche. Comme sur un signal, Fouineur nous rejoignit en bondissant, sautant autour de nous comme le chiot géant qu'il était. Il avait de nouveau tué : son museau était ensanglanté. Je le repoussai puis ajoutai : « Ne cherchez pas plus loin. On a l'sens de l'odorat plus développé qu'le vôtre, c'est tout.

— Assez développé pour percevoir que des gens approchent de votre village ? Et même deviner de quel village ils viennent ? Et même *qui* ils sont ? »

176

Je la dévisageai, surpris. *Bave de selve*. Elle avait tiré beaucoup de conclusions de quelques mots isolés qui avaient échappé à mon père. « On n'parle pas d'ces choses-là aux gens d'en bas, lui répondis-je enfin.

— Vous feriez aussi bien de m'en parler. J'en ai déjà trop vu, trop entendu, j'ai tiré trop de conclusions. Même Garrowyn a laissé échapper des indices quand il soignait Flamme, à la Pointe-de-Gorth. Il avait senti l'odeur de la magie carmine. Et vous ne plaisantiez pas quand vous m'avez dit que vous sentiez l'odeur de votre village à travers la brume. Kel, ne commettez jamais l'erreur de croire, parce que je suis grande et de sexe féminin, que j'ai la cervelle d'une baleine échouée.

— Ah. Hem, non. Bien sûr que non. C'est juste que, qu'on n'aime pas… » Je me tus de nouveau. « *Enfer* sans Création !

— Il faut qu'on parle », dit-elle.

Excité par mon intonation, Fouineur bondissait pour tenter de me lécher le visage. Exaspéré, je demandai : « Bleu du ciel, mais pourquoi vous gardez un chien aussi d'meuré ?

— Il me rappelle pourquoi j'accompagne Flamme afin d'aller tuer un maître-carme, répondit-elle avec le plus grand sérieux. Chaque fois que je le regarde, je me souviens de son précédent propriétaire, un garçon qui s'appelait Tunn. Vous *allez* me parler, Gilfeather, et vous allez nous aider. »

Choqué, je la dévisageai. « V'z'aider à tuer quelqu'un ? V'z'avez perdu la tête ou quoi ? Je suis méd'cin pis chirurgien. Je *guéris* les gens, je n'les tue pas. » Puis je me rappelai Jastriá et rougis.

« Je ne vous demande de tuer personne.

— Vous me d'mandez de vous aider, pis c'que vous avez en tête, c'est de commettre un meurtre.

— Pas un meurtre. L'exécution d'un tueur. Le pire que le monde ait connu. Tunn était l'une de ses victimes : un enfant qui a subi une flagellation carmine et qu'on a laissé mourir dans d'atroces souffrances. »

Le sérieux de sa voix m'intimida. « Je suis méd'cin », marmonnai-je, mais sans grande conviction.

Elle leva les bras au ciel. « Crabe sans pinces, je rêve. *Encore* un crétin de pacifiste ! Mais qu'est-ce que j'ai fait pour n'attirer que des gens qui croient qu'on devrait bavarder poliment avec les criminels de ce monde autour d'une tasse de thé ? Ah, mais on *va* parler, ajouta-t-elle, ça, je vous le promets. »

# 8

## *Kelwyn*

Les gens des Prairies célestes condamnaient peut-être mes actes, mais ils restaient fidèles à l'unité de notre peuple et aux coutumes des Prairies. Six jours plus tard, on quitta le Toit mekatéen sans que les adorateurs de Fellih ni les gardes du portenaire nous aient jamais rattrapés, et je compris que c'était grâce aux guides du tharn Gar.

Au sommet des Pentes, on lâcha les selves, toujours sellés et chargés de nos couvertures et de nos abris de feutre. Je m'attardai un moment pour les regarder disparaître dans la brume avec l'impression qu'ils emportaient une partie de mon cœur que je ne retrouverais plus jamais. Sans doute était-ce le cas : je ne revis jamais mon père, ne reparlai jamais à ma mère, ne plaisantai plus jamais avec mon frère. Plus jamais je ne contemplai Wyn, ni ne montai de selves dans les Prairies célestes, ni ne sentis l'odeur des fleurs de lune au clair des astres jumeaux.

Lorsque je me détournai pour suivre Braise et Flamme qui entreprenaient de descendre la pente, je me faisais l'effet d'un homme qui a perdu une partie de lui-même. L'espace d'un instant, je haïs les deux femmes qui m'avaient imposé ça.

Le chemin n'était pas facile : il était moins pratiqué et donc moins usé que ceux qui descendaient à Port-Mekaté. Celui-ci décrivait des zigzags serrés jusqu'à une plaine étroite puis, de là, vers le port de Lekenbraig, au bord des Eaux de Niba. Je m'y étais déjà rendu une fois, mais je n'avais jamais eu très envie d'y retourner. La majeure partie de la forêt qui l'entourait avait été totalement éradiquée, massacrée pour permettre l'exploitation du sable au-dessous. Il contenait apparemment une forte proportion d'étain alluvial qui servait à fabriquer de la vaisselle et qu'on ne pouvait atteindre qu'en éliminant les arbres et toute la vie qu'ils abritaient. La dernière fois que j'étais passé par là, j'avais cru flairer l'arôme tenace d'une vie complexe qui n'existait plus, comme si les sables, même une fois lavés, ne pouvaient se débarrasser de leur passé fécond.

Cette fois encore, alors que nous descendions de plus en plus bas et que la brume se dissipait, la vue de ces ravages me rongeait. Sachant de quelle vitalité peuvent déborder les forêts côtières, j'avais le plus grand mal à ignorer cette profanation de l'équilibre quand le résultat se déployait sous nos yeux comme une carte de vélin.

« Que se passe-t-il ? me demanda Braise alors que nous traversions enfin ce désert le lendemain, suivant un chemin poussiéreux qui menait du pied de la Pente jusqu'à la ville. Qu'est-ce qui vous tracasse ?

— L'exploitation minière, répondis-je. V'savez tout c'qu'ils ont tué pour accomplir ça ? » Je désignai d'un geste cette mer de sable constellée de mares d'eau inertes.

— Vous êtes perturbé par la mort des *plantes* ? demanda-t-elle, perplexe.

— Oui. Chacune d'entre elles débordait de vie. Tout ça a disparu. »

Elle me regarda d'un air ébahi, s'efforçant d'assimiler l'idée selon laquelle un homme pouvait être bouleversé par le sort que subissait une forme de vie non douée de raison. « C'est important ? demanda-t-elle enfin.

— La destruction de la vie et de la beauté l'est toujours, répondis-je.

— On a besoin de cet étain.

— Mon peuple s'en passe très bien.

— Tout le monde ne peut pas vivre comme les gens des Prairies. » Elle s'interrompit net, consciente de sa cruauté involontaire. *Jastriá*. « Désolée. Il n'y a pas de réponses faciles, Gilfeather.

— Je vous dirais qu'il fait plus chaud sans cette forêt, dit Flamme pour l'apaiser. Nettement plus que dans les environs de Port-Mekaté où il y avait plus d'arbres. On est encore loin de ce Lekenbraig ?

— À une journée de marche, répondis-je.

— Et ensuite ?

— On achète des billets pour le paquebot qui se rend à Porth.

— Combien de temps est-ce qu'on devra attendre ?

— Je crois qu'c'est une question de chance. Il y a pas mal de commerce entre Porth et Lekenbraig, pis les marchands voyagent dans les deux sens. Mais la vraie question, c'est c'qui se passera quand nos poursuivants arriveront ici, dès qu'ils auront compris qu'on a dû quitter le Toit mekatéen. Ils risquent de nous rattraper pendant qu'on attendra le paquebot. »

J'avais tenté d'insister pour que nous nous rendions un peu moins reconnaissables. Je portais la tenue de voyage de Garrowyn, quelconque et rapiécée. J'avais teint en brun mes cheveux roux à l'aide de jus de baies de keth – plus souvent utilisées pour décorer les pots de grès dans les tharns des Prairies célestes – et je m'étais rasé la barbe, mais je ne pouvais pas déguiser les taches de son roussâtres qui me couvraient la peau. Elles faisaient partie intégrante de la nature des Célestiens. Flamme avait obligeamment caché ses cheveux dorés sous un châle et portait sa tunique sans ceinture – comme si ça suffisait à masquer ses attributs. Mais Braise ne pouvait pas faire grand-chose pour camoufler sa taille et ses yeux verts. Elle refusait catégoriquement d'envelopper son épée et son harnais dans sa cape, et me rembarra quand je le lui suggérai. J'imagine qu'on aurait pu, de loin, la prendre pour un homme, et Fouineur ajoutait à l'authenticité de ce rôle ; ce n'était pas le genre d'animal de compagnie qu'ont généralement les femmes.

Elles protestèrent toutes deux en disant que toutes ces précautions étaient inutiles alors que quelques illusions auraient produit le même effet. Je n'y prêtai aucune attention. Et j'ignorai le regard amusé qu'elles échangèrent. Il était plus difficile d'ignorer le retour soudain de cette odeur suave entourant Flamme chaque fois qu'on croisait quelqu'un.

On poursuivit péniblement notre route, accablés par la chaleur et éblouis par l'éclat du sable, regrettant de n'avoir pu emmener les selves. Vers midi, on s'arrêta pour se reposer près d'une des mares, ravis d'avoir trouvé un arbuste qui nous offrait de l'ombre.

« Vous avez raison sur un point, Gilfeather, dit Braise en se jetant sur le sable au bord de l'eau. Cet endroit est une atrocité sans nom. Il me rappelle la Pointe-de-Gorth. Vous croyez que l'eau est potable ? »

Elle n'attendit pas ma réponse pour se mettre à boire. Nous n'avions pas de combustible pour la faire bouillir et nous avions tous soif. Tandis qu'elle se redressait, le menton dégoulinant, elle braqua sur moi un regard signifiant que je ne couperais pas cette fois à la discussion sérieuse qu'elle envisageait. J'y avais échappé jusqu'ici en pressant l'allure dès qu'elle abordait le sujet, jusqu'à ce que Flamme lui dise de mettre sa langue dans sa poche. « Chaque fois que j'ai envie de me reposer, tu relances Kel, qui se relève brusquement en nous disant de nous dépêcher de reprendre la route. Tu ne pourrais pas la boucler un peu ? J'aimerais bien m'asseoir et me détendre, pour une fois ! »

Cette fois, Braise n'allait pas accepter mes manœuvres d'évitement. « Je veux que vous m'en appreniez un peu plus sur l'odorat des Célestiens, Gilfeather. Ça nous sera peut-être utile. Et je veux vous parler de la magie sylve, pour que vous compreniez de quoi elle est capable. »

Je me désaltérai puis allai m'asseoir adossé contre l'arbre avant de répondre. « On n'aime pas parler de nos capacités aux gens d'en bas. Notre odorat est notre moyen de défense.

— Je suis prête à vous jurer que tout ça restera entre nous.

— Moi aussi, ajouta Flamme. Ne serait-ce que pour qu'on ait enfin cette discussion et qu'on passe à autre chose.

— Il n'y a rien à en dire, en fait. On a seulement l'odorat plus développé que les autres.

— Dans quelle mesure ? demanda Braise dont le regard me transperçait. Qu'est-ce que vous sentez, en ce moment même ?

— D'abord, qu'est-ce que vous sentez, *vous* ? » rétorquai-je.

Elles inspirèrent profondément. Ruarth aussi, ce qui me dérouta. Perché sur le sac de Braise, il posait sur ce qui l'entourait un regard intelligent et intéressé, comme à son habitude.

« Fouineur », répondirent Braise et Flamme d'une seule voix, avant d'éclater de rire. Flamme ajouta : « Qu'est-ce qu'il y a de nouveau là-dedans ? Il pue tout le temps, cet animal.

— C'est tout ? » demandai-je.

Elles firent une nouvelle tentative. « L'onguent que j'ai appliqué à Fouineur, dit Braise. Ma propre sueur. La vôtre. L'odeur aqueuse de la mare. Je crois que c'est tout.

— L'arbre, ajouta Flamme. Une odeur de résine ou de sève, quelque chose comme ça.

— Autre chose ? »

Elles firent signe que non.

« Et vous ? » demanda Braise, toujours curieuse. Elle voulait savoir.

« Tout c'qui nous entoure, répondis-je. Le sable, nos corps, l'arbre, le contenu de nos bagages. Il y a des fourmis dans l'écorce de l'arbre. » Je désignai d'un mouvement de tête le chemin que nous suivions. « Y a des gens là-haut. Pas des Célestiens, de toute évidence, mais j'le saurais déjà rien qu'à leur odeur. Le nôtre est très différente, ptêt' parce qu'on ne mange généralement pas d'viande. Certains d'entre eux sont des femmes. Y en a au moins une qu'allaite un marmot : j'sens une odeur de lactation. Un des adultes a les dents gâtées. Y a un animal… qui se nourrit de plantes. Un bœuf, j'imagine. Dans le coin, on s'en sert beaucoup pour tirer les charrettes. Pis y a plusieurs chats. Des poulets. Il doit y avoir une habitation, vu que je sens une odeur de nourriture en train de cuire… Du poisson. Des algues. Des tomatls.

— À quelle distance ? »

Je haussai les épaules. « Ça dépend du vent. Un kilomètre et demi, je dirais. Au-delà, très loin, il y a la mer. Si je me concentre, je sens légèrement son odeur. Pis celles du port, qui sont plus fortes : goudron frais, voiles humides. Et la puanteur de la ville. Ça, c'est pire : ossuaires, tas d'ordures.

— Alors vous sentiez vraiment votre tharn à travers la brume. Ce n'est jamais envahissant ? demanda Flamme, fascinée. C'est déjà bien assez terrible de sentir celle de Fouineur ; je n'imagine même pas

185

comme ça doit être affreux de sentir *toutes* les odeurs. » Elle m'intriguait, cette jeune Cirkasienne. Elle semblait percevoir tant de choses concernant le monde et la vie, notamment la façon dont ils affectaient les autres. Braise voulait simplement savoir comment utiliser mes talents ; Flamme s'inquiétait pour moi.

« Hmm, acquiesça Braise. Ça doit être pénible de renifler d'un seul coup toutes les latrines de Lekenbraig.

— Oh, vous savez, c'est comme un bruit de fond. En ce moment, pendant que je vous parle, v'n'entendez pas les feuilles de l'arbre bruire au-dessus de votre tête, ni le chant des cigales. C'est là, mais vous le filtrez. Pour nous, c'est pareil. Comme j'n'ai pas envie d'sentir les latrines, je bloque cette puanteur de ma conscience, à défaut d'mon nez.

— Alors, en quoi est-ce que ça constitue un moyen de défense pour les gens des Prairies ? demanda Braise.

— Personne ne peut jamais nous tomber d'sus à l'improviste. D'la même façon qu'un grand bruit vous réveillerait en pleine nuit, une odeur inattendue me réveillerait aussi, moi ou le tharn tout entier. C'qui nous a bien rendu service à plusieurs reprises dans l'passé, quand des gens d'en bas nous ont attaqués en espérant nous prendre nos terres ou nos troupeaux.

— À quoi sert un signal si vous refusez de vous battre ? C'est bien le cas, non ? insista-t-elle.

— Nan. On n'a jamais eu à l'faire. On s'fond dans les prairies. On siffle les selves. Un troupeau tout entier qui obéit à des sons qu'aucun homme n'entend, ça peut être, hum, fort intimidant. Pis ils n'aiment pas les étrangers. Vous n'savez pas comme c'est bizarre que Skandor vous ait laissé le monter c'jour-là… 'Fin bref, aucun intrus n's'est jamais attardé dans les Prairies. On n'a jamais été envahis.

— Vous reconnaissez les individus à l'odeur ? C'est ce qu'a fait votre père, non ?

— Oh, oui. Vous, ptêt' que v'n'oubliez jamais un visage. Nous, ce sont les odeurs, pis chacune est unique. Si je d'vais vous recroiser dans dix ans, ce s'rait votre odeur corporelle que j'me rappellerais. V'z'avez un arôme inoubliable, Braise Sangmêlé. »

Flamme se mit à glousser. « Il est peut-être en train de dire que tu pues, Braise. »

Celle-ci l'ignora. « Non, Gilfeather, il doit y avoir bien plus que ça. Garrowyn m'a dit une fois qu'il sentait l'odeur de la peur. Vous sentez non seulement l'odeur des gens, mais aussi leurs intentions. Leurs émotions. »

Flamme parut surprise. « Vous voulez dire que vous pourriez deviner si je, hum, si je vous aime ou pas ? »

Je lui répondis par un rictus.

« Franchement, c'est gênant ! s'indigna-t-elle.

— Ne v'z'en faites pas. C'n'est pas aussi subtil. Si vous m'détestiez de bon cœur, ou si vous aviez très envie de moi, j'le sentirais. Ou si vous vouliez me faire du mal. Les nuances intermédiaires ne sont pas toujours aussi claires. »

Braise pencha la tête, songeuse. « Et les mensonges ? Vous le sentez quand quelqu'un vous ment ?

— Des fois. » J'hésitai. « Enfin, la plupart du temps, si le mensonge a été proféré avec l'intention de nuire, ou de tromper. Mais, dans c'cas, vous aussi, j'imagine. Pourtant, vous avez un nez qui n'sent rien qui n'soit pas posé sur vos genoux. »

Elle sourit légèrement, comprenant le compliment indirect que je venais de lui faire. « Je crois que vous êtes un individu dangereux, Kelwyn Gilfeather. Et que vous en savez beaucoup plus sur moi que je ne le voudrais. »

Je lui rendis son sourire en lui imprimant la plus grande neutralité possible. Elle se montrerait bien plus prudente en ma présence à l'avenir, mais ça ne lui servirait à rien. Mon nez m'en apprenait beaucoup plus sur les gens, même sur elle, que ses yeux et son instinct ne lui en disaient sur les autres.

« Vous devez un être un sacré bon médecin, dit-elle doucement. Si vous sentez l'odeur de la maladie. » On pouvait compter sur elle pour aller droit à l'essentiel. Dans les Prairies célestes, c'était nous qui allions voir les patients pour leur apprendre qu'ils étaient malades, pas l'inverse. « Donc, reprit-elle, songeuse, une fois arrivés à Lekenbraig, vous pourrez nous avertir quand nos poursuivants atteindront la ville ? »

Je hochai la tête. « Oui. J'ai leur odeur en mémoire. Vous n'le savez pas, mais leurs guides de Gar les ont amenés très près de nous à plusieurs occasions, avant de les détourner ailleurs. » Ç'avait été délibéré, je le savais bien. Les guides voulaient me rappeler que j'étais à leur merci. Que je devais ma liberté à leur magnanimité. Mais ils voulaient aussi que je sache qui nous suivait, parce que j'étais un homme des Prairies et pas nos poursuivants.

« Combien les autres sont-ils en tout ?

— Il y a deux prêtres et dix gardes felliâtres, plus huit gardes du port'naire. Bien entendu, les guides de Gar ne vont pas nous suivre jusqu'ici.

— Vous arrivez à distinguer les felliâtres des hommes du portenaire ?

— Oh oui. Ces chapeaux idiots que portent les prêtres sentent quand ils sont mouillés. Pis y a aussi…

— Quoi donc ?

— La ferveur religieuse dégage une certaine odeur. Quand ils prient, j'le perçois. On peut r'partir met'nant ?

— Non, pas encore, répondit Braise, à l'évident soulagement de son amie. Je veux que vous sachiez de quoi Flamme est capable. De quoi tous les sylves sont capables. Et pourquoi on ne doit pas trop s'inquiéter d'être suivis tant que vous êtes capables de détecter leur présence. On va faire une bonne équipe : une sylve pour les illusions, deux Clairvoyants pour voir la magie, dont un est un oiseau espion et l'autre a une épée pour les situations délicates, et enfin, un nez pour à peu près tout le reste.

— Je n'fais partie d'*aucune* équipe, répondis-je, horrifié. Rentrez-vous bien ça dans l'crâne. Je m'en vais à Amkabraig, sur Porth, pour récupérer un coffre de r'mèdes quand il arrivera, pis de là, je prendrai le paqu'bot pour Breth. Pis c'est *tout*. Je n'm'intéresse pas à vos affaires. V'z'avez gâché ma vie, toutes les deux, alors plus tôt on se séparera, mieux ça vaudra. »

189

Elle ne se laissa pas démonter. « Malgré tout, je voudrais vous montrer ce qu'est la magie sylve.

— Il a peut-être besoin d'une démonstration », suggéra Flamme.

Les voyant échanger des sourires, j'eus l'horrible impression de me trouver à leur merci. Je sentais à quel point elles savouraient l'instant.


On se remit en marche par une chaleur écrasante. Elle accablait même Fouineur qui trottait d'une mare à la suivante, buvant copieusement et faisant parfois trempette pour se rafraîchir avant de revenir nous asperger. Au bout de quelques kilomètres, on tomba sur le petit village dont j'avais flairé l'odeur : un petit groupe compact de maisons faites de papier goudronné assemblé au petit bonheur et fixé à l'aide de pierres ; une bonne bourrasque aurait suffi à les anéantir, ce qui devait se produire de temps à autre.

« Ça fera l'affaire, dit Braise. On va convaincre ce sceptique à tête de bernache que la magie existe. Cache-nous, Flamme, c'est toi qui vas prendre la parole.

— J'imagine qu'il n'y a pas de Clairvoyants dans le coin ? lui demanda la Cirkasienne.

— Je n'en perçois aucun. »

Une soudaine douceur imprégna l'air ; toujours ce parfum écœurant. « Je suis prête, dit-elle, allons-y. »

Plus nous approchions des cabanes, plus l'odeur s'intensifiait ; je ne doutais pas un instant qu'elle émane de Flamme. Un composant de sa sueur ? Je m'interrogeais. Comment ? *Pourquoi ?* L'homme de science en moi était intrigué.

Lorsqu'on atteignit les cabanes, des enfants morveux jouaient tout près dans la poussière. L'un d'entre eux avait une maladie respiratoire qui le tuerait d'ici quelques mois si on ne le soignait pas. La respiration sifflante, il se précipita dans l'une des baraques dès qu'il nous vit et appela sa mère. « 'Man, 'man, y a une dame ! » Mais ce ne fut pas une dame qui sortit ; de la cabane surgirent cinq ou six hommes. Tous émaciés, déglingués par une vie de malnutrition et de travail constant. Je m'en rappelais assez de mes séjours précédents dans cette zone pour reconnaître en eux des manieurs de dulangs. Une fois extrait le gros de l'étain le plus facilement accessible, les pauvres s'étaient installés ici avec leurs tamis et leurs assiettes plates, baptisées dulangs, afin de repasser au crible le sable restant et de le laver, récoltant les minuscules granules d'étain qui n'avaient pas été extraits la première fois. Un travail pénible et éreintant pour des résultats dérisoires.

Braise saisit d'une main le chien par le collier, m'attrapa de l'autre et nous fit tous deux reculer pour nous éloigner un peu de Flamme. J'ouvris la bouche pour marmonner que l'odeur de ces gens ne me disait rien qui vaille, mais elle me fit taire d'un geste, fit glisser son sac à terre et tira son épée de son fourreau. Aucun des hommes du groupe ne regarda même dans sa direction ; ils braquaient tous le regard sur Flamme. Rien d'étonnant à ça. C'était ce que feraient la plupart des hommes.

Flamme sourit, sans se laisser démonter par cet accueil hostile. « Je me demandais, braves gens, dit-elle sur un ton aimable, si vous pouviez me confirmer que je suis bien sur le chemin de Lekenbraig ?

— Ben, r'gardez-moi ça », dit le plus costaud du groupe avec un sourire franchement rapace. Il dégageait l'odeur d'un lion des hautes herbes qui vient de repérer son dîner. « Une jolie demoiselle toute seule. Quess' vous en dites, les gars ?

— Laissez-la tranquille », lança une voix depuis le pas de la porte. C'était une femme d'âge moyen avec plusieurs enfants accrochés aux jupes. Sa requête évoquait davantage un geignement qu'un ordre, et les autres l'ignorèrent.

« Si on demandait à cette beauté de rester un moment ? » suggéra l'un des hommes. Il tendit la main pour toucher Flamme mais calcula mal son coup, car sa main se referma sur du vide.

Les autres crurent qu'il narguait Flamme, mais je perçus une bouffée d'odeur de surprise. Je remuai, gêné. Toute cette scène me mettait très mal à l'aise. Près de moi, Braise ne disait rien, la pointe de son épée reposant à terre entre ses pieds, une main sur la poignée, l'autre agrippant toujours Fouineur. Je ne sentais aucune émotion dégagée par elle ni par Flamme. Elles étaient toutes deux aussi calmes qu'un étang par une journée sans vent.

« Savez quoi, dit le costaud, on vous répondra si vous nous donnez un baiser à chacun.

— Moi, je sais bien où j'voudrais qu'elle m'embrasse », s'esclaffa l'un des autres, accompagnant ses paroles d'un geste au cas où personne n'aurait compris la blague.

Je voulus m'avancer, mais Braise me rattrapa et me tira en arrière. Je trébuchai et tombai sur le postérieur, le souffle coupé. Je passai les quelques secondes suivantes à ouvrir grand la bouche comme un poisson hors de l'eau et à observer la scène à travers des yeux larmoyants.

Flamme, d'un geste désinvolte qu'il avait bien dû voir venir, lui assena un coup de pied entre les jambes. Je ne comprenais pas pourquoi il ne l'avait pas esquivé. Sans surprise, je le vis se plier en deux de souffrance.

« Là ? » demanda-t-elle poliment.

La femme fit rentrer les enfants dans la cabane. Bizarrement, les hommes nous ignoraient tous, Braise, Fouineur et moi. J'aspirais l'air à grandes goulées douloureuses ; Braise devait retenir fermement le chien – il était impatient de se mêler à la bagarre et montrait les dents d'une façon qui promettait un avenir déplaisant à quiconque s'opposerait à lui – mais aucun des hommes ne regardait dans notre direction. Braise m'aida à me relever. « Désolée. Je ne voulais pas vous faire tomber », me glissa-t-elle à l'oreille.

Les hommes regardaient fixement le blessé, perplexes, comme s'ils ne comprenaient pas comment il avait fini à terre. Le chef du groupe, le type costaud, ignora ses amis et voulut saisir Flamme. Elle s'empressa de s'écarter d'un pas de côté et rejoignit notre emplacement à grandes foulées. L'odeur douceâtre était presque écœurante.

Malgré tout, les hommes ne regardaient toujours pas vers nous. Ils ne semblaient même pas remarquer que Flamme s'était éloignée d'eux. Le chef balaya l'air devant lui puis recula, horrifié. L'un des autres poussa un cri. Un autre, légèrement plus hardi, tenta de toucher quelque chose qu'il semblait voir devant lui. Comme il ne parvenait pas à s'en saisir, il se mit à hurler : « C'est un fantôme ! Faites attention, elle va vous aspirer votre âme ! » Ils prirent leurs jambes à leur cou sans y réfléchir à deux fois. Deux d'entre eux disparurent dans les cabanes, les autres filèrent se réfugier derrière.

« C'est bon, on y va ? demanda calmement Braise.

— Alors, répondis-je tandis qu'on remontait le chemin, qu'est-ce qui s'est passé là-bas ? » J'essayais de paraître imperturbable mais, en réalité, j'étais secoué.

« Flamme a créé une illusion d'elle-même qui paraissait réelle. En même temps, elle a brouillé ses contours et les nôtres. Nous n'étions pas vraiment invisibles : si leur attention n'avait pas été concentrée sur l'illusion, ils nous auraient peut-être même pas vus, raison pour laquelle je m'accrochais à mon épée. Mieux vaut prévenir que guérir.

— Bien sûr, ajouta Flamme, les illusions ne sont pas réelles. J'aurais pu les rendre presque solides, si je l'avais voulu, mais ça demande beaucoup d'énergie. C'est plus facile de les créer à partir de rien, si bien que lorsqu'un d'entre eux a voulu toucher ce qu'il prenait pour moi, ses mains ont traversé l'illusion.

194

— Pendant ce temps, poursuivit Braise, c'était la vraie Flamme qui leur parlait et qui a donné un coup de pied à cet homme. Il n'a rien vu venir parce qu'il se concentrait sur l'illusion. Ce sont deux aspects de la magie sylve : l'illusion et le fait de brouiller les contours. Un usage intelligent des illusions permet de duper quelqu'un pour lui faire croire toutes sortes de mensonges. Le troisième aspect, ce sont les égides ; le quatrième, les sorts curatifs. Et les sylves sont capables de deux ou trois autres petites choses. Créer une lueur sylve, par exemple. Elle luit comme une lanterne, mais seuls les Clairvoyants la perçoivent. Un talent très pratique. La magie carmine va plus loin, touche à d'autres domaines : destruction, maladie, coercition. Une belle saleté ! »

Mon intérêt était piqué au vif, même si la tête me tournait encore sous l'impact de tout ce que j'avais vu. « Parlez-moi des sorts curatifs. »

Flamme hocha la tête. « Les sylves peuvent guérir les autres jusqu'à un certain point. Mais c'est épuisant. Si la maladie est grave, il vaut mieux faire appel à plusieurs sylves. Et on ne peut pas tout guérir. On peut faire beaucoup de choses pour nous-mêmes, de l'intérieur. Même interrompre une grossesse si on le souhaite, ce qui peut se révéler très pratique. » *Surtout après un viol*. Ces mots non prononcés planaient dans l'air entre nous.

« Et les égides, qu'est-ce que c'est ? demandai-je.

— Des barrières de magie sylve que ni la magie carmine, ni aucun être vivant ne peuvent traverser. Sauf les Clairvoyants, bien entendu. Mais nous avons

195

découvert que le maître-carme y semblait totalement insensible ; il est trop puissant. Ou il l'était, en tout cas. Je n'ai pas pu me défendre contre lui ; on aurait dit qu'une grande partie de ma magie se contentait de disparaître quand il était à proximité. Je ne pouvais dresser aucune égide, et même mon bras illusoire était difficile à maintenir. Ce n'était pas très agréable. » L'odeur suave avait déjà disparu et il n'en subsistait que des traces. Tandis que ses souvenirs passés s'agitaient, je perçus également l'odeur de moisi que dégageait sa peur.

Je me remémorai ce qui s'était produit près des cabanes. Il devait y avoir une explication scientifique : la magie n'existait pas. Une hallucination de masse. Il devait s'agir d'une sorte d'hallucination. Cette odeur suave… elle s'échappait des pores de Flamme et possédait des propriétés hallucinatoires. Une anomalie dans le métabolisme des maîtres-sylves… des produits chimiques dans leur sueur. Mon esprit s'emballait. Ceux qu'on appelait les Clairvoyants étaient immunisés contre ses effets, tout comme nous autres, les résidents des Prairies célestes, si bien qu'on ne voyait pas cette illusion. Ça expliquerait beaucoup de choses. C'était pour ça que le prêtre n'avait pas pris tout l'argent sur la table ; que les gardes n'avaient pas vu Flamme faire passer l'épée dans la cellule de Braise ; que nous avions pu nous échapper si facilement après la lapidation de Jastriá.

Mais ce n'était pas de la magie ; c'était de la science. Forcément.

« Pourquoi ai-je l'impression de ne vous avoir convaincu de rien ? demanda Braise au bout d'un moment.

— Il doit y avoir une explication rationnelle, répondis-je.

— Oui, acquiesça-t-elle. Et c'est la suivante : la magie sylve existe. »

Je ne répondis pas.

« Tréfonds de l'Abîme, Gilfeather, vous êtes aussi têtu que vos saloperies de selves ! »

Elle avait raison. J'étais têtu. Mais, lorsqu'on se remit en marche, j'éprouvais un certain malaise. J'avais du mal à expliquer précisément comment Flamme contrôlait les hallucinations des autres. Par ailleurs, il s'était produit quelque chose, pendant sa démonstration, qui ne m'avait pas plu. Il me fallut un moment pour mettre le doigt dessus, et quand j'y parvins, ça me déplut encore davantage. Alors qu'elle était en train de les duper au moyen de son illusion – son hallucination –, j'avais éprouvé une sensation désagréable et douloureuse, comme si quelque chose frappait ma conscience tel un coup de poignard.

Si je n'avais pas été un homme de science, je l'aurais qualifiée de maléfique.

CR

Lettre du Chercheur (Première catégorie) S. iso Fabold, Département national d'exploration, Ministère fédéral du commerce, Kells, au Doyen M. iso Kipswon, Président de la Société nationale d'études scientifiques, anthropologiques et ethnographiques des peuples non-kellois.

En date du 14/2$^e$ Double/1793

Cher oncle,

*Vous trouverez ci-joint une nouvelle liasse d'entretiens. J'espère que vous continuerez à apprécier le récit de Gilfeather à mesure qu'il tente maladroitement de chercher une logique au monde dans lequel il vit. Bien que ne l'appréciant guère, je me suis surpris à éprouver pour lui une certaine empathie en écoutant ce récit.*

*Je songe rédiger pour la Convention annuelle de notre Société un papier intitulé* Les îles Glorieuses et la médecine : chamans ou scientifiques ? *qui prolongera ma présentation lors de la réunion de printemps.*

*Je sais que vous au moins serez intéressé, car vous m'avez interrogé sur l'efficacité des remèdes gloriens et demandé si nos chirurgiens pouvaient apprendre quoi que ce soit de leurs pratiques médicales. Quand je songe au vieux schnoque doublé d'un charlatan qui s'est occupé de moi ici quand je souffrais de cette fièvre il y a quelques mois, je me dis que la réponse ne peut être que oui !*

*Toutefois, je sais aussi que les médecins formés à l'hôpital de Gilfeather accordaient une grande importance à des choses qui paraissent tout à fait inutiles : une propreté extrême, par exemple, au point qu'ils se nettoient scrupuleusement ainsi que tout ce qui les entoure, comme si l'hygiène avait la moindre influence sur l'évolution d'une maladie ou le déroulement d'un accouchement. Parmi leurs autres sujets de prédilection, il y a les régimes spéciaux. J'imagine que ça ne diffère guère de tante Rosris avec ses grogs et ses soupes ! Et j'ai entendu parler d'une pratique parfaitement répugnante consistant à appliquer des asticots vivants sur une plaie. D'autres traitements utilisent de la terre et des toiles d'araignée. J'ignore comment on peut être assez stupide pour croire à l'efficacité de ces choses-là.*

*Les habitants des Glorieuses connaissent bien entendu d'innombrables récits de magie curative sylve, qu'ils qualifient de miraculeuse, mais, quand j'ai demandé des preuves, on m'a simplement répondu qu'elle n'existait plus. Franchement, ils m'évoquent parfois des enfants avec leurs récits d'une époque révolue où tout était magique.*

*Qu'avez-vous pensé de l'explication que donne Kelwyn Gilfeather aux phénomènes sylves et carmins ? Un problème d'ordre médical ! Intéressant, non ? Sa théorie m'a plue la première fois que je l'ai entendue ; j'ai songé qu'elle expliquerait bien des choses. Mais j'y reviendrai.*

*Je viens de recevoir de bonnes nouvelles : le voyage de retour aux Glorieuses a été officiellement confirmé pour le* Fend-les-vagues, *l'*Aquilon, *ainsi qu'un brigantin nommé le* Combattant, *et j'ai reçu la lettre m'affectant de nouveau à la tête de l'équipe ethnographique, ainsi qu'au titre de contrôleur général scientifique ! La mauvaise nouvelle, c'est que nos rangs seront complétés par un grand nombre de missionnaires, parmi lesquels des sœurs de rang céleste, sur lesquels je n'exercerai aucun contrôle. Deux vaisseaux supplémentaires, tous deux marchands, devront être armés à leur intention.*

*Il s'écoulera encore quatre à cinq mois avant que la flotte ne prenne la mer… et il y a tant à faire dans l'intervalle.*

*Toute mon affection à tante Rosris.*
*Votre dévoué neveu,*

*Shor iso Fabold*

# 9

## *Kelwyn*

« Je crois que ce serait une bonne idée que vous appreniez le langage de Ruarth, fit remarquer Braise alors que nous avancions péniblement sur le chemin menant à Lekenbraig. Et ça nous permettrait de passer le temps. »

Je regardai autour de nous. De tous côtés, je ne voyais guère qu'une vaste étendue de sable éblouissant, ponctuée de mares d'eau sombre et inerte. Puis le miroitement du papier goudronné, signe de pauvreté, chaque fois qu'un village apparaissait ; et, de temps à autre, un manieur de dulang au corps calciné par le soleil implacable, dans l'eau jusqu'aux genoux, qui s'affairait avec ses assiettes et tamis ; ou le tronc brisé d'un géant des forêts, morne vestige d'une forêt jadis immense. C'étaient là des scènes dépourvues de toute joie, des portraits qui blessaient mon âme de Célestien.

J'accueillais avec gratitude tout ce qui pouvait m'aider à détourner mon attention de cet affreux paysage. « Oui, répondis-je. C't'une bonne idée. » Je me passai la main sur le visage. Malgré l'absence de vent ce jour-là, nous étions tous couverts d'une fine couche de poussière. La sueur nous laissait sur le visage des traces évoquant des ruisselets sur le flanc d'une colline.

Flamme m'expliqua les rudiments du langage des oiseaux dustellois. « Vous devez les regarder pour les comprendre, dit-elle. Leur langage fonctionne essentiellement par signes et se transmet aussi bien par la position, les mouvements des ailes et des pattes ou l'angle de la tête que par des sons. »

Elle passa les bases en revue et l'oiseau perché sur son épaule contribua à la démonstration. Au départ, je trouvai la situation étrange. Elle me mettait mal à l'aise, comme si les lois du monde naturel venaient d'être bouleversées. Alors j'essayais de ne plus penser à Ruarth comme à un oiseau, mais à tout autre chose : un Dustellois, doué de raison comme nous, mais incapable de parler. C'était plus facile comme ça. À la fin de cette première journée, je m'aperçus que je comprenais un grand nombre d'expressions courantes, comme : « je ne sais pas », « oui, bien sûr », « j'ai faim », « tournez à gauche ici », « regardez là-bas ». Je savais maintenant qu'un bec entrouvert accompagné d'une inclinaison de la tête était un sourire ; s'il penchait aussi la queue, c'était un rire. Les conversations plus complexes impliquaient le chant : trilles, ton et cadence. C'était beaucoup plus difficile pour quelqu'un qui avait toujours trouvé que tous les bruits émis par les oiseaux étaient identiques.

Cette nuit-là, on dormit à même le sol près d'une mare ; le lendemain matin, on entra dans Lekenbraig tout en poursuivant nos leçons de langage dustellois.

Je découvris que Braise était elle aussi en cours d'apprentissage, si bien que nos leçons prirent une tournure de compétition teintée d'agressivité. J'essayais de la rattraper ; elle s'efforçait de garder son avance. C'était une façon de prolonger notre affrontement sans aborder le sujet véritable : savoir si j'allais ou non les aider à débarrasser le monde d'un maître-carme.

On atteignit enfin Lekenbraig en fin d'après-midi, alors que je commençais à maîtriser la complexité des adjectifs et des étirements d'ailes. Notre première demande de renseignements en ville, effectuée par Braise qu'une illusion déguisait en Fagneux de sexe masculin, concernait le paquebot. Les nouvelles étaient mauvaises : nous allions devoir attendre plus d'une semaine. Le paquebot direct – et il n'y en avait qu'un, car une tempête avait récemment arraché les mâts du second – n'était pas dans le port. L'autre, qui faisait escale aux Pics-de-Xolchas et à Breth, était déjà complet pour les deux prochains voyages.

On prit des chambres dans une auberge proche du front de mer, avec vue sur un des quais. L'endroit était bruyant, puant et bon marché. Je m'y trouvais depuis moins de dix minutes quand je me sentis glisser dans une dépression aussi noire que les nuits des mois de sombrelune. J'étais assailli par la puanteur : poisson mort, chanvre et goudron, huile de baleine, excrément humain, sperme rance sur ma paillasse, parfum bon marché sur ce qui me servait d'oreiller, chou bouilli imprégnant toute l'auberge, urine de chien et de chat à tous les coins de rue. Et l'émotion humaine, brute et sans freins : rage et désespoir, désir et avarice ; je flairais sans exception tous ces arômes aussi intenses qu'envahissants. J'avais toujours du mal à supporter ça quand je venais à peine de descendre sur la côte. Chez nous, les Célestiens, sachant à quel point nos voisins avaient l'odorat affiné, nous gardions nos passions en berne dans notre cœur et notre esprit. Dans les Prairies, on murmurait ; dans les villes côtières, l'humanité hurlait.

Je me jetai sur le lit, terrassé par un sentiment de perte : j'étais exilé pour le restant de mes jours. Je ne pourrais plus jamais retrouver la prévisibilité du Toit mekatéen, la vie que j'avais autrefois menée. Les odeurs pures et arômes frais des Prairies célestes n'étaient plus qu'un souvenir. *Jastriá, te voilà vengée.*

Jamais encore je ne m'étais senti aussi affreusement désolé pour moi-même.

Ne me voyant pas descendre pour le dîner, comme nous en avions convenu, Braise vint frapper à ma porte. Mon nez m'apprit que c'était elle mais je ne bougeai pas. Elle frappa de nouveau, plus fort, et je l'ignorai cette fois encore. J'aurais dû me douter qu'elle n'en resterait pas là : l'instant d'après, elle avait glissé son épée dans l'espace entre porte et montant et soulevé le loquet de force.

Je restai immobile sur mon lit, paillasse affreusement mince dépourvue de draps et munie d'une unique couverture crasseuse. La seule lumière de la pièce provenait de lampes extérieures, d'un cargo amarré en face et à bord duquel on livrait des fournitures pour bateaux et du minerai d'étain. « Vous vous croyez toujours autorisée à entrer dans la chambre des autres, même quand elle est verrouillée ? » demandai-je sans la regarder.

Elle ignora ma question. « Je vous apporte du lait de chèvre, dit-elle. Et de la pâte de soja qui a mijoté avec des pétales de lis. Alors, comme j'ai eu la gentillesse de vous chercher de la nourriture que vous puissiez consommer, vous allez avoir celle de la manger. »

Je me redressai, honteux, rougissant sous son regard fixe alors même que je répondais, d'un ton maussade : « Oui, *m'dame*. Vous r'semblez à la vieille dame de notre tharn qu'apprenait l'alphabet aux p'tiots. » J'allumai le bout de chandelle tandis qu'elle jetait ses achats sur le seul autre meuble de la pièce : la table de toilette.

« Je ne vais pas vous laisser bouder. Et puis je dois vous parler.

— *Encore ?* Pis si j'suis trop maugrinche pour parler ?

— Maugrinche ?

— De mauvaise humeur. »

Elle me fourra entre les mains une assiette dont l'odeur, je dus l'admettre, était appétissante. Je goûtai un peu d'omelette, sans préciser que la consommation des œufs inspirait à la plupart des Célestiens le même dégoût que celle d'animaux massacrés pour leur viande. Je me répétai que l'embryon était mort bien avant la cuisson et mangeai le tout avec pragmatisme.

« J'ai déjà dîné et Flamme aussi, merci de poser la question. Elle est allée dormir. »

J'ignorai son sarcasme.

« Elle est encore faible. On n'a guère eu le temps de se reposer, ce dernier mois.

— Je pourrais lui préparer un fortifiant. L'amputation de son bras r'monte à quand ? »

Elle compta mentalement les jours. « Je ne suis pas vraiment sûre… J'ai passé une partie de ce temps dans un trou obscur et infernal et je n'ai jamais demandé à qui que ce soit combien de temps on y était restés. L'amputation date d'au moins dix jours avant notre départ de la Pointe. Avant ça, bien sûr, elle a vécu un véritable enfer. Et il faut qu'elle retrouve des forces. Nous aurons besoin de ses illusions pour nous protéger et combattre ce maître-carme. J'aimerais qu'elle se repose un moment quelque part, simplement pour récupérer. Mais bien qu'elle n'arrête pas de geindre au sujet des pauses, elle paraît… extrêmement déterminée. Ça m'inquiète. C'est comme si elle avait le sentiment qu'on dispose de très peu de temps, que quelque chose de terrible se produira si on tarde. Je crois qu'elle est plus faible qu'elle ne veut le faire croire. » Elle se mit à faire les cent pas dans la pièce.

Je lui adressai un sourire moqueur. « Ne m'dites pas que Braise la bretteuse croit à des "vagues intuitions"…

— J'ai appris à les écouter de temps à autre, oui. Elles reflètent parfois ce qui se passe autour de nous. Je crois que Flamme, actuellement, est consciente de quelque chose, au plus profond d'elle-même, que personne ne sait. Je me demande parfois s'il ne reste pas en elle des vestiges de cette contamination par magie carmine. Celle de Morthred. Les sylves corrompus sont… attirés vers la personne qui les a transformés. Après avoir planté le mal en eux, Morthred n'avait

206

apparemment qu'à attendre qu'ils lui reviennent, de leur plein gré. C'est Flamme qui me l'a dit, quand on était à la Pointe. C'était ce qu'elle ressentait.

— Et vous pensez qu'c'est c'qu'elle éprouve en c'moment ?

— Je n'en sais rien. Elle n'est plus corrompue… tout le monde m'en a assurée, y compris le Conseiller vigilien Duthrick. Mais peut-être qu'il y a une sorte de… résidu… ? C'est peut-être pour ça qu'elle est tellement impatiente d'affronter de nouveau Morthred ?

— V'z'êtes Clairvoyante, enfin c'est c'que vous dites. Vous n'le verriez pas, si elle l'avait encore ? »

Elle cessa de faire les cent pas et réfléchit. « C'est ce que j'aurais cru. Mais je ne sens rien de tangible. Il n'y a en elle aucune couleur carmine, strictement aucune. Cela dit, je ne suis pas omnipotente. Je n'ai même pas réussi à informer une femme enceinte que son bébé était sylve. »

Comme j'exprimais mon intérêt pour cette question, elle me parla d'une sylve nommée Mallani qui voulait savoir si son enfant était sylve ou non. « C'était étrange, conclut-elle, le placenta était tellement imprégné de couleur qu'il paraissait presque plus carmin que sylve. Il doit être possible que l'enfant ne devienne sylve qu'au cours de l'accouchement, à cause de ce qui lui est transmis par le placenta. Ou alors, c'est juste que je n'arrivais pas à percevoir l'enfant tant qu'il était dans le ventre de sa mère.

— Alors, ptêt' que votre Clairvoyance n'est plus si clairvoyante que ça ?

— Oh, la ferme, Gilfeather ! Je croyais qu'on avait réussi à vous convaincre qu'il existe autre chose que la science et les lois mathématiques. Quand ouvrirez-vous votre esprit à la réalité de la magie ?

— À peu près en même temps que je me r'mettrai d'la perte de mon foyer, de ma famille et de ma vie, j'imagine. »

Ma remarque lui donna à réfléchir. On resta un bon moment à se toiser dans un silence pesant, suite à quoi j'ajoutai : « De toute façon, on dirait qu'vous allez rester ici un moment, pendant qu'on attend l'paquebot. Flamme aura le temps de r'prendre des forces. Mais vous n'm'avez pas dit que sa magie s'rait sans effet sur le maître-carme ? Qu'il était trop puissant ? Alors comment vous comptez l'vaincre ? » Bien entendu, je ne croyais toujours pas à ce qu'elles m'avaient raconté sur la magie, mais leurs projets m'intéressaient.

« Les égides étaient sans effet. Mais pas les illusions. Du moins, quand il ne les attendait pas. Et maintenant, eh bien, il est affaibli… J'espère qu'il mettra un moment à récupérer, même si on ne peut pas y compter. Mieux vaut l'affronter le plus vite possible. C'est peut-être pour ça que Flamme est tellement résolue à avancer. On n'a besoin que de quelques-unes de ses illusions pour nous permettre d'approcher de lui, et ensuite, on aura mon épée pour l'achever. Mais il faut qu'elle soit forte. Une petite illusion, comme se recréer un bras, c'est facile, mais nous cacher, ou nous déguiser, ça demande une véritable puissance et c'est difficile à maintenir sur une longue période sans s'épuiser. »

Sans doute avais-je l'air sceptique, car elle ajouta :
« Je crois qu'il faut que je vous raconte toute cette sale histoire.

— V'n'avez rien du tout à m'raconter, répondis-je avec impatience. Dans une ou deux s'maines, le paquebot va quitter ce quai pis on s'ra tous à bord. Environ une semaine après ça, on va débarquer à Amkabraig, pis on ne se r'verra jamais. C'qui m'ira très bien.

— Pas très aimable de votre part.

— *Pas aimable ?* Et vous me le r'prochez ? Sans vous deux, j'aurais pu quitter Port-Mekaté sans avoir la moitié des prêtres felliâtres et des troupes du port'naire à mes trousses ! » Je pourrais toujours être un homme des Prairies et vivre sur le Toit mekatéen. Je tentai de chasser mon amertume et de me concentrer sur la pâte de soja. C'était bon.

« Je veux vous raconter une histoire, que vous ayez ou non envie de l'entendre. »

Je haussai les épaules. « Allez-y. J'imagine que ce s'ra distrayant, au minimum.

— En réalité, Flamme s'appelle Lyssal. C'est la castenelle de Cirkase… »

Quand elle prononça ces mots, j'avais embroché de la laitue de mer qui se dirigeait vers ma bouche. Je laissai tout retomber sur mon assiette et dévisageai Braise, bouche bée. « L'*héritière* d'un *insulat* ?

— Et vous devriez bien sentir, ajouta-t-elle, que je vous dis la vérité. » Elle vint s'asseoir près de moi sur le lit. « Je veux vous dire qui je suis, qui j'ai été, tout ce qui nous concerne, et les raisons pour lesquelles nous partons à la recherche d'un maître-carme... »

Elle me raconta donc ce qui leur était arrivé à la Pointe-de-Gorth.

C'était un étrange récit. Apparemment, Flamme s'était enfuie de Cirkase avec Ruarth parce que son père voulait la marier au bastionnaire de Breth. Les Vigiles avaient encouragé ce mariage, car ils voulaient satisfaire à la fois Breth et Cirkase afin d'y gagner un avantage commercial. Aussi follement improbable que la chose puisse paraître, ils essayaient d'acheter – à ces deux insulats – les ingrédients d'une poudre noire qui servait de munitions à des canons, une nouvelle arme qu'ils avaient développée. En fait, les Vigiles, sous la direction d'un Conseiller nommé Duthrick, tenaient tellement à retrouver Flamme qu'ils étaient même prêts à la pourchasser.

Et c'était Braise qu'ils avaient envoyée à ses trousses.

Pendant ce temps, Duthrick lui-même cherchait un maître-carme du nom de Morthred ainsi que les sylves qu'il avait corrompus. Chasseurs et proies s'étaient retrouvés sur l'île de la Pointe-de-Gorth. C'était là que Flamme avait, par inadvertance, attiré l'attention de Morthred. Elle avait été enlevée et violée, puis on avait dû l'amputer d'un bras à cause d'une infection carmine. Braise, ainsi qu'un prêtre fidéen du nom de Tor Ryder, lui étaient venus en aide et s'étaient, ce faisant, attiré eux-mêmes des ennuis. C'était là que la ghemph, Eylsa, se trouvait impliquée : elle avait contribué à délivrer Braise – mais avait ce faisant trouvé la mort.

Peu de temps après, deux navires vigiliens avaient attaqué le village de Creed, l'enclave carministe de Morthred à la Pointe. Morthred et Domino, son homme de main, avaient réussi à s'échapper en rejoignant Havre-Gorth à dos de poney de mer. Puis ils s'étaient emparés du *Belle des Vigiles* – qui venait d'arriver, transportant des renforts de sylves vigiliens pour Duthrick – et avaient contraint le navire à rejoindre Mekaté.

Peu de temps après, Braise avait contrarié Duthrick en lui arrachant Flamme, et les deux femmes s'étaient lancées à la poursuite de Morthred.

Je ne pouvais que croire son récit, ou plutôt croire qu'elle le prenait pour la vérité. Je ne sentais aucune odeur de tromperie, même si j'avais conscience de quelques ellipses. Elle ne me parlait pas, par exemple, de ses sentiments pour le patriarche Syr-clairvoyant Tor Ryder ; *ça*, je ne le découvris que bien plus tard. Elle déployait le reste devant moi pour que je l'absorbe à ma convenance. Quand elle atteignit la fin de son récit, il était minuit passé depuis longtemps.

Je méditai en silence tout ce qu'elle m'avait raconté. Elle ne me demanda aucun commentaire, ni ne me harcela pour que je réagisse, comme l'auraient fait la plupart des femmes ; elle se contenta de marcher jusqu'à la fenêtre et de regarder l'obscurité du front de mer.

« Comment v'saviez que le maître-carme se dirigeait vers Mekaté ? lui demandai-je.

— Il avait commis l'erreur de révéler à Flamme qu'il y possédait une autre enclave carministe. Une fois Creed en ruine, il semblait logique qu'il essaie de s'y rendre. En fait, il est allé d'abord à Port-Mekaté, pour réapprovisionner le navire. Le temps qu'on rejoigne le port depuis le cap Kan, le vaisseau avait déjà disparu. Un marchand local, un Clairvoyant, a même averti les autorités locales que ce navire et son équipage étaient imprégnés de couleur carmine, mais le capitaine de port était un idiot et le *Belle des Vigiles* a pris le large pendant qu'il tergiversait. C'est là qu'on a décidé, Flamme et moi, d'aller trouver les ghemphs – au lieu de quoi on s'est mis ce prêtre felliâtre à dos.

— Donc, répondis-je, vous vous êtes attiré l'inimitié d'un Conseiller vigilien. Est-ce que ça risque de poser problème à l'avenir ?

— Oui. Le Syr-sylve Ansor Duthrick n'est pas homme à pardonner, et il est puissant à L'Axe. Il a beaucoup de relations. La garce qui lui tient lieu d'épouse descend d'une bonne famille sylve.

— Il me paraît bien crétin. Pourquoi est-ce qu'il n'a pas fait mieux garder Flamme ? »

Elle se retourna, un rictus aux lèvres. « Parce qu'il croyait que j'avais déjà quitté la Pointe avec Tor.

— C't'une histoire intéressante, je vous l'accorde.

— Réfléchissez-y, Gilfeather. Maintenant, je vais vous souhaiter une bonne nuit. Il se fait tard. »

Après son départ, je mis longtemps à trouver le sommeil. Je restai étendu tout éveillé à me demander quelle proportion de son récit était exacte, et ce qui relevait de l'autopersuasion. Les plaies mortelles carmines, par exemple. Peut-être s'agissait-il simplement d'une sorte d'infection gangréneuse ? Peut-être ce Morthred disposait-il d'un moyen d'infecter les gens et, par ce biais, de changer leur personnalité ? Cette histoire de bébé né d'une sylve vigilienne à bord du vaisseau de Duthrick… une infection transmise de la mère au bébé ? Elle avait formulé une remarque intéressante sur la couleur de la « magie » qu'elle avait observée… Et les égides ? Qu'étaient donc ces réseaux de lumière magique que Flamme ne pouvait traverser ? Avait-elle été hypnotisée, d'abord par Morthred à Havre-Gorth et à Creed, puis par Duthrick à bord de son navire ? Certains médecins des Prairies célestes recouraient à la suggestion hypnotique pour soulager la douleur, et je la savais d'une stupéfiante efficacité. À moins qu'il ne s'agisse que de pouvoir de suggestion ? Si l'on disait à quelqu'un que l'égide se trouvait là, et si l'on poussait cette personne à y croire assez fort, peut-être se retrouverait-elle incapable de la traverser…

Il devait y avoir une explication rationnelle. Le monde était un endroit extraordinaire – le seul fait d'habiter dans les Prairies célestes m'en avait convaincu – mais c'était à la mystique de la Création qu'il le devait, pas à des sortilèges. Pour expliquer ces merveilles, il suffisait de trouver la logique qui soustendait tous les petits miracles composant notre vie.

Malgré tout, je mis une *éternité* à m'endormir.


Les quais de Lekenbraig débordaient d'une activité constante. À tout moment, des vaisseaux accostaient, déchargeaient puis repartaient, flot ininterrompu de navires, de marchandises et de marins. C'était sans doute prévisible : chaque côté de Mekaté était isolé des autres par les parois abruptes des Pentes ; chaque golfe était séparé du voisin par la forêt tropicale, dont la masse était en grande partie découpée par des marécages, des criques et des mangroves. La voie marine restait la plus pratique pour se rendre d'un endroit à un autre ou transporter ses marchandises.

Les navires de commerce et les paquebots contournaient l'île principale de Mekaté dans le sens des aiguilles d'une montre aussi bien qu'en sens inverse. Des navires quittaient également Lekenbraig par des routes de commerce internationales ; les quais y étaient le centre des échanges mekatéens avec les Pics-de-Xolchas, L'Axe et l'île de Breth. La troisième catégorie de bateaux qui allaient et venaient dans le port appartenait aux pêcheurs ; comme la plupart des habitants des Glorieuses, ou du moins ceux des régions côtières, les Mekatéens mangeaient des fruits de mer au quotidien.

Dès qu'elle prit conscience de l'animation du port, Flamme résolut de nous trouver une place à bord d'un cargo en direction d'Amkabraig, le port situé au sud de Porth, au lieu d'attendre le paquebot. « Autrement, me fit-elle remarquer en présence de son amie, si Braise doit attendre une ou deux semaines dans ce trou sans rien faire, elle sera aussi grincheuse qu'un requin affamé.

— Bon, c'est vrai que la patience n'est pas ma plus grande qualité, avoua Braise. Tu n'as plus qu'à espérer qu'on réussisse. »

Elles quittèrent l'auberge après le petit déjeuner le lendemain matin, en compagnie de Fouineur, visiblement déguisées en mari et femme promenant leur chien. Ruarth s'éloigna lui aussi, déclarant qu'il allait voir s'il trouvait d'autres oiseaux dustellois. Il semblait que les oiseaux se soient dispersés dans tout l'archipel après que les îles avaient sombré, et que leurs descendants s'éparpillaient désormais dans tous les insulats. Ruarth espérait qu'il y en avait un ou deux vols à Lekenbraig ; si c'était le cas, il disposerait d'une source d'information instantanée.

J'attendis leur retour dans ma chambre. Je préparai un fortifiant pour Flamme à l'aide des remèdes que j'avais emportés, et passai le reste du temps à écrire tout ce que je me rappelais du langage des oiseaux dustellois, puis à contempler la valse chaotique du chargement et déchargement des cargos sous ma fenêtre. J'étais fasciné par les voiles colorées des navires locaux, faites de lanières plates dessinant des motifs complexes d'écarlate et d'or, de turquoise et de violet. J'en avais déjà vu à une ou deux reprises, mais j'étais davantage accoutumé à la toile de couleur terne des navires inter-insulaires que j'avais vus à Port-Mekaté, faite de chanvre tropical ou de lin de l'île de Fagne.

Vers midi, les autres rentrèrent pour rapporter des succès divers. Ruarth avait trouvé un petit groupe d'oiseaux dustellois. *Francs-tireurs*, dit-il, *mais ravis de rendre service à un camarade dustellois*. Braise, de son côté, avait découvert que personne ne semblait vouloir nous accueillir à bord.

« Mais pourquoi donc ? demandai-je au déjeuner, qu'on prit ensemble dans la salle du bas. On a d'l'argent pour payer !

— On a mis une éternité à le découvrir, répondit-elle, et c'est Ruarth qui a fini par soutirer l'information à ses nouvelles connaissances dustelloises. Il semblerait que les paquebots appartiennent tous sans exception à une grande famille étendue du nom de Dendridie. Comme vous pouvez l'imaginer, ils sont extrêmement riches. Ce sont aussi de fervents partisans fidéens du portenaire, et ils ont réussi à faire passer à Port-Mekaté une loi interdisant à tout autre vaisseau qu'un paquebot de prendre des passagers contre paiement. S'il l'enfreint, le propriétaire risque de se voir confisquer son navire, qui passera alors entre les mains du portenaire, et de se voir interdire de reprendre un jour la mer. Inutile de préciser que je n'ai pas trouvé un seul capitaine ou propriétaire qui accepte de prendre ce risque. Apparemment, on ne gagne jamais rien à marcher sur les pieds des Dendridie. »

Ruarth se mit à pépier beaucoup trop vite pour que Braise et moi arrivions à le suivre.

« Vous avez tout compris ? » nous demanda Flamme quand il en eut fini.

On secoua la tête.

« Il dit qu'il pense réussir à persuader quelques jeunes Dustellois de voyager dans le gréement d'un cargo jusqu'à Porth, surtout si on arrive à leur cacher de la nourriture à bord. Une fois là-bas, ils pourraient partir à la recherche du maître-carme, faire un peu d'espionnage au sol, puis nous rejoindre quand notre paquebot accosterait à Amkabraig pour nous informer de leurs découvertes. »

Le visage de Braise s'illumina. « Ils feraient vraiment ça ? »

*Les Dustellois détestent les carministes*, répondit simplement Ruarth. Il ajouta à cette constatation quelque chose que je traduisis comme : *Et celui-ci en particulier, pour d'évidentes raisons. Enfin, bref, si les autres n'y vont pas, j'irai moi-même.* Je vis Flamme s'agiter en entendant ces derniers mots, mais elle eut le bon sens de garder le silence. Ruarth n'apprécierait sans doute par qu'on lui dise ce qu'il pouvait faire ou non.

« D'accord, acquiesça Braise. Ça nous sera certainement utile. Mais seulement si l'un d'entre eux est Clairvoyant. Autrement, ce serait trop risqué.

— Si vous n'vous trompez pas dans c'que vous croyez, dis-je en choisissant soigneusement mes mots, Morthred sait visiblement que les Dustellois sont dev'nus des oiseaux – c't'à lui qu'ils le doivent. » Même si j'avais cru à la magie, j'aurais émis des réserves sur ce point. L'archipel des Dustels avait disparu quatre-vingt-dix années plus tôt, voire plus encore. Ce qui aurait impliqué que Morthred ait plus de cent ans mais, pour l'heure, je passai sur cette contradiction. « Donc, il ne s'méfierait pas s'il voyait ces oiseaux sur le pas d'sa porte ?

— Il sait que les Dustellois *d'origine* sont devenus des oiseaux, répondit Flamme, mais il est peu probable qu'il sache que leurs descendants sont doués de raison.

217

C'est un secret bien gardé, seulement connu d'une minorité. Dépêchez-vous de finir votre déjeuner, ajouta-t-elle. Autrement, je vais perdre le contrôle de mon illusion. Et je ne sais comment on expliquerait un soudain changement d'apparence. »

Alors qu'on se levait tous pour partir, Braise déclara calmement : « On va encore devoir rester ici une ou deux semaines, et je crains que ça n'implique de rester à l'intérieur la majeure partie du temps. On ne doit pas épuiser Flamme et on n'osera pas sortir sans illusions. J'espère que vous n'allez pas vous lasser, Gilfeather.

« J'y survivrai. » Je ne pris pas la peine d'expliquer que ce n'était pas l'ennui qui me poserait problème ; ce serait d'apprendre à revivre avec cette agression quotidienne contre mon odorat. Et accepter l'idée de ne jamais pouvoir regagner les Prairies célestes.


Trois ou quatre jours plus tard, les prêtres et gardes felliâtres ainsi que les hommes du portenaire qui nous poursuivaient arrivèrent à Lekenbraig. Je ne les vis pas mais les reconnus à l'odeur. Ils dormirent cette nuit-là de l'autre côté de la ville et entreprirent le lendemain des fouilles méthodiques. Quand je lui eus indiqué la direction générale dans laquelle les chercher, Ruarth parvint à les localiser. En fin de journée, il nous apprit où ils logeaient : à la caserne des gardes de la ville. Pire encore, ils s'étaient assuré l'aide des gardes. À présent, nous n'étions plus poursuivis par une vingtaine d'hommes mais par cent soixante-dix. Sur une note plus encourageante, il nous apprit que deux oiseaux dustellois se réjouissaient d'entreprendre ce trajet jusqu'à Porth. Par ailleurs, un navire partait cette nuit-là, porteur d'une cargaison de cordes de chanvre pour les chantiers navals d'Amkabraig…

En quelques minutes à peine, Flamme localisa le navire, brouilla ses propres contours et monta y cacher de la nourriture. Quand il partit avec la marée, juste avant minuit, les deux oiseaux étaient tapis dans le nid de pie.

Le surlendemain matin, plusieurs des gardes locaux du portenaire se présentèrent à l'auberge à notre recherche. Ils savaient apparemment déjà que trois pensionnaires avaient pris des billets pour le prochain paquebot. Ils avaient visiblement des sources d'information. L'aubergiste monta poliment nous avertir que les gardes de la ville voulaient faire notre connaissance et nous attendaient dans la salle. Un coup d'œil par la fenêtre m'apprit qu'il y avait également des gardes sur les quais, sans doute une précaution visant à s'assurer qu'on n'essaie pas de s'échapper avant qu'ils nous aient rencontrés.

Braise ne parut pas se démonter. J'espérais qu'elle donnait également cette impression à l'aubergiste, mais je n'en savais rien. Il devait voir l'illusion de Flamme, dont j'avais totalement oublié la nature. Je la vis simplement hocher poliment la tête à l'intention de cet homme tandis qu'elle répondait : « Nous descendons dans l'immédiat. » Elle se tourna vers Flamme. « Donne-moi mon manteau, ma chérie, tu veux bien ? »

Flamme, dans son rôle d'épouse, s'exécuta, mais au lieu de son manteau, ce fut l'épée qu'elle passa à

Braise. Tandis que j'inspirais brusquement devant tant d'audace, l'aubergiste hocha la tête et se retira. Braise nous tint la porte ouverte. « Parlez le moins possible, me demanda-t-elle quand je passai devant elle. Flamme aura du mal à modifier votre accent. »

Je hochai la tête et marmonnai : « V'z'avez d'la brume dans la cervelle, toutes les deux. »

Ruarth ajouta : *Espérons qu'il n'y ait aucun Clair-voyant parmi les soldats, sinon vous êtes dans le guano jusqu'au cou.*

Six gardes nous attendaient dans la salle, et plusieurs autres traînaient devant la porte. Braise descendit les marches sans hésitation, aussitôt suivie de Flamme. Je restai un peu en retrait. Ruarth disparut parmi les poutres du toit. Alors seulement, le voyant nous observer depuis l'emplacement où il était perché, je compris comment Braise avait triché aux cartes : cette saleté de piaf lui annonçait par signes ce que les autres avaient en main. Création, quel audacieux trio. Rien d'étonnant à ce qu'ils se soient attiré des ennuis.

« Je crois que vous vouliez nous rencontrer, monsieur le garde ? demanda Braise à l'officier responsable, avec un mélange adéquat d'autorité vis-à-vis d'un subalterne et de courtoisie envers un étranger. Je m'appelle Ducrest. Voici mon épouse, Lyss. Et cet homme est mon serviteur. Y a-t-il un quelconque problème ? »

Le garde responsable secoua la tête. « Désolé pour le dérangement, Syr. Nous cherchons des fugitifs, mais de toute évidence, il ne s'agit pas de vous. Nous n'allons pas vous ennuyer plus longtemps. » Il s'inclina et commanda à ses hommes, d'un signe de main, de se retirer. Tous se détournèrent pour lui obéir, à l'exception du plus jeune, un garçon qui ne devait pas dépasser les quatorze ans. Son expression ne nous échappa guère : il nous regardait comme si nous avions deux têtes chacun. Braise lui sourit.

Par chance, aucun des autres gardes ne le remarqua. L'officier responsable sortit d'un pas rapide, suivi des autres gardes, tandis que le garçon restait planté là bouche bée.

Braise jura à mi-voix.

« Clairvoyant ? » demanda Flamme dans un murmure.

Braise hocha la tête. Flamme fit un signe à Ruarth. Il se mit à pépier, puis sortit par la porte tandis que le garçon, qui venait de recouvrer ses esprits, sortait en courant.

J'inspirai et ressentis la même impression que sur la route, le jour où Flamme avait parlé aux manieurs de dulangs. Ce même sentiment de peur, de douleur, d'*anomalie* fondamentale.

« Asseyons-nous et commandons un verre, dit Braise. Ruarth nous avertira en cas de besoin. »

Cherchant mon équilibre, je faillis m'étouffer mais parvins enfin à demander : « Si c'gamin est Clair-voyant, vous n'croyez pas qu'on devrait mettre les bouts ? »

Elle secoua la tête et s'assit à l'une des tables, demandant d'un signe qu'on nous serve. « D'après mon expérience, le meilleur moyen de se tirer du pétrin, c'est de ne pas courir. Quand on s'enfuit, on ne fait qu'apprendre aux gens qu'on est coupable et qu'ils ont sans doute des raisons de nous poursuivre. Trois cidres, s'il vous plaît. » Cette dernière phrase s'adressait à la serveuse.

« Vous allez devoir vous habituer à Braise, me dit gentiment Flamme. Voyager avec elle, c'est un peu comme monter à dos de requin. Tant qu'on s'accroche, tout va bien ; on n'a de gros ennuis que si on tombe.

— Franchement, quel réconfort, répondis-je. Pendant que les amis du requin m'déchiquèteront les pieds, j'me consolerai en m'disant que je suis parfaitement à l'abri de çui que je monte. » Flamme éclata de rire. J'inspirai pour me calmer ; cette affreuse sensation d'anomalie avait enfin disparu.

La serveuse nous apporta nos verres et je plongeai le nez dans le mien en souhaitant me trouver n'importe où plutôt qu'ici.

Vingt minutes plus tard, Ruarth revint se percher sur notre table.

*Rien à craindre*, dit-il.

« Mais ce gamin est bien Clairvoyant, hein ? » demanda Braise.

*Sans aucun doute*, pépia-t-il.

Braise fronça les sourcils. « Ça m'étonnerait qu'il se range de notre côté. C'est un garçon de troupe ! Pourquoi n'a-t-il pas prévenu l'officier qu'on mentait ? »

La réponse de Ruarth m'échappa en grande partie, si bien que Flamme dut traduire. Apparemment, Ruarth avait suivi le garçon et les autres gardes le long des quais jusqu'à l'auberge voisine, qu'ils avaient également fouillée. Le garçon n'avait tout simplement pas

222

dit mot à un seul des autres gardes pendant tout ce temps, à aucun sujet.

« J'crois qu'on f'rait mieux d'partir, dis-je. Met'nant.

— Quelle odeur avait ce gamin pour vous ? me demanda Braise.

— Comme s'il venait de se faire j'ter à terre par un selve, répondis-je. Il était choqué, intrigué, perdu. Dès qu'il aura r'couvré ses esprits, c'est sûr qu'il passera à l'acte.

— Si on part immédiatement, on va forcément attirer les soupçons, répondit Braise, toujours calme. On va rester.

— C'est imprudent », répondis-je. Malgré tout, j'admirais son sang-froid. Rien ne lui faisait donc *jamais* perdre contenance ?

« Non, pas du tout. Écoutez, ça m'étonnerait fort que ce gamin ait jamais vu de sylves ou de magie sylve de toute sa vie, et si c'est le cas, c'était uniquement lors du passage des Vigiles. Soit il aura trop peur pour le signaler, de crainte qu'on l'accuse d'imaginer des choses, soit il associera notre apparence, et la couleur argentée de la magie de Flamme, aux Vigiles. Et personne ne se frotte à eux. »

Je vidai le fond de mon verre de cidre. « V'z'avez intérêt à dire vrai, Braise. Si vous vous trompez, v'z'aurez un sacré poids sur la conscience quand on s'morfondra tous dans une prison felliâtre. »

Flamme ricana. « Ne vous en faites pas, Kel. Elle compte sur mes illusions pour nous tirer des ennuis dans lesquels elle nous entraîne, comme d'habitude. Je crains d'être condamnée à passer tout mon temps à

223

secourir la demoiselle en détresse… » Elle adressa un rictus à Braise, qui roula des yeux.

Je me levai. « Je s'rai dans ma chambre si le monde s'effondre, dis-je d'une voix acerbe. Ruarth, v'nez donc me dire quand ce s'ra le moment de paniquer. »

De retour dans ma chambre, je tirai le lit près de la fenêtre afin de m'y asseoir et de garder un œil sur l'entrée de l'auberge. Je m'attendais sincèrement à voir revenir les gardes avec des renforts ; au lieu de quoi, trois heures plus tard, je vis revenir le gamin. Il ne portait plus d'uniforme et filait comme avec un selve cracheur à ses trousses.

Oh, *c'est pas vrai*, me dis-je, voilà des ennuis.

# 10

## *Kelwyn*

Dekan Grinpindillie était né dans une simple maison sur pilotis à une seule pièce, parmi les laisses du golfe de Kitamu. Quand la marée descendait, la boue se retrouvait exposée, grise étendue de rivage gluant qui paraissait solide mais aurait fait la plus traître des tombes pour les imprudents qui y poseraient le pied. On n'approchait ou ne quittait la maison des Grinpindillie qu'en bateau.

La maison elle-même, faite de bois flotté, n'était guère plus qu'un abri. Elle ne contenait rien qu'on puisse qualifier de meubles, à l'exception d'une cheminée d'argile pour la cuisine et d'un tonneau destiné à recueillir l'eau de pluie, et elle surmontait une nasse à poissons en bois de mangrove. Quand la marée montait, des rangées de pieux guidaient les poissons vers un piège situé sous la maison ; quand elle baissait, Bolchar, le père de Dekan, descendait à l'échelle pour récupérer ses prises dans la boue. La mère de Dekan les vidait alors et salait et séchait ce qu'ils ne pouvaient manger. Une fois par mois, Bolchar partait en yole jusqu'à la côte où il récupérait du bois flotté qui servait de combustible puis, dans un village voisin, il échangeait du poisson salé contre des légumes, quelques vieux habits à l'occasion, ou autres denrées de première nécessité.

Au cours de ses sept premières années, ce fut tout ce que Dekan, ou Dek, comme on l'appelait, connaissait de la vie. Il aidait sa mère à faire évaporer l'eau de mer pour récupérer le sel qu'elle contenait, à préparer le poisson salé, disposant les filets au soleil, puis à les rentrer lorsqu'il pleuvait. Son existence tout entière consistait à se tenir à l'écart de son père – pas facile quand il n'y avait nulle part où se réfugier – et à écouter les histoires que lui racontait sa mère.

Quand il avait sept ans, son père l'emmena pour la première fois jusqu'au rivage, au cours de l'une de ses incursions mensuelles. Mais Dek n'eut guère l'occasion de profiter de l'hospitalité du village : Bolchar le mit au travail en lui faisant ramasser du bois flotté au bord des mangroves. Par la suite, il accompagna toujours son père, avec la tâche de ramasser du combustible. Peu importait la quantité récupérée, son père n'était jamais satisfait et le frappait systématiquement à la tête en conséquence.

Peu d'autres gens entraient dans cette maison ; aucun de ses parents ne recevait la visite de famille ou d'amis. Une ou deux fois par an, peut-être, une soudaine bourrasque poussait un boutre de pêche à venir s'abriter sous la maison, et les pêcheurs gravissaient l'échelle pour s'asseoir à même le sol et attendre la fin de la tempête. Sa mère leur préparait un breuvage chaud à base d'algues et son père se plaignait de ses mauvaises prises.

Ce n'était pas une vie pour un enfant en pleine croissance, mais Dek n'en prenait conscience que grâce aux talents de conteuse de sa mère.

Elle s'appelait Inya. Autrefois, Syr-clairvoyante Inya Grinpindillie. Elle avait été une jolie fille, cadette d'une famille nombreuse, née de parents affectueux. Son père était un marchand de Port-Mekaté, un Clairvoyant qui consacrait ses talents à négocier avec les sylves, avec qui il faisait commerce de lin qu'il achetait à des sociétés vigiliennes de Breth.

Inya était gâtée, choyée, et n'aimait rien tant que de s'asseoir chaque soir sur la place, devant leur maison, pour écouter les conteurs professionnels. Si les choses avaient suivi leur cours, elle aurait épousé un fils de marchand, vécu dans un manoir des environs et élevé sa propre famille. Son père, toutefois, n'était pas pressé de marier sa cadette, sa préférée, et se réjouissait qu'il en soit ainsi. Quand elle eut dix-neuf ans, elle le harcela pour qu'il l'emmène avec lui lors de sa prochaine expédition à Breth : elle brûlait de voir un autre insulat, de vivre une aventure. Il céda bien volontiers, et ils partirent ensemble à bord d'un cargo dont il était co-propriétaire. Le voyage se déroula sans encombre tandis qu'ils voguaient vers l'ouest, contournant le cap Kin puis longeant la côte mekatéenne. Au nord du golfe de Minkan, toutefois, ils se retrouvèrent pris dans une tempête hors saison qui brisa le mât principal et envoya le navire estropié errer le long de la côte de Sekam, à la merci des vents et marées.

Inya se trouvait sous le pont quand le vaisseau alla s'échouer sur les rochers au nord du golfe de Kitamu. Elle fut projetée dans l'eau lorsque la coque défoncée se brisa. Elle fut blessée : le visage entaillé, le genou broyé. Seule dans une mer turbulente, elle s'accrocha aux vestiges de l'épave et fut enfin rejetée dans les eaux plus calmes du golfe. Bolchar la vit le lendemain alors qu'il regagnait en boutre sa maison sur pilotis au retour d'une expédition. Il la recueillit et ne la laissa plus jamais repartir.

Au début, ce fut facile. Elle était blessée, affaiblie par la douleur, l'immersion et la perte de sang. Elle reposait sur sa paillasse, se nourrissait de la soupe de poisson qu'il lui offrait, sombrait fréquemment dans le délire. Quand elle eut récupéré, elle ne pouvait plus parler. L'entaille qui lui fendait la joue lui avait déchiré la bouche ; il lui fallut des mois avant de pouvoir prononcer des mots reconnaissables, et même alors, son discours était déformé. Son genou était irréparable, et elle traînerait la patte selon un angle tordu jusqu'à la fin de ses jours. Quand elle put enfin se lever de sa paillasse et regarder le monde qui était désormais le sien, elle pleura. Elle avait lu l'éclat de convoitise dans les yeux de Bolchar. Elle comprenait qu'elle ne s'échapperait jamais. Elle savait ce qui allait lui arriver.

Résister ne servait à rien ; Bolchar était assez costaud pour faire ce qu'il voulait de son corps. Si elle acceptait, au moins ne la battrait-il pas. Après la naissance de Dek, Bolchar avait disposé d'un moyen de pression supplémentaire ; il lui suffisait de frapper le garçon sur la tête pour qu'elle accepte de faire n'importe quoi afin de l'apaiser.

Elle ne possédait aucun miroir pour voir son visage, mais elle avait noté l'expression des pêcheurs qui passaient parfois chez eux. Elle lisait leur irritation quand elle tentait de leur faire comprendre son discours maladroit et tordu. À une occasion, elle entendit l'un d'entre eux éclater de rire en l'appelant « la simplette qu'a épousé le cinglé ». Même si elle parvenait à s'échapper, que deviendrait-elle ? Elle n'avait aucun avenir. Mais son fils en aurait un.

Elle vécut pour Dek, résolue à ce qu'il échappe à cette vie quand il serait en âge de se débrouiller seul. Elle déversa ses histoires dans ses oreilles avides afin de le préparer au monde qu'il trouverait loin du golfe de Kitamu : des histoires sur son ancienne vie, sa famille, les grandes maisons de commerce de Port-Mekaté. Des récits d'aventures et de magie qu'elle avait entendus de la bouche des conteurs professionnels de sa jeunesse. Des histoires concernant la politique dont elle avait entendu parler à la table du dîner. Absolument tout ce qu'elle se rappelait.

Dek absorbait tout. S'il peinait parfois à démêler la vérité de la fiction, on ne pouvait guère le lui reprocher : il n'avait rien vu de tout ça par lui-même. Il ne savait même pas ce que c'était de posséder la Clairvoyance ; il n'y avait dans le golfe de Kitamu aucune magie qu'il puisse percevoir – ni sylves, ni carministes.

Quand il avait douze ans, Inya ordonna à Dek de s'enfuir la prochaine fois qu'il se rendrait sur le continent avec son père. Elle lui dit d'atteindre Port-Mekaté, d'aller trouver sa famille. Il refusa de la quitter. Ça devint une litanie qu'elle murmurait à son oreille chaque fois qu'il partait ; il revenait toujours. Puis, un jour, alors qu'il avait près de quatorze ans, il la trouva disparue à son retour. Volatilisée, sans laisser la moindre trace lui apprenant ce qui s'était passé.

Il n'en eut pas besoin : il comprit. Après qu'il était parti avec Bolchar, la marée avait dû descendre, laissant derrière elle une vaste étendue de boue si profonde qu'elle pouvait facilement avaler un homme. Ou une femme sautant de très haut, des fenêtres de sa maison…

Il savait pourquoi elle avait agi ainsi : pour qu'il s'en aille.

Il éprouvait un remords intense, mais sa colère lui donnait une plus grande résolution. Lors de leur excursion suivante, Dek poussa son père hors du bateau, l'assomma à l'aide d'une rame et le noya. Il regretta seulement de ne pas l'avoir fait à temps pour sauver sa mère. Il guida l'embarcation jusqu'au village côtier où il expliqua au chef que sa mère était tombée de la cabane, que son père avait tenté de la sauver et qu'ils étaient tous deux morts dans la boue. Il abandonna aux villageois la yole et la cabane, ainsi que sa précieuse nasse à poissons, en échange d'un trajet en bateau jusqu'à la grande ville la plus proche, Lekenbraig.

Le spectacle l'impressionna. Bien que sa mère lui ait expliqué ce qu'était la vie en ville, il n'avait jamais ne serait-ce qu'effleuré en rêve sa réalité. Le bruit, l'agitation, la taille et la solidité des bâtiments, le nombre de gens, les odeurs, les choix : tout ça suffit à le faire trembler pendant près d'une semaine sans pouvoir s'arrêter.

Suivant les conseils des pêcheurs qui l'avaient conduit en ville, il alla demander l'aide des gardes. L'officier responsable était un homme bienveillant qui avait un fils du même âge. Il écouta le récit du jeune garçon – Dek eut heureusement le bon sens de s'en tenir à son histoire concernant la mort de ses parents – et le prit sous son aile. Il écrivit des lettres à Port-Mekaté, dans le but de trouver la famille d'Inya ; en attendant, Dek couchait dans la caserne et devint la mascotte des gardes. Qui pouvait résister à un garçon qui ne savait ni manger un œuf ni utiliser d'argent, qui ne s'était jamais servi d'une chaise, n'avait jamais bu dans une bouteille, utilisé de puits, porté de chaussures, caressé un chien ni entendu ronronner un chat ? Les gardes n'étaient pas méchants, mais Dek était pour eux source d'amusement constant. Il apprit à afficher en permanence un sourire niais tout en espérant qu'ils se lasseraient de profiter de son ignorance pour lui tendre des pièges.

Plus tard, des nouvelles arrivèrent de Port-Mekaté. Dix-sept ans s'étaient écoulés depuis la disparition d'Inya et de son père et, bien que le frère d'Inya, désormais chef de famille, soit prêt à reconnaître cet orphelin comme le fils de sa sœur, il ne pensait pas qu'il y ait quoi que ce soit à gagner à ce qu'il rejoigne la maison familiale à Port-Mekaté. Toutefois, ce frère était généreux. Il proposa de financer à Dek une place parmi les gardes de la ville, et de lui fournir une somme d'argent assez conséquente pour qu'il se procure les vêtements et le nécessaire afin de s'installer.

L'officier conseilla à Dek d'accepter l'offre. « Ton oncle n'est pas obligé de subvenir à tes besoins, lui expliqua-t-il. Ta mère avait peut-être droit à une partie de la propriété de ton père, mais tu ne peux pas prouver que tu es bien son fils. Et, de toute façon, tu es illégitime. Tu as tout intérêt à accepter l'argent qu'il t'offre et à devenir garde, comme il le suggère. »

Dek avait peu d'expérience pour ce qui était de juger les gens. Il n'avait réellement connu que deux personnes de toute sa vie : son père, qui le battait régulièrement et ne lui témoignait jamais la moindre affection, et sa mère, qui l'aimait assez pour avoir choisi de mourir pour lui. Il ne connaissait rien des gens qui se situaient entre ces deux extrêmes, mais pressentait que l'officier avait de bonnes intentions. Il accepta ses conseils et rejoignit les gardes de la ville. En petit geste d'hommage à sa mère, il prit le nom de Grinpindillie.

La première année fut très longue, car il dut subir un flot incessant de farces à ses dépens. Mais il apprit peu à peu à ne pas se fier à tout ce qu'on lui disait. Il en découvrit assez sur son nouveau monde pour s'y adapter.

Ses problèmes, toutefois, ne s'arrêtèrent pas là. Nommer garçon de troupe un gamin de quatorze ans, c'était une chose ; c'en serait une tout autre d'avoir un jeune garde qui arrivait tout juste à la poitrine de son supérieur, et les gardes constataient très nettement que Dek n'avait pas grandi au cours de l'année passée avec eux. Bien que le fait d'être mieux nourri lui ait permis de s'étoffer un peu et l'entraînement de se muscler, il lui manquait tout simplement la carrure et la taille nécessaires pour devenir garde. Le commandant accepta d'attendre encore un peu mais, en réalité, Dek devrait bientôt trouver un autre foyer s'il ne se dépêchait pas de grandir.

Telle était la situation lorsque les gardes reçurent l'ordre d'aider à rechercher des fugitifs : une sang-mêlé armée d'une épée, un Célestien à la barbe rousse et une belle femme blonde qui était peut-être d'origine cirkasienne.

Lorsque Dek était entré dans une auberge du front de mer afin d'y rencontrer trois personnes ayant acheté des billets pour le paquebot en partance pour Porth, il avait cru à une simple vérification de routine. Comme rien ne laissait penser que les trois futurs voyageurs soient les fugitifs recherchés par les gardes, quelle ne fut pas sa surprise de les voir tous les trois – la sang-mêlé, l'homme des Prairies et la Cirkasienne – descendre dans la salle de l'auberge. Pire encore, la sang-mêlé s'était emparée de son épée par la poignée et paraissait très à l'aise, comme si elle savait parfaitement s'en servir. « Je crois que vous vouliez nous rencontrer, monsieur le garde ? demanda-t-elle. Je m'appelle Ducrest. Voici mon épouse, Lyss. Et cet homme est mon serviteur. Y a-t-il un quelconque problème ? »

Dek la regarda fixement. Elle se faisait passer pour un homme, mais personne ne semblait le remarquer. Il en resta bouche bée.

Bender, le garde responsable, secoua la tête. « Désolé pour le dérangement, Syr. Nous cherchons des fugitifs, mais de toute évidence, il ne s'agit pas de vous. Nous n'allons pas vous ennuyer plus longtemps. » Il s'inclina et commanda à ses hommes, d'un signe de main, de se retirer.

Dek ne pouvait plus bouger. Il voyait la couleur bleu argenté danser sur la peau de ces trois personnes. C'était magnifique, un éclat lumineux qui se tortillait en passant d'une teinte délicate à l'autre. *C'est de la magie sylve*, se dit-il. C'était donc là ce dont lui avait parlé sa mère.

Il savait qu'il aurait dû en avertir Bender. Mais la plus costaude des deux femmes le regarda droit dans les yeux en souriant. Il l'interpréta comme un signe de reconnaissance. Comme si elle avait dit tout haut : *Toi et moi, gamin, on est semblables*. Elle recourait peut-être à une illusion sylve, mais il *savait* qu'elle n'était pas sylve. Elle était Clairvoyante.

Et lui aussi.

Choqué, il se retourna et quitta l'auberge en courant.

Il passa le reste de la journée à traîner derrière les autres gardes, mais ses pensées étaient ailleurs. Il essayait de se rappeler tout ce que sa mère racontait sur les sylves et les Clairvoyants. Elle appelait ces derniers ses semblables. Elle admirait les sylves et regrettait de ne pas posséder leurs pouvoirs. « Si c'était le cas, je n'aurais jamais été obligée de rester ici, lui avait-elle dit. J'aurais pu m'échapper à ma guise… »

Dek n'aimait pas l'idée de trahir une Clairvoyante, ni des sylves. Pas du tout, même. Et il avait désespérément besoin d'amis. Quand les gardes rejoignirent la caserne après le service, il saisit l'occasion pour enfiler des habits plus ordinaires et retourner à l'auberge. Une partie de lui était aussi effrayée qu'un sauteur de vase dans le bec d'un héron – il en savait assez pour comprendre que les sylves étaient des gens puissants disposant d'appuis. Une autre partie de lui était excitée par l'idée de se découvrir Clairvoyant et de rencontrer un de ses semblables. Il ne savait *même pas* qu'il l'était jusqu'à ce jour-là ! Il tremblait sans pouvoir s'arrêter.

Dès que je vis le garçon se diriger vers l'auberge, j'allai cogner à la porte de la chambre de Braise et Flamme. « Le gamin r'vient nous voir, déclarai-je.

— Je m'en doutais, répondit Braise. Déguise-moi, Flamme. »

Elle sortit sur le palier.

Quand le garçon entra dans la salle, il se dirigea tout droit vers l'escalier, mais la voix tonitruante de l'aubergiste l'arrêta. « Holà, gamin ! Tu vas où comme ça ? »

Braise l'interrompit depuis l'étage. « Tout va bien, dit-elle. Ce garçon vient nous voir. » Elle adressa un sourire encourageant à Dek, qui monta les marches.

Il resta planté à l'entrée de la chambre de Braise et Flamme et nous regarda tous. Avec un temps de retard, il retira vivement son chapeau et le retourna dans tous les sens entre ses mains. « J'm'appelle Dek, dit-il enfin. Dekan Grinpindillie. »

Braise lui fit signe d'entrer. « Viens, Dekan. Je m'appelle Braise Sangmêlé. Voici Flamme Coursevent, et ce monsieur aux cheveux hirsutes est un Célestien nommé Kelwyn Gilfeather. » Elle ne présenta pas Ruarth ; omission délibérée, sans doute. « Tu voulais nous voir ? l'encouragea-t-elle.

— Vous êtes Clairvoyante, dit-il sans préambule. Comme moi. » Il se tourna vers Flamme. « Et vous, vous êtes sylve.

— Possible, répondit Braise, mais quel rapport ?

— Vous êtes les criminels qu'on recherche. Mais j'ai rien dit.

— Merci », répondit Braise d'une voix grave.

Il y eut un silence prolongé. Il se mit à tripoter son chapeau en remuant d'un pied sur l'autre.

Flamme le prit en pitié. « Viens t'asseoir ici, Dekan, dit-elle en désignant le bord du lit tout près d'elle. Tu es un brave garçon de venir nous dire ça. Comment savais-tu que nous n'allions pas t'ensorceler ?

— Vous ne pouvez pas, répondit-il avec assurance. Je suis Clairvoyant. Et puis ma maman m'a toujours dit que les sylves étaient bons. »

Braise ricana, ironique. « La plupart des sylves, mon garçon, sont des filous qui lèchent les bottes des uns et poignardent les autres dans le dos, et je ne leur ferais même pas confiance pour lacer mon pantalon. Et encore, je les aime bien, *moi*. »

Flamme lui lança un regard furieux avant de se retourner vers Dek. « Et si tu nous disais ce que tu veux, mon grand ?

236

— Partir avec vous. On va me virer de la garde passque je suis trop petit. Je veux partir avec vous pour aller combattre les carministes. »

Sa réponse nous décontenança. « Qu'est-ce qui te fait penser que nous allons combattre des carministes ? demanda Flamme.

— Ben, c'est ce que font les sylves et les Clairvoyants, répondit-il, persuadé d'avoir raison.

— Heu…, commença Flamme, déroutée. Pas toujours. Mais pourquoi ne pas tout reprendre depuis le début, Dek, et nous parler de toi ? Qui es-tu ? D'où viens-tu ? »

Il nous fit alors le récit que je viens de vous rapporter.

Quand il eut terminé, Braise me regarda en haussant un sourcil. Je savais ce qu'elle me demandait. « Une odeur de vérité, répondis-je. Du début à la fin. »

Braise haussa de nouveau le sourcil.

« Y compris… ? » Elle me demandait pourquoi il nous avait raconté d'un ton si neutre qu'il avait assassiné son père. En toute honnêteté, j'avais été choqué par la désinvolture de cet aveu de parricide. Il aurait pu l'omettre, tout comme il l'avait manifestement caché aux pêcheurs et aux gardes, mais il n'en avait rien fait.

Je haussai les épaules. « Pas de culpabilité. » Bolchar avait enlevé et violé sa mère, les avait tous deux battus et leur avait refusé toute dignité. Il considérait ce meurtre comme une simple exécution. Un acte de justice.

« Pourquoi veux-tu combattre les carministes ? lui demanda Braise.

— Ma maman m'a dit que c'est ce que font les Clairvoyants.

— Mais elle ne se battait pas, *elle*.

— Passqu'elle avait été capturée par mon papa. Mais, sinon, elle l'aurait ptêt' fait. *Sûrement*.

— D'accord, répondit Braise. Je vais te dire quelque chose : on est *effectivement* partis combattre des carministes. Tu as entendu parler de carministes sur Porth ?

— Y en a qui en causent, à la caserne. Ils disent qu'avant, y avait un endroit là-bas qu'était dangereux, une ville – j'me rappelle plus son nom – mais qu'ensuite les sylves vigiliens ont débarqué et tout nettoyé. Ça remonte à très longtemps, avant que j'arrive. Y a des années. »

Braise lâcha un grognement. Je découvris plus tard que c'était en grande partie grâce à elle que les Vigiles avaient pu débarrasser Porth des carministes. « Et après ça ? Plus récemment ? » demanda-t-elle.

Il secoua la tête. « S'il s'est passé quoi que ce soit de vraiment récent là-bas, on n'en entendrait parler qu'au retour du paquebot. Je peux partir avec vous ?

— C'est trop dangereux, répondit Flamme. Tu dois d'abord grandir et devenir un combattant, Dek.

— Je serai jamais très costaud. Mais je suis Clairvoyant. C'est bien, ça, non ?

— Les carministes ont bien des moyens de tuer les gens, répondit Braise. Sans forcément recourir à la magie. Et alors, ta Clairvoyance ne te servirait à rien.

En fait, elle pourrait même devenir un handicap : si quelqu'un te blesse, aucun sylve ne pourra te guérir comme ils guérissent les gens normaux.

— J'ai pas peur.

— Tu devrais.

— Ah. » Il sembla se décomposer et sa lèvre inférieure se mit à trembler. Puis il s'égaya. « Mais ma maman m'a raconté l'histoire d'un seigneur Syr-clairvoyant d'il y a longtemps. Il a appelé sur son île tous les guérisseurs sylves et a réussi à se faire soigner après avoir reçu un coup d'épée dans le ventre. »

Flamme éclata de rire. « Je la connais celle-là, répondit-elle. C'était le gouverneur de Chis, il y a plusieurs siècles. Chis est l'une des îles Cirkasiennes. Il a averti les sylves qu'ils avaient tout intérêt à le remettre sur pieds, faute de quoi son dernier ordre serait de les faire exécuter. L'histoire dit qu'ils ont obéi et qu'il a guéri. Il a *bel et bien* existé, et il était *vraiment* Clairvoyant. Mes tuteurs m'ont fait apprendre tous les détails de son règne. Il est célèbre pour avoir inventé la pendule… »

Voyant Braise lui lancer un regard neutre, elle fit marche arrière. « Ce n'est qu'une histoire, Dek, dit-elle. Il aurait peut-être guéri de toute façon. Ce qu'on essaie de te dire, c'est que les carministes sont dangereux.

— J'sais pas quoi faire. Faut bien que j'aille *quelque part*.

— Tu sais suivre des ordres ? lui demanda Braise.

— Je suis garçon de troupe. On n'fait que ça, suivre des ordres.

— On va t'acheter un billet pour Porth, dit alors Braise à notre grande surprise. Retrouve-nous sur les quais avant le départ du prochain paquebot. » Avant de le faire sortir, elle le persuada de regagner la caserne et de bien se tenir lors des jours à venir. À peine la porte refermée derrière lui, Flamme et Ruarth lui tombèrent dessus, indignés.

« Mais *comment* as-tu pu faire ça ? demanda Flamme. Tu ne te rappelles pas ce qui est arrivé à Tunn ? Il serait toujours en vie si tu ne l'avais pas impliqué dans nos affaires. »

Le visage de Braise s'assombrit. « Tréfonds de l'Abîme, Flamme, tu crois que je n'ai tiré aucune leçon de ce qui lui est arrivé ? J'essaie d'aider ce garçon, pas de le tuer ! »

J'intervins. « Braise a raison, Flamme. Si elle n'avait pas dit ça, Dek aurait trouvé un moyen de r'joindre Porth par lui-même, pis sans doute qu'il se s'rait attiré bien plus d'ennuis.

— Qu'est-ce que vous pouvez bien en savoir ?

— Son intention de vous tromper était manifeste. J'en sentais l'odeur, aussi forte que le goudron chaud cont'nu dans cette baignoire, sur le quai. » Le plus intrigant, c'était de savoir comment Braise, qui ne possédait pas mon odorat, le savait. Parfois, elle lisait bien trop clairement en nous.

« Ah », répondit Flamme en reniflant.

Ruarth se mit à voleter en donnant de petits coups d'aile, puis lâcha quelques notes stridentes. *C'est un talent bien pratique que vous possédez là, Kel*, dit-il.

« Trop pour être gaspillé, acquiesça Braise. On a besoin de vous, Gilfeather. On ne sait pas ce qu'on va devoir affronter là-bas, près de cet Étang Flottant. Vous nous donneriez l'efficacité qui nous manque.

— Je suis méd'cin, répondis-je froidement, pas combattant. Je vais à Amkabraig où j'attendrai l'arrivée du coffre de Garrowyn. Pis je prendrai le paquebot suivant vers Breth. Si v'croyez que je vais faire quoi qu'ce soit d'autre, alors vous vous bercez d'illusions. »

Je tournai les talons et quittai la chambre pour regagner la mienne.

Tandis que j'ouvrais ma porte, Braise sortit dans le couloir. « Je vous ai contrarié, dit-elle. Et merde, Gilfeather, vous êtes aussi sensible qu'une anémone rose dans un bassin rocheux, qui tressaille quand on la touche. »

Je soupirai. « Oui. Écoutez, Braise. J'n'ai pas encore appris à accepter la mort qu'j'ai causée. Ne me d'mandez pas d'en rajouter d'autres. Une fois, v'm'avez traité de pacifiste. V'z'aviez raison : c'est *exactement* c'que je suis. »

J'entrai dans ma chambre et fermai la porte. Je tremblais. De temps à autre, quelque chose me rappelait ma situation et je me retrouvais de nouveau hanté par le moment où la pierre avait quitté ma main et où une vie avait pris fin.

Jastriá. Ma merveilleuse Jastriá, perdue, tourmentée, exaspérante. Morte de ma propre main.

Je m'adossai à la porte et regrettai de ne pas être plus fort.

# 11

## *Kelwyn*

Fouineur ne fut pas autorisé à monter à bord du paquebot. Il était apparemment assimilé aux marchandises et devait être expédié sur un cargo, moyennant supplément, bien entendu. Braise ne se laissa pas démonter. Elle renvoya le chien sur le quai et frappa deux fois dans ses mains. Il s'éloigna furtivement, la queue entre les pattes.

Nous avions deux cabines à bâbord du vaisseau ; Flamme et Braise en occupaient une tandis que Dek et moi partagions la seconde avec deux autres passagers, des voiliers partis acheter des matériaux à Porth. Dek était apparu dès l'accostage du paquebot, le visage éclairé par l'anticipation. Braise, qui ne voulait pas afficher ouvertement la défection d'un membre de la garde de la ville, le poussa immédiatement vers la cabine et lui commanda d'y rester caché. Je soupçonnais Flamme de l'avoir également masqué par magie, car je sentais ce suave arôme d'épices caractéristique, mais j'étais frustré de ne pouvoir m'en assurer. En tout cas, quand j'entendis Braise siffler un peu plus tard et aperçus Fouineur qui montait furtivement la passerelle et se glissait derrière les bagages d'autres passagers avant d'accompagner Braise jusqu'à la cabine, aucun des marins ne le remarqua.

Je pouvais me convaincre que les sylves sécrétaient une substance aux effets hallucinatoires, mais je ne comprenais toujours pas comment Flamme parvenait à contrôler ce que voyaient les autres. D'après les dires d'autres personnes, je déduisais que, si l'on rendait quelqu'un presque invisible, les Clairvoyants le voyaient brouillés par une lueur, un éclat ou une brume bleuâtre, tandis qu'il disparaissait plus ou moins aux yeux des sylves et des gens ordinaires, car il devenait difficile de se concentrer sur ses contours. Quand j'interrogeai Flamme sur le processus, elle me fit une réponse vague ; pas par désir de me tromper, je crois, mais tout simplement parce qu'elle n'en savait rien.

« Je me concentre sur ce que je veux changer ou cacher, l'apparence que je veux lui donner, et sur ce qui se produit, dit-elle. Ça demande une certaine concentration. Les illusions les plus primaires, comme mon bras, je peux les maintenir même pendant mon sommeil. Pour la plupart des autres, je dois me concentrer. Tout le temps. Ce n'est pas facile. » Elle m'adressa un sourire radieux. « C'est de la magie, Kel. Pas besoin de se *tracasser* pour ça. »

Le navire fut fouillé de fond en comble par des gardes felliâtres et deux autres gardes avant qu'il prenne la mer ; aucun d'entre eux ne nous prêta grande attention. Je me tenais là avec mon mètre quatre-vingts, ma crinière rousse de Célestien et ma peau criblée de taches de son (la teinture commençait à s'estomper), mais tous voyaient apparemment le serviteur insignifiant (moi) d'un homme d'affaires vigilien (Braise) et de son épouse (Flamme). J'avais beau apprécier la situation, elle ne me plaisait pas pour autant.

Je ne me rappelle pas grand-chose de ce premier jour après le départ du port. C'était la première fois que je montais à bord d'un navire et je décidai, quelques minutes après avoir quitté le port de Lekenbraig, que ce serait sans doute la dernière. Je ne voulais plus jamais devoir subir un tel supplice. Un peu plus tard, je décidai que la question ne se posait pas, puisque je n'y survivrais pas de toute façon. Encore plus tard, je n'avais même plus *envie* d'y survivre. Jamais je ne m'étais senti aussi malade ; jamais je n'avais même conçu qu'il soit *possible* de se sentir si mal.

Quelques heures plus tard, m'étant débarrassé du contenu de mon estomac à une ahurissante fréquence, je parvins à sombrer dans un sommeil épuisé.

Je me réveillai le lendemain matin, ébahi de me trouver encore en vie, de me sentir de nouveau humain. Je parvins même à rejoindre le pont – faiblement, mais résolu à reprendre goût à l'existence. Braise et Dek s'y trouvaient déjà, appuyés contre une rambarde et appréciant visiblement leur compagnie mutuelle. Ils n'étaient pas les seuls passagers à avoir émergé : cinq ou six autres se promenaient ou discutaient. Dek semblait regarder Braise avec une attitude proche de l'adulation, bien qu'elle anéantisse régulièrement ses illusions les plus précieuses. « Comment vous appelez votre épée ? » lui demanda-t-il alors que je traversais le pont.

La question la stupéfia. « Comment *j'appelle* mon épée ?

— Ouais. Son nom. Elle doit bien en avoir un. C'est un secret ?

— Ce n'est qu'une épée, Dek. Au nom des îles, pourquoi voudrais-tu qu'elle porte un nom ?

— Ma maman me disait que tous les héros ont des épées qui portent un nom. Des fois, c'est un nom magique, et on ne peut pas tirer l'épée si on ne le connaît pas…

— Elle n'en a pas. Je ne donne pas de nom à mes bottes non plus. Ni à ma ceinture. Juste à mon chien. Je ne dois pas être une héroïne. » Elle sourit en m'apercevant. « Contente de vous voir toujours en vie.

— Je me d'mandais si je s'rais encore là ce matin. Comment va Flamme ?

— Elle est dans un sale état. Elle pense qu'elle ne quittera pas la cabine de tout le voyage. J'en déduis qu'elle n'a pas le pied marin. Pourtant, elle n'a pas été malade sur le poney de mer, mais c'était sans doute différent.

— J'passerai la voir plus tard. C'la dit, je n'sais pas c'que je pourrai faire pour elle. Déjà que j'n'ai rien pu faire pour moi.

— Oh là là – vous étiez *dégueu* », commenta Dek. Je l'avais manifestement impressionné par ma capacité à vomir. Ce qui compensait peut-être mon absence d'épée.

« Si Flamme est malade, demandai-je, est-ce que ça veut dire qu'on est, hum, que les gens voient notre apparence véritable ?

— Je le crains. Mais, à votre place, je ne m'inquiéterais pas trop. Aucun des marins ne fera quoi que ce soit maintenant que nous sommes en mer. Le pire qui puisse se produire, ce serait que l'information de notre présence à bord de ce paquebot finisse par revenir à Lekenbraig, mais les marins ont l'habitude de se mêler de leurs propres affaires. Ils n'en diront sans doute rien. »

J'y réfléchis et me demandai combien de temps s'écoulerait avant que le coffre de Garrowyn m'atteigne à Lekenbraig. Plusieurs semaines, de toute évidence, et sans doute beaucoup plus longtemps. Assez pour que les ennuis me rattrapent s'ils étaient à mes trousses.

« Je vais voir Flamme », déclarai-je.


Le voyage se déroula sans encombre. Plusieurs des officiers nous lancèrent des regards soupçonneux, mais personne ne dit quoi que ce soit. Fouineur ne sortait sur le pont que la nuit et se révéla très doué pour éviter les gens. Il y eut bien quelques grommellements concernant un chien fantôme à bord, mais l'affaire resta sans conséquence.

Flamme fut malade pendant tout le trajet et perdit du poids. Le mal de mer était visiblement la seule maladie qu'elle ne puisse guérir elle-même. Heureusement, elle parvenait au moins à ne pas vomir les liquides, si bien qu'on put l'empêcher de se déshydrater.

Dek errait sur le bateau comme dans un paradis d'adolescent. Après toute une vie passée dans une cabane d'une seule pièce, le vaisseau devait lui sembler spacieux ; après la discipline de la caserne, l'absence de surveillance devait lui paraître libératrice. Lorsqu'on accosta à Amkabraig, il connaissait le paquebot du nid de pie à l'eau de cale et appelait tous les membres de l'équipage par leur prénom, ainsi que tous les passagers qui daignaient lui parler.

Ruarth passait la majeure partie de son temps à veiller sur Flamme et à me harceler pour que je trouve comment l'aider. Quand elle dormait, je l'entraînais à part pour qu'il m'en apprenne davantage sur la langue dustelloise. J'y travaillais dur, intrigué par cette combinaison complexe de langage corporel et de sons. En fait, j'étais fasciné par l'idée d'une race d'oiseaux éparpillée à travers les îles et remontant à l'époque où l'archipel des Dustels avait disparu sous les flots. Cela dit, je n'y *croyais* pas. Au fait qu'ils aient été humains, je veux dire. Mes lectures, ainsi que des choses que m'avait dites Garrowyn, me donnaient l'impression que les mythes avaient une étrange façon de prendre vie au fil des ans. Les Calmentiens croyaient que leurs montagnes avaient été crachées par un dragon ; les Fagneux, qu'ils descendaient de créatures à queue de poisson baptisées tritons ; les Spattéens juraient que leurs îles étaient les derniers vestiges d'une troisième lune tombée dans l'océan. Je ne croyais pas non plus à ces histoires-là.

Braise passait le gros de son temps sur le pont à manipuler son épée d'une longueur incroyable, sans doute pour s'entraîner. Les autres passagers l'évitaient et marmonnaient entre eux des commentaires sur les sang-mêlé dévergondées qui s'exhibaient sans vergogne. Elle avait dû recevoir l'enseignement d'un maître, car elle faisait méthodiquement travailler chaque groupe de muscles de son corps. En tant que médecin, j'appréciais son endurance et son application. Je suis fort, charpenté et en bonne santé, et en tant que médecin des Prairies, je me déplaçais souvent à dos de selve, mais quand je marchais, il m'arrivait plus souvent de trébucher sur tous les meubles qui croisaient mon chemin que de faire preuve de grâce ou d'agilité. Braise, en revanche, était agile et rapide, et bougeait avec une souplesse et une fluidité qui faisaient plaisir à observer. Quand je le lui dis, elle répondit : « Ce que vous voyez là, c'est ce qui fait la différence entre la vie et la mort dans mon métier.

— Votre métier ? »

Elle hésita. Il n'était sans doute pas facile de répondre à cette question, maintenant qu'elle avait quitté le service des Vigiles. « Aventurière sans attaches. Tueuse de carmes. »

Elle m'avait répondu sur un ton désinvolte, mais ces mots me blessèrent. Je compris que nous nous ressemblions de bien des façons. Nous étions tous deux pourchassés. Tous deux sans foyer, condamnés à une forme d'exil. Elle n'avait pas le droit d'établir de foyer à cause de sa non-citoyenneté ; j'étais banni du mien. Il y avait là une certaine ironie, dans la mesure où c'était à elle que je devais mon exil.

À plusieurs reprises, au cours du voyage, on fit appel à mes talents de médecin. Je ne pouvais pas grand-chose contre le mal de mer, pas plus que Flamme avec sa magie sylve, mais il y avait d'autres maux. L'un des enfants présents à bord contracta la fièvre de six jours ; heureusement, je la soignai avant qu'elle ne se diffuse, et j'avais dans mes affaires de quoi la guérir. L'un des soldats tomba du gréement et se cassa le bras : une sale fracture qui exposait l'os. Extraire les esquilles, réduire la fracture et recoudre la plaie aurait été une routine dans les Prairies ; c'était plus difficile à bord d'un vaisseau en mouvement et en disposant de remèdes limités, mais j'étais à peu près certain d'avoir sauvé son bras et sa mobilité future. Braise m'assista avec enthousiasme, sans se laisser démonter par la vue du sang, et sembla fascinée par le processus. Elle me posa des questions intelligentes, pertinentes, et je ne pus m'empêcher de songer qu'elle aurait fait un bon chirurgien.

Après la fin de l'opération, elle me regarda d'un air songeur que j'interprétai comme l'aveu contrit d'avoir commis une erreur. Je pensais savoir laquelle. « Pourquoi v'z'êtes si surprise ? lui demandai-je, agacé, lorsqu'on quitta la cabine, après avoir fait tout ce qu'on pouvait pour le patient. Je suis méd'cin, après tout. »

Elle eut la bonne grâce d'éprouver de la gêne. Dans ce couloir obscur, je ne voyais pas son visage, mais je sentais l'odeur de son trouble.

« Je… oh merde, je suis désolée », répondit-elle.
Elle s'arrêta et le mouvement du bateau me jeta contre
elle. « Franchement, Gilfeather, il y a des moments où
vous êtes pénible à côtoyer. » Alors qu'on se dégageait, elle ajouta : « Vous en savez beaucoup trop.
C'est dur d'avoir des pensées intimes alors que vous
pouvez sentir ce à quoi je pense ! Je ne comprends
vraiment pas comment vous le supportez. De savoir en
permanence ce qu'éprouvent les gens. De savoir s'ils
vous aiment, s'ils vous détestent ou si vous les
amusez. Sentir l'antipathie qu'ils se portent mutuellement : ça doit être horrible.

— On s'y fait. J'n'ai jamais connu autre chose, je
crois bien. Pis je n'sais pas c'que vous *pensez*. Seulement c'que vous r'sentez. V'z'étiez surprise, mais je
n'sais pas pourquoi.

— Ah oui, ça. C'est juste que... eh bien, vous
paraissez tellement maladroit. Vous passez votre
temps à trébucher, à lâcher ou renverser des objets…
Mais quand je vous ai vu là-dedans, à l'instant, c'était
beau. Alors ça m'a surprise. Parfois… parfois, je ressemble à une épinoche dans un bassin de marée ; faute
de voir l'océan, je crois qu'il n'existe rien d'autre.
C'est de ça que je me sentais coupable : de ne pas
vous voir en entier. »

Mon souffle me resta coincé dans la gorge. Elle me
disait quelque chose, mais son corps m'en apprenait
bien plus encore.

Elle éclata d'un rire contrit. « Et voilà, ça recommence. Vous savez à quoi je pense.

250

— Ce que vous r'sentez, rectifiai-je par réflexe, avant de rougir.

— Eh bien, vous avez raison, si vous croyez que je vous trouve attirant en ce moment même. C'est vrai. »

Le navire se mit à tanguer et je basculai de nouveau contre elle. Je pris appui contre le mur, derrière sa tête, pour m'écarter d'elle.

« Mais vous n'allez pas en tirer profit, déclara-t-elle avec conviction tandis qu'on se redressait.

— Et dire que v'n'avez même pas un bon nez. »

Elle éclata de rire. « C'est l'instinct, dit-elle. Et il me dit que ça ne vous intéresse pas.

—V'z'êtes amoureuse de quelqu'un d'autre.

— Vous en savez beaucoup trop, Kelwyn Gilfeather.

— Vous m'l'avez déjà dit.

— Ça change quoi que ce soit de savoir qu'il y a quelqu'un d'autre ? »

Je hochai la tête. « Oui. Oui, ça change tout. »

Elle haussa les épaules. « Il n'est pas ici, Kel. Il ne le sera jamais. Et il y a d'autres choses que l'amour. Il y a… la camaraderie des gens qui s'apprécient. Qui sont attirés l'un vers l'autre. Gardez ça en tête, si jamais vous changez d'avis. »

Je la regardai se détourner et gravir l'escalier vers le pont. *Il ?* Un *homme* ? Alors ce n'était pas à Flamme qu'elle pensait ? Je me sentais idiot. Malgré mon odorat, je m'étais totalement trompé sur son compte. Je rougis et me réjouis qu'elle ne soit plus là pour le voir. Je m'appuyai contre le mur et réfléchis à ma propre bêtise.

Il y avait longtemps que je n'avais pas couché avec une femme. Depuis la dernière fois que j'avais tenu Jastriá dans mes bras. Plus de quatre ans. Mais ça me semblait quelque peu… déloyal d'éprouver ce que je ressentais alors. Avec un soupir, je me demandai si je pouvais acheter du grog à un membre de l'équipage.

Au moins les patients m'empêchèrent-ils de songer à l'avenir, ainsi qu'à l'intuition tenace qu'il se préparait quelque chose de déplaisant et d'imminent ; cette étrange bouffée de malveillance, la peur malsaine qu'elle engendrait et que je ne parvenais jamais à chasser totalement.

La veille d'accoster dans le port d'Amkabraig, je m'éveillai baigné de sueur, conscient que l'atroce sensation que j'avais déjà ressentie venait de nouveau de me frapper, qu'elle était parvenue à pénétrer dans mes rêves. Après quoi, faute de retrouver le sommeil, je me levai pour monter sur le pont. C'était une belle nuit sans lune, piquetée d'étoiles, et les odeurs du port étaient encore assez distantes pour ne pas m'empêcher d'apprécier les parfums de la mer, du sel et des embruns. Je serais peut-être parvenu à repousser cette vague terreur si Braise ne m'avait rejoint l'instant d'après. La coïncidence était trop grosse ; j'en déduisis que sa Clairvoyance avait dû l'accorder à ce qui m'avait tiré du sommeil.

« Qu'est-ce qui vous a réveillée ? lui demandai-je.

— Je n'en sais rien. Je suis paranoïaque, vous savez ; il suffit d'une souris pour que mes yeux s'ouvrent d'un coup. C'est en partie parce que je dors avec l'esprit alerte à tout ce qui m'entoure que je reste en vie. »

Il y avait là quelque chose de poignant qui me parlait d'une existence que j'avais le plus grand mal à imaginer. De quel droit concevais-je de l'amertume pour ce que j'avais perdu ? Au moins, je l'avais possédé. « En fait, dam'selle, je n'crois pas qu'ce soit une souris qui fasse les cent pas sur le pont en c'moment. Braise, quelle odeur a la magie carmine ? »

Elle garda un moment le silence avant de répondre. « Elle ne ressemble à rien sur terre, dit-elle enfin. Ce n'est pas celle de la putréfaction, ni du processus normal de décomposition. Simplement celle du mal. » Ça ne m'aidait pas beaucoup, ce qu'elle dut remarquer, car elle ajouta : « Une odeur d'anomalie. De quelque chose qui ne devrait pas exister, parce que c'est contraire à l'ordre des choses. Le mal véritable n'a aucune logique. C'est même tout le contraire. C'est pareil pour la magie carmine… son odeur est anormale.

— Je crois que je l'ai sentie, répondis-je d'une voix solennelle. À plusieurs occasions. Juste une bouffée, pis ça a disparu, mais ça me coupe le souffle. Je crois que c'est c'qui vient de me réveiller.

— Ah. » Elle marqua une pause. « Je n'ai rien senti de fâcheux, et pourtant je passe mon temps à renifler l'air, croyez-moi. Je croyais que si Morthred était passé par ici, il aurait laissé une piste derrière lui, comme la limace qu'il est. En fait, c'était sans doute le cas, mais ça remonte à des semaines à présent. Trop loin pour que je sente son odeur. Mais vous, votre odorat est nettement supérieur au mien, alors c'est sans doute ce que vous avez senti : une trace ancienne. Peut-être qu'il est venu à Lekenbraig – peut-être que son navire a été amarré près de celui-ci à un moment donné. À moins qu'il n'y ait eu d'autres carministes à bord de ce navire il n'y a pas très longtemps.

— Ou que ce soit le résidu dont vous parliez, les traces de Morthred qui persistent chez Flamme.

— Possible. »

Tout ça était très logique. Ça expliquait tout. C'était si facile à croire.

La vérité était bien plus désagréable… et tellement plus difficile à identifier. Quels idiots nous faisions.


« Il n'y en a plus pour longtemps, dis-je à Flamme. On a déjà dépassé les péninsules protégées à l'entrée du port ; vous n'sentez pas comme le navire s'est stabilisé ? » Je commençais à avoir le pied marin.

Elle hocha faiblement la tête. « Je ne sais pas si j'aurais pu le supporter plus longtemps. »

Je lui donnais raison. Elle avait une mine épouvantable : cheveux sales et ternes, visage tiré, grandes ombres sous les yeux. Pour la première fois depuis que je l'avais rencontrée, je n'étais pas obligé d'exercer un effort constant pour ignorer sa beauté, sa sexualité inconsciente.

« Braise dit que v'z'allez rester un moment en ville, lui annonçai-je, pour pouvoir retrouver vos forces. »

Elle me saisit le poignet. « Vous allez nous accompagner, n'est-ce pas ? » Ses yeux suppliants semblaient trop grands et trop lumineux pour son visage. Perché sur la lampe qui pendait au plafond, Ruarth hérissa les plumes en écho à sa prière.

Je secouai la tête. « Nan, Flamme. C'n'est pas mon combat.

— C'est celui de tout le monde.

— Je suis méd'cin, dis-je une fois de plus. Pas guerrier.

— Vous êtes égoïste, me dit-elle. Vous pensez à vous-même plutôt qu'aux autres. Est-ce que c'est la marque d'un bon médecin ? Savez-vous combien de personnes sont en train de mourir, et d'une mort atroce, à cause de Morthred et de ses semblables ? Comment un véritable homme de médecine peut-il rester sans rien faire et laisser de braves gens subir ces choses-là ? »

Si c'était Braise qui avait parlé, j'aurais accueilli la remarque par un haussement d'épaules, mais c'était la première fois que j'entendais Flamme formuler la moindre critique, ce qui me fit rougir.

« Vous ne savez pas ce que ça fait d'être contaminé par la magie carmine. Vous ne connaissez pas ce supplice. Vous n'avez pas vu ces morts. » Son intonation était imprégnée de douleur, d'amertume et d'une nuance de mépris tranchant.

Je rougis encore davantage.

*Flamme*, la gronda Ruarth.

Elle se montra aussitôt contrite. « Désolée, Kel. Je n'aurais pas dû dire ça. Mais je suis tellement fatiguée, malade et inquiète. »

Je marmonnai quelques paroles conciliantes et gravis l'échelle menant au pont. Braise s'appuyait à la rambarde et regardait approcher la terre. Presque tous les passagers s'étaient alignés pour regarder eux aussi, mais ils gardaient leurs distances par rapport à elle. Son numéro d'entraînement à l'épée lors du voyage avait dégagé autour d'elle un cercle où personne n'entrait sans invitation. « On dirait que v'z'êtes atteinte d'une maladie contagieuse, lui dis-je.

— Des fois, c'est pratique, répondit-elle, amusée. Comment va Flamme ?

— Elle est irritable.

— Oui, j'ai remarqué. Elle m'accuse de prêter plus d'attention à Fouineur qu'à elle, et elle a dit à Ruarth qu'il n'avait qu'à aller dormir dans votre cabine s'il voulait passer tout son temps à vous enseigner son langage. Je ne l'ai jamais vue aussi prompte à rembarrer les gens.

— V'n'avez jamais eu l'mal de mer », répondis-je, et cette remarque était riche de conviction.

Elle éclata de rire. « Non, en effet. Pourtant j'en ai vu, des océans. Les voyages en mer m'ennuient prodigieusement : le fait de me retrouver cloîtrée dans un si petit espace. Enfin, c'était le cas avant ce vaisseau. Merci d'avoir été un compagnon si intéressant, Kel. J'ai vraiment apprécié d'apprendre à vous connaître. »

Je la dévisageai, surpris, en me demandant si elle faisait preuve de sarcasme, mais son expression et son odeur étaient sincèrement amicales. Je parvins à sourire en retour, puis repensai à notre conversation et compris que nous avions énormément parlé. Il n'y a vraiment pas grand-chose à faire à bord d'un navire. Elle faisait preuve d'un intérêt marqué pour la vie dans les Prairies célestes et voulait tout savoir de nous, depuis nos cérémonies de mariage jusqu'à la fabrication du fromage de selve. Elle était fascinée par mes connaissances médicales et nous avions passé des heures à discuter de remèdes, de traitements et de chirurgie. Elle-même possédait des connaissances remarquables, glanées lors de ses voyages précédents, et elle voulait en savoir plus sur les traitements que nous utilisions. Quand je lui demandai pourquoi elle s'intéressait tant aux détails, elle m'avait répondu avec un sourire ironique : « Ah, mais dans mon métier, on ne sait jamais quand le savoir d'un docteur peut se révéler utile. Parfois, je me dis que j'ai passé autant de temps à soigner les blessures des autres qu'à leur en infliger ! »

Nous échangions des connaissances dans les deux sens. Elle avait visité tous les insulats à un moment ou un autre et connaissait plein d'histoires qui paraissaient exotiques à un homme des Prairies qui n'avait jamais voyagé nulle part. Elle était drôle et fine ; elle pouvait condamner la bêtise de manière cinglante ou faire preuve de sagesse quand elle parlait des gens. Braise Sangmêlé était peut-être assez redoutable pour faire fuir les passagers de ce navire, mais elle avait l'esprit vif sous ses dehors sévères. Et au moins avait-elle cessé de m'appeler Gilfeather. De temps à autre, en tout cas.

Au-dessus de nous, les marins se dispersaient dans l'ensemble du gréement tandis qu'on ferlait les voiles et que le navire ralentissait. « J'ai parlé à ces voiliers, dans notre cabine, déclarai-je. Ils vont à Amkabraig acheter les lanières végétales qu'ils utilisent pour fabriquer des voiles comme celles-ci. » Je désignai l'étoffe colorée que les marins étaient en train d'enrouler autour des vergues. « Ils appellent ça le pandana. C'est une variété de palmier pandane, qui ne pousse que sur Porth et qui s'est raréfié ces derniers temps de manière inexplicable. »

Elle marqua une pause. Puis demanda : « Pourquoi ai-je l'intuition que cette affirmation est lourde de sous-entendus ?

— Le pandana est une plante qui pousse sur l'Étang Flottant. » Et au milieu de cet étang, d'après les ghemphs, se trouvait une île où ne vivait aucun enfant.

« Ah. Et ils s'y rendent, ces voiliers ? »

Je secouai la tête. « Nan. Ils voulaient juste récupérer leur part de c'qu'est disponible à Amkabraig. Je voulais juste mentionner c'détail. »

Braise hocha la tête d'un air évasif. Un petit canot approcha depuis la rive. « Le pilote, dit-elle. Je vais aller voir si je peux convaincre Flamme de monter sur le pont. » Elle fit mine de s'en aller, mais se retourna de nouveau vers moi, comme si elle venait de penser à autre chose. « On a vraiment besoin de vous, Kel.

— V'z'avez Dek et Ruarth pour la Clairvoyance. Ils vous s'raient bien plus utiles que moi : j'n'ai strictement aucun don.

— On a besoin de votre odorat. C'est ça, votre don, et il nous est autrement plus utile que la Clairvoyance.

258

— Pour la dernière fois, Braise, je suis méd'cin. » Je commençais à me lasser de le répéter à longueur de temps. « Je n'tue pas les gens, et je n'aide personne à le faire. Même s'ils sont carministes. Je n'partage pas votre vision du monde. »

Toute couleur déserta son visage et je crus un instant qu'elle allait tomber. Je tendis la main pour la soutenir. « Que s'passe-t-il ? »

Elle inspira profondément et me sourit faiblement. « On dirait que les puces reviennent piquer le chien qui les a élevées. Un jour, j'ai adressé ces mots à quelqu'un : "Je ne partage pas ta vision du monde", ou quelque chose de très semblable. C'est pour cette raison que je l'ai quitté. Il semblerait que la vie aime beaucoup se moquer de nous. »

Je devais me rappeler ces paroles les jours qui suivirent.

# 12

## *Kelwyn*

Sans bien comprendre pourquoi, je ne me sentis jamais à l'aise dans l'auberge que Braise nous trouva à Amkabraig. Elle avait suggéré un endroit qu'elle se rappelait de son précédent séjour et nous y conduisit sans se tromper – pas mal pour quelqu'un qui n'était pas venu à Porth depuis sept ans. Comme l'endroit était perdu en lisière de la ville, ses tarifs étaient bas. L'aubergiste était également la sage-femme du coin, une dame sympathique du nom de Maryn, qui accepta bien volontiers de me préparer de la nourriture végétarienne et de nous servir un excellent hydromel épicé. L'auberge elle-même possédait un jardin et se trouvait au bord d'un cimetière envahi de mauvaises herbes, si bien que les odeurs étaient plutôt celles de la campagne et m'agressaient donc moins les sens. Elle était même proche de l'adresse du contact que m'avait donné Garrowyn : Anistie Brittlelyn, à qui il avait envoyé son coffre de médecin. Bien sûr, il fallait bien quelques inconvénients : je devais partager un lit avec Dek, et le plafond de notre chambre décrivait une pente si raide que je ne pouvais pas me redresser sans me cogner la tête. Ce que Dek trouvait terriblement hilarant. Les tapis ornant le sol l'amusaient tout autant : ils étaient extrêmement colorés, faits des mêmes lanières de pandana que les voiles du navire, et possédaient des motifs en zigzag qui semblaient bouger d'eux-mêmes si on les fixait trop longtemps.

Rien de tout ça n'expliquait pourquoi je me sentais constamment mal à l'aise, mais c'était le cas. C'était comme si une tempête d'une effrayante intensité se préparait à l'horizon, assez proche pour qu'on la devine avant même de la voir. Je me surpris à regarder le ciel de temps à autre, mais il n'y avait rien, bien entendu. Je ne suis pas quelqu'un de fantasque, et je savais que mon malaise devait posséder une cause véritable ; simplement, elle m'échappait.

Ce n'était pas lié aux nouvelles que nous donnèrent les oiseaux dustellois qui nous attendaient quand le paquebot accosta, car je n'écoutais pas ce qu'ils avaient à dire, et j'évitais Braise et Flamme chaque fois qu'elles discutaient de leurs projets. Je ne voulais entendre parler ni de magie carmine, ni de leur projet visant à la combattre.

Aucun lien non plus avec l'amie de Garrowyn : Anistie était charmante. À près de soixante-dix ans, elle avait le visage creusé de rides, mais sa bouche en cerise s'étirait en un sourire constant et ses yeux sombres pétillaient comme si elle n'avait jamais connu ni tragédie, ni catastrophe. Elle m'accueillit dans sa chaumière – minuscule maison de deux pièces qui donnait sur une crique au-delà du cimetière – en m'étreignant. « Les neveux de Garrow sont toujours les bienvenus ! s'écria-t-elle. Oh, c'est incroyable ce que tu lui *ressembles* ! »

Elle insista pour me servir du gâteau à la noix de coco avec une tasse de chocolat chaud tandis que je lui donnais des nouvelles de Garrowyn. Pendant ce temps, je balayais du regard la pièce principale de sa chaumière. Le fourneau et la salle d'eau se situaient dans un appentis à l'arrière, si bien que la pièce principale ne contenait qu'une table de cuisine, deux chaises, un buffet ainsi qu'une grande – très grande – bibliothèque. Les étagères étaient remplies de livres, documents et manuscrits. Me voyant les inspecter, elle commenta : « Oh, ils ne sont pas à moi, mon chou. Ils sont à Garrow. Il m'a demandé s'il pouvait les laisser ici, et il a fait fabriquer ces étagères exprès. Il dit qu'il reviendra tout relire quand il sera vieux… » Ses yeux s'embuaient de larmes. « C'est vraiment un bel homme, celui-là.

— Il m'a donné cette lettre pour vous », répondis-je, perplexe mais souriant poliment, en la lui tendant. Il me fallait un moment pour digérer l'idée qu'on puisse qualifier oncle Garrowyn de « bel homme ».

Elle la lut lentement et rougit. « C'est aussi un sacré fripon, ajouta-t-elle d'un ton guindé, mais son arôme la disait plus amusée que fâchée. Il dit que vous aimeriez peut-être examiner certains des livres et documents pendant que vous attendez l'arrivée de son coffre. Vous êtes le bienvenu, quand vous le voulez. Je trouve dommage de savoir toutes ces connaissances abandonnées ici sans que personne en profite. J'ai essayé de les lire moi-même, mais une grande partie de ces textes est aussi aride que les coraux blanchis par le soleil, et beaucoup moins intéressante. » Elle me sourit. « Alors, venez quand vous le souhaitez, mon cher. »

Je le lui promis.

Je ne crois pas non plus que mon malaise ait été lié à Flamme. Une fois qu'elle eut touché terre et recommencé à bien manger, ses joues retrouvèrent leurs couleurs et ses cheveux leur lustre. Elle était un peu silencieuse et ne répondait pas aux plaisanteries de Braise comme en temps ordinaire, mais elle me semblait néanmoins retrouver ses forces de jour en jour. J'attribuais son manque de vivacité à son inquiétude vis-à-vis de ce qui les attendait ; sans compter qu'elle s'apprêtait à affronter l'homme qui l'avait violée puis lui avait transmis quelque affreuse maladie qui avait nécessité qu'on lui ampute le bras – voilà qui avait de quoi rendre toute personne normale un tantinet éteinte.

Je n'avais jamais dû beaucoup m'occuper de viols ni d'agressions. Ces choses-là se produisaient rarement dans les Prairies célestes, et l'auteur du crime souffrait généralement de quelque maladie mentale, mais Garrowyn m'avait beaucoup parlé de ce qu'il avait observé sur d'autres insulats, des problèmes résultant de ce genre d'indicible traumatisme. Comparé à l'effet que ces choses-là pouvaient produire sur l'esprit d'une victime, j'étais stupéfait par le courage de Flamme.

*Vous êtes sûr qu'elle va bien ?* me demanda un jour Ruarth après que j'étais allé lui parler. Il vint se percher

263

sur son épaule quand je sortis pour aller m'asseoir sur l'un des bancs du jardin d'orchidées de l'auberge.

« Elle va bien, répondis-je. En fait, je vous conseillerais même de partir assez vite. L'inaction aura ptêt' sur elle un effet bien pire que l'attente, v'savez, si elle songe pendant tout c'temps qu'elle va d'voir de nouveau affronter ce monstre. Pis une fois qu'le paquebot sera r'tourné à Lekenbraig avec la nouvelle de notre présence à bord, ptêt' que les adorateurs de Fellih ou les gardes du port'naire vont s'lancer à nos trousses. »

Le garçon de salle, que l'aubergiste avait envoyé prendre ma commande, me fixait bouche bée.

Je soutins son regard. « Qu'est-ce qui t'arrive, gamin ? T'n'as jamais vu un homme parler tout seul ? »

Il continua à me dévisager.

« Apporte-moi d'l'hydromel coupé d'eau. »

Ruarth alla se poser sur les lattes de bois formant la table tandis que le gamin s'éloignait à toute allure. *Je suis inquiet. Je la trouve… changée*, dit-il.

« Elle a été violée. C'est l'effet du traumatisme : ça r'viendra toujours. Vous n'pouvez pas vous attendre à c'qu'elle reste la même… »

*Vous croyez que je ne le sais pas ? J'y étais, rappelez-vous !*

J'eus l'impression qu'un gouffre s'ouvrait sous mes pieds. « Création Toute-puissante, chuchotai-je en me demandant si j'avais bien compris. V'z'avez *vu* c'qui s'est passé ?

*Pas la première fois. Quand elle est descendue aux latrines de l'auberge où nous logions. Mais comme elle ne revenait pas, je suis allé à sa recherche. Je l'ai trouvée par terre... Et j'ai vu les hommes de main de Morthred l'emporter. Je les ai suivis.*

Il garda le silence, et la pause sembla durer une éternité.

*Oui*, dit-il enfin. *J'ai vu ce qu'il lui a fait, cette même nuit, dans sa maison. J'y étais. J'ai entendu ce qu'il lui disait pendant l'acte.* Il pencha la tête comme font les oiseaux, si bien qu'il ne me regardait plus que d'un œil, mais son regard semblait pour une fois entièrement humain. *Et il... n'était pas seul. Ils ont tous...*

Il y eut une nouvelle longue pause. Je dus ravaler l'envie de vider le contenu de mon estomac dans les buissons.

*Ensuite, elle est revenue vers lui, vous savez, à Creed. De son plein gré. Pour sauver Braise et Tor. J'étais là, cette fois aussi. Une nuit après l'autre, sans relâche.*

Il me fallut un long moment avant de pouvoir parler. J'ouvris plusieurs fois la bouche, mais aucun mot ne voulut en sortir. Je me rappelais ce que m'avait expliqué Braise : Flamme et Ruarth avaient grandi ensemble. Ils étaient inséparables. Mais il n'avait rien pu faire pour l'aider, parce qu'il n'était qu'un oiseau, parce que seule Flamme, jusque-là, était capable de le comprendre...

Je tentai de m'imaginer ce que j'aurais ressenti si ça nous était arrivé, à Jastriá et moi, sans que je puisse intervenir. C'était incompréhensible. Un supplice inimaginable. Quelque chose qui diminuerait un homme d'une façon que seul un autre homme pouvait vraiment comprendre. Un homme… ou peut-être un Dustellois de sexe masculin.

Quand le garçon de salle m'apporta mon hydromel, je le lampai d'un coup.

Je répondis enfin : « Je n'peux même pas imaginer c'que vous avez subi, tous les deux. »

*Un jour, je le tuerai.*

La déclaration de Ruarth aurait dû sembler ridicule. Il n'était pas plus gros que la paume de ma main. Son bec était plus court que mes ongles. Ses griffes, moins dangereuses qu'une épine de rose.

Mais il l'avait formulée avec une colère si froide, comme s'il affirmait un fait avéré, qu'elle n'avait plus rien de ridicule.


Si j'éprouvais un tel malaise, c'était sans doute aucun parce que je percevais parfois une bouffée si puissante qu'elle dépassait la simple odeur et me frappait en plein ventre comme un coup physique. Chaque fois que je le percevais, ça paraissait plus fort. Plus puissant.

« De la magie carmine, dit Braise. L'un d'entre eux est passé par ici. »

Cependant, j'étais persuadé qu'elle n'y croyait pas. Elle croyait que c'étaient les vestiges de la contamination qu'avait subie Flamme, recrudescence de quelque chose en elle. Quelque chose que Flamme parvenait en partie à contrôler. Dont elle ne se débarrasserait qu'à la mort du maître-carme.

Tout juste dix jours après notre arrivée à Amkabraig, alors qu'on prenait notre petit déjeuner dans le jardin d'orchidées, Braise m'apprit qu'ils avaient décidé de partir. « Je vous conseille de vous en aller, vous aussi, ou au moins de vous cacher, dit-elle. Juste au cas où le prochain paquebot apporterait aux gardes du portenaire ou aux gardes felliâtres un message nous concernant. »

*Si vous voulez, mes amis dustellois peuvent traîner autour du quai quand le paquebot arrivera pour voir ce qu'ils pourront découvrir*, dit Ruarth. *Des oiseaux aussi petits et quelconques font d'excellents espions.*

Je le remerciai d'un hochement de tête, sachant qu'il avait raison. Si le climat de Porth n'était pas aussi tropical que l'île principale de Mekaté, il y faisait tout de même très chaud. Les fenêtres étaient munies de barreaux ou de persiennes, jamais de vitres ; des petits oiseaux pouvaient s'y glisser et en sortir à l'envi sans que personne ne s'en étonne. Je répondis : « L'amie de Garrowyn, Anistie, m'a dit que je pouvais loger chez elle si on me recherchait. » J'étais retourné plusieurs fois à la chaumière pour lire une partie du contenu de ces étagères, mais le coffre de Garrowyn n'arrivait toujours pas. « Le seul problème, c'est qu'ça s'ra difficile pour moi de partir sur un navire pour Breth si les gardes du port'naire sont à ma r'cherche. »

Flamme se versa un verre de lait caillé. « Si vous patientez assez longtemps, on sera de retour et je pourrai vous déguiser une fois de plus à l'aide de mes illusions. »

Je rougis. C'était un réflexe agaçant ; j'étais déjà bien assez roux sans m'empourprer en plus comme une adolescente. Mais voilà que Flamme me proposait son aide, alors que je refusais de lui rendre la pareille, et je me sentais gêné. Braise, la misérable, se mordait les joues, savourant mon malaise. Elle savait exactement pourquoi j'avais réagi ainsi. Flamme était intriguée, mais Braise lisait en moi comme en un livre ouvert. Dek, qui faisait parfois preuve d'une bêtise indescriptible, demanda tout haut : « Pourquoi vous êtes tout rouge, Syr Gilfeather ?

— Ça n'te r'garde pas », grommelai-je.

Braise me prit en pitié et changea de sujet. « Vous savez, je n'aime vraiment pas ces orchidées. » Je balayai du regard la tonnelle qui nous abritait : des paniers en roseau contenant des gerbes aux couleurs criardes étaient attachées aux montants. Ces fleurs faisaient la fierté de Maryn, qui consacrait plusieurs heures chaque jour à s'en occuper.

« Mais pourquoi donc ? demanda Flamme. Elles sont ravissantes ! »

Je poussai les pâtisseries vers elle en guise d'offrande de paix, et elle en prit une en me souriant. Si j'avais été plus jeune et plus impressionnable, ce sourire m'aurait ramolli les genoux. Quoi qu'il en soit, je me surprenais souvent à la regarder pour le simple plaisir des yeux.

« Trop voyantes, répondit Braise. Trop affirmées. Trop grosses. Trop solides. Trop exotiques. Comme moi. Je préfère les fleurs délicates, roses et parfumées. Tout ce que je ne suis pas. C'est débile, hein ?

— *Roses ?* répéta Dek, dégoûté.

— Oui. Et pour te faire pardonner cette grimace, mon garçon, tu iras nous louer un char à bœufs après le petit déjeuner. Autant nous rendre à l'Étang Flottant avec classe.

— Ce n'est pas la peine, répondit Flamme. Je peux marcher.

— Qui a dit que c'était pour toi ? demanda Braise avec douceur. C'est peut-être pour épargner mes genoux douloureux.

— Arrête de me traiter avec cette condescendance », dit-elle, avant d'ajouter un épithète dont la vulgarité nous ébahit.

Je savais qu'il arrivait parfois à Flamme de jurer comme un charretier, conséquence de son lien avec les Dustellois depuis l'enfance, mais je ne l'avais jamais entendue si grossière. Ça lui ressemblait si peu qu'on en resta muets sous l'effet du choc.

*Flamme !* la gronda Ruarth.

« J'en ai plus qu'assez de vous tous ! s'écria-t-elle. Et de votre manie de toujours parler de moi derrière mon dos. » Elle agita un doigt réprobateur en direction de Ruarth. « Et toi, tas de plumes pouilleux… Tu es déloyal ! Tu préfères passer ton temps avec Braise et Kel plutôt qu'avec moi. » Sur cette réplique imprégnée de mépris, elle se leva et quitta la table, bousculant l'aubergiste en chemin, renversant l'assiette

269

pleine que portait Maryn. Si notre pile de crêpes du petit déjeuner ne glissa pas de l'assiette, ce fut parce que Dek plongea égoïstement pour les sauver de justesse.

« Hé, vous avez vu ça ? s'exclama-t-il, triomphant. Vous avez tous une dette envers moi ! Sans moi, vous auriez perdu votre petit déjeuner. »

Ruarth s'élança à la poursuite de Flamme et Dek se concentra sur les crêpes tandis que Maryn regagnait la cuisine. Braise se tourna vers moi. « C'est de pire en pire. »

Je hochai la tête. « Oui.

— Elle n'était pas comme ça quand vous l'avez rencontrée.

— Nan.

— L'amputation n'a pas suffi, hein ? Même les sorts curatifs de Duthrick et des autres n'ont pas suffi.

— Y a des maladies qui r'viennent longtemps après avoir été guéries en apparence.

— La magie carmine n'est pas une maladie », répondit-elle d'une voix acide.

Je haussai les épaules. « Vous me d'mandiez mon avis, nan ? »

Elle leva les bras au ciel. « L'Abîme me garde des médecins célestiens qui ont la cervelle d'une fourmi écrasée ! »

On se dévisagea par-dessus la table et Dek nous regarda, fasciné, tout en entamant sa pile de crêpes.

« Vous croyez *sincèrement* que la magie carmine est une maladie ? demanda-t-elle après un silence prolongé.

— Oui, en effet. J'n'en suis pas sûr, mais c'est c'que je pense. Pis je crois qu'vous avez raison : elle n'a pas été totalement guérie. Il y a des maladies comme ça, et elles sont nombreuses. Le paludisme, par exemple. Il revient tout le temps chez certains individus, parfois pendant des années, malgré l'écorce médicinale, surtout chez ceux qu'on n'a pas traités assez tôt. Vous m'avez bien dit que Flamme avait r'çu un traitement peu de temps après que Morthred lui avait infligé cette première plaie.

— Oui. Mais elle ne souffrait pas de paludisme. Kel, est-ce qu'elle va mourir ?

— Qu'est-ce que j'en sais ? J'n'ai aucune expérience de la magie carmine. Jusqu'à récemment, je n'croyais même pas qu'elle existait ! »

Elle me lança un regard rempli d'une froide hostilité. « Je ne vous pose pas la question parce que je crois que vous comprenez la magie carmine. Je vous la pose à cause de votre odorat. Je veux savoir s'il vous apprend quoi que ce soit sur son état actuel. Sur ce qui ne va pas chez elle. »

Je cédai et fis ce qu'aucun médecin ne devrait jamais faire. J'émis une hypothèse. « Je n'sais pas si ça va finir par la tuer, ni si elle va finir par le chasser de son organisme, mais mon opinion de méd'cin, fondée sur mon odorat, c'est qu'la maladie n'en est pas pour l'instant à un stade aigu. »

Son regard durcit comme l'acier. « Ce qui veut dire, en langage ordinaire ?

— Je n'crois pas qu'elle va mourir dans un futur proche. Ni même tomber gravement malade. Je crois que c'est cyclique. Que ça va et vient. Elle aura des bons et des mauvais jours. Mon hypothèse, et c'n'est rien d'plus qu'une hypothèse, c'est que vous aurez l'temps de faire c'que vous voulez.

— Si vous nous accompagniez, ça multiplierait nos chances. »

Je m'agitai, rongé par la culpabilité. Elle avait sans doute raison. « Braise, vous n'pouvez pas vous attendre à c'que j'vous aide à tuer quelqu'un que je n'connais pas et qui n'm'a jamais fait le moindre mal. Je n'crois même pas vraiment que le tuer changera quoi qu'ce soit à la maladie de Flamme, même si sa mort lui permettra ptêt' de s'concentrer sur son infection. Elle a besoin de se r'poser pis de prendre soin de sa santé, pas de traverser tout le pays à la r'cherche d'un fou qui l'a violée. »

Dek ouvrit de grands yeux. On l'ignora tous deux.

« P'têt' qu'on devrait chercher un sylve pour la guérir, si vous pensez qu'ça peut marcher.

— Nous avons une sylve, fit-elle remarquer. Et elle essaie déjà. Enfin, je crois.

— Quelqu'un d'autre ? Ou plusieurs ? La dernière fois, v'm'avez dit qu'il en fallait plusieurs.

— Même si j'arrivais à trouver des guérisseurs sylves, je n'ai pas les moyens de m'offrir leurs services. Et puis Flamme ne veut rien savoir. Elle dit qu'elle peut très bien s'occuper d'elle-même. Elle veut simplement partir à la recherche de Morthred et le tuer.

— Alors, c'est ptêt' c'que vous avez intérêt à faire, le plus vite possible. Désolé de n'rien pouvoir faire de plus.

— Vous pouvez, mais vous refusez, crétin de rebouteux », aboya-t-elle. Puis elle ajouta, sur un ton plus résigné : « Alors j'imagine qu'on va en rester là. On part demain matin. » Elle eut un petit sourire. « *Moi*, au moins, je crois que tuer Morthred la guérira. Totalement, et immédiatement. »

Elle oubliait que je savais percevoir les mensonges.


Ils partirent en fin de matinée. Braise avait accepté un compromis : il n'y avait pas de char à bœufs, mais elle avait loué ou acheté un âne qui transportait toutes leurs possessions et provisions. Sans doute Flamme s'était-elle excusée car l'atmosphère semblait cordiale. Je les regardai s'éloigner sur le chemin menant vers la campagne et me sentis curieusement dépossédé. Malgré tous les problèmes qu'ils m'avaient causés, je songeais simplement qu'ils allaient me manquer : Flamme avec sa bonté, sa bravoure et sa beauté ; Braise avec son honnêteté, sa confiance et sa façon de se moquer d'elle-même : Ruarth avec sa patience infinie et une sagesse bien plus grande qu'on ne pouvait en attendre d'un oiseau ; Dek avec son romantisme échevelé transcendant une enfance atroce. Mon cœur se serra brusquement et je compris qu'ils étaient mes *amis*. Je n'en avais jamais eu qu'une auparavant, en la personne de Jastriá, que j'avais commis l'erreur d'épouser. Et puis elle était morte, de toute façon.

J'allai m'asseoir dans le jardin d'orchidées et commandai une bière. Une voix chuchotait dans ma tête : Si tu t'sens comme ça, alors t'n'as pas le droit d'les laisser partir sans toi… Ils auraient plus de chances si tu les accompagnais. Elle va te manquer, disait la voix. *Suis-les, crétin.* Suis-*la*.

Je vidai ma bière, puis en pris une autre. Je commençais à me sentir agréablement sentimental.

Heureusement, avant que je puisse me vautrer dans l'auto-apitoiement, on me demanda de recoudre le cuisinier de l'auberge, qui avait réussi à se trancher le bout du doigt.

Après quoi, la nouvelle selon laquelle j'étais médecin se répandit, et je vis défiler chaque jour quelques personnes désireuses de me voir. Je dus m'aventurer dans la forêt bordant la ville pour cueillir d'autres herbes, champignons et plantes médicinales afin de remplacer mon stock en diminution. Je rendais visite à Anistie chaque jour ou presque, buvais d'innombrables tasses de son chocolat chaud et goûtais à toute la gamme de ses gâteaux maison tandis que j'étudiais la collection de papiers de Garrowyn. Elle était d'une compagnie agréable, Anistie. Elle dégageait un arôme de paix et de contentement, qui m'évoquait des pommes fraîches et des vents estivaux. Je me surpris à lui raconter l'histoire de mon exil et la façon dont Braise et Flamme m'avaient demandé de les accompagner jusqu'à l'Étang Flottant. Bien qu'elle ne soit pas du genre à porter des jugements, je ne pus me résoudre à lui parler de Jastriá ni de ce que j'avais fait. C'était encore trop douloureux pour que je le partage.

Je commençais à me dire que je parviendrais à occuper utilement le temps qui me restait à attendre tout en gagnant un peu d'argent, tant que les gardes mekatéens n'apparaissaient pas un jour sur le pas de ma porte. Mais, de temps en temps, je m'aventurais jusqu'au portail pour observer la route par laquelle ils étaient partis et me demander une fois de plus si j'avais fait le bon choix, ou simplement le plus opportun pour éviter de souffrir de nouveau.

Quand le paquebot suivant en provenance de Lekenbraig accosta, les Dustellois l'inspectèrent et m'informèrent qu'il ne semblait y avoir personne à bord qui ait reçu d'ordres de la garde d'Amkabraig, et qu'aucun adorateur de Fellih n'avait débarqué. En fait, la plupart des discussions, sur le port, concernaient l'arrivée de plusieurs navires vigiliens. Ils cherchaient apparemment un navire manquant, et la découverte des restes calcinés de ce vaisseau sur une plage porthienne suscita un scandale diplomatique. C'était, bien sûr, le *Liberté des Vigiles*, dérobé par Morthred à Havre-Gorth suite à son évasion de Creed.

Après avoir parlé aux Dustellois, je soupirai de soulagement à l'idée de ne pas être pourchassé, du moins à Porth, et demeurai donc à l'auberge.

Au fil des jours, ce que je lisais dans les papiers de Garrowyn m'inspirait une fascination croissante. La Création sait où il avait récupéré tout ça ; d'après Anistie, c'était le fruit de nombreuses visites. Apparemment, sa relation avec Garrowyn durait depuis longtemps. Sa voix s'adoucissait quand elle parlait de lui, mais elle ne semblait pourtant nourrir aucune illusion à son sujet. « Il est comme un papillon qui volette de fleur en fleur, dit-elle avec une totale absence de rancœur. Il se désaltère puis repart ailleurs, ce vieux coquin. Et il aime les bourgeons plus âgés. Il trouve qu'ils contiennent plus de miel. » Elle se mit à glousser tandis que je rougissais comme un adolescent et retournais à ma lecture.

Il y avait des manuscrits parlant de l'arrivée de la magie dans les îles, des livres d'histoires consacrés à des thèmes magiques, à la façon dont on avait employé les magies sylve et carmine au fil des siècles, parfois à mauvais escient, des textes médicaux relatant des guérisons sylves. Je lus des récits racontant comment d'anciens dieux marins avaient accordé la magie sylve à quelques familles parmi les premiers colons des îles Glorieuses, et comment certaines, qui ne s'en satisfaisaient pas, avaient affiné cette magie pour créer sa version maléfique et carmine. Puis, toujours d'après ce conte, d'autres dieux – ceux du ciel – avaient accordé aux autres familles le don de Clairvoyance, de sorte qu'elles puissent combattre la magie carmine.

Dans ces récits, j'appris comment l'archipel des Vigiles entretenait les sylves afin d'augmenter le nombre de personnes douées de pouvoirs magiques. Cette politique mûrement réfléchie datait de près de cent ans et avait peut-être fonctionné parce que l'archipel des Vigiles ne possédait pas de famille royale héréditaire cherchant à limiter la puissance des individus, comme ç'avait été le cas dans d'autres insulats.

Mais je m'intéressais surtout, bien entendu, aux papiers médicaux. En fait, je commençai par inspecter tout le contenu des étagères et séparer les livres qui se rapportaient aux sorts curatifs sylves ou à la transmission de la magie. Puis je les parcourus.

Six jours après le départ de Braise et des autres, Maryn fut appelée à exercer son activité de sage-femme. Je me trouvais alors dans le jardin, en train de lire, et elle passa près de moi en sortant. « Encore un bébé en route, sans doute, dit-elle. J'en ai accouché sept dans la semaine, tu te rends compte ? » Je lui souris et la saluai alors qu'elle franchissait le portail latéral.

Le garçon de salle m'apporta un autre verre. Je le dégustai tout en lisant pendant une demi-heure environ.

« Docteur Gilfeather ? »

Je levai les yeux, surpris ; j'étais plongé dans mes pensées et n'avais entendu personne franchir le portail du jardin. Un homme d'âge moyen se tenait là, tournant et retournant son chapeau entre ses mains ; un marchand, devinai-je à ses vêtements. Puis je remarquai ses mains d'ouvrier et m'interrogeai.

« La sage-femme Maryn demande si ça ne vous dérange pas de venir examiner sa patiente. Elle aimerait bénéficier de vos conseils. Je vais vous montrer le chemin. »

Je le dévisageai, de plus en plus surpris. Malgré son amabilité, Maryn m'avait paru défendre jalousement son statut et ne m'avait jamais invité à l'accompagner lors de ses visites ni à discuter de ses patients, pas plus qu'elle ne m'avait demandé mon opinion. Je me levai.

« Bien sûr. Je dois aller chercher mes instruments et mes remèdes. Attendez ici. » J'allai récupérer tout le nécessaire dans ma chambre avant de redescendre.

L'homme me dit s'appeler Keothie. C'était un souffleur de verre qui possédait une petite verrerie non loin de là. Je remarquai son torse puissant et ses lèvres calleuses, signes distinctifs de sa profession, peut-être, même si je ne connaissais pas grand-chose à l'art de la fabrication du verre. On n'utilisait pas beaucoup de verre dans les Prairies célestes, et le peu qu'on employait, on l'achetait sur la côte. « Qui est la patiente ? demandai-je tandis qu'on remontait les rues en toute hâte.

— Ma nièce, répondit-il. Elle vient de la campagne. Ce n'est qu'une enfant, vous savez ; elle n'a que treize ans. Sa mère nous l'a envoyée il y a tout juste deux mois.

— De quoi souffre-t-elle ? »

Je le sentis hésiter. Il n'allait pas mentir, mais n'avait pas envie d'en parler. Il finit par répondre doucement : « La pauvre petiote. On a abusé d'elle. C'est pour ça que ses parents nous l'ont envoyée. C'est la fille de la sœur de ma femme. Elle s'appelle Ginna. Ma femme… ma femme dit qu'elle attend un événement. » Voyant mon air interdit, il ajouta en guise d'explication : « Elle est en situation délicate. »

Je ne compris pas tout de suite de quoi il parlait. Dans les Prairies célestes, on ne considérait pas que la grossesse nécessitait l'emploi d'euphémismes. Mon cœur se serra. Je savais *comment* procéder à un avortement, mais on ne s'y livrait *jamais* dans les Prairies ;

c'était considéré comme un meurtre. Garrowyn m'avait enseigné plusieurs méthodes, car il estimait qu'il y avait des occasions où délivrer une femme d'une grossesse non désirée était une bénédiction pour tous, même si je doute qu'il ait déjà essayé sur le Toit. « Écoute-moi bien, avait-il dit, et retiens la leçon. Tu n'peux jamais savoir quand une compétence te s'ra utile, gamin. » Mon opinion sur le sujet demeurait ambivalente. J'aurais préféré que ma posture morale ne soit jamais mise à l'épreuve. Je n'avais jamais pensé qu'elle le serait un jour ; après tout, c'étaient les femmes de notre Maison qui s'occupaient des grossesses et des naissances.

« Mais il n'y a pas que ça, vous savez, poursuivit Keothie. Quand elle est arrivée chez nous, elle était silencieuse et pleurait beaucoup. Maryn est venue plusieurs fois s'occuper d'elle. Nous avons pensé qu'elle récupérait… Mais, ces derniers temps, elle a changé. Ça a toujours été une gamine calme, bien élevée, gentille et obéissante. Maintenant… je la reconnais à peine. Vous verrez. » Il refusa d'en dire plus et pressa l'allure.

Je compris que j'avais des ennuis avant même d'atteindre sa chaumière. J'en percevais l'odeur : celle d'une anomalie. La magie carmine, si Braise ne se trompait pas. Elle s'infiltrait en moi à chaque inspiration, inondant mon corps de douleur. J'avais envie de la rejeter et de faire demi-tour.

« Qu'y a-t-il ? demanda Keothie en me voyant haleter.

— Des allergies, mentis-je. Ne v'z'en faites pas. »
Je m'arrêtai un moment, cherchant à apprivoiser ce
que je ressentais. Je ne pouvais pas laisser cette anomalie me submerger. Il devait y avoir un moyen de la
maîtriser, de dominer la douleur. Je calmai ma respiration, la forçai à retrouver un rythme régulier.
« Allons-y. »

Plus nous avancions, plus l'odeur s'intensifiait,
jusqu'à ce qu'on s'arrête devant une petite maison voisine d'un bâtiment plus grand qui sentait le charbon, la
potasse et d'autres éléments que je n'identifiai pas. Je
le fis patienter un moment sur le pas de la porte tandis
que je me calmais, et recourus à mon odorat pour me
préparer à ce qui nous attendait à l'intérieur. Il n'y
avait aucun doute : quelle que puisse être sa nature,
cette puanteur infecte provenait de cette maison.

Je m'autorisai à goûter l'ironie de la situation ;
après avoir refusé de combattre la magie carmine sur
l'ordre de Braise et Flamme, je m'y retrouvais
confronté par moi-même. « Allons-y », dis-je avant de
m'armer de courage pour me préparer à affronter la
douleur qui me torturait déjà les articulations et me
brûlait les cloisons nasales.

Keothie me présenta son épouse, une femme corpu-
lente aux fesses généreuses et aux énormes seins
cachés par un tablier, qui nous conduisit à l'étage. Le
sol était couvert de tapis identiques à ceux de
l'auberge, faits de lanières de couleurs vives aux
motifs complexes. Dans la chambre de la malade, la
petite Ginna reposait sur un lit placé au milieu de ces
tapis, mais on lui avait attaché les poignets et les che-

villes aux quatre colonnes du lit. À notre approche, elle nous lança un chapelet d'obscénités. Le plus horrible était qu'elle employait des mots d'enfant. Elle ne connaissait ni les jurons des adultes ni les gros mots des bas quartiers ; elle ne pouvait recourir qu'à des mots se rapportant aux fonctions corporelles communes. Triste spectacle.

Ses jolis yeux sombres me regardaient par-dessous des cils recourbés de fillette ; sa bouche était petite et rose, ses joues avaient encore les rondeurs de l'enfance. Lorsque j'approchai du lit, l'air sembla s'épaissir au point d'en devenir presque irrespirable. J'ignorais combien de temps je pourrais tolérer cette puanteur.

Je regardai Maryn en haussant un sourcil interrogateur. Je ne pouvais pas me résoudre à parler : la douleur et la nausée me traversaient par vagues qui enflaient puis se brisaient en moi, désormais plus quantifiables.

« Je n'avais jamais rien vu de tel, dit-elle doucement, traduisant par sa voix et son odeur une profonde inquiétude. Je ne sais pas de quoi il s'agit. » Elle tira les couvertures. Ginna se tordait sur son lit, mais ni sous l'effet de la douleur, ni de la maladie : c'était sous celui de la rage. J'en percevais l'odeur, nuage menaçant chargé de haine et d'une redoutable colère.

Maryn dénuda la partie inférieure du torse de la jeune fille et je parcourus son abdomen du bout des doigts. Je m'empressai de retirer la main. J'éprouvai une brûlure, mais sans aucun lien avec sa chaleur corporelle. C'était autre chose. « De combien de s'maines est-elle enceinte ? demandai-je.

— Dix-huit environ. Le bébé commence à bouger. »

Garrowyn m'avait déconseillé de pratiquer un avortement à ce stade, affirmant que c'était trop dangereux pour la mère. Voilà au moins une décision que je n'aurais pas à prendre.

Il fallait que je sorte de là. L'odeur de la douleur me suffoquait. Je ne voulais pas rester là plus longtemps à écouter ce flot de grossièretés et de vitupérations s'échapper des lèvres de cette enfant. D'un signe de tête, je demandai que nous quittions tous la chambre.

De retour dans la pièce qui servait de salon et de cuisine, l'oncle et la tante de la fillette me scrutèrent d'un air inquiet. Je dus poser les mains sur le dossier d'une chaise rien que pour pouvoir me tenir droit. « Que se passe-t-il quand on la détache ? » demandai-je. J'avais du sang dans la bouche ; je m'étais mordu la langue sous l'effet de cette agression sensorielle.

Ils échangèrent des coups d'œil furtifs. « Elle essaie de s'enfuir, répondit enfin Keothie. Elle dit qu'elle veut rejoindre l'homme qui lui a fait ça. C'est… c'est sinistre. Au départ, elle semblait si soulagée d'avoir pu lui échapper. En fait, si nous comprenons bien, elle s'est enfuie au risque de sa vie après plusieurs jours de captivité et de mauvais traitements. Elle frissonnait rien que d'en parler. Et, maintenant, elle se comporte comme si elle était amoureuse de l'homme qui lui a fait ça, même si elle n'emploie jamais ce mot. C'est totalement absurde. »

Ça ne l'était pas moins à mes yeux, mais je me rappelai ce que m'avait dit Braise au sujet de la corruption carmine. « Est-ce qu'elle est sylve ? »

Nouvel échange de regards. « Nous sommes de fidèles croyants, répondit Keothie. Nous réprouvons la magie. Nous estimons, comme tous les fidéens, qu'il est impie de posséder ces pouvoirs.

— Pourtant, j'ai cru comprendre que les sylves faisaient de bons guérisseurs.

— Oui, c'est sans doute vrai.

— Donc, est-ce qu'elle est sylve ? »

Ce fut son épouse qui répondit, essuyant la sueur de ses paumes sur son large tablier. « Hélas, il y a dans ma famille une tendance à la magie sylve, Syr Gilfeather. Nous ne l'encourageons pas. Quand ses parents ont vu que Ginna était capable de créer des illusions, ils lui ont enseigné qu'elle ne devait pas faire ces choses-là. Elle a appris à réprimer sa magie, et elle s'y prêtait de bonne grâce. C'est une enfant pieuse et obéissante. Enfin, c'était.

— Où vivait-elle ?

— Vas-y, dis-le-lui, l'encouragea sa femme. S'il doit savoir pour l'aider, dis-lui tout. » Elle se tourna vers moi. « Je ferais n'importe quoi pour la fille de ma sœur, Syr-médecin. C'était une adorable petite avant toute cette histoire.

— Son père est fabricant de tapis, expliqua Keothie. Il récolte le pandana qui pousse sur l'Étang Flottant, puis il arrache les feuilles, les teint et en fait des tapis. » Il désigna celui sur lequel nous étions assis. « C'est lui qui les a fabriqués. Quand il nous a amené

Ginna, il disait qu'il y avait de nouveaux habitants à l'Étang. Et qu'il pensait que l'un d'entre eux était responsable. Il dit aussi que des gens ont disparu des villages entourant le lac – des jeunes filles. Quand des hommes partent à leur recherche, ils disparaissent aussi, jusqu'à ce que personne ne veuille plus enquêter.

— Des carministes, dis-je.

— Des *carministes* ? Ce n'est pas ce que j'ai entendu dire, répondit Maryn. Les gens racontaient que ces étrangers avaient dû réveiller des esprits du lac. Ou des monstres vivant dans ce lac. Ce genre de mythes a toujours circulé, d'aussi loin que je me souvienne. Pitié, mon Dieu, pas des carministes, pas une deuxième fois !

— Une deuxième fois ?

— Il y a sept ou huit ans, nous avons eu un gouverneur carministe sur Porth, à Amkabraig, jusqu'à ce que les Vigiles nous envoient de l'aide pour nous en occuper, m'expliqua Keothie. Il était prêt à tout pour satisfaire ses désirs. Il y a eu tant de morts avant qu'on découvre sa nature. On dit que les carministes se nourrissent de la douleur et de la mort... » Sa voix s'estompa et ses yeux s'écarquillèrent. « *Ginna... ?*

— Je crois qu'elle a été violée par un carministe. Qu'il lui a transmis sa maladie par un procédé baptisé corruption. Pis je crois qu' son enfant souffre de la même maladie.

— M... maladie ? bredouilla Keothie.

— Je crois qu'cette magie carmine est une maladie. Pis que Ginna et son enfant à naître sont infectés.

Cette sensation de brûlure que vous sentez : c'est la magie carmine, pas la fièvre. »

Ils me dévisagèrent, choqués, tandis qu'ils commençaient à intégrer l'horreur de mes propos. « Vous voulez dire, répondit enfin Maryn, que *Ginna* est carministe ? Et qu'elle va en mettre un deuxième au monde ?

— Je crois qu'c'est probable, oui. » La douleur s'apaisait enfin en moi pour revenir à un niveau plus supportable. Je baissai les yeux vers mes mains qui serraient toujours le dossier de la chaise. Quand je lâchai prise, mes doigts se mirent à trembler.

« Mais vous ne pouvez rien *faire* ? demanda l'épouse de Keothie.

— Je n'ai aucune expérience de la magie carmine. Je n'suis pas Clairvoyant, alors je n'peux même pas être certain de dire vrai. J'vous conseillerais d'en trouver un qui puisse vous confirmer c'que je dis. Pis d'ravaler vos préjugés contre la magie sylve et de faire venir un guérisseur sylve pour la soigner. Ils y parviendront ptêt', surtout si v'n'attendez pas trop.

— Des Clairvoyants ? Des sylves ? Mais nous sommes à Porth ! s'écria Keothie. Qui a ce genre de talents, ici ? Et quand bien même, comment pourrais-je me payer les services d'un guérisseur sylve ? »

Sa femme lui lança un regard débordant de mépris. Elle avait l'air de songer que Keothie ne manquait pas d'argent mais répugnait nettement à le dépenser.

« Ginna est une sylve porthienne, répondis-je. J'vous suggère de chercher des sylves pratiquants parmi les riches. Je crois qu'ils sont doués pour s'enrichir grâce à leurs talents. Pis s'ils refusent de guérir votre nièce, faites-leur remarquer que s'ils n'y font rien, y aura deux carministes de plus en liberté dans le monde.

— Mais ils risquent de la tuer ! protesta la femme. Vous savez ce que les sylves disent des carministes ?

— Oui, acquiesçai-je avant d'ajouter brusquement : Je sais c'que tout le monde dit des carministes. Mais la mort serait une fin plus douce pour Ginna que c'qui lui arrivera si on ne la guérit pas. Si je ne me trompe pas, vous d'vez obtenir l'aide des sylves, pis très vite. Plus vous attendrez, plus elle résistera à toute tentative de guérison. Ptêt' qu'il est déjà trop tard. Maintenant, veuillez m'excuser. J'dois m'en aller. » Je ne restai pas écouter jusqu'au bout leurs protestations et leur détresse ; je devais mettre la plus grande distance possible entre la magie carmine et moi, et vite. Je n'aurais jamais cru que mon odorat puisse me faire à ce point souffrir.

Une fois sorti de la chaumière, plié en deux et en proie à un atroce inconfort, je vomis dans le caniveau. Après quoi je pris plusieurs profondes inspirations et m'appuyai contre le mur ; il était couvert d'une plante rampante en fleurs et j'enfouis le visage parmi les bourgeons. Je percevais toujours la puanteur de la magie carmine, mais au moins n'était-elle pas aussi accablante qu'à l'intérieur. Derrière moi, la porte d'entrée s'ouvrit et Maryn sortit. « Syr ? demanda-t-elle, hésitante. Tout va bien ? »

Je hochai la tête en silence. Je devais avoir du pollen plein la figure et sentir le vomi.

« Vous avez l'air malade. »

Je désignai la maison d'un signe de tête. « C'est la magie carmine qui me fait ça, de toute évidence.

— C'est… si terrible que ça ? »

Je hochai de nouveau la tête. « Oui, je le crois bien. » Je ne savais peut-être pas encore ce qu'était la magie carmine, mais j'avais acquis une conviction cet après-midi-là : elle était fondamentalement mauvaise. Je m'écartai pour vomir de nouveau.

CR

Lettre du Chercheur (Première catégorie) S. iso Fabold, Département national d'exploration, Ministère fédéral du commerce, Kells, au Doyen M. iso Kipswon, Président de la Société nationale d'études scientifiques, anthropologiques et ethnographiques des peuples non-kellois.

En date du 24/2ᵉ Sombrelune/1793

Cher oncle,

*J'ai bien reçu votre lettre exprimant votre curiosité quant à l'archipel des Vigiles et au Syr-sylve Conseiller Duthrick. Vous avez raison, bien entendu : L'Axe était le centre politique des Glorieuses dans les années 1740 et le Conseil des Vigiles était au cœur de sa puissance. Il y avait apparemment à l'époque un adage qui disait : « Quand le vigilaire fronce les sourcils, les paysans de Fagne grimacent » (l'île de Fagne étant l'insulat le plus éloigné des îles Glorieuses).*

*Quoi qu'il en soit, pour satisfaire votre curiosité, j'ai demandé à Nathan de traduire une conversation* que j'ai eue avec Braise sur ce sujet, et que vous trouverez ci-joint. Il y est question de la politique de L'Axe ainsi que de ce qu'a fait Duthrick juste après les événements de la Pointe-de-Gorth. Bien entendu, ce que Braise rapporte là des activités de Duthrick au cours de cette période n'est qu'un récit de seconde main : elle se trouvait elle-même encore à Mekaté.

À compter de maintenant, vous trouverez les traductions de conversations avec Braise aussi bien qu'avec Gilfeather. Je me suis efforcé, dans la mesure du possible, de conserver l'ordre chronologique. J'espère que vous vous y retrouverez malgré tout sans trop de mal : j'ai précisé le nom du narrateur en haut de chaque passage.

Jusqu'ici, j'étais très impressionné par le bon sens de Gilfeather. J'appréciais son esprit scientifique, même si j'avais peu d'affinités avec lui à titre personnel. Malheureusement, le respect qu'il m'inspirait a fini par décroître. Il m'a semblé perdre son objectivité, mais j'y reviendrai sous peu.

L'accueil réservé à mon papier sur la médecine dans les îles Glorieuses m'a semblé des plus positifs, n'avez-vous pas trouvé ? À l'exception de cet étrange individu des États Souverains, qui semblait penser que les maladies étaient causées par des diablotins – trop petits pour que l'œil les distingue. Anyara, par la suite, a vigoureusement pris sa défense : sa tendance naturelle à défendre les opprimés, ou, dans ce cas précis, les étrangers, peut se révéler touchante ou exaspérante, selon les circonstances !

*Par ailleurs, j'estimais que la Convention annuelle de la Société n'était guère l'endroit où exprimer son opinion selon laquelle la croyance en la magie pouvait être assimilée à la croyance religieuse, même si elle ne l'a formulée qu'en présence de Nathan et de moi-même lors de la pause du dîner. Monseigneur Khoran l'aurait traînée de force à ses cours de « crise de la foi » s'il l'avait entendue s'exprimer ainsi. Je crains que mon adorable Anyara n'ait jamais le privilège de bénéficier d'une vision céleste, car seuls ceux dont la foi est sans faille sont amenés à contempler la transcendance de Dieu. Anyara exige toujours des preuves et, bien que sa foi ne faiblisse jamais, j'en suis persuadé, elle ne se contente jamais d'accepter les choses sur la seule base de sa foi.*

*J'admets que ce défaut me perturbe. Tante Rosris m'assure qu'Anyara s'en défera, mais j'en suis moins persuadé. Me voilà aux prises avec un dilemme qu'il me faudra résoudre avant que le* Fend-les-vagues *reparte de nouveau pour les Glorieuses...*

*Pardonnez-moi si je m'égare.*

*Bien à vous,*
*Votre obéissant neveu,*

*Shor iso Fabold*

# 13

## *Braise*

J'étais venue plusieurs fois dans le Sanctuaire du Capitole vigilien de L'Axe, grâce à Duthrick, afin de présenter mon rapport au Conseil sur des sujets divers et variés. Je n'appréciais pas franchement ces visites : ça m'obligeait à m'habiller comme un bouffon – Braise Sangmêlé en jupe, franchement, ça valait le coup d'œil – et à me conduire de mon mieux ; c'est-à-dire à me montrer docile et polie. Je ne jouais pas très bien ce rôle-là.

Malgré tout, c'était l'occasion de contempler de l'intérieur ce que beaucoup considéraient, à juste titre, comme le plus bel édifice jamais construit dans les îles Glorieuses. Le Capitole, loué pour ses innombrables tours et dômes, domine L'Axe depuis la plus haute colline de la ville. Vous l'avez déjà vu, bien entendu. Ce bâtiment est déjà impressionnant de l'extérieur ; à l'intérieur, il est à vous décrocher la mâchoire. Les murs du Sanctuaire, incrustés de feuilles d'or et de fili-grane d'argent, s'élèvent très haut jusqu'à un dôme qui semble flotter loin au-dessus de vous, à une hauteur inconcevable. Les panneaux de porcelaine aux motifs bleus et blancs, disposés si habilement que les séparations sont invisibles d'en bas, imitent un ciel d'été. On renforçait autrefois cette illusion en lâchant des oiseaux sous le dôme chaque fois qu'une réunion s'y tenait. Je crois que leur chant était censé inspirer les Conseillers vigiliens et les aider à promulguer des lois nobles et à rendre des jugements équitables. J'ai entendu dire aussi qu'afin d'éviter les chutes de fientes inconvenantes lors des réunions et de garantir la longévité et l'expressivité de leur chant, on affamait les oiseaux une journée entière avant de les lâcher dans la chambre.

J'avoue avoir été sidérée la première fois que j'y suis entrée – je devais constamment arracher mon regard du plafond pour répondre aux questions ! L'un des Conseillers rit de ma naïveté et murmura à son voisin que c'était ce qui se passait quand on laissait de la racaille issue du caniveau souiller le Sanctuaire du Conseil. Je n'avais alors que seize ans et, si j'avais eu mon épée à portée de main, je lui aurais peut-être fait regretter son mépris. Heureusement pour nous deux, les armes n'étaient pas autorisées à l'intérieur du Capitole.

Les sièges matelassés du Sanctuaire étaient disposés en gradins semi-circulaires dominant la salle de réunion centrale. Lors des réunions plénières du Conseil, en présence de scribes, de secrétaires et de Clairvoyants (afin de s'assurer que personne ne recoure illégalement à la magie), le Sanctuaire pouvait contenir près de huit cents personnes. Lors des assemblées auxquelles n'assistait que le Conseil Intérieur sous la direction du vigilaire, on ne se servait que de la table centrale. Afin de garantir l'intimité de ces moments-là, quatre égidaires du Conseil se plaçaient autour de la table et dressaient des égides afin que personne ne puisse espionner les conversations. La table était un meuble massif taillé dans une unique bûche de kelmari importée des forêts d'Aban, l'une des îles de Béthanie. (Un cadeau du fortenaire béthanien au début du siècle ; il cherchait alors à garantir à son pays un statut commercial préférentiel. Il obtint le statut convoité mais n'en profita guère ; le Conseil des Vigiles courtisa bientôt d'autres pays en leur faisant des promesses similaires. Entre parenthèses, toutes les forêts d'Aban ont désormais disparu, vendues à l'archipel des Vigiles pour satisfaire leur amour des meubles robustes.)

Curieusement, ce n'est en fin de compte ni le plafond, ni la grossièreté de la remarque, ni la table massive que je me rappelle le mieux aujourd'hui. Ce sont les oiseaux, leur chant magnifique et ininterrompu, et la futilité avec laquelle ils s'obstinaient à voleter contre cette illusion de ciel peint.


Mais nous parlons de 1742, époque à laquelle le vigilaire était un homme du nom d'Emmerlynd Bartbarick. Il était déjà vieux et s'accrochait au pouvoir depuis près de vingt ans. Il était peu séduisant, dans une culture qui imposait pratiquement la beauté physique comme prérequis pour obtenir un poste élevé. Bien entendu, la plupart atteignaient cette apparence de perfection grâce aux illusions sylves ;

Bartbarick, plus excentrique, méprisait ce qu'il considérait comme un usage, ou gaspillage éhonté, de la magie sylve, et dévoilait donc à la vue de tous ses mâchoires massives et ses joues creuses. Il possédait un esprit vif, des talents d'administrateur, un sens aigu de la finance et une grande sagacité commerciale, ce qui explique son élection par ses pairs en dépit de sa mâchoire. Il conserva son influence à mesure que l'archipel des Vigiles étendait sa domination commerciale dans l'ensemble des Glorieuses et devint lui-même le marchand le plus riche qui ait jamais possédé une flotte de navires vigiliens.

Sa fortune personnelle était légendaire, tout comme sa vie de famille. Il avait épousé la fille d'un autre sylve, une demoiselle d'à peine seize ans, et engendré rapidement quatorze filles à la suite. Chacune d'entre elles avait hérité de sa mâchoire disgracieuse, et chacune la déguisait au moyen d'illusions.

Son quinzième enfant fut Fotherly Bartbarick, un garçon destiné à grandir dans un foyer majoritairement féminin, gâté par une mère qui l'adorait et par ses sœurs nombreuses. Plus tard, ses contemporains ne tarirent pas d'histoires au sujet de sa propension à soudoyer les autres pour obtenir des faveurs, et à employer son argent pour mener la vie dure à ceux qui contrecarraient ses projets. Ceux qui le connaissaient mal le trouvaient souvent veule, efféminé et d'une bêtise équivalente. En fait, on le surnommait souvent Foth-les-fanfreluches. Il fit regretter à beaucoup de l'avoir qualifié ainsi, car c'était un intrigant sans scrupules ni pitié pour ceux qui s'opposaient à lui. Son autre surnom, Bart le Barbare, lui convenait bien mieux. À l'époque où j'entrai au Capitole pour la première fois, il était déjà membre du Conseil Intérieur, ce qu'il devait davantage, disaient certains, aux encouragements financiers qu'il avait offerts aux autres membres du Conseil qu'au parrainage de son père.

En 1742, il devenait urgent que son père Emmerlynd, le vigilaire, soit remplacé par un homme plus jeune. Ses beaux jours étaient derrière lui ; il marchait en traînant les pieds, bavait en mangeant et perdait parfois le fil des conversations. Le nom de Fotherly était sur toutes les lèvres, mais il aurait fait un piètre candidat ; il n'était pas assez intelligent pour maintenir la puissance militaire et la prospérité de l'archipel des Vigiles. Certains membres du Conseil le comprenaient bien. Avant mon départ pour Cirkase, et de là pour la Pointe-de-Gorth et Mékaté, des factions d'importance croissante pressaient Duthrick de se présenter à la prochaine élection. Malgré mes sentiments ambivalents pour le bonhomme, je devais reconnaître qu'il aurait fait un meilleur candidat que Fotherly.

Duthrick, toutefois, n'appartenait pas au Conseil Intérieur, bien qu'il nourrisse l'ambition très nette de le rejoindre. Il portait le titre de Conseiller exécutif, ou « actif » ; c'est-à-dire quelqu'un à qui l'on confiait des missions depuis l'ensemble des Glorieuses. Ce qui ne signifiait pas pour autant qu'il devait les accomplir en personne, simplement s'assurer que d'autres s'en chargent. Il possédait des agents officieux comme moi pour la plupart des tâches, sans parler de son propre personnel, de son propre navire et d'un budget quasi illimité, qui lui garantissaient influence et pouvoir. C'était un homme séduisant et terre à terre au charisme et à l'intelligence considérables, ce qui lui valait le soutien d'un certain nombre de Conseillers. Bien entendu, il était également sans pitié et exerçait son pouvoir avec arrogance, autant de traits qui lui avaient valu tout autant d'ennemis. Lesquels n'étaient que trop disposés à le mettre en lambeaux quand il se présenterait devant le Conseil Intérieur pour rapporter qu'il n'avait pas trouvé la castenelle, et que le maître-carme avait échappé au bombardement de Creed…

Lorsqu'il atteignit le Capitole, Fotherly et son père avaient été informés de la situation. Duthrick avait apparemment passé un moment éprouvant, debout devant cette table de kelmari, au cours duquel on l'avait accusé d'incompétence pour avoir laissé la castenelle lui filer entre les doigts ; questionné quant à son emploi extravagant de poudre de canon, dont les réserves s'épuisaient à présent car le bastionnaire de Breth refusait désormais de leur vendre du salpêtre ; accusé d'employer des femmes stupides (moi) au lieu d'hommes de main sylves ; réprimandé pour sa dépendance vis-à-vis de Clairvoyants d'origine douteuse (toujours moi) ; et sévèrement morigéné pour la mort accidentelle d'un patriarche fidéen (Alain Jentel), tué lors du bombardement de Creed, pas moins. Visiblement, le Conseil fidéen n'avait guère tardé à s'en plaindre au Conseil des Vigiles.

Duthrick émergea du Sanctuaire quelque trois heures plus tard, blanc de rage. Il avait ensuite rendez-vous avec le Syr-sylve Arnado, mon mentor, censé lui faire un rapport sur une autre mission. Au lieu de quoi ce pauvre Arnado se retrouva face à un homme bouillonnant d'une colère ardente. Pris de court, Arnado ne put qu'écouter Duthrick faire les cent pas dans son bureau, déversant ses griefs contre Tor Ryder et moi-même en un flot venimeux.

Arnado en fut assez alarmé pour m'écrire le lendemain afin de me rapporter ce qui s'était passé et de m'inciter à la prudence. *J'ai rarement vu un homme éprouver une haine aussi intense que celle que vous lui inspirez*, écrivait-il. *Braise, mon amie, soyez extrêmement prudente. Il fera son possible pour vous nuire s'il recroise jamais votre route, et il est en train de prendre des mesures pour s'assurer que la chose se produise. Il a publié un décret, adressé à tous les sylves sous le commandement du Conseil, ordonnant votre arrestation immédiate quel que soit l'endroit où ils vous retrouvent. C'est exact : croyez-le ou non, mais il affirme que l'archipel des Vigiles est en droit d'arrêter quelqu'un sur un autre insulat et de le ramener ici. Voilà qui m'évoque plutôt un enlèvement, mais Duthrick semble croire à la raison du plus fort. Par ailleurs, il a promis une belle récompense à qui vous retrouvera, vous ou la castenelle. Braise, vous avez anéanti l'orgueil d'un homme à la fierté exacerbée : il ne l'oubliera pas. Prenez garde.*

*Ah oui, et il semble qu'il se soit pris d'une antipathie exagérée pour ce fidéen nommé Tor Ryder, qui vient de rejoindre le Conseil des patriarches. Duthrick a demandé à l'un de nos collègues de salir sa réputation. Je crois qu'il compte souiller son nom auprès des fidéens, s'il y parvient ; j'ai déduit des propos que Duthrick a laissé échapper dans sa colère que vous êtes également impliquée dans cette histoire. Vous n'avez pas chômé, mon amie...*

Malheureusement, la seule adresse dont disposait Arnado était celle de mon logement de L'Axe. Jugeant inutile de l'y faire livrer, il l'envoya donc à la seule personne de sa connaissance susceptible de savoir où je me trouvais : il l'adressa aux fidéens de l'île de Tenkor, à l'attention du patriarche Tor Ryder. Lorsqu'elle arriva, Tor ne s'y trouvait plus.

Aurait-elle changé quoi que ce soit, cette lettre d'avertissement provenant d'un homme inquiet qui m'avait naguère pris sous son aile et m'avait enseigné tout ce qu'il savait, si je l'avais reçue un peu plus tôt ?

C'est peu probable. Mais ce sont ces petits détails – un avertissement retardé, une rencontre manquée, un message mal compris – qui déterminent le cours des événements et façonnent les existences ; la plupart du temps, nous ne sommes même pas conscients de leur importance. Parfois, il faut accepter de ne pas maîtriser son propre voyage.


Sans doute le savon que reçut Duthrick de la part du Conseil Intérieur renforça-t-il sa résolution de devenir vigilaire. Il haïssait se faire ainsi humilier, et comment mieux l'éviter qu'en devenant le prédateur qui trône au sommet du récif ? Avec une obstination confinant à l'obsession, il entreprit de devenir le dirigeant de l'archipel des Vigiles.

La plupart des gens auraient commencé par les autres membres élus du Conseil. C'étaient eux, après tout, qui votaient chaque année pour décider qui les dirigerait. Mais Duthrick était plus subtil. Il commença par les gens influents. Les marchands de L'Axe, qui savaient que la prospérité découlait de la sécurité. Les grandes familles sylves, que terrifiait l'idée d'un maître-carme en liberté, susceptible de corrompre leurs proches.

Duthrick leur rendit visite à tous, laissant derrière lui une piste de rumeurs comme un poney de mer abandonne une trace gluante. Si le maître-carme s'était échappé, disait-il, c'était parce que le vigilaire n'avait pas anticipé le danger. Il n'avait pas donné assez de ressources à Duthrick pour qu'il fasse correctement son travail. Le Conseiller avait obtenu un grand succès, mais n'avait pu achever la tâche. C'était un miracle qu'il ait réussi à anéantir une immense enclave carministe rien qu'avec deux navires ; le plus étonnant dans l'affaire, c'était qu'il en ait déjà accompli autant. Il avait vu ses projets contrariés par ses subalternes et avait même dû faire appel à de perfides sang-mêlé, car il ne pouvait s'offrir les services d'agents dignes de confiance. Malgré tout, il avait retrouvé la castenelle de Cirkase, mais seulement pour se la faire arracher par la trahison de ladite sang-mêlé.

Le vigilaire était vieux, murmurait-il à ses amis de confiance. Il bave, avez-vous remarqué ? Son esprit vagabonde. Avez-vous vu comment il s'est trompé de nom en s'adressant au Syr-sylve Hathic à la réunion de la semaine dernière ? Il l'a appelé Hammerling, alors que le Conseiller Hammerling est mort depuis six ans ! Il nous faut un nouveau dirigeant. Quelqu'un de dynamique et d'ambitieux, qui ait de grands projets pour l'archipel des Vigiles. Qui ne craigne pas d'utiliser la puissance vigilienne. Ni de recourir au feu des canons pour montrer aux îles notre justice. Allons-nous laisser le bastionnaire de Breth nous faire chanter comme si nous étions aussi faibles et pitoyables que les Spattéens ? Allons-nous les laisser nous dicter ce que nous pouvons acheter ou non ? Fermer les yeux tandis qu'une nouvelle enclave carministe est en train de grandir quelque part ? Nous sommes l'insulat le plus puissant que ce monde ait connu ! Nous devons trouver un dirigeant à la mesure de notre force. Un homme qui comprenne les besoins commerciaux d'un grand peuple…

Comme je vous le disais, c'est un homme d'un charisme et d'un charme considérables.

On commençait à murmurer qu'il était également courageux et prévoyant.

Une nuit, après un combat de coqs public dans les quartiers pauvres de L'Axe, une émeute éclata spontanément contre les sang-mêlé. Deux citoyens auxquels la rumeur attribuait à tort du sang mêlé furent tué ; une rangée de magasins fut dévastée par un incendie et un mendiant sang-mêlé fut massacré dans son sommeil.

Et le nom de Braise Sangmêlé devint anathème pour tous les citoyens patriotes de l'archipel des Vigiles.

Pendant ce temps, je me trouvais sur Porth, ignorant totalement quel genre d'enfer Duthrick me préparait pour l'avenir.

# 14

## *Kelwyn*

Avant Ginna, je justifiais mon refus de m'impliquer davantage dans les affaires de Braise et Flamme en affirmant qu'elles ne me concernaient pas, que Morthred ne m'avait rien fait, que la magie carmine n'était peut-être pas aussi maléfique qu'elles le prétendaient, qu'elles croyaient des choses qui n'étaient manifestement pas vraies, comme le fait que l'archipel des Dustels ait sombré sous les vagues à cause des sortilèges de Morthred… Après Ginna, plus jamais je ne ferais preuve d'un pareil détachement au sujet de la magie carmine. Je ne la croyais toujours pas d'origine surnaturelle, mais je ne pourrais plus jamais penser, avec une telle insouciance, qu'elle ne me concernait pas.

Vous comprenez, la maladie avait toujours à mes narines une odeur infecte, voire anormale, mais je n'en avais jamais sentie auparavant qui soit *maléfique*. Et ce qui avait infecté Ginna, quelle qu'en soit la nature, l'était bel et bien. J'avais perçu une bouffée de cette même abjection chez Flamme, mais assez faiblement pour me demander si je ne l'avais pas imaginée. À présent, je savais. Si c'était ça la magie carmine, alors je voulais la rayer de la surface du monde.

Si j'avais vu Ginna avant le départ de Braise et Flamme, les choses se seraient peut-être passées différemment, mais elles étaient parties pour l'Étang Flottant dix jours plus tôt. Il était désormais trop tard ; je ne parviendrais jamais plus à les rattraper.

Je m'attardai donc à Amkabraig, où je passai mon temps à lire en attendant le coffre de Garrowyn.

Je fus frappé de constater à quel point les histoires, de manière générale, étaient cohérentes entre elles au sujet des origines de la magie. Toutes s'accordaient à dire que les gens venus de très loin qui avaient rejoint les îles afin d'échapper aux Kelves n'étaient pas doués de magie. Elle leur avait été transmise après leur arrivée, du moins à certains d'entre eux. Autre détail intrigant, tous les textes affirmaient que la magie carmine était née d'un mauvais usage de la sylve. Les détails différaient – les récits ne concordaient même pas quant à l'identité de ceux qui avaient fait don de la magie –, mais ces quelques points demeuraient toujours identiques.

Le plus intrigant, c'étaient les aspects médicaux de la magie sylve et carmine. Je parcourus les papiers rassemblés par Garrowyn – il semblait avoir trouvé quelque chose dans chaque insulat – et les comparai aux manuscrits qu'il avait obtenus des guérisseurs sylves. Une lecture fascinante qui couvrait plusieurs siècles d'études : un mélange de mythologie, de superstition, d'hypothèses et de science. La difficulté consistait à distinguer les faits avérés des fables. Là encore, ils s'accordaient sur certains points : quand on devenait carministe, on le restait à vie ; la magie sylve se transmettait généralement des parents aux enfants ; la magie carmine était la plus virulente. Les carministes des deux sexes donnaient toujours naissance à des enfants carministes, mais n'enfantaient visiblement que quand la femme était carministe ou sylve. Dans le cas d'une liaison avec une femme ordinaire, aucun enfant n'était jamais conçu, mais cela dit, à en croire ces textes, c'était peut-être parce que les femmes ordinaires survivaient rarement à des rapports sexuels avec un carministe.

Quand les sylves s'accouplaient avec des gens ordinaires, il n'y avait aucune certitude absolue que l'enfant soit sylve, même si ça se produisait neuf fois sur dix. En revanche, la Clairvoyance semblait bien plus aléatoire, bien qu'elle semble héréditaire, et souvent plus répandue dans certaines zones que dans d'autres. Toutefois, il ne semblait pas exister de règles strictes : des enfants Clairvoyants pouvaient naître de familles non-Clairvoyantes sur n'importe laquelle des îles.

Deux semaines environ après le départ de Braise et des autres, je découvris un papier intéressant sur les carministes, intitulé *Traité comparatif : étude de quatre cas de carministes comparés à des sylves authentiques.* Rédigé par un médecin non-sylve de Port-Quiller une centaine d'années plus tôt, il expliquait que les carministes étaient capables d'accomplir les mêmes choses que les sylves, mais parfois pas aussi bien. Les illusions des carministes, par exemple, n'égalaient jamais en ampleur celles dont les sylves étaient capables. Ils pouvaient se déguiser grâce à elles, mais guère plus. Toutefois, les carministes pouvaient faire appel à une magie destructrice, ce qui dépassait les pouvoirs des sylves. Ils pouvaient tuer au moyen de plaies carmines. Et ils pouvaient également pratiquer des sorts coercitifs, qui semblaient être une capacité à exercer son pouvoir sur d'autres. Le médecin quillé-rien semblait n'avoir pas grand-chose à dire sur les maîtres-carmes, ni personne d'autre d'ailleurs, si ce n'est qu'ils devaient leur nom à leur puissance nette-ment supérieure à celle des carministes ordinaires.

Avec un soupir, je laissai le traité s'enrouler sur la table d'Anistie. Je m'appuyai au dossier de ma chaise et ce fut alors qu'Anistie revint du jardin. Elle avait encore les mains sales d'avoir jardiné et apportait des orchidées pour la table. « C'est incroyable ce qu'il fait chaud dehors, dit-elle en posant les fleurs devant moi.

— Désolé, répondis-je, je monopolise la table…

— Ah, c'est chouette d'avoir de la compagnie, répliqua-t-elle. Comment avancent tes recherches ? »

Je soupirai de nouveau. « Pas très bien. J'espérais trouver quelque chose qui explique comment aider mon amie Flamme. Comment la guérir du résidu de son infection par la magie carmine, mais je n'trouve pas grand-chose sur le sujet. Tout ça n'parle que de sorts curatifs sylves, mais plusieurs des meilleurs gué-

rentre à l'auberge faire tes bagages et pars à leur poursuite, le long du Cours de Kilgair. Les amis sont tout
ce que tu possèdes. Et tu dois pouvoir vivre avec ta
conscience. »

Je sentis un grand froid m'envahir. Elle avait raison.
Si je me désintéressais de toute cette histoire de magie
carmine, j'aurais un sujet de plus sur lequel culpabi-
liser. Quel idiot j'avais fait, absorbé par une question
morale au point d'en ignorer d'autres, tout aussi
essentielles.

Je me levai et l'embrassai sur la joue. « Merci,
Anistie. Garrowyn avait raison. Il m'avait dit que tu
étais quelqu'un de sage. Au fait… et son coffre ?

— Il t'attendra à ton retour. »

Si je doutais encore d'avoir pris la bonne décision,
toute hésitation s'envola sur le chemin de l'auberge.
Pour la première fois depuis des semaines, je me sentais en paix avec moi-même.

## 15

### *Kelwyn*

Planté devant le Cours de Kilgair, je songeai que j'avais dû perdre tout le bon sens que j'avais jamais possédé. Étais-je vraiment si pressé d'atteindre l'Étang Flottant ?

« Huit setus », dit le jeune homme.

J'hésitai.

Je me tenais au bord d'un étang. Il était alimenté par l'eau qui jaillissait de la paroi rocheuse. C'était comme si le fleuve commençait sa vie en échappant à la captivité, hurlant sa rage dans une gerbe de gouttelettes et d'écume blanche. Dans l'étang, il hésitait un moment, partiellement calmé mais toujours agité, avant de devenir le Cours de Kilgair qui serpentait entre les rochers, pressé de commencer son voyage.

J'avais passé trois jours à gravir le Massif de Kilgair le long d'un chemin de terre en compagnie d'autres voyageurs, commerçants pour la plupart, simplement pour arriver ici.

« *Huit* setus ? » répétai-je avec une colère non feinte. Anistie m'avait prévenu que cette façon d'atteindre ses enfants voir leurs grands-parents sur l'Étang Flottant. Elle avait apparemment épousé un homme d'Amkabraig et n'était pas rentrée depuis six ans. L'idée d'embarquer ses deux enfants dans ce voyage à dresser les cheveux, sur un fleuve parsemé de rapides, semblait la laisser de marbre.

L'autre passager était le prêtre. Lui aussi était en route pour l'Étang, qui devait sans doute faire partie de sa paroisse. Juste avant de monter à bord, il ôta son pendentif de corail, symbole de la prêtrise fidéenne, et retira sa robe noire pour dévoiler des habits de voyage ordinaires. Ce qui m'intrigua : s'attendait-il à se faire jeter à l'eau et pensait-il qu'une robe n'était pas la tenue la plus pratique pour nager ? Je commençais à douter de plus en plus du bien-fondé de ce voyage. Il me salua poliment d'un signe de tête et on échangea quelques remarques inoffensives sur le temps.

Le voyage fut tout aussi horrible que je l'attendais. Lorsqu'on eut franchi les limites de l'étang, le courant entraîna le radeau qui acquit une vitesse effrayante, rasant parfois l'eau avec la légèreté d'une hirondelle fendant les airs, nous faufilant parfois entre des rochers et franchissant des cascades avec l'imprudence d'une merganette des torrents. Jakan se tenait penché à l'avant du radeau, muni d'une perche dont il se servait pour nous écarter des rochers ; de temps à autre, il s'agenouillait et pagayait avec une furieuse énergie pour nous éloigner des tourbillons qui se formaient à la base des chutes. Quelques minutes après le départ, on se retrouva trempés par les gouttelettes et on le resta jusqu'à la fin du voyage.

Je m'accrochais aux cordes comme si ma vie en dépendait, ce qui était peut-être le cas, mais j'étais stupéfait par Stelass et l'aîné de ses enfants. Assis au milieu du radeau, ils gardaient les pieds accrochés aux boucles de cordes comme Jakan les en avait instruits, mais ils ne s'accrochaient fermement que quand Jakan ou son frère Mackie le leur commandaient, c'est-à-dire aux moments les plus dangereux. Le reste du temps, ils restaient calmes et immobiles, tournant le dos à l'avant du radeau, et semblaient inconscients de ce qui les entourait. Comme s'ils se trouvaient dans leur cuisine à discuter des événements d'une journée normale et paisible. Même quand le radeau rebondissait sur l'eau démontée ou qu'ils devaient se pencher pour compenser le mouvement, ils le faisaient avec un sang-froid qui semblait imprudent, dans le meilleur des cas. Mackie créait une illusion, je le percevais à l'odeur, mais il semblait incroyable qu'on puisse se laisser bercer jusqu'à devenir aussi dociles que l'étaient visiblement Stelass et son fils. Je me tournai vers le prêtre. Bien qu'il conserve son calme, la façon dont il regardait l'eau le trahissait : il voyait ce qui se passait, tout comme moi. Clairvoyant, supposai-je, bien qu'il n'y ait rien dans son odeur qui m'en informe, pas plus qu'avec Braise.

En milieu de matinée, atteignant un village au milieu du fleuve, on fit une brève escale pour nous dégourdir les jambes et permettre aux deux frères de faire une pause ; à midi, on s'arrêta de nouveau, cette fois pour le déjeuner, préparé par les femmes d'un autre village. Je saisis alors l'occasion pour demander au prêtre ce que voyaient cette femme et son fils qui les rendait si calmes.

Il me lança un regard étrange. « Ils voient un fleuve calme, qui circule tranquillement entre les rives. Sans rochers, ni cascades.

— C'est insensé, répondis-je. Ils ne r'sentent donc pas les secousses ? Ils n'sont pas aspergés par les gouttes ?

— L'illusion est puissante entre les mains de sylves expérimentés.

— Dans c'cas, je suis content d'y être immunisé. »

Son regard se fit perçant. « Un terme intéressant.

— Je suis méd'cin. » Je devais paraître aussi grincheux qu'un ivrogne le matin ; je m'en faisais plus ou moins l'effet.

« Vous êtes Clairvoyant ?

— Nan, juste immunisé. Je n'vois rien. »

Ce fut alors qu'on nous rappela au radeau et je n'eus plus l'occasion de lui reparler avant qu'on s'arrête pour la nuit. Le dîner qu'on nous servit, comme le déjeuner, se composait essentiellement de viande tuée par les villageois et de poissons du fleuve. Je ne pus me résoudre à en manger, mais j'avais heureusement dans mes bagages des restes de fromage, un sachet de bananes sèches et de fines tranches de patates douces frites que j'avais achetés à Amkabraig. Associés aux feuilles de fougères frites fournies par les villageois, ça formait un repas tout à fait correct.

Plus tard, alors que je m'apprêtais à me coucher dans la cabane qu'on nous avait attribuée, le prêtre nous fit signe de sortir. De toute évidence, il était allé voir ses paroissiens, car il me demanda : « Vous m'avez dit être médecin ? Il y a ici un enfant qui a besoin d'aide. Il souffre d'une vilaine maladie de peau. »

Vilaine, c'était un euphémisme. Le pauvre garçon en était couvert et elle lui causait d'atroces démangeaisons, qui ne faisaient bien sûr qu'empirer quand il se grattait. Elle ne ressemblait à rien que j'aie déjà vu, mais je savais les enfants des régions tropicales de Mekaté sujets à ce type de maladies, surtout d'origine fongique. Malheureusement, je n'avais emporté aucune des herbes adéquates. Je m'entretins longuement avec les parents du garçon, leur expliquai quelles plantes chercher et comment préparer l'onguent et l'appliquer. Ils semblèrent m'écouter très attentivement, ce qui me donna bon espoir quant à sa guérison.

Alors que nous quittions leur cabane, le prêtre me remercia et ajouta : « Les villageois de ces régions reculées du monde ne voient jamais de guérisseurs sylves expérimentés. Cela dit, ils n'accepteraient sans doute pas de sorts curatifs, de toute façon. Ils sont conservateurs vis-à-vis de leur croyance fidéenne, et croient que la magie est un péché. Nos jeunes guides gagnent quelques setus de plus grâce aux dons sylves de Mackie, mais je parierais qu'ils n'en parlent pas aux autres villageois. Ces villages isolés ne possèdent pas non plus de médecins ordinaires… une grande tragédie. » Son inquiétude me toucha : il se souciait réellement de ces gens, comme s'il s'agissait de sa propre famille.

« Vous n'pouvez pas prendre toute la douleur du monde sur vos épaules », répondis-je, et je me serais giflé mentalement. Ce n'étaient pas mes affaires. Quand apprendrais-je à me comporter correctement parmi des gens dont les émotions se diffusaient aussi ouvertement tout autour d'eux ?

Cette remarque m'attira un nouveau coup d'œil étrange. « Marchons jusqu'au fleuve, suggéra-t-il. J'aimerais vous parler de votre "immunité"… »

Je ne voyais aucune raison de refuser ; il paraissait très sympathique et son arôme était inoffensif. Je lui expliquai donc que je ne voyais pas la magie sylve, ni sa couleur, ni ses illusions, bien que j'en perçoive l'odeur. Mais je n'entrai pas dans les détails concernant les capacités olfactives des gens des Prairies.

« Et vous soupçonnez que les Célestiens sont tous semblables sur ce point ? » demanda-t-il alors qu'on atteignait le fleuve et s'asseyait côte à côte sur l'appontement.

Flatté par son intérêt sincère, je continuai à exposer mes théories. « Oui, bien que je n'puisse pas le prouver. Je crois qu'nous possédons une immunité à une maladie, qui s'manifeste par une incapacité à voir le bleu argenté sylve, quoi qu'ça puisse bien être, ainsi que les illusions. J'imagine que je n'réagirais pas non plus aux sorts curatifs sylves, et que je traverserais des égides sylves sans même savoir qu'elles sont là. Comme vous autres, les Clairvoyants. »

Il ne nia pas posséder la Clairvoyance, mais parut surpris. « Une maladie ? Vous croyez que la magie sylve est une *maladie* ?

— Oui. »

Il s'efforça de ne pas rire. Il était poli, ce prêtre.
« Les sylves vigiliens adoreraient entendre ça, répondit-il en souriant. Et la magie carmine ? Une maladie, là encore ?

— Sans doute.

— Vous en avez la moindre preuve ? Si c'est une maladie, alors comment se transmet-elle ? Et pourquoi est-ce que tout le monde ne la contracte pas ?

— D'après c'que m'a décrit une Clairvoyante qu'a un jour assisté à l'accouchement d'une femme sylve, il semblerait que le bébé reçoive la magie sylve par le placenta de sa mère. Mais c'est franchement difficile à prouver.

— Une théorie intéressante. Si c'est une maladie, alors on peut la guérir, non ? »

J'éclatai de rire. « Toutes les maladies n'peuvent pas être guéries, v'savez. Même par les sylves. Enfin, pas encore. 'Videmment, je n'suis pas convaincu que les sorts curatifs sylves existent. C'qui m'intrigue, c'est la couleur que perçoivent les Clairvoyants… De quoi peut-il s'agir ? Une sorte de sécrétion de la peau ? Pis pourquoi les autres ne la voient pas ? »

Il me dévisageait, mi-intrigué, mi-stupéfait, comme s'il me croyait fou. « Et la magie carmine ? demanda-t-il. Qu'en pensez-vous ?

— J'soupçonne que c'est une seule et même chose.

— Pardon ?

— La magie sylve pis la carmine. La même chose. C'est la description de l'accouchement de cette sylve qui m'a lancé sur cette piste. D'après la Clairvoyante, la magie sylve était tellement concentrée dans le placenta que sa couleur était presque carmine…

— Maintenant, je *sais* que vous ne parlez pas sérieusement.

— Ah, mais si. Je soupçonne la magie carmine de n'être qu'une forme plus grave de la même maladie. Et la Clairvoyance, une forme moins extrême de l'immunité que j'possède. »

Je l'avais ébranlé. L'arôme puissant du choc s'échappait de lui. Il resta un long moment silencieux.

« Ça permettrait entre autres d'expliquer la corruption, poursuivis-je. Pour autant que je sache, ça n'peut arriver qu'aux sylves, pas aux Clairvoyants, ni aux gens ordinaires. » Comme il ne répondait rien, j'entrepris de lui expliquer : « La corruption, c'est quand…

— Je sais de quoi il s'agit, me coupa-t-il brusquement. Ce qui m'intéresse, c'est plutôt d'apprendre ce que vous en savez, vous.

— Un maître-carme capable de corrompre lui-même un sylve doit être particulièrement malade, je crois. Il le contamine à l'aide de sa propre souche de la maladie – il infecte son sang d'une manière ou d'une autre. La maladie s'aggrave et on obtient alors un carministe. » Je m'interrompis, conscient qu'il prenait mentalement ses distances. « V'n'en croyez pas un traître mot.

— Je suis prêtre, répondit-il lentement. Et j'ai vu beaucoup de magie au fil des ans. Bonne et mauvaise. J'ai tué des carministes en croyant bien agir, en croyant que c'était le seul moyen de combattre un grand danger qui n'aurait jamais dû apparaître dans ce monde. Maintenant, vous m'affirmez que les carministes doivent peut-être leur nature à une maladie. Que ce n'est pas leur faute ; qu'un jour, on pourrait même les guérir. C'est une idée… déconcertante pour un fidéen. » Il se tourna vers moi pour m'inspecter. Je ne voyais pas son expression, mais je sentais l'odeur de sa détresse. « Je ne suis pas un homme de science. J'aborde généralement les problèmes sous un angle spirituel, et je cherche de préférence des solutions spirituelles, bien que je sois assez pragmatique pour en chercher d'autres si je ne les trouve pas là. Dieu, après tout, nous a donné un cerveau pour que nous nous en servions.

» Je crois que vous m'avez fourni matière à réflexion, Célestien. Demain, il faudra que vous m'expliquiez comment vous en avez appris autant sur la corruption. Pour l'heure, je pense avoir eu assez de surprises. Je vais aller me coucher. »

Je regardai se lever cet homme grand et sombre, aux larges épaules et à l'oreille tatouée du symbole des Nébuleuses.

C'était une description qu'on m'avait déjà faite. « Oh, Création, m'écriai-je en me levant, sous l'effet du choc. V'n'êtes pas un prêtre de Porth ! »

Il se tourna vers moi, perplexe. « Ai-je prétendu le contraire ?

— V'z'êtes Tor Ryder, non ? »

Il se figea. « Par les mers des Glorieuses, comment pouvez-vous bien le savoir ? demanda-t-il d'une voix douce.

— Elle… elle vous décrivait… c'est juste que je n'm'attendais pas à vous voir ici. Elle m'a dit que v'z'alliez aux Spatts…

— Braise, dit-il plus doucement encore. Vous connaissez Braise ? » Il s'échappa de lui une vague de douleur si intense qu'elle me coupa le souffle, alors même que sa voix restait ferme et calme. « Est-ce qu'elle va bien ?

— Je… La dernière fois que je l'ai vue, oui. Y a quelques s'maines. À Amkabraig. » Bave de selve, il est *amoureux* d'elle. Braise et un *prêtre* ? C'était *lui*, l'homme auquel elle pensait quand elle disait aimer quelqu'un ?

« Elle s'y trouve toujours ? »

Je secouai la tête. Sans bien comprendre pourquoi, je devais lutter pour trouver mes mots. « Nan. Avec Flamme et Ruarth, ils sont partis pour l'Étang Flottant. »

Il hocha la tête comme s'il s'y était attendu, mais se réjouissait que je lui en donne confirmation. « Demain… Demain, vous pourrez me dire qui vous êtes, au juste. Mais pas maintenant. Pas maintenant… »

Il s'éloigna en direction des cabanes, déversant inconsciemment sa douleur dans son sillage.

# 16

## *Braise*

Alors, c'est encore à moi de raconter mon histoire ? J'espère au moins que vous y croyez, comme j'ai entendu dire que vous ne croyez pas toujours aux récits de Kelwyn.

Allons, Syr-ethnographe, ne clamez pas votre innocence ! Quand le scepticisme vous envahit, les narines de Kelwyn le lui apprennent. C'est agaçant, hein ? On ne peut pas lui mentir, jamais. J'en sais quelque chose, j'ai déjà essayé, mais ce crétin au nez qui frétille voit toujours clair en moi.

Par quoi voulez-vous que je commence ? Par le voyage d'Amkabraig à l'Étang Flottant – ah oui, c'était désagréable, ce n'est rien de le dire. J'ai regretté plus d'une fois qu'on n'ait pas pris le chemin le moins long par le Cours de Kilgair, mais je m'étais renseignée en ville et le coût dépassait de loin les gains de nos tricheries aux cartes.

Si le voyage se révéla si déplaisant, ce n'était pas parce que le trajet paraissait long (ce qui était exact), ni parce qu'il pleuvait beaucoup (même si c'était le cas), ni parce qu'on se lassait de la chaleur et de l'humidité (qui nous accablaient effectivement) ; c'était à cause du comportement de Flamme et de notre conviction croissante, à Ruarth et à moi, que quelque chose ne tournait vraiment pas rond chez elle. Le repos que nous avions pris à Amkabraig lui avait rendu une grande partie de sa force physique ; le problème n'était plus là. Il semblait davantage résider dans sa tête. Elle avait des sautes d'humeur. Elle pouvait alterner entre son ancienne personnalité et une autre, franchement ignoble. Par moments, elle semblait d'une jalousie insensée, houspillant Ruarth ou nous deux dans un langage qui dépassait la simple grossièreté ; d'une dérangeante absence de logique et d'une effrayante violence.

*Quel est le problème, à ton avis ?* me demandait Ruarth plusieurs fois par jour.

« Quelque chose qui est lié à la corruption par magie carmine, marmonnais-je. Ce n'est qu'un effet persistant qui finira par disparaître… » L'espoir a la vie dure.

*Ça empire au lieu de s'atténuer*, me fit-il remarquer. Il ne mentionna pas le fait que Fouineur, qui trouvait auparavant tout naturel de lui lécher le visage et de lui tourner autour, l'évitait désormais, la traitant avec la même prudence que les serpents parfois aperçus en bord de route.

En réalité, j'ignorais tout de son problème et de la façon de le régler, aussi vrai que l'Abîme est profond.

Pauvre Dek, qui croyait partir combattre le mal en compagnie d'un groupe de héros sans peur et sans reproche et se retrouvait à partager le sort d'une femme imprévisible et instable qui jurait comme un charretier ; d'un oiseau irascible et malade d'inquiétude ; d'un chien qui ne semblait rien savoir faire d'autre qu'ennuyer le monde ; et d'une bretteuse qui comprenait la situation à peu près aussi bien qu'un homard sans tête. (Cela dit, Dek parvenait à me faire rire de temps en temps, avec sa vision romantique du monde : « Mais, Syr-clairvoyante Braise, il *faut* que vous portiez un étendard avec votre emblème quand vous allez au combat ! Sinon, comment est-ce que votre ennemi va savoir qui l'attaque ? »)

Dans l'intimité de mes pensées, Tor me manquait. Je regrettais ses conseils, son bon sens, sa vivacité d'esprit et sa capacité à voir le tableau dans son ensemble. La façon dont il me regardait. Ses mains sur mon corps. Et pourtant, au fond de mon cœur, je sentais toujours que j'avais pris la bonne décision et que, si c'était à refaire, je le quitterais de nouveau.

De manière plus immédiate, je regrettais amèrement que Kelwyn Gilfeather ne nous ait pas accompagnés. Nous avions besoin de lui. *Moi*, j'avais besoin de lui. Je devais savoir si le problème de Flamme relevait du médical. J'avais besoin de son odorat. Du regard neuf qu'il portait sur les choses. Parfois, en présence de Gilfeather, je me surprenais à découvrir de nouveaux chemins, de nouvelles facettes, même dans un paysage ancien. Par moments, il pouvait se montrer grincheux – Dek appelait ça « être tout grognache » –, mais même lorsqu'il était d'humeur massacrante, une étincelle pétillait constamment dans ses yeux sombres de

326

Célestien mouchetés de rouge. J'appréciais son scepticisme, sa curiosité, son besoin de comprendre le monde qui l'entourait. J'appréciais sa bonté. J'admirais son courage ; il savait très bien ce qu'il faisait en tuant Jastriá, mais il avait accepté le fait de devoir vivre avec. Il ne se cherchait jamais d'excuses. Il avait détruit une partie de ce en quoi il croyait pour éviter à Jastriá de souffrir ; ça lui avait coûté bien plus qu'il ne s'y attendait, mais il l'avait accepté, l'un dans l'autre, avec dignité. Il y avait aussi chez lui quelque chose d'extrêmement séduisant : un côté puéril qui allait de pair avec sa tignasse indisciplinée et ses taches de son ; un sens de l'émerveillement enfantin qu'il ne perdait jamais, même dans ses moments les plus sombres. Il était maladroit, il avait le bout du nez qui remuait et il rougissait comme un adolescent transi d'amour, mais j'avais le sentiment que le monde, en sa présence, était un bien meilleur endroit.

Le seul problème, c'était justement son absence, à cet entêté de végétarien hirsute, ce *crétin* de guérisseur. Qu'ils soient maudits, tous ces pacifistes béats ! Et puis je détestais qu'on lise en moi comme en un livre ouvert, simplement parce que j'exsudais apparemment autant d'odeurs que les glandes odorantes d'une civette.

À mi-chemin de l'Étang Flottant, j'avertis Ruarth que nous ferions sans doute mieux de rebrousser chemin et de rejoindre Amkabraig. Flamme, lui dis-je, devenait bien trop imprévisible. Face à l'intelligence et à la ruse de Morthred, nous n'aurions aucune chance tant qu'elle serait dans cet état. Ruarth partageait mon avis, mais Flamme refusa tout net de repartir quand on tenta de l'en persuader. Quand elle sombrait totalement dans l'irrationalité, elle nous houspillait violemment et nous accusait de vouloir l'empêcher de prendre sa revanche, de vouloir tuer Morthred sans elle, pour nous en approprier tout le prestige. Quand j'essayais, dans ses moments les plus lucides, d'aborder le sujet avec elle, elle semblait inconsciente du problème. Elle tournait vers moi ses yeux bleus innocents, perplexe, et protestait que tout allait bien – au nom des océans, pourquoi faire tant d'histoires ? Commencions-nous donc à trembler de peur ? Morthred était toujours en liberté, et chaque moment de retard représentait un intervalle au cours duquel un sylve pouvait être corrompu, un enfant réduit en esclavage, une femme violée… Était-ce là ce que nous voulions ?

Bien sûr que non. Mais je ne voulais pas traîner de poids mort lors de cette confrontation avec Morthred, et c'était bien ainsi que je percevais Flamme.

*On doit continuer*, me disait Ruarth par signes quand Flamme ne regardait pas. *Peut-être que tout s'arrangera une bonne fois pour toutes si Morthred est tué…*

La question cruciale était là, bien sûr. Nous devions le faire pour Flamme. Et si nous ne tentions pas le coup, nous ne le saurions jamais.

Nous avons donc fini par continuer.

Au cours du trajet, je rassemblai le maximum d'informations dans les villages que nous traversions, ainsi qu'auprès des voyageurs croisés sur la route. Malgré tout, mon premier aperçu de l'Étang Flottant me prit par surprise. Je m'étais attendue à un lac, marécageux peut-être, mais à une étendue aquatique en tout cas. Mais quand, parvenus au sommet d'une côte, on aperçut l'Étang devant nous, l'eau n'apparaissait nulle part. Elle était là, bien entendu, mais couverte de plantes. De plantes flottantes.

« C'est le pandana, dit Dek.

— Comment tu sais ça ?

— Oh, les gens disent qu'il pousse sur l'Étang, répondit-il avant d'ajouter inutilement : Ça flotte. »

*Et maintenant,* dit Ruarth, *il faut localiser les carministes. C'est un grand lac.*

Il avait raison. Nous nous trouvions à une extrémité, et il était large de quatre ou cinq kilomètres, mais il s'étirait à perte de vue au nord.

« Peut-être qu'il y a des oiseaux dustellois à interroger dans ce village, là-bas », suggéra Flamme. Elle paraissait dans son état normal.

« Autrement, on pourra toujours demander aux villageois ordinaires s'il s'y passe quoi que ce soit de bizarre », répondis-je, sans douter de parvenir à obtenir la réponse à cette question.

*Sinon, je peux me balader un peu partout jusqu'à ce que j'aperçoive des traces de magie carmine*, proposa Ruarth.

En fin de compte, ce fut mon idée qui nous fournit les informations nécessaires. Les villageois parlaient bien volontiers de ce qui les tracassait, mais leurs récits étaient confus. Il se passait effectivement, nous apprit-on, quelque chose de très étrange sur l'île située au milieu du lac. Elle abritait un village où vivaient les cueilleurs de pandana et leurs familles. Mais, pour quelque étrange raison, plus personne ne pouvait désormais en approcher.

Quand je les interrogeai sur le sujet, ils semblèrent gênés. Ils ne pouvaient plus y aller, voilà tout. Et personne ne voulait plus aller cueillir de pandana, car ils n'étaient pas certains de revenir. Des gens disparaissaient. À cause d'esprits du lac, peut-être. Mais une jeune fille d'un village voisin avait été enlevée par des étrangers, du moins l'avait-elle affirmé ensuite.

Ils ne connaissaient pas grand-chose à la magie carmine, protestèrent-ils d'un air indigné, car tous étaient de bons fidéens pratiquants, mais il y avait des murmures. Ils avaient peur. Des étrangers étaient arrivés et avaient pris des bateaux sans demander la permission ni payer. Et ceux qui s'opposaient à eux tombaient malades et en mouraient. Mieux valait ne pas être dans le coin quand ces gens-là débarquaient. Plutôt s'esquiver discrètement et les laisser prendre ce qu'ils voulaient. Le chef du village avait eu le courage d'en avertir le portenaire, mais Port-Mekaté était loin, et le gouverneur de Porth, à Amkabraig, était une petite souris insignifiante qui refusait de couiner s'il n'en recevait pas l'ordre du portenaire…

Les cueilleurs de pandana acceptèrent bien volontiers de nous louer un bateau, à un tarif exorbitant, mais refusèrent catégoriquement de nous conduire à bon port.

« Si vous avez envie de remuer la vase avec votre perche, nous dit l'un d'entre eux, c'est votre affaire. Mais n'attendez pas qu'on vous aide à réveiller le monstre qui y sommeille. » Les autres personnes rassemblées autour de nous hochèrent la tête d'un air grave. J'ignore s'il s'agissait ou non d'une métaphore.

J'inspectai le bateau. Il était large et à fond plat, davantage conçu pour transporter des piles de feuilles de pandana que des passagers. Il serait délicat à manœuvrer. Fouineur y bondit, le jaugea d'un coup d'œil et sembla le trouver à son goût, car il s'y installa et se mit à battre bruyamment de la queue contre les planches.

« Dans quelle direction se trouve cette île ? demandai-je.

— Au nord, répondit le propriétaire, le doigt tendu.

— Tu es fou, Scedriss, lui dit l'un des autres. Tu ne reverras jamais ton canot. »

Il haussa les épaules. « Et alors ? Il ne me sert à rien pour l'instant, vu qu'on a tous trop peur d'aller sur le lac. J'ai besoin de cet argent pour nourrir ma famille. »

Je promis de faire mon possible pour ramener le bateau, et on débattit un moment du tarif. Ce qui ne nous mena pas très loin au départ car il demandait une petite fortune mais, quand je mis notre âne en jeu, il afficha un large sourire et nous accorda notre bateau. À ce tarif-là, j'imaginais qu'il ne s'inquiétait pas trop de ne plus jamais revoir son engin.

« Vous ne comptez quand même pas y aller *maintenant* ? » demanda Scedriss, stupéfait de nous voir y entasser nos sacs.

Je hochai la tête. « Pourquoi pas ?

— Parce que le soleil se couche dans une heure à peine.

— Et combien de temps faut-il pour atteindre l'île ?

— Dans les deux heures. Plus si vous vous perdez. Et ce sera le cas, dans le noir. À la réflexion, vous vous perdriez aussi en plein jour.

— Oui, dis-je en réponse à sa question, nous partons effectivement tout de suite. » Je ne me souciais pas de me perdre, alors que je possédais ma Clairvoyance. Si Morthred était là, je verrais sa magie carmine.

Scedriss haussa les épaules et me tendit la perche. « Il y a quelques canaux profonds où la perche ne touchera pas le fond. Servez-vous alors des pagaies. L'eau circule du sud au nord, mais à un rythme tranquille, sauf là où arrive le Cours de Kilgair, dit-il en désignant la gauche, et là d'où part la Limace de Kilgair, loin au nord.

— La Limace ? demanda Dek, intrigué.

— Oui, mon garçon. Mais ce n'est une limace que si on la compare au Cours de Kilgair. En fait, vous pouvez rejoindre la mer par la Limace, si ça vous chante, tant que vous avez un canot à fond plat comme celui-ci, mais vous auriez du mal à revenir à cause du courant. Avant, c'était par ici qu'on transportait le pandana jusqu'à Port Rattéspie, sur des radeaux de bambou. »

*Tu crois que tu arriveras à diriger cet engin ?* demanda Ruarth, perché sur la proue. *Il ressemble plus à une barque qu'à un canot.*

Je hochai la tête tout en terminant d'y ranger nos affaires. « On va y arriver.

— Je peux le conduire », déclara Dek.

J'allais m'y opposer quand je compris que ce n'étaient pas de simples fanfaronnades de gamin ; il avait passé la majeure partie de sa vie à manœuvrer une yole dans les eaux peu profondes du golfe de Kitamu. Je lui tendis la perche. « Je savais que j'avais des raisons de t'emmener », lui dis-je.

Il sourit puis nous éloigna du rivage d'un coup de perche, assisté par les cueilleurs de pandana.

Avec mon aide et celle de Flamme, il parvint à maintenir droite cette encombrante embarcation à l'aide des pagaies et l'on traversa une étendue d'eau dégagée en direction du pandana.

« Quelle direction ? » demanda Dek. Il avait raison. Au premier coup d'œil, un solide mur végétal semblait se dresser devant nous, cauchemar de batelier. Elles poussaient par bouquets, de la taille d'un homme chacun. On découvrit plus tard qu'elles pouvaient s'élever quatre fois plus haut. Chaque bouquet possédait un cœur évoquant un tonneau d'où jaillissaient des tiges sur lesquelles de longues feuilles étroites poussaient en spirales. Chaque feuille jaune était épaisse et solide, bordée d'une frange verte d'inquiétantes épines recourbées, et chacune pouvait mesurer trois ou quatre pas de long. Aux trois-quarts de la hauteur de chaque feuille, l'épine se repliait puis s'affaissait comme si elle ne pouvait soutenir son propre poids. « Ça fout la trouille, marmonna Dek. On dirait des pattes d'araignée jaunes et vertes. »

*De grosses araignées*, commenta Ruarth, impressionné.

Tandis que notre canot créait des vaguelettes à la surface de l'eau, les bouquets remuaient. Quand je baissais les yeux vers la noirceur de l'eau teintée par le tanin, je voyais se déployer leurs épaisses racines qui s'entremêlaient, s'aggloméraient, attrapaient leurs propres feuilles mortes pour s'en nourrir tels des cannibales. Heureusement pour eux, tous les bouquets ne se touchaient pas. Il y avait des îles flottantes, de petits amas de trois ou quatre plantes de largeur jusqu'à de larges plates-formes s'étirant sur plusieurs centaines de pas. Mieux valait toutefois éviter d'y marcher : les feuilles poussaient dans toutes les directions, armées d'un arsenal d'épines.

« Par là, dis-je à Dek en désignant un étroit passage entre deux îles. Flamme et moi, on peut nous éloigner des bords à l'aide des pagaies si on approche trop. Ruarth peut s'envoler de temps en temps pour aller vérifier qu'on suit bien la direction générale du nord. »

*Et quand il fera noir ?* demanda Ruarth, dubitatif.

« J'imagine qu'on verra la magie carmine sous la forme d'une lueur rouge dans le ciel. »

Personne n'eut rien à y répondre.

Dans d'autres circonstances, j'aurais pu trouver une certaine beauté à l'Étang Flottant. Dans les brèches perçant par endroits la masse du pandana, la noirceur de l'eau reflétait plantes et ciel avec la clarté d'un miroir. Les plantes flottaient avec une trompeuse sérénité, compte tenu de leur arsenal, et les voies navigables se glissaient en leur sein en se tortillant comme de noirs chemins forestiers se frayant un chemin au cœur d'une jungle primordiale. Parfois, les plantes se rejoignaient au-dessus de nos têtes et les voies devenaient des tunnels qui ondulaient doucement sur notre passage. À croire qu'elles formaient une unique créature vivante qui nous regardait passer d'un œil neutre. De temps à autre, il nous fallait faire demi-tour car nous étions entrés dans une impasse, mais Ruarth, jouant les éclaireurs, nous permit de l'éviter la plupart du temps.

Cela dit, je n'étais pas persuadée que l'endroit soit totalement inoffensif. On entendait parfois des bruits singuliers, d'étranges notes chantantes qui semblaient n'obéir à aucun schéma et n'avoir même aucune origine perceptible. Elles chuchotaient à travers le pandana puis s'éteignaient aussi mystérieusement qu'elles s'étaient élevées. Quelque chose s'élevait parfois des eaux pour crever la surface, sans aucun lien, peut-être, ce qui me donnait momentanément l'impression d'être observée. Quand je tournais la tête, j'entr'apercevais tout juste une masse imposante et de couleur indéterminée, avant qu'elle ne se faufile sous la surface pour disparaître parmi les remous. Dek jurait qu'il avait nettement vu l'une de ces formes et qu'il s'agissait d'un triton.

J'étais mal à l'aise. Je détestais ce que je ne pouvais expliquer, et je n'arrivais pas à chasser l'impression qu'on nous suivait. Ou qu'on nous traquait. Je tentais de me persuader que quelque chose d'aussi nerveux ne nous menacerait pas beaucoup, mais ça ne me rassurait pas pour autant. Je me retins de répondre à Dek que les tritons n'existaient pas. Visiblement, le gamin trouvait cette idée exaltante et inoffensive ; peut-être valait-il mieux qu'il croie en eux plutôt que de laisser son imagination s'emballer s'il pensait à des monstres. En attendant, tandis qu'il maniait la perche avec adresse, il appréciait cette occasion de prouver son utilité au sein de notre équipe.

Flamme, de son côté, semblait morose. N'ayant qu'un bras, elle pagayait maladroitement, mais faisait de son mieux. Elle parlait peu et protestait à peine quand une feuille basse lui grattait le cou. J'essayai de me rappeler depuis combien de temps on ne s'était pas livrées à nos plaisanteries et m'aperçus, choquée, que ça remontait à bien avant notre départ d'Amkabraig. Le noyau d'inquiétude logé dans ma poitrine sembla grossir à cette idée. Je voulais absolument lui parler de la façon dont nous affronterions Morthred et Domino quand nous les aurions retrouvés ; mais, chaque fois que j'abordais le sujet, elle tournait la tête. Comme Ruarth, bien entendu, acceptait bien volontiers de parler, on prépara un certain nombre de scénarios possibles. Malheureusement, la plupart d'entre eux nécessitaient que Flamme recoure à ses pouvoirs sylves pour brouiller notre arrivée ainsi qu'à des illusions pour semer la confusion lors de notre entrée dans l'enclave ; pour l'heure, nous ne savions pas dans quelle mesure nous pourrions compter sur elle le moment venu.

Quand toute lumière eut disparu du ciel, on accrocha la lanterne allumée à une pagaie qu'on cala de sorte qu'elle se projette devant la proue. S'il était nécessaire de disposer d'un éclairage supplémentaire pour localiser précisément les meilleures voies navigables, Flamme acceptait de fournir une boule de lumière sylve. Et, par-dessus tout, nous étions guidés, comme je m'y attendais, par l'abjecte lueur rouge de la magie carmine dans le ciel. On ne la voyait pas toujours depuis le bateau, mais quand on avait besoin de savoir où elle se trouvait, Ruarth s'envolait pour aller jeter un œil.

Les grosses créatures sous-marines gagnaient désormais en audace et montaient presque jusqu'au bateau, avant de le frôler en silence puis de plonger dans les ténèbres. Je n'arrivais jamais tout à fait à déterminer leur nature, mais voir que Fouineur ne bronchait pas me rassurait. En fait, quand on attacha le bateau à l'un des plants de pandana afin de nous reposer et prendre notre repas du soir, il choisit de piquer une tête dans le lac.

« Il a plongé, commenta Dek. Z'avez vu ça ? Il a carrément plongé, comme un marsouin ! »

On scruta la noirceur de l'eau sans parvenir à le distinguer. Après un temps qui nous sembla interminable, il émergea derrière nous, un poisson entre les dents. Je tentai de le lui reprendre mais il ne voulut rien savoir, si bien qu'il fallut l'attirer de nouveau sur le bateau, avec sa prise. Bien entendu, il s'ébroua avant de s'installer pour manger sa proie – vivante.

« Cet animal est répugnant », commenta Flamme, mais sur un ton aimable. Mal à l'aise, je m'avouai à quel point j'étais tendue ; chaque fois qu'elle ouvrait la bouche, je redoutais ce qu'elle dirait.

On poursuivit notre avancée. Quand Dek fatiguait, je prenais un moment le relais. Les étranges notes chantantes résonnaient toujours depuis les ténèbres environnantes, tristes, belles et terrifiantes.

Deux heures et demie environ après notre départ du village, Ruarth regagna le bateau après avoir voleté un long moment. *Mauvaises nouvelles*, dit-il. *Ils ont placé sous égides toutes les voies navigables autour de l'île. Il a bloqué toutes les entrées.*

« Tu as fait le tour complet de l'île ? » lui demandai-je.

*Non. Ça aurait pris trop longtemps. Mais je suis allé voir à gauche et à droite. Je n'ai trouvé de passage débloqué nulle part, et je crois que je l'aurais vu s'il y en avait. Il y a assez de magie carmine dans le coin pour éclairer toute une ville. Braise, il est redevenu bien plus puissant qu'on ne le pensait.*

J'y réfléchis. Dek, Ruarth et moi ne serions pas affectés par les égides. Flamme pouvait les détruire, mais seulement s'ils étaient l'œuvre d'un carministe moins puissant qu'elle. Si ces égides étaient celle d'un maître-carme, assisté par d'autres carministes…

Je soupirai. Il était malin ; il comptait aussi sur le pandana pour le protéger, ce qui lui permettait d'économiser ses pouvoirs et de se concentrer uniquement sur l'eau qui séparait les plantes.

« On ne peut pas atteindre les îles de pandana. On se ferait entailler comme si on marchait pieds nus sur des bernaches. On va devoir laisser tomber ? demanda Dek, le visage trahissant toute sa déception.

— Qui a parlé de renoncer ? demandai-je. Si Flamme ne peut pas traverser, elle va simplement devoir passer par en dessous. De toute façon, il vaut mieux éviter d'essayer de briser ces égides ; Morthred s'en apercevrait. »

Elle me regarda, horrifiée. « *En dessous ?* Tu veux dire sous l'eau ? Tu as de l'eau de mer dans la caboche ? Tu oublies que je ne sais pas nager ?

— Je ne te demande pas de nager, rectifiai-je. En fait, je veux que tu te laisses couler. En *dessous* de l'égide. »

Elle paraissait toujours parfaitement horrifiée et marmonna quelque chose sur les sang-mêlé et leur demi-cervelle. Même Dek semblait dubitatif. Nous nous rappelions tous ces formes aperçues dans l'eau.

« Je vais t'accompagner, Flamme, dis-je d'une voix bien plus enjouée que je ne l'étais en réalité. Et Fouineur aussi. Ruarth, montre-nous la direction de cette égide. »

Il nous entraîna le long d'un sombre tunnel ondulant où le pandana formait au-dessus de nos têtes un toit bas et incurvé. Flamme grimaçait quand les épines frôlaient les côtés du bateau. Au bout du tunnel, je voyais la couleur carmine de l'égide. J'arrêtai l'embarcation juste avant.

« On y est ? » demanda Flamme.

Je hochai la tête. Contrairement à elle, j'y voyais quelque chose. « Dek, traverse avec le bateau et attends-nous de l'autre côté. »

Il regarda ce rouge miroitant d'un air méfiant. « Ça va faire mal ? demanda-t-il.

— Pas du tout. Pour nous autres, les Clairvoyants, ce n'est guère plus que de la brume.

— Et ces… ces choses qu'on a vues dans l'eau ? »
demanda-t-il.

On se serait bien passé qu'il nous les rappelle. Je ne répondis rien mais poussai Fouineur par-dessus bord, sans aucune pitié. J'ôtai mes bottes et la majeure partie de mes habits avant de le suivre. Je m'accrochai au plat-bord et inclinai la tête vers Flamme. « Je vais d'abord jeter un œil. Tu peux envoyer cette lueur sylve à deux pas environ devant le bateau ? Je veux voir à quelle profondeur descend l'égide. »

Elle hocha la tête, mais son expression trahissait sa tension.

La lueur se faufila dans les profondeurs sans même vaciller, et continua à brûler vivement. Je la suivis à mesure qu'elle la faisait s'enfoncer plus loin. L'égide scintilla tout du long jusqu'au fond de l'eau. Je remontai à la surface. « Tu peux envoyer la lueur sous le pandana, un peu plus vers la gauche ? »

Elle s'exécuta sans un mot. Cette fois, je plongeai sous le pandana et Fouineur me suivit, les yeux grands ouverts, les narines fermées. Comme je m'y attendais, je ne vis aucune égide sous l'île flottante. Nous n'aurions donc qu'à plonger assez profondément pour éviter les racines enchevêtrées.

Je remontai. « C'est facile, dis-je d'une voix joviale, m'efforçant de dégager une confiance que je n'éprouvais pas, car je n'arrivais pas à oublier ces formes grises. Laisse la lumière en bas, Flamme. »

Elle émit un grognement.

Je lui souris. « Tu peux garder les yeux fermés.

— Ne me lâche pas, sinon je te colle une illusion qui ne te quittera plus jusqu'à la fin de tes jours ! »

Je ne lui demandai pas quelle sorte d'illusion – avec son sens de l'humour, ce serait sans doute une verrue au bout du nez ou quelque chose de semblable.

Elle entra dans l'eau à contrecœur et je la saisis avant qu'elle sombre. « Je vais compter, lui dis-je. À trois, tu inspires profondément et on plonge. »

Elle hocha la tête d'un air malheureux et je me mis à compter.

# 17

## *Braise*

Deux colonnes de lumière palpitante, évoquant les montants d'une porte menant à un royaume inconnu, maintenaient en place les rideaux de filigrane qui formaient la substance de l'égide. Le filigrane carmin s'étirait sur toute la largeur du passage et se dressait vers le haut dans la noirceur de la nuit avant de se fondre dans le néant, quelque part au-dessus de nous. Dek, avec Ruarth perché sur l'épaule, inspira profondément et poussa la barque vers l'avant à l'aide de sa perche. Il tressaillit en traversant la barrière, mais émergea de l'autre côté sans avoir été marqué par son premier contact avec une égide carmine.

Flamme, que je portais sur mon dos, agrippa une poignée de mes cheveux et faillit les arracher lorsque je plongeai vers la lueur sylve. Puis, alors même qu'on atteignait le point le plus bas de la plongée, je vis devant moi des formes grises dans l'eau. Et ce fut alors que la lueur sylve s'éteignit. Flamme, horrifiée de se trouver sous l'eau, avait perdu prise sur sa magie. Comme elle gardait les yeux fermés, elle ignorait totalement qu'elle nous avait plongés dans la pénombre rougeâtre d'un enfer éclairé par la magie carmine.

Je poussai un juron. Je ne voyais plus les formes grises et j'ignorais où elles se trouvaient. Levant les yeux vers le haut, j'apercevais à grand-peine l'éclat de la lampe sur le bateau. Je n'avais pas le choix. Je me dirigeai vers la lampe et me précipitai vers la surface, entraînant Flamme avec moi. Fouineur suivait dans mon sillage, aussi à son aise dans l'eau que sur terre. Quelque chose me frôla le bras, m'éraflant au passage. Du pandana ? Quelque chose nous percuta en nous repoussant sur le côté. Puis on sortit la tête de l'eau.

« Flamme, nom d'un crabe ! Laisse-moi quelques cheveux sur la tête, tu veux bien ? » grognai-je.

Dek me sourit. « Waouh, dit-il, alors c'est ça la magie carmine ? C'était ébouriffant à traverser ! Mais punaise, ça pue comme du poisson pourri. Ça va ? Vous avez failli heurter ce tas de pandana, là.

— J'ai remarqué, répondis-je avec rudesse. Quelqu'un a éteint cette saleté de lumière. »

J'avais l'impression d'avoir perdu une poignée de cheveux, et mon bras saignait là où des épines de pandana s'étaient plantées. J'enjambai la poupe et hissai Flamme puis Fouineur à bord. L'animal s'empressa de s'ébrouer en aspergeant Dek d'une gerbe de gouttelettes.

Flamme se mit à respirer plus lentement et se calma. « Désolée pour tes cheveux. Mais ce n'est pas très important, il t'en reste plein.

— Je ne me rendais pas compte que tu me les enviais à ce point », lui dis-je en me frottant le cuir chevelu. En réalité, j'étais soulagée qu'elle soit encore capable de tentatives d'humour, aussi minables soient-elles.

« Si tu m'avais lâchée, tu te serais retrouvée chauve en l'espace d'une seconde. Tu crois que ce salopard a encore des égides sur l'île ?

— Ça m'étonnerait. Ça lui demanderait trop d'énergie », répondis-je. Je lançai un coup d'œil inquiet par-dessus mon épaule mais ne vis qu'une large forme glissant juste en dessous de la surface tout près de nous. Malgré le reflet rouge de l'égide, je n'arrivais toujours pas à distinguer de quoi il s'agissait, mais ça possédait apparemment les mouvements fluides de sveltes créatures plus proches des phoques que des poissons. Cette forme s'approcha de nous avant de s'éloigner, puis de s'arrêter, parfaitement immobile, à quelques pas. Je ne distinguais qu'une paire d'yeux luisant sous cette lumière tout en nous observant. Des yeux *intelligents*.

« Dek, lui dis-je doucement sans quitter cette forme des yeux, sors-nous d'ici. Discrètement et sans bruit. On ne doit plus être loin de l'île à présent. Ruarth, tu peux aller jeter un œil ? »

Dek reprit la perche et entreprit de nous faire avancer tout doucement. La forme grise glissa à l'arrière avant de disparaître.

Il faisait froid maintenant que nous étions trempés. Flamme et moi, on fouilla dans nos affaires en quête d'habits de rechange secs qu'on enfila sur place. « Ça

344

va ? » lui demandai-je tandis qu'elle revêtait une tunique sèche. Je repoussai Fouineur lorsqu'il vint se blottir près de moi, toujours humide.

« J'ai des bleus partout, répondit-elle. Quelque chose nous a cognées assez brutalement. Qu'est-ce que c'était ? » Il y avait dans sa voix une nuance nouvelle, une furieuse intensité, inhabituelle chez elle. Ou qui l'avait été.

« Je n'en sais rien. » C'était la vérité, mais je ne pouvais m'empêcher de songer que c'était vivant et que ça nous avait heurtés délibérément. Je frissonnai. C'était peut-être la magie carmine qui imprégnait l'air. Ou la façon dont Flamme me regardait à cet instant précis, comme une étrangère. Mais je me racontais sans doute des histoires. « Tu pourrais faire apparaître une lueur sylve ici ? Je veux retirer les épines de mon bras. »

Elle s'exécuta, mais avec un manque d'intérêt glaçant pour mes blessures. *Ce n'est pas la Flamme que j'ai connue.*

Dek interrompit le fil de mes pensées. « C'est là que ça devient excitant, non ? » Ses yeux brillaient à la lueur de la lampe.

Je soupirai. J'avais de l'eau de mer dans la cervelle. Pourquoi m'étais-je embarquée dans cette aventure, pour commencer ? Même Gilfeather avait assez de bon sens pour ne pas se mêler d'histoires de magie carmine. En plus de garder un œil sur Flamme, j'allais devoir m'assurer que Dek ne fonce pas droit vers les ennuis en croyant jouer les héros. Je lui fis un bref sermon au sujet de l'obéissance aux règles et regrettai

345

que Tor ne soit pas là. Il était tellement plus doué que moi pour ces choses-là.

Ruarth disparut une dizaine de minutes. À son retour, il se percha sur le plat-bord. *Juste en face de nous*, dit-il avec son mélange habituel de sons et de mouvements, *à deux cents pas environ. Je ne vois aucun bâtiment aux alentours. Pas de lumières, en tout cas. Le gros de la magie carmine se situe à deux ou trois kilomètres plus loin, au bord du lac, sur la droite. Je soupçonne le village de se trouver là.*

« On va aller jusque-là, déclarai-je, puis dormir un moment. Aux premières lueurs de l'aube, on ira jeter un œil. Dek, éteins la lanterne, tu veux bien ? On va parcourir le reste du chemin en nous guidant uniquement à la lueur sylve de Flamme.

— Ils ne vont pas le voir ? » demanda-t-il.

Je secouai la tête. « Les seules personnes capables de voir un sort particulier sont les Clairvoyants et la personne qui l'a lancé. Les autres voient les effets de la magie sans la voir elle-même. Difficile de rater une plaie carmine, par exemple. Mais à partir de maintenant, mon garçon, je crois qu'on ferait mieux de ne plus parler, ou seulement en chuchotant. Il se peut qu'il y ait des gardes dans les environs. Flamme, envoie cette lueur un peu plus en avant du bateau pour que j'y voie mieux. Ruarth, guide-nous en lieu sûr. »

L'île était globalement dépourvue de végétation forestière, d'après ce que j'en apercevais grâce à la lueur sylve de Flamme. Il y avait des sortes de plantations là où nous avions atterri, mais je ne voyais aucun bâtiment. J'aidai Dek à arrêter le bateau, puis on improvisa un campement de fortune à son abri.

« Entrailles de poiscaille, marmonna Dek. Qu'est-ce que ça *pue*, ici. On monte la garde ? Ça ne me dérange pas de prendre le premier tour. »

Je me retins de justesse d'éclater de rire devant son enthousiasme. « Je ne crois pas que ce soit nécessaire. On a Fouineur, et Flamme peut créer une illusion et dresser une égide qui persistera même pendant son sommeil.

— Si quelqu'un se cogne contre l'égide, ça fera assez de bruit pour nous réveiller largement à temps », le rassura Flamme. Elle semblait redevenue elle-même. « Ça ne gênerait pas Morthred, bien entendu, mais s'il la brisait, je le saurais. Je vais la placer à quelques centaines de pas de distance pour qu'on soit prévenus à temps. Et, de toute façon, mon illusion nous rendra presque invisibles. Ne t'en fais pas, Dek. Je suis très douée pour les égides et mes illusions sont assez bonnes pour duper Morthred en personne – je le sais parce que je l'ai déjà fait.

— Ah. » Il semblait tout à la fois déçu et impressionné. Il la regarda s'éloigner un peu de nous pour aller placer ses égides, par un simple acte d'intense concentration. « Pourquoi elles ont une drôle de couleur ? demanda-t-il. Les égides sylves sont censées être bleu argenté ! C'est ce que Flamme m'a dit à Amkabraig. »

Je les observai. Les colonnes des égides étaient d'une nuance mauve et le filigrane mêlait l'argent, le rose et le mauve. « D'habitude, elles le sont, répondis-je,

347

mal à l'aise. Mais on dirait que tout est teinté de carmin sur cette saleté d'île. »

Dek paraissait inquiet. « Qu'est-ce qui va se passer demain ? J'ai pas d'épée, ajouta-t-il tout en déroulant son matériel de couchage près de la lueur sylve. J'ai que mon couteau à vider le poisson.

— Personne ne te demandera de combattre qui que ce soit, répondis-je. Dek, nous ne sommes que trois, plus Ruarth : ce serait un acte d'une bêtise colossale d'affronter toute une enclave de carministes. On doit d'abord découvrir ce qui se passe ici. Pense à ce que nous allons faire demain comme à... une collecte d'informations. »

Il s'égaya. « On va espionner ?

— Si tu veux.

— Et si on se fait pincer ? Au moins, tu as une épée !

— Tu disposes d'une arme bien meilleure qu'une épée, lui dis-je. Ta Clairvoyance. Et nous possédons encore mieux que ça : les pouvoirs sylves de Flamme. Demain matin, aux aurores, nous allons inspecter ce village tandis que Flamme nous brouillera au moyen d'une illusion. Si on y parvient, on tuera Morthred sous couvert de cette illusion. Si l'occasion ne se présente pas, alors on va simplement découvrir tout ce qu'on pourra, puis on se retirera pour concevoir un plan. »

Il parut de nouveau surexcité. « Vous avez déjà fait ce genre de choses, hein ? Avec un sylve, vous vous êtes faufilés pour attaquer, avant de filer discrètement…

348

— Oui, en effet. » Avec Arnado. Trop souvent. Une Clairvoyante pour identifier la magie carmine, un sylve pour créer une illusion, deux épées pour tuer. « Autre chose, Dek, si jamais tu es capturé par un carministe, la première chose qu'il – ou elle – fera va être de te lancer un sort coercitif. Il te dira que tu es en son pouvoir, et que tu dois faire ce qu'il t'ordonne. Comme tu es Clairvoyant, évidemment, ça n'aura aucun effet sur toi. Mais tu devras jouer le jeu : faire semblant d'être obligé de lui obéir. Ensuite, tu t'échapperas à la première occasion.

— Ça a l'air facile, dit comme ça. » Il me regarda d'un air méfiant, excité, mais il avait assez de bon sens pour comprendre que les choses étaient rarement si faciles.

« Parfois… Parfois le carministe est assez intelligent pour te mettre à l'épreuve, pour découvrir si tu es Clairvoyant. Et ce qu'il te demandera de faire pour le vérifier ne sera peut-être pas facile. Faire du mal à quelqu'un d'autre, par exemple. »

Il y réfléchit, puis son regard inquiet chercha le mien. « Et alors, qu'est-ce que je dois faire ?

— Alors tu devras faire un choix. Et toi seul pourras le faire. Tu devras peser le pour et le contre, prendre ta décision, puis passer à autre chose. Quel que soit le choix que tu auras fait, tu ne regarderas jamais en arrière. » Il ne faut jamais repenser à ce qu'on fait parfois aux autres. Ce qu'on est parfois contraint de leur infliger. À des gens comme Niamor. Enfin, on *essaie* de ne pas y penser.

Il médita également cette réponse et parut encore plus inquiet.

Flamme revint en compagnie de Ruarth. « N'oublie pas le bord du lac, lui dis-je. Il ne faudrait pas que quelqu'un nous attaque depuis l'eau. »

Elle hocha la tête et s'assit au bord de l'eau pour relier ses égides de ce côté.

« Dek, lui dis-je calmement tandis qu'il s'allongeait et s'enroulait dans sa couverture, si tu veux consacrer ta vie à combattre des carministes, tu dois savoir que ce n'est pas une aventure héroïque. C'est la réalité, avec ce qu'elle a de sale et de triste. Des gens meurent injustement. Ils souffrent. *Toi*, tu vas souffrir. Le mieux que tu puisses faire, c'est te rappeler qu'on n'est pas un héros quand on est mort. On est simplement mort. On accomplit généralement bien plus de choses en étant un froussard qui reste en vie qu'en jouant les héros et en se faisant tuer. » Le voyant froncer les sourcils, je compris que je ne l'avais pas convaincu. Il rêvait toujours d'étendards, d'épées, de nobles combats entre héros et méchants. Dans le monde de Dek, il n'y avait pas d'innocents morts, ni de héros mourants qui tentaient de rentrer leurs intestins dans leur abdomen tandis que les méchants s'en allaient indemnes.

D'une voix plus compatissante, je repris : « Tu peux nous attendre ici, si tu préfères. Tu es encore jeune. Tu pourras décider de ces choses-là quand tu seras plus âgé, quand tu auras plus d'expérience pour en juger avec sagesse. Tu peux toujours changer d'avis. Toujours. »

Ce point-là, il n'eut pas besoin d'y réfléchir. Il secoua la tête. « Non, je vous accompagne. C'est juste que je regrette de ne pas avoir d'épée.

— Je t'en procurerai bientôt une, je te le promets. Et je t'apprendrai à t'en servir. »

Le voyant sourire, je réprimai un soupir.

Flamme nous rejoignit. Elle paraissait maussade, ce qui ne m'étonna pas. Le lendemain, d'une manière ou d'une autre, elle risquait d'affronter l'homme qui l'avait violée et maltraitée. « Ça va ? » lui demandai-je tandis que Dek s'assoupissait.

Elle hocha la tête et me prit la main. « Tu t'inquiètes trop. Je vais bien, je t'assure. » Elle me gratifia d'un sourire qui ne s'adressait qu'à moi. Je jure qu'il n'y avait là aucune intention de trahison. Ce n'était que Flamme, telle que je l'avais toujours connue : courageuse, résolue, narquoise. « Je suis un peu tendue, mais soulagée, aussi. De savoir que tout sera bientôt fini. Il est ici, Braise, quelque part. J'en suis persuadée. »

J'acquiesçai. Il y avait dans toute cette magie carmine quelque chose qui empestait Morthred à plein nez.

Je lui serrai la main. « On *va* l'arrêter », lui dis-je.

Curieusement, je n'eus aucun mal à m'endormir, et je sombrai dans un sommeil sans doute profond, car je n'entendis rien quand Flamme quitta notre campement au beau milieu de la nuit. Je ne me réveillai qu'une heure avant l'aube, alors qu'on m'assenait un violent coup de pied dans les côtes.

# 18

## *Kelwyn*

Tor Ryder et moi, on ne se parla vraiment qu'en milieu de journée, le lendemain, lorsque le radeau s'arrêta. Ce matin-là, nous avions été réveillés tôt et n'avions pas pu disposer d'un *nouveau moment d'intimité* jusqu'à la pause consacrée au repas du midi : des anguilles cuites lentement dans de la mousse.

Ryder vint s'asseoir près de moi, son assiette en main, à l'écart des autres passagers et de l'équipage. « La nourriture ne vous plaît pas ? demanda-t-il.

— Les gens des Prairies célestes ne mangent pas d'chair qu'ait été abattue.

— Ah. Ça doit être difficile.

— Pas dans les Prairies. »

Il sourit. « Non, j'imagine. Jakan me dit que vous vous appelez Kelwyn Gilfeather, et vous êtes sans doute originaire du Toit mekatéen. J'aimerais savoir comment vous avez rencontré Braise. Est-ce que ça ne vous dérangerait pas de m'en parler ? » Extérieurement, il semblait calme et maître de ses émotions ;

impénétrable, même. Mais il ne pouvait me cacher ses tourments intérieurs.

Je haussai les épaules. « Pourquoi ça m'gênerait ? Braise voudrait sans doute que vous sachiez qu'elle va bien, si elle avait pu d'viner que nos chemins se croiseraient. Elle ignorait totalement que vous iriez à sa poursuite, v'savez. J'imagine que c'est c'que vous faites ? »

Il hocha la tête. « Plus ou moins. » Le ton de sa réponse me laissait penser qu'il détestait mentir.

« On a, hum, on s'est croisés par hasard à Port-Mekaté. Flamme et elle y sont arrivées après avoir fait le trajet de la Pointe-de-Gorth au Cap Kan à dos de poney de mer. »

À ma grande surprise, il pâlit. « Elles ont *quoi* ? Mais pourquoi feraient-elles quelque chose d'aussi dangereux et… et d'aussi *stupide* ? » Bien que sachant qu'elles avaient survécu au voyage, il paraissait bouleversé.

Je revins en arrière et lui racontai ce que je savais de l'histoire : la façon dont elle avait sauvé Flamme de Duthrick et dont elles avaient fini par se retrouver à jouer aux cartes dans une auberge de Port-Mekaté. Je lui rapportai alors les grandes lignes du récit jusqu'au moment de notre séparation à Amkabraig. Je ne m'attardai pas sur ma propre histoire et me contentai de lui dire que j'étais venu à Port-Mekaté pour des affaires concernant la mort de ma femme. Un euphémisme de première. Je me demandais s'il me serait jamais possible de déclarer calmement : « Oh, c'est à ce moment-là que j'ai tué ma femme. Pour lui éviter de souffrir, vous comprenez. »

« Donc, demanda-t-il, comment se fait-il que vous soyez en train de les suivre jusqu'à l'Étang Flottant, si vous teniez tellement à ne pas vous retrouver impliqué ? »

Je haussai les épaules en feignant la désinvolture, et échouai sans doute lamentablement. « J'ai compris qu'il fallait détruire la magie carmine. J'ai vu son... ses maléfices... de mes propres yeux. Chez une fillette violée par un carministe, ou plusieurs, et contaminée par la magie carmine. »

Il plissa le front. « Et ?

— On m'a aussi fait r'marquer qu'il ne me restait pas grand-chose d'autre que des amis dans c'monde, et que Braise et Flamme le sont devenues pour moi.

— Vous donnez plutôt l'impression qu'elles vous ont causé un tort considérable. Vous êtes exilé par leur faute.

— Elles ont besoin de moi », répondis-je simplement.

Il me regarda avec une incrédulité polie, visiblement incapable de concevoir que je puisse leur apporter une aide quelconque.

« Flamme ne va... pas bien, expliquai-je. Je crois qu'l'infection carmine n'a pas été totalement chassée de son organisme. Ça s'réveille de temps en temps. Je suis méd'cin. Je peux peut-être les aider.

— *Si* la magie carmine est une maladie.

— Comme vous dites.

354

— Vous savez ce qu'a enduré cette femme auparavant ? »

Je hochai la tête. « Braise m'en a parlé. Ruarth aussi. Et Flamme également, en partie. Personne ne devrait avoir à souffrir comme ça. »

On échangea des regards et je crois qu'on se sentit tous deux obscurément honteux, comme si c'était notre faute. « Je n'aurais jamais dû les abandonner, dit-il.

— Moi non plus, avouai-je. Pis *pourquoi* v'z'êtes parti, d'abord ?

— Je croyais qu'il était de mon devoir de m'occuper des affaires d'Alain Jentel dans les Spatts. C'était un prêtre qui a été tué par les canons vigiliens à Creed. Mais, en fin de compte, je ne suis pas allé aux Spatts. J'ai changé d'avis et je suis allé voir directement le Haut Patriarche sur l'île de Tenkor, parce que j'avais compris qu'il devait apprendre certaines choses de toute urgence au sujet des canons, de Morthred, de la corruption des sylves et de la castenelle Lyssal. Je comptais me rendre ensuite aux Spatts.

— Au lieu d'quoi, il vous a envoyé ici.

— Oui. Pour retrouver Flamme et Morthred.

— V'z'êtes un agent des fidéens ?

— Oui. Tout comme Duthrick est un agent du Conseil des Vigiles, je travaille pour le Conseil des Patriarches. » Il reposa son assiette quasiment intacte. « Et, désormais, je suis le *membre* le plus récent du Conseil. » Il eut un sourire narquois. « Je n'ai jamais voulu le devenir, car on nous impose alors une multitude de réunions assommantes sur des sujets comme savoir s'il y a assez de croyants à Trifouillis-les-oies pour justifier le financement d'un nouveau lieu de culte, ou des discussions prétentieuses sur la nature du péché. Heureusement, la première tâche qu'on m'a confiée cette fois-ci, c'est de retrouver Flamme, de la protéger si nécessaire, et d'aider Braise à se débarrasser de Morthred et de ses semblables.

— Et comment avez-vous su où chercher ?

— Je n'en savais rien. J'ai suivi la trace de Morthred, pas celle de Flamme. Je l'ai suivi comme l'aurait fait Braise, en interrogeant les gens. Mais je n'ai pas pensé aller trouver les ghemphs. Je suis allé voir les fidéens. Gilfeather, j'ai entendu dire que les médecins des Prairies sont extrêmement compétents. Est-ce que vous parviendrez à aider Flamme ?

— J'n'en sais rien. »

Il déclara, presque pour lui-même : « C'est quand ces choses-là se produisent que ma foi faiblit le plus. Parfois… Parfois il est difficile de croire en un Dieu de *justice*. »

Ne sachant que répondre, je changeai de sujet. « Et votre Conseil la renverra à son père ? Pis à un mariage dont elle ne veut pas ? »

Il cligna des yeux, surpris. « Vous savez qui elle est ? Vous n'ignorez pas grand-chose, hein ?

— Très peu de chose. Braise m'a raconté toute l'histoire : pourquoi elle est allée à la Pointe-de-Gorth et c'qui s'y est passé. Et, oui, je sais que Flamme est la castenelle. »

Il me dévisagea puis déclara, en secouant la tête :

« Braise doit vous tenir en haute estime.

— Braise a une grande dette envers moi. »

Il hocha la tête, absorbant cette réponse, puis revint à ma question de départ. « Non, bien sûr que nous ne renverrons pas Flamme à Cirkase et à ce mariage. C'était un marché ignoble, concocté par le bastionnaire de Breth et les Vigiles. Le bastionnaire voulait que les Vigiles autorisent officiellement son union inter-insulaire avec Flamme, en échange de quelque chose dont ils avaient besoin.

— Les ingrédients de la poudre noire que les Vigiles utilisent pour leurs canons

— Oui. Un minéral extrait sur Breth. On l'appelle salpêtre, et j'imagine qu'on le trouve dans les grottes des Tétins. Normalement, je ne devrais pas savoir tout ça, mais j'ai eu de la chance. Alors que je revenais de la Pointe, à bord du navire, j'ai rencontré un Bréthois qui en fait commerce. Il m'a dit que les Vigiles, depuis un certain temps, brûlaient du salpêtre en petites quantités, mais le bruit court qu'ils en veulent désormais beaucoup plus et que le bastionnaire fait barrage. Il n'a pas besoin d'argent, mais il rêve d'un héritier, et il semble que la castenelle soit la seule femme qui l'attire. Ses goûts vont généralement aux garçons encore trop jeunes pour porter des pantalons.

— D'après Braise, cette poudre noire est plus puissante que toute magie carmine. Elle peut raser des villes en quelques minutes. Qui la contrôle, règne sur l'ensemble des Glorieuses.

— Je crains qu'elle n'ait raison. Comme si l'archipel des Vigiles n'était pas déjà assez puissant ! À la Pointe, j'ai vu des choses… désagréables, pour

357

dire le moins. Et l'une des pires était de voir des sylves employer leurs pouvoirs curatifs comme argument de négociation. Même auparavant, ce qu'ils faisaient au nom de leur devise : "Liberté, égalité, justice" était abject. Plus leur avidité s'accroît, plus ils violent les nations d'égale richesse avec leurs manigances commerciales et leurs talent de créditeurs. Ils s'emparent du pouvoir par tous les moyens possibles et couvrent leurs traces sordides au moyen d'illusions. À mesure qu'ils gagnent en puissance, ils se justifient par des arguments de plus en plus spécieux, jusqu'à ne plus voir eux-mêmes la noirceur de leur âme. Je ne sais pas ce qui est pire : un maître-carme qui sait qu'il est mauvais et s'en délecte, ou un sylve qui fait le mal sans même s'en rendre compte. » Ses yeux trahissaient davantage d'affliction que de rage, mais j'y lisais bel et bien de la colère.

« Est-ce que les Vigiles sont toujours à la recherche de Flamme ?

— Oh, je crois que oui. Flamme est l'une des rares personnes capables de changer l'avenir des Glorieuses, en tant qu'héritière de Cirkase. Pour commencer, ils ont besoin d'autres ingrédients que le salpêtre pour leur satanée poudre noire. Ransom… elle vous a parlé de lui ? C'est l'héritier-fortenaire de Béthanie. Un jeune crétin tombé amoureux d'elle. Enfin, bref, il s'est trouvé à bord du *Belle des Vigiles* et il m'a parlé d'une odeur de soufre. Je sais que les Vigiles achètent des quantités inhabituelles de soufre à Cirkase. Je ne m'en serais pas méfié s'ils n'avaient pas tenté de garder le secret sur ces ventes. Il y a des rumeurs ces derniers temps ; des bêtises – des gens qui affirment qu'ils en font un usage magique. Si Flamme reste saine et sauve jusqu'à ce qu'elle devienne castellaire, comme elle y est destinée, elle pourra s'interposer entre les Vigiles et le soufre dont ils ont besoin. D'un autre côté, si elle finit sous la coupe du bastionnaire de Breth, alors non seulement les Vigiles obtiendront leur soufre, mais ils pourront aussi acheter leur salpêtre à Breth.

— Alors les fidéens vous ont envoyé la protéger ?

— Oui. Et lui offrir l'asile sur Tenkor, aussi long-temps qu'elle le voudra.

— D'après moi, c'est presque impossible de faire rentrer des oiseaux dans leur cage une fois qu'on les a r'lâchés. Pis je n'parle pas de Flamme. Ryder, elles existent, ces armes. Braise m'a raconté l'attaque de Creed, à grand renfort de détails crus. V'croyez que les Vigiles vont accepter calmement de r'noncer juste parce qu'ils ne r'trouvent pas Flamme ?

— En tout cas, on *peut* tenter de les empêcher d'accéder aux ingrédients. Malheureusement, ce qui va sans doute finir par se passer, c'est que tous les autres insulats vont se ruer sur ces canons. Ça vaudrait peut-être mieux que de les savoir entre les mains d'un seul insulat. Et pourtant, Dieu sait qu'il serait affreux que tout le monde dispose de ces atrocités. »

Je n'y avais pas songé, mais je savais au fond de mon cœur qu'il avait raison. Après les incidents de la Pointe, les autres seigneurs insulaires avaient dû entendre parler des canons, et leur peur ou leur appétit de pouvoir avait dû les pousser à en chercher le secret.

Ce fut alors que Mackie vint nous informer qu'il était temps de reprendre les eaux pour l'étape finale de notre voyage, mettant fin à notre conversation. Cette après-midi-là, à bord du radeau, je me demandai pourquoi Ryder m'en avait raconté autant, et décidai que c'était parce qu'il se fiait au jugement de Braise. Si quelqu'un d'aussi expérimenté qu'elle souhaitait ma compagnie, alors je devais être un homme de confiance. J'avais toutefois l'intuition qu'il ne me disait pas tout. Mon odorat m'indiquait que ce patriarche était un homme tourmenté, malgré son calme apparent et sa capacité de réflexion. Sur le moment, je ne parvenais pas à me l'expliquer.

Je ne savais pas, par exemple, que le Haut Patriarche, un homme pragmatique et prévoyant, préparait Ryder à prendre sa place de titulaire et de chef spirituel des fidéens, et Tor Ryder était assez fin pour comprendre qu'il atteignait un carrefour dans sa vie. Il devait effectuer un choix. S'il acceptait de conserver la position d'infériorité qu'il occupait actuellement, il ne changerait jamais vraiment les choses. S'il acceptait le pouvoir et en usait avec sagesse, il aurait peut-être une chance d'y parvenir. Seul problème, ce n'était pas là l'existence qu'il avait envie de mener.

Ce n'était pas une décision facile. Il n'était pas ambitieux ; c'était en fait par nature un homme d'action, plutôt que de négociation et de compromis. Il aimait jouer les agents pour le Conseil des Patriarches. Il détestait les réunions, les discussions doctrinaires et les questions de politique de la Patriarchie. Une partie de lui voulait s'éloigner de ce qu'on lui imposait. Le problème étant qu'il souhaitait, par-dessus tout, débarrasser les îles de la magie et de la tyrannie.

Pour dire les choses simplement, Tor Ryder voulait changer le monde.


On atteignit le village de Kalgarry, à l'embouchure du Cours de Kilgair, en fin d'après-midi. Je demandai où menait la route qui contournait le Massif de Kilgair et appris qu'elle descendait vers un autre village, Gillsie, à quelques kilomètres à l'est – trop loin pour que je puisse déterminer à l'odeur si Braise et Flamme s'y trouvaient. Personne, à Kalgarry, ne put nous dire si elles avaient atteint l'Étang Flottant, et encore moins où elles se trouvaient, mais Gillsie était le bon endroit où poser ces questions-là. Ryder se renseigna sur l'île qu'avaient mentionnée les ghemphs de Mekaté, et on le gratifia en réponse d'une avalanche d'histoires sur les Vigiles, des enlèvements, des barrières magiques et des esprits lacustres vengeurs.

Personne ne voulut nous conduire jusqu'à l'île, ni nous louer un bateau. Même en recourant à son charme considérable, Ryder ne parvint qu'à acheter le radeau de Jakan et Mackie. Apparemment, avant de reprendre à pied la route d'Amkabraig, les frères et les autres bateliers vendaient généralement leurs radeaux aux coupeurs de pandana, qui s'en servaient ensuite pour expédier leur moisson jusqu'à la côte en empruntant la Limace de Kilgair. Mais plus personne à présent ne coupait de pandana, car les gens redoutaient de s'aventurer sur le lac, si bien que personne ne voulait conclure d'affaires avec les frères.

Ryder marchandait avec une adresse qui forçait l'admiration, et on partagea le coût du radeau. On ne parla jamais réellement d'unir nos forces ; à un moment ou un autre, on supposa sans doute tous deux qu'on agirait ensemble quoi qu'on puisse bien faire. Je ne peux pas dire que je lui faisais totalement confiance. En surface, il restait cet homme calme et pensif porté sur l'introspection, mais mon nez commençait à me raconter une tout autre histoire. C'était un homme gouverné par ses passions, habité par une colère confinant à la violence qui rôdait juste en dessous de cette surface imperturbable. « Avez-vous la moindre idée, me demanda-t-il bien plus tard, de l'effort que je dois parfois fournir pour réprimer le désir de vouer certains membres de l'espèce humaine à la damnation ? » Je ne savais pas trop si je devais admirer la ferme emprise qu'il exerçait sur ses émotions les plus indignes, ou le craindre parce qu'elles risquaient de faire surface et de le rendre agressif. Ça me poussait en tout cas à le considérer avec une certaine méfiance. Quelques semaines plus tôt, je n'y aurais absolument rien compris. J'avais vécu jusque-là sans jamais éprouver le genre de rage qu'il portait en lui. Mais, depuis, j'avais affronté le Parangon Dih Pellidree au Bureau felliâtre des affaires religieuses et juridiques. Tenu dans ma main la pierre qui avait tué Jastriá. Rencontré Flamme et appris l'existence des carministes. Je savais maintenant de quoi j'étais capable quand les circonstances m'y poussaient. Et si j'étais capable d'accomplir un acte de violence, alors Tor Ryder aussi.

Pour ajouter à ma méfiance, alors qu'on atteignait le village, il tira de ses affaires une immense épée. Il la portait maintenant dans un harnais fixé dans son dos, tout comme le faisait Braise. Lorsqu'il la mania ce soir-là pour la graisser, il le fit avec autant d'élégance et de familiarité que Braise, si bien que je me détournai, troublé. Puis je me rappelai sa compassion pour cet enfant atteint d'une maladie de peau, son amour pour Braise qui le faisait tellement souffrir, et me demandai s'il était réellement si dangereux. La capacité de flairer les émotions humaines n'était pas toujours un avantage ; parfois, ça ne faisait qu'ajouter à notre confusion.

On ne parla jamais sérieusement de quitter Kalgarry ce soir-là. Le temps qu'on débatte du prix du radeau, qu'on achète des réserves supplémentaires de nourriture et qu'on interroge les villageois en prenant garde de ne pas éveiller les soupçons, il faisait déjà noir depuis long-temps et il semblait idiot de risquer la traversée du lac vers un endroit que nous ne connaissions pas. Je crois que, si j'avais expliqué à Tor la véritable portée de mes capacités olfactives, il aurait insisté pour qu'on parte sur-le-champ, mais je ne lui en dis rien. C'était une erreur, mais je ne pouvais pas savoir que nous suivions Braise et Flamme de si près, qu'elles avaient quitté Gillsie en direction de l'île dans l'après-midi. Peut-être mon manque d'expérience face aux carministes me rendait-il également moins opiniâtre que Ryder, moins conscient que chaque minute pouvait faire la différence entre vie et mort, santé mentale et folie.

# 19

## *Kelwyn*

Ryder me réveilla bien avant l'aube le lendemain. La lumière ne faisait encore qu'effleurer le ciel, mais il ne s'excusa pas de ce départ matinal.

On avait dormi sur le radeau et on partit en silence après s'être nourris rapidement de pain pour le petit déjeuner. Il ne nous fallut que quelques instants pour pousser le radeau dans l'eau et commencer la traversée du lac, où nous étions apparemment les seules créatures déjà éveillées. Ryder maniait la perche avec une grâce et une efficacité qui me poussaient à me demander, maussade, s'il lui arrivait jamais de mal faire les choses. J'étais chargé de pagayer et censé contribuer à nous tenir à l'écart du pandana et de ses épines. Je compris vite que je m'y prenais mal. Sur le Toit mekatéen, nous n'avions pas de rivières assez larges pour laisser passer ne serait-ce qu'un coracle, sans parler d'un engin comme celui-ci. Je me sentais maladroit et sans grâce. Ryder, évidemment, était bien trop poli pour faire des commentaires.

Nous avions décidé de visiter d'abord Gillsie, où la route se terminait. Nous voulions savoir si Braise et les autres étaient arrivés ; ça semblait un point de départ logique. Tandis que nous approchions de l'endroit, je me retrouvais confronté à un problème immédiat : fallait-il ou non informer Ryder de mes capacités olfactives ? C'était un sujet difficile à aborder, tout comme il l'avait été avec Braise et Flamme. Nous avions si peu d'armes, nous autres, les Célestiens, et notre peuple avait décrété depuis des générations que ce serait de la folie de révéler des informations sur la seule dont nous disposions. Je n'aimais guère en parler, mais voilà pourtant que j'envisageais de le révéler à quelqu'un d'autre.

Je commençai : « Y a quelque chose dont je dois vous parler, mais j'apprécierais que vous l'gardiez pour vous. »

Il pencha la tête, m'interrogeant du regard. « Je suis prêtre, Gilfeather. Nous avons l'habitude de garder des secrets.

— Je suis capable de, hum, de sentir les odeurs avec une intensité inhabituelle. »

Il parut perplexe. L'un de ses sourcils tressauta. « Ah bon ? Je n'avais pas remarqué. »

Je rougis. D'une nuance vive, comme d'habitude, qui partit du haut des oreilles et gagna tout mon visage avant de rejoindre ma nuque. J'inspirai profondément. « Je veux dire que j'sens les arômes – des gens, des choses – avec une, hem, une acuité peu commune. Je perçois que Braise et les autres sont v'nus au village

365

hier soir, mais qu'ils sont partis avant la tombée de la nuit, pour s'diriger droit vers l'Étang. »

Il ne répondit rien, mais me lança un regard très étrange. Et la façon dont il continua à guider le radeau vers le village en disait long. Bien que le soleil ne soit pas encore levé, le village s'animait déjà ; j'apercevais des cheminées fumantes.

Sur la défensive, j'ajoutai : « C't'une capacité qui peut s'révéler très utile.

— Je veux bien le croire », acquiesça-t-il. Je voyais qu'il détectait la légère antipathie qu'il m'inspirait, et qu'elle l'intriguait. À bien y réfléchir, elle m'étonnait moi aussi. Il n'avait rien fait pour susciter mes soupçons ou mon aversion.

Plus tard, alors qu'on s'éloignait de Gillsie en bateau après avoir parlé aux villageois, il garda un moment le silence. Puis il me demanda : « Comment saviez-vous tout ça… sur le moment de leur départ ?

— D'après l'intensité des traces qu'ils ont laissées. J'crois qu'on pourrait dire qu'j'ai assez d'expérience pour en juger. L'arôme le plus puissant se trouvait au bord de l'eau, alors j'ai supposé qu'ils avaient pris une embarcation.

— Et maintenant, vous… vous sentez leur odeur ?

— Assez pour savoir qu'ils sont passés ici. Mais la piste n'est pas assez nette pour que j'puisse la suivre précisément. » Nous nous dirigions vers le nord, tout simplement parce que c'était la direction mentionnée par les villageois. « L'eau n'a pas la même odeur que la terre. Elle bouge, et l'odeur avec. Pis le lac dégage un arôme assez fort aussi. »

Nous faisions face à un mur d'îlots de pandana séparés par de petites voies navigables. Je tendis le doigt. « Par là. » Il m'obéit, mais en m'interrogeant du regard. J'expliquai donc : « Je perçois des voies navigables de l'autre côté du tunnel, pour commencer ; pis c'est la direction de l'île. J'sens d'ici la puanteur de la magie carmine. »

Il parut surpris mais ne répondit rien. Je devinai que cette odeur ne lui était pas encore aussi évidente. J'avais une information supplémentaire qui n'allait pas lui plaire. « Flamme va trahir Braise et Dek, déclarai-je calmement.

— Mais comment donc pourriez-vous savoir ça ? demanda-t-il.

— Je flaire ses intentions. »

Il eut du mal à accepter cet état de fait.

« Trahir son amie la plus proche, c'est une des actions les plus viles qui soient, expliquai-je. Ça dégage une puanteur.

— Vous croyez qu'elle est corrompue ? Une fois de plus ?

— Pas une fois de plus. Je crois que c'est la même corruption, mais qu'on ne l'a pas totalement guérie la fois d'avant, lui rappelai-je.

— Impossible, répondit-il calmement. Duthrick et les sylves s'en seraient aperçus. Et puis j'étais présent, rappelez-vous. Ainsi que Braise. Et Ruarth. Trois Clairvoyants. Nous l'aurions *vu* s'il restait des traces après que les sylves l'avaient guérie. Je vous jure qu'il n'y avait rien.

— Je crois que mon nez est plus… sensible que la Clairvoyance normale. J'avais deviné le problème de Flamme avant que Braise s'en aperçoive. Pis Braise n'a pas mentionné avoir vu de couleur carmine. Quoi qu'ça puisse bien être, ça empire. »

Je ne l'avais pas convaincu, mais il ne me contredit plus. On échangea des propos décousus tout en manœuvrant le radeau. Je lui appris tout ce que j'avais découvert sur la magie dans les papiers de Garrowyn à Amkabraig, et il m'expliqua en retour tout ce qu'il savait sur la magie carmine ; mais, comme rien de tout ça n'expliquait vraiment ce qui arrivait à Flamme, on changea bientôt de sujet pour parler d'autre chose.

Il m'interrogea sur le Toit mekatéen. Bien qu'il n'y soit jamais venu, je m'aperçus qu'il en savait déjà bien plus que la plupart des gens d'en bas que j'aie jamais rencontrés. En fait, il me faisait l'effet d'un homme incroyablement bien informé. Quand je lui demandai pourquoi, il répondit : « Eh bien, j'ai commencé comme scribe, vous savez. Je voyageais beaucoup, et je lisais ce qui me tombait sous la main. C'est mon amour du savoir qui m'a poussé à m'intéresser aux fidéens. Eux seuls possèdent des bibliothèques publiques et des professeurs-chercheurs. Eux seuls, à l'exception des Vigiles, possédaient le genre d'informations qui répondaient à toutes mes questions. D'après mon expérience, les Vigiles préfèrent garder leur savoir pour eux plutôt que de le disséminer, là où les fidéens cherchent à éduquer. Maintenant, je vois qu'il va me falloir aussi visiter le Toit mekatéen si chaque famille, comme vous le dites, possède des documents et des textes consacrés à leurs professions. Ça doit être une mine de connaissances. Pensez-vous qu'il serait possible aux scribes fidéens de rendre visite aux tharns des Prairies et de copier ces textes ? »

J'y réfléchis. « Je n'crois pas qu'ça dérangerait mon peuple. C'qu'on doit absolument garder pour nous, ce sont nos selves, vu que la laine est la seule matière première qu'on puisse échanger contre c'dont on a besoin dans le monde extérieur. Mais nos connaissances ? Je crois qu'ces choses-là n'ont pas de prix. Elles devraient être disponibles gratuitement. D'mandez à mon oncle Garrowyn. Je suis sûr qu'il vous aidera.

— Garrowyn Gilfeather est votre oncle ? »

Je hochai la tête.

« Un homme intéressant. Il a très certainement sauvé la vie de Flamme avec ses herbes et ses remèdes. Le seul "chirurgien" qu'on ait trouvé pour lui amputer le bras était un boucher qui avait assassiné sa femme.

— Il est très cultivé. Mais la vue du sang frais le rend malade, alors v'z'avez eu d'la chance qu'il vous aide. Il a récupéré plein de livres au cours de ses voyages, v'savez. Mais je crois que les nôtres sont meilleurs. Nous autres, les gens des Prairies, nous étudions depuis longtemps les maladies et leurs causes, les traitements, toutes ces choses-là. Sur le Toit meka-téen, on dissèque toujours les corps avant de les enterrer, et tous les traitements et les morts sont notés en détail. On a des dossiers qui r'montent à mille ans. »

Il parut songeur et posa beaucoup d'autres questions sur nos remèdes et notre chirurgie. Comme Braise, il expliqua son intérêt en me rappelant qu'il était Clairvoyant et donc insensible aux sorts curatifs sylves. « Comme beaucoup d'autres patriarches, ajouta-t-il. Tout ce qui peut fournir des remèdes ou moyens de guérison efficaces nous intéresse. »

Son explication tenait parfaitement la route. Sans mon odorat, je l'aurais acceptée comme la vérité et je l'aurais trouvée logique. Au lieu de quoi je compris qu'il mentait ou, dans le meilleur des cas, qu'il ne me disait pas toute la vérité. Ce qui m'échappait, c'était *pourquoi*. Tor avait ses propres motifs, ses propres projets, et je ferais mieux de m'en souvenir.

Tandis qu'on progressait au cœur du pandana, je pris plusieurs fois conscience que quelque chose nous suivait dans l'eau. Quand je regardais derrière moi, je voyais des remous et j'entr'apercevais un corps gris. Quoi que ça puisse être, ça ne s'attardait jamais assez longtemps pour que je le voie correctement. Je ne savais même pas au juste s'il y avait plusieurs créatures ou si c'était toujours la même qui nous suivait délibérément. J'aurais pu décider que cet endroit me donnait de drôles d'idées, à un détail près : *je ne sentais pas l'odeur de cette créature*. Le mouvement de l'eau emportait peut-être les odeurs, mais il ne pouvait pas cacher quelque chose qui se trouvait juste sous mon nez. Et cette… ces… créatures glissaient sous le radeau. Pas d'arôme du tout, c'était pire que trop. Je me faisais l'effet d'un aveugle et ça ne me plaisait pas du tout.

Mais ce n'était pas le seul détail étrange à propos de ce monde flottant : parfois, on traversait des tunnels pendant une heure ou plus, des voies sinueuses d'eau noire seulement éclairée par le soleil que diffractait l'épais réseau de feuilles hérissées d'épines. Parfois les tunnels se divisaient en branches avant de se rejoindre, évoquant un réseau d'artères, de veines et de capillaires. Plus déroutant encore, un tunnel se refermait parfois derrière nous, comme si ces plantes flottantes voulaient nous empêcher de fuir. C'est idiot, je sais ; les îlots ne bougeaient que parce que notre passage dérangeait la tranquillité de l'eau. Sans doute cette impression était-elle accentuée par les bruits étranges qui s'échappaient de cet endroit : des sifflements dissonants qui paraissaient s'élever depuis l'eau de tous côtés à intervalles irréguliers, pareils à la musique que produit le vent autour des coins d'un bâtiment. J'aurais pu me convaincre que je me faisais des idées, sauf qu'il n'y avait pas de vent et que les notes semblaient parfois plus… délibérées. Comme un langage. Seulement, qui parlait, ou quoi ? Et à qui ? Je frissonnai.

Il nous fallut dans les deux heures pour rejoindre l'île, une heure environ après l'aube. Juste avant d'y parvenir, on atteignit une zone où la puanteur carmine était aussi épaisse que du miel de printemps, et nettement moins douce. Écœurante, en fait. Ryder déclara que c'était une égide carmine, mais je ne la voyais pas et on la traversa sans problème, si ce n'est que je vomis par-dessus bord.

« On est tout près », chuchotai-je une dizaine de pas plus loin. Je tendis le doigt. « Il y a quelqu'un tout

371

près. Deux personnes dans un bateau. Et deux autres, plus loin dans cette direction. Une forte puanteur de magie carmine.

— Peut-être des gardes, murmura-t-il en réponse. Vous pouvez nous approcher de l'île sans qu'ils nous voient ? »

Je hochai la tête. En recourant à mon odorat, il m'était plus facile de décider quels canaux éviter.

Je continuai à pagayer et le radeau quitta peu de temps après les voûtes de pandana pour émerger à la lumière. D'autres îlots végétaux flottaient sereinement devant nous, et un village se profilait au-delà. Ryder interrompit le mouvement du radeau d'un coup de perche adroit. Heureusement, un rideau d'îlots flottants masqua notre arrivée.

« Eh bien, dit-il doucement, je vous dois des excuses, Gilfeather. Je croyais que vous exagériez vos capacités olfactives. » Il regarda autour de lui pour évaluer la situation. « Je crois que nous allons observer un moment les choses ici, sans être vus. » Il indiqua au bord de l'eau un emplacement où une rangée basse de pandana, qui n'atteignait même pas la hauteur de la taille, poussait jusqu'à la rive. Elle était assez épaisse pour nous cacher, mais assez clairsemée pour nous permettre d'observer les maisons. Une fois là-bas, le radeau s'échoua dans une zone d'eau peu profonde et on s'agenouilla pour observer le village à travers les feuilles.

La plus proche des maisons se trouvait à vingt pas. Le bâtiment le plus large était une sorte de cabane munie de deux grandes portes. Lesquelles étaient fermées, ce qui nous empêchait de voir à l'intérieur. Il devait s'y passer quelque chose car on y avait posté plusieurs personnes armées, sans doute pour monter la garde. Il y avait également d'autres gens, mais ils semblaient vaquer à leurs occupations normales. Un vol d'échassiers allait et venait devant la cabane en donnant de petits coups de bec dans le sable, et plusieurs canots y étaient alignés. La puanteur était atroce.

« Vous avez une arme sur vous ? » demanda Ryder qui me scrutait d'un œil critique, comme s'il voulait estimer de quelle utilité je lui serais quand il irait au-devant des ennuis.

Je rougis. Une fois de plus. « Rien qu'une dague. Pis un couteau de chirurgien dans mon sac.

— Vous vous serviriez de votre dague ?

— Voulez dire m'en servir pour… ? J'n'en sais rien », répondis-je honnêtement.

Il hocha la tête, acceptant l'information. J'ouvris mon sac et en tirai ma dague. Elle était assez tranchante pour couper une moustache de selve dans le sens de la longueur. Il fouilla ses affaires en même temps que moi et en tira la corde de son arc. Tout en garnissant l'arc de cette corde, qu'il bandait avec une facilité déconcertante, il me demanda : « Quelle odeur sentez-vous ? »

Le devinant toujours sceptique, je lui fis une réponse partiellement motivée par l'envie de lui en boucher un coin. « Essentiellement de la magie carmine. Elle masque à peu près tout le reste. Mais je dirais qu'il y a, hum… » Je m'arrêtai pour compter. « … quarante-cinq ou quarante-six personnes dans les environs. Sans compter les quatre qui se trouvent sur le lac. » Je gardais la voix basse, jusqu'au murmure. « Ils sont éparpillés dans les bâtiments. Une vingtaine d'entre eux sont des gens ordinaires. Parmi les restants, il y a Braise, Flamme et Dek, un autre qui doit être votre maître-carme…

— Vous en êtes sûr ? Comment pouvez-vous être certain que c'est lui ?

— Pour dire les choses comme ça, y en a un qui pue nettement plus que les autres. Et deux autres qui doivent aussi être carministes. Les autres sont… » J'hésitai. « Je crois qu'ils doivent être c'que vous appelez des sylves corrompus. Ils portent une trace du même arôme que Flamme, mais juste une trace. Le reste est… répugnant. » Le terme n'effleurait même pas la nature de cette abomination. « Ils sont dix-neuf. Y a les trois devant c'bâtiment, là, c't'entrepôt, pour commencer. Pis y en a cinq hors du village, éparpillés un peu partout. Assez loin. Je dirais qu'ils montent la garde, comme ceux du lac. Braise, Flamme et Dek ne sont pas loin. Dans la cabane, je dirais, mais c'est dur à déterminer précisément. L'odeur de magie carmine est tellement… *envahissante*.

— Vous pouvez me dire s'ils sont seuls ?

— Ils sont en compagnie du maître-carme, d'un type ordinaire pis d'une douzaine d'ex-sylves. Et des carministes. Je n'sens pas du tout l'odeur de Ruarth, mais c'est peut-être parce qu'il est tout petit et que la puanteur carmine est trop écrasante. »

Les rides se resserrèrent au coin de ses yeux, mais ce fut la seule preuve externe de la douleur qu'il éprouvait alors. « Au nom du ciel, dit-il doucement, plus pour lui-même que pour moi, comment cette idiote a-t-elle réussi à se fourrer si vite dans une nouvelle embrouille impliquant la magie carmine ? Elle n'a donc aucune espèce de bon sens ? » Il pouvait parler de n'importe laquelle des deux, mais je savais qu'il pensait à Braise. « Je ne m'étais pas attendu à voir autant de sylves corrompus, poursuivit-il calmement, à mon intention cette fois. Je pensais qu'il ne s'agirait que d'un petit groupe, mais il avait visiblement préparé cet endroit pour qu'il lui serve de deuxième cachette à un moment ou un autre. Les carministes, je devrais pouvoir m'en occuper : ils ont tellement l'habitude de recourir à leur magie pour survivre qu'ils ne sauront peut-être pas se battre à l'épée. Mais les ex-sylves ? Beaucoup d'entre eux doivent être de formation vigilienne. Des bretteurs accomplis. »

Je hochai la tête, lugubre. « D'après Braise, y avait huit sylves vigiliens sur le *Liberté des Vigiles*. Ils sont peut-être tous ici.

— Et Morthred corrompt des sylves depuis un bon moment. Il doit vouloir les meilleurs. Alors, dites-moi, Célestien, comment allons-nous réussir – avec une épée pour deux et sans recourir à la magie – à tirer ces deux imprudentes et ce gamin du pétrin ? »

Je n'en avais pas la moindre idée.

# 20

## *Braise*

Il y a des façons plus agréables de se faire réveiller que de recevoir un coup de pied dans les côtes. Dès l'instant où la botte entre en contact avec vous, vous comprenez que vous avez de gros ennuis. Alors même que j'ouvrais les yeux, je cherchai mon épée à tâtons ; elle ne se trouvait pas près de moi comme elle aurait dû.

L'aube commençait à peine à poindre et plusieurs lueurs sylves flottaient autour de notre camp. Des lueurs sylves… mais qui dégageaient toutes une lueur rougeâtre et malsaine. La première personne que je vis fut Morthred.

Après le coup de pied, il avait reculé et baissait maintenant les yeux vers moi à une distance prudente d'un ou deux pas, élevant une lanterne devant lui. « Bonjour, Braise, roucoula-t-il. Comme on se retrouve. » Il était accompagné d'une phalange de sylves corrompus, tous Vigiles, qui avaient tous tiré l'épée à l'exception de celui qui braquait sur moi une arbalète chargée d'un carreau. Derrière les sylves se trouvaient deux carministes.

Au premier faux mouvement, j'étais morte. Évidemment, si je ne bougeais pas, je l'étais aussi, et de manière sans doute beaucoup plus douloureuse. Près de moi, Dek remua sous ses couvertures et sortit la tête. Puis il émit un gargouillis de surprise, évoquant un concombre de mer qu'on écrase sous la semelle. « Ne bouge pas, mon grand », l'avertis-je.

Morthred hocha la tête. « Sage conseil. »

Je le regardai fixement, mais je le reconnaissais à peine. Il n'y avait rien là de l'homme tordu qu'il avait été sous le nom de Janko, le serveur de la *Table avinée* à la Pointe-de-Gorth, rien de l'individu difforme qu'il était lorsqu'il avait perdu la bataille de Creed. Il était beau. Un Méridional aux yeux bleus, grand et droit, avec un charmant sourire qui n'atteignait pas son regard cruel, ni sa voix dont l'intonation trahissait son plaisir. Me voyant stupéfaite, il ajouta : « J'adore les surprises, pas vous ? »

Une seule question me traversait : comment est-ce que *Janko* a pu devenir *ça* ?

« Ça vous dérange si je me lève ? demandai-je poliment. Je me sens nettement désavantagée, allongée comme ça. »

L'espace d'une fraction de seconde, il se contenta de me regarder fixement ; puis il éclata de rire. « Toujours une réplique bien sentie aux lèvres, hein, Braise ? Un de ces jours – très bientôt – je les scellerai définitivement. »

Il recula d'un nouveau pas et me fit signe de me lever. Je m'exécutai avec une prudence exagérée, gardant les mains à la vue de tous. Dek m'imita. Pendant ce temps, je jetai un rapide coup d'œil autour de moi pour estimer la gravité de la situation.

Les égides de Flamme avaient disparu, bien sûr. Elle se tenait agenouillée à l'arrière du groupe, entourant Fouineur d'un bras et lui enserrant le museau d'une main. Il geignait, inquiet mais guère paniqué. Flamme, après tout, était censée être une amie. Elle me regarda d'un air inexpressif. Je ne vis en elle aucune trace de magie sylve ; aucune animation non plus.

Ruarth se trouvait non loin de là, parmi les herbes hautes, perché en haut d'une tige. Il lançait des appels incessants, essentiellement à l'intention de Flamme, pour autant que je puisse en juger. Il s'efforçait de la pousser à le regarder pour qu'elle puisse le comprendre, mais elle ne semblait pas l'écouter. Personne d'autre ne lui prêtait attention, ce qui était bon signe – ça signifiait qu'ils ne savaient rien de lui.

Mon esprit s'emballait comme un vairon fuyant un labre ; je devais comprendre ce qui se passait, et vite. Les égides avaient disparu, Fouineur était neutralisé, et je ne voyais qu'une explication possible à ces deux faits : Flamme nous avait trahis. Elle s'était levée au milieu de la nuit pour aller prévenir Morthred au village. En nous livrant délibérément, Dek et moi, au maître-carme. *Mais pas Ruarth.*

Morthred fit signe à l'un des sylves de nous fouiller tous deux et il s'exécuta, non sans méfiance. Peut-être ma réputation m'avait-elle précédée. Je lui souris de toutes mes dents : je crois à l'importance de persuader les autres qu'une réputation est justifiée, même quand ce n'est pas le cas. Il ne trouva rien ; on m'avait déjà pris mon épée, et le reste de mes armes était hors de portée. Fouineur grogna d'un air menaçant, le poil hérissé, montrant les dents. Il était mécontent, et il y avait de toute façon longtemps que la présence de Flamme le mettait mal à l'aise ; j'aurais dû l'écouter.

Enfin, je l'avais *bel et bien* fait, d'une certaine façon. Tout comme j'avais écouté Gilfeather. Ainsi que mes propres doutes. Mais rien, ni personne, ne m'avait avertie qu'elle allait nous trahir. Qu'elle le ferait effectivement à la première occasion. Même alors, je l'avais surveillée, comparant ce que j'observais à son comportement quand elle était infectée par la magie carmine à la Pointe-de-Gorth, mais il n'y avait aucune similitude. Cette fois-ci, l'odeur de contamination avait été aussi légère qu'occasionnelle. La fois d'avant, Flamme s'était montrée d'humeur bien plus cruelle et déplaisante. J'avais toujours du mal à croire que ce qui lui était arrivé n'était que le retour de la contamination subie à la Pointe. Les sylves corrompus ne ressemblaient pas à la Flamme actuelle. Ils avaient au fond des yeux un éclat qui m'apprenait qu'ils se savaient pris au piège. L'expression hantée d'hommes et de femmes justes qui luttaient en vain contre ce qu'ils étaient devenus. C'étaient des gens robustes et sains *poussés* à agir contre leur gré, dépassés par une magie plus puissante que la leur.

Flamme paraissait juste malade. Privée d'énergie. Et, de temps à autre, habitée par la colère.

Quelque chose m'échappait. Comme à nous tous. Quelque chose d'important.

« Vous avez changé », dis-je à Morthred. Mon esprit s'emballait toujours, estimant la situation, absorbant le moindre détail, aussi insignifiant soit-il. On ne sait jamais ce qui peut se révéler utile plus tard. S'il y avait un plus tard. Flamme relâcha Fouineur et resta plantée derrière les sylves, fixant le vide avec des yeux éteints.

Morthred dégageait un éclat non pas cramoisi, mais d'une nuance violette. Il était plus grand que dans mon souvenir ; sans doute parce qu'il pouvait maintenant se tenir droit. Son regard semblait plus clair, moins… quoi donc ? Furieux ? Non, pas exactement. Et j'y lisais toujours la folie, pas tant assourdie que maintenue fermement sous contrôle. Le contrôle, voilà. Il se contrôlait comme jamais auparavant. Mon moral chuta. Cet homme-là ne tomberait jamais dans le genre de panneau dont je m'étais servie pour le duper à Creed.

« Vous avez l'air en forme, lui dis-je calmement. Et très… » Je le jaugeai de la tête aux pieds. « … séduisant. Qu'est-ce que vous vous êtes fait ? » Je pris grand soin de m'assurer que ma voix ne contienne pas la moindre trace de moquerie.

Dek, qui ouvrait des yeux aussi grands que ceux d'une pieuvre, me dévisageait comme s'il n'en croyait pas ses oreilles. Morthred souriait, toujours aussi charmeur. « Ça m'a pris pas loin de cent ans, mais j'ai enfin découvert le remède à mon petit… problème. »

D'un geste, il me commanda de marcher à ses côtés pour nous éloigner du camp.

« Ça ne vous dérange pas si j'enfile d'abord mes bottes ? » demandai-je comme si c'était une requête parfaitement raisonnable qu'il allait bien sûr accepter.

D'un geste censé traduire sa magnanimité, il désigna mes chaussures. Je m'assis pour les enfiler sans prendre la peine de les vider, ce qui n'est pas toujours une bonne idée quand on campe à la belle étoile. Cette fois, rien ne semblait s'y être glissé. Je me relevai. Dek enfila lui-même ses souliers sans attendre de permission.

On laissa nos sacs et leur contenu derrière nous, à même le sol. Je notai toutefois que le sylve qui avait pris mon épée la gardait en main. Un de ces jours, songeai-je avec aigreur, je vais perdre cette satanée lame calmentienne pour de bon. Et je l'aurais mérité, si je continuais comme ça.

Tandis qu'on avançait vers le village, Morthred restait sur ma gauche, bien à l'écart, tandis que ses sous-fifres se répartissaient autour de moi. J'étais affreusement consciente qu'un ex-sylve nerveux et remuant gardait son arbalète pointée dans mon dos. Les lueurs sylves nous accompagnaient en rebondissant à hauteur d'épaule, vestige rouge et malsain d'une magie sylve qui avait autrefois été pure.

« Les sorts curatifs sylves, répondit Morthred.

— Pardon ? demandai-je poliment.

— La solution à mon problème.

— C'est la magie *sylve* qui vous a guéri ? demandai-je, incrédule.

— Celle de *mes* sylves, précisa-t-il en indiquant les gens qui l'entouraient.

— Des sylves corrompus ? Ne me demandez pas de croire à une chose pareille. Ils doivent perdre leurs dons sylves une fois corrompus, même à supposer qu'on parvienne à les, hum, à les en convaincre. » Mais ces lueurs sylves m'apprenaient que je me trompais, du moins en partie, alors même que je parlais.

Il affichait un sourire satisfait. Tout en lui indiquait l'homme qui se sentait à la fois invincible et triomphant.

Voyant qu'il ne répondrait pas, je déclarai : « J'en déduis que les renforts envoyés à Duthrick à la Pointe-de-Gorth se sont révélés très utiles.

— En effet », répondit-il sans se départir de son sourire. J'entendis Dek inspirer brusquement et compris pourquoi. Un éclat sauvage brilla dans les yeux de Morthred tandis qu'il revivait ce souvenir.

Je frappai deux fois des mains. « Toutes mes félicitations. Votre apparence actuelle est nettement plus à votre avantage que celle de Janko le serveur. » Fouineur, docile, s'éloigna furtivement, avec un dernier coup d'œil blessé par-dessus son épaule.

Mes pensées tournoyaient toujours en quête d'une solution. Morthred ne m'avait pas encore tuée ; ç'avait été sa première erreur. Mais je ne voyais qu'un seul véritable espoir, le fait que Flamme ne lui ait pas encore parlé de Ruarth, ni peut-être de la Clairvoyance de Dek. Je lui lançai un coup d'œil. Elle s'éloignait sur le côté et paraissait brisée au point de sombrer dans l'indifférence. Un haut-le-cœur me traversa et toute la colère que j'avais pu éprouver contre elle se dissipa. Qui étais-je pour ne serait-ce qu'*envisager* de juger ce qu'elle avait traversé ?

Une demi-heure plus tard, on atteignit le sommet d'une côte, d'où l'on surplombait une poignée de maisons entourées de potagers. L'un des bâtiments était plus gros que les autres. Il ne semblait posséder aucune fenêtre, rien qu'une large porte à deux battants placée face à l'eau, et les murs étaient surmontés d'un treillis. Une sorte d'entrepôt, supposai-je. C'était peut-être là que les villageois entassaient le pandana qu'ils cueillaient. Plusieurs canots à fond plat, semblables à celui que nous avions utilisé, étaient alignés sur une plage toute proche ; des filets de pêche étaient disposés sur un séchoir de bambou. L'endroit tout entier vibrait d'une lueur cramoisie ; elle se faufilait le long du sol, léchant les bâtiments telles des flammes.

Il était encore tôt ; le soleil ne s'était pas levé, même si le ciel s'éclaircissait. De la fumée s'échappait de plusieurs cheminées dans l'air humide et frais. Tandis que nous descendions, le soleil se leva et le village sembla s'éveiller d'un coup. Des gens émergèrent : certains pour aller chercher de l'eau, d'autres pour laver des vêtements sur la rive ; un garçon pour nourrir le vol d'échassiers domestiqués, un autre pour cueillir des bananes. Le spectacle aurait évoqué n'importe quel autre village ordinaire au bord de l'eau des îles de Mekaté, s'il n'y avait ce rouge qui dansait sur les choses et les gens. Quelqu'un avait pratiqué la magie ici à une échelle qui trahissait une enclave de carministes. Un nouveau Creed.

Ces gens semblaient réduits en esclavage depuis moins longtemps que ceux de Creed : ils n'étaient pas aussi maigres. Pas encore. Mais je voyais d'autres signes d'asservissement : personne ne parlait ; il n'y avait ni rires, ni saluts enjoués, ni ragots échangés par les femmes qui lavaient le linge. Ni jeunes enfants en vue ; ils avaient dû mourir les premiers quand les carministes s'étaient installés. Les enfants étaient un fardeau dont il fallait se débarrasser sur-le-champ.

Domino nous accueillit le premier lorsqu'on entra dans le village. Il n'avait pas changé d'un iota. Il me regarda avec un mélange de haine féroce et de plaisir intense. Je m'aperçus que je le haïssais encore tout autant qu'à la Pointe-de-Gorth, où il avait pris tant de plaisir à me torturer.

« Salut, Sangmêlé, lança-t-il en souriant.

— Salut, Domino. Toujours aussi petit, à ce que je vois. »

Il siffla de rage et faillit me balancer son poing, mais un froncement de sourcils de Morthred suffit à l'en empêcher. Je soupirai intérieurement. Quand apprendrais-je à la boucler ? Domino me ferait regretter cette remarque.

On nous conduisit tout droit au grand bâtiment. C'était ici qu'on entreposait les feuilles de pandana pour les faire sécher. Il était vide à présent, à l'exception de séchoirs et d'un foyer éteint et nettoyé au centre de la pièce.

Morthred se tourna vers ses sylves. « Gardez-les. Si cette femme dit un seul mot ou fait un seul geste, tuez le gamin. Domino, Lyssal, venez avec moi. »

Dek pâlit et me lança un regard terrifié alors que le maître-carme s'en allait. Je décrivis les signaux dustellois signifiant « tiens-toi tranquille » et « pas un mot », en espérant qu'il les reconnaîtrait – mais cet infime mouvement suffit pour que l'un des hommes lève son arbalète d'un air menaçant. Je décidai de ne plus recommencer.

Le temps passa lentement. Personne ne parlait. Je demeurais sur le qui-vive, mais nos geôliers aussi, et ils étaient dix. Ils formaient un cercle autour de nous, assez loin pour s'assurer que tout mouvement de ma part serait futile. Chaque fois que je faisais ne serait-ce que déplacer mon poids d'une jambe sur l'autre, des doigts se resserraient sur la détente des arbalètes et les poignées des épées et tous les yeux se dirigeaient vers Dek. Pauvre Dek, il découvrait vite ce que c'était vraiment que d'être un héros.

Après une demi-heure environ, Ruarth traversa le treillis surmontant le mur. Il vint se percher sur une traverse où je pouvais le voir.

*Flamme va bien*, annonça-t-il. *Morthred lui a dit qu'il l'emmenait sur son navire. Il va bientôt partir. Il lui répète en permanence qu'il ne va pas vous faire de mal.*

Je hochai la tête le plus légèrement possible mais, comme je ne voulus pas risquer de lui répondre plus en détail, il finit par s'en aller.

Je me sentis presque soulagée quand Morthred revint enfin accompagné de Flamme et de Domino, de deux carministes et plusieurs sylves corrompus.

De toute évidence, ils avaient décidé du sort qu'ils me réservaient, car ce qui suivit se déroula sans le moindre échange de propos. L'un des sylves jeta une corde par-dessus la traverse située au-dessus de nos têtes. Deux autres me saisirent par les bras. Une extrémité de la corde se terminait par un nœud coulissant et l'homme qui la tenait s'approcha de moi.

*Ils allaient me pendre.*

Je commençai alors à me débattre furieusement. Du coin de l'œil, je vis Dek profiter de la diversion pour foncer vers la porte.

J'assenai un coup de talon derrière le genou de l'un des hommes qui me retenait, puis lui marchai sur le ventre lorsqu'il s'effondra. Je m'abaissai sur un genou, entraînant le deuxième homme avec moi. Tandis qu'il perdait l'équilibre, je lui écrasai sur le nez mon poing libre, le plus violemment possible, et entendis craquer l'os à ma grande satisfaction. J'agrippai l'épée du premier homme et décrivis un grand cercle des deux mains. Plus par chance qu'autre chose, j'entaillai le bras d'un sylve vigilien puis plongeai profondément la pointe dans le flanc d'un carministe. Une fraction de seconde plus tard, je fus heurtée dans le dos par ce qui me fit l'effet d'un morse enragé. Je tombai de tout mon long ; six ou sept personnes se précipitèrent pour me maintenir à terre et on me passa le nœud coulissant autour du cou. Le combat avait duré moins d'une minute.

L'homme qui avait reçu mon coup de poing tâta son nez cassé, hurla de douleur, regarda le sang sur ses mains, puis s'apprêta à me balancer un coup de pied en plein visage. Toujours maintenue à terre par plusieurs mains secourables, je ne pouvais pas y faire grand-chose. Je détournai la tête le plus loin possible et reçus sa botte sur l'oreille. Tout devint noir l'espace d'un instant. Quand je retrouvai ma faculté de penser, je me tenais bien droite avec les mains attachées derrière mon dos et tout le monde s'écartait de moi. Lorsque je titubai, je fus retenue par la corde passée à mon cou.

Je m'étranglai. Je me redressai et la pression exercée autour de ma gorge se relâcha juste assez pour me laisser respirer. Tout juste. Mon oreille droite n'entendait plus qu'un fort bourdonnement continu. Prudemment, je risquai un coup d'œil autour de moi. La porte de la cabane était fermée. Près du mur, un sylve vigilien maintenait fermement Dek en place. La joue du gamin affichait une ecchymose. L'homme au nez cassé s'efforçait de respirer malgré le flot de sang. Flamme le regardait fixement et froidement. Domino, près d'elle, serrait si fort les poings qu'il devait se faire mal. L'homme qui avait reçu un coup d'épée dans le flanc reposait à présent à terre, la lame toujours logée en lui. Le résultat de mes exploits avait une sale allure, et une odeur encore pire ; je doutais que les ex-sylves parviennent à le guérir. Mon épée reposait à terre où quelqu'un l'avait laissée tomber dans la mêlée.

Et je me demandais pourquoi j'étais toujours en vie.

Morthred vint se placer face à moi. « C'était idiot, dit-il.

— Pas du tout, répliquai-je, respirant péniblement. Vous allez me pendre. Je n'aurais jamais pu vivre en paix avec moi-même si j'étais morte sans me battre. »

Il y eut un silence, puis il se mit à rire à gorge déployée. « L'Abîme vous engloutisse, Braise Sang-mêlé ! Trop peu de gens parviennent à m'amuser. » Il secoua la tête avec une tristesse feinte. « Quel dommage que vous soyez ce que vous êtes. Si je vous avais derrière moi, j'irais plus loin que dans mes rêves les plus fous. » Il n'y avait derrière ses mots aucune intention sexuelle ; Morthred ne m'avait jamais trouvée séduisante. Il voulait dire que j'aurais fait un bon homme de main.

« Il n'est jamais trop tard », répondis-je sur un ton que je voulais aimable. C'est incroyable ce qu'une corde passée à votre cou peut vous motiver.

Dek poussa un cri indigné, comme s'il n'arrivait pas à croire que j'aie prononcé ces mots. Je l'ignorai.

« Ah, non, répondit Morthred. Nous savons tous deux que vous seriez totalement indigne de confiance. Quoi qu'il en soit, vous vous méprenez : je ne compte pas vous pendre, bien que l'envie ne m'en manque pas. Je ne vais même pas vous faire torturer à mort, malgré l'envie qu'en conçoit Domino. J'ai conclu un marché avec Lyssal, ici présente, qui m'impose de vous laisser en vie ainsi que ce garçon, ce que vous serez ravie d'apprendre. »

Il se trompait sur ce point. Je n'en croyais pas un mot.

Il se tourna vers Flamme. « Avez-vous quelque chose à dire à Braise avant notre départ, ma chère ? »

Elle s'avança de quelques pas hésitants dans ma direction. Je regardai mon épée à terre, à quelques pas de mes bottes, puis levai les yeux vers son visage. « Dès que tu auras le dos tourné, Domino va nous tuer, Dek et moi, lui dis-je d'une voix blanche.

— S'il le faisait, je refuserais de coopérer », répondit-elle mollement. De faibles vrilles de couleur carmine s'enroulaient autour de son corps et le long de ses bras. « Morthred le sait bien.

— Il te ment, Flamme. Il va nous tuer sans que tu l'apprennes jamais. Insiste pour qu'on vous accompagne. »

La couleur carmine s'enflamma jusqu'à l'écarlate vif, imprégné de puanteur. Morthred me sourit, des fois que je n'aie pas compris que cette magie était la sienne.

« Mais je ne veux pas que vous nous accompagniez, répondit-elle, irritable, avant d'ajouter avec une absence de logique toute enfantine : On a conclu un pacte. Vous n'allez pas mourir, et moi, je vais faire ce qu'il me demande. Une partie de moi veut ta mort, tu sais. Si vous veniez avec nous, je risquerais de… » Elle se tut comme si elle venait de perdre le fil de ses pensées. Ce qui valait sans doute aussi bien. Elle avait peut-être failli dire qu'elle risquait de me tuer elle-même.

« Vous voyez ? lui dit doucement Morthred. Ne vous en faites pas pour Braise. Maintenant, montez dans le canot, ma chère. Nous allons partir sous peu. »

Je lançai un nouveau coup d'œil désespéré à mon épée, sans trop savoir ce que j'attendais que Flamme y fasse, mais elle se retourna et dépassa Morthred pour sortir à la lumière du soleil. Je grinçai des dents d'impuissance et de frustration.

Morthred s'attarda un moment. « La pauvre, elle est tiraillée entre son envie de vous voir torturée et celle de sauver votre peau ; son dilemme m'amuse grandement. Sylve et carmine. La lutte éternelle. J'adore la regarder souffrir. La torture physique ne m'intéresse pas en soi, moins que la peur engendrée par l'anticipation, ou l'horreur des séquelles. Mais la souffrance spirituelle… aah. » Il se lécha les lèvres du bout de la langue, geste aussi délibérément provocateur que ses mots. Sans cesser de me dévisager, il adressa un signe aux sylves et déclara : « Laissez-nous et emmenez le garçon avec vous.

— Qui ça, moi ? demandai-je. Avec plaisir, si vous voulez bien desserrer un peu la corde. »

Domino donnait l'impression de vouloir contester les ordres de Morthred, mais un regard du maître-carme suffit à mettre fin à la conversation. Il me lança plutôt un regard mauvais et je haussai les épaules comme pour dire que je ne comprenais pas plus que lui. Les sylves se retirèrent sans un mot, emportant avec eux les blessés. On traîna dehors un Dek hurlant à pleins poumons. C'était peut-être courageux, mais pas très raisonnable, car ça lui valut un nouveau coup sur la tête. Seul point positif, mon épée reposait toujours à terre.

Morthred gardait ses distances. Je songeai qu'il surestimait mes capacités ; j'étais à peine à deux doigts de m'étrangler. Il m'était totalement impossible de m'attaquer à qui que ce soit. Domino non plus n'était pas parti. Il se tenait bras croisés près de la porte, encore plus loin.

Je me tortillai légèrement, jetai un coup d'œil derrière moi et notai que l'autre extrémité de la corde était attachée à un support mural. Tout ce dispositif était diabolique. Si je me redressais, j'étais à mon aise ; je pouvais même tourner la tête. Mais je n'avais pas de marge pour me pencher. Je ne pouvais même pas m'affaisser sur place. Je testai la corde qui me nouait les mains, mais la personne qui l'avait attachée savait ce qu'elle faisait. Il n'y avait pas assez de mou pour jouer avec, pas de nœuds coulissants. Mes doigts la tripotaient en vain. Je savais qu'il m'était parfaitement impossible de m'en sortir seule, et je ne pouvais pas espérer que Ruarth ou Dek soient en mesure de m'aider, ou que Flamme en ait envie…

Et merde, me dis-je. Ça recommence. Nom d'un enfer poissonneux, *comment* me débrouillais-je pour me fourrer dans ce genre de situation ? Comment faisais-je mon compte pour ne jamais mener une vie *normale* ?

Je me retournai pour faire face à Morthred et tentai de prendre les choses avec philosophie – pas évident, tellement c'était éloigné de mon humeur du moment. « Et maintenant ? demandai-je. Ça m'étonne que vous ne m'ayez pas déjà pendue. Vous savez d'expérience que ce n'est pas très judicieux de me laisser à vos sous-fifres. Je suis une dame pleine de ressources – demandez à Domino le nigaud, là-bas. Mieux vaut en finir tout de suite, vous ne croyez pas ? » Là, me dis-je, tu dois te demander où je veux en venir.

Il fronça légèrement les sourcils et se tourna vers Domino. « Lyssal et moi partirons dans un instant, dès que Aiklin aura fini de préparer les bagages et de charger le bateau. Tuez celle-ci dès que nous serons partis. Le gamin aussi. Mais pas avant que nous soyons assez loin pour ne rien voir ni entendre. Je ne veux pas que Lyssal entende de hurlements, est-ce bien clair ? Elle doit croire que j'accepte sa requête et que je me contente d'emprisonner Braise ici jusqu'à ce que nous abandonnions l'île pour de bon.

— Et elle va gober *ça* ? grommela Domino, songeur.

— Elle est tellement déboussolée par la magie carmine qu'elle croit tout ce que je lui dis, tant qu'elle n'a pas la preuve directe du contraire. Donc, pas de hurlements avant que nous soyons hors de portée. Dans une minute, quand nous serons dehors, je vous donnerai l'ordre de traiter Braise correctement après mon départ. Ce sera destiné à Lyssal, bien entendu. Vous comprenez ?

— Oui, Syr-maître.

— Je ne veux pas d'erreurs cette fois. Ne jouez pas les malins. Vous ne devez pas détacher Braise. Elle doit mourir sur place, attachée comme elle l'est. À vous de décider comment vous vous y prendrez. »

Domino me regarda, un rictus aux lèvres. « Fouettée à mort avec des frondes de pandana… Je *déteste* les morts rapides. »

Morthred ricana. « Domino, vous n'avez même pas *idée* de ce que signifie réellement le mot torture. » Il se tourna vers moi. « Braise et moi comprenons que tout se passe dans la tête, n'est-ce pas, Braise ? Essayez d'abord de fouetter le garçon à mort devant elle. » Sans attendre ma réaction, il franchit la porte en poussant Domino devant lui. Une fois sur le seuil, il se retourna.

Mon cœur se mit à battre un peu plus vite. J'ignorais ce qui se préparait, mais je savais que ce serait l'enfer. Il reprit sur un ton badin : « Amputer Lyssal de son bras pour la débarrasser de ma contamination, c'était astucieux. Et ça a fonctionné, vous savez. Associé aux sorts curatifs sylves, ça l'a purgée de toute l'infection. Mais il y avait quelque chose que vous ne saviez *pas*. Et vous l'ignorez toujours, hein ? Voilà qui m'amuse. En fait, vous n'avez pas la moindre idée des raisons pour lesquelles elle vous a trahis, n'est-ce pas ? Sans même parler des implications plus vastes. J'ai presque envie de vous le dire, car je sais que vous mourriez en proie à la rage, en crachant votre désespoir de n'avoir pas pu agir... mais je n'en ferai rien. Car je sais que la torture véritable ne réside pas dans les grandes choses, mais dans les petites. Vous allez mourir sans savoir pourquoi Lyssal vous a trahis, ni ce qui ne tourne pas rond chez elle. Sans savoir ce que je projette ni ce que j'ai prévu pour elle. Vous allez mourir en vous posant des questions... et cette perspective me ravit. »

Il me gratifia d'un sourire tout imprégné de venin. « C'est là que résidera le vrai désespoir de votre mort, Braise. Par ailleurs, vous ne laisserez rien derrière vous qui soit de quelque valeur, car vous aurez échoué. En revanche, mon héritage, l'enfer que je finirai par laisser derrière moi, s'étendra à l'archipel tout entier. Et vous ne pourrez rien y faire, strictement rien. Réfléchissez-y, ma chère. »

*Le salaud.* Il me souriait toujours lorsqu'il se retourna pour s'en aller.

« Morthred… »

Il fit volte-face, m'interrogeant d'un haussement de sourcils.

« Qui êtes-vous ?

— Que voulez-vous dire ?

— Rien de plus que ça : qui êtes-vous ? Vous avez englouti l'archipel des Dustels. Vous ne l'avez pas fait sans raison. Est-ce que votre lobe d'oreille manquant affichait autrefois le tatouage des Dustels ? »

Il me regarda, intrigué. « Au nom des îles, pourquoi devrais-je prendre la peine de vous répondre ?

— Est-ce que ce ne serait pas agréable que quelqu'un… comprenne l'ironie de la situation ? »

Il hésita puis m'adressa un sourire appréciateur et amusé. L'espace d'un instant, il parut presque affable. « Vous le savez, n'est-ce pas ? »

Je hochai la tête. « Je crois que vous êtes Gethelred. Ce qui fait sans doute de vous le rempartaire légitime des Dustels. Et c'est là que doit résider l'ironie suprême, car c'est vous-même qui avez fait sombrer toute cette chaîne d'îles sous la mer, si bien qu'il ne vous restait plus rien à gouverner. »

Si je ne me trompais pas, le père de Gethelred était Willrin, l'héritier-rempartaire de l'archipel des Dustels, assassiné par son frère Vincen. Le père de Willrin et

Vincen avait été le dernier souverain de l'insulat. Après le meurtre de Willrin, on avait envoyé Gethelred, à bord d'un navire fidéen, se livrer à son grand-père en échange de la vie de sa mère, de ses sœurs, et de son frère jumeau. Il était arrivé trop tard.

C'était Alain Jentel qui nous avait raconté, à Tor et à moi, cette histoire de trahison fraternelle, qui avait déclenché la guerre civile effroyable qui avait ravagé le pays lors des mois précédant l'inondation des îles.

Morthred s'approcha. « Comment le saviez-vous ? » Son intérêt semblait sincère.

« Je ne sais pas trop, en fait, répondis-je, honorée par ce dernier point. Simple hypothèse. Vous avez le teint d'un Méridional. L'accent d'un Dustellois. Et il y a la façon dont vous vous êtes dressé ce trône à Creed. La façon dont vous vous tenez en ce moment même. Vous empestez la noblesse insulaire. Et puis quelque chose vous a mis assez en rage pour submerger toute une chaîne d'îles… Le dernier rempartaire a assassiné le père de Gethelred, puis sa mère, son frère jumeau et ses deux petites sœurs. Il a cloué leurs corps aux remparts du château. C'est la première chose qu'a vue Gethelred quand il est entré dans le port à bord d'un navire fidéen afin de se livrer. Vous aviez quoi ? Douze ans à l'époque ? »

Un éclat furtif de couleur carmine dansa sur son front, puis gagna ses cheveux et ses épaules en crépitant d'une lueur écarlate. « J'en avais treize.

— Mais Gethelred ne devait pas être carministe, j'imagine.

— Non, bien sûr que non. Il… *je* suis né sylve. »

— Alors, que s'est-il passé ?

— Demandez aux fidéens, répondit-il. Demandez à ces ordures de Clairvoyants fidéens.

— Ça m'étonnerait que j'en aie l'occasion, hein ? »

Il éclata de rire. « C'est vrai. Très bien, je vais vous le dire… parce que ça m'amuse. Il y a tant de choses qui m'amusent aujourd'hui, hein ? Ça m'amuse, car ça vous en apprendra un peu plus sur ce que je suis, et par conséquent ce que je peux devenir – et votre imagination vous tourmentera jusqu'à l'instant de votre mort. Vous connaissez l'histoire, mais savez-vous *pourquoi* je suis arrivé trop tard à Rempart-Dustel pour me livrer, Braise ? Parce que ces geignards de prêtres ont insisté pour que l'on s'occupe d'abord des blessés. Ils voulaient guérir des moins que rien, comme le garde de mon père. Nous n'avons donc pas pu atteindre la ville dans les délais. Les hommes de mon grand-père ont violé ma mère et mes petites sœurs avant de les tuer. Tout ça parce que je suis arrivé avec un jour de retard. Et alors, ils n'étaient plus que de la viande pendue aux murs de la ville comme des abats dans la boutique d'un boucher. Les mouettes leur avaient crevé les yeux à coups de bec.

» Alors les fidéens ont pris leurs jambes à leur cou et m'ont conduit à leur monastère de Skodart. Je leur ai dit que mon salopard de grand-père viendrait tous nous tuer, mais ils refusaient de m'écouter. Pour eux, je n'étais qu'un enfant geignard. »

Une vive lueur écarlate s'échappa de lui et j'eus alors le plus grand mal à ne pas reculer, bien que sachant que ça ne pouvait pas me faire de mal. Il poursuivit : « Les fidéens détenaient un maître-carme dans l'une de leurs cellules, enfouie sous terre. Ils refusaient de le tuer car ils n'aiment pas donner la mort, ces lâches, si bien qu'ils le gardaient là depuis des années. Ils le croyaient emprisonné en lieu sûr, incapable de s'échapper à l'aide de ses sorts parce que la cellule était située sous terre. Ils ne laissaient que des Clairvoyants s'occuper de lui, de sorte qu'il ne puisse ensorceler personne. » Il éclata d'un rire trahissant un amusement sincère. « Évidemment, j'ai entendu parler de lui. »

Je comprenais vers quoi se dirigeait son histoire. L'inéluctabilité de la voie qu'il avait choisie était aussi nette que le clair de lune sur une mer calme. Je répondis : « Alors vous vous êtes servi d'illusions pour l'approcher. Puis vous lui avez vendu sa liberté en échange du type de pouvoir que vous désiriez. » Cette seule idée me coupa le souffle.

« C'est un plaisir de vous parler, Braise, dit-il, mais le pli de ses lèvres trahissait davantage de cruauté que de plaisir. J'aime les gens qui comprennent. Qui perçoivent l'essentiel.

— Vous avez *délibérément* demandé à être corrompu.

— On ne peut tuer personne avec la magie sylve, dit-il doucement, et il y avait beaucoup de gens que je voulais tuer. »

Je restai un long moment sans pouvoir reprendre la parole. « Il ne devait pas être très puissant, ce maître-carme : il ne vous a pas appris à éviter le contrecoup lorsque vous employez vos pouvoirs. »

Il ne répondit pas à ce point. Il déclara plutôt : « Je n'étais pas un sylve corrompu, vous comprenez. Pourquoi croyez-vous que je sois si puissant ? Parce que j'ai embrassé *de mon plein gré* cette union des contraires. Il ne s'agissait pas de corruption, mais de conversion. Je l'ai savourée, acceptée et développée. Ah, Braise, sentir ce pouvoir en soi. Sa *puissance*. Aujourd'hui encore, je peine à comprendre pourquoi les sylves que je transforme luttent contre la corruption. Leur résistance les affaiblit. Très souvent, elle les déboussole et ne les rend capables que d'obéir, sans jamais prendre d'initiative. Je devrais sans doute m'en réjouir – aucun d'entre eux ne me menacera jamais. C'est ma conversion, bien sûr, qui m'a donné l'idée de corrompre les sylves. Simplement, je n'ai pu la mettre en pratique que récemment, quand j'ai commencé à retrouver mes pouvoirs.

— Vous ne comptiez pas vraiment submerger ces îles, hein ? » Cette intrigante idée m'échappa sans que je sache d'où elle me venait.

« Non, bien sûr que non. Ou seulement en partie. Je voulais *régner* sur elles. » Il haussa les épaules. « J'étais simplement plus puissant que je ne le croyais, et je manquais cruellement d'expérience. » Il sourit faiblement. « Mon cher grand-père a envoyé des forces armées à ma recherche, bien entendu, dirigées par mon oncle Vincen. L'ensemble de Skodart et des îles environnantes s'est soulevé contre eux. Si vous connaissez l'histoire, vous devez avoir entendu parler de cette guerre sanglante. J'attendais simplement le bon moment, jusqu'à ce que j'aie appris à contrôler ma magie. Les fidéens, bien entendu, ont abandonné ma cause dès l'instant où ils ont reniflé l'odeur de la magie carmine sur moi. » Nouveau haussement d'épaules. « Ça n'avait aucune importance. Je disposais déjà d'une armée à moi. Je comptais submerger la ville de Rempart-Dustel, avec le palais de mon grand-père et ses hommes ; au lieu de quoi j'ai englouti tout un insulat. C'était… extrêmement spectaculaire. Je crois que je recommencerais si c'était à refaire.

— Et les oiseaux ? demandai-je. Pourquoi des oiseaux ? » Je m'efforçais de ne pas lui montrer la peur qui me tenaillait. Quel *pouvoir* cet homme avait dû posséder… plus que tout autre maître-carme avant lui ou depuis. Serait-il capable de recommencer ? L'était-il en ce moment même ?

« Quand j'ai vu ce qui se passait, je n'ai pas voulu que tout le monde meure, m'expliqua-t-il. Où serait le châtiment, sinon ? Mieux valait qu'ils vivent un peu plus longtemps en sachant ce que je leur avais fait, à eux et à leurs terres. Sous la forme de petits oiseaux quelconques et impuissants qu'un homme pouvait écraser dans sa main ou emprisonner dans une cage… mais quels souvenirs terribles ils possédaient. » Il sourit.

S'il espérait me choquer, il avait réussi. Son indifférence cruelle par rapport à ses actes passés, son absence totale de remords n'avaient sans doute rien d'étonnant, mais me révoltaient compte tenu de l'échelle de son crime.

Il vit ma réaction et s'en délecta, déclarant : « Ça en *valait* la peine, Braise. Jusqu'aux séquelles physiques.

Et toutes ces années de faiblesse où je pouvais à peine lancer un sort. Tout ce temps passé à récupérer. » Son sourire se fit moqueur. « Submerger l'archipel des Dustels m'a procuré l'orgasme le plus formidable que le monde ait jamais vu, ou reverra jamais. »

Sur cette réplique, il ouvrit la porte et s'apprêta à quitter la cabane. Voyant comme il savourait cette sortie, il fallait que je lui gâche son plaisir. Je lui demandai donc : « Comment s'appelaient vos petites sœurs, Gethelred ? »

Sa silhouette se figea dans l'embrasure de la porte.

Je ne possédais peut-être pas l'odorat de Gilfeather, mais il m'arrive parfois de flairer les points faibles des gens. Je savais en prononçant ces mots qu'ils n'arrangeraient rien à ma situation, mais je m'en moquais. Pour moi, le voir blessé faisait une sacrée différence.

Je n'ai jamais prétendu être *gentille*, hein ?

CR

Lettre du Chercheur (Première catégorie) S. iso Fabold, Département national d'exploration, Ministère fédéral du commerce, Kells, au Doyen M. iso Kipswon, Président de la Société nationale d'études scientifiques, anthropologiques et ethnographiques des peuples non-kellois.

En date du 59/2ᵉ Sombrelune/1793

Cher oncle,

*Je suis ravi que la commission ait approuvé mon nouvel article sur les pratiques religieuses des îles Glorieuses. Je vais demander à mes assistants de préparer les plaques de lanterne magique.*

*En attendant, les préparatifs du prochain voyage progressent rapidement. Je m'aperçois que le soutien des missionnaires présente certains avantages : ils exercent une grande pression sur les divers ministères impliqués et les choses avancent, par conséquent, beaucoup plus vite. Il me semble que Son Excellence le Protecteur manifeste également un intérêt. Malheureusement, Son Excellence semble principalement influencée par*

401

*Madame son épouse : elle fait pression pour que des femmes participent à l'expédition. Vous rendez-vous compte ? Notre première dame a-t-elle perdu la raison ? Je me demande parfois pourquoi, lorsque nous avons détrôné nos rois et reines lors de la révolution, nous n'avons pas débarrassé Kells de toute famille royale – pourquoi conserver ces vestiges qui s'accrochent à l'État et ne savent que causer des ennuis ? Ils devraient se limiter à l'inauguration d'expositions et à la fermeture de la Chambre des Débats pour les vacances d'été, qui sont leur véritable tâche.*

*Anyara, bien entendu, donne pleinement raison à la Protectrice !*

*Au fait, Anyara a dessiné pour moi de ravissants croquis inspirés de mes récits gloriens. Elle possède un talent extraordinaire. Je m'en servirai un jour pour illustrer un livre consacré à mes voyages, si je trouve jamais le temps de l'écrire. Ses dessins au trait touchent à la perfection. Ma tante sera ravie d'apprendre que j'ai abordé le sujet de l'officialisation de notre relation. Toutefois, Anyara hésite à s'engager. Je ne le lui reproche pas : comme je vous l'ai déjà dit, les ethnographes de terrain font de piètres maris, et nous sommes tous deux conscients de la solitude qui sera trop souvent la sienne si nous devions nous marier.*

*Je vous prie de transmettre mes sentiments affectueux à tante Rosris, et de lui dire que je suis en train de lire le roman qu'elle m'a envoyé.*

*Votre obéissant neveu,*

*Shor iso Fabold*

# 21

## *Kelwyn*

Une chose est sûre, je me réjouissais de la présence de Ryder, car je manquais d'idées. Nous étions deux contre plus de quarante. Ils ne pouvaient pas nous blesser à l'aide de leur magie, ou quelle que soit la source de cette odeur atroce, mais ce n'était même pas nécessaire. Ils transportaient tout un arsenal d'épées, de couteaux et sans doute également d'arcs.

J'hésitais, car je me sentais inutile. Du point de vue de la sécurité, je nous trouvais bien trop proches de la première des maisons. Assez pour espionner s'il y avait eu qui que ce soit à l'intérieur. Mais Ryder semblait inconscient du danger ; en réalité, la saveur piquante de son excitation, évoquant la légère puanteur des pommes en train de fermenter, sous-tendait tous les autres arômes qui me taquinaient les narines. Au nom du ciel, me disais-je, cet homme ne pourrait-il donc pas être mort de peur comme tout être humain doué d'un peu de bon sens ? Je me sentais moi-même aussi vulnérable qu'une fleur des champs entourée d'un troupeau de selves en train de paître.

Il demanda calmement : « Savez-vous si Braise va bien ? Et Flamme ? »

Je m'apprêtais à répondre quand quelque chose d'imposant émergea derrière le radeau. Je sursautai et faillis nous faire basculer. Ryder réagit plus vite qu'un lion des hautes herbes pourchassant un lièvre des Prairies. L'instant d'avant, il était assis sur ses talons, regardant sur notre gauche au travers des feuilles de pandana ; l'instant d'après, il était à moitié accroupi, l'épée déjà tirée, face à la créature qui venait d'émerger.

Je posai la main sur son bras tout en m'efforçant de calmer mon cœur qui cognait à tout rompre. « 'Tendez un p'tit instant, lui chuchotai-je. C'n'est que Fouineur. »

Le chien geignait tout en piaffant à l'arrière du radeau, fendant l'eau de ses coups de queue enthousiastes. Je le saisis par la peau du cou et le hissai à bord pour l'empêcher de nous asperger. Il traînait derrière lui un collier de fortune ainsi qu'une laisse faite de ficelle.

Ryder baissa son arme et se pencha pour éviter une gerbe de gouttelettes. « Qu'est-ce que c'est que *ça* ? demanda-t-il.

— Fouineur. Le chien de Braise.

— Ce n'est pas un chien. » Il se retourna une fois de plus pour observer le village. « C'est un lurgier de Fagne. Regardez ses pieds palmés. Où l'a-t-elle récupéré ?

— À la Pointe-de-Gorth, je crois. » J'étais surpris. J'aurais cru qu'il connaissait l'existence de Fouineur.

Je fus heurté par toute une vague d'émotions mêlées : douleur, jalousie, chagrin. Puis un amusement teinté d'ironie. Cet homme riait de lui-même parce qu'il m'enviait ma relation avec Braise. Avant que j'aie le temps d'y réfléchir, il me dit : « Attention, il se passe quelque chose là-bas. »

Flamme sortit de l'entrepôt. Elle était seule. Elle ne regarda pas autour d'elle, mais dépassa simplement les gardes, traversa tout droit la plage et s'assit dans l'un des canots alignés au bord de l'eau.

« Personne ne la surveille », dit Ryder. Je percevais l'odeur de son chagrin. « Vous aviez raison. Elle les a trahis. Que vous apprend votre odorat à son sujet en ce moment ?

— Difficile à dire. Il y a trop de magie carmine dans les alentours… »

Il s'assit sans un mot, songeur. Avant qu'il ait pris une décision, d'autres gens sortirent de cet entrepôt. « Ce gamin, c'est Dek, lui dis-je, çui dont je vous ai parlé. Je n'connais pas les autres, mais les deux carministes en font partie. » Dek semblait terrorisé, et je ne le lui reprochais pas. Il n'était pas attaché, mais l'un des hommes le maintenait fermement par le bras.

« Morthred n'est pas là, ajouta Ryder. Domino non plus. » Ni Braise. Mais il y avait trois blessés : le premier avait le nez en sang, un autre une entaille au bras et on transportait le troisième. Ryder étouffa un rire. « On n'a jamais intérêt à tourner le dos à cette femme », dit-il.

On continua à observer la scène, mais rien ne se produisait. Tous restaient plantés là sans rien faire, immobiles et silencieux pour la plupart. Près de moi,

Ryder semblait de plus en plus inquiet, quoiqu'il n'en laisse rien paraître. Il ne bougeait pas d'un muscle.

Alors même que je le croyais sur le point d'agir, un autre homme sortit de l'entrepôt en se pavanant. Il était de petite taille et vêtu trop lourdement d'habits de couleurs vives.

« C'est Domino », m'apprit Ryder.

Domino s'arrêta pour parler à plusieurs des sylves, rassemblés autour des blessés. Il désigna la rive du lac où Flamme était toujours assise dans le canot. On l'entendait, mais pas assez clairement pour comprendre l'essentiel de la conversation.

« Le maître-carme est toujours à l'intérieur de l'entrepôt, chuchotai-je. J'en suis certain.

— Avec Braise ? »

Je hochai la tête.

« Je ne vois pas Ruarth.

— Je n'le perçois pas non plus.

— Merde. J'aurais cru qu'il ne serait pas loin de Flamme. Il pourrait sans doute nous dire ce qui se passe, si on arrivait seulement à lui mettre la main dessus. Et à le comprendre.

— Moi, je peux, en partie.

— Ah oui ? Parfait. Et Braise – elle… elle va toujours bien ?

— Pour l'instant. » Je cherchai une trace d'elle qui m'en apprendrait davantage mais ne flairai rien. Cette femme était bien trop douée pour se refermer. Sans compter que la puanteur de la magie carmine était étouffante. Des perles de sueur me ruisselaient sur le visage. Mon estomac se soulevait. Je devais serrer les poings pour empêcher mes mains de trembler. Bave de selve, me dis-je, c'est en train de m'empoisonner.

Ryder baissa la tête. L'espace d'un instant, je me demandai ce qu'il faisait. Puis je compris qu'il priait. Après tout, nous ne pouvions pas faire grand-chose d'autre. Nous n'étions que deux.

Flamme, assise calmement dans le canot, semblait totalement indifférente à ce qui l'entourait, et ne faisait pas la moindre tentative d'évasion. Dek était menu, si bien que le sylve qui le retenait n'avait aucun mal à le garder immobile. Domino donna d'autres ordres aux sylves, dont plusieurs s'éloignèrent le long de la plage en direction d'un bouquet de pandana qui y flottait. Pour des raisons qui m'échappèrent, ils entreprirent de découper de longues feuilles et de les entasser sur la plage.

De temps à autre, Fouineur poussait un grondement étouffé jailli du fond de sa gorge.

Je pense comme toi, songeai-je. Cette puanteur est atroce, hein ?

Cette odeur infecte était envahissante, si affreusement intense que j'avais du mal à respirer, et même à *penser*. J'avais déjà rendu tout ce que j'avais mangé ce jour-là et je me tenais maintenant assis pitoyablement sur le radeau, tandis qu'une partie de moi regrettait que je ne puisse pas simplement me recroqueviller et mourir sur place. C'était pire que le mal de mer.

Un homme de haute taille sortit de l'entrepôt. Il était seul.

« Ryder, lui dis-je, c'est lui. Le maître-carme. »

Ryder secoua la tête. « Non, ce n'est pas Morthred.

407

— Bon, alors disons les choses autrement : c'est l'homme qui possède toute cette puissance.

— Morthred est estropié. Son corps est comme broyé. Et puis, il n'avait plus tant de pouvoir que ça la dernière fois que nous l'avons vu. Il l'avait gaspillé.

— Regardez-le ! Vous devez bien percevoir cette puissance – elle empeste le poison ! »

Ryder l'observa de nouveau. « C'est vrai que la couleur carmine est très présente », reconnut-il. Puis il inspira brusquement. « Dieu du ciel ! C'est *vraiment* lui ! Il a été *guéri*.

— Il a dû restaurer ses pouvoirs aussi. Cet homme-là n'est pas faible, croyez-moi. » Même alors, je ne pouvais m'empêcher de souhaiter en apprendre davantage. De savoir ce qu'on appelait la magie carmine. De comprendre le *pourquoi*.

« On croyait que ses pouvoirs seraient *réduits*. Nom d'un crabe, mais comment a-t-il bien pu prendre cette apparence ?

— Ruarth, l'interompis-je. Ruarth est quelque part dans le coin. Je sens son odeur. » On balaya le village du regard jusqu'à repérer l'oiseau qui s'apprêtait à se percher sur le faîte de l'entrepôt.

« Il faut qu'on le fasse venir jusqu'ici », dit Ryder.

Ça semblait impossible. Comment attirer l'attention de Ruarth sans alerter toutes les personnes présentes sur la plage ? On regarda, impuissants, Ruarth voleter jusqu'à la maison voisine de l'entrepôt. Au moins était-il désormais un peu plus proche de nous.

« J'y vais », me dit Ryder. J'ouvris la bouche pour exprimer mes réserves, mais il avait déjà pris sa décision. Il se glissa au bas du radeau et se faufila droit vers le potager communal. Il y avait là des plantations de tapioca et de bananes ainsi qu'une sélection d'épices : gingembre, garangal, curcuma, citronnelle et piments, en quantité heureusement suffisante pour lui permettre de se cacher. Je l'observai, le cœur battant la chamade. Près de moi, Fouineur grondait toujours, jusqu'à ce que je lui entoure le museau d'une main ferme.

Ryder atteignit la première maison sans se faire remarquer. Une fois là-bas, il se redressa et marcha à découvert. Il n'avait pas son épée en main – elle se trouvait toujours dans le harnais qu'il portait dans son dos – et il n'avait pas pris son arc. Sur le pas de la porte, il ramassa un seau de bois et s'apprêtait à se remettre en marche quand quelqu'un sortit de la maison. « Rentrez et restez-y ! » lui lança brusquement Ryder.

L'homme dégageait une forte puanteur de peur, de magie carmine ainsi qu'une odeur aigrelette qui rappelait celle d'un chien qui se met à plat ventre en signe de servilité. Il s'exécuta. Ryder me sourit.

Bleu du ciel, me dis-je, il y prend *plaisir* !

Il se trouvait maintenant à découvert, visible depuis la plage, mais personne ne lui prêtait la moindre attention. À leurs yeux, il n'était qu'un esclave muni d'un seau. Je continuai à regarder la scène ; il était proche de la maison où se perchait Ruarth. Une fois là-bas, il appela doucement l'oiseau par son nom. Je ne l'entendais pas, mais Ruarth, si, car il descendit jusqu'à la gouttière voir ce qui se passait.

Morthred se dirigea vers le canot pour s'entretenir avec Flamme. Elle ne dit pas grand-chose ; c'était surtout lui qui parlait.

Ryder fit glisser son harnais à l'avant, où il était plus discret que derrière, et se mit en marche en direction du radeau. Il portait toujours le seau. Je me demandais si j'aurais eu le cran de tourner le dos à mes ennemis et de m'éloigner calmement. Je me détendis une fois qu'il fut remonté à bord du radeau, sans que quiconque l'ait apparemment remarqué. Je m'étais mis à trembler sous l'effet du contrecoup et dus serrer les poings pour que Ryder n'en voie rien.

Ruarth nous rejoignit. Il était vraiment en sale état. Je m'attendais à ce qu'il commente notre présence, à Ryder et à moi, mais il se contenta de dire : *Elle refuse de me parler*. Sa douleur et son désespoir étouffaient toute autre émotion.

Quand je traduisis ses paroles, Ryder répondit d'une voix dure : « Nous parlerons de son état plus tard, Ruarth. Pour l'heure, nous devons savoir ce qui se passe. Où est Braise ? Qu'est-ce qui se passe ici ? Êtes-vous entré dans l'entrepôt ? Nom d'un chien. Gilfeather, qu'est-ce qu'il raconte ? »

En réalité, j'eus du mal à suivre ce qu'il dit ensuite, tant ses pépiements et mouvements d'ailes étaient rapides.

*Domino : il va tuer Braise et Dek. Morthred emmène Flamme. Kel, que pouvez-vous faire ? Tor ? Vous savez ce qu'elle a subi... ce qu'elle subit en ce moment même...*

J'avais envie d'employer une variation de mon mantra coutumier : je suis médecin, pas guerrier. Je ne sais pas me battre !

« Que dit-il ? » répéta Ryder, en proie à une évidente frustration.

Je traduisis.

Ryder se retourna vers la scène qui se déroulait sur la plage. « Si on ne compte pas les esclaves, il y a là-bas une vingtaine d'hommes et de femmes qui préféreraient nous transpercer d'un coup d'épée plutôt que de nous parler. Il nous faut plus de temps pour mettre un plan au point, Ruarth. De combien de temps disposons-nous avant… que Braise ne meure ? »

*Dès que Morthred et Flamme seront partis. D'une minute à l'autre*, répondit-il.

Je traduisis.

Ryder me lança un regard morne et prit sa décision. Là encore, il ne prit pas la peine de me demander mon avis. « Gilfeather, vous devez partir à la poursuite de Ruarth. Prenez le radeau et suivez-les. Découvrez quel est son problème, si vous y parvenez. Aidez-la.

— *Moi ?* Vous voulez que j'aille à son s'cours ?

— Elle n'est pas prisonnière. Vous trouverez peut-être une occasion de lui parler. Ou de faire quelque chose. À la première occasion, allez trouver un patriarche fidéen. Ou une matriarche. Dites-lui que c'est moi qui vous envoie. Et qu'il est du devoir des fidéens, imposé par le Haut Patriarche, de l'emmener en lieu sûr à Tenkor. Vous aurez besoin d'aide. Les fidéens vous apporteront la leur.

411

» Je vous rattraperai le plus vite possible, si je peux. Avec Braise et le gamin, j'espère. Laissez des messages auprès des patriarches au fur et à mesure de votre avancée, afin que je sache où vous retrouver. Rappelez-vous simplement que vous ne pouvez pas lui faire confiance. Elle risquerait de vous trahir tous deux… elle ne peut pas s'en empêcher. Vous ne devez pas l'oublier un seul instant. »

Je me demandais s'il se rendait compte de ce qu'il me demandait sur un ton si neutre. Nous n'allions pas nous contenter de suivre Flamme ; nous suivrions aussi Morthred. J'humectai mes lèvres que je trouvai d'une sécheresse inhabituelle. « Et vous ? » demandai-je d'une voix rauque. Mais je savais déjà. Je flairais ses intentions.

« Je ne peux pas la laisser mourir seule, murmura-t-il. Je ne peux pas m'en aller comme ça. Je ne peux *pas*. » Il ne parlait pas de Flamme.

« Elle ne voudrait pas qu'vous mouriez, Ryder. Ça l'anéantirait. » Il comptait se battre pour rejoindre Braise, mais il lui serait totalement impossible de la secourir. « Ils sont plus de vingt, lui rappelai-je. La plupart se trouvent ici même, dans l'village, rassemblés autour de l'entrepôt et sur la plage. Sans parler des esclaves à qui ils pourraient ordonner de les aider. »

*Kel a raison*, dit Ruarth.

« Ruarth est d'accord avec moi, ajoutai-je. Pis c'est à la recherche de Flamme, pas de Braise, qu'on vous a envoyé. » Tor me l'avait appris lui-même. C'était cruel de ma part, et je le savais. C'était aussi l'une des choses les plus dures que j'aie jamais dites à quelqu'un, car, en réalité, je voulais qu'il essaie, aussi inutiles que puissent être ses efforts. L'idée de laisser simplement mourir Braise, sans qu'un seul d'entre nous ait seulement *tenté* de la sauver…

Je déglutis, un goût de bile dans la gorge.

Il nous regarda fixement, songeur, son arôme reflétant le mépris que lui inspiraient mes paroles. « Morthred va emmener plusieurs sylves avec lui, dit-il enfin. J'ai peut-être une chance. Il ne m'en faut pas plus. » Il soutint mon regard. « Vous ne comprenez pas. »

Oh, que si. Je savais *exactement* ce qu'il éprouvait. C'était ce que je ressentais, moi, qui me choquait au plus profond de mon être…

Je devais lui faire cette proposition, alors même que la peur me rendait malade. « V'z'auriez plus de chances si j'vous aidais.

— Si vous m'accompagnez et que nous échouons, Flamme sera condamnée, tout comme vous. Si nous faisons ce que je proposais, nous pouvons au moins être sûrs que Ruarth et vous en sortirez vivants, ainsi que Flamme, peut-être.

— Ouais, répliquai-je en ricanant. Quand j'aurai tué le maître-carme le plus puissant qu'les îles aient jamais connu, pis sans doute les sylves qui l'accompagnent, pis obligé Flamme à v'nir jusqu'à Tenkor, où elle n'aura sans doute aucune envie d'aller. Je suis *méd'cin*, Ryder, vous vous rappelez ? » J'inspirai. « Tout c'que j'sais des épées, c'est quel bout est le plus pointu. Je n'm'étais même jamais trouvé mêlé à une bagarre de toute ma vie avant de rencontrer

Braise. J'aurais plus de chances si j'vous avais à mes côtés, pis vous l'savez bien. » J'ajoutai dans un murmure, incapable d'élever la voix : « C'est du suicide d'aller à la r'cherche de Braise. » Je savais qu'il partageait mon avis : sa résolution se mêlait d'une acceptation de la mort qui étouffait la peur qu'elle lui inspirait.

« Elle le ferait pour moi », dit-il simplement.

Des voix flottaient jusqu'à nous depuis la plage. Ryder et moi, on jeta un coup d'œil par-dessus les feuilles pour voir ce qui se passait. Plusieurs hommes entassaient des paquets dans le canot de Flamme ainsi que dans un autre, tout proche.

Ryder était agité mais le cachait bien. « Je prie le ciel pour que Flamme n'ait pas parlé de Ruarth à Morthred, dit-il. Je suppose que non, pas encore. Mais soyez-en sûr, Gilfeather : elle le fera. C'est aussi inévitable que la marée. Dès qu'elle sera pleinement infectée. »

Cette idée était révoltante. Quel genre d'abomination poussait donc les gens à trahir ceux qu'ils avaient autrefois aimés le plus ?

« Ruarth, demanda Ryder, comment Domino va-t-il tuer Braise ? »

*On va les fouetter à mort, Dek et elle, avec des frondes de pandana. Si Braise résiste à la flagellation, le nœud coulant qu'on lui a passé autour du cou va l'étrangler. Flamme croit que Morthred va leur laisser la vie sauve. J'ai tenté de le lui dire, mais elle n'a rien voulu savoir.*

Je jetai malgré moi un coup d'œil aux plantes situées devant nous. Ces longues feuilles étroites étaient bordées d'une frange de redoutables épines recourbées, capables de réduire la chair en lambeaux.

Ryder hocha la tête quand je traduisis. Sa rage était encore plus redoutable du fait qu'il la tenait en bride. « Et en attendant ? » Il saisit son arc et testa la tension de la corde.

*En attendant, on doit la garder attachée comme elle l'est actuellement, dans l'entrepôt*, répondit Ruarth.

Ryder jeta son carquois sur son épaule. « Gilfeather, suivez Morthred et Flamme. Et je vais vous faire une double promesse. Avant de mourir, je ferai mon possible pour dire à Braise que vous emmenez Flamme en lieu sûr, et je la tuerai de mes propres mains plutôt que de la laisser se faire fouetter à mort. » Il leva les yeux pour croiser mon regard. « Ceci étant dit, je n'y vais pas pour mourir si je peux l'éviter, je vous le promets. Et j'ai Dieu de mon côté. Ruarth, dites-m'en plus sur Braise. Comment est-elle détenue ? Où est son épée ? À quoi ressemble l'intérieur de l'entrepôt ? »

Tandis que Ruarth le lui expliquait et que je traduisais, Morthred grimpa dans le même canot que Flamme, accompagné de plusieurs sylves. D'autres s'entassèrent dans une seconde embarcation. Cinq sylves plus Morthred en tout. Six de moins à tuer pour Tor. Ceux qui restaient en arrière se mirent à pousser les canots dans l'eau. Quatre des sylves pénétrèrent dans l'entrepôt, visiblement sur les ordres de Morthred.

« Bon, voilà, dit Ryder. Nous n'avons plus beaucoup de temps. Vous êtes le seul espoir de Flamme,

Gilfeather. Empoisonnez ce salaud s'il le faut. Faites le nécessaire. » Il descendit du canot et disparut en se faufilant dans un premier temps, comme précédemment.

Pendant un moment, il me fut impossible de bouger. Il ignorait qu'il avait laissé derrière lui un arôme trahissant ses émotions : peur, tristesse, acceptation de la mort, détermination. J'étais écrasé par le poids du courage et de la douleur d'un autre. Je songeai à Jastriá. Au risque d'échec. Par-dessus tout, je pensais à Braise. Et à Dek. À la façon dont la mort du gamin l'anéantirait.

Ce fut alors qu'un autre sylve vigilien entra dans l'entrepôt, traînant derrière lui des feuilles de pandana. Je hochai la tête pour moi-même et acceptai enfin l'inéluctable. Je me penchai pour détacher la ficelle qui entourait le cou de Fouineur. « Il nous s'ra peut-être utile », dis-je à Ruarth. Mes doigts tremblants s'activaient maladroitement, mais je finis par libérer Fouineur et le poussai au bas du radeau pour qu'il suive Ryder. Au minimum, il parviendrait peut-être à créer une diversion de quelque sorte. J'étais persuadé qu'il ne se contenterait pas de rester sagement immobile pendant qu'on fouetterait Braise à mort. Je savais que je l'envoyais sans doute se faire tuer, lui aussi, mais je ne changeai pas d'avis pour autant.

« Ruarth, dis-je, je veux qu'tu ailles trouver Braise si tu peux le faire sans trop de risques. Je veux que tu lui dises que Ryder arrive. Plus elle s'ra préparée, plus elle aura de chances. Entre-temps, je vais partir à la r'cherche de Flamme. Tu pourras me rattraper plus tard. »

Il hocha la tête. On se dévisagea brièvement, l'homme et l'oiseau, et j'eus ma première intuition de ce que serait Ruarth sous forme humaine. En cet instant, je le devinais presque à son odeur : un homme plus jeune et opiniâtre. Un individu complexe qui se battait chaque jour contre les limites de son corps et ne cédait jamais face à des forces qui auraient anéanti un homme de moindre valeur.

« On va tirer Flamme de là », déclarai-je calmement, mais ce n'étaient que des mots. Au fond de mon cœur, je n'y croyais pas vraiment.

Il hocha la tête puis s'empara du morceau de ficelle de chanvre qui avait servi de laisse à Fouineur, puis s'envola.

Je le regardai s'éloigner. Personne ne le vit, pas même alors qu'il traînait cette ficelle derrière lui. Je n'avais pas la moindre idée de ce qu'il comptait en faire, et elle était assez lourde pour qu'il atteigne l'entrepôt épuisé. Il la portait toujours lorsqu'il contourna deux hommes qui gardaient la porte puis se faufila à l'intérieur. Ryder se retira derrière la première maison, où il n'était pas visible depuis la plage, puis se précipita vers la deuxième, toujours hors de vue. Fouineur le suivit furtivement.

Je repoussai le radeau pour l'écarter des zones d'eau peu profonde puis entrepris de le guider de nouveau vers les îlots flottants. Heureusement, j'avais appris à me servir de la perche un peu plus tôt ce jour-là, mais je demeurais maladroit. Quand je passai devant une brèche entre deux îles et pus de nouveau jeter un œil à la plage, je vis Domino qui se tenait toujours là avec sa phalange de sylves et de carministes, regardant dans la direction où Morthred était parti. Le canot du maître-carme s'apprêtait à entrer dans un tunnel de pandana ; l'autre avait déjà disparu. D'un instant à l'autre, Domino allait se retourner et se diriger vers l'entrepôt…

Je cessai d'avancer, incapable de continuer. Heureusement, personne ne regardait dans ma direction.

Derrière Domino, près de la porte de l'entrepôt, un sylve s'effondra à terre. Son compagnon le regarda, dérouté, puis se porta à son secours. Alors qu'il se penchait, lui aussi s'affaissa. Je regardai à droite de l'entrepôt, où Ryder était en train d'encocher une nouvelle flèche. Alors qu'il visait, je lançai un nouveau coup d'œil à Domino. Il s'apprêtait à se retourner pour voir ce qui se passait derrière lui.

Je ne réfléchis même pas. D'un dernier coup de perche énergique, j'envoyai le radeau dériver le long de la plage. Un coup d'œil sur ma gauche confirma mes espoirs : Morthred et ses gens étaient hors de vue, déjà perdus dans les tunnels séparant les îles.

« Hé, minus ! braillai-je avec les mains en coupe autour de ma bouche. Domino ! Tu t'souviens de moi ? » Bien sûr, il ne risquait pas de se rappeler un médecin roux de Mekaté ; on ne s'était jamais rencontrés.

Derrière lui, un troisième homme tomba, toujours à l'insu de tous. Un quatrième s'effondra à genoux avec une flèche dans le dos. Il hurla pour alerter les autres. Suivirent cinq ou six flèches supplémentaires, dont certaines atteignirent leur cible. Puis Ryder se mit à courir, l'épée en main, vers la porte de l'entrepôt.

« Hé, l'avorton ! m'écriai-je. Qu'est-ce qui t'arrive, nabot sans pattes ? Qui t'a rétréci ? Grand comme t'es, Domino, tu r'sembles à un canard à qui on a coupé la queue ! »

Celui-ci cria des ordres à ses hommes, et je n'eus pas besoin d'entendre ses paroles pour deviner qu'il était furieux. Un carministe me lança quelque chose. La Création sait quoi, car je n'y voyais rien. Mais j'en perçus l'odeur, et j'aurais sans doute vidé mon estomac par-dessus bord une fois de plus si je ne m'étais accroché de toutes mes forces. Le projectile, quelle que soit sa nature, heurta le radeau comme un rocher tombé des hauteurs. L'avant se désintégra en aiguilles de bambou, dont plusieurs se fichèrent dans mon bras.

Je grimaçai puis me repris. « T'es un homme ou une bernache ? braillai-je à pleins poumons. Ptêt' une bernache à barbe ? » Je ne suis pas très amateur de vulgarités, mais le moment m'avait semblé bien choisi pour employer celle-ci, que Flamme m'avait apprise. « Tu n'saurais même pas t'y prendre avec une dame de la taille d'une baratte, 'spèce de pygmée pouilleux, sans parler de Braise Sangmêlé ! »

Quand ils virent que la magie carmine ne m'affectait pas, plusieurs sylves se précipitèrent vers l'un des canots restants. L'un d'entre eux inséra un carreau dans son arbalète mais, au moins, j'avais permis à Ryder de gagner les quelques précieux instants de distraction nécessaires.

Le Nébulien avait atteint la porte de l'entrepôt. On l'avait vu entre-temps, bien entendu, si bien qu'un autre homme mourut au fil de son épée après un échange de coups. Sur la plage, Dek s'était libéré de celui qui le retenait. Les hommes de Domino se séparèrent, certains s'élançant à ma poursuite, tandis que d'autres traversaient le sable à toutes jambes pour rattraper Ryder. Des cris s'élevaient de tous côtés et Fouineur, pour ajouter à la confusion, avait plongé dans la mêlée qui entourait le Nébulien. Le chien serrait violemment les mâchoires autour d'un bras pour entraîner son propriétaire au loin.

Une flèche se planta dans le bambou à mes pieds. Je plongeai la perche dans l'eau et donnai une nouvelle poussée ; si je ne sortais pas vite de là, je serais la prochaine victime. Je me baissai et choisis d'utiliser la pagaie plutôt que la perche ; ça me semblait plus judicieux.

J'étais toujours loin d'atteindre le passage ou le tunnel le plus proche qui m'offrirait protection quand quelque chose jaillit de l'eau devant moi. Une tête grise. Derrière moi, de longues mains griffues dotées d'un nombre improbable de doigts s'enroulèrent autour du bambou et le radeau bascula de manière inquiétante lorsque quelque chose tenta d'y grimper. Je me tournai pour faire face à ce nouveau danger et déplaçai ma prise sur la pagaie pour m'en servir comme d'un gourdin. Une jambe griffue me l'arracha. Je tombai sur le côté, poussant un cri rauque de terreur, et entrevis momentanément le lac entre la rive et moi. L'eau bouillonnait d'activité tandis que des têtes et des corps gris en agitaient la surface.

Je crois que je me mis à hurler.

Mais il n'y avait personne pour m'entendre.

## 22

### *Braise*

Quand je me rappelle cette journée avec le recul, ça m'effraie de songer à quel point Morthred me connaissait bien. Avec quelle fréquence il avait dû m'observer lorsqu'il servait à la *Table avinée*, puis parler de moi avec Flamme pour deviner ma personnalité à travers la façon dont elle me percevait.

Car il avait raison : ne pas savoir, ne pas comprendre – c'était une vraie torture.

Il avait esquissé quelques lignes verbales, aussi minimalistes et suggestives que des sculptures sur coquillage, mais je n'arrivais pourtant pas à reconstituer le tableau. Il m'avait forcément fourni un indice, mais lequel ? *Ce que je suis, et par conséquent ce que je peux devenir… l'enfer que je finirai par laisser derrière moi… mon héritage s'étendra à l'archipel tout entier*. Pourquoi Flamme m'avait-elle trahie si elle n'était pas corrompue ? À moins que Morthred ne m'ait menti ?

Domino. Dek. *Essayez d'abord de fouetter le garçon à mort devant elle.*

421

Juste après le départ du maître-carme, j'eus le plus grand mal à respirer, sans aucun rapport avec la corde qui m'entourait le cou. Je fermai les yeux. Ruarth hurlait quelque part au-dessus de moi mais je ne pouvais pas le regarder, pas encore.

Tout ce que nous avions fait à Flamme n'avait servi à rien ; elle se trouvait de nouveau entre ses mains. Elle était malade. Toute sa souffrance était vouée à la répétition. Elle serait contrainte de vivre avec son esprit corrompu, de lutter – en vain – contre sa personnalité transformée pour le restant de ses jours. J'en étais muette de rage.

Enfer marin, me dis-je. Gilfeather, pourquoi n'êtes-vous pas venu avec nous ? Vous auriez peut-être anticipé ce qui se préparait… Vous nous auriez peut-être sauvés.

Je *devais* sortir de là. J'en avais assez de me tenir si droite avec le cou tendu ; je me faisais l'effet d'un marlin pendu à un crochet devant une poissonnerie. Sans compter que je ne pouvais pas faire grand-chose, ligotée comme ça. Seul point positif, mes oreilles cessaient peu à peu de siffler. *Réfléchis, grande courge, réfléchis !* J'ouvris les yeux et levai la tête. Ruarth était perché sur l'une des traverses. Il était tapi à plat ventre avec le bout des ailes touchant la poutre, posture indiquant une extrême détresse.

« Ruarth, il faut que je récupère mon épée. Elle se trouve par terre, là-bas. »

*Elle est trop lourde pour que je la soulève*, dit-il, comme si je ne m'en doutais pas.

« Oui, bien sûr. Tu dois trouver Fouineur et le faire venir ici. Ou Dek. Ou trouver un bout de ficelle assez long pour s'étirer de la poignée à moi. Vas-y, vite ! »

Il s'éloigna sans un murmure.

J'avais aussi un couteau pliant caché dans la doublure de ma botte, ainsi qu'un outil de crochetage dans le talon – vieille habitude que j'avais reprise après mon emprisonnement à Port-Mekaté. Seul problème, je ne savais pas comment les atteindre, ligotée de la sorte. Je levai les yeux vers la poutre puis vers le support auquel la corde était attachée. La corde était tendue, mais le support penchait légèrement… pas beaucoup, mais assez pour que ça fasse toute la différence. Si je me déplaçais légèrement sur la droite pour me placer juste en dessous de la poutre, et que j'arrivais à faire bouger la corde le long de la poutre en même temps que moi, alors je réduirais la distance entre le support et moi. Ce qui laisserait un peu de mou à la corde…

Je me dressai sur la pointe des pieds et tournai brusquement la tête de côté, contre la corde. Heureusement, le nœud se trouvait sur le côté de mon cou, pas derrière, ce qui me facilita un peu la tâche. Malgré tout, le processus fut affreusement lent. La corde s'accrochait en permanence aux aspérités de la poutre. Quand je perdais l'équilibre, je manquais m'étrangler. Un centimètre à la fois, je m'approchai péniblement du support. Enfin, je me retrouvai juste en dessous et la corde se détendit. Je m'écartai d'un pas, ce qui fit avancer la corde le long de la poutre et me fournit le mou nécessaire. Ce n'était pas grand-chose mais, au moins, je n'étais plus obligée de me redresser de toute ma hauteur rien que pour respirer ; je pouvais faire pivoter mon corps et pencher la tête pour regarder derrière moi. À présent, je pouvais manœuvrer suffisamment pour retirer ma botte. Je pliai ma jambe droite derrière moi et attrapai mon pied. J'allais devoir défaire les lacets avant de l'ôter ; difficile avec les poignets attachés.

Je me mis au travail.

Tandis que je m'activais sur les nœuds, je tentais de réfléchir à tout ce qui s'était passé. Encore maintenant, Flamme devait s'accrocher à un vestige de bonté. Visiblement, elle n'avait pas parlé de Ruarth à Morthred. Et le maître-carme disait avoir besoin de sa coopération. Si elle était entièrement corrompue, alors il la posséderait déjà. Elle lui obéirait sans poser de questions. Elle ferait *de son plein gré* ce qu'il demandait. Elle avait donc conservé une petite partie d'elle-même inviolée. Afin de contrôler cette partie, Morthred devait disposer de moyens de pression. Il avait promis de nous garder en vie, Dek et moi, en échange de sa coopération, mais pourquoi, en premier lieu, avait-il besoin qu'elle soit à ce point docile ? Il pouvait se servir d'un sort coercitif s'il le voulait, non ?

Sauf s'il souhaitait qu'elle accomplisse quelque chose de son plein gré ? Mais quoi donc ?

Et si elle n'était pas corrompue, qu'est-ce qui avait bien pu la pousser à nous trahir ? Elle était enveloppée de couleur carmine, mais sans que je puisse déterminer dans quelle mesure c'était la sienne ou celle de Morthred.

Et puis *qu'est-ce* qui allait s'étendre à tout l'archipel ? Et d'ailleurs, qu'est-ce qui me prenait de réfléchir à tout ça en ce moment ? Je devais sortir d'ici !

Mes doigts commençaient à s'engourdir : la corde était trop serrée autour de mes poignets. Je tentai de jouer avec les nœuds. Sans grand succès. Je n'avais pas encore retiré ma botte quand quatre sylves entrèrent dans l'entrepôt, sans doute sur les ordres de Morthred qui les envoyait me surveiller. Je reposai le pied à terre. Ils entrèrent sans un mot, l'épée dégainée, et allèrent se placer chacun dans un coin. Les deux situés derrière moi me verraient forcément tirer un couteau de ma botte, mais je me remis malgré tout sur une jambe et recommençai à défaire les lacets. Ce qui ne sembla guère les inquiéter. Je connaissais l'un d'entre eux, une femme ; elle avait fréquenté l'école d'élite pour filles de L'Axe où Duthrick avait insisté pour m'inscrire. Elle était mon aînée d'un an ou deux, mais elle aurait dû me reconnaître. Si c'était le cas, toutefois, elle n'en montra rien. Quand je l'appelai par son nom, Selmarian, je vis un éclat furtif traverser son regard, mais rien de plus. Je tentai de lui parler, de lui rappeler son passé ; elle m'ignora. Les autres aussi. Ils se contentaient de rester plantés là où on leur avait demandé, le regard vague et perdu, sans même se parler entre eux. J'avais toujours éprouvé pour les sylves vigiliens des sentiments mitigés, surtout pour ceux qui servaient le Conseil, hésitant entre admirer leurs dons et talents et mépriser leurs airs supérieurs, mais je n'éprouvais pour l'heure que de la compassion. Que ces gens si fiers connaissent une si triste fin, soumis à un maître-carme et prêts à lui obéir au doigt et à l'œil, c'était affreux.

Un peu plus tard, un autre sylve entra et déposa des feuilles de pandana par terre. Il me dit d'une voix apathique : « On m'a demandé de vous dire qu'on allait s'en servir sur vous. Et sur le garçon. » Il sortit sans même me jeter un coup d'œil.

Je regardai fixement les feuilles aux bords hérissés.

Et je me rappelai un autre garçon, un peu plus tôt. Tunn, qui avait connu une mort tragique et solitaire, simplement parce que je l'avais impliqué dans mes affaires. Comment pourrais-je seulement envisager de regarder mourir un autre garçon ? Dek ne méritait pas de souffrir comme ça, pas lui, pas à son âge, pas avec son culte des héros et ses idées insensées sur le courage et les comportements chevaleresques. La rage monta en moi, dirigée contre Morthred, Domino, Duthrick et ses sylves, contre Tor qui s'était lavé les mains du problème, et Gilfeather qui avait refusé de se joindre à nous.

Tréfonds de l'Abîme, comment avais-je pu me fourrer aussi bêtement dans une tel pétrin ? Tor serait furieux contre moi quand il l'apprendrait. S'il le découvrait jamais. Ce qui serait sans doute le cas. Je chassai cette idée, beaucoup trop dérangeante. Seul problème, je me mis alors à penser à Flamme, ce qui était encore plus perturbant. Je lui avais fait une promesse solennelle, j'avais juré que je ne la laisserais jamais vivre corrompue ; c'était douloureux de songer que je l'avais abandonnée.

Curieusement, je songeai ensuite à Gilfeather. Et pas sous un angle très positif. J'avais envie d'étrangler ce nigaud de gardien de selves avec son idéalisme, son pacifisme et son scepticisme. S'il avait seulement accepté la réalité de la magie, s'il avait été prêt à reconnaître que la carmine était un danger pour le monde, pas une maladie scrofuleuse, une odeur corporelle ou quoi qu'il puisse bien croire d'autre, il nous aurait peut-être accompagnés. Et peut-être m'aurait-il empêchée de me fourrer dans cette situation ridicule comme l'empotée que j'étais.

Ruarth revint alors se poser à mes pieds. Il traînait derrière lui un morceau de ficelle repliée, comme une banderole. Je jetai un coup d'œil aux sylves. De toute évidence, leur conscience enregistrait à peine la présence d'un petit oiseau noir, car aucun d'entre eux ne fit mine de l'avoir remarqué.

Il cracha le bout de ficelle à terre et se mit à faire la conversation. Je tentai de le suivre, sans être bien sûre de comprendre. Il essayait de me parler de Tor et de Gilfeather et m'avertissait de me tenir prête, mais je n'y comprenais rien. Avec un regard mauvais, je désignai mon épée d'un signe de tête. Les sylves me scrutaient toujours d'un air impassible.

Ruarth hérissa les plumes, exaspéré, puis se tut. Je n'eus pas à lui dire ce que j'avais en tête ; il prit dans son bec une extrémité de la ficelle, en entoura la poignée puis la noua. J'aurais cru la tâche affreusement compliquée pour un oiseau, mais ça ne sembla pas lui poser problème. Puis je me rappelai que les oiseaux construisent des nids bien plus complexes que je ne pourrais en bâtir de mes deux mains.

Tirant toujours les lacets de mes bottes, je jetai un coup d'œil par la porte afin de voir ce qui se passait dehors. Malgré mon champ de vision limité, je compris que Flamme et Morthred étaient partis, ainsi que deux des canots. Domino, sur la plage, regardait en direction du lac. Dek était toujours retenu par un sylve. La plupart des autres, je ne les voyais pas. Dans l'entrepôt, les gardes sylves restaient immobiles et silencieux, ignorant visiblement Ruarth et indifférents à mes efforts.

Où allait donc Morthred ? Pourquoi lui fallait-il la coopération de Flamme ?

Du pouvoir, il voulait du pouvoir... et Flamme était la castenelle cirkasienne, héritière de l'insulat de son père. Morthred allait-il la renvoyer chez elle ? Et attendre qu'elle hérite, quand il... Quand il ferait quoi donc ? Quand il l'épouserait ? Et deviendrait ainsi la puissance qui manipulait la castellaire ? Non, ce scénario ne tenait pas la route. Morthred avait attendu assez longtemps en arrière-plan ; maintenant, il voulait du pouvoir.

*S'étendre à tout l'archipel...*

Breth. L'île de Breth se trouvait à l'ouest et Cirkase à l'est, encadrant les Glorieuses. Le bastionnaire de Breth voulait épouser Lyssal. Il le ferait immédiatement si l'occasion se présentait. Tréfonds de l'Abîme, Morthred allait livrer Flamme au bastionnaire. Je frissonnai, soudain envahie d'un grand froid. J'étais persuadée d'avoir raison, mais je ne comprenais toujours pas pleinement ses intentions. Il voulait que Flamme épouse le bastionnaire, mais qu'y gagnerait-il ?

Ruarth avait réussi à attacher convenablement la ficelle à la poignée de mon épée. Aucun des sylves n'avait remarqué quoi que ce soit. Je me réjouissais que la lumière soit si faible dans cet entrepôt ; Ruarth et la ficelle se confondaient avec la terre battue du sol. Il saisit l'autre bout de la ficelle et s'avança jusqu'à mes pieds.

La ficelle n'était pas assez longue.

Jamais Ruarth ne serait capable de soulever l'épée jusqu'à mes mains. Prudemment, je tendis le pied pour essayer de l'atteindre. Elle était hors de portée de plusieurs centimètres. Quand je m'enhardis un peu plus à la deuxième tentative, je faillis m'étrangler. Je la regardai fixement sans bouger, frustrée.

*Désolé*, dit Ruarth. *Mais Tor arrivera d'un instant à l'autre.*

C'était ridicule. J'avais forcément mal compris ses propos : Tor se trouvait de l'autre côté de l'océan. Mais je ne voulus pas lui demander de répéter, de peur que les gardes s'intéressent à lui. Je désignai la porte d'un signe de tête pour lui dire d'aller chercher une autre ficelle. Ou de trouver Fouineur. Ou une autre solution, *n'importe laquelle*.

Il s'exécuta docilement.

Je repensai alors à Flamme. Et à Morthred. À son projet consistant à faire régner l'enfer sur deux insulats. Qu'avait-il voulu dire en parlant de son héritage ? Si Flamme épousait le bastionnaire de Breth, que devenait le maître-carme ? Rien de particulier…à moins que…

À moins que le bastionnaire soit condamné à mourir. S'il était assassiné, Flamme serait libre de se remarier. D'épouser Morthred. Non, je n'y étais toujours pas. Le maître-carme n'y gagnerait rien. Flamme perdrait tout son pouvoir à Breth après la mort de son mari.

Sauf, compris-je avec une fulgurante évidence, si elle avait entre-temps donné naissance à l'héritier-bastionnaire. Alors, elle serait la Dame-Mère. Elle parviendrait peut-être même à exercer la régence pendant la minorité de son fils ; ça n'avait rien d'improbable, compte tenu de son sang royal. Par ailleurs, elle pouvait recourir à des sorts coercitifs.

Elle finirait également par régner sur Cirkase. Et si Morthred la dominait comme il semblait le faire actuellement, alors il régnerait à travers elle. Son pouvoir s'étendrait effectivement à tout l'archipel…

La sensation de froid s'intensifia, s'infiltrant jusque dans mes os, lorsque je me rappelai ce qu'avait dit Flamme alors que nous chevauchions le poney de mer, ce qu'elle avait appris de la bouche de Duthrick. Breth possédait le salpêtre, Cirkase le soufre. Associés au charbon, c'étaient les principaux composants de la poudre noire des canons. Et Morthred avait vu de quoi ces engins étaient capables.

Breth et Cirkase n'étaient qu'un début. Morthred allait régner sur les Glorieuses, et il se servirait de canons à cette fin.

Oui, c'était possible. Mais ça présupposait beaucoup. Que Flamme porte l'enfant du bastionnaire de Breth, pour commencer. Que le bébé soit de sexe masculin, car l'insulat ne reconnaissait pas la primogéniture féminine. Que Flamme soit totalement soumise à Morthred, ou totalement coopérative. Qu'il n'y ait à la cour de Breth aucun Clairvoyant pour informer le bastionnaire que sa promise était carministe.

Quelque chose ne collait pas. Il me manquait toujours un élément. Et d'importance. Qui rendait Morthred aussi suffisant qu'un bernard-l'ermite arborant une nouvelle carapace. Simplement, ça m'échappait.

Je m'attaquai à mes lacets avec une vigueur accrue jusqu'à ce qu'ils se desserrent enfin. Puis j'entrepris d'ôter ma botte.

Ce fut alors que l'un des hommes qui montaient la garde devant l'entrepôt s'effondra sur le pas de la porte, une flèche plantée dans le cou. Elle lui avait ouvert la gorge et il mourut en silence. Ma mâchoire s'affaissa comme celle d'une morue échouée. Au moment crucial, je perdis prise sur ma botte et la laissai tomber, avec mon couteau à l'intérieur. *Je connaissais cette flèche*. Elle était empennée, non pas à l'aide de plumes mais d'arêtes centrales de poisson, qui la faisaient tournoyer et ajoutaient à sa précision et sa vitesse mortelles. Je ne connaissais qu'une personne qui en fabrique de pareilles : l'homme qu'on surnommait autrefois la Lance des Calments, Tor Ryder.

Tor était *bel et bien* ici ?

Enfer marin ! Délivrée par Tor, une fois de plus. Il serait furieux contre moi. C'était la deuxième fois, non, la *troisième* qu'il devait tuer pour sauver ma peau.

Je regardai les quatre gardes. Aucun d'entre eux n'était en position de voir la porte sans tourner la tête, et aucun ne semblait manifester le moindre intérêt pour ce qui se passait dehors, ou le fait que j'aie retiré ma botte. C'était un soulagement ; cela dit, c'était extrêmement frustrant de rester plantée là sans pouvoir faire quoi que ce soit. Je tâtonnai du bout des orteils pour tenter d'extraire le couteau de la doublure de ma botte.

C'est pas vrai, me dis-je. Tor ne me laisserait *jamais* oublier ça.

Puis le monde entier, dehors, sembla exploser dans un chaos de bruits, d'agitation, de mort. Je crus entendre crier Gilfeather. *Gilfeather ?* Je regardai en direction du lac, le vis perché sur un radeau et me demandai si je perdais la tête – mais ses cheveux roux indisciplinés et le charme indéniable de son expression (à présent gâché par une barbe naissante) étaient reconnaissables entre tous. Tor *et* Gilfeather ?

L'homme des Prairies semblait être en train de traiter Domino de nabot sans pattes, ou d'autres expressions tout aussi pleines de tact. Domino, bien sûr, était furieux et demandait aux carministes de lui lancer des sorts destructeurs. Ils ne pouvaient pas blesser Kelwyn ou, du moins, je le *pensais*, mais ce qu'ils pourraient faire au radeau, c'était une autre histoire. Oh, par les ossuaires, me dis-je, Gilfeather, crétin de rouquin, *dégagez de là* !

432

À ce stade, bien entendu, le bruit avait signalé à mes gardes le grabuge extérieur. Ils échangèrent des regards hésitants, se demandant de toute évidence s'ils devaient abandonner leur poste pour aller voir ce qui se passait. Puis l'un d'entre eux aperçut le mort étendu à l'entrée et s'avança.

« Génial, lui dis-je avec un sourire féroce. Voilà ce que j'espérais. Laissez-moi seule ici, bonne idée, et vous verrez si j'y suis toujours à votre retour. » Tous les moyens étaient bons pour les empêcher de se joindre à la bagarre extérieure.

L'homme s'arrêta et lança aux autres un coup d'œil hésitant.

Ce fut le moment que choisit Dek pour débouler dans l'entrepôt. Comme il plongeait dans la pénombre qui contrastait avec le soleil radieux de l'extérieur, il fonça droit dans le sylve qu'il envoya valdinguer.

Je braillai : « Vite, Dek, mon épée… Sous ton nez ! »

Dek, béni soit-il, s'empara de l'épée. Le sylve lui saisit le bras. Dek fit alors la seule chose qui lui traversa l'esprit : il me jeta mon arme, oubliant que j'avais les bras attachés derrière le dos. L'épée m'atteignit à la cuisse puis tomba par terre. Elle n'avait pas causé de dégâts, mais elle resta à mes pieds, inutile. Les autres sylves s'avancèrent pour immobiliser Dek. Au moins ne sortaient-ils pas pour augmenter le nombre des adversaires de Tor. Si c'était bien lui. Je ne l'avais pas encore vu, mais j'entendais dehors le fracas des épées. Ainsi que des hurlements. Quelqu'un était blessé et ne le prenait pas très bien.

433

Un trait de magie carmine atteignit le mur de l'entrepôt ; les planches vibrèrent et se fissurèrent.

Pendant ce temps, je tâtonnais en quête de la ficelle attachée à l'épée, me réjouissant d'avoir maintenant un pied nu. Dek se débattait toujours, ce qui était une bonne chose, car il occupait les sylves et les empêchait de remarquer mes acrobaties. De nouveaux traits de magie carmine jaillirent en sifflant dans l'entrepôt, pour aller fleurir contre le mur du fond comme un bouquet de roses rouges pleinement épanouies. Une partie du mur céda et des volutes de fumée se mirent à danser autour du trou. Les sylves n'y prêtèrent aucune attention ; ils étaient occupés à rouer Dek de coups. Le gamin hurlait.

Je recourbai les orteils autour de la ficelle et la transmis à mes doigts. Je la soulevai, attirant l'épée de manière à pouvoir la soulever entre mes mains. Je vis alors ce qui se passait dehors et ne compris pas ce que je voyais. La surface de l'eau qui était épargnée par le pandana flottant grouillait de formes grises qui agitaient la surface du lac en nageant. Beaucoup se trouvaient déjà au niveau des zones d'eau peu profonde. Des *monstres* ? Mais je n'avais pas le temps d'y réfléchir.

Je tenais à présent mon épée par la poignée. Mais je ne pouvais toujours pas couper la corde qui me retenait les mains… Je finis par redresser l'épée de sorte qu'elle pointe vers le plafond et laissai glisser la lame entre mes doigts, très prudemment, jusqu'à ce que la poignée repose à terre et que j'aie prise sur la lame près de la pointe. J'avançai d'un pas minuscule, aussi loin que me le permettait le nœud coulant, puis parvins à faire glisser la pointe entre mes poignets. Puis je baissai les mains, faisant glisser la corde le long de la lame. Je me piquai un poignet avec la pointe et m'entaillai l'autre avec le tranchant de l'épée, mais la corde céda. L'arme retomba à terre, mais je tenais toujours la ficelle qui y était attachée. Il ne me fallut qu'un instant pour reprendre la poignée en main.

À ce moment précis, Domino entra en coup de vent, évitant la bagarre à l'extérieur. Il ne portait pas d'épée ; il avait l'habitude que les autres le protègent. Mais il avait un couteau. Peut-être voulait-il s'assurer que je meure quoi qu'il arrive. Peut-être comptait-il se servir de moi comme otage pour que Tor arrête de tout saccager dehors. Ça n'avait pas cessé : j'entendais le fracas des lames, ainsi que des halètements. Il savait se battre, Tor. Je l'avais appris à Bas-Calment, sans parler de certaine bagarre dans la salle de la *Table avinée*, à Havre-Gorth.

L'odeur de la magie carmine était étouffante et sa lueur rouge filtrait dans l'entrepôt. Domino s'élança vers moi alors même que je levais mon épée. Je parvins à la pointer dans la bonne direction, et ce fut tout. Dans la pénombre de l'entrepôt, je crois qu'il ne la vit même pas avant qu'il soit trop tard. À sa grande surprise comme à la mienne, il alla se planter sur la lame comme de la viande sur une broche. Son expression me réjouit. Malheureusement, l'impact me fit basculer en arrière. La corde se serra autour de mon cou et je m'étranglai. Je baissai mon épée et Domino s'effondra, glissant le long de la lame. Il resta un moment agenouillé, levant vers moi des yeux incrédules. Puis horrifiés. Ses mains se portèrent à son ventre, où il sentit le flot de sang, puis il s'effondra à mes pieds en hurlant. Je levai l'épée, aspergeant de sang mon visage et mon cou, et tranchai la corde au-dessus de ma tête.

Je desserrai le nœud coulant tout en me précipitant vers Dek. Il était parvenu je ne sais comment à occuper pleinement trois sylves en se débattant, mais leurs poings l'avaient salement amoché. Curieusement, ils ne s'étaient pas servis de leurs épées sur le gamin, peut-être parce qu'ils savaient que Domino lui réservait une tout autre mort. J'approchai du premier homme par-derrière et lui tranchai la gorge avant qu'il comprenne ce qui lui arrivait. Il avait déjà une plaie à la poitrine. J'écartai Selmarian et plongeai mon épée dans le corps de l'autre homme. Bien qu'en sale état, Dek s'assit et chercha son couteau à tâtons. La sylve se dirigea alors vers moi sans réfléchir et je lui tranchai la main. Je notai avec surprise que le quatrième sylve – celui que Dek avait envoyé valser à son entrée dans l'entrepôt – reposait toujours contre le mur, plié en deux mais s'efforçant de se remettre sur pied. Je compris alors qu'il ne s'était guère écoulé de temps depuis l'instant où Dek était venu à ma rescousse. Mais ça m'avait semblé une éternité.

Quand l'homme au souffle coupé se redressa enfin assez pour se lever, je lui assenai un violent coup de pied dans l'estomac. Il s'effondra de nouveau. Selmarian se mit à hurler mais je l'ignorai.

« Dek, lui dis-je, occupe-toi de ceux-là, tu veux bien ? Et sois prudent, mon grand. » Je me ruai vers la porte.

Je ne compris pas grand-chose au spectacle que je découvris alors. On aurait cru une scène tirée de votre pire cauchemar : des combats, du sang, des hurlements, de la magie carmine ainsi qu'une masse de créatures grises qui se battaient toutes griffes dehors. Sur la plage, Kelwyn Gilfeather se précipitait vers moi. Je vis son radeau sur le sable, bien que ça me semble inexplicable. Comment était-il parvenu si vite sur la rive ? Mais je n'avais pas le temps d'y réfléchir. Je cherchai Tor du regard. Il se trouvait à gauche de la porte de l'entrepôt, en train de s'effondrer sous une masse de gens. Je décidai d'intervenir, persuadée qu'il était en train de se faire poignarder à mort sous mes yeux. J'abattis mon épée vers le bas puis éloignai violemment des gens à l'aide de mon corps. L'espace d'un moment, je crus devenir folle furieuse, agitant mon épée et hurlant ma rage. J'étais proche de la panique, je n'avais plus les idées très claires et je me mettais en danger en tournant le dos aux gens situés derrière moi. Je m'en moquais. J'avais vaguement conscience d'être aidée. Par une personne, puis plusieurs. Et quelqu'un me parlait à l'oreille, me murmurant des choses qui m'apaisaient, qui semblaient avoir un sens.

Dans un laps de temps beaucoup trop bref pour être possible, tout sembla prendre fin. Tor se trouvait par terre, étendu sur le dos, les yeux levés vers moi, et nous formions un cercle autour de lui. Mon épée ruisselait de sang et il semblait y avoir des sylves morts partout autour de nous. Je n'avais tout de même pas tué tant de gens que ça ? Et puis certains semblaient avoir la gorge ouverte et d'autres avaient récolté de méchants coups de griffes. Plusieurs esclaves reposaient à terre, sans plaies apparentes, comme s'ils étaient simplement assommés. Fouineur me donnait des coups de patte en agitant la queue, les mâchoires ruisselantes de sang. Oh, limaces de mer, ce n'était quand même pas lui qui avait mordu tous ces gens ?

« Doucement, Braise, dit quelqu'un à mon oreille. Ne v'z'en faites pas, dam'selle. Tout est fini maintenant. » Kelwyn Gilfeather. Il y avait quelque chose d'incroyablement apaisant à me faire appeler « dam'selle ». Mais, nom d'un enfer sans âmes, que faisait-il ici ?

Je levai les yeux pour absorber la scène, mais sans comprendre. Nous étions entourés, non pas de gens mais de ghemphs. *Des ghemphs*. Entièrement nus, qui plus est, raison pour laquelle je ne les avais pas identifiés tout de suite. Tout ça n'avait aucun sens. Je cessai de chercher à comprendre, lâchai mon épée et m'agenouillai aux côtés de Tor. Il était vivant. Je lui pris la main et la serrai, mais il semblait incapable de parler.

Kelwyn s'agenouilla de l'autre côté et entreprit de l'examiner. Sans lever les yeux, il déclara : « Que quelqu'un aille me chercher ma trousse de méd'cin sur le radeau. » Sa voix trahissait la confiance d'un homme habitué à se faire obéir. *Gilfeather ?* Ici ?

Tor parla alors, d'une voix qui n'était qu'un murmure rauque : « Charmant collier, ma chère. Tu as commencé par quoi, te pendre ou t'ouvrir les poignets ? »

Je baissai les yeux. Je portais toujours le nœud coulissant autour du cou. Je l'arrachai et le jetai. Pour l'heure, je ne m'inquiétais pas trop de mes poignets : ils saignaient encore, mais moins fort.

Tor reporta son attention sur Kelwyn. « Vous étiez censé partir à la poursuite de Flamme. »

Patelles et homards, me dis-je, ces deux-là sont venus ici *ensemble*. Je n'avais pas la moindre idée de ce qui pouvait l'expliquer.

L'homme des Prairies répondit d'une voix qui me parut quelque peu absente : « Je vais l'faire, ne v'z'en faites pas. Ruarth suit sa piste, en c'moment même. » Pour l'heure, je le voyais nettement plus inquiet pour Tor. « Ne bougez pas, pis n'parlez pas. » Il leva les yeux vers les ghemphs et désigna les plus proches de nous. « Vous trois, faites bouillir de l'eau. Pis j'ai besoin d'alcool et d'une bassine propre et stérilisée, ou d'un seau, quelque chose comme ça. Je veux qu'la table de cuisine d'une de ces maisons soit récurée à fond pis stérilisée. Les autres, allez jeter un œil au gamin, dans l'entrepôt. Pis r'trouvez les cinq sylves qui gardaient le village, là-haut, et les quatre qui sont sur le lac, mais *par pitié* ne les tuez pas. Ptêt' qu'on aura besoin d'eux. »

Son sac apparut, apporté par un ghemph, et je le vis soudain organiser toute une armée de ghemphs auxquels il confiait des tâches, dans un temps remarquablement bref et avec une grande économie de mots : enterrer les corps, s'occuper des esclaves inconscients, aider ceux qui récupéraient, rassembler les sylves qui n'avaient pas été tués. Et pendant qu'il dispensait des conseils et donnait des ordres, il s'occupait aussi de Tor. Le patriarche avait reçu plusieurs entailles et coups d'épée. Il avait perdu beaucoup de sang et perdait et reprenait régulièrement conscience.

J'étais de trop. Gilfeather, pour une fois dans son élément, maîtrisait la situation. Je ne supportais pas de regarder la scène. Je me levai maladroitement et me rendis dans l'entrepôt pour prendre des nouvelles de Dek.

La porte à deux battants était grande ouverte afin que la lumière du soleil inonde les lieux. Dek était assis, adossé au mur, et l'un des ghemphs lui tamponnait le visage avec un linge humide. Il avait une mine affreuse : les deux yeux enflés, la lèvre fendue, une dent de devant ébréchée qui bougeait, le nez cassé et il devait avoir plusieurs côtes fêlées par-dessus le marché, à en juger par la façon dont il grimaçait quand il bougeait. Regardant autour de moi, je constatai que tous les sylves, y compris Selmarian et l'homme auquel j'avais balancé un coup de pied, paraissaient morts. Domino se roulait par terre en gémissant et se tenait le ventre à deux mains. Il était toujours en vie. On m'a dit que les plaies au ventre sont atrocement douloureuses. Les ghemphs transportaient déjà les corps, mais aucun d'entre eux ne lui prêtait attention.

Le visage de Dek s'illumina quand il m'aperçut, ce qui n'était pas un mince exploit, vu comme il était amoché. « Ah, vous allez bien ! On m'l'avait bien dit, mais z'voulais pas y croire ! Et Kel ? » Il toucha prudemment sa lèvre fendue et cracha du sang.

« Il va bien. Il est indemne. Qu'est-ce qui s'est passé ici ? Tu as tué les deux que j'avais laissés en vie ?

— Le type, ouais. Za vous dérange pas, j'ezpère ? Au départ, j'ai juzte ezayé de vous j'ter les armes par la porte. Vous vouliez que j'm'occupe de tout, mais z'était un peu dur de les tuer comme za… ouille, za fait mal ! » Il fit une grimace au ghemph, qui se contenta de sourire et se remit à soigner ses plaies. « Enzuite, quand il a ezayé de m'fouetter avec le pandana, j'l'ai embroché. » Son enthousiasme se dissipa en partie. « J'crois que j'aime pas trop tuer les gens, même zeux qui le méritent. Mais si je veux devenir chazeur de carmes, va falloir que j'apprenne à… faire avec, non ? »

Je hochai la tête. « Je vais te confier un secret, Dek. Moi non plus, je n'aime pas beaucoup tuer les gens, même ceux qui essaient de me faire la peau. Et surtout pas quand ce sont d'anciens sylves. » Je lui souris. « Je suis contente que ça ne te plaise pas. Les gens qui aiment tuer ne sont pas très différents des carministes, au fond de leur cœur. Qu'est-il arrivé à la femme sylve ? »

Ce fut le ghemph – dont les rides lui donnaient l'air assez vieux pour être mâle, si bien que je pensai à lui ainsi – qui me répondit. « Elle est morte aussi. De notre main.

— Je croyais, hum… que les ghemphs n'étaient pas censés faire de mal aux humains.

— Nous autres, ceux de la colonie d'Eylsa, nous ne tolérerons plus les carministes. Nous n'avons pas le sentiment que les carministes sont humains, ni même dignes de vivre. Ils sont une maladie, un fléau. » Il désigna Domino d'un signe de tête. « Je vais m'occuper de lui dans une minute. J'ai pensé que vous souhaiteriez peut-être l'interroger. »

Je fis signe que non. « Vous connaissiez Eylsa ? » demandai-je.

Il acquiesça. « C'était ma sœur de colonie. Nous sommes tous frères et sœurs de colonie ici. » Il s'assit sur ses talons et sourit une fois de plus à Dek. « Il va falloir soigner ta dent. Et tu ferais mieux de voir le médecin plus tard. Il faut bander tes côtes. » Il se tourna vers moi. « Puis-je… pourrais-je voir la chantepleure qu'Eylsa a faite pour vous ? »

Je lui montrai ma paume.

Il passa le doigt sur la surface dorée, suivant la forme recourbée du M. « Vous savez ce que ça représente ? demanda-t-il.

— Eylsa m'a dit que c'était le symbole de votre peuple.

— D'une certaine façon. C'est la marque de notre colonie. Ça signifie que nous devons vous traiter comme l'une des nôtres. La ligne qui le barre signifie que l'un des nôtres est mort pour vous. Mais, dans notre culture, ce symbole a un sens très fort. Il signifie que si nous vous laissons mourir avant votre heure, alors nous méprisons sa mort, nous l'amoindrissons. Pour qu'elle ait un sens, nous devons préserver *votre* vie.

— Ouah, c'est sensas ! » s'écria Dek.

Je regardai le ghemph, mi-horrifiée, mi-émerveillée. « Vous voulez dire… que vous êtes tous là à cause de *moi* ? »

Il éclata de rire – du moins je crois que c'était un rire – comme si toute autre idée était absurde. « Évidemment ! »

Je digérai l'idée, honteuse. Puis je répondis enfin : « Vous nous avez sauvé la vie. À nous tous – nous serions morts sans votre aide. D'où êtes-vous tous venus ?

— Eh bien, de l'ensemble de Mekaté. Notre colonie est éparpillée, et les autres n'ont pu arriver ici à temps. Si bien que notre sœur de colonie, Emiliassa, que vous avez rencontrée à Port-Mekaté, a simplement appelé tous ceux d'entre nous qui étaient le plus près.

— Appelé ? » Maintenant, j'étais vraiment perdue.

Il hocha la tête. « À travers la mer. Notre chant porte. »

J'y réfléchis. Les pieds palmés. Les sifflements étranges que nous avions entendus s'élever de l'Étang. Les formes grises dans l'eau. La chose qui nous avait heurtées, Flamme et moi… et qui essayait de nous empêcher d'aller nous déchiqueter sur le pandana.

Parce que nous avions toujours vu les ghemphs s'habiller et se comporter comme les humains, nous n'avions jamais pensé à eux comme à des créatures aquatiques. « Vous savez nager, commentai-je bêtement. Mais on ne vous voit jamais le faire…

— Nous vivons toujours près de la mer ou d'un fleuve. Nous nageons dans le noir, à l'abri des regards.

Au matin, vous nous trouverez chez nous, dans notre lit.

— Emiliassa : que disait son chant ?

— Que nous devions vous suivre. Et vous protéger. Car vous êtes devenue notre sœur de colonie, et vous pourchassiez le maître-carme qui a tué l'une des nôtres.

— Emiliassa est ici ?

— En effet. Moi-même, je suis originaire de l'île d'Ezun. Nous savions que vous vous dirigiez ici, et que c'était ici que vous pourriez avoir besoin de notre aide. Nous avons donc nagé vers le sud et remonté la Limace de Kilgair depuis Port-Rattéspie, afin de vous attendre à l'Étang Flottant.

— Nom d'un crabe, répondis-je. Je ne sais pas quoi dire.

— Suivez notre exemple. Quand vous n'avez rien à dire, ne dites rien. »

Il se pencha vers Dek, qui nous avait écoutés bouche bée. « Mon garçon, tu ne parleras jamais de ce que tu m'as entendu dire aujourd'hui. Pas plus que de ce qui s'est passé ici, du moins en ce qui concerne le rôle qu'a joué mon peuple. »

Les yeux de Dek brillèrent. « Nan, j'vous le jure. Sur mon honneur même. »

Le ghemph émit un bruit qui ressemblait à un rire. « Je vais t'offrir quelque chose qui te rappellera cette promesse. Ferme les yeux et ouvre la bouche. »

Dek, intimidé, s'exécuta. Le ghemph souleva la jambe et plaça une griffe contre la dent cassée de Dek. Le garçon tressaillit puis s'immobilisa. Un liquide s'écoula depuis le sillon creux de la griffe. Quand le ghemph retira le pied, Dek possédait une dent étincelante couleur d'or. Il y passa la langue avec précaution.

« Braise ? »

Je levai les yeux. Gilfeather se tenait à l'entrée. « J'ai fait emmener Tor dans l'une des maisons. »

Je me levai, choquée de constater ma propre faiblesse. « Vous allez pouvoir le sauver ? » demandai-je en redoutant la réponse.

Il garda le silence.

« S'il vous plaît, le suppliai-je. Il doit bien exister une solution. Il le faut. »

Lorsqu'il se retourna, le visage ravagé, il passa la main dans ses cheveux ébouriffés. « Faudrait cette magie dont v'parlez, répondit-il. Des soins curatifs sylves. J'ai fait tout c'que je pouvais, et ça n'suffit pas, dam'selle. »

Je le regardai fixement en silence. Puis je m'approchai de Domino, qui gémissait toujours étendu sur le sol. Il leva vers moi des yeux terrifiés et lut sur mon visage quelque chose qui le réduisit au silence. Je plaçai la pointe de mon épée contre son œil et l'enfonçai le plus loin et le plus violemment possible.

En tant que Clairvoyant, Tor était insensible à la magie. À toute magie, sorts curatifs sylves compris.

## 23

### *Kelwyn*

Quand le ghemph se hissa sur le radeau, je crus
mourir mille fois de peur avant de l'identifier. Ma peur
– pour Braise et Tor autant que pour moi-même –
avait presque étiré mon emprise sur la réalité jusqu'au
point de rupture. Ma culpabilité de les avoir aban-
donnés m'agressait les sens avec la férocité d'un soleil
tropical à midi ; mon intégrité, mon essence même,
paraissaient mises à nus, exposées, mûres pour la destruction. Dans cet état, mon imagination débordante
transformait le ghemph en une demi-douzaine d'autres
choses, qui étaient toutes une forme ou une autre de
monstre rôdant au fond des lacs, infligeant un châtiment mérité à ma carcasse incrédule…

Puis, lorsque je les eus reconnus et que je compris
qu'il devait y avoir autour de moi plus d'une cinquan-
taine de ces créatures, j'eus du mal à en croire mes
yeux et à accepter que tout n'était peut-être pas fini
pour moi.

« Braise a des ennuis ? » demanda poliment le
ghemph alors qu'une pluie de flèches nous frôlait pour

446

atterrir dans l'eau derrière nous. À en juger par nos émotions apparentes, on nous aurait crus en train de partager une cruche d'hydromel et de discuter de tout et de rien dans un petit restaurant confortable. Il ne dévoilait rien à mon odorat.

Je me recroquevillai sur le radeau et clignai des yeux, m'efforçant de réduire ma peur à un niveau gérable. L'espace d'un instant, j'envisageai bel et bien de poser des questions du style : *Pourquoi me demandez-vous ça ?* Mais je savais que c'était absurde. Quels que soient leurs motifs, ils ne voulaient aucun mal à Braise. Je déglutis puis répondis en désignant la plage : « Oui, elle a des ennuis. Elle se trouve dans cet entrepôt. Le grand bâtiment. » Envahi d'une bouffée d'espoir, je m'empressai de leur fournir d'autres informations, juste au cas où elles leur seraient utiles. « L'homme en noir essaie de la sauver. Pis y a un gamin en danger aussi. Un garçon d'environ quatorze ans. »

Deux flèches heurtèrent le radeau, dont l'une si près de moi qu'elle déchira l'épaule de ma tunique au passage. Je m'aplatis encore davantage, comme un chiot effrayé qui tente de se rendre invisible.

Le ghemph se laissa retomber dans l'eau et disparut. Puis j'entendis de nouveau ce curieux sifflement mélodieux, mais assez proche cette fois pour que je me frotte la nuque dont les poils s'étaient hérissés. Création Toute-puissante, me dis-je, c'est comme ça qu'ils communiquent sous l'eau. Le scientifique en moi était une fois de plus choqué de constater à quel point nous en savions peu sur ces créatures avec

447

lesquelles nous partagions nos insulats et dont nous utilisions les talents sans y réfléchir pour faire appliquer nos lois stupides.

Dans les secondes qui suivirent, le bruit s'intensifia, une vibration qui rida la surface du lac, provenant de tous côtés. Alors même que je décidais que je serais plus à l'abri dans l'eau, le radeau se mit à avancer, très vite. On le poussait en le soulevant presque, de sorte qu'il rejoigne la rive en rasant la surface, à une vitesse que je n'aurais jamais pu espérer atteindre en pagayant. Prudemment, je levai la tête. Les carministes qui lançaient vers moi leur prétendue magie, les sylves corrompus qui voulaient me suivre en canot, ceux qui avaient tiré les flèches – tous se tenaient sur la plage, bouche bée de consternation. Puis, un par un, ils se retirèrent sur le sable. Je me redressai, reprenant un peu courage. Mais je tremblais toujours sous l'effet du contrecoup, en me demandant si j'allais survivre à tout ça. Si un seul d'entre nous allait y survivre.

Juste avant que le radeau atteigne la plage, Ruarth s'envola. On voyageait si vite qu'il eut du mal à atterrir. « Les ghemphs, dis-je inutilement d'une voix rauque. Je crois qu'ils sont v'nus nous aider. Ruarth, faut qu'vous alliez trouver Flamme. Je vous suivrai dès que possible, je vous l'promets. »

Il me dévisagea, tête penchée, un éclat réprobateur au fond de ses yeux bleus. Puis, sans un mot, il s'envola et disparut. Le radeau heurta le rivage et je m'étalai de nouveau de tout mon long.

Je me redressai péniblement et regardai autour de moi. Le sable séparant le bord de l'eau et l'entrepôt était une masse chaotique de corps en plein combat. Il y avait des ghemphs partout et leur mode d'attaque était brutal, quoique efficace. Ils formaient des groupes de deux ou trois, sautaient sur leur cible choisie qu'ils mettaient à terre. Ensuite, plusieurs d'entre eux immobilisaient leur victime tandis qu'un autre lui ouvrait la gorge avec les griffes de ses orteils. Des taches rouges isolées apparaissaient sur le sable, puis s'assemblaient pour former des ruisselets croissants. J'ignorais ce qui était pire : voir des gens mourir ainsi, ou savoir qu'ils le devaient à des ghemphs, créatures si douces et bienveillantes en temps normal. Nous avions appris en grandissant que les ghemphs ne faisaient jamais de mal à quiconque, si bien que ce massacre systématique revenait à voir un groupe de rats des champs anéantir une troupe de lions des herbes.

J'hésitai brièvement, cherchant Braise du regard. Quand je la vis émerger de l'entrepôt, apparemment en un morceau, je sentis s'apaiser une partie de la tension qui reposait sur mes épaules. Puis je vis Tor. Il se faisait attaquer par les quatre ou cinq sylves toujours en vie, ainsi que plusieurs esclaves. Ils étaient tellement appliqués à vaincre le Nébulien qu'aucun ne semblait remarquer le massacre qui se déroulait derrière eux, sur la plage. Je me précipitai vers lui en courant, bien que je ne possède pas d'arme et n'aie même pas pensé apporter la pagaie. Lorsque j'arrivai, Braise s'était jetée dans la mêlée avant de la disperser avec l'immédiate efficacité d'un tison jeté dans la paille. C'était effrayant à regarder ; prise de folie meurtrière, elle était prête à affronter n'importe qui, à tuer tout ce qui bougeait. Elle risquait de décapiter les ghemphs venus l'aider, sans parler de moi et de toute autre personne ayant l'imprudence de se trouver à portée.

Je m'approchai. « Braise, lui dis-je doucement, calmez-vous. Posez votre lame… C'est moi, Gilfeather – vous savez, c'pacifiste de mangeur de choux à la tignasse rousse… » Je me risquai à poser la main sur son épaule et elle se tourna vers moi. « Douc'ment, Braise. Ne v'z'en faites pas, dam'selle. C'est fini. » Cet horrible éclat meurtrier disparut de ses yeux et ses épaules s'affaissèrent. Quand mon nez m'apprit qu'elle allait bien, je m'agenouillai aux côtés de Tor et entrepris d'inspecter ses blessures, évaluant les dégâts à l'odorat. Il était toujours conscient et en vie, mais c'était à peu près tout ce que je pouvais dire de positif sur son état. Je chassai toute autre pensée, et, alors même que je sentais en lui l'odeur de la mort, je commençai à faire tout mon possible pour l'aider malgré tout.

L'un des ghemphs m'avait apporté ma trousse de médecin, ce qui me permit d'arrêter en grande partie l'hémorragie. Puis j'entrevis le visage de Braise agenouillée de l'autre côté de Ryder. Si j'avais besoin qu'on me confirme qu'il était bien l'homme qu'elle avait aimé, c'était fait. Ses sentiments étaient bruts et à nu. Elle se leva et s'éloigna, contenant une fois de plus sa douleur.

Quand j'eus stabilisé de mon mieux l'état de Ryder, je demandai aux ghemphs de m'aider à le transporter dans l'une des maisons, où on le déposa sur une table de cuisine. Là, j'insérai une paille dans la veine de son avant-bras et commençai à y faire couler goutte à goutte de l'ichor de selve après l'avoir légèrement réchauffé dans l'eau tiède. Je lui administrai un analgésique, puis nettoyai et suturai certaines des plaies avant de les badigeonner d'une préparation des Prairies qui empêcherait qu'elles s'infectent. Je gardai le pire pour la fin. Il avait reçu un coup d'épée dans l'abdomen, qui lui avait transpercé les intestins. Je le devinais à l'odeur et savais ce que ça présageait. Si nous nous étions trouvés dans les Prairies célestes, avec mon père et mon frère pour m'assister, avec la pharmacopée de Garrowyn sous la main et la possibilité de pratiquer une opération délicate, j'aurais peut-être – peu probablement, mais peut-être – réussi à le sauver. Mais, pour l'heure, j'étais seul. Je ne disposais que d'une petite partie des instruments nécessaires, et je n'avais ni l'aide, ni les médicaments dont j'avais besoin. Je laissai la plaie telle quelle et allai trouver Braise.

Elle me demanda, bien sûr, s'il allait survivre. Quand je lui expliquai qu'il aurait fallu des soins curatifs sylves, il s'échappa d'elle un arôme assez déchirant pour me coincer les mots dans la gorge. Et j'eus honte de ma propre réaction ; je n'avais pas le droit d'éprouver ce que j'éprouvai alors. Elle hocha la tête, puis se dirigea vers Domino et le tua en lui plongeant son épée dans le cerveau à travers l'œil. Elle retira sa lame et l'essuya sans afficher la moindre émotion. Je la regardais faire, choqué par sa froideur.

Puis elle se tourna vers moi et me demanda où était Tor.

« Il ne va pas mourir dans l'immédiat, lui dis-je. Pis vous n'pourrez pas l'aider si vos blessures s'infectent. Laissez-moi inspecter vos poignets. »

Elle me laissa à contrecœur les panser, puis m'aida à bander les côtes de Dek. « Il a été courageux, me dit-elle tandis que nous nous affairions. Il m'a sauvé la vie. Si Dek n'avait pas été là, Domino m'aurait tuée pendant que j'étais plantée là, totalement impuissante. » Elle sourit au gamin. « La façon dont tu as débarqué et dont tu m'as lancé mon épée – c'est l'un des actes les plus courageux que j'aie jamais vus. Je te remercie, Dekan Grinpindillie ! » Le gamin se gonfla d'orgueil, et je m'émerveillai de la capacité qu'avait Braise d'ignorer son propre désespoir pour louer les mérites du garçon. J'éclatai de rire et le taquinai, puis on le laissa se reposer tandis que j'emmenais Braise voir Tor.

« Et vous, dit-elle tandis que nous foulions ce sol trempé de sang pour rejoindre les maisons, si vous ne vouliez pas que je vous déçoive, vous n'auriez pas dû me prendre pour ce que je n'étais pas. »

Je me tournai vers elle, surpris. « De quoi vous m'parlez ?

— Votre expression quand j'ai tué Domino. Je suis une bretteuse, Tu. Je tue des gens.

— Domino n'était pas en train de vous m'nacer.

— Pas cette fois, répondit-elle d'un air sévère. Mais il m'a torturée, une fois, vous vous rappelez ? Et il a

452

tenté de castrer Tor et de lui arracher la langue. Il allait nous fouetter à mort, Dek et moi.

— C'n'est pas le fait qu'vous l'ayez *tué*, répondis-je lentement. C'est qu'vous l'ayez fait avec… si peu d'émotion.

— Tréfonds de l'Abîme, Kel, je garde mes émotions pour les gens qui comptent. Vous auriez préféré que j'agisse avec *enthousiasme* ? Ça ferait de moi un monstre ! »

Je gardai le silence.

« Dites-moi, qu'est-ce qui vous a poussé à nous suivre ici ? Vous êtes censé être un pacifiste des Prairies célestes, vous vous souvenez ?

— J'n'avais rien d'mieux à faire. »

Elle haussa un sourcil méprisant. Elle parvenait à exprimer beaucoup plus avec un seul sourcil que bien des gens avec toute une gamme d'expressions faciales.

« J'ai commencé à me soucier de… vous tous. Pis à m'inquiéter de la menace de la magie carmine. Je n'pouvais pas… je n'supportais pas cette idée.

— Vous êtes un crétin fini, Gilfeather. Quelle idée de rester planté au milieu du lac, à portée des flèches et de la magie carmine, à crier des insanités à Domino ? Vous êtes cinglé, espèce de rebouteux au menton poilu ? Vous avez de la laine de selve dans le crâne ? Je vous ai *vraiment* entendu le traiter de bernache à barbe ? »

Je rougis. Elle éclata de rire. Mais il y avait de la tragédie derrière ce rire, et l'humour n'atteignait pas ses yeux. Alors que nous allions entrer dans la cuisine où se trouvait Tor, elle posa la main sur mon bras.

« Merci, Kelwyn. Sans votre intervention, je serais morte, et Dek et Tor aussi. Vous nous avez fourni le temps dont nous avions besoin. Pour un pacifiste, vous ne vous en êtes pas mal sorti du tout. »

Je restai muet et lui fis signe d'entrer dans la cuisine devant moi.

Les ghemphs, qui s'étaient rassemblés là pour surveiller Tor en mon absence, se retirèrent dans la pièce voisine. Je tirai le drap dont je l'avais recouvert et montrai ses blessures à Braise. « C'est la seule que je n'puisse pas réparer, dis-je en désignant la plaie abdominale. Une lame est entrée ici et même si elle n'a pas tranché d'artère, elle a transpercé les intestins à plusieurs endroits.

— Vous arrivez à deviner ça ? »

Je hochai la tête.

« Votre odorat ? »

J'acquiesçai de nouveau.

« Qu'est-ce que tout ça veut dire ? »

— Que son corps est contaminé par le contenu de son intestin. Il y aura une réaction septique, et il va mourir. Dans d'atroces souffrances. Mais je vais faire de mon mieux pour maîtriser ça. La douleur, je veux dire. »

Elle prit la main de Tor dans la sienne mais il ne réagit pas.

« Il est inconscient ?

— C'est ptêt' l'analgésique. Je lui en ai donné une dose assez conséquente. »

Elle me regarda par-dessus Tor. « Il est revenu pour moi. »

Je fis signe que non. « Je n'crois pas qu'ce soit le cas. On l'a envoyé ici. »

Elle y réfléchit. « Les fidéens… à cause de Flamme.

— Pis de Morthred, oui. »

Elle éprouva une déception teintée d'ironie, mais pas de surprise. « Et merde, Gilfeather, dit-elle, vous avez pris plaisir à me dire ça, hein ?

— V'l'avez mérité, répondis-je, en essayant de faire comme si v'z'étiez responsable de ses blessures. » J'indiquai l'abdomen de Tor. « Est-ce que la magie sylve pourrait guérir ce genre de plaie ? »

Elle hocha la tête. « Sans doute, sur une personne ordinaire. Surtout s'il y avait plusieurs sylves et qu'ils agissaient de leur plein gré. Mais Tor n'est pas ordinaire. Il est Clairvoyant.

— Une fois, Dek et Flamme ont parlé de sylves qui avaient guéri un Clairvoyant.

— C'est une histoire, Kel. Un récit spectaculaire pour un conteur itinérant.

— Possible. Mais ça cadre avec une théorie qu'j'ai développée.

— Une *théorie* ? Mais c'est pas vrai, Gilfeather, vous vous accrochez toujours à cette théorie selon laquelle la magie n'existe pas ? Mais qu'est-ce qu'il *faudrait* pour vous convaincre ? Qu'une centaine de Morthred déchaînent un déluge d'écarlate de Porth à Cirkase en flétrissant les feuilles de toutes les forêts qui se trouvent sur leur chemin ? »

Je grimaçai et poursuivis maladroitement : « Je l'sais bien qu'elle existe. Mais je crois simplement qu'c'est une maladie. Et que les Clairvoyants sont immunisés, tout comme on l'est contre la fièvre de six jours quand on a eu la fièvre ichtyoïde dans son enfance. »

Elle croisa les bras. « Et toute la magie carmine qui a fusé dans tous les sens pendant le combat – et qui a failli démolir votre radeau et l'entrepôt, ajouterais-je –, c'était une maladie ? »

Je gardai le silence. Je n'avais rien à répondre à ça.

« Alors ?

— Je n'comprends pas encore tout… mais je persiste à croire qu'c'est une maladie. »

À son mépris se mêlait à présent l'arôme piquant de l'intérêt qu'elle y portait malgré elle. « Et en quoi est-ce que ça change quoi que ce soit ?

— Parfois, l'immunité peut être vaincue par… l'*ampleur* de la maladie. Par la quantité d'infection à laquelle une personne est exposée. Tout comme ce type Syr-clairvoyant, sur l'île Cirkasienne, dont parlait Dek. C'est du même ordre d'idées que le fait que la magie sylve de Flamme n'ait pas suffi à résister à la magie carmine de Morthred.

— Vous voulez dire que si on expose Tor à tous les guérisseurs sylves qu'on trouvera, on a des chances de le guérir ? »

Formulé ainsi, ça paraissait idiot. Je lançai un coup d'œil à Tor plutôt que de croiser le regard de Braise. « C'est possible, marmonnai-je. À supposer qu'vous ayez raison pis qu'la magie sylve existe vraiment. » Je désignai l'abdomen de Tor. « On pourrait tout concentrer sur cette seule zone.

— Même si c'était vrai, nous n'avons pas de sylves sous la main. C'est une région fidéenne, et les gens d'ici n'aiment pas employer de la magie sylve, même quand ils en sont doués. »

Mackie y avait recouru, mais je ne creusai pas cette idée. Je répondis plutôt : « Il reste douze sylves corrompus toujours en vie. Trois légèrement blessés, cinq qui surveillaient le village de l'autre côté, pis quatre qui gardaient le lac à bord de canots. C'étaient tous des sylves vigiliens, dont plusieurs travaillaient pour le Conseil, c'qui signifie qu'ils doivent avoir été puissants. Braise… » J'inspirai profondément et me risquai à subir son mépris sur la base de preuves insuffisantes. « J'suis persuadé que la magie sylve et la carmine sont la même maladie, si c'n'est qu'une des deux a progressé plus loin que l'autre le long d'un continuum… c'qui expliquerait c'que vous m'avez dit une fois sur la couleur du placenta d'cette femme sylve. Quand elle est très concentrée, la magie sylve commence à r'sembler à la carmine. » Je m'arrêtai puis ajoutai : « On pourrait d'mander à ces ex-sylves de le soigner.

— Ce sont des carministes à présent, plus des sylves. » Elle parlait comme un professeur qui s'efforce de faire preuve de patience face à un enfant particulière stupide.

« Oui, mais s'ils étaient toujours capables de guérir ?

— Les carministes ne peuvent pas. » Puis elle hésita. « Cela dit, Morthred avait l'air de sous-entendre que les sylves de Duthrick l'avaient guéri. Je supposais que c'était avant qu'ils soient pleinement corrompus.

— Ma théorie est encore plus… surprenante. Je crois que les carministes, même ceux qui n'ont jamais été sylves, sont sans doute capables de guérir. Après tout, ils se soignent eux-mêmes, non ? Même Morthred se guérissait progressivement du contrecoup de la submersion des Dustels, d'après c'que vous m'avez dit. »

Elle hocha la tête et sembla se gifler mentalement pour n'avoir jamais réfléchi à tout ce que ça impliquait.

« Braise, en règle générale, si les carministes ne guérissent pas les autres, c'est parce qu'ils n'en ont pas *envie*, pas parce qu'ils ne *peuvent pas*. Et c'n'est pas à la magie sylve qu'ils recourent, bien sûr. C't'à la magie carmine. »

Elle me dévisagea avec une expression où l'espoir le disputait à l'incrédulité. « Vous êtes *sûr* de savoir de quoi vous parlez ? » Braise et son franc-parler habituel.

« Nan. C'n'est qu'une théorie, et je peux m'tromper.

— Est-ce que vous *croyez* seulement aux sorts curatifs sylves ? Vous y pensez comme à une maladie !

— Je crois que je n'suis plus sûr de rien. Tout c'que je peux dire, c'est que l'esprit humain est remarquable. Et que parfois, même dans les Prairies célestes, sans un sylve dans les parages, j'ai vu des gens rev'nir des ch'mins de la Création par la seule force de leur détermination. Les fidéens appelleraient sans doute ces guérisons des miracles, nés de la volonté divine. Moi, je suis méd'cin. J'affirme que c'est quelque chose de plus prosaïque, mais de tout aussi miraculeux : la volonté humaine. Ptêt' que l'esprit des sylves ou des carministes possède un pouvoir que j'ignore. »

J'avais vu ce qu'ils avaient fait à mon radeau par la seule force de leur esprit. J'hésitai. « Ryder n'a rien à perdre. » Et je repoussai cette autre idée : *mais peut-être que d'autres, si…* « En temps normal, un Clairvoyant résisterait automatiquement à une attaque carmine, en recourant à sa propre immunité. Mais Ryder sera inconscient. C'qui facilitera sans doute les choses.

— Comment pourrait-on convaincre des carministes de pratiquer des soins curatifs contre leur gré ?

— Il faut qu'on leur donne en r'tour quelque chose dont ils ont désespérément besoin.

— À savoir ?

— La vie. Ils sont prisonniers des ghemphs. Ils ont vu ce qu'ont fait les ghemphs ici, je m'en suis assuré. Ils savent met'nant que leur magie n'a aucun effet sur ces créatures. Pis qu'ils ne peuvent pas s'échapper, et qu'ils mourront avec la gorge ouverte. Si les ghemphs ne font rien, c'est seulement parce que je leur ai d'mandé.

— On pourrait promettre de les libérer quand ils auront guéri Ryder, mais ils n'y croiraient pas.

— Ils le f'raient si c'étaient les ghemphs qui le leur promettaient. Les ghemphs ne trahissent jamais une promesse.

— Ils ne promettraient jamais ça ! Ils semblent résolus à lutter contre les carministes. À cause d'Eylsa.

— Ils le f'raient si c'était Braise Sangmêlé qui le leur demandait. »

Elle soutint mon regard, immobile. Tor reposait entre nous, le souffle irrégulier, avec son corps musclé qui rappelait tout ce qu'il existait de beau dans la Création. « Vous laisseriez *douze* carministes en liberté dans le monde pour sauver un seul homme ? demanda-t-elle d'une voix dépassant à peine le murmure. Un homme que vous devez à peine connaître ? Vous comprenez vraiment les dégâts que ces spécimens abjects d'humanité corrompue pourraient causer au monde ?

— Oui. Enfin, je le d'vine, d'après c'que j'ai vu aujourd'hui. N'oubliez pas que je sens leur odeur. Et le mal possède sa propre puanteur. » Je me rappelais Ginna. « Oui, je comprends.

— Laisser à ces gens toute liberté de tuer et de corrompre, ce n'est pas digne d'un bon médecin. Ni d'un bon… quoi que ce soit.

— Vous l'feriez, *vous*, répondis-je.

— Je le ferais pour lui. Mais je l'ai aimé. Et je ne suis pas une brave citoyenne juste et droite à qui on a imprimé le sens de l'honneur à coups de burin depuis l'enfance. Vous, à l'inverse, vous êtes un médecin qui refuse même de tuer des animaux pour manger ! Pourquoi lâcheriez-vous un pareil fléau sur le monde ? »

Elle ne comprenait vraiment pas. Je flairais sa perplexité, son désir de comprendre. J'hésitais à lui répondre, car je ne voulais rien changer à notre relation. Je détournai le regard, honteux, conscient de ma faiblesse et du fait que je m'apprêtais à accomplir quelque chose de répréhensible sur un plan moral. Des hommes comme ces ex-sylves ne devraient jamais pouvoir se balader en toute liberté en imposant aux autres leur version personnelle de l'enfer. « Disons juste que j'ai mes raisons. Tor Ryder est quelqu'un de bien qui accomplira beaucoup de grandes choses au cours de sa vie, si on lui permet de la vivre. » Ce n'était qu'une justification, de celles qu'avancent les hommes lorsqu'ils causent de grands torts avec les meilleures intentions.

Au fond de mon cœur, je ne savais même pas si mes intentions étaient bonnes ou altruistes. Je savais simplement, et je le sais aujourd'hui encore, que c'était mal. Et nous en avons tous payé le prix. Moi, par le poids qui hante ma conscience, Braise, par la perte d'un ami, et Tor… eh bien, Tor a perdu bien plus que nous tous. Il a perdu son intégrité. Il s'est perdu lui-même.

J'avais parlé à Braise avec une certaine assurance, mais, en mon for intérieur, j'étais bien moins optimiste quant à nos chances de succès. Je me trompais peut-être quant à la possibilité que les carministes puissent guérir les gens. Peut-être les sylves corrompus préféreraient-ils mourir plutôt que de sauver un fidéen. Peut-être ne se fiaient-ils plus aux ghemphs ; après tout, ces créatures venaient de tuer tous les ex-sylves qui tombaient sous leurs griffes, en leur ouvrant brutalement la gorge. Cela dit, il n'existait pas beaucoup de façons de mourir proprement sur un champ de bataille.

Mais les douze sylves, comme nous tous, avaient appris depuis l'enfance à croire à l'honnêteté des ghemphs ainsi qu'à l'idée qu'ils ne pouvaient pas mentir, si bien qu'ils tenaient leur intégrité pour acquise. Sans doute le fait que la magie carmine prive les sylves corrompus d'une grande partie de leur vivacité d'esprit et de leur faculté critique a-t-il contribué à leur faire accepter ce pacte. Selon l'accord, ils devaient essayer de guérir Tor pendant que Braise et moi les observerions afin qu'ils n'en profitent pas pour tenter de lui infliger une plaie carmine. Braise pensait être capable de voir la différence entre leurs pouvoirs curatifs et leurs pouvoirs meurtriers : j'espérais qu'elle avait raison. Après quoi, dans le cadre du marché – et seulement s'ils parvenaient à guérir le Nébulien –, Braise, Dek, Tor et moi devions quitter l'île. Les ghemphs nous escorteraient jusqu'à la côte par la Limace de Kilgair, ce qui donnerait aux ex-sylves une chance de s'échapper et d'aller où ils le voudraient.

Nous savions déjà que Morthred aussi était parti par là ; les sylves corrompus ne faisaient pas secret de sa destination. Il avait un navire à Port-Rattéspie, la ville située à l'embouchure du Slug.

C'était difficile de se trouver dans la même pièce que ces douze sylves corrompus. Je n'avais jamais eu le moindre contact avec les sylves ordinaires, Flamme exceptée. Je n'en avais certainement jamais rencontré de corrompus avant d'être appelé à soigner Ginna à Amkabraig. La magie carmine présente chez Ginna m'avait affecté physiquement, mais c'était nettement pire cette fois. Braise m'avait souvent dit que les Clairvoyants sentaient l'odeur de la magie carmine, et qu'elle était infecte, mais je ne crois pas qu'elle ait eu la moindre idée de la façon dont je percevais sa puanteur. Elle était assez écrasante pour me donner des haut-le-cœur et des envies de quitter la pièce en courant. Comme mes mains tremblaient, je les serrais derrière mon dos. J'avais du mal à garder les idées claires, ma tête me faisait mal et mon cœur s'emballait.

Ce n'était pas que leur odeur ressemble à celle d'une vieille carcasse de selve qui rôtit au soleil, ni à celles de latrines qui fuient à Lekenbraig ; c'était bien pire que ça. Elle évoquait davantage l'odeur d'une tumeur mortelle, ou d'une maladie des poumons débilitante – pas tant l'effet néfaste qu'exercent ces maladies sur le corps que la maladie elle-même. C'était tout simplement… anormal. Ça n'aurait jamais dû exister.

Et je consentais à relâcher ces puits de maladie ambulants, sachant qu'ils répandraient leur contagion. J'étais censé être un guérisseur, mais quelque chose en moi me disait que j'aurais dû tuer ces hommes et ces femmes, tout comme j'aurais dû exciser une tumeur ou tuer une infection à l'aide de médicaments.

L'un d'entre eux afficha un rictus en voyant ma révulsion. « Ça fait quel effet, gardien de selves ? me glissa-t-il doucement à l'oreille alors que nous nous apprêtions à commencer. De conclure un marché avec ceux que vous méprisez ? Quoi qu'il puisse se passer ici, vous êtes perdants – et nous, gagnants. » Il me sourit avec une expression malicieuse montrant à quel point il se réjouissait de la situation.

Je savais qu'il avait raison, et je me sentis souillé.

Ils restèrent cinq heures auprès de Tor. Au départ, ils semblaient douter de leur capacité à le soigner, bien qu'ils aient admis être capables de se guérir eux-mêmes.

Chacun posa un doigt sur son abdomen, encerclant sa plaie, tandis qu'ils ne semblaient rien faire de plus que se concentrer. La plupart du temps, il était inconscient, même s'il lui arrivait de gémir et de se débattre sur la table de cuisine. L'odeur de magie carmine était omniprésente.

Aucun problème ne se présenta, mais tout ceci me mettait mal à l'aise. Ce qui ne manquait pas d'ironie, puisque l'idée venait de moi. J'avais du mal à croire que le bien puisse découler du mal. Il n'était pas moins ironique que ce soit moi, le scientifique consciencieux, qui aie conseillé un traitement sans aucun fondement apparent dans la réalité. Mon esprit me semblait aussi malade et perdu que mon corps. Avais-je donc de la brume dans la cervelle ?

Pendant la première heure, aucun d'entre nous n'eut la certitude qu'il se passait quoi que ce soit, mais on remarqua tous ensuite des différences subtiles. Tor reprit des couleurs. L'odeur d'intestin perforé diminua, pour disparaître ensuite. J'en flairais encore une trace, et même pas en profondeur. La plaie au ventre ne paraissait plus si récente ; elle évoquait plutôt une coupure datant de plusieurs jours et en voie de guérison. Bien entendu, l'ensemble dégageait une odeur de magie carmine. J'espérais qu'elle s'estomperait avec le temps, faute de quoi je n'aimerais pas passer mes jours en compagnie du patriarche.

Lorsque tout prit fin, la nuit tombait et je me sentais si faible que j'avais du mal à tenir debout. Les ghemphs emmenèrent les sylves et les enfermèrent sous surveillance rapprochée dans l'une des autres maisons. Je demandai aux esclaves de nous préparer à manger. Le pain que j'avais mangé ce matin-là à bord du radeau n'était plus qu'un souvenir. Libéré de la proximité de la magie carmine, je mangeai de bon cœur. Comme rien de ce que contenait mon assiette ne paraissait ouvertement constitué de chair, je ne demandai pas, pour une fois, ce que j'étais en train de manger. Je m'en moquais, tout simplement.

Nous avions promis aux ex-sylves de partir ce soir-là, mais je voulais donner à Tor le plus de temps possible pour guérir. Il était à présent réveillé, mais faible. La plaie abdominale dégageait une odeur rassurante, à l'exception d'une bouffée tenace d'odeur carmine, et, mieux encore, même les autres plaies semblaient avoir bénéficié de l'excédent de pouvoir. Face à ces preuves, il était difficile de rester sceptique.

« Qu'en dites-vous ? » me demanda Braise tout bas. Elle était restée assise à ses côtés, à lui tenir la main, mais elle me suivit quand je quittai la pièce.

Je haussai les épaules. « J'n'en sais rien. V'z'avez plus d'expérience que moi en matière de soins curatifs sylves. J'n'y crois même pas, rappelez-vous. »

Elle poussa un grognement. « Vous êtes quelqu'un de bien, Gilfeather, mais vous réfléchissez trop. »

Je désignai la pièce que nous venions de quitter. « Lui aussi. »

Elle pencha la tête et me regarda d'un air songeur. « Vous essayez de me dire quelque chose. Crachez le morceau.

— Si vous lui apprenez quel marché nous avons conclu pour le sauver, il ne vous pardonnera jamais.

C'est quelqu'un de très droit, Braise. Il n'admettra jamais qu'on ait pu acheter sa vie en libérant douze nouveaux carministes. » Tor n'avait pas toujours été honnête avec moi, mais c'était quelque chose que je percevais chez lui.

« Il était bien prêt à quitter la Pointe-de-Gorth pour rejoindre Tenkor en oubliant les carministes. En quoi est-ce différent ?

— C'est *personnel*. Croyez-moi, ça n'va pas lui plaire. Ne lui dites rien. »

Elle leva les bras au ciel. « Tréfonds de l'Abîme, c'est pas tous les jours facile de traiter avec des crétins de moralisateurs de votre espèce ! D'accord, je ne lui dirai rien. » Elle se détourna pour regagner la pièce, mais changea d'avis et revint vers moi. Elle saisit ma chemise à deux mains, m'attira vers elle et m'embrassa doucement sur la joue. « Je ne vous considère pas vraiment comme moralisateur. Ni comme un crétin. Merci, Kel. Je sais combien ça vous a coûté. »

En réalité, elle n'en savait rien. Strictement rien.

# 24

## *Kelwyn*

On entreprit la traversée de l'Étang Flottant vers minuit. Les deux lunes n'étaient que des fragments lumineux mais, heureusement, la constellation que nous appelons l'Armada de Pitaird luisait de tous ses feux. À la lueur des étoiles, nous avions installé Tor le plus confortablement possible dans le canot, sous ma surveillance ; Dek, Braise et Fouineur se trouvaient dans une autre embarcation, qu'ils avaient achetée à Gillsie. Les ghemphs prirent alors les commandes en nous disant qu'ils nous emmèneraient où nous le souhaitions, c'est-à-dire à Port-Rattéspie. Quand j'émis une objection par politesse, signalant que nous pourrions mener nous-mêmes les embarcations, le plus âgé répondit que, puisqu'ils devaient nous accompagner afin de tenir leur promesse envers les sylves corrompus, ils pouvaient en profiter pour se rendre utiles en nous menant à bon port. En réalité, je m'en réjouissais. Je m'étais rarement senti aussi fatigué que ce jour-là. Et aussi malade.

Le vieux ghemph s'accrocha un moment au bord du canot tandis que les autres commençaient à tirer sur l'amarre pour nous faire avancer. « Vous avez fait aujourd'hui quelque chose dont vous avez honte, dit-il doucement. Nous aussi.

— Alors, pourquoi v'z'y êtes-vous prêtés ? » demandai-je d'une voix lasse. Sa remarque m'avait surpris. À plusieurs reprises, ce jour-là, j'avais parlé aux ghemphs, mais la conversation était toujours à sens unique. Ils écoutaient, puis décidaient ensuite de faire ou non ce que je leur suggérais. Il n'y avait jamais la moindre discussion, rien qui ressemble à un échange. Ils ne semblaient vouloir parler qu'à Braise. Ils la traitaient avec une curieuse vénération mêlée de tristesse, comme si, en passant du temps en sa compagnie, ils pouvaient ramener à la vie la personne qu'ils avaient perdue. Et pourtant, voilà que l'un des leurs faisait mine de vouloir tenir une conversation philosophique avec moi.

Il semblait presque aussi fatigué que moi. Je l'invitai à bord du canot mais il déclina, affirmant qu'il préférait s'y accrocher et se laisser porter. « Nous aimons l'eau, dit-il. C'est notre monde. » Puis il répondit à ma question initiale. « Parfois, il faut prendre des risques. Nous autres, les ghemphs, nous voyons la vie différemment. Nous voyons des schémas, à partir desquels nous anticipons. Nous prévoyons des ennuis pour notre peuple et cherchons à les minimiser. Garder cet homme en vie nous aidera peut-être, dit-il en désignant Tor, car il a l'esprit généreux et un grand potentiel. Nous avons donc fait un choix, tout comme vous. Tout comme nous avons choisi d'aider Braise.

— Mes motifs étaient plus… personnels, avouai-je, trop conscient de ma culpabilité. Moins altruistes. Et des gens vont mourir parce que nous avons choisi qu'il survive. »

Il hocha gravement la tête. « Oui, je crains que vous ayez raison. Et pas simplement parce qu'il y aura des carministes en liberté dans le monde. Avec le recul, j'ai le sentiment que nous avons accompli davantage de mal ce soir que nous n'en avions conscience, Gilfeather. Et vous devrez apprendre à vivre avec. Tout comme vous avez appris à vivre avec le fait d'avoir tué votre femme. »

Je le dévisageai. « Vous le saviez ? » Ni Braise ni Flamme n'avaient pu raconter à un ghemph toute l'histoire de notre fuite de Port-Mekaté.

« Que vous aviez tué votre femme ? La connaissance est notre… passion, Célestien. Il n'est pas de citoyen que nous ne touchions de nos griffes quand nous gravons leur tatouage de citoyenneté. Et ce que sait un ghemph, nous finissons tous par le savoir. Nous avons touché votre sang et entendu votre nom, Kel Gilfeather de Wyn, et nous n'oublions jamais. »

Cette explication ne répondait pas vraiment à ma question. Je le regardai fixement et frissonnai. « Les humains vous sous-estiment, tous autant qu'vous êtes, hein ?

— En effet, répondit-il. Mais nous ne menaçons pas l'humanité. À moins d'avoir de bonnes raisons, nous ne nous impliquons pas dans les affaires humaines, et nous ne tuons pas de gaieté de cœur. » Il me regarda de ses tristes yeux gris. « De sombres jours approchent, je le crains, car certains humains sont devenus trop puissants, et d'autres s'agitent dans les limites de leurs rivages distants. Des changements vont se produire. Je compatis à votre sort, Kelwyn, car vous êtes quelqu'un de bien, et c'est en ces temps-là que souffrent les gens bien. »

Sur cette pensée réjouissante, il relâcha prise sur le canot et disparut dans la noirceur de l'eau.

Je me détournai pour regarder Tor et le trouvai en train de me dévisager.

« Vous avez entendu ? » lui demandai-je.

Il hocha la tête.

On garda le silence pendant ce qui me sembla une éternité. Je ne savais pas trop ce qu'il avait entendu ou non, jusqu'à ce qu'il me demande : « Vous avez tué votre femme ? » Il paraissait avoir le plus grand mal à y croire.

« Oui, en effet. Si vous voulez apprendre toute l'histoire, d'mandez à Braise. Elle était là, plus ou moins.

— Ah. » Il remua, mal à l'aise, en cherchant une position confortable. « Vous partez à la poursuite de Flamme ? Et Braise, où est-elle ?

— Oui, nous y partons, et Braise se trouve dans un autre canot, derrière nous. »

Cette réponse sembla le satisfaire. Il ferma les yeux et s'assoupit de nouveau.


Je regardais fixement par-dessus la proue. Quatre ghemphs y nageaient, tirant sur l'amarre sans effort apparent. Dans le noir, avec leurs grands pieds palmés et leurs corps nus et souples, c'étaient des créatures de la mer ou des fleuves, pas des tatoueurs résidant sur la terre ferme. L'espace d'un moment, notre ignorance humaine me consterna de nouveau. Comment pouvions-nous vivre depuis si longtemps avec une autre race et en savoir si peu sur elle ? Nous les avions crus doux, dociles et un peu stupides. Ils n'étaient rien de tout ça. Et ils savaient tant de choses – d'une certaine façon, ils savaient déjà que vous arriviez, vous autres les Kellois. Vous nous dites que vous n'êtes pas au courant de leur existence ; vous croyez même qu'ils n'existent pas, qu'ils font partie de notre mythologie. Eh bien, ils étaient au courant de la vôtre. Ce vieux ghemph m'a même averti. Vous vous agitiez dans les limites de vos terres, m'a-t-il dit.

Vous ne rencontrez peut-être plus de ghemphs dans les Glorieuses à l'heure actuelle, mais je crois qu'un jour, vous les verrez. Je crois qu'ils sont toujours là, quelque part, et qu'ils nous observent. La prochaine fois, peut-être serons-nous plus sages et apprendrons-nous d'eux.

Assis dans le canot, cette nuit-là, je me demandai comment Braise était parvenue à nouer ce lien avec Eylsa – c'est tout moi, il faut toujours que je comprenne le pourquoi du comment – et décidai que c'était sans doute grâce à son absence de préjugés. Ayant tellement souffert des idées préconçues des autres au cours de sa vie, ayant été si souvent considérée par les autorités comme malhonnête ou bonne à rien à cause de sa nature de sang-mêlé, elle ne jugeait pas les autres selon leur apparence.

Tandis que l'on manœuvrait les deux canots à travers les îlots flottants de l'Étang en direction de la Limace de Kilgair, elle s'entretint calmement avec plusieurs des ghemphs qui nageaient près de son canot. Dek, malgré ses côtes cassées, dormait pelotonné dans la proue comme un selvereau repu. Il avait fait ses preuves ce jour-là, et il le savait. Juste après la fin du combat, il débordait d'orgueil et d'excitation, mais l'action l'avait épuisé ; il venait de sombrer dans un sommeil de plomb, aidé par le sédatif que j'avais glissé dans sa boisson.

Lors de la première heure, je restai assis près de Tor, surveillant son état. Il dormait tranquillement, toujours drogué par les remèdes que je lui avais administrés. Une fois la première vessie d'ichor vidée, je la remplaçai par une deuxième – la seule autre que j'avais apportée de Wyn – afin que le liquide continue à se déverser continuellement dans sa veine. Après avoir mis la deuxième vessie en place, je m'endormis moi-même, pour ne me réveiller qu'au matin.

On atteignit le fleuve au point du jour. Quand je me redressai, je vis défiler les rives à quelques mètres à peine. Nous étions protégés par un toit d'arbres, tous tellement chargés de leur fardeau de vie végétale qu'on voyait à peine le ciel. Pour un homme des Prairies habitué aux grands espaces et aux paysages du

Toit mekatéen, c'était à la fois magnifique et oppressant.

Ryder était éveillé. Je vérifiai son pouls ; il semblait aller bien. Je regardai par-dessus mon épaule ; l'autre canot se trouvait toujours derrière nous.

« Comment v'sentez-vous ? lui demandai-je.

— Mieux. Mais… bizarre. »

Il voulut se redresser mais je l'en empêchai. « Attendez que j'inspecte vos plaies. » Je retirai les bandages externes puis ôtai prudemment le cataplasme de la première plaie peu profonde à la poitrine. Je faillis en rester bouche bée. À l'exception d'une vilaine cicatrice qui paraissait toujours récente, couverte d'une croûte, elle semblait guérie. Je la touchai, puis appuyai plus fort. « Ça vous fait mal ? » demandai-je.

Il fit signe que non. « Mais ça démange. » Il se redressa pour y jeter un œil. « J'ai été blessé à cet endroit, dit-il. Je me rappelle. Un coup d'épée… Comment se fait-il que ça ait si vite guéri ? Combien de temps suis-je resté inconscient ? »

Je me dérobai. « Pas très longtemps. »

J'inspectai toutes ses plaies, y compris celle à l'intestin. Elles étaient toutes plus ou moins au même stade de guérison.

« Je suis d'une faiblesse effrayante, se plaignit-il. Qu'est-ce qui est planté dans mon bras ?

— En fait, v'z'avez perdu beaucoup de sang. C't'ne perfusion de liquide extrait du sang des selves pis distillé. On a découvert qu'c'était efficace pour traiter les pertes de sang. »

Il réussit à paraître à la fois intéressé et dégoûté. « Vous essayez de me convaincre que vous n'êtes pas un péquenot des montagnes en utilisant des mots longs ? demanda-t-il.

— Quelque chose comme ça.

— L'autre canot est toujours avec nous ? »

Je hochai la tête.

Il remarqua soudain que nous avancions bien plus vite que ne le permettait le courant. Jetant un œil par-dessus bord, il se trouva nez à nez avec un ghemph qui émergeait tout juste pour respirer. Il se rassit, perplexe. « J'ai l'impression qu'il s'est passé beaucoup de choses depuis ma blessure. Mais ce n'était qu'hier, n'est-ce pas ? Voulez-vous bien avoir l'amabilité de m'expliquer comment j'ai pu guérir si vite ? Est-ce que ce sont les ghemphs qui en sont responsables ?

— D'une certaine façon. » Je n'avais pas l'habitude de mentir, et il m'était étonnamment difficile de prononcer ces mots en le regardant droit dans les yeux. Je me mis à rougir. Je m'empressai de changer de sujet. « Je crois que ce s'rait mieux si vous évitiez de manger des aliments solides aujourd'hui. J'vais vous donner du miel et de l'eau. »

Il me couva d'un regard perçant mais s'abstint de tout commentaire. Pris d'une soudaine faiblesse, il se rallongea. « Un de ces jours, Célestien, vous allez devoir m'expliquer pourquoi vous ne m'aimez pas.

— Vous vous faites des idées. J'vous connais à peine ; pas assez pour vous trouver antipathique en tout cas. En fait, le courage dont v'z'avez fait preuve hier mérite mon admiration.

— C'est pour ça que vous me parlez comme si vous aviez un traité scientifique enfoncé dans l'arrière-train ? » demanda-t-il d'une voix aimable.

Je rougis encore davantage. « Oh, la ferme, Ryder, répondis-je.

— Je préfère ça », commenta-t-il en fermant les yeux. Il s'endormit dans les minutes qui suivirent.


Le port côtier de Rattéspie était généralement, nous apprit-on, un endroit animé et rempli de commerçants. On y trouvait des maisons de ventes aux enchères par dizaines ainsi que toutes les activités normalement associées à un commerce maritime florissant : marchands de fournitures pour bateaux, cordiers, voiliers, tonneliers, constructeurs navals, charpentiers, chasseurs de rats, étoupiers, tonneliers, maisons closes, brasseries. Les maisons de ventes aux enchères écoulaient les deux produits principaux de l'Étang Flottant, le pandana et les roseaux, à des négociants de l'ensemble des Glorieuses. Le pandana fournissait la matière des voiles des vaisseaux porthiens locaux, ainsi que des navires xolchastes, car le chanvre et le lin étaient trop rares dans ces îles pour qu'on les transforme en voiles. Mais il s'en vendait beaucoup plus, car on s'en servait aussi pour les tapis ou pour les chaises au siège et au dossier revêtus de tissus (qui étaient alors la dernière mode à L'Axe). Les roseaux, de leur côté, étaient tous exportés vers Xolchas, qui ne possédait aucune sorte d'arbres, pour être transformés en paniers et en papier, ou à Breth, où ils fournissaient un chaume de haute qualité.

Il fallut m'expliquer tout ça car, à notre arrivée à Rattéspie, l'endroit était quasiment vide de navires, évoquant une ville qui avait épuisé le commerce jusqu'à sa disparition totale. Il semblait tout simplement inexistant : ni achats, ni ventes, ni marchandages. Motif de cette stagnation, nous apprirent plus tard les gens de la ville, la réserve de roseaux et de pandana charriée le long de la Limace se réduisait quasiment à néant depuis huit mois. Ces crétins au cerveau ramolli qui habitaient l'Étang, disaient-ils, avaient soudain pris peur des monstres du lac et refusaient de couper autre chose que ce qui poussait en vue de leurs villages, généralement de piètre qualité. Ça ne valait pas la peine d'envoyer un navire faire tout le trajet de Barbacane-Xolchas à Rattéspie pour ce genre de camelote. Les gens de la ville étaient dégoûtés par ceux de l'Étang Flottant, au point que plusieurs de leurs jeunes gens les plus impétueux avaient eux-mêmes remonté la Limace pour aller cueillir du pandana. Ils devaient rentrer d'un jour à l'autre.

Ne les avions-nous pas vus, à tout hasard ? Ils étaient quatre. En réalité, ils tardaient quelque peu…

Mais je m'avance trop. À notre arrivée, on nous dirigea vers un petit appontement, bien avant l'embouchure du fleuve, en lisière de la ville. Avant même qu'on finisse d'accoster, tous les ghemphs avaient disparu comme s'ils n'avaient jamais été là.

« Où sont-ils allés ? » demandai-je à Braise tout en attachant l'amarre.

Elle haussa les épaules, regardant Ryder se hisser précautionneusement sur l'appontement. « Qui sait ? On ne les reverra plus à moins de nous retrouver dans le pétrin. Et, crois-moi, je n'ai pas l'intention que ça se produise. Tu es sûr que c'est une bonne idée que tu marches ? » Cette dernière question s'adressait à Ryder.

Il poussa un grognement incrédule. « Tu es incapable par nature de ne *pas* te fourrer dans le pétrin.

— N'importe quoi. Quand je suis seule, je suis la raison, le bon sens et la débrouillardise incarnés. C'est uniquement quand je me mêle aux Vigiles et aux Cirkasiens, sans parler des fidéens, que les ennuis me tombent dessus, que je le veuille ou non. » Il émit un bruit qui ressemblait curieusement à un ricanement, ce qui la poussa à ajouter : « Et toi, si on parlait de ta propension à prendre des risques ? Ça te va bien, de dire des choses pareilles ! »

Il ignora sa remarque et demanda : « Et les ghemphs apparaîtront, comme par miracle, la prochaine fois que tu auras des ennuis ? Comme ça, en un clin d'œil ?

— En fait, ils m'ont demandé de les avertir en me servant de ce dessin qui orne ma paume. Je dois le frotter sous l'eau, dans la mer ou dans un fleuve. Ils finiront par venir. Le temps que ça prendra dépendra de ma distance par rapport aux membres de leur colonie.

— C'est quoi, cette histoire de colonie ? demanda Dek.

— Je ne sais pas au juste, avoua Braise. Un peu comme une famille étendue, j'imagine. Les membres de la colonie sont tous apparentés d'une façon ou d'une autre. Dek, je veux que tu restes ici surveiller nos canots et nos affaires. Je te laisse Fouineur. Tu peux faire ça ?

— Je me débrouillerais mieux avec une épée, grommela-t-il.

— Pas avec tes côtes cassées, lui dis-je. Ton couteau suffira largement.

— Essaie de ne blesser personne avec. On ne cherche pas les ennuis », ajouta Braise en lui lançant un regard critique. Il avait les deux yeux pochés et le nez de la taille d'un melon. « Cela dit, ta figure fait tellement peur que j'imagine que la plupart de tes ennemis s'enfuiront sans doute au premier coup d'œil. »

Ses plaisanteries, bien entendu, n'étaient qu'une façade. Je sentais l'odeur de son inquiétude, aussi intense qu'une puanteur, fait inhabituel chez Braise. Elle se contenait généralement beaucoup mieux. « Tor, tu ferais mieux de rester avec Dek…

— Pas la peine, répondit-il. Je suis un peu faible, mais je peux marcher. » Son ton était irritable, comme s'il lui reprochait de lui faire cette proposition.

Je crus un instant qu'elle allait protester, mais elle finit par se tourner vers moi en déclarant calmement : « Vous ne sentez pas la trace de Flamme, hein ?

— Je… J'n'en sais trop rien. Je crois qu'elle est passée par ici. Elle s'y trouve peut-être encore. C'est juste que… qu'elle n'a plus la même odeur qu'avant. » J'avais du mal à le lui dire, et même à admettre cette idée, mais l'odeur de Flamme devenait au fil du temps de plus en plus proche de celle des carministes, et la vitesse du changement dépassait largement mes prévisions.

« Et Ruarth ? »

Je secouai la tête. « Impossible à dire. J'n'arrive à percevoir qu'une trace très faible. Je n'crois pas qu'il soit encore là. »

Quand nous avions quitté l'Étang, je croyais que nous avions de grandes chances de retrouver Flamme sans nous attirer trop d'ennuis. Nous n'avions pas trop de retard sur elle et l'aide des ghemphs nous avait permis de gagner du temps. Sans compter qu'une belle Cirkasienne voyageant avec un homme aussi imposant que Morthred ne serait pas difficile à trouver. Mais nous gardions également à l'esprit qu'un navire attendait Morthred, sans doute déjà ravitaillé et prêt à prendre la mer. Le fait que nous retrouvions Flamme ou non dépendrait en grande partie de facteurs aussi insignifiants que l'horaire des marées dans le port ce jour-là.

On quitta l'appontement pour entrer dans la ville. La première personne qu'on interrogea, un tonnelier assis devant son atelier avec une expression morne sur le visage, nous infligea en détail les malheurs de l'économie de Rattéspie avant de nous répondre en désignant les vagues : « Oui, je connais le couple dont vous parlez. Ils ont pris la mer il n'y a même pas trois heures. C'est leur navire que vous voyez là-bas. »

On pivota dans cette direction, mais on n'aperçut que des voiles blanches se détachant sur un ciel bleu à l'horizon. « De quel navire s'agissait-il ? » demanda

Braise. Je reconnaissais à peine sa voix tant elle était chargée d'émotion.

« Oh, il appartenait à ce type, Gethelred de Skodart, comme il s'est présenté. Il est arrivé à son bord il y a deux ou trois semaines, puis il a remonté la Limace. L'équipage du navire l'attendait. Des gens bizarres, vigiliens pour la plupart, mais je ne crois pas avoir déjà rencontré de Vigiles qui ressemblent à ceux-là. Les gens en avaient une peur bleue, vous savez ? Et les prostituées de la ville ont passé un sale moment, à ce qu'on m'a dit. Bande de salopards.

— Quel était le nom du navire ?

— L'*Affable*. Un ketch. Une beauté, ce navire. Et rapide, j'en suis sûr.

— Ce n'est pas celui qu'il a volé à Havre-Gorth, dit Braise à Tor.

— J'ai entendu dire qu'on l'avait trouvé brûlé sur une plage près d'Amkabraig, l'informai-je.

— Il a sans doute commencé par détourner celui-ci, répondit Tor.

— Très probable. » Braise se tourna vers moi. « Alors, gardien de selves, que fait-on à présent ? On l'a perdue, et le maître-carme aussi. »

Elle avait les larmes aux yeux et ses émotions imprégnaient l'air autour d'elle, mélange de désespoir et de chagrin. Il me fut alors totalement impossible de résister. Je m'entendis lui répondre : « Eh bien, on se lance à leur poursuite, évidemment. Qu'est-ce qu'on pourrait faire d'autre ? »

## 25

### *Kelwyn*

Les gens de Rattéspie n'étaient que trop ravis de nous apprendre tout ce qu'ils savaient au sujet de l'*Affable*, de son équipage et de son propriétaire supposé. N'ayant pas de Clairvoyants en ville, ils ignoraient être aux prises avec la magie carmine, et Gethelred-Morthred et les autres passagers avaient apparemment pris grand soin à ne pas recourir ouvertement à la magie pendant leur séjour. Mais ils s'étaient néanmoins affreusement mal conduits. Ils n'avaient tué ni violé personne, ni même volé qui que ce soit, mais ils avaient intimidé, effrayé, menacé. Gethelred lui-même avait fait preuve d'une extrême suavité et plusieurs personnes semblaient être tombées sous son charme ; les autres se méfiaient davantage. Flamme ne semblait avoir parlé à personne.

Le ketch, nous informa le capitaine de port, était un petit navire transportant trop de passagers. Avec tant de gens à bord, ses réserves d'eau ne suffiraient pas pour un long voyage. Ils n'iraient pas loin. Ils avaient parlé de Bastion-Breth, mais la ville se trouvait du côté opposé de l'île de Breth. L'*Affable* devrait se ravitailler en cours de route. Il ferait sans doute escale à Barbacane-Xolchas, la capitale des Pics-de-Xolchas. C'était facile à deviner : la Barbacane était le port le plus proche du point d'accostage le plus logique entre Porth et Breth. Et Braise était persuadée que Morthred emmenait Flamme à Breth pour qu'elle y épouse le bastionnaire.

« Et comment pouvons-nous nous rendre aux Pics ? » demanda Braise au capitaine. Elle balaya le port du regard. Il ne débordait pas franchement d'activité marine. « Est-ce qu'il y a un paquebot ? Un navire commerçant qui parte bientôt ? Quoi que ce soit ? »

Le capitaine la regarda d'un air morose puis essuya son nez coulant à l'aide d'un fichu qu'il portait autour du cou. « Les paquebots ne passent plus par ici. Depuis des mois. Et les navires de commerce ne viennent plus. »

Ryder désigna un deux-mâts miteux amarré à quai. « À qui appartient cette goélette ?

— C'est un navire de commerce local. Il appartient à Scurrey. Avant, il transportait des roseaux vers Xolchas toutes les deux ou trois semaines, et il rapportait du guano pour nos potagers et nos cultures. Il n'a pas quitté le port depuis des semaines.

— Il est en état de naviguer ?

— Oui, bien sûr. C'est simplement qu'il n'y a plus de cargaison et que Scurrey n'a pas les moyens de payer l'équipage ni l'approvisionnement s'il ne transporte pas de cargaison.

— Est-ce qu'il accepterait d'aller à Xolchas pour nous ? »

Le capitaine de port se redressa quelque peu. « Vous affréteriez tout un navire ?

— Si le prix est correct. »

Il se tamponna le nez. « Le rhume des foins, dit-il d'un air plaintif. Je l'attrape toujours à cette période de l'année. Je parlerai à Scurrey de votre part. Il sera certainement ravi.

— Il faudrait qu'on parte avec la prochaine marée », intervint Braise.

Le capitaine ouvrit la bouche pour protester que c'était impossible, puis se ravisa. « Je le lui dirai. » Puis il s'éloigna à toute allure, reniflant en chemin.

Braise pencha la tête en direction de Ryder. « Affréter une goélette ? Rien que pour nous ? Les patriarches fidéens doivent gagner beaucoup plus d'argent que je ne croyais.

— J'ai assez pour le ravitaillement. Pour financer le reste, je rédigerai une lettre de change du trésor fidéen adressée au patriarche local afin de disposer d'un peu d'argent liquide. »

Il parlait d'un ton glacial et distant, ce qui intrigua visiblement Braise. Elle ne répondit pas, mais je savais à quoi elle pensait. Les paroles de Ryder prouvaient bien qu'il n'était pas revenu pour elle. Il avait été envoyé par les fidéens – à la recherche de Flamme.

Le projet faillit tomber à l'eau, mais on y parvint de justesse, précédant la marée de quelques minutes à peine. On n'y serait jamais arrivés si toute la ville de Rattéspie ne l'avait considéré comme un défi. C'était le premier navire local à prendre la mer depuis des semaines ; personne ne voulait gâcher cette occasion de remplir les coffres de la ville. Les marchands de fournitures s'affairaient, des fermiers apparaissaient de nulle part avec des produits frais, des marins postulaient, des débardeurs se présentaient pour charger le navire, des constructeurs navals calfeutraient une partie du pont, là où le bois s'était déformé en séchant.

Pendant ce temps, Ryder s'en alla chercher le patriarche local en compagnie de Scurrey, le propriétaire et capitaine de la goélette. Dek partit en reconnaissance pour voir s'il pouvait vendre les deux embarcations avec lesquelles nous avions atteint Rattéspie. Braise passa chez le forgeron faire affûter son épée ainsi que celle de Tor. Je me rendis chez l'apothicaire afin de refaire mes provisions en fonction de ce qu'il avait de disponible. Sur le chemin du retour au navire, je passai devant chez le forgeron et eus la surprise de voir Braise mettre elle-même la touche finale aux lames.

Voyant mon étonnement, elle éclata de rire et me lança : « Vous ne croyiez quand même pas que j'allais laisser quelqu'un d'autre affûter une épée calmentienne ? Vous avez trouvé ce que vous cherchiez ?

— En partie. Plus des choses que je n'm'attendais pas à trouver. Cet herboriste est très compétent. » Je jetai un coup d'œil à la lame qu'elle venait de finir d'affûter. « Pourquoi les tranchants de cette épée sont-ils si aigus ? C'n'est pas le cas de la plupart des épées.

— L'acier calmentien garde un tranchant qui en fait une arme beaucoup plus efficace. D'autres lames s'affaibliraient simplement et se retrouveraient vite ébréchées. Enfin, bref, j'ai fini. Regagnons le navire. » Elle plongea la main dans sa bourse et paya au forgeron l'usage de sa meule, de sa pierre à aiguiser et de ses huiles. Tandis que nous nous dirigions vers les quais, elle changea de sujet. « Kel, j'aimerais vraiment savoir ce qui vous a poussé à nous suivre. » Elle me sourit. « Cette question ne doit pas vous surprendre. »

Vu la conviction avec laquelle j'avais affirmé, à Amkabraig, que je ne voulais pas m'impliquer dans ses affaires, ça ne m'étonnait absolument pas. Avec un sourire contrit, je lui racontai dans les grandes lignes ce qui m'était arrivé à Amkabraig et comment j'y avais réagi. Malheureusement, je n'entrai pas dans les détails, ni concernant Ginna, ni mes lectures. Je me demande parfois si ça aurait changé quoi que ce soit. Peut-être que non. Peut-être n'aurions-nous malgré tout pas trouvé l'occasion de défaire ce qui s'était déjà produit.

Sur sa demande, je lui expliquai ensuite les circonstances de ma rencontre avec Tor Ryder. Elle m'écouta attentivement, sans m'interrompre ni poser de questions, jusqu'à ce que j'aie fini de lui raconter pourquoi j'avais choisi de crier des insanités à Domino pour laisser une chance à Ryder.

« C'était insensé, dit-elle. Vous auriez dû partir à la recherche de Flamme.

— C't'une bonne chose que je n'l'aie pas fait. Avant que je n'me mette à brailler, les ghemphs ignoraient dans quel pétrin vous vous étiez fourrés. C'est seulement à ce moment-là qu'ils ont compris qu'vous aviez sans doute besoin d'aide, et qu'ils sont sortis me poser la question.

— Ah ! Mais pourquoi avez-vous rejoint la plage, dans ce cas ? Vous auriez pu vous faire tuer.

— Hem, en fait, les ghemphs ne m'ont pas laissé le choix, avouai-je, penaud. Ils ont plus ou moins soulevé le canot pour le propulser vers la rive. Pis j'ai vu tomber Ryder et j'ai su que je n'pouvais pas m'en aller comme ça. Il se s'rait vidé de son sang ici même, sur cette plage. »

Elle soupira. « C'était la bonne décision pour lui, la mauvaise pour Flamme. Par l'Abîme, Kel, pourquoi est-ce que rien n'est jamais simple dans ce monde ? » Son désespoir imprégnait l'air. « Il est trop tard pour Flamme, hein ? Le temps qu'on la rattrape, elle sera trop corrompue pour qu'on lui vienne en aide. Même les guérisseurs sylves ne peuvent pas ramener les sylves à leur état précédent lorsque la corruption a pleinement pris effet.

— On peut essayer.

— Vous vous inquiétez vraiment pour elle, hein ? » Elle fronça légèrement les sourcils puis ajouta : « Flamme est une amie formidable : gentille, attentionnée, généreuse et courageuse. Ou du moins elle l'était. Mais elle… se sert des hommes, puis elle leur tourne le dos. C'est à cause de ses sentiments pour Ruarth. Même si elle guérit, il n'y aura jamais personne d'autre que Ruarth pour elle, jamais. »

Je clignai des yeux, pris au dépourvu. Elle ne pensait quand même pas que j'éprouvais des sentiments pour Flamme ? Je lui entourai les épaules d'un bras tandis que nous longions les boutiques de fournitures en direction des quais. « Braise, je l'sais bien. V'z'oubliez mon odorat. »

Elle émit un bruit de dégoût envers elle-même. « Ouais, en effet. Et ça vaut sans doute mieux. C'est déroutant de savoir que vous lisez mon odeur comme… comme si j'étais un bouquet de roses. Ou une crotte d'âne. »

J'éclatai de rire. « Pas vraiment. En fait, hors des Prairies, v'z'êtes la personne la plus énigmatique que je connaisse. Vous m'rappelez mon peuple : ils gardent leurs émotions en sourdine. Vous aussi.

— Rien d'étonnant à ça, j'imagine, quand on réfléchit à la façon dont j'ai grandi. Si une gamine montrait ses sentiments, elle était vulnérable. C'était très simple. Il valait mieux maîtriser fermement ses émotions, ne jamais les montrer à personne. » Elle changea de sujet avant que je puisse formuler de commentaires. « Et Tor ? Comment va-t-il ?

— Très bien, j'pense. Mais il est encore faible. Il va être fatigué un bon moment.

— Il vous a parlé de la façon dont on l'a soigné ?

— Il croit que ce sont les ghemphs.

— Vous… vous savez ce que j'éprouve pour lui, n'est-ce pas ?

— Je sais qu'vous avez bien du culot de m'parler de *ma* vie sentimentale. »

Elle me dévisagea longuement, durement. « Votre nez doit être un appendice sacrément pratique, Gilfeather, s'il vous en apprend tant que ça.

— C'n'est pas mon nez qui me dit qu'vous êtes mal assortis, tous les deux. Même sans odorat, j'm'en rendrais bien compte. »

Elle soupira. « Oui, sans doute. Nous sommes conscients de… notre incompatibilité. Et nous avions décidé de nous séparer.

— Avions ?

— C'est toujours le cas. Rien n'a changé, et je ne pense pas que ce sera un jour le cas. Sa foi fait partie intégrante de lui, et c'est quelque chose que je ne pourrai jamais partager. » Elle s'écarta de moi, cherchant une force ou un réconfort intérieurs. Je laissai mon bras glisser de ses épaules. « Et Dek ? demanda-t-elle. Il a vraiment une mine affreuse.

— C'est souvent l'cas, quand les gens ont été battus. Son nez, ses côtes et sa lèvre vont guérir. Les ecchymoses vont disparaître. Il a mal, mais il essaie de s'montrer courageux.

— J'ai remarqué », répondit-elle avec un sourire affectueux.

À notre retour, le chaos semblait avoir envahi le quai, mais sans doute s'agissait-il d'un chaos ordonné. Scurrey, un homme barbu et corpulent qui portait mal son nom[1], dirigeait les opérations à grands cris depuis le pont. Un flot de débardeurs et de marins s'affairaient le long de la passerelle. Dek était là, débordant

---

1. En anglais, « to scurry » signifie « filer, se précipiter ». (NdT)

de fierté : il avait réussi à vendre les deux embarcations pour une somme qu'il considérait comme énorme. Aucun d'entre nous ne le détrompa, et il ne s'en était sans doute pas si mal sorti dans une ville où le commerce était dans un état catastrophique.

« Je peux utiliser cet argent pour m'acheter une épée ? demanda-t-il, plein d'espoir.

— Ça ne suffirait pas, répondit Braise. Mais je viens de t'acheter ça. » Elle tendit la main par-dessus son épaule, tira quelque chose du paquet allongé qu'elle avait attaché à son harnais et le lui tendit. C'était une épée, quoique un peu particulière.

« Mais elle est en bois ! déclara-t-il en s'efforçant de masquer sa déception.

— Voyons, tu ne crois quand même pas que les apprentis bretteurs commencent avec une arme véritable ? demanda-t-elle. Je suis certaine que les troupes du portenaire s'exerçaient avec des épées d'entraînement.

— Ouais, sans doute.

— On commencera tes leçons dès que tu seras guéri, lui promit-elle. J'en ai acheté deux. »

Il s'efforça de paraître raisonnablement reconnaissant.

Elle s'adoucit alors. « Ah, j'ai failli oublier : je t'ai aussi acheté ça. » Elle tira un couteau, muni de son étui et de sa ceinture. « Je crois que ça te sera plus utile que ton engin à vider les poissons. »

Temporairement muet, il s'illumina telle une marguerite frappée par le soleil.

Elle lui tira le lobe de l'oreille, le geste le plus affectueux que je lui vis jamais adresser au gamin.

« Tu auras ton épée quand tu m'auras montré que tu te débrouilles avec cette arme en bois. En attendant, prends grand soin de ce couteau. Je veux dire par là que tu ne dois t'en servir que quand il n'y a pas d'autre moyen de sauver ta peau de casse-cou, compris ? »

Il hocha la tête en souriant, toujours muet.

« Braise, dis-je soudain, j'sens une odeur de Dustels. » Je fus le premier à repérer ce petit groupe qui vint se percher sur le gréement de la goélette. Je leur fis signe et l'un d'entre eux descendit se poser sur une bitte d'amarrage proche de nous. Fouineur, sur l'ordre de Braise, se coucha docilement à ses pieds en ignorant l'oiseau.

*Êtes-vous Kelwyn Gilfeather ?* demanda-t-il en épelant péniblement mon nom.

Je m'accroupis près de la bitte et répondis tout doucement. Pas la peine que le quai tout entier se demande pourquoi je parlais à un oiseau. « J'suis bien Gilfeather. V'z'avez un message pour moi ? De la part de Ruarth ? »

*Oui. Il est monté à bord de ce navire qui a pris la mer ce matin, avec la Cirkasienne et le maître-carme.*

« L'*Affable* ? »

Il hocha la tête. *Il me charge de vous dire qu'il va continuer à suivre Flamme et qu'ils se dirigent vers Barbacane-Xolchas, puis de là vers Bastion-Breth. Et qu'il vous laissera des messages auprès des dessuss partout où il ira. Et que Flamme va de mal en pis. Elle se montre hostile envers lui – elle le repousse violemment chaque fois qu'il s'approche. Il vous demande de vous dépêcher.*

« Merci, répondis-je. Nous partons dès qu'possible.

— Est-ce qu'il vous a dit qui est le maître-carme ? »
demanda Braise.

L'oiseau hocha de nouveau la tête. *Les Dustels
vivent dans l'espoir*, répondit-il. *Et nous vous admi-
rons tous pour ce que vous tentez de faire.* Son odeur
ne correspondait pas à ses mots : un arôme d'écrasante
tristesse s'accrochait à lui comme une aura. Je
m'interrogeais, mais sans y réfléchir vraiment. Ça ne
me concernait sans doute pas.

« On va faire de notre mieux », répondis-je.

L'oiseau inclina la tête.

Braise l'imita. La scène aurait dû sembler théâtrale
ou idiote. Au lieu de quoi, elle me toucha. Aujourd'hui
encore, je me demande parfois ce qu'est devenu cet
oiseau, ainsi que tous ceux qui rêvaient de l'archipel
des Dustels et ne l'ont peut-être jamais retrouvé.


Vers minuit, on franchit l'embouchure de la Limace
de Kilgair et je commençai à me sentir mal. C'était
atroce, en bas ; rien à voir avec un paquebot équipé de
petites cabines douillettes ; ce navire-là transportait
habituellement des cargaisons, pas des passagers.
L'espace situé sous le pont, étouffant et sombre, dégageait en permanence une odeur – atroce – de guano.
Nous partagions ce qui devait être une cale : on nous
y avait installé des hamacs, et il n'y avait rien d'autre.

Mon estomac se soulevait en même temps que le
navire.

Pris d'une urgence, je montai sur le pont supérieur sans un mot à qui que ce soit.

Comme je me sentais un peu mieux après avoir rendu mon dîner par-dessus bord, je me traînai vers une zone plus abritée près du mât de misaine, et m'y accroupis à l'abri du vent. Au moins l'air était-il frais. Tout autour de moi, le navire gémissait, les poutres grinçaient comme un vieillard aux articulations douloureuses ; au-dessus de moi, le vent chantait dans les voiles et gréements.

Je dus m'assoupir car je m'éveillai un peu plus tard en entendant des voix. Comme je me sentais de nouveau mal, j'hésitai entre me traîner de nouveau vers le bord ou convaincre mon estomac qu'il n'avait pas vraiment besoin de faire ça. Sur l'Étang Flottant, j'avais cru que la proximité des carministes était pire que le mal de mer ; je commençais à revoir cette opinion.

Seul mon malaise peut excuser ce qui se produisit ensuite. Soucieux de calmer mon estomac, entièrement concentré sur ma nausée, je ne pensai pas à signaler ma présence aux personnes que j'entendais parler. Au départ, je n'eus même pas conscience de la conversation, et lorsque ce fut le cas, trop tard, j'étais trop gêné pour me lever et les avertir que j'étais là.

C'étaient Braise et Ryder, lequel disait : « Gilfeather a laissé sous-entendre que c'étaient des ghemphs, mais ce n'était pas vrai, hein ? »

Il y eut une pause. Puis : « Qu'est-ce qui te fait penser ça ?

— Ne joue pas à ça, s'il te plaît, Braise. Gilfeather serait incapable de mentir même si sa vie en dépendait. Enfin, bref, j'ai entendu des bribes de conversation entre un ghemph et lui. Il y était question… du mal. De gens qui allaient mourir parce que je survivais.

— Laisse tomber, Tor. Ce qui est fait est fait.

— Pas de condescendance ! Tu crois que je ne sens pas qu'il y a quelque chose d'anormal ? Je porte en moi quelque chose qui ne devrait pas s'y trouver !

— Que… qu'est-ce que tu veux dire ?

— Ce sont les sylves corrompus de Morthred qui m'ont fait ça, n'est-ce pas ? Je ne sais pas comment tu t'y es prise, mais tu as réussi à les pousser à me guérir, alors qu'on avait toujours cru que c'était impossible. Pourquoi as-tu fait ça, Braise ? *J'ai de la magie carmine en moi !* Tu me connais donc si mal ? » Il dégageait une odeur de tristesse, de douleur, et pire encore, d'intense fureur.

Braise était plus opaque. Quoi qu'elle éprouve, elle le cachait bien. « Tu serais mort, Tor.

— Et tu ne crois pas que j'aurais *préféré* mourir ? Tu as la moindre idée de ce que vous m'avez fait ? »

Suivit un bref silence. Puis : « Sans doute pas.

— Ils ont transféré en moi une partie de leur magie carmine. Elle est là, en moi, comme un murmure constant de maléfice. Je l'entends en permanence. Il affecte même mes prières… Je sais que c'est impossible, mais j'ai le sentiment… d'être coupé de Dieu. »

L'horreur contenue dans sa voix n'avait pu échapper à Braise. Je l'entendis inspirer brusquement, puis

493

répondre : « Oh, c'est pas vrai. Je suis désolée. Je ne savais pas…

— Comment pouvais-tu ne pas le savoir ? C'étaient des *carministes* ! Qu'allaient-ils faire d'autre qu'essayer de me contaminer de leur mieux ? »

De détresse, elle garda le silence.

« Dis-moi, est-ce que tu pensais à toi-même, ou à moi, quand tu as concocté ce plan diabolique pour me sauver ?

— Tu es injuste.

— Ah oui ? » Il éclata d'un rire cynique. « Tu as peut-être raison. C'est sans doute la magie carmine qui s'exprime. Son abjection m'envahit parfois au point de m'empêcher de contrôler mes pensées. Oh, ne prends pas cet air inquiet. Je vais lutter contre elle et, par la grâce de Dieu, je vais gagner. Il ne s'agit pas de corruption : ce n'est qu'une trace qu'ils ont laissée en moi pour me tourmenter. À moins qu'ils n'aient pas pu résister. Ce que j'aimerais savoir, c'est ce que tu leur as offert pour qu'ils me soignent. »

Elle attendit un long moment avant de répondre. « La vie sauve, répondit-elle enfin.

— Et… ?

— La liberté.

— Combien étaient-ils ?

— Douze. Il en fallait le plus grand nombre pour que ça marche… comme tu es Clairvoyant. »

Ce fut à son tour d'avoir le souffle coupé. « *Douze ?* Au nom du ciel, tu as lâché douze carministes dans la nature *rien que pour me guérir* ? Pour que je survive, *moi* ? Seigneur, Braise, tu as la moindre idée du

494

nombre de sylves qu'ils vont corrompre, de femmes qu'ils vont violer, de familles qu'ils vont asservir tandis qu'ils voyageront d'insulat en insulat en saccageant tout sur leur passage ? Du nombre de gens qui vont mourir en conséquence ?

— Pas de sermons, Tor Ryder, lâcha-t-elle d'une voix furieuse. C'est toi qui as quitté la Pointe-de-Gorth en nous laissant, Flamme et moi, partir à la recherche de Morthred et de l'enclave de l'Étang Flottant. Tu ne te souciais pas beaucoup de combattre les carministes à ce moment-là, hein ?

— Je n'étais pas libre ; je sers la Patriarchie et dois suivre ses ordres. Je devais regagner Tenkor.

— Oh, épargne-moi ces sornettes. Tu aurais pu nous accompagner et tu le sais très bien. Tu n'as pas le droit de me faire la morale – et ça aussi, tu le sais bien. »

Il y eut un long silence au cours duquel aucun d'entre eux ne sembla bouger. Puis il déclara : « Il y a peut-être un fond de vérité. Mais ce n'est pas pareil. Tu as échangé ma vie contre la leur lors d'un marché que je n'aurais jamais approuvé si j'avais été conscient et lucide. Tu n'avais aucun droit, aucun, de supposer que je voudrais acheter ma vie à ce prix. C'était *mal*, Braise. Tu as entaché mon avenir d'une culpabilité presque trop lourde à supporter.

— Ne dis pas de bêtises ! S'il y a ici la moindre culpabilité, c'est la mienne, pas la tienne. La mienne et celle de Gilfeather. Tu n'étais pas vraiment en position de prendre des décisions, après tout. Tu étais inconscient ! À moins que tu n'essaies de mettre tout ça sur le dos de notre amour ? »

Il garda le silence.

« Tréfonds de l'Abîme, c'est bien ce que tu es en train de me dire ?

— Je ne veux pas me disputer avec toi.

— Eh bien, tu y arrives quand même très bien ! J'imagine que je dois l'attribuer à la trace de magie carmine en toi, car ta réaction n'a franchement rien de raisonnable. »

Le navire plongea la proue au cœur d'une vague et j'enfouis ma tête entre mes bras en m'efforçant désespérément de calmer mon estomac.

Braise soupira. « Je suis désolée, Tor. Pour tout. Désolée de ne pas être le genre de femme dont tu as besoin. De t'aimer assez pour t'avoir sauvé, quel qu'en soit le prix. De t'avoir imposé en conséquence cette culpabilité. Je suis désolée, mais tu sais quoi, je recommencerais sans hésiter. Je voulais que tu vives. » Le navire frémit sous l'assaut d'une autre vague et Braise attendit que le pont se soit stabilisé de nouveau. Je songeai : va vers elle, tête de mule de prêtre, tu ne vois pas qu'elle a besoin de toi ? Mais il n'en fit rien, et elle finit par ajouter : « On a eu raison de se séparer. On ne voit jamais une zone d'océan de la même couleur, toi et moi. »

Nouveau silence. Puis il répondit : « Non, tu as raison. Et je ne saurais te dire à quel point j'en suis désolé.

— C'est idiot, hein ? dit-elle d'un ton badin alors qu'elle éprouvait une douleur intense.

— Je n'aurais pas dû m'emporter comme ça à l'instant. Tu as fait ce que tu estimais juste.

— Mais tu ne penses pas que ça l'était… » Elle soupira. « On ne peut pas effacer le passé, hein ? Alors on ferait peut-être mieux… de laisser aller.

— Oui, je crois que ce serait mieux », acquiesça-t-il.

Il se détourna pour s'en aller, mais elle reprit la parole. « Attends. Je… je veux te remercier pour ce que tu as fait sur l'Étang Flottant. Sans toi, je serais morte. Tu as pris un risque énorme, Tor. Ça, je ne l'oublierai jamais. Je t'en serai toujours reconnaissante. Je ne perdrai jamais mon sentiment de… stupéfaction à l'idée que quiconque puisse faire ça pour moi. »

Il voulut répondre mais ne trouva pas ses mots.

Après un nouveau bref silence, elle ajouta doucement : « Retourne à tes prières. Je veux rester seule un moment. »

Il s'éloigna sans ajouter un mot, et sa douleur teintée de rage me parvint par vagues. Je me demandai si elle le savait, si elle l'éprouvait comme moi. Puis elle s'exclama : « Et merde, et merde, *et merde* ! Gilfeather, pourquoi fallait-il que vous ayez *raison* ? »

Je crus qu'elle m'avait vu. Je me levai, gêné au-delà de toute mesure, malade et honteux. Elle sursauta, surprise au point de chercher son épée à tâtons, jura quand elle s'aperçut qu'elle ne la portait pas, puis jura de manière encore plus éloquente quand elle comprit que ce n'était que moi. « Gilfeather ! Au nom des sept mers, qu'est-ce que vous trafiquez à nous espionner comme ça ? » Mains sur les hanches, elle exigeait une explication.

« J'étais malade, marmonnai-je. Désolé. »

Elle me regarda fixement, voulut répondre, se ravisa puis céda en levant les bras au ciel. « Oh, peu importe. Laissez tomber. De toute façon, vous auriez flairé cette dispute demain matin. Enfin, je crois. Dans ses moindres nuances », ajouta-t-elle avec amertume.

Je me sentais idiot mais la voir plantée là, à me regarder, m'ébranlait. Elle paraissait vaincue et je n'avais pas l'habitude de la voir ainsi. « Nan, dam'selle, répondis-je, ce n'sont que des lanterneries pis des calinotades, v'savez. »

Elle me dévisagea. « Des *quoi* ?

— Des lanterneries pis des calinotades. Des bêtises.

— Vous venez de l'inventer.

— Nan, jamais d'la vie. Ce sont des expressions des Prairies. »

Elle eut un faible sourire. Je l'entourai des deux bras et l'étreignis. « Je suis trop vieille pour me faire consoler, dit-elle.

— N'importe quoi. On n'est jamais trop vieux. »

Posant la tête sur mon épaule, elle déclara d'une voix douce : « Vous aviez raison, Gilfeather. Voilà quelque chose qu'il ne pourra jamais me pardonner.

— Mais il vous aime encore.

— Ah oui ? C'est peut-être ce qui rend tout ça si terrible. » Elle marqua une pause. « Non, ce n'est pas ça. C'est la magie carmine. Il a raison, Gilfeather. Il y a quelque chose en lui qui n'y était pas avant. Il disait vrai – il est souillé. » Je perçus son horreur. « Qu'est-ce qu'on a fait ? Au nom du ciel, Gilfeather, *qu'est-ce qu'on lui a fait* ? »

J'avais envie de nier que nous ayons fait quoi que ce soit, mais ça n'aurait pas été vrai. Nous avions transformé un homme en quelque chose qu'il n'avait jamais voulu être.

Je lui caressai les cheveux tout en faisant de mon mieux pour ne pas lui vomir dans le dos.

# 26

## *Kelwyn*

Si vous êtes déjà allés aux Pics-de-Xolchas, vous devez savoir à quel point le premier aperçu de l'insulat est éblouissant. On arriva en fin de matinée, alors que la lumière inclinée du soleil levant changeait les pics en or et projetait leurs ombres sur l'eau comme des doigts pointant quelque destination invisible et lointaine. Chaque pic émergeait d'une mer démontée, entouré à sa base d'un amas de rochers pareils à des enfants accrochés aux jupes de la géante qui leur avait donné naissance. Chaque pic était une colonne irrégulière et constellée de trous, et des oiseaux – par milliers – tournoyaient en hurlant tandis qu'ils s'élançaient des falaises pour se laisser tomber vers la mer ou s'élever vers le ciel, portés par d'invisibles courants atmosphériques.

Des gens vivaient au sommet de chaque pic, dans des bâtiments de pierre parfois perchés dangereusement près du bord et dont les fenêtres donnaient sur l'océan, très loin en dessous. Les pics, m'apprit Braise, étaient au nombre d'une centaine. Dix d'entre eux étaient assez larges pour accueillir des villes, et d'autres possédaient des hameaux entourés de prés et de champs où ils faisaient paître leurs moutons et pousser leurs cultures.

Le pic le plus large de tous était Barbacane-Xolchas, où vivait la barbacanaire. La ville couvrait tout le sommet du pic d'un bord à l'autre, avec la Maison seigneuriale en son centre. Le nom de « barbacane » provenait de la fortification bâtie au sommet du chemin en zigzag qui s'élevait depuis Port-Xolchas.

Dek, qui se tenait près de moi tandis que notre navire se mettait en panne et que nous attendions le pilote, bombardait Braise et Ryder de questions. Il avait connu de grands moments de frustration, cloîtré à bord : il n'avait cette fois pas pu grimper aux gréements à cause de ses côtes brisées, et ses leçons d'escrime avaient peu progressé pour les mêmes raisons. Il avait passé le gros de ses heures d'éveil sur le pont en compagnie de Braise tandis que Ryder me faisait subir un interrogatoire – il n'y a pas d'autre mot – sur les pratiques médicales des Prairies célestes. Il portait au sujet un intérêt aussi vif que sincère, ce qui était flatteur, mais je ne perdais jamais de vue qu'il avait un motif derrière la tête. Il n'avait toujours pas fait preuve d'honnêteté sur le sujet avec moi. Un patriarche, dans l'exercice normal de sa fonction, n'avait pas réellement besoin de savoir quel pourcentage des naissances dans les Prairies célestes provoquait le décès de la mère, ni si nous étions capables de guérir la fièvre de six jours ou de réparer un dos brisé.

Je sais à présent que Ryder prévoyait déjà un avenir où la Patriarchie aurait besoin de connaître ces choses-là.

De plus, il voulait connaître toutes mes théories – même en l'absence de preuves – sur la magie carmine et la façon dont elle contaminait et corrompait les sylves. Compte tenu de son inquiétude pour Flamme, ça n'avait rien d'étonnant, et je reconnais avoir apprécié les heures que nous passions à débattre de ma théorie qui assimilait la magie à une maladie. Il ne pensait pas que ce soit aussi simple et, pour être franc, mes propres idées avaient été ébranlées.

Comment cette théorie expliquait-elle des choses que j'avais vues de mes propres yeux : la guérison des plaies de Ryder par la simple concentration alors que lui-même était inconscient, par exemple ? Ou les dégâts physiques infligés au radeau sur lequel je me trouvais quand les carministes m'avaient lancé leurs sorts ? Ou le contrôle qu'exerçait Flamme sur la façon dont les autres voyaient ses hallucinations ? C'étaient là des mystères que j'aurais payé cher pour creuser. Ils fascinaient ma soif de savoir médical, mon plaisir de *savoir*.

Ryder était à la fois amusé et exaspéré par ma détermination à prouver que la magie n'était qu'un phénomène naturel pour lequel nous n'avions pas encore trouvé d'explications. « Vous, un homme de raison, comment v'pouvez croire à la magie ? » lui demandai-je à une occasion, frustré à mon tour par sa capacité à accepter sans jamais douter que les dons sylves et carmins possédaient un fondement magique.

« Vous oubliez, répondit-il avec un petit sourire, que je crois à la puissance de Dieu. Il n'y a qu'un petit pas entre cette croyance-là et celle en une puissance contraire et maléfique telle que la magie carmine. Et croire que Dieu a peut-être planté en nous les germes de la magie sylve ou de la Clairvoyance pour nous donner une chance de riposter. La magie, pour moi, n'est que le nom donné à des forces tout aussi surnaturelles que peut l'être Dieu. Croyez en Dieu, Gilfeather, et il ne vous faudra pas longtemps pour accepter l'existence de la magie comme pouvoir inconnaissable. »

Je soupirai. Je n'avais aucun moyen de répliquer à ce genre de déclaration, car nous n'argumentions pas à partir des mêmes bases. J'avais besoin de preuves ou, à tout le moins, d'une relative probabilité ; lui n'avait besoin que de croire.

En réalité, je dois avouer que je ne pouvais m'empêcher d'admirer cet homme, même si je ne l'*appréciais* guère. Je ne pouvais que respecter la façon dont il luttait contre ses démons. C'était un homme dont la réaction naturelle consistait à se battre, mais dont l'intelligence lui dictait qu'il y avait une meilleure solution ; si bien qu'il ravalait son envie de rendre les coups quand il était menacé. Malheureusement, Braise et moi avions involontairement nourri cette violence en laissant le pouvoir des sylves corrompus pénétrer dans son corps. Et nous lui avions imposé une nouvelle culpabilité : le prix que nous avions payé pour qu'il survive. Lors de notre traversée de l'océan, il affronta ces deux nouveaux démons en passant des heures enfermé pour prier en silence un Dieu dont il n'éprouvait plus la compassion. Je me demandais si ça l'aidait : sa rage continuait à couver, et il la contrôlait à grand-peine. Je ne crois pas que Braise ait compris l'ampleur de son combat, mais moi, si. Je sentais l'odeur de la légère contamination carmine, de sa culpabilité, et de son supplice à l'idée de ne pas mériter le prix qu'on avait payé pour sa vie. Pour moi, ce vernis de calme qu'il affichait pour le reste du monde n'était rien d'autre que ça : une surface. Au-dessous couvait un mélange tumultueux de fureur contre le monde et de ressentiment contre nous deux qui lui avions infligé ça, le tout nourri par la magie carmine.

Et pourtant, lors de ses contacts quotidiens avec nous, il s'efforçait de maintenir une politesse de façade. Ce qui devait lui demander un effort et une maîtrise intenses. Il échouait de temps en temps et son amertume perçait alors à travers des railleries lourdes de sous-entendus ou tout simplement un comportement glacial. Peut-être son amour pour Braise était-il le facteur qui lui procurait un certain équilibre ; je le lisais parfois dans ses regards nostalgiques. Pourtant, il devait également lutter contre cet amour sans avenir. La seule chose qu'il ne pouvait pas rejeter, sa foi, était le facteur même qui les séparait.

Ce fut ainsi qu'on atteignit Xolchas : tourmentés tous trois par nos nombreux démons, cherchant à composer avec une culpabilité commune : notre échec à protéger Flamme et notre incapacité à la sauver jusqu'à présent. Nous étions tous hantés par l'horreur de la situation actuelle, sachant qu'on la transformait en l'antithèse d'elle-même, sujette à une dégradation et une douleur constantes, redoutant d'être destinée à devenir d'abord l'épouse du bastionnaire de Breth, tas de saindoux pervers qui torturait des petits garçons pour se distraire, et peut-être ensuite d'un maître-carme qui se délectait de la souffrance d'autrui. C'était inconcevable. Et pourtant elle souffrait, en ce moment même, tandis que nous attendions que le pilote quitte le port de Barbacane-Xolchas.

Seul Dek était épargné par ces démons. « Est-ce que tous les pics ont des chemins qui montent jusqu'en haut ? demandait-il. C'est quoi ce truc blanc sur les falaises ? Est-ce que ce pic est *relié* à celui de derrière ? Est-ce qu'ils tombent, des fois ? Et qu'est-ce qui se passe alors ? » Au moins, me disais-je, Dek n'est pas compliqué. Lui ne partageait pas notre fardeau de culpabilité et d'émotions complexes : tout ce qu'il voulait, c'était apprendre à se servir d'une épée et à combattre les carministes. Un jour, peut-être commencerait-il lui aussi à comprendre que la vie n'était pas si simple, mais il n'avait pas encore atteint cette étape.

« Ce truc blanc, c'est du guano. De la fiente d'oiseau, lui expliqua Braise. C'est le seul produit qu'exporte Xolchas. »

Dek la regarda comme si elle se moquait de lui.

« On s'en sert comme engrais pour rendre le terreau des fermes plus productif. Si, je te jure ! » Alors que Ryder nous rejoignait, elle ajouta : « Comme Tor nous a apporté sa longue-vue, tu verras mieux les ponts suspendus qui relient les pics. »

On regarda tous tour à tour à travers l'instrument de cuivre, constatant effectivement que deux pics voisins étaient reliés par un pont de corde. Il oscillait loin au-dessus de la mer, reliant les colonnes avec une fragilité évoquant les toiles d'araignée.

« Par pitié, ne me dites pas qu'on va d'voir marcher là-d'sus, dis-je en refermant la longue-vue avant de la rendre à Tor.

— Vous avez le vertige, Gilfeather ? » demanda Ryder. Ce qui n'aurait été auparavant qu'une simple plaisanterie, formulée avec le sourire, possédait à présent un certain mordant.

« Les hauteurs ne m'dérangent pas, répondis-je sur un ton morose, et c'était la vérité, mais je suis aussi maladroit qu'un selve qui descendrait un escalier en marche arrière. Je risquerais de glisser pis de tomber dans les intervalles. »

Aucun d'entre nous ne parla de ce qui se produirait quand nous atteindrions les Pics-de-Xolchas, car nous l'ignorions totalement. Ce que nous savions, en revanche, était décourageant : l'*Affable* possédait un équipage d'au moins huit personnes, probablement toutes asservies. Les gens de Rattéspie avaient mentionné la présence de vingt-et-une autres personnes à bord : Flamme, Gethelred, dix-sept Vigiles, la plupart vêtus de chasubles, et deux autres hommes. On soupçonnait ces deux derniers d'être d'authentiques carministes, peut-être même des maîtres-carmes. Les chasubles nous apprenaient que les Vigiles avaient reçu la formation du Conseil. La plupart, voire tous, sauraient donc manier les armes. Ce qui représentait une puissance redoutable. Nous étions trois adultes, dont deux seulement s'y connaissaient en combat à l'épée, plus un gamin aux côtes brisées et un bâtard de lurgier de Fagne. On ne pouvait pas dire que les chances soient en notre faveur.

Le pilote arriva enfin dans une embarcation que les autres qualifièrent de chaloupe et s'arrêta près du navire. Il monta à bord et prit le gouvernail, bien que Scurrey nous ait affirmé connaître lui-même le chemin pour entrer dans le port protégé par un brise-lames en contournant les bancs de poissons et les rochers entassés autour des bords du pic, tout comme un pétrel connaît le chemin pour regagner son terrier dans les falaises. Quoi qu'il en soit, les autorités des Pics n'autorisaient aucun navire à accoster sans pilote : c'était l'un des nombreux moyens dont ils disposaient pour soutirer de l'argent aux visiteurs. Nous allions bientôt comprendre, ajouta-t-il d'un air sombre, que les Xolchastes étaient passés maîtres dans l'art d'extorquer de l'argent à des commerçants respectables sous prétexte d'impôts légitimes.

Lorsqu'on atteignit les quais, on y trouva le ketch amarré, avec plusieurs marins qui observaient notre arrivée penchés par-dessus la balustrade. Malgré la forte odeur de guano qui planait dans toute la zone des quais, je sentais celle de la magie carmine qui se dégageait de l'*Affable*.

« Flamme est à bord ? » me demanda Braise.

Je fis signe que non. « Je n'crois pas. En fait, je crois que Morthred est parti, pis la plupart des sylves et des carministes aussi. Il ne doit pas y avoir plus de deux sylves corrompus à bord, plus l'équipage.

— Le moment venu, on pourra peut-être commencer par ces deux-là, dit calmement Ryder. Les tuer en premier. » Braise blêmit. Je me demandai pourquoi, puis compris qu'elle n'avait pas l'habitude de voir Ryder aussi froidement impitoyable. Je frissonnai et me demandai s'il se montrerait disposé à se débarrasser si facilement de Flamme dans l'hypothèse où nous nous révélerions incapables de l'aider. Sans doute, me dis-je, aurait-il la bénédiction des fidéens ; ils ne toléreraient pas qu'une carministe épouse le bastionnaire de Breth, d'autant moins s'il s'agissait de l'héritière du trône de Cirkase, et les Vigiles non plus.

« Je peux vous aider ? demanda Dek, les yeux brillants.

— Tu peux descendre me chercher mon épée et mon fourreau », répondit Braise.

Ryder lui sourit lorsque Dek eut disparu en bas de l'escalier menant aux cabines. « Tu tiens là une pieuvre par un seul tentacule, Braise. »

Elle soupira. « Je le sais bien, mais que veux-tu que je fasse de ce garçon ? Il n'a même pas l'air de posséder une once de peur en lui.

— Ni d'avoir de réserves quant au fait de massacrer des gens, à ce que je vois.

— Enfin, tant qu'ils sont carministes, rectifia-t-elle.

— Qu'est-ce que vous allez faire ? demandai-je, et je ne parlais pas de la question de Dek. Vous pointer simplement là-bas et tuer tous les sylves corrompus qu'on croisera ? Commencer par les deux qui se trouvent à bord de l'*Affable* ? »

Ryder haussa un sourcil. « Vous pensez qu'il faudrait commencer par discuter poliment avec les carministes, Gilfeather ? »

Braise s'empressa d'intervenir. « On les laisse tranquilles pour le moment. Premièrement, je n'ai pas envie de blesser les victimes de sorts coercitifs si je peux l'éviter. Deuxièmement, Xolchas n'apprécie guère le meurtre. C'est un peuple discipliné et respectueux des lois. » Elle désigna les falaises qui se dressaient au-dessus du port vers un ciel où tournoyait une multitude d'oiseaux. Toute la paroi était recouverte d'un réseau de cordes. « Ces cordes sont destinées aux ramasseurs de guano, expliqua-t-elle. Chaque famille du pic possède des intérêts dans une certaine portion de la falaise. Il y a là un potentiel pour une infinité de querelles juridiques, de vols et de conflits, mais ça ne se produit jamais. Les familles ne font même pas garder leur territoire car le vol est inconcevable, y compris celui d'une seule fiente. Comme je vous le disais, ils respectent les lois.

— Alors, on n'assassinera personne à la vue de tous, répondit Ryder. On agira discrètement. » Il ne plaisantait qu'à moitié.

Braise lui lança un coup d'œil inquiet. « On commencera par tenter des méthodes légales. On va aller voir la barbacanaire pour lui demander d'intervenir. Ou de nous en donner la permission.

— Vous ne sentez nulle part la présence de Flamme ? » me demanda Braise.

Je secouai la tête. « En même temps, ça ne veut rien dire, si elle est montée jusqu'à la ville. Je n'sens rien à cette hauteur ; il y a trop de vent, pour commencer, pis cette puanteur de guano.

— On a remarqué », répondit Braise sur un ton ironique tandis que Dek revenait muni de son épée. Elle enfila le harnais alors même que le navire atteignait les quais et que la dernière des voiles descendait à grands fracas.

« Mais la première chose qu'on va faire, dis-je en les contredisant tous deux, c'est de r'trouver les Dustellois »

En réalité, ce furent eux qui nous retrouvèrent, avant même qu'on quitte le navire. De toute évidence, ils avaient guetté mon arrivée. Ruarth, me dis-je, avait été fermement persuadé que je reviendrais, même seul.

Le meneur du vol qui vint se percher sur la balustrade et demanda à me parler était un individu âgé et pontifiant. Pour une fois, je n'avais aucun mal à distinguer aussi bien le sexe que l'âge d'un Dustellois. *Jeune homme,* commença-t-il*, êtes-vous le dénommé Gilfeather ?*

« Oui », répondis-je avant de présenter les autres. Il ignora totalement Dek et Braise, jaugea Ryder de la tête aux pieds avant de déclarer, si je compris bien, qu'il n'avait pas de temps à perdre avec les fanatiques religieux, et demander comment il se faisait que les fidéens ne reconnaissent pas les oiseaux dustellois comme paroissiens à part entière. (Question illogique, me dis-je, dans la mesure où ces oiseaux, pour la plupart, cachaient le fait qu'ils étaient doués de raison.) Sans attendre de réponse, il m'informa qu'il ignorait totalement de quel droit je me faisais appeler Gilfeather[1], ou tout autre nom en rapport avec des plumes d'ailleurs, dans la mesure où je n'étais manifestement pas et n'avais jamais été dustellois, ni même oiseau. Les plumes, affirma-t-il, étaient réservées aux seuls individus de nature aviaire et je ferais bien de ne pas l'oublier. Son nom, ajouta-t-il, était Comarth.

Je parvins enfin à le faire taire et lui demandai ce que Ruarth voulait nous apprendre. Il s'avéra qu'il portait plus qu'un simple message de Ruarth ; il savait où se trouvait Flamme et se tenait informé à la minute près, grâce à un réseau de Dustellois qui faisaient la navette entre Ruarth et lui.

Morthred-Gethelred semblait avoir jugé approprié qu'on présente Flamme à la barbacanaire, puisqu'elle était en réalité Lyssal, castenelle et héritière de Cirkase. Il l'avait conduite au sommet de la falaise.

Braise ne sembla guère se réjouir d'avoir deviné les intentions de Morthred envers Flamme. « Tréfonds de l'Abîme, marmonna-t-elle, ce salopard de maître-carme doit avoir la conviction qu'il n'y aura sur place aucun Clairvoyant à même de les démasquer. »

*Les seuls Clairvoyants, ici, c'est nous*, déclara Comarth. *Et les Xolchastes n'ont pas assez d'esprit*

1. En anglais, « feather » signifie « plume ». (NdT)

*pour comprendre notre nature, vagabonds pouilleux que nous sommes.*

« Alors où se trouvent-ils actuellement ? demandai-je. Flamme, Ruarth et Morthred ? »

*La barbacanaire leur fait la fête. En tant qu'invités d'honneur, ils logent dans les meilleures chambres d'amis de la Maison seigneuriale.*

« Pour combien de temps ? » demanda Braise.

*Encore un jour ou deux. Demain, la barbacanaire annoncera officiellement ses fiançailles à un descendant d'une famille noble des Pics, et Gethelred et les autres resteront donc le temps des festivités.*

« En voilà une chance, dit Ryder, pensif. Il peut se passer beaucoup de choses pendant des festivités. Braise, je ne me trompe pas en disant que tu as rencontré la barbacanaire ?

— Oui, quand elle n'était encore qu'héritière. J'ai un peu travaillé pour son père. Il avait appelé les Vigiles à venir identifier puis tuer un carministe qui leur donnait du fil à retordre, et Duthrick m'avait envoyée. La tâche était simple. Mais le vieux barbacanaire avait été impressionné et m'avait demandé de rester un moment et de passer du temps avec sa fille, pour lui donner ce qu'il appelait "un peu du vernis de L'Axe". » Elle ricana. « C'est étonnant, non, de voir comme tout change dès qu'on entre au service des Vigiles ? Quand j'avais treize ans, je m'étais fait chasser de ce même insulat parce que j'étais non-citoyenne. »

On la regarda tous fixement. Ryder répondit prudemment : « Le barbacanaire t'a demandé de donner à sa fille du "vernis" ?

— En effet. »

Je ne dis pas un mot, et Ryder non plus. Braise sourit mollement. « On s'entendait à merveille. Elle m'a montré comment me faufiler hors de la Maison seigneuriale la nuit et à descendre les falaises à l'aide du réseau de cordes accrochées aux falaises. Je lui ai appris à parier aux cartes et à boire du rhum. Elle m'a appris à descendre en rappel ; moi, à se battre sans armes. »

Le Dustellois nous gratifia de la version aviaire d'un ricanement.

« J'imagine que ce n'était pas tout à fait ce que le barbacanaire avait en tête, remarque Ryder avec ironie. Mais on dirait que nous avons des amis haut placés.

— Ça, je n'en sais trop rien, répondit-elle. On était jeunes, en ce temps-là, et je ne travaille plus pour les Vigiles. J'ai entendu dire qu'elle s'était rangée et qu'elle était devenue très à cheval sur l'étiquette et toutes ces choses-là. C'est souvent ce qui arrive aux seigneurs insulaires une fois installés sur le trône.

*C'est vrai, dit Comarth. Elle était connue pour son insouciance et son imprudence, mais dès qu'elle a hérité, elle a tourné le dos à tous ses anciens compagnons et son comportement est devenu impeccable. Comme il se doit.*

« Nous allons essayer d'obtenir une audience, dit Ryder. Je vais rendre visite à la Maison fidéenne locale. Ils auront peut-être une certaine influence.

— Mais, d'abord, dis-je au Dustellois, v'pouvez envoyer quelqu'un à Ruarth pour lui dire qu'on est

513

ici ? On doit lui parler. Dès qu'on en aura fini avec les formalités portuaires, on se mettra en route vers la ville. Il pourra nous rejoindre en chemin, si c'est possible.

— Je me demande toujours ce qui se passe quand un pic s'effondre », commenta Dek, tordant le cou en levant les yeux vers le chemin, affreusement abrupt et droit, qui montait en zigzaguant jusqu'au sommet. De la ville, on apercevait les portes de la barbacane, mais guère plus. « Vous imaginez les éclaboussures ! Si ça s'effondrait, vous croyez que le sommet irait percuter cet autre pic, là-bas ? »

Sans prévenir, mon cœur se mit à battre à toute allure dans ma poitrine, sans aucun rapport avec la chute des pics. Morthred était au bout de ce chemin et, cette fois, soit il allait mourir, soit ce serait nous.

# 27

## *Braise*

Quand j'étais agent du conseil et Xetiana l'héritière-barbacanaire, je l'appréciais. Elle avait à peu près mon âge et elle était nettement plus cinglée que moi. Son père désespérait de parvenir un jour à la maîtriser et, lorsqu'il m'avait demandé de rester un moment et de la prendre sous mon aile, c'était un acte de désespoir. Bien entendu, s'il voulait vraiment qu'elle acquière du vernis de L'Axe, je n'étais pas franchement la personne la plus adaptée à cette tâche, mais je m'étais bien amusée tant que ça avait duré. Mon but était devenu non pas de mettre fin à ses escapades, mais de lui montrer comment évaluer un danger, une personne ou une situation. Reconnaître la différence entre les hommes qui l'appréciaient et ceux qui convoitaient ce qu'elle pouvait leur accorder, que ce soit le prestige ou le pouvoir. Et peut-être avais-je réussi, dans l'affaire, à encourager sa prudence innée. J'étais restée quatre mois aux Pics-de-Xolchas, intervalle pendant lequel Duthrick – aussi furieux qu'un crabe aux pinces entravées – ne cessait de réclamer mon retour.

Trois ans plus tard, le père de Xetiana était mort lors de la chute d'un pic. De nombreux Xolchastes, en fait, décédaient ainsi. La question de Dek concernant la chute des pics n'était pas si ridicule : c'était un éternel problème qui menaçait l'insulat tout entier. Tôt ou tard, tous les pics s'effondreraient, victimes de l'impact incessant des vagues. De temps à autre, l'un des pics les plus petits et les plus étroits s'effondrait en emportant ses habitants. Ou, parfois, une partie de l'un des plus gros glissait simplement dans la mer, exposant une paroi abrupte à la merci des chocs de l'océan et des oiseaux marins qui y creusaient leurs terriers.

Cette incertitude influait sur le caractère des Xolchastes : ils étaient flegmatiques à l'excès. Ils se projetaient rarement dans l'avenir et se satisfaisaient généralement de s'entourer de leurs familles, d'attraper assez de poisson, d'élever assez de moutons ou de ramasser assez d'algues pour subsister, et de collecter assez de guano pour s'offrir quelques produits de luxe provenant d'autres insulats. Ils menaient des vies de satisfaction tranquille, repoussant l'idée que leur pic ou leur portion de falaise si riche en guano puissent être les prochains à tomber.

Quand un pic, une ferme ou une façade rocheuse disparaissait dans la mer, on n'en reparlait plus jamais. Le pic manquant était effacé des cartes, on ne pleurait pas plus que nécessaire la perte des victimes, du moins en public, et on ne mentionnait jamais les circonstances de leur mort. Dans un accès d'irritation, j'avais un jour dit à Xetiana que les Xolchastes m'évoquaient un banc de carrelets qui se cachaient sous le sable en attendant leurs proies. Ces poissons plats se fiaient tellement à leur camouflage que des pêcheurs pouvaient marcher le long des barres de sable peu profondes et les ramasser à la main, un par un, sans qu'un seul songe seulement à s'enfuir.

Xetiana m'avait alors répondu calmement : « Mais, Braise, où irions-nous ? Quand on n'a aucun moyen de fuir, ne vaut-il pas mieux profiter de ce qui reste, plutôt que de paniquer et de courir aveuglément dans tous les sens ? »

Peut-être avait-elle raison.

Scurrey disait vrai au sujet des impôts. Je découvris que c'était une chose d'arriver aux Pics-de-Xolchas en tant qu'émissaire du Conseil des Vigiles, mais que c'en était une tout autre de n'être qu'une moins que rien de sang-mêlé. Je dus verser trois setus rien que pour poser le pied sur le quai, et ne fus autorisée selon leur loi qu'à un séjour de trois jours maximum. Fouineur était totalement interdit de séjour dans l'insulat, au motif qu'il risquait de déranger les oiseaux, mais je dus payer deux setus supplémentaires rien que pour le garder à bord du bateau.

Tor, en tant que prêtre fidéen, eut le droit d'entrer gratuitement, mais Kel dut payer une taxe en tant que médecin, juste au cas où il soignerait quelqu'un lors de son séjour sur l'île. Comme Dek voyageait en compagnie d'un adulte, il nous fallut signer un papier nous déclarant responsables, qui nous coûta un setu de plus. Puis il y eut les frais de mise à quai, une somme quotidienne à verser tant que notre goélette serait amarrée (nous avions demandé à Scurrey de nous attendre) et, si l'équipage était autorisé à entrer dans le port, il faudrait verser un vingtième de setu chaque fois qu'ils quitteraient le navire. Et pour utiliser le chemin qui menait à la Ville Haute, comme on appelait la cité, il fallait verser un dixième de setu, destiné à « l'entretien des routes ». Ce tarif, bien sûr, ne s'appliquait qu'aux étrangers. Aux Pics-de-Xolchas, on élevait l'imposition au rang d'art.

Tor paya le tout avec le contenu de sa bourse, et déclina l'offre de Kel lorsqu'il proposa de participer. Il semblait avoir accès à un crédit illimité, ce qui m'inquiétait. Je savais ce qui me tracassait : c'était la preuve de sa position de confiance au sein de la hiérarchie fidéenne. Ce qui signifiait que le Conseil fidéen acceptait bien volontiers de dépenser une petite fortune pour secourir la castenelle. Ce que je n'arrivais pas à décider, c'était s'il s'agissait de l'arracher aux mains des carministes, ou de la renvoyer à la place qui lui revenait, tout comme ils avaient renvoyé Ransom Holswood, l'héritier-fortenaire en fuite de Béthanie, à la sienne. Je commençais à me demander si Flamme, guérie de la magie carmine, aurait jamais le choix d'être libre.

Peut-être n'y avait-il pas grande différence entre naître héritier d'un insulat et naître sang-mêlé rejeté par tous : nous étions toutes deux prisonnières des conditions de notre naissance.


Le chemin menant à la barbacane était si étroit qu'il devait posséder des aires de croisement où ceux qui descendaient pouvaient s'écarter pour contourner ceux qui montaient. Seule une barrière de corde peu solide nous protégeait d'une chute de plusieurs dizaines de mètres. L'ascension elle-même était si rude qu'elle évoquait davantage l'escalade d'une paroi rocheuse qu'une simple balade. Dek ne faisait jamais un pas sans s'agripper à la paroi rocheuse, ce qui nous ralentissait. L'expérience devait être traumatisante pour un garçon qui n'avait jamais connu que laisses et mangroves jusqu'à l'âge de treize ou quatorze ans.

Nous avions parcouru moins de la moitié du chemin quand Ruarth nous croisa en descendant.

Il avait une mine affreuse. La bande couleur bordeaux ornant sa poitrine était terne, le lustre habituel de son plumage semblait assourdi. Il lui manquait plusieurs plumes à la queue. Il commença par saluer Kel d'un gazouillis hargneux que je ne compris pas, mais Kel si, car je le vis rougir.

« Désolé, Ruarth, répondit-il. J'ai été retardé. Mais on est tous ici met'nant, pis on dispose d'un navire. Comment va-t-elle ? »

*À votre avis ? On est en train de l'empoisonner !* répondit Ruarth.

Ce qui suivit fut atroce. Perché sur la barrière de corde, il se mit à trembler de la tête aux pieds. Pas comme les oiseaux ébouriffent leurs plumes pour les nettoyer, mais comme ils trembleraient s'ils pleuraient. On échangea tous des regards impuissants.

*Il est trop tard*, dit-il quand il se fut enfin repris. *Maintenant, elle ne pourra plus jamais se débarrasser de cette corruption…*

Nous étions tous mal à l'aise. Je crois qu'il m'était difficile d'admettre l'hypothèse que j'aie pu perdre la seule amie de sexe féminin que j'aie jamais possédée, et de cette façon ; je savais que Tor l'admirait – il l'avait vue lutter contre la corruption après son amputation, et remporter la partie ; Dek la vénérait ; et Gilfeather, eh bien, je croyais qu'il était attiré par elle et le cachait parce qu'il savait qu'elle aimait Ruarth. Je fus donc surprise qu'il soit le seul d'entre nous à ne pas sembler décontenancé. Et le seul qui semble avoir examiné la situation sous tous les angles.

« C'n'est pas encore la peine de désespérer, Ruarth, dit-il doucement. Qui sait c'qui arrivera à Flamme quand on aura tué Morthred ? Pis on commence tout juste à découvrir sur les sorts curatifs des choses qu'on n'savait pas jusqu'à présent. Ptêt' que si on parvenait à rassembler assez de sylves… »

*Ça impliquerait de la conduire aux Vigiles*, protesta Ruarth. *Leur archipel est le seul endroit où l'on trouve des sylves en abondance.*

Je traduisis pour Tor, qui lança alors à Gilfeather sur un ton cassant : « Flamme préférerait encore mourir. Croyez-moi. »

Gilfeather fronça les sourcils. « Dixit un prêtre qui compte la renvoyer à Cirkase ?

— Ce n'est pas la même chose que la rendre à son père. Les fidéens n'admettraient *jamais* qu'on la mette en position de devoir accepter un mariage déplaisant. »

Je m'empressai d'intervenir pour couper court à la dispute. « Il faut qu'on la libère d'abord. Concentrons-nous là-dessus.

— Oui, acquiesça Gilfeather. Désolé. » Il se retourna vers Ruarth. « Elle ne vous parle plus du tout ? »

Ruarth fit signe que non.

« Est-ce qu'elle vous menace ? Elle vous a trahi auprès de Gethelred ? »

Ruarth secoua de nouveau la tête.

« Alors y a de l'espoir. Elle a conservé *quet'chose* d'elle-même. Ruarth, nous allons trouver un moyen de la ram'ner à bord du navire. Pis de la guérir. Il doit bien y avoir une chance… »

Ruarth regarda Kel avec un éclat féroce dans les yeux. *Pour commencer*, dit-il, *vous allez devoir la séparer de Gethelred et des sylves corrompus qui l'entourent. Comment comptez-vous vous y prendre ?*

Tor se tourna vers moi. « Les ghemphs ? » demanda-t-il.

Je secouai la tête. « Ils nous l'ont bien fait comprendre : ils ne veulent pas que les habitants des insulats découvrent soudain qu'ils sont capables de tuer des humains. C'était une chose de nous venir en aide au milieu de l'Étang Flottant, avec une poignée de sylves corrompus et de villageois asservis pour seuls témoins ; dans un endroit comme celui-ci, c'en est une autre. Ils interviendront si je suis en danger, et ils envisageront peut-être de t'aider, Tor, mais pas lors d'un véritable combat en public. Et Flamme ne les intéresse pas particulièrement. »

Dek eut l'air déçu. « Je croyais que c'étaient nos champions, dit-il. Comme les dragons des cavernes, dans toutes ces vieilles histoires… »

Je le foudroyai du regard, exaspérée.

« Allons-y, dit Kel. On va parler à la barbacanaire. » Il se retourna vers Ruarth. « Vous voulez que
je vous transporte ? »

Le Dustellois ne répondit rien, mais il alla se percher sur l'épaule de Kel, qui entreprit alors l'ascension
du chemin.

J'échangeai un coup d'œil avec Tor. « On ne peut
pas la perdre, Tor. On ne *peut pas* », murmurai-je.

Il ne répondit pas, et la tristesse que je lus dans son
regard faillit me terrasser. Il se détourna pour suivre
Kel. Je lui emboîtai le pas, d'humeur aussi sombre que
l'Abîme. Tor pensait qu'il était trop tard pour aider
Flamme. À partir de là, il était facile d'accepter
qu'elle devait mourir. *Braise, ne me laisse pas vivre
comme ça*, m'avait-elle dit. *Promets-le-moi*. J'avais
réussi à la sauver cette fois-là en lui amputant le bras,
mais j'avais formulé cette promesse. Et elle m'avait
fait confiance.


Il y eut un nouvel impôt à payer aux portes de la
barbacane. Un dixième de setu chacun. Suite à quoi on
entra dans la ville.

Elle était entièrement bâtie de pierre, avec des toits
de pierre plats, et chaque bâtiment partageait un mur
avec le voisin. Les habitations occupaient tout l'espace
à l'exception des innombrables rues pavées, simples
allées tortueuses séparant les maisons, à travers lesquelles le vent circulait tel un mascaret. Il n'y avait ni
plantes, ni espaces à découvert, rien que les bâtiments

et les rues de la ville couvrant toute la surface du pic. Les minuscules fenêtres dépourvues de vitres, toujours situées très haut sur les murs, ne laissaient rien deviner de l'intérieur des bâtiments ni de la vue qu'elles offraient sur la rue.

Gilfeather paraissait abasourdi. Placé dans un environnement citadin confiné, il se retrouvait en état de choc, du moins jusqu'à ce qu'il accoutume ses sens à cette agression olfactive. Il ne se plaignait pas, mais j'identifiais maintenant tous les symptômes. Dek était à peine plus rassuré : il avait peut-être connu Lekenbraig en grandissant, mais il n'avait jamais rien vu d'aussi oppressant que Barbacane-Xolchas.

On se rendit d'abord à la Maison fidéenne, où la lettre de présentation de Tor lui permit d'obtenir un entretien immédiat avec le haut patriarche local, qui organisa à son tour une rencontre avec la chambellane de la barbacanaire. La chambellane Asorcha se souvenait de moi, peut-être pas en termes très amicaux, mais, dès qu'elle apprit que nous avions des raisons de croire à la présence de carministes en ville, elle envoya un message à la barbacanaire.

Asorcha était une femme d'une soixantaine d'années. Comme la plupart des Xolchastes, elle était grande et sèche, avec des cheveux blonds roux – désormais grisonnants – et des yeux marron. Lors de mon séjour précédent aux Pics-de-Xolchas, elle était l'Administratrice de Xetiana, poste qui supposait d'empêcher les escapades les plus extravagantes de l'héritière. Xetiana s'était plainte si bruyamment de la façon dont cette femme l'espionnait que je fus surprise de découvrir qu'Asorcha occupait à présent le plus haut poste administratif de l'insulat.

« Sire Xetiana doit être en compagnie de sa couturière, nous dit-elle après avoir envoyé le message. Il y a des festivités demain, vous savez ; elle doit se fiancer officiellement au Maître du Pic de la Dague – l'une de nos îles externes – et nous organisons une course des pics suivie d'un dîner officiel ainsi que d'un bal pour fêter l'événement. » Elle reporta son attention sur moi. « Je crois, Syr-clairvoyante, que vous connaissez la course des pics. » Elle avait parlé sur un ton neutre, mais c'était néanmoins une remarque pleine de sous-entendus indiquant qu'elle se souvenait très bien de moi.

La course des pics, qui se déroulait une fois l'an, était ouverte à tous ceux qui souhaitaient s'inscrire et payer bien entendu le droit d'inscription. Elle durait près d'une journée et commençait et se terminait dans l'avant-cour de la Maison seigneuriale, en plein cœur de la ville. La quasi-totalité des Xolchastes venaient assister à la course, choisissant leur poste d'observation préféré sur les pics concernés. À Barbacane-Xolchas, ils s'alignaient sur les toits pour avoir une bonne vue du départ et de l'arrivée. Pour voir les étapes finales de la course, ils s'alignaient le long des falaises du côté ouest et regardaient les concurrents parcourir le trajet d'un pic à l'autre, le long du détroit baptisé le Cou malingre.

Les femmes commençaient la course en premier, une heure plus tôt que les hommes, dans un souci de compenser le handicap que représentait leur musculature moins développée que celle de la plupart des hommes. Mais le nombre de femmes ayant remporté la course était dérisoire – Xetiana était toutefois l'une d'entre elles. En partie grâce à moi, qui avais entrepris de l'entraîner en secret.

Mais ne vous y trompez pas, la course était dangereuse ; en moyenne, un participant au moins se tuait ou était grièvement blessé chaque année. Beaucoup trop dangereuse pour qu'on autorise l'héritière au trône à y participer, mais Xetiana ne s'arrêtait pas à ce genre de petits détails. Elle s'était assuré mon aide et nous l'avions inscrite sous l'identité d'une étrangère de L'Axe. Vêtue comme les Vigiles, elle s'était entouré le visage d'un foulard au départ, prétextant une rage de dents. Une fois la course entamée, elle avait abandonné son foulard et la nouvelle selon laquelle l'héritière participait s'était répandue parmi les spectateurs, mais il était alors trop tard pour l'arrêter. Son père ne pouvait risquer de se rendre ainsi impopulaire.

Je l'avais accompagnée, dans le seul but de la garder à l'œil, mais elle possédait un avantage sur moi : comme tous les Xolchastes, elle nageait bien mieux que moi. Lors de chacune des étapes à la nage, elle m'avait largement dépassée. Par la suite, son père, furieux de mon implication, m'avait renvoyée par le prochain bateau quittant Port-Xolchas. Pire encore, il avait envoyé un mot de protestation à Duthrick. Le Conseiller Duthrick avait alors refusé de me rémunérer pour le travail accompli à Xolchas, citant cette plainte comme justification. C'était bien son genre.

Alors que nous attendions la réponse de Xetiana, je m'aperçus que l'injustice de la situation me restait encore sur le cœur, des années après.

Asorcha nous conduisit elle-même jusqu'à Xetiana. Le couturière n'était pas en vue, mais le Securia, responsable de la sécurité de l'insulat et plus spécifiquement de celle de la barbacanaire, était présent. Lui aussi, je le connaissais. Il s'appelait Shavel et avait failli perdre son emploi parce que sa protégée avait participé à la course des pics, ce qui me laissait supposer qu'il ne serait pas très bien disposé à mon égard. Ça partait mal.

Il commença par nous arrêter à la porte en nous demandant d'y laisser nos armes. Ce qui ne me surprit guère : aucun seigneur insulaire doué d'un minimum de bon sens n'accueillait de visiteurs armés dans sa salle d'audience.

En accord avec l'étiquette, on parcourut la moitié de la distance nous séparant des marches qui menaient au trône de Xetiana. Je m'agenouillai, yeux baissés vers le sol, et les autres m'imitèrent. À une époque, Xetiana m'aurait gratifiée d'une étreinte et d'un sourire et m'aurait invitée à prendre une bière, mais les choses avaient changé. Elle nous donna la permission de nous redresser, qui nous autorisait aussi à lever les yeux. Elle conservait le visage grave tandis qu'Asorcha venait se placer à sa droite et le Securia Shavel à sa gauche. Elle portait une robe et des bijoux, alors que j'avais plutôt eu l'habitude de la voir déambuler en pantalon à longueur de genou, les cheveux grossièrement retenus par une lanière de cuir. Ce changement résumait une grande partie des événements qui s'étaient produits depuis notre dernière entrevue.

« Braise, dit-elle, je suis contente de te revoir. Même si Asorcha m'informe que tu ne m'apportes pas de bonnes nouvelles. » Elle tapota des doigts le bras du fauteuil, et ce geste nerveux m'inquiéta. J'aurais alors donné beaucoup pour savoir quelle odeur percevait Kel. « Alors, qu'as-tu à me raconter ? »

Je me lançai donc, mais en prenant grand soin de l'appeler « messire » et de recourir à toutes les formules alambiquées qu'exigeait l'étiquette. Xetiana et moi avions été amies, mais je n'avais jamais commis l'erreur de croire qu'elle nous considérait comme égales. Je voyais bien que Tor comme Gilfeather étaient impressionnés par mon comportement. L'observation pointilleuse de l'étiquette était un aspect de ma personne qu'ils n'avaient jamais vu, mais j'avais été à bonne école. Le Syr-sylve Arnado n'ignorait pas grand-chose des procédures exactes à respecter dans les différentes cours, et il avait passé des heures à me les enseigner patiemment.

Xetiana braquait sur moi un regard d'une franchise déconcertante. « Donc, d'après vous, plusieurs de mes invités d'honneur seraient en réalité carministes. Et celui qui se présente comme l'héritier de la maison royale des Dustels serait un maître-carme. Et la castenelle qui l'accompagne ? Vous allez me dire qu'elle aussi est un monstre carministe ? Vous allez peut-être m'expliquer pourquoi je devrais vous croire, vous, une renégate sang-mêlé ?

— Renégate ? » laissai-je échapper, surprise.

Sur un petit geste d'elle, Shavel s'avança. Il donnait l'impression d'anticiper avec beaucoup de plaisir ce qu'il allait dire. « Nous avons reçu un message du Conseil des Vigiles. Vous êtes recherchée pour complicité dans l'enlèvement de la castenelle et pour avoir menacé la vie du Conseiller Syr-sylve Ansor Duthrick à la Pointe-de-Gorth. Tous les insulats ont reçu la consigne de vous arrêter si l'on vous retrouvait et de vous renvoyer à L'Axe pour que vous y soyez interrogée et jugée. » Il me sourit. « J'ai cru comprendre que le châtiment pour avoir menacé la vie d'un Conseiller vigilien est la mort par noyade. »

# 28

## *Kelwyn*

Il se mit à pleuvoir alors que nous atteignions la Maison seigneuriale pour y être reçus par Asorcha, la chambellane. Tandis que nous attendions la barbacanaire, Dek gigotait impatiemment, Ruarth se lissait les plumes, Braise faisait les cent pas et Ryder restait assis en silence, tête baissée. Il priait, devinai-je. Je m'appuyai contre le mur, où je devinais l'eau de pluie qui circulait en glougloutant à travers un réseau de tuyaux d'écoulement avant de se déverser dans des sortes de citernes souterraines. Je supposai qu'il devait beaucoup pleuvoir aux Pics-de-Xolchas ; l'endroit était très venteux. Nous avions subi des bourrasques tandis que nous gravissions la paroi rocheuse pour atteindre la ville ; Dek était même pétrifié par la peur de faire une chute mortelle. Au sommet, les rues – à peine assez larges pour laisser passer trois personnes de front – concentraient le vent en vigoureuses rafales capables d'emporter comme un rien tout ce qui n'était pas attaché. Je détestais cette sensation d'enfermement, bien que l'air lui-même soit propre et frais. Trop propre, d'une certaine façon. Il avait une odeur de mer, de sel et de guano, pas celle de la magie carmine, ni celle de Flamme. J'ignorais totalement où elle se trouvait.

Xetiana impressionnait dès le premier coup d'œil. Elle était assise, grande et fière, sur un trône de pierre très orné, et son visage ne trahissait strictement aucun secret. Mais son odeur, si. Elle était en proie à un grand trouble, partagée entre excitation et méfiance. J'espérais que cette excitation était liée aux retrouvailles avec une vieille amie, quoiqu'il me soit impossible de le savoir. Je sentais des émotions, pas leur source.

Asorcha était d'une remarquable neutralité, bien qu'il soit évident qu'elle aimait la barbacanaire. Shavel le Securia, c'était une autre histoire ; il éprouvait une profonde aversion pour Braise. Quand son regard s'arrêtait sur Dek, puis sur moi, puis sur Ryder, je décidais qu'il ne nous aimait guère plus. Il se méfiait en tout cas de nous tous. Quant à Ruarth, évidemment, il ne le voyait pas, bien que le Dustellois nous accompagne toujours. Je le vis perché sur une étagère et m'empressai de détourner le regard.

Puis Shavel annonça que Braise était recherchée par l'archipel des Vigiles. Elle en fut choquée ; je sentis son émotion sous la forme de vagues de stupéfaction et d'indignation. Elle n'avait vraiment pas pensé que Duthrick se donnerait tant de mal.

Ce fut Ryder qui s'avança pour prendre la parole tandis que Braise tentait encore d'accepter l'idée qu'on la pourchassait dans l'ensemble des Glorieuses. Avec déférence et politesse, mais sans jamais perdre conscience de sa propre valeur, il se présenta comme membre du Conseil fidéen des Patriarches – Braise ignorait qu'il en faisait partie, à en juger par sa surprise.

« Le Conseil m'a envoyé assister Braise et Kel Gilfeather de Wyn dans leurs efforts visant à secourir la castenelle, expliqua-t-il à Xetiana. Le carministe Gethelred est peut-être bel et bien l'héritier légitime du trône des Dustels, mais c'est également un sylve corrompu devenu maître-carme. Il cherche à corrompre la castenelle à son tour. Et le Conseil vigilien, malheureusement, se trompe quant à ce qui s'est produit lorsque Braise a secouru Lyssal de Cirkase. Avec votre permission, messire, je souhaite vous raconter toute l'histoire. C'est un récit intéressant. » Il lui sourit, déployant tout son charme. Brume et spectres, me dis-je, il est en train de *flirter* avec elle.

Elle se laissa aller en arrière sur son trône. « Très bien, répondit-elle, je suis toujours partante pour écouter une bonne histoire. Veuillez poursuivre, Syr-patriarche. »

Le récit prit à Ryder près d'une heure, au cours de laquelle on resta plantés au même endroit en nous efforçant de ne pas gigoter. Dek y parvenait à grand-peine, si bien que Braise finit par lui entourer la nuque d'une main faussement désinvolte pour le maintenir en place. Le récit de Ryder n'était pas tout à fait identique à celui que je connaissais ; il passa sous silence plusieurs points fondamentaux, comme le fait que Braise avait secouru Flamme sur le navire vigilien de Duthrick en assommant le Conseiller au passage. Afin d'éviter de parler des gardiens de selves et de leurs dons, il me transforma allégrement en Clairvoyant. Il ne précisa pas qu'il donnait à Gethelred plus de cent ans, ni que c'était lui qui avait fait sombrer l'archipel des Dustellois quatre-vingt-dix ans plus tôt. Les ghemphs n'apparaissaient pas du tout dans son histoire. Pas plus que Ruarth, ni les oiseaux dustellois.

Il s'attarda longuement sur les atrocités commises contre l'enclave carministe de Creed, à la Pointe-de-Gorth, et détailla l'attaque des Vigiles et la façon dont ils avaient rasé le village à l'aide de leurs canons. Il décrivit en détails très crus la mort d'Alain Jentel, coupé en deux par un boulet de canon. Il déclara que Flamme avait été contaminée par la magie carmine, mais que moi, célèbre médecin et chirurgien de Mekaté, j'espérais la guérir de sa maladie et la ramener à son ancien statut de sylve. *Si* nous pouvions l'approcher à temps.

Il conclut en brossant un tableau éloquent de ce qui arriverait aux Pics-de-Xolchas, plus proche voisin de Breth, si une carministe, en la personne de la caste-nelle Lyssal, épousait le bastionnaire, l'assassinait une fois qu'elle porterait son héritier, puis épousait un maître-carme du nom de Gethelred. Pour faire bonne mesure, il esquissa l'idée d'une oligarchie vigilienne aux pouvoirs excessifs qui contrôlerait des armes aussi dangereuses que ces canons. Je me rappelai alors une remarque de Braise affirmant que l'archipel des Gardiens avait pris le contrôle économique des exportations de guano de Xolchas lors d'une guerre commerciale, et je devinai que le patriarche jouait sournoisement sur les peurs légitimes que la domination vigilienne inspirait à la barbacanaire.

Bon sang, qu'il était malin. Pas un instant il n'autorisa son regard à errer vers les deux hommes d'État plus expérimentés qu'étaient Asorcha et Shavel : il concentrait toute son attention sur Xetiana. Il paraissait si raisonnable, d'une honnêteté et d'une droiture si palpables, même lorsqu'il déformait la vérité. Il parsemait son récit de commentaires francs qui sous-entendaient que, *bien entendu*, seule une auditrice aussi intelligente que la barbacanaire comprendrait où il voulait en venir. Il la charmait et la flattait, mais de façon si subtile et sincère qu'il était impossible de le prendre en défaut. Il semblait réellement admirer l'acuité de Xetiana. À aucun moment il ne la prit de haut ni ne s'adressa à elle avec condescendance par rapport à sa jeunesse, son sexe ou son inexpérience. Il parvint à la traiter tout à la fois comme une femme désirable et un chef d'État plein de sagesse.

Enfer et damnation, me dis-je. Cet homme savait donc tout faire.

Quand il eut terminé, il pencha la tête et recula d'un pas. Aucun d'entre nous ne bougea.

Xetiana leva un doigt de sa main gauche. C'était manifestement un signal destiné à Shavel et appelant à un commentaire de sa part, car celui-ci s'éclaircit la gorge et avança d'un pas vers elle. « Messire, dit-il, nous n'avons aucun moyen de vérifier ce récit. Nous n'avons actuellement aux Pics personne d'autre qui soit doué de Clairvoyance, à ma connaissance en tout cas. Les seuls faits dont nous puissions être certains sont les suivants : la sang-mêlé est Clairvoyante ; elle a bel et bien travaillé pour le Conseil des Vigiles ; il y a eu un combat contre des carministes à la Pointe-de-Gorth, et il a été remporté par les Vigiles. Les dernières dépêches des Vigiles nous ont transmis l'information selon laquelle un maître-carme se serait échappé et aurait effectivement volé un navire. Qui s'appelait *Liberté des Vigiles*, et c'était un brigantin, pas un ketch nommé l'*Affable*. Le maître-carme s'appelait Janko, pas Gethelred. Nous n'avons jamais entendu parler d'une enclave carministe située à Mekaté. Nous savons effectivement que les Vigiles ont demandé à l'ensemble des insulats de leur rapporter tous les témoignages d'activité carministe, et qu'ils ont promis d'aider tout insulat rencontrant un problème ave des carministes. »

Il marqua une pause pour lui laisser digérer toutes ces informations, puis ajouta : « L'individu ici présent possède des papiers qui semblent authentiques au nom du patriarche Tor Ryder, mais nous n'avons aucune preuve qu'il s'agisse bien de lui. Ni que la castenelle soit une sylve corrompue. Aucun de nos invités de l'*Affable* n'a recouru à la magie depuis son arrivée ici, du moins à notre connaissance. Ils se sont impeccablement conduits. Et j'ai peine à croire qu'un homme possédant le charme du Syr-sylve Gethelred puisse être un maître-carme. Il nous a dit être sylve. »

Xetiana pencha la tête. « Tout comme je peine à croire qu'un homme possédant le charme du Syr-clairvoyant Ryder nous ait menti, ne trouvez-vous pas ? »

Après une pause infime, il répondit : « Si vous le dites, messire.

— Supposons un instant qu'il nous mente effectivement. Quels motifs pourraient l'expliquer ?

— Je n'en vois aucun, messire. Ce qui ne signifie pas qu'il n'en existe aucun. » Il nous désigna d'un signe de main. « Ces gens mènent peut-être une vendetta personnelle contre la castenelle ou le Syr-sylve Gethelred. Ils peuvent avoir des raisons de semer la discorde entre Cirkase et Breth d'un côté, et Xolchas de l'autre, de sorte que les Vigiles nous tiennent encore plus à l'écart de leurs deniers. Il est même envisageable qu'il s'agisse d'une machination diabolique du Conseil des Vigiles. Braise travaille peut-être toujours pour eux, bien qu'elle affirme le contraire.

— Ça en fait des "peut-être", Shavel. Asorcha, votre opinion ?

— Le Syr-patriarche Lancom de notre Maison fidéenne locale n'émet aucun doute quant aux références de Ryder ni à son identité. Et il affirme dans sa lettre de recommandation qu'il a récemment entendu parler de la promotion du Syr-clairvoyant Patriarche au Conseil fidéen, fait qui n'a pas encore été rendu public. Je me rappelle très bien Braise lors de son séjour précédent ; elle était effrontée, égoïste et avait son franc-parler. Mais j'ai une certitude : elle haïssait la magie carmine. Comme tous les Clairvoyants, ai-je cru comprendre. Si nous pouvons prouver que ne serait-ce qu'une des personnes que nous accueillons est carministe, alors nous pourrons considérer avec une quasi-certitude que le reste du récit du patriarche est authentique.

— Hmm. » Xetiana se retourna vers Shavel. « Que pouvez-vous me dire des gens qui accompagnent Gethelred ?

— Il y a cinq femmes, toutes sylves vigiliennes. Du moins l'affirment-elles. Elles refusent de quitter la castenelle. Les autres sont des hommes. Ils ne quittent jamais Gethelred d'une semelle. Il les appelle ses gardes du corps et déclare que ceux d'entre eux qui ont la citoyenneté vigilienne ont été nommés à ce poste par le Conseil des Vigiles. Il y a également un Calmentien et un Nébulien, si j'ai bonne mémoire.

— Dans la mesure où Gethelred se dit d'origine dustelloise, il est curieux qu'il n'y ait aucun autre Dustellois parmi son entourage, non ? répondit Xetiana. J'ai cru comprendre que beaucoup d'entre eux vivent toujours éparpillés dans les îles Méridionales. J'aurais cru que ces gens souhaiteraient comme dirigeant un homme possédant le charme, la richesse et les origines de Gethelred. » Elle s'arrêta un moment, fronçant les sourcils d'un air songeur, puis reprit : « Shavel, choisissez l'un de ces sylves vigiliens. Dites à Gethelred que nous souhaitons honorer ses hommes en faisant celui-ci l'un des arbitres de la course de demain. Isolez cet homme de ses amis et gardez ses armes sous le prétexte de… oh, je ne sais pas, de prendre ses mesures pour un uniforme, ce genre de choses, puis demandez à l'un de vos hommes de l'attaquer avec une épée. S'il se défend à l'aide de magie carmine, alors nous connaîtrons sa nature, n'est-ce pas ? Bien entendu, il faudra que quelqu'un se cache tout près, muni d'une arbalète, pour l'empêcher de s'enfuir et de retourner auprès de Gethelred. »

Ryder fut le premier à comprendre ce qu'elle voulait dire. Il se raidit et s'empourpra. « Messire, ce sylve va mourir !

— En effet. Et ce sera pour moi une preuve bien suffisante de la véracité de votre histoire.

— Messire, en tant que fidéen, je ne peux tolérer que l'on envoie délibérément un homme à la mort…

— Je ne suis pas de votre religion, Syr-patriarche, lâcha-t-elle d'une voix brusque. Ma famille vénère le Dieu des Vents. Et tout garde qui donne sa vie pour la maison souveraine de Xolchas est honoré par le dieu après sa mort. Cet homme est béni entre tous. »

L'arrogance de cette réplique me coupa le souffle, mais elle lui semblait d'une parfaite logique. Bleu du ciel, me dis-je, que la vie a un prix dérisoire quand on croit savoir ce que veulent les dieux. Comme ça doit être pratique pour un dirigeant de recourir à ce raisonnement quand il envoie des jeunes gens au combat…

Shavel quittait déjà la pièce. J'échangeai des regards avec Braise et Ryder.

Xetiana se détendit quelque peu après son départ. « Alors, Braise, dites-moi une chose. Il y a ici vingt et un carministes, selon vos calculs, si vous incluez la castenelle. Et vous êtes trois. Comment comptez-vous donc remporter cette manche ? Les chances me paraissent quelque peu inégales, même pour Braise Sangmêlé.

— Nous sommes quatre, en fait, répondit Braise. Dek aussi est Clairvoyant. Et il se débrouille très bien avec un couteau. »

Xetiana regarda Dek, visiblement peu convaincue. « Ah. » Son regard glissa vers moi. « Et vous, médecin ? Comment vous appelez-vous déjà ?

— Gilfeather.

— Gilfeather. Vous n'avez même pas d'épée.

— Je n'me bats pas. Pis je n'comprends pas. Pourquoi vos gardes ne peuvent-ils pas simplement arrêter ces carministes ? Pourquoi n'peut-on pas séparer Flamme des autres pis l'emmener avec nous ? » J'étais sans doute naïf. Je n'avais pas assez vu les dégâts que pouvait causer la magie carmine pour qu'il en soit autrement.

Xetiana afficha une surprise authentique. Elle se tourna vers Braise. « Où avez-vous trouvé cet individu ? Je croyais que le prêtre l'avait présenté comme Clairvoyant ? »

Braise soupira. « Non seulement la magie carmine ne peut rien contre lui, mais il ne la voit même pas. Donc il n'y croit pas tout à fait. »

La barbacanaire éclata de rire. « Elle est bien bonne, celle-là. Un gamin aux multiples talents armé d'un couteau, un prêtre qui n'aime pas que l'on tue, Braise Sangmêlé et un médecin Clairvoyant qui y voit si peu clair qu'il ne sait même pas ce qu'est la magie carmine ! » Elle se leva et s'avança jusqu'à moi pour me saisir par le bras. « Mon pauvre… On n'*arrête* pas les carministes. On les tue. Allons, passons au salon où l'on pourra s'asseoir et patienter plus confortablement.

Cette saleté de trône est aussi dur qu'il en a l'air. Asorcha, faites-nous porter des rafraîchissements. »

Une fois installés dans une pièce beaucoup plus petite, loin de la surveillance combinée de Shavel et d'Asorcha, elle ressemblait moins à un monarque autoritaire et davantage à une femme ordinaire qui nous trouvait distrayants. Elle se pencha en avant, fixant mon visage. « Vous êtes vraiment si naïf ?

— Sans doute. Je viens du Toit mekatéen. On n'voit pas beaucoup de carministes, là-haut. Ni de sylves. Ni qui que ce soit d'autre, d'ailleurs. Je suis un gardien de selves et un méd'cin, pas un homme d'action.

— Alors, je vais vous dire ce que vous affrontez quand vous vous en prenez à la magie carmine. Il est totalement impossible à une personne ordinaire de vaincre un carministe à moins de le prendre par surprise à l'aide d'une flèche. Si l'un de mes gardes devait approcher l'un d'entre eux l'épée tirée, il recevrait un trait de magie carmine dans le ventre et brûlerait intérieurement comme si quelqu'un lui avait enflammé les entrailles. Bien entendu, c'est la version *rapide*. Les carministes préfèrent les morts lentes, comme une plaie carmine qui peut mettre des jours à vous tuer. Un carministe pourrait toutefois tuer dix, vingt ou trente personnes d'affilée avant d'épuiser son pouvoir et de devoir se reposer plusieurs jours.

» Admettons qu'on en assomme un et qu'on le jette en prison. Combien de temps croyez-vous qu'on pourra l'y garder avant qu'il ait recours à la magie pour percer un trou dans le mur et s'échapper ? En règle générale, bien sûr, nous ne savons même pas que quelqu'un est carministe, car il n'y a pas de Clair-voyants sur les Pics. Ni de sylves.

» Je me rappelle l'incident qui a conduit Braise ici la première fois, il y a des années. Quelqu'un entrait dans nos maisons, violait les femmes, puis tuait les occupants à l'aide de magie carmine avant de voler leurs richesses. Quiconque le voyait mourait aussi. Il a tué une de mes amies. J'ai vu le corps et ce qu'il lui avait fait avant de lui arracher le cœur. Il avait commencé par lui brûler la gorge pour qu'elle ne puisse pas crier pendant qu'il lui faisait subir ce sort. Auparavant, nous n'avions jamais dû nous soucier beaucoup de ce danger ; nous n'avons jamais été assez riches pour attirer les carministes, et je n'ai pas l'impression qu'il en naisse parmi nous.

» Un de nos navires est parti demander l'aide des Vigiles, qui nous ont envoyé Braise. Entre-temps, cent deux personnes de plus avaient trouvé la mort, et nous ne connaissions toujours pas son identité. Elle l'a retrouvé en quelques heures et tué pour nous. Il n'avait que dix-huit ans et n'était pas très futé, ce n'était qu'un carministe isolé qui cherchait à marquer son territoire. »

Un grand froid m'envahit soudain. Elle parlait d'horreurs dont je n'avais aucune idée. Il m'était diffi-cile d'admettre qu'un homme seul puisse en massacrer tant d'autres, et que Braise ait un jour été chargée de tuer pour les Vigiles. Je resserrai mon tagaird autour de moi.

Xetiana se laissa aller en arrière sur son siège lorsqu'on nous apporta tout un festin sur des plateaux qu'on disposa sur les tables de pierre basses. La conversation se poursuivit un moment, plus proche des politesses habituelles. « Essayez cette pâtisserie, c'est une spécialité de la Griffe… » et ce genre de choses. Après quoi Xetiana, Braise et Ryder discutèrent longuement de la puissance croissante de l'archipel des Vigiles et de ce que Xetiana et les Pics-de-Xolchas pouvaient, ou ne pouvaient pas, faire pour l'arrêter.

Ce fut la barbacanaire qui ramena la conversation aux carministes. « Donc, dit-elle enfin, je répète, Braise : si vous me dites la vérité, comment comptez-vous affronter une vingtaine de carministes menés par un maître-carme ? Surtout s'ils restent agglutinés autour de Gethelred ou de Lyssal comme des mouches autour de poissons morts ?

— Peut-être que Gilfeather peut les empoisonner pour nous. »

Je laissai bruyamment retomber ma tasse, renversant son contenu. À en juger par la nausée qui m'envahissait, c'était à croire que mon cœur venait de plonger jusqu'au niveau de mon estomac.

À ma grande surprise, l'idée sembla plaire à Ryder. « Une surdose de soporifique : quelle meilleure façon de mourir que de s'assoupir et ne plus jamais se réveiller ? Ou alors, vous pourriez simplement les endormir, et Braise les tuerait dans leur lit. »

La mâchoire de Dek s'affaissa. « C'est… c'est… pas très… pas très *gentil*. »

Braise se retint à grand-peine de soupirer. « Tuer quelqu'un, ce n'est jamais gentil, Dek », lui rappela-t-elle.

Je me hâtai d'intervenir avant qu'ils poursuivent sur cette idée. « C'est hors de question. Je n'connais rien aux poisons, pis j'n'ai pas beaucoup de soporifique sur moi, même en supposant que je sache comment l'administrer. » Que je puisse me résoudre à tuer quelqu'un à l'aide de mes talents de médecin...

Après un bref coup d'œil à Ryder, Braise se retourna vers la barbacanaire. « Alors nous allons devoir réfléchir à un moyen de les séparer. D'en tuer le plus grand nombre avant que les autres s'en aperçoivent. Et ce sont vos gardes qui mèneront cette attaque, messire. Ensuite, on s'occupera des autres – Ryder, Gilfeather, Dek et moi. »

Une voix nous interrompit, surgie de derrière notre dos. « Mais ça pose un problème, Syr-clairvoyante. Les Pics-de-Xolchas sont une zone très venteuse. On emploie rarement d'arcs et de flèches par ici. Même les arbalètes ont une efficacité limitée. Et si nous organisions une attaque surprise à l'intérieur d'un bâtiment… » C'était Shavel, l'air morose. « C'est difficile. Les pièces sont petites. Et les portes étroites. Nous n'arriverions jamais à les attaquer tous en même temps. » Il traversa la pièce et hocha la tête à l'adresse de la barbacanaire. « Mon garde est mort sur le coup, messire. Ce trait de magie carmine l'a projeté à travers la pièce après avoir creusé en lui un trou assez gros pour y faire entrer mon poing.

— Et le carministe vigilien ?

— Il est mort avec un carreau dans le cœur avant qu'il ait le temps de comprendre. Nous nous sommes débarrassés du corps. »

Xetiana hocha gravement la tête. « Vous avez donc raison, Braise. Il y a des carministes parmi nous. » Elle tapotait furieusement le bras de son fauteuil du bout des doigts, comme si c'était à nous qu'elle reprochait cette incursion. « Alors comment séparer ces… abominations ?

— On ne peut pas porter d'épée pendant la course des pics, déclara lentement Braise, et si on s'efforce d'aller vite pour gagner, on s'éparpille… Pourquoi ne pas nous arranger pour qu'ils participent à la course ? »

Mon cœur se mit à battre encore plus violemment. J'ignorais ce qu'était la course des pics, mais j'avais la conviction que je n'allais guère apprécier.

# 29

## *Kelwyn*

Xetiana nous logea dans ses appartements personnels pour éviter que nous croisions Flamme ou l'un des carministes. Ils se trouvaient dans le quartier des invités, qui possédait une entrée séparée. Braise logeait à côté de Dek et moi, et l'entrée de la suite de Xetiana, surveillée par des gardes, se trouvait dans le même couloir. Je n'avais encore jamais vu de chambre pareille à celle que j'occupai en compagnie de Dek cette nuit-là. Le bâtiment tout entier était peut-être bâti de pierre, mais ce n'était guère visible dans notre chambre. Les murs étaient couverts de tentures de laine et les sols d'épais tapis.

« C'est quoi, ça ? demanda Dek en y enfonçant les orteils.

— De la laine de mouton », répondis-je. Je le savais grâce aux récits de voyages de Garrowyn. Je savais même à quoi ressemblaient les moutons ; j'en avais vu des gravures sur bois et des illustrations dans des livres. « Ce pic-ci ne possède peut-être qu'une ville à son sommet, mais les autres comportent surtout des fermes, qui élèvent des moutons. Des animaux qui ressemblent un peu à des chèvres.

— Vous ne connaissez peut-être rien d'*utile*, répondit Dek sur un ton méprisant, mais vous savez toutes sortes d'autres choses, hein ? Vous n'avez pas autant voyagé que Braise et le Syr-patriarche, mais vous connaissez quand même des trucs. Comment ça se fait ? »

Dans la mesure où les choses utiles, selon Dek, comprenaient le combat à l'épée, la façon d'empenner des flèches ou d'assommer un adversaire à coups de poing, cette déclaration ne me blessa pas outre mesure. Je répondis : « Je sais écouter, pis je lis beaucoup.

— Moi, je ne sais pas très bien lire, avoua-t-il. Ni écrire. Ma maman a essayé de m'apprendre. Elle écrivait les lettres sur le plancher avec un bout de charbon, jusqu'à ce que mon papa la batte pour la punir. Alors elle écrivait avec son doigt trempé dans l'eau quand il n'était pas là, pour qu'il ne le sache pas. Mais on n'a jamais rien eu à lire…

— Alors il va falloir qu'tu apprennes, mon grand. Je s'rais ravi de te l'apprendre. Pis j'imagine que Ryder aussi, si on trouve un moment de calme pour s'en occuper.

— Qu'est-ce qui va se passer demain ? demanda-t-il. Tout à l'heure, je comprenais à peine de quoi ils parlaient. »

Je secouai la tête, impuissant. Je savais ce qu'il éprouvait. Xetiana, Braise, Ryder et Shavel avaient étudié des cartes, des schémas, établi des plans, discuté, débattu. Ayant surmonté sa méfiance initiale,

Xetiana se plongeait avec enthousiasme dans la préparation de ce massacre. Elle ne posait qu'une seule condition, exigeant qu'aucun des concurrents ordinaires de la course ne soit blessé, ce qui me surprit car elle ne s'était pas souciée d'un iota du malheureux garde qui était mort dans le seul but de prouver que les gardes du corps de Gethelred étaient carministes.

Le reste de la journée était passé dans un grand flou dont je ne comprenais pas grand-chose. Non seulement je n'étais encore jamais venu aux Pics, mais j'ignorais ce qu'était une course des pics, n'avais qu'une idée limitée de ce qu'un carministe ou maître-carme était capable de faire aux non-Clairvoyants, et je n'aurais pu deviner la portée d'une arbalète même si ma vie en dépendait. Comme Dek ne valait guère mieux, on avait fini par nous retirer dans notre chambre somptueuse pour y prendre un bain.

Ce fut une expérience nouvelle pour Dek, dont la seule expérience des bains avait été une rapide toilette obligatoire chaque matin sous la pompe de la cour de la caserne à Lekenbraig, et des ablutions similaires à l'auberge d'Amkabraig. Une eau chaude et parfumée, des serviettes en abondance et des savons odorants étaient pour lui une toute nouvelle expérience, qu'il considéra au départ avec un scepticisme marqué. Mais, au bout du compte, ce fut moi qui dus le tirer de l'eau.

Tandis que la barbacanaire envoyait chercher nos affaires sur le navire, je demandai à Dek d'enfiler sa chemise de nuit, ce qu'il fit avant de liquider le bol de noix importées qui se trouvait dans la pièce, suivi d'un plat de mouton rôti qu'un serviteur apporta pour nous deux. Puis, alors que nous attendions, sans rien faire, que Braise ou Ryder viennent nous informer de ce qui se passait, il se mit à bâiller. Dix minutes plus tard, il dormait profondément.

Bien plus tard, aux alentours de onze heures, on frappa à la porte. C'était Braise. « Je peux entrer ? » demanda-t-elle.

Je reculai et lui fis signe d'entrer. Tandis que je fermais la porte, elle jeta un coup d'œil à Dek et sourit. « Ah, la journée a dû être fatigante. On ferait peut-être mieux d'aller dans ma chambre. Je dois vous parler de ce que nous avons décidé.

— D'accord, répondis-je. Laissez-moi juste prendre un de mes tagairds. J'ai froid. » J'en tirai un de mon sac et m'en enveloppai.

« Vous avez fière allure, déclara-t-elle. On vous a déjà dit à quel point ce bout de tissu peut être séduisant ? Au moins, c'est comme ça que vous le portez, vous autres les Célestiens.

— J'n'en sais rien, répondis-je. Mais Jastriá consacrait une énergie considérable à essayer de m'le faire quitter, v'savez. »

Elle éclata de rire alors qu'elle ouvrait la porte, mais son amusement s'évanouit quand elle sortit. Je compris vite pourquoi. Ryder se tenait au bout du couloir, devant les portes des appartements de Xetiana, et nous tournait le dos. Visiblement, l'un des gardes venait de frapper à sa porte, car la barbacanaire l'ouvrit. Vêtue d'une tenue aussi légère que séduisante, elle tendit le bras pour attirer Ryder à l'intérieur. Les gardes se remirent en place à la porte, sans trahir la moindre émotion. Ni Xetiana ni Ryder ne nous avaient remarqués.

Sans un mot, Braise me conduisit jusqu'à sa chambre. Lorsque j'entrai et qu'elle ferma la porte, elle déclara : « Je vous *interdis* de me prendre en pitié, Gilfeather.

— Ça n'me viendrait jamais à l'idée.

— Il n'y a plus rien entre Tor et moi. On sait tous deux que ça ne marcherait pas. Et il a parfaitement le droit d'aller chercher ailleurs ce qu'il veut.

— Oui, acquiesçai-je.

— Ce qui n'est ni facile ni fréquent quand on est un patriarche célibataire et donc censé rester chaste.

— En effet.

— Et puis on ne contredit pas impunément un seigneur insulaire.

— Nan, j'imagine bien. »

Elle lâcha un grognement exaspéré. « Oh, la ferme, espèce de barbare de gardien de selves. » Elle me lança un coussin avec une force étonnante. Fouineur le suivit, bondissant au bas de son lit pour m'accueillir avec un enthousiasme baveux, à grand renfort de battements de queue.

« Mais, au nom du ciel, d'où il est venu, çui-là ? demandai-je, ravi de changer de sujet.

— Oh, c'est moi qui l'ai demandé. J'ai dit à Xetiana qu'il ne pourchassait pas les oiseaux. Asseyez-vous, Kel, que je vous explique ce qui va se passer demain. Et ce que vous allez devoir faire. »

Je m'exécutai, mais je ne pus m'empêcher d'éprouver du chagrin pour elle.

La course des pics, comme je l'appris, se déroulait tous les ans et chaque pic y inscrivait ses meilleurs athlètes. Le trajet comprenait Barbacane-Xolchas et neuf ou dix des Pics intérieurs agglutinés tout autour. Il fallait passer par le sommet de chacun, et dans un certain ordre. Des arbitres s'assuraient du respect des règles. On n'avait pas grand choix quant à la façon de se rendre d'un pic à l'autre : ni bateaux, ni poneys de mer n'étaient autorisés. Certains pics étaient reliés par des ponts de corde suspendus loin au-dessus de l'eau ; d'autres étaient isolés, ou n'étaient pas reliés aux suivants dans l'ordre de la course – auquel cas il fallait nager. On pouvait soit emprunter le chemin qui descendait jusqu'à la mer, soit se servir des filets installés près des ramasseurs de guano, ce qui était généralement plus rapide, mais beaucoup plus dangereux. Si l'on savait vraiment ce qu'on faisait, on commençait par descendre la paroi avant de sauter ou de plonger dans la mer. Si l'on estimait mal la hauteur, on pouvait s'assommer en heurtant la surface de l'eau et se noyer. Si l'on calculait mal l'endroit où l'on atterrissait, alors on risquait de heurter l'un des nombreux rochers entourant la base de chaque pic.

Pour un nageur aussi quelconque que moi, ça paraissait un bon moyen de se suicider, comme je le dis à Braise alors qu'on s'installait pour prendre le souper tardif qu'on nous avait fait servir dans la chambre.

« Personne ne vous demande de vous inscrire, dit-elle avec un rictus. J'imagine que le citoyen moyen du Toit mekatéen doit nager à peu près aussi bien qu'un homard sans queue.

— Quelque chose comme ça », avouai-je. Dans les Prairies célestes, les cours d'eau dépassaient rarement la hauteur du genou, et l'eau était froide.

Elle esquissa pour moi un plan des pics à la craie sur un morceau d'ardoise. (Ces appartements étaient équipés d'à peu près tout ce dont on pouvait jamais avoir besoin.) « Regardez, la première étape du trajet consiste à nager du Pic de Barbacane-Xolchas à celui qu'on appelle le Bec. Ensuite, on doit grimper jusqu'au sommet. Arrivés à ce stade, les concurrents seront déjà crevés. Ils traversent le pic pour atteindre le pont qui les conduit à la Dent, qu'ils empruntent à son tour, puis enchaînent avec la Molaire. Évidemment, il y a des points de contrôle tout du long pour s'assurer que personne ne triche. Puis on traverse la Molaire, on redescend jusqu'à la mer, on nage jusqu'à la Griffe, on grimpe. On traverse le sommet, on bondit jusqu'à des colonnes de basalte surnommées les Piments. On bondit de l'une à l'autre, dix en tout, puis on retourne à la Griffe. On retraverse la Griffe, on descend les falaises, on nage jusqu'à la Serre…

— Vz'êtes folle, lui dis-je.

— Moi ? Pourquoi ça ?

— Passque vous l'avez d'jà fait une fois. »

Elle haussa les épaules. « C'était marrant, pour tout vous dire. J'étais seulement déçue de n'arriver que quinzième et de ne pas gagner d'argent. Maintenant, écoutez-moi bien. Xetiana a déjà dit à Gethelred-Morthred et à Flamme qu'elle veut que tous les gardes du corps s'inscrivent, et pour rendre cette idée plus attrayante, elle a promis une prime conséquente à celui qui s'en sortira le mieux.

— Une prime qu'elle n'aura pas à payer s'ils meurent tous. Mais, au nom du ciel, pourquoi Morthred accepterait-il ? Il doit bien se rendre compte que ça va les laisser, Flamme et lui, sans gardes du corps pendant une bonne partie de la journée.

— Pourquoi est-ce qu'il s'inquièterait ? Il ne se sent pas en danger ici.

— Peut-être, mais il suffirait de l'arrivée d'un seul Clairvoyant pour le mettre dans le pétrin.

— Xetiana sait se montrer très convaincante. » Elle me regarda avec l'air de me mettre au défi de faire des commentaires. Comme je ne répondais rien, elle reprit : « Elle a joué sur son orgueil. Elle a lancé l'idée, puis s'est empressée de changer d'avis, en laissant sous-entendre que c'était une idée stupide car ses gardes risquaient d'être blessés, et qu'il était de toute façon peu probable qu'ils aillent jusqu'à la fin de la course. Quand il a protesté, elle a lancé un pari auquel il n'a pas pu résister. » Braise me sourit. « Xetiana a pris un grand plaisir ensuite à me rapporter la conversation. Croyez-moi, c'était du grand art.

— Quel était le pari ?

— Si un seul de ses gardes figurait parmi les vingt premiers à terminer la course, le premier-né de Gethelred pourrait épouser l'un de ses enfants.

— Et il y a *cru* ? »

Elle hocha la tête.

« Et ça n'lui a jamais traversé l'esprit qu'elle puisse assassiner ses gardes s'ils faisaient mine de réussir ?

— Il semblerait que non. Rappelez-vous qu'elle est censée le croire de sang royal dustellois. Il est arrivé ici habillé en conséquence, vêtu d'une fortune en bijoux et de soie fine, accompagné de la castenelle et les bras chargés de présents qu'il avait certainement volés ailleurs les deux ou trois années précédentes, depuis qu'il avait commencé à retrouver ses pouvoirs. Il est assez arrogant pour croire que ces choses-là feraient leur effet auprès de la maison royale de Xolchas. Les Pics n'ont pas grande importance dans l'ordre hiérarchique des Glorieuses, vous savez ; ils sont trop petits, trop pauvres. Il avait raison : Xetiana en a été flattée. Il n'est pas totalement improbable qu'elle puisse envisager l'idée d'allier son insulat à la famille royale d'un autre, même disparu. Elle est parfaitement capable d'abandonner son futur époux sans le moindre scrupule.

— Et les lois concernant les mariages inter-insulaires ?

— C'est ça, le plus beau. Officiellement, l'archipel des Dustels n'existe plus. Oh, on tatoue encore leurs citoyens humains, ou ce qu'il en reste, mais les lois insulaires ne s'appliquent plus à eux. La plupart habitent les Nébuleuses mais peuvent vivre où ils le souhaitent, épouser qui ils veulent, et leurs enfants peuvent être citoyens et circuler comme bon leur semble. C'est un accord qui a été passé avec tous les seigneurs insulaires à la disparition des Dustels. Un geste humanitaire envers un peuple anéanti.

— Morthred a un tatouage ?

— Non, il a le lobe tranché. Il a dit à Xetiana qu'il l'avait fait lui-même dans sa jeunesse, par dégoût envers les actions du dernier rempartaire dustellois lorsqu'il avait assassiné ses aïeux. C'est peut-être même la vérité. Enfin, bref, revenons à ce qui va se passer demain. Deux des vigiliennes sylves corrompues ne peuvent pas s'inscrire car elles ne nagent pas assez bien. Il est assez probable que ces deux-là restent à bord de l'*Affable* pour garder à l'œil leurs esclaves soumis à des sorts coercitifs. On s'occupera d'elles plus tard. Ni Morthred ni Flamme ne vont s'inscrire, évidemment ; Xetiana et son fiancé Yethrad se chargeront respectivement de les distraire pendant le déroulement de la course. L'un des hommes est déjà mort, grâce aux ordres de Shavel.

» Chacun des seize autres portera un écharpe rouge qui permettra de les distinguer facilement des concurrents locaux. Les gardes de Xetiana seront postés tout au long du trajet en tant qu'arbitres. Plusieurs autres de ses hommes seront candidats. À l'insu de Morthred, Xetiana a réduit considérablement le nombre de candidats ordinaires. Elle peut se le permettre dans la mesure où ce n'est pas une course ordinaire, mais une course spéciale donnée à l'occasion de ses fiançailles. Elle veut réduire le risque que des gens ordinaires soient blessés.

» Ses hommes élimineront le plus grand nombre de carministes possible pendant le déroulement de la course. Mais ils ne peuvent s'occuper que d'un à la fois. Si l'un d'entre eux voit un autre se faire attaquer, on va se retrouver avec un carministe pris de folie meurtrière, et croyez-moi, ce n'est pas beau à voir. »

Elle se leva et se mit à faire les cent pas. J'avais appris à reconnaître là une caractéristique de Braise : elle ne pouvait pas rester assise quand elle dressait un plan d'action. « Tor et moi, on va se poster sur le pic baptisé la Serre. Si on y arrive, on se débarrassera de tous les carministes encore en vie à ce stade, avant qu'ils puissent progresser sur le trajet de la course ; ensuite, la course se déroule sous les yeux des spectateurs alignés sur les toits des falaises ouest de Barbacane-Xolchas – ils voient ce qui se passe sur le dernier groupe de pics car les détroits n'y sont pas très larges. Morthred sera parmi eux, et nous n'osons pas éveiller ses soupçons.

— Pourquoi n'pas s'occuper de lui d'abord, pis des autres ensuite ? »

Elle éclata d'un petit rire. « Parce qu'on risque d'échouer quand on s'attaquera à Morthred. Il est très fort, Kel. Plus qu'on ne s'y attendait. Et il nous connaît, Tor et moi. On ne peut pas s'approcher de lui en douce. Donc, on va commencer par nous débarrasser du plus grand nombre possible de ses amis corrompus ; au moins, on aura accompli quelque chose avant de mourir. » Elle parlait d'un ton si neutre qu'on peinait à croire qu'elle évoquait la possibilité de sa propre mort et de celle de Ryder.

« Et les gardes xolchastes ne peuvent vraiment pas s'occuper de lui ? demandai-je. Avec des flèches ?

— Ce n'est pas impossible, mais ce serait risqué. Il ne se sépare jamais de ses sylves corrompus ni de ses deux carministes, même pour un instant ; donc il serait difficile à des arbalétriers de l'approcher avant le début de la course. Et imaginez le carnage si ne serait-ce qu'une seule personne de son entourage échappait aux flèches. Gilfeather, je sais que vous avez du mal à y croire, mais je vous en prie, ne prenez pas ce que je vous dis à la légère. En quelques secondes, un maître-carme aussi puissant que Morthred pourrait raser ce palais et tous les gens qui s'y trouvent. Même ces sylves corrompus ont assez de puissance brute pour tuer tous ceux qui l'entourent. Ils peuvent nous tuer aussi, vous savez, en… en faisant s'effondrer un mur sur nous, par exemple.

» Notre meilleure chance consiste à agir pendant la course, en l'absence de ses gardes. Ce qui pose le problème suivant : on n'a aucune garantie que Flamme n'utilisera pas ses pouvoirs contre nous si on attaque Morthred. Donc, il faut qu'on la sépare de lui. Autre problème : pendant la course, Morthred se trouvera soit en compagnie de Xetiana, soit de son fiancé Yethrad. Il suffirait d'un intervalle de quelques secondes – je dis bien *secondes* – entre le moment où il comprendra et celui où il mourra pour qu'il tue toutes les personnes qui l'entourent. En tant que médecin, vous savez que si l'on reçoit un carreau d'arbalète dans le cœur, on peut mettre plus de quelques secondes à mourir. Sa mort doit être instantanée. Et Xetiana ne doit pas se trouver dans les environs. Nous sommes encore en train de mettre les détails au point. Elle détesterait aussi perdre son fiancé, semble-t-il, donc il faut s'assurer que nous puissions nous en sortir sans que quelqu'un soit blessé, à part Morthred.

— Et Dek et moi, qu'est-ce qu'on fera ?

— Il y a un pont qui relie la Serre à Barbacane-Xolchas. Je veux que Dek y monte la garde afin de s'assurer qu'aucun carministe n'abandonne la course et n'essaie de rejoindre Morthred, pour quelque raison que ce soit. Sa tâche consistera à les en empêcher.

— Vous d'mandez à un gamin de tuer, comme ça, sans scrupules ? Pis encore pire, de tuer des adultes que vous pensez affreusement dangereux ? »

Elle croisa mon regard. « Il est Clairvoyant. C'est son travail. Et de toute façon, je ne pense pas qu'un seul d'entre eux atteindra la Serre vivant. Et s'ils le font, eh bien, Dek courra moins de risques que les gardes xolchastes qui se trouveront avec lui. La magie carmine peut les tuer, *eux*. Et aucun des carministes ne portera d'épée. On ne peut pas nager quand on est lesté par le poids d'une épée, vous savez. Enfin, bref, je ne lui demanderai pas d'attaquer de front des adultes. Ces derniers temps, j'ai essayé de lui faire intégrer l'idée qu'il n'y a rien de déshonorant à tuer un carministe au moyen d'un traquenard… »

Sans doute remarqua-t-elle ma répugnance, car elle déclara : « Si vous avez des réserves, Gilfeather, allez parler à Ruarth, comme je l'ai fait aujourd'hui. » Elle avait cessé de faire les cent pas et se penchait maintenant vers moi, mains sur les hanches. Elle savait intimider quand elle s'y appliquait. « Vous voulez qu'il vous raconte tout ? Aussi pénible que ça puisse être, ça vaut peut-être mieux, pour que vous compreniez simplement ce que nous affrontons. J'ai tout entendu de la bouche de Ruarth, dans les détails les plus sordides. Flamme lutte contre la corruption. La véritable Flamme est là, prisonnière en elle, et à de très rares occasions, sa douleur transparaît dans ses yeux, suppliant Ruarth de l'aider. Jusqu'ici, la sylve qui survit en elle a réussi à cacher l'existence de Ruarth à Morthred, mais combien de temps restera-t-elle loyale envers le Dustellois ? Elle ne lui parle plus. Elle le regarde à peine. Il lui parle à la moindre occasion, il lui murmure des mots d'amour et d'encouragement… mais elle le repousse.

» Morthred la séduit chaque soir. Elle commence par résister, mais la magie carmine en elle prend le dessus et elle y prend plaisir, même quand il lui fait volontairement mal. Ensuite, juste pour s'assurer qu'elle n'y prenne pas *trop* de plaisir, il la donne à l'un des autres, et ils regardent tous. Ils inventent chaque nuit de nouvelles façons de la violer. Une sorte de concours d'originalité. Et si elle proteste trop, que font-ils ? Ou, du moins, que faisaient-ils quand ils se trouvaient à bord du navire ? Ils allaient chercher l'un des esclaves et la forçaient à torturer ce pauvre type. Oh, elle ne résiste pas tant que ça, vous comprenez : en réalité, une partie d'elle adore ça. Cela dit, je me demande dans quelle mesure ça lui a plu la nuit où ils l'ont forcée à lui couper… »

Je me redressai d'un bond et me plaquai les deux mains sur les oreilles comme si je pouvais bloquer le passage à ces atrocités. « Assez ! lui hurlai-je. Assez, *assez* ! Comment *osez*-vous dire des choses pareilles à son sujet ? C'est *abject* ! »

Puis je restai planté là, atterré, à la regarder fixement. « Oh, *Création*, Braise. » Elle me regarda, habitée par une douleur intense et des larmes non versées. Je l'attirai dans mes bras et on resta un moment à sangloter en nous berçant mutuellement. Je pleurais pour Flamme, pour Ruarth, pour Braise. Pour moi-même et la perte définitive de mon innocence détruite.


Je la laissai seule un peu plus tard, après qu'on eut parlé du rôle que je devais tenir dans les événements du lendemain. Celui qu'on m'avait attribué ne me surprit guère. Compte tenu de mes dons olfactifs, il ne pouvait y en avoir qu'un ; je devais surveiller Morthred, prévenir les autres s'il commençait à avoir des soupçons. Pendant toute la journée, je serais membre honoraire de la garde personnelle de la barbacanaire. Si le maître-carme décidait de retourner ses pouvoirs contre Xetiana et son insulat, si je sentais la moindre odeur inquiétante, ce serait à moi de donner le signal.

Tout paraissait si simple. Bien entendu, ça ne l'était pas : pour commencer, Flamme serait présente et elle me connaissait. Et il y avait le petit problème consistant à tuer quelqu'un en moins d'une ou deux secondes.

CR

Lettre du Chercheur (Première catégorie) S. iso Fabold, Département national d'exploration, Ministère fédéral du commerce, Kells, au Doyen M. iso Kipswon, Président de la Société nationale d'études scientifiques, anthropologiques et ethnographiques des peuples non-kellois.

En date du 12/1$^{er}$ Solitaire/1794

Cher oncle,

*Voici que nous entrons dans une nouvelle année, qui promet d'être exaltante en ce qui me concerne ! J'ai le plus grand mal à croire que le* Fend-les-vagues *reprendra la mer dans moins de deux mois, au cœur d'une flotte de cinq navires, et que je serai à son bord. Le départ est prévu pour la date du 20 du 1$^{er}$ Doublelune.*

*Je suis ravi d'apprendre que mes récits gloriens vous intéressent toujours autant et ravissent tante Rosris. Je comprends parfaitement que vous préfériez les lui raconter plutôt que de la laisser les lire ! Braise, en particulier, manque cruellement de raffinement féminin et je n'aimerais pas exposer une dame à sa vulgarité ni à son franc-parler. Pas plus que je n'aimerais qu'une dame bien élevée entende parler de la déplorable absence de moralité dont témoigne Flamme. Anyara et moi avons longuement débattu l'autre soir à ce sujet. Elle affirme que la sensibilité kelloise frôle parfois l'hypocrisie, mais j'estime pour ma part qu'il n'est jamais nuisible que les dames préservent leur féminité. Nous devons les protéger de ce qu'il y a de pire en ce monde ; elles n'ont ni la constitution, ni la force morale nécessaires pour faire face à tout ce qu'un homme doit affronter. Je suis persuadé qu'Anyara a vu le bien-fondé de cet argument, car elle n'a pas poursuivi sur le sujet.*

*Les femmes… ! Ce qu'elles sont impressionnables. Anyara affirme que Gilfeather et Braise doivent dire la vérité et que les îles Glorieuses, par conséquent, ont autrefois été peuplées de créatures étranges et de magiciens cruels… Aucun de mes arguments ne parvient à la convaincre que nous nous trouvons face à une culture où règnent d'absurdes superstitions, dans laquelle on appelle magie tout ce qu'on ne comprend pas. J'ai la conviction que, lorsque les Gloriens se sont trouvés face aux tout premiers commerçants kellois – c'est-à-dire de véritables « étrangers » dans leur univers –, ils ont abandonné l'idée des récits mythiques. Ils ont par conséquent effacé de leur folklore les ghemphs et les magiciens, et cessé de gaspiller leur énergie pour les questions de citoyenneté afin d'affronter les dilemmes que posait le nouveau monde auquel ils étaient confrontés. Et* notre venue, croyez-moi, les a bel et bien confrontés à un nouveau monde.

Je vous remercie de votre invitation à venir chasser dans votre propriété d'Emmerland. J'y ai de merveilleux souvenirs des cerfs, et je m'efforcerai d'échapper une semaine à la ville afin de vous y rejoindre tous.

Votre neveu affectueux,

Shor iso Fabold

# 30

## *Kelwyn*

Je me sentis malade une bonne partie de la journée. J'ignorais si c'était parce que je me trouvais en présence d'un maître-carme ou simplement parce que j'avais, comme on dit dans les Prairies célestes, une trouille à défriser les selves.

Je penchais pour la deuxième option. Je ne redoutais pas tant de mourir que de devoir prendre une décision, ce jour-là, qui pouvait impliquer la survie ou la mort de ceux qui m'entouraient. Si j'interprétais mal ce que mon nez m'apprendrait sur Morthred, je risquais même de causer la mort d'un seigneur insulaire. Il me serait si facile de commettre une erreur, car Morthred dégageait une odeur si puissante de magie carmine qu'elle masquait les subtilités.

Je m'étais efforcé de réduire le risque d'attirer l'attention sur moi. J'avais de nouveau teint mes cheveux, d'une nuance de brun quelconque, et rasé ma barbe. Je portais l'uniforme de la garde personnelle de Xetiana, qui comprenait un chapeau à large bord et j'avais, à l'instigation de Braise, atténué mes taches de son à l'aide d'une généreuse application de poudre de riz. (Je dus alors réfréner l'envie de me toucher le visage et d'inspecter le bout de mes doigts.) J'étais soulagé que la coutume dicte qu'aucun garde, à l'exception du Securia et du Capitaine de la Garde, ne porte d'arme en présence immédiate de leur seigneur insulaire ; je n'aurais su que faire d'une épée, et je me serais sans doute ridiculisé en trébuchant dessus et en m'affalant de tout mon long. J'avais toutefois caché ma dague dans ma botte, comme le savaient le Securia, le Capitaine et la barbacanaire en personne.

Tandis que je me plaçais derrière Xetiana, Morthred et Flamme au petit déjeuner ce matin-là, je ne cessais de lancer des coups d'œil à Flamme, le plus discrètement possible. Comme elle ne regardait pas dans ma direction, je doute qu'elle m'ait vu. Après tout, je n'étais qu'un homme en uniforme, un individu au sein d'un groupe, mais il y avait autre chose. Elle paraissait distante, en retrait. Elle parlait quand on s'adressait à elle, avec logique et courtoisie, mais ne formulait jamais de remarques spontanées. Elle me rappelait certains de mes patients qui avaient subi une perte inimaginable : la mort d'un jeune enfant, par exemple. Au nom du ciel, me demandais-je, se remettra-t-elle jamais de ce qu'on lui a fait ?

J'avais envie d'attirer son attention, en renversant un objet par exemple, rien que pour la forcer à me regarder et à me reconnaître. Lui dire sans un mot qu'elle n'était pas seule. Je réfrénai cette envie. Ç'aurait été un risque imprudent.

563

Je percevais à présent l'odeur de magie carmine qui l'entourait comme celle de la gangrène. Les autres sylves corrompus avaient tous un arôme similaire ; le sien était différent. Plus changeant… et il y avait autre chose. J'essayais de mettre le doigt dessus. Puis je compris : tous les autres avaient plus ou moins l'odeur de Morthred. Pas elle. Cette odeur-là était atroce, abjecte et *anormale*, mais ce n'était pas celle du maître-carme. J'essayai d'y comprendre quelque chose, en vain. Braise et Ryder affirmaient toujours qu'il y avait dans la corruption de Flamme quelque chose d'étrange et qu'il ne pouvait s'agir d'une rechute du mal dont elle avait souffert à la Pointe-de-Gorth, mais nous n'avions pas résolu cette énigme. Nous n'y parviendrions peut-être jamais, me dis-je alors.

Je percevais aussi en elle la douceur de l'odeur sylve, ce qui me parut bon signe. Une partie d'elle résistait. La sylve perdait, mais elle n'avait pas renoncé pour autant. Quand je me rappelai ce que m'avait dit Braise la veille au soir, je fus ébahi par le courage avec lequel elle luttait, par la volonté dont elle faisait preuve pour tenter de garder son intégrité. Elle devait savoir que ses chances de survie en tant que sylve étaient nulles, mais elle ne se rendait pas pour autant.

Quand je regardais Morthred-Gethelred, j'avais du mal à contenir ma rage. Le maître-carme pouvait se tenir assis aux côtés de la femme qu'il violait à répétition, racontant des histoires drôles et déployant tout son charme pour séduire aussi bien Xetiana que ses dames. Il pouvait flatter tranquillement la barbacanaire tandis que cette abjection se répandait dans le corps de Flamme pour la transformer radicalement en une créature qu'elle ne voulait pas devenir. La contagion carmine : une forme de meurtre diabolique. De la pire espèce, car elle laissait la victime en vie, constamment consciente que sa personnalité véritable s'éteignait.

Quand Braise et Ryder m'avaient pris à part ce matin-là pour passer en revue le plan final et le rôle que je devais y tenir, je n'avais pas protesté. Après ce que m'avait dit Braise la veille, je souhaitais si ardemment vaincre Morthred que toutes mes réserves quant au fait d'y participer s'étaient volatilisées. Pour être franc, la description qu'elle m'avait faite des souffrances de Flamme m'avait tellement écœuré que j'aurais volontiers ouvert la gorge de Morthred à mains nues si l'occasion s'était présentée.

Personne, toutefois, n'envisageait Gilfeather, le médecin des Prairies célestes, comme ennemi juré de Morthred le maître-carme. Si tout se déroulait bien, mon rôle devait rester insignifiant. Du moins, nous l'espérions tous. Nerveusement, je tripotais la seule chose qu'on m'autorisait à transporter ouvertement, au cas où. C'était la longue-vue de Xetiana, un lourd tube de cuivre presque aussi long que mon bras, enveloppé dans du feutre doux. La barbacanaire m'avait elle-même suggéré qu'elle pouvait servir d'arme, après que j'avais fait remarquer qu'un des moyens d'empêcher que le maître-carme attaque qui que ce soit à l'aide de sa magie carmine consistait à l'assommer avant de le tuer. Mais à présent que j'avais la longue-vue, je redoutais de la laisser tomber, ou de faire autre chose de tout aussi maladroit.

Juste après le petit déjeuner, plusieurs des dignitaires les plus importants de l'île s'ajoutèrent au groupe de la barbacanaire, parmi lesquels Yethrad, le fiancé de Xetiana, qui était le Maître du Pic de la Dague, et tous rejoignirent le balcon qui donnait sur l'avant-cour du palais. Je le suivis, ainsi que les autres gardes xolchastes. Shavel, le Securia, me regarda en haussant un sourcil interrogateur ; je secouai la tête. Je n'avais pas détecté le moindre malaise chez Morthred. Pour autant que je le perçoive, il ne dégageait qu'une odeur de triomphe et d'autosatisfaction. Après toutes ces années passées dans la peau d'un homme difforme et impuissant vivant pauvrement à l'écart de la structure de pouvoir des îles, il prenait grand plaisir à se voir accueilli comme un noble séduisant. Il appréciait la courtoisie de Xetiana. Et les coups d'œil effarouchés que lui lançaient les dames de la cour. Il appréciait tout autant la déférence discrète que la flatterie ouverte. Je devais réprimer mon désir de tuer cet homme sur-le-champ.

Les premières participantes de la course, toutes de sexe féminin, allaient et venaient dans la cour, sous le balcon. Les sylves portaient des écharpes rouges, mais tous les autres avaient plus ou moins revêtu les mêmes tenues : des pantalons qui s'arrêtaient au-dessus du genou, des hauts moulants à longues manches. Je perçus chez Morthred une bouffée d'intérêt sexuel, mais étonnamment peu de la part des autres. Les gens des Pics-de-Xolchas étaient habitués à voir les femmes nager et ces tenues étaient là-bas chose courante.

En signe d'honneur, Xetiana invita Gethelred à lancer la partie féminine de la course, ce que l'on faisait en frappant un immense gong de cuivre accroché à un support de bois sur le balcon. La foule se tut lorsqu'il s'avança vers l'instrument, baguette à tampon en main. Au troisième coup, des vivats s'élevèrent et la foule des concurrentes déferla dans la rue.

Xetiana, souriante, se tourna vers Gethelred. « Messire, dit-elle, la coutume exige à présent que nous montions sur les toits et nous dirigions vers un emplacement d'où nous verrons une partie de la descente des falaises. » Elle lui offrit son bras. « Peut-être aurez-vous la bonté de m'escorter ? » Elle sourit, baissant légèrement la tête, et le regarda par-dessous ses cils.

Au nom du ciel, me dis-je en les suivant à deux ou trois pas de distance, quel courage elle possède, cette barbacanaire !

Il nous fallut une bonne vingtaine de minutes pour atteindre l'endroit d'où l'on voyait nettement les falaises de l'autre côté du golfe. Il y avait là une tribune destinée aux invités les plus importants, avec des sièges matelassés et une rambarde pour empêcher qu'on bascule par-dessus le bord de la falaise. À notre arrivée, les concurrentes descendaient déjà les falaises d'en face, et les trois sylves corrompues se trouvaient parmi elles, facilement reconnaissables à leur écharpe rouge.

« Ah, dit Xetiana à Gethelred, vos sylves aussi ont choisi de descendre la falaise ! J'aurais cru qu'elles prendraient le sentier.

— Elles ont été formées par le Conseil des Vigiles, répondit-il courtoisement. Descendre une falaise n'est rien pour elles. »

Je n'en étais pas si certain. Les trois Vigiles progressaient bien plus lentement que les candidates xolchastes et l'agression des oiseaux de mer les dérangeait plus visiblement. Les Xolchastes descendaient avec souplesse et rapidité, agrippant les cordes quand c'était nécessaire, trouvant aisément dans la pierre les prises pour les mains et les pieds. Elles ignoraient les cris furieux des oiseaux et leurs attaques en plongée quand elles approchaient de leur nid. Je crois que ça m'aurait perturbé : certains de ces oiseaux étaient énormes et leur envergure égalait la taille d'un homme. Lorsque la première femme approcha de la surface de l'océan, elles commencèrent à se laisser tomber de la falaise, soit en sautant, soit en plongeant dans l'eau. La foule, dont une grande partie avait souvent assisté à ce spectacle, et y avait peut-être même participé, retenait son souffle et applaudissait malgré tout face aux plongeons les plus audacieux. Les Vigiles, prudentes, attendirent de rejoindre le niveau de l'eau avant de lâcher les cordes.

Elles n'étaient pourtant pas les dernières. Un autre trio entra dans l'eau encore plus tard. Je savais que c'était prévu ; ces femmes-là appartenaient à la garde de Xetiana.

Xetiana se tourna une fois de plus vers Gethelred, avec un nouveau sourire. « Vos dames s'en sont très bien sorties, messire. Maintenant, il est temps que nous rentrions. Je dois donner le départ de la course des hommes. » Tout en parlant, elle regardait par-dessus l'épaule du maître-carme l'emplacement où je me tenais. Je savais que ce sourcil interrogateur s'adressait à moi, et je secouai légèrement la tête. Je ne sentais toujours aucune odeur m'indiquant que Morthred se méfiait.

Le maître-carme, qui me tournait le dos, manqua donc cet échange. Flamme, toutefois, me regardait fixement et je la sentis perplexe. Je restai immobile, persuadé qu'elle allait parler, qu'on allait percer mon déguisement à jour, mais elle se détourna et, à ma grande surprise, je ne perçus plus rien émanant d'elle, sinon une vague neutralité. Comme si elle refusait de penser à quoi que ce soit qui puisse susciter la moindre émotion. J'ignorais totalement si elle m'avait reconnu.

Bave de selve, me dis-je. Ce salopard lui a-t-il déjà détruit l'esprit ?

Je sentais l'odeur de ma propre fureur.

# 31

## *Braise*

De tout ce qui se produisit ce jour-là, il y a beaucoup de choses que je ne reconstituai qu'après. Xetiana
et la chambellane Asorcha m'en rapportèrent des bribes,
tout comme Gilfeather, Dek et Tor, bien sûr. Chania,
l'une des gardes de Xetiana, combla certains des blancs.
Sans parler des Dustellois, qui nous servaient d'yeux
et d'oreilles. Ils passèrent la journée à faire la navette,
nous informant de ce qui arrivait aux autres et nous
décrivant l'avancée de la course. Sans eux, nous
n'aurions jamais eu la moindre chance de réussite.

Tor et moi nous trouvions déjà sur le pic baptisé la
Serre quand l'un de leurs messagers nous apporta les
premières nouvelles de la course des femmes. Trois
gardes xolchastes y participaient, trois nageuses
robustes que la houle marine n'effrayait pas. Xetiana
les avait elle-même choisies ; je connaissais très bien
leur chef, Chania. Elle avait participé à la même
course que moi, des années auparavant. C'étaient des
femmes compétentes mais qui ne comprenaient malheureusement pas la nature véritable de la magie

carmine. Elles traînèrent lors de la descente depuis la Ville Haute et entrèrent délibérément dans l'eau derrière les trois sylves. Elles pensaient noyer la dernière des Vigiles et n'avaient pas compris qu'elle se défendrait à l'aide de sa magie lorsqu'elles tenteraient de la pousser sous l'eau et de l'y maintenir.

La magie fit bouillir l'eau, l'agitant au point de créer un maelström. L'une des gardes reçut le trait de plein fouet et fut tuée sur le coup, le ventre déchiqueté. La deuxième se retrouva projetée vers le bas avec une telle force que ses poumons éclatèrent. Les canots de sauvetage durent aller repêcher leurs corps avant le départ de la course masculine. Chania eut plus de chance. Elle se retrouva projetée vers le haut, hors de l'eau, lors de la même explosion de magie carmine, puis retomba terrifiée mais indemne. Comprenant enfin qu'elle avait commis une grave erreur de jugement, elle s'était attendue à mourir ; au lieu de quoi elle avait découvert que la Vigile, piètre nageuse, se noyait dans la turbulence créée par son propre pouvoir. Chania, prise de nausée lorsqu'elle comprit qu'elle ne voyait nulle part ses deux compagnes, chercha son couteau à tâtons. D'un mouvement rapide, elle agrippa la sylve mourante par les cheveux et lui trancha la gorge. Il n'y eut cette fois aucune explosion de magie. Elle abandonna le corps à l'attention d'un garde monté à dos de poney de mer, arrivé trop tard pour les aider.

De rage, Chania avait poursuivi à la nage la Vigile suivante, apparemment inconsciente de ce qui s'était passé derrière elle. La Xolchaste la rattrapa alors qu'elle atteignait le pied des falaises du pic baptisé le

Bec. Elle attrapa la femme par-derrière et lui brisa la nuque d'une violente torsion latérale. Puis elle se hissa hors de l'eau et entreprit la longue ascension de la falaise derrière la troisième et dernière des sylves vigiliennes.

Toutefois, elle se vit refuser le plaisir de la tuer à son tour. La sylve la devançait de loin et grimpait avec régularité. Elle atteignit le sommet juste avant Chania, mais alors qu'elle se hissait par-dessus le bord de la falaise, elle reçut un carreau d'arbalète en plein dans l'œil. Elle vacilla un moment au bord, puis bascula et tomba dans la mer sans un bruit. Haletante, Chania se hissa sur l'herbe au sommet du pic. Le garde qui se trouvait là baissa son arbalète. « C'était la dernière des femmes ? » demanda-t-il. Il se dirigea vers le bord et regarda en bas. En dessous, les oiseaux tournoyaient en hurlant, mais personne ne gravissait la falaise. Dans l'eau, plusieurs gardes à dos de poney de mer tiraient un autre corps des vagues. « Où sont vos compagnes ?

— Elles ne viendront pas, murmura Chania. Puissent les vents les accueillir dans l'éternité. » Elle se leva, très lasse, éprouvant plus de désespoir que de triomphe. « Je crois, dit-elle, que nous avons gravement sous-estimé les difficultés. »

Le Dustellois qui observait et écoutait la scène s'envola vers Barbacane-Xolchas pour y porter la nouvelle.

Sur la Serre, directement reliée à Barbacane-Xolchas par le biais d'un pont, on s'installa, Tor et moi, au Temple des Vents. Il occupait le sommet d'une colline, le point le plus élevé de l'ensemble des Pics-de-Xolchas. Il était pavé de marbre et coiffé d'un toit formé d'énormes dalles de pierre mais, à l'exception d'un sanctuaire enfoui sous terre, le bâtiment tout entier était ouvert au vent. Dans les colonnes de pierre qui soutenaient le toit, on avait taillé des trous aux formes étranges, et on en découvrit bientôt la raison. Ils faisaient chanter le vent, suscitant des sons mélodieux et lugubres qui bourdonnaient et glissaient sur toute la surface du pic. Les Xolchastes croyaient que c'était la voix du Dieu du Vent, et qu'il revenait aux prêtres d'interpréter ces chants. Moyennant une somme d'argent, bien entendu.

Au départ, de nombreux habitants de l'île s'étaient rassemblés autour du temple pour assister à la course, mais les gardes de Xetiana les avaient renvoyés chez eux, sous l'ordre strict d'y rester jusqu'à la fin de la course. Ils s'étaient plaints, mais avaient obéi ; d'abondantes rumeurs circulaient alors dans l'ensemble des Pics et beaucoup de gens avaient dû soupçonner qu'il se passait quelque chose.

Juste au-dessous du temple se trouvait un point de contrôle, si bien que nous attendions en compagnie d'arbitres, qui appartenaient tous au corps de réserve de la garde de Xetiana. C'étaient des fermiers qui avaient été gardes dans leur jeunesse, et ils maniaient leurs armes avec la compétence et l'aisance de soldats d'expérience. Tandis qu'ils patientaient, ils ne parlaient ni du combat à venir, ni du risque de mourir, mais de l'état de la récolte de sorgho cette année (mauvaise) et de la tonte de laine de la saison (excellente). Quand le premier des concurrents xolchastes apparut, ils cachèrent leurs armes et se fondirent dans leur rôle d'arbitres avec aisance, sans se presser.

Comarth, le vieil oiseau dustellois, nous apporta des nouvelles de la course masculine quelques minutes plus tard. Quand deux des gardes de Xetiana, qui se faisaient passer pour des concurrents, approchèrent de l'un des carministes lors de la première étape de nage de la course masculine, le carministe avait ouvert la jambe de l'un des gardes, se servant de sa magie carmine pour lacérer l'artère de sorte qu'il saigne à mort, puis avait repoussé une gerbe d'eau à la figure de l'autre, le noyant avant même qu'il comprenne qu'on l'attaquait.

*Le carministe a continué à nager*, expliqua Comarth, la poitrine gonflée d'indignation tandis qu'il nous faisait ce récit par gestes. *Comme si de rien n'était ! Il devait être persuadé qu'on attribuerait ces deux morts à des accidents, pas à la magie. Mais,* moi, *j'ai vu.* Le Dustellois avait le plus grand mal à se contenir. *Ce... ce... ce scélérat, ce* monstre. *Et vous savez le pire, Syr-clairvoyante ? Sa violence n'était motivée que par son désir de faire du mal, le misérable. Il ne pouvait pas savoir qu'il était ciblé, car les gardes ne l'avaient pas encore attaqué !*

« Il est toujours en vie ? » demandai-je après avoir traduit à l'intention de Tor.

*Pour autant que je sache*, répondit le Dustellois avant de me raconter la suite dans les grandes lignes. Deux des sylves de sexe masculin étaient morts sur le

Bec. L'un des décès était accidentel : un Vigile avait glissé et chuté pendant l'ascension. Le deuxième avait été tué par une arbalète tandis qu'il contournait une ferme au sommet du pic. On avait très vite caché son corps loin des regards avant l'arrivée du concurrent suivant mais ç'avait été la seule occasion dont avaient disposé les gardes pour le tuer.

Sur le pont menant à la Dent, un autre sylve avait trouvé la mort, poussé à travers la barrière de corde par un autre concurrent, un garde xolchaste, bien sûr. Le terrain de ce pic était accidenté, avec des rochers escarpés qui surgissaient des terres arables comme des sculptures de pierre usée par le vent : parfaites cachettes pour les arbalétriers. Deux autres sylves étaient morts ici sous une pluie de carreaux, mais pas avant que l'un d'entre eux, qui n'avait été que blessé lors de l'attaque initiale, n'ait tranché dans la masse à l'aide de sa magie, ce qui avait coûté la vie à six hommes.

*Ce qui nous fait huit carministes morts, en comptant les femmes*, dit Comarth. *Il en reste neuf.*

« Sans compter les deux qui ne participent pas à la course, murmura Tor quand je lui résumai la situation après le départ du vieux Dustellois. Et Morthred. Et Flamme. »

Je me tournai vers lui. « On *va* remporter la partie.

— Trop de facteurs aléatoires. Tout ce plan est trop compliqué.

— La situation l'est aussi, et nécessite une solution complexe.

— Il doit y avoir de ça », grommela-t-il.

Je soupirai. Rien n'allait plus entre nous depuis sa guérison par magie carmine. La plupart du temps, il se contentait de me tourner le dos ou de quitter la pièce à mon arrivée. Tous les moyens étaient bons pour m'éviter. « Tor, lui demandai-je, combien de temps ça va durer comme ça entre nous ? Et ne fais pas semblant de ne pas comprendre de quoi je te parle. »

Il me regarda bien droit cette fois. « Je m'aperçois que je n'arrive pas à te pardonner, Braise. Tu aurais dû mieux me connaître. Je sais qu'en tant que fidéen, je devrais pardonner, et ça me ronge de ne pas en être capable. Et tu sais où est l'ironie dans tout ça ? C'est la magie carmine en moi qui m'empêche de pardonner, qui accentue mon amertume.

— Tu me détestes.

— Non, rien ne pourrait transformer en haine ce que j'ai éprouvé. C'était… profond. Ce qui a rendu plus pénible encore ta trahison de tout ce que je défends. Tu me connaissais donc si mal ?

— Je t'aimais trop pour te laisser mourir.

— C'était m'aimer que de me condamner à une vie de culpabilité ? De m'obliger à vivre porteur d'un mal dont je ne suis pas responsable ?

— Est-ce que c'est… si terrible que ça ? » demandai-je dans un murmure.

Il garda le silence un long moment. Puis il déclara, d'une voix imprégnée de tristesse : « Je ne suis plus la même personne qu'avant. Je croyais pouvoir le vaincre et redevenir moi-même, mais je sais maintenant que ça ne sera jamais possible. Le Tor Ryder qui te parle en ce moment même, tu ne le connais pas du tout. »

On resta immobiles tandis que le vent produisait autour de nous une musique étrange et lugubre, et je sentis quelque chose qui avait été beau mourir un peu plus encore.

Un peu plus tard, un autre Dustellois apporta d'autres nouvelles. Sur la Molaire, les gardes xolchastes avaient établi une déviation. Deux sylves corrompus se retrouvèrent détournés vers un étroit sentier qui circulait entre des affleurements rocheux. Tous deux moururent lorsqu'ils tombèrent dans un trou qu'on avait couvert de paille. Un autre avait été tué sur la Griffe d'un carreau bien placé. Un quatrième avait mal calculé son saut vers les Piments ; il avait heurté les rochers en dessous. Un cinquième, l'un des concurrents les plus lents, avait été attaqué par trois gardes en uniforme et avait trouvé la mort en tombant sur les rochers basaltiques. Sa dernière action avait consisté à projeter un feu de magie carmine lors de sa chute, tuant tous ses attaquants. Plus tard encore, lors de la longue nage épuisante de la Serre à la Griffe, un sylve s'était noyé lorsqu'il était allé se fracasser contre les rochers au pied de la falaise parce qu'il ne comprenait pas la nature des vagues.

Plus tard encore, le messager suivant apporta des nouvelles bien pires concernant les deux carministes. Comme le plus âgé des deux, un Nébulien, était bien moins athlétique que les sylves formés par les Vigiles, il avait ordonné à l'autre, un Calmentien plus jeune du nom de Jaze, de rester avec lui. Jaze, qui craignait les pouvoirs supérieurs du Nébulien, avait obéi. Parce qu'ils étaient restés ensemble, ils avaient malgré eux évité l'attaque. Ils gravissaient à présent la falaise vers le sommet de la Serre, toujours ensemble. Ruarth les gardait à l'œil et c'était lui qui nous envoyait ces mauvaises nouvelles par le biais d'un autre Dustellois. Jaze avait risqué un coup d'œil par-dessus son épaule et vu un autre sylve corrompu se faire attaquer sur la paroi de la Griffe derrière eux. Il avait alerté son compagnon et tous deux avaient regardé mourir le sylve. Ils n'étaient apparemment ni assez forts, ni assez proches pour l'aider en projetant leurs pouvoirs à une telle distance, mais ils l'étaient assez pour comprendre que le sylve avait été assassiné, délibérément, par des hommes portant l'uniforme de la garde royale de Xetiana. « Nom d'un enfer rouge, que se passe-t-il ? s'était écrié Jaze.

— C'était planifié, dit l'autre. Cette salope de barbacanaire a dû découvrir qu'on n'est pas aussi inoffensifs qu'on essaie de le faire croire. Nom d'un chien, Jaze, les deux gardes qui m'ont rattrapé pendant qu'on nageait vers le Bec essayaient de me tuer, pas de m'aider ! » Il éclata de rire. « Et moi qui croyais que je les tuais pour le simple plaisir de les voir souffrir. On dirait que cette salope de barbacanaire est prête à tout pour gagner un pari !

— Qu'est-ce qu'on fait maintenant ?

— On retire cette écharpe, pour commencer. C'est à ça qu'ils nous reconnaissent… Qu'ils soient maudits !

Est-ce que tu as vu *un seul* des autres sylves récemment ? »

Jaze, dégoûté, arracha son écharpe. « Il y en avait un juste devant nous tout à l'heure. Mais à part lui… non.

— Ils les éliminent un par un ! Il faut qu'on rejoigne le Seigneur Gethelred le plus vite possible. On se remet en route – et vite. »

Le plus jeune hocha la tête et ils reprirent tous deux leur ascension. Cette fois, ils prêtèrent attention à tout ce qui se passait autour d'eux, et pas seulement à la façon dont ils plaçaient leurs mains et leurs pieds. Mais aucun d'entre eux ne vit le petit oiseau noirâtre qui s'envola dans un tourbillon de plumes, profitant du courant d'air ascendant le long de la paroi rocheuse, bien qu'il ne soit pas vraiment bâti pour les grandes hauteurs.

Au sommet de la falaise, Ruarth s'arrêta une minute ou deux pour demander à l'un des autres Dustellois de nous transmettre les nouvelles, à Tor et à moi ; puis il retourna prévenir lui-même Gilfeather.


La Serre disposait de trois sorties : un pont menant à Barbacane-Xolchas, un autre à la Dent, ainsi qu'une corde permettant de se laisser glisser vers le Croc. On avait délibérément omis d'indiquer les ponts sur les cartes distribuées aux hommes de Morthred, et l'itinéraire au sol, marqué à l'aide de drapeaux, ne passait près d'aucun d'entre eux. « Mais ça ne devrait avoir aucune importance, répondis-je quand le Dustellois m'eut expliqué ce qui s'était passé. Ces carministes ne vont pas descendre de ce pic dans l'immédiat, pas si on peut les en empêcher. Même s'ils ont appris l'existence des ponts. » Je lançai un coup d'œil à Tor. « Allons les intercepter avant qu'ils atteignent le temple. »

Il hocha la tête et on se mit à descendre le sentier en courant, en direction des falaises qui faisaient face à la Griffe. « Ça me rappelle quelque chose, lui dis-je. Les Calments. Sauf qu'on est du même côté cette fois-ci. »

Il grimaça. « Nom d'un chien, Braise, je suis trop vieux pour ces choses-là maintenant. Je manque d'entraînement.

— Tu tires encore de sacrées flèches, et je crois me rappeler t'avoir vu trancher quelques têtes et quelques membres avec ton épée tout récemment.

— Peut-être, mais regarde ce qui m'est arrivé ! » J'entendais sa douleur malgré le ton léger qu'il s'efforçait de conserver.

Nous n'étions pas allés très loin quand on croisa un homme qui remontait le sentier menant au temple dans notre direction. C'était le dernier des sylves corrompus. « Au travail, dit Ryder, laconique, le visage inexpressif. Tu le prends par la gauche, en haut. Et moi par la droite, en bas.

— C'est presque trop facile. »

On se remit à courir, ne tirant notre épée qu'au dernier moment. L'homme comprit trop tard nos intentions et nous lança un trait de magie carmine, qu'on ignora en brandissant nos armes.

« Comme je te le disais, c'était trop facile », commentai-je en essuyant ma lame sanglante sur la chemise trempée de l'homme.

Tor baissa les yeux vers le corps. « Je déteste tuer ces sylves corrompus, dit-il. Ça ressemble bien trop à des meurtres d'innocents. »

Quelque chose ne sonnait pas tout à fait vrai dans ses paroles, et je le regardai fixement. Je vis alors quelque chose de tapi dans ses yeux, quelque chose que je n'aurais jamais cru lire en lui : la réjouissance bestiale d'avoir tué.

Alors seulement, je compris vraiment ce que Gilfeather et moi avions fait à Tor Ryder. Et je me mis à craindre, à raison, pour son avenir. L'espace d'un moment, on se regarda, pris dans la tragédie de ce qui nous était arrivé. Il dit doucement : « Prends bien soi de toi, promis ? »

Sans attendre de réponse, il se remit à courir sur le sentier. Un peu plus loin, deux carministes grimpaient la falaise dans notre direction.

# 32

## *Kelwyn*

« Messire Gethelred, déclara Xetiana en se tamponnant les lèvres à l'aide de sa serviette tandis qu'elle terminait son déjeuner, il est temps que nous retournions voir la suite de la course. Les premiers concurrents doivent se trouver au niveau des quatre ou cinq derniers pics, et nous en aurons une bonne vue depuis les falaises ouest de Barbacane-Xolchas. Ils seront assez près pour que nous puissions en identifier certains. »

Le maître-carme se leva de la table de banquet et tendit la main. « Dans ce cas, allons-y, madame. » Il jeta un coup d'œil au fiancé de Xetiana. « Vous ne voyez pas d'objection à ce que j'escorte votre promise, n'est-ce pas, Syr Yethrad ? Après tout, vous allez la garder à vos côtés toute votre vie. Tandis que moi, hélas, je n'ai qu'un jours ou deux.

— Pas du tout, répliqua le Maître-pic. Je ne serai que ravi d'escorter plutôt Dame Lyssal. »

Le calme profond de Yethrad m'avait déjà appris qu'il ignorait totalement s'adresser à un maître-carme.

Son absence de réaction face aux regards manifestement avides que Morthred lançait à la barbacanaire m'apprit qu'il ne portait à sa future épouse qu'une affection négligeable. L'odeur de Xetiana m'apprenait également qu'elle n'en éprouvait guère plus à son égard et ne s'inquiétait pas spécialement de sa sécurité. Elle n'envisageait pas ce mariage comme l'union de deux égaux : elle allait régner, et s'il fallait dans ce but cacher des informations à l'homme qui deviendrait son époux, alors elle le ferait. S'il lui arrivait quoi que ce soit cet après-midi-là, elle le regretterait, mais pour des raisons politiques et non pas sentimentales.

Plus j'en apprenais sur la barbacanaire, moins je l'appréciais. Je la soupçonnais d'alterner délibérément une familiarité charmante et l'application stricte du protocole dans le but de déstabiliser ses courtisans. Yethrad, avec son indifférence paresseuse, était sans doute le seul homme que l'on puisse persuader d'accepter l'incertitude liée à cette position d'infériorité, puisqu'il savait gagner en échange des avantages évidents en devenant consort d'un seigneur insulaire et père du prochain héritier.

Ils gravirent une fois de plus l'escalier, traînant leur entourage derrière eux, moi compris, puis traversèrent les toits plats de la ville en direction du sommet de la falaise, cette fois du côté ouest du pic. Le vent était fort, charriant le bruit et l'odeur des oiseaux de mer et l'arôme piquant des embruns. Les dames glapissaient et pouffaient tandis qu'elles maintenaient en place leurs jupes et leurs bonnets ; même moi – soulagé que le vent éloigne en grande partie l'odeur de magie carmine – je me surpris à enfoncer le chapeau de mon uniforme. De temps en temps, nous traversions une passerelle et il devenait alors évident que le toit était bien moins fréquenté que les allées en contrebas, qui grouillaient de monde. Quand j'interrogeai un garde, il m'expliqua que les toits étaient réservés aux gens d'un certain rang. Ni les artisans, ni les commerçants, ni les fermiers ou laboureurs ne s'en servaient ; et les gens de haut rang n'employaient jamais les allées. Tout ça me semblait absurde, mais je m'en réjouissais pour l'heure. Je veux dire par là que, dans la mesure où nous étions moins entourés, j'avais moins d'odeurs à filtrer. Je pouvais me concentrer sur les plus importantes.

La vue qui s'offrait à nous depuis la tribune située au bord de la falaise de ce côté-ci de la ville était spectaculaire. Nous dominions un étroit cours d'eau baptisé Cou malingre, qui grouillait à présent de petits bateaux, lesquels transportaient tous de riches spectateurs qui avaient bu et mangé plus que de raison. La plupart avaient jeté l'ancre pour observer la course, les autres filaient dans les deux sens ; vus de très haut, ils évoquaient la danse chaotique de scarabées d'eau grouillant à la surface d'un cours d'eau. De l'autre côté du Cou malingre, les cinq derniers pics de la course formaient un escalier géant, de taille décroissante depuis la Serre, le plus élevé de tous, au nord, jusqu'à l'Éboulis au sud. La Serre était trop éloignée pour que nous puissions, depuis la tribune, voir autre chose que les hautes colonnes du Temple des Vents. Les gens n'y étaient guère que des taches de couleur.

Je savais maintenant que la Serre était reliée au pic suivant, le Croc, par une corde inclinée baptisée la Glissière. Toute personne qui voulait se rendre du plus grand pic au plus petit s'y accrochait et se laissait simplement glisser jusqu'en bas. S'il était plus délicat de remonter, ça restait toutefois possible à l'aide de poulies et contrepoids. On estimait apparemment que l'endroit n'était pas adapté à un pont suspendu, mais j'ignorais pourquoi on lui préférait une corde. Malgré mes efforts, je n'arrivais pas à voir la Glissière : elle se perdait sur un fond de mer et de rochers.

L'itinéraire de la course longeait la falaise est du Croc, où les concurrents nous deviendraient bien plus visibles depuis Barbacane-Xolchas. Le pic suivant, la Dent de Lait, était encore plus bas et plus proche. Le suivant, si près de ses deux voisins qu'ils se touchaient presque, était la Nageoire, puis le plus bas de tous, l'Éboulis, guère plus qu'un tas de rochers déserts qui cascadait effectivement vers la mer. Ces quatre derniers pics étaient reliés par des ponts de bois, dans un style évoquant davantage des passerelles, mais on les avait retirés pour les besoins de la course. Les concurrents devaient sauter par-dessus les interstices séparant les pics. S'ils manquaient leur coup, la chute pouvait les tuer. Les interstices ne dépassaient guère en largeur la hauteur d'un homme, et ils étaient faciles à franchir d'un bond pour une personne active. À condition bien sûr qu'elle n'ait pas le vertige. Ma bouche s'asséchait malgré tout rien qu'à les regarder.

Quand le groupe de la barbacanaire atteignit la tribune, les premiers concurrents traversaient déjà la

585

Serre en direction de la corde de la Glissière. Il était capital d'y arriver le premier, car une seule personne à la fois pouvait traverser, et l'attente impliquait la perte de précieuses secondes. Autour de moi, l'excitation montait chez les spectateurs, par vagues à l'odeur piquante. Plusieurs des nobles, munis de longues-vues, pouvaient identifier les meneurs de la course et parièrent donc entre eux. Xetiana, bien sûr, ne demanda pas sa longue-vue. Elle feignait l'insouciance de façon convaincante et applaudit comme une écolière surexcitée quand elle apprit que la troisième place était occupée par une femme. Je n'étais pas assez bête pour me laisser berner. Xetiana était intensément concentrée, en proie à une grande tension émotionnelle.

Je lançais des coups d'œil alentour, cherchant les archers cachés. Il y en avait plusieurs à proximité ainsi que d'autres un peu plus loin, mais je ne parvins pas à les distinguer, même après que le Capitaine de la Garde m'eut appris où ils se trouvaient. La tribune et les toits croulaient sous les banderoles ; une poignée d'hommes n'aurait eu aucun mal à s'y cacher. Mais ils auraient eu du mal à cibler précisément le maître-carme ; trop de gens allaient et venaient tout autour. Les dames de Xetiana semblaient moins s'intéresser à la course qu'à se pavaner, tandis que certains des hommes préféraient rester debout le long de la rambarde plutôt que s'asseoir.

Tous tendirent le cou pour regarder le meneur de la course atteindre le bas de la Glissière, puis traverser en courant les prés du Croc, faisant fuir les moutons sur son passage, et disparaître ensuite à notre vue. « Nous le reverrons dans quelques minutes, expliqua Xetiana à Gethelred, quand il aura contourné le golfe. »

Lorsqu'il réapparut, plusieurs autres l'avaient rattrapé. Aucun ne portait d'écharpe rouge et la femme avait pris du retard, à la déception de Xetiana. Le premier concurrent à atteindre le bord sud du Croc n'hésita pas. Il s'élança par-dessus l'interstice menant à la Dent de Lait, tâtonna un moment pour reprendre son équilibre, puis se remit à courir. Une rafale de vent charria l'odeur de son épuisement jusqu'à mes narines.

Le deuxième homme s'accorda un instant pour reprendre son souffle avant de bondir lui aussi. Le troisième, celui qui avait emprunté la Glissière avant les autres, fatiguait lorsqu'il atteignit le bord. Comme il voulait à tout prix rattraper son retard, il franchit le fossé d'une foulée, mais atterrit mal et tomba droit sur le bord de la Dent de Lait. Les spectateurs laissèrent échapper des hoquets horrifiés autant que surexcités qui me firent tressaillir.

L'homme glissa en arrière tout en cherchant à retrouver prise, en vain. Fatigué, désorienté, il paraissait incapable d'arrêter sa descente inexorable par-dessus le bord de la falaise. Puis, au dernier moment, plusieurs des arbitres en service au point le plus étroit le saisirent par les bras et le hissèrent en lieu sûr. Un sifflement de désapprobation mêlée de soulagement parcourut les spectateurs royaux. « Pauvre homme, dit Xetiana à Morthred, mais d'un ton amusé. Il devra vivre avec l'ignominie d'avoir été secouru pendant la course. Personne ne l'oubliera *jamais*, à moins qu'il remporte une prochaine course. »

Quelques minutes plus tard, on vit les deux meneurs bondir vers la Nageoire, un petit pic appartenant à une unique famille de fermiers. Ils le franchirent en courant, puis bondirent vers l'Éboulis. Xetiana se leva alors et déclara : « Syr-sylve, mes dames et moi devons à présent vous laisser et regagner la Maison seigneuriale. Nous devons nous changer avant la fin de la course, afin d'accueillir le gagnant adéquatement vêtues pour la cérémonie de présentation, le dîner de cérémonie et le bal qui suivront. Mais je suis persuadée que Yethrad et vous préférerez voir la suite de la course, et je vous suggère donc de rester. Vous souhaiterez sans doute surveiller la progression de vos gens. »

Gethelred se leva et s'inclina. Son sourire était quelque peu crispé. Je sentis couver la colère en lui et approchai d'un pas. Le maître-carme n'était pas dupe : il comprenait que Xetiana se moquait discrètement de l'échec apparent de ses gardes. Souriant, il maîtrisa cette émotion. « Bien entendu », répondit-il.

Je perçus derrière le tracé de son sourire une nuance menaçante qui me fit frémir.

Xetiana se tourna vers Flamme. « Dame Lyssal, voulez-vous m'accompagner ? Yethrad ramènera sire Gethelred à la Maison seigneuriale à temps pour voir la fin de la course – n'est-ce pas, chéri ? »

Yethrad s'inclina à son tour, toujours très neutre ; Xetiana et ses dames, ainsi que Flamme – accompagnées de plusieurs gardes, dont le Securia, et de plusieurs hommes de la cour –, s'éloignèrent d'un pas majestueux. Flamme semblait quasi éthérée, hagarde, loin de nous tous.

Lorsque Xetiana passa devant moi, elle me lança un coup d'œil éloquent : elle m'avait donné mes ordres en termes on ne peut plus clairs ce matin-là. Gethelred ne devait pas quitter vivant cette tribune.

On avait prévu que Tor, provenant directement du pont qui reliait la Serre à Barbacane-Xolchas, arriverait à temps pour s'occuper du maître-carme. On l'avait préféré à Braise, car le maître-carme le reconnaîtrait moins immédiatement. Le plan consistait à ce qu'il enfile la tenue d'un prêtre du Temple des Vents, robe assez volumineuse pour cacher ses origines méridionales et son épée. Si les choses tournaient mal, Braise interviendrait. S'ils étaient tous deux retardés, ce serait à moi de faire signe aux archers au moment opportun. Très franchement, maintenant que j'avais vu le temps, je ne croyais plus beaucoup au succès des arbalètes. Le vent soufflant autour de la tribune forcissait pour devenir une véritable tempête. Les rafales agitaient et déchiraient les banderoles. Les oiseaux de mer planaient sur leurs ailes majestueuses, geignant et hurlant en signe de défi, mais l'inconstance des courants les déportait parfois eux aussi au-delà des perchoirs vers lesquels ils se dirigeaient au sommet des falaises. Les carreaux d'arbalète risquaient bien plus d'être déviés que d'atteindre leur cible.

Je tripotais nerveusement la longue-vue en priant pour ne pas devoir m'en servir. C'était certainement improbable car, même si Tor, Braise et les archers échouaient, il restait le Securia. Shavel avait raccompagné Xetiana à la Maison seigneuriale, mais il avait la ferme intention de revenir aussitôt, une fois la barbacanaire à l'abri dans ses appartements. Un peu plus tôt, ce matin-là, il m'avait jaugé de la tête aux pieds avant de m'informer qu'il était persuadé de pouvoir tuer sur le coup n'importe quel salopard de carministe sans lui laisser le temps de recourir à ses pouvoirs. J'espérais qu'il avait raison. Malgré mon envie désespérée de voir Morthred vaincu, je doutais d'avoir le cran de m'en charger moi-même.

Je flairai l'air. Une poignée de participants s'étirait à présent le long du sommet du Croc et de la Dent de Lait. Morthred était toujours furieux, sans doute parce que ses gardes s'en étaient moins bien sortis qu'il l'avait cru, mais il ne se doutait encore de rien. Toutefois, il ne tarderait certainement plus à s'étonner de ne voir apparaître *aucun* de ses collègues sylves ou carministes.

Tor, songeai-je, vous feriez mieux de vous dépêcher. Je ne suis pas sûr d'en être capable.

Je regardai nerveusement autour de moi et perçus l'odeur de Ruarth. Ballotté par le vent, le Dustellois vint se poser sur la tribune, non loin de mes pieds. Sous prétexte de refaire mes lacets, je m'agenouillai et m'affairai sur ma chaussure tandis que Ruarth m'informait des derniers développements.

*Où est Flamme ?* demanda-t-il quand il eut terminé.

« Les femmes sont r'tournées à la Maison seigneuriale pour se changer », répondis-je dans un murmure.

*Je vais voir ce qu'elle devient.* Il hésita et jeta un coup d'œil au maître-carme. *Kel, si les deux carmi-*

*nistes sont ensemble, ça veut dire que Tor et Braise vont devoir les combattre ensemble…*

Je hochai la tête, horrifié. Ruarth se demandait si Braise ou Tor allaient nous rejoindre à temps.

*Faites le nécessaire, Kel. Si je le pouvais, je m'en chargerais moi-même… Gardez ça en tête, quoi qu'il puisse se passer. Et ne vous retournez jamais.* Sur cette déclaration sibylline, il s'élança dans le sens du vent et disparut. Bien plus tard, je comprendrais ce qu'il avait voulu dire. Il laissait délibérément planer ces mots pour guérir une plaie qui n'avait pas encore été infligée.

## 33

### *Braise*

On arriva trop tard, Tor et moi, pour intercepter les carministes lorsqu'ils franchirent le bord de la falaise. Les deux hommes traversaient déjà le pré lorsqu'on les aperçut et, à en juger par les traces de couleur carmine qui dansaient sur leur peau, ils étaient d'humeur à se servir de leurs pouvoirs. Par automatisme, on plongea dans l'herbe avant d'être vus, et je songeai qu'il était agréable de m'associer avec quelqu'un qui n'avait pas besoin qu'on lui donne d'instructions.

« Les moutons », dit Tor en montrant d'un signe de tête le troupeau qui broutait dans le pré entre les carministes et nous. Ensemble, on progressa vers le troupeau en rampant et en nous tortillant. Lorsqu'on approcha du premier animal, les autres se regroupèrent pour se protéger, nous fournissant ainsi un abri encore meilleur et d'autant plus pratique que l'herbe était plus courte là où paissaient les moutons. Tor prit le temps de tirer son arbalète de son sac et d'y insérer un carreau. Je lançai un bref coup d'œil par-dessus le dos des

bêtes pour estimer la distance entre nous et les carministes en approche.

« Mauvaise idée, chuchotai-je, la voix presque
noyée par le chant étrange du vent provenant du
temple. Il y a du vent. Tu vas devoir attendre qu'ils
soient presque sur nous. »

Tor hocha calmement la tête et glissa un carreau
supplémentaire dans l'emplacement prévu sur la poignée. Il n'aurait sans doute pas le temps d'en utiliser
plus de deux ; l'arbalète était trop longue à charger.
Soit il parviendrait à tirer deux coups meurtriers, soit
nous allions nous battre à l'épée.

« Maintenant », sifflai-je.

Il se leva et tira. Une rafale de vent dévia le carreau
de sa cible. Il atteignit le Nébulien au sommet de
l'épaule, déchirant à la fois la chair et les habits, mais
sans causer de dégâts fatals. Le jeune carministe, Jaze,
anticipa le deuxième coup : un trait de magie désintégra le carreau en plein air. J'avais alors commencé à
courir, faisant fuir les moutons paniqués. Tor bondit à
ma suite.

Nous avions cru que les carministes se battraient,
qu'ils comprendraient trop tard qu'ils faisaient face à
des Clairvoyants doublés de bretteurs chevronnés.
Mais le Nébulien, d'un ton cassant, lança un ordre à
Jaze, qui se détourna et se mit à courir. J'hésitai entre
les deux hommes.

« Suis-le, dit Tor. Je vais me débrouiller ici.

— Kel… ?

— Je m'en occupe… File ! »

Je m'exécutai aussitôt. Je rengainai mon arme et m'élançai à la suite du jeune homme, bondissant par-dessus des rochers et touffes d'herbe tandis que nous nous dirigions vers la Glissière.

L'homme était un Calmentien, né dans un paysage de montagnes et de sentiers escarpés. Les pentes de la Serre ne devaient rien représenter pour lui et je découvris bientôt que j'avais du mal à le suivre. Porter mon épée dans le dos n'aidait pas. Elle était assez grande et lourde pour me gêner.

Quand l'un des gardes, chargé de diriger les concurrents vers le temple, voulut indiquer le bon chemin au carministe, il reçut de plein fouet un trait de magie carmine qui le tua sur le coup. Jaze avait dû étudier le trajet de la course ; il savait qu'il devait contourner le temple pour prendre le chemin le plus rapide vers la Glissière, et c'était là qu'il se dirigeait. Plusieurs hommes se cachaient parmi les rochers, tous prêts à tuer, mais ils avaient l'ordre d'éliminer toute personne portant une écharpe rouge. Le Calmentien s'était débarrassé de la sienne. Je ne pouvais attendre aucune aide de leur part.

Pire encore, lorsqu'il atteignit la Glissière, le groupe de Xolchastes qui y montait la garde le prit pour un concurrent ordinaire ; il les tua tous d'une décharge de magie carmine avant qu'ils le reconnaissent. Le temps que j'arrive sur place, le carministe se trouvait presque de l'autre côté. Je levai mon épée pour trancher la corde puis compris qu'il ne s'était pas assez éloigné du Croc pour que je sois certaine de le tuer. Et si je coupais cette corde, j'allais me retrouver isolée du

Croc. Voyant un second baudrier en place et prêt à l'usage, j'ignorai le règlement imposant qu'une seule personne à la fois utilise la Glissière. J'enjambai le corps d'un gardien, m'installai sur le baudrier et m'éloignai du bord d'une poussée.

Le mécanisme était simple : si l'on serrait la pince de fer qui attachait le baudrier à la corde, on ralentissait. Si l'on n'y touchait pas, notre élan dictait la vitesse. Et je voulais avancer aussi vite qu'il était humainement possible. Je me penchai en arrière et agrippai le baudrier de manière à me retrouver quasiment parallèle à la corde. J'avançais dangereusement vite, au risque de tomber purement et simplement du baudrier, mais je savais aussi que le carministe aurait le temps de détruire la corde et moi avec si je prenais trop de retard.

Juste avant d'atteindre l'autre côté, il lâcha une autre rafale de magie carmine et tua les deux arbitres ainsi que le gardien de la Glissière du côté du Croc. Il s'empressa de s'extirper du baudrier et regarda en arrière. Lorsqu'il me vit me précipiter vers lui, les pieds en avant, à une vitesse incroyable, il perdit tous ses moyens. Il me lança un trait de magie carmine et parut momentanément dérouté de le voir sans effet. Il brûla un peu ma tunique, mais guère plus. Par chance, la Clairvoyance projetait une aura qui suffisait généralement à protéger les habits d'une grande partie des dégâts.

Lorsqu'il eut compris que j'étais Clairvoyante, il était trop tard. J'arrivais trop vite sur lui. Il tenta de brûler la corde de la Glissière à l'aide de sa magie et manqua son coup. Je me précipitai droit sur lui, l'obligeant à se jeter en arrière. Je fonçai sur le ballot de paille placé à un endroit stratégique pour les arrêts d'urgence. Le temps que je m'extirpe de la paille et du baudrier, Jaze avait disparu.

Je m'élançai une fois de plus à sa poursuite, maudissant le fait que, de tous les carministes du monde, je sois tombée sur celui qui courait plus vite qu'un crabe des sables filant vers son terrier.

De retour sur la Serre, Tor avait ses propres ennuis. J'imagine qu'il percevait l'ironie de la situation : l'homme qu'il devait tuer était un Nébulien comme lui. Ce qui rendait une tâche déplaisante plus désagréable encore. Et le faire au son des soupirs mélodieux qui remplissaient l'air devait paraître encore plus sacrilège. Mais Tor ne me détailla jamais ce qu'il avait ressenti durant ce combat ; simplement ce qui s'était produit.

Quand je m'étais élancée à la suite de Jaze, Tor avait lâché son arbalète et tiré son épée. Alors qu'il rattrapait l'homme, Tor le reconnut : ce type se trouvait à Creed quand Tor y était prisonnier. On ne se rappelait que trop bien Creed, tous les deux. Les gens à moitié morts de faim. La salle de torture. La cruauté de l'asservissement. Physiquement, ça aurait dû être facile : Tor portait une épée calmentienne, alors que le carministe n'avait qu'un petit couteau qu'il avait tiré d'un étui attaché à son mollet. Mais Tor avait sous-estimé l'inventivité dont le carministe ferait preuve lorsqu'il aurait compris que son adversaire était Clairvoyant.

Quand Tor approcha, l'homme dirigea sa magie carmine droit vers la terre, aux pieds de Tor, afin de l'asperger d'herbe et de terre. Tor pouvait ignorer la magie, mais ni la terre ni les pierres qui lui pleuvaient dessus. Ni les trous qui s'ouvraient à ses pieds. Il se baissa, un bras levé au-dessus de sa tête tandis qu'il s'éloignait à croupetons. La terre que le vent lui soufflait au visage l'étouffait, si bien que le carministe en profita pour bondir sur lui, le couteau levé pour l'abattre sur lui. C'était un geste d'amateur, que Tor esquiva de biais avant de s'éloigner d'une roulade. Il comptait ainsi le déconcerter en l'approchant par-derrière pour l'obliger à se retourner. Le vent soufflait à présent derrière Tor, si bien que le carministe reçut en pleine figure le nuage de terre soulevé par l'explosion de gazon.

Tor ne manqua pas l'occasion. D'un coup bas, il fit pénétrer sa lame, l'orientant de telle sorte qu'elle glisse aisément sous la cage thoracique en direction des poumons. Lorsque l'homme s'effondra, Tor imprima une torsion à la lame afin qu'elle transperce également le cœur. « Voilà, dit-il, à quoi ressemble un coup meurtrier. » La magie carmine jaillit en fontaines de couleurs éclatantes tandis que l'homme agonisait. D'un dernier geste désespéré, le carministe déplaça les pierres sous les pieds de Tor. Celui-ci perdit pied, bascula en arrière et sa tête heurta un rocher.

Comme il ne se relevait pas immédiatement, plusieurs oiseaux dustellois qui avaient observé la scène s'approchèrent. L'un d'entre eux se percha sur son épaule et lui gazouilla dans l'oreille.

Tor ne bougea pas.

## 34

### *Kelwyn*

Je tripotais toujours la longue-vue, mal à l'aise. La dague de mon père, cachée dans ma botte, semblait affreusement inaccessible. Au nom de la Création, où était Shavel ? Il aurait déjà dû revenir. Il ne fallait pas très longtemps pour se rendre à la Maison seigneuriale puis en revenir, même en prenant le temps d'escorter Xetiana jusqu'à la porte de ses appartements, si c'était ce qu'il avait estimé devoir faire. Alors pourquoi tardait-il autant ? Je mourais d'envie de faire signe aux archers de tuer Morthred et d'en finir une fois pour toutes, mais le vent forcissait visiblement. Aucun carreau d'arbalète n'atteindrait jamais sa cible, ou du moins en avais-je l'impression. Et s'ils la manquaient, ce serait à moi d'en gérer les conséquences. Aucune trace de Tor ni de Braise. Qu'est-ce qui avait pu mal tourner ? Ruarth non plus n'était pas revenu. Il en avait forcément l'intention…

Mes pensées se concentraient sur le doute qui m'avait assailli toute la journée : aurais-je le courage, la férocité, de tuer à nouveau ? Je lançai un coup d'œil à Morthred : peut-être devais-je agir maintenant, tant que le maître-carme ne se doutait de rien, sans attendre qu'il commence à avoir des soupçons. Morthred bavardait avec Yethrad, et tous deux étaient aussi à l'aise que des voisins de tharn qui échangeaient des civilités. Ils riaient et regardaient les concurrents qui traversaient les pics en face.

« Je suis sûr que vos hommes doivent être parmi eux, disait Yethrad. Ils ont dû abandonner leur écharpe rouge qui les gênait, si bien qu'on ne peut plus les distinguer. »

Et si j'échouais, qui me soutiendrait ? Le Capitaine de la Garde et ses hommes ne pouvaient pas lutter contre la magie carmine.

Par les brumes d'une nuit sans lune, où était Shavel ?

Par pitié, me disais-je, que Braise ou Ryder revienne à temps pour s'en charger…

## 35

### *Braise*

Le sommet du Croc était concave en son centre.
Alors que je dévalais la pente, je voyais le carministe
gravir péniblement la côte en face, en direction du
bord qui faisait face à la Dent de Lait. Je serrai les
dents et accélérai, le souffle saccadé. J'avais en fait
dépassé plusieurs des concurrents, comme Jaze avant
moi. Au moins, il ne les avait pas tués.

Il n'a sans doute pas envie de gaspiller son
énergie, me dis-je. Tuer tous ces gens au niveau de la
Glissière avait dû épuiser ses forces. Tout comme
trimballer une épée calmentienne dans mon dos épui-
sait les miennes.

Mais je retrouvais à présent un second souffle et
gagnais du terrain alors que je gravissais la pente
derrière lui en haletant. Le temps qu'il atteigne
l'interstice séparant le Croc de la Dent de Lait, je me
trouvais à une vingtaine de pas derrière lui. Il hésita
quelques secondes au bord, me lança un coup d'œil
par-dessus son épaule, puis recula de quelques pas et
prit son élan pour sauter.

Quand je me trouvai assez près du bord pour y voir quelque chose, il avait déjà repris sa course. Je baissai les yeux vers la mer où les lignes blanches des vagues plissaient la surface bleue, puis bondis. La Dent de Lait était plus basse que le Croc et j'éprouvai un moment de peur pendant ma chute. La descente parut longue. Mais le sol était mou et spongieux et j'atterris loin du bord. Je roulai à terre et me relevai en courant déjà. Jaze passa en courant devant les arbitres du point de contrôle, et moi aussi. Les arbitres, sans doute tous des gardes, hésitèrent mais ne firent rien, car ni Jaze ni moi ne portions d'écharpe rouge.

J'avais vaguement conscience des gens alignés sur les toits de Barbacane-Xolchas, qui criaient et faisaient de grands gestes. Le bruit du vent et les cris des oiseaux m'empêchaient de les entendre. Je leur lançai bien un coup d'œil pendant ma course, mais je n'arrivais pas à distinguer les individus parmi la foule, si bien que j'ignorais qui au juste occupait la tribune royale. Je m'assurai que Morthred ne pouvait pas me reconnaître d'aussi loin. Après tout, il ignorait totalement que j'étais dans les parages ; pour autant qu'il le sache, j'étais morte dans l'entrepôt sur cette île de l'Étang Flottant.

Je continuai à courir.

La Dent de Lait était un pic peu élevé ; la Nageoire était plus petite encore. Jaze franchit aisément l'espace qui les séparait, et je le suivis quelques secondes plus tard. La Nageoire décrivait une pente descendante en direction de l'Éboulis, et j'eus parfois l'impression de perdre le contrôle de ma trajectoire tandis que je fonçais vers le sommet. Malgré ma vitesse, je ne rattrapai jamais tout à fait le carministe, du moins jusqu'à l'extrémité de la Nageoire. Là, alors que Jaze s'élançait dans les airs pour le saut final en direction de l'Éboulis, je tendis la main pour l'attraper. Mes doigts ne firent que frôler sa veste. Sans attendre de voir ce qui lui arrivait, je bondis. J'atterris juste derrière lui, les pieds en avant. Il trébucha et se tourna à moitié, déséquilibré, pour me lancer un trait de magie carmine dans une tentative désespérée visant à me désorienter pour lui donner une chance de s'enfuir.

Alors même que j'atterrissais, je cherchai mon épée à tâtons dans mon dos. Jaze s'était lourdement affalé sur le postérieur. Il se traîna sur les fesses pour s'éloigner de moi. Terrifié, il tenta de m'envelopper de vagues successives de magie carmine, mais je ne sentis rien. Je lui assenai un violent coup de pied sous le menton. Il bascula en arrière avec un grognement, à peine conscient. Je le tuai le plus efficacement possible, d'un coup en plein cœur suivi d'une torsion.

Je lançai aussitôt un coup d'œil de l'autre côté du Cou malingre, où la foule nous observait. Avait-elle compris ce que j'avais fait ? Si quelqu'un s'était servi d'une longue-vue à ce moment-là…

Par les ossuaires, me dis-je, j'espère que quelqu'un a déjà tué Morthred.

Avec lassitude, je m'appuyai sur mon épée et regardai autour de moi. J'allais devoir descendre péniblement jusqu'à l'océan puis regagner Barbacane-Xolchas à la nage. J'inspirai profondément pour me calmer.

Ce moment de paix fut éphémère. L'instant d'avant, je laissais la tension et la peur me déserter ; l'instant d'après, je regardais un mur de magie carmine s'élever au-dessus de l'eau depuis Barbacane-Xolchas telle une rafale de pluie. *Oh, bordel de merde*, me dis-je. Oh, crétin de pacifiste de gardien de selves, je vais *mourir* !

Voilà, me dis-je avec une certitude aussi nette que le tranchant d'un couteau, ce qu'ont dû voir les Clairvoyants de l'archipel des Dustels lors des derniers instants de l'insulat. Ces volutes de violet, cette masse phénoménale, qui traversait la mer en bouillonnant, dégageant une odeur écrasante à mesure qu'avançait le nuage…

Je compris que je ne pourrais pas l'esquiver. Il ne me ferait peut-être pas directement de mal, mais sa puissance suffirait à détruire le pic sur lequel je me tenais, à le réduire en poussière ou à le faire sombrer sous les vagues. À le détruire comme l'archipel des Dustels.

Gilfeather, me dis-je. Oh, Kelwyn. Si seulement vous n'aviez pas été un homme aussi *bon*…

Je savais sans l'ombre d'un doute que je vivais mes derniers instants.

# 36

## *Kelwyn*

Shavel n'était pas revenu, mais un Dustellois venait d'arriver. J'avais cru au départ qu'il s'agissait de Ruarth mais, dès que l'oiseau se mit à me parler, je compris que c'en était un autre, sans doute une femelle, sans que je sache bien d'où me venait cette intuition. Elle m'annonça que Shavel ne reviendrait pas, car Flamme avait disparu et il craignait qu'elle représente une menace pour la barbacanaire. Shavel ne quittait apparemment pas les côtés de son seigneur insulaire et donnait lui-même les instructions pour retrouver la carministe disparue. Je fus choqué d'entendre Flamme qualifiée de carministe, et tout aussi secoué d'apprendre qu'on la considérait comme un danger pour Xetiana. « Comment ça, disparue ? » articulai-je, proche de la panique.

*Elle a regagné la Maison seigneuriale avec les autres*, me dit l'oiseau, *mais la jeune fille que Xetiana avait chargée de la surveiller ne l'a retrouvée nulle part. Ils sont en train de fouiller les bâtiments et toute la Ville Haute, en ce moment même…*

« Et Ruarth ? »

*Lui non plus ne la trouve pas. Il la cherche.*

Une illusion, me dis-je. Elle s'est servie d'une illusion. Ils la prennent peut-être pour une carministe, mais elle maîtrise encore ses pouvoirs sylves… Mais où irait-elle, et *pourquoi* ? « Ruarth est Clairvoyant, marmonnai-je entre mes dents. Peut-être qu'il va la r'trouver. » Lui au moins pouvait percer ses illusions à jour. « Pis les autres ? Tor et Braise ? Où sont-ils ? »

Mais le Dustellois ignorait ce qui se passait ailleurs.

Je reportai mon attention sur Morthred, en proie à une indécision qui me mettait au supplice. Le Dustellois s'envola.

« Mais *qui* est-ce donc ? » demanda Morthred à Yethrad. Il désignait la direction de l'intervalle séparant la Nageoire de l'Éboulis.

« Je n'en sais rien, répondit Yethrad sans vraiment regarder. De qui parlez-vous ?

— De la femme qui court après l'homme. »

Yethrad scruta les coureurs en plissant les yeux. « Je n'en sais rien. Une de vos sylves, peut-être ?

— Puis-je emprunter votre longue-vue ?

— Bien entendu. » Yethrad lui tendit l'instrument de cuivre. « Elle fonctionne mieux si vous l'appuyez contre un support. Je me sers de la rambarde. »

Alors que je me tenais derrière les deux hommes, je regardai de quelle concurrente ils parlaient. Et je me figeai, sous le choc. *C'était Braise*. Je n'avais pas besoin de longue-vue pour la reconnaître. Elle poursuivait un homme qui s'apprêtait à bondir vers l'Éboulis. J'inspirai, goûtant l'air en quête des émotions du maître-carme, et y trouvai tout ce que je craignais : le soupçon, une bouffée de haine contenue, ainsi qu'une colère aussi froide que la pluie nocturne.

Dédaignant les conseils de Yethrad concernant la rambarde, Morthred avait élevé la longue-vue jusqu'à ses yeux. « La *salope* ! lâcha-t-il, furieux, comme s'il crachait sa haine. Comment a-t-elle *encore* survécu ? »

Yethrad le dévisagea, stupéfait.

Une rafale de vent m'arracha mon couvre-chef et l'emporta par-dessus le bord de la falaise. Au cours de cette fraction de seconde, je compris qu'il était inutile de demander quoi que ce soit aux archers. Je déballai la longue-vue de la barbacanaire et la soulevai par son bout le plus étroit pour abattre le plus lourd, de toutes mes forces, sur la tête du maître-carme. Dans cette même fraction de seconde, une vague de magie carmine se déploya, pour enfler telle une vague monumentale. Faute de la voir, je la sentis. J'avais frappé trop tard pour l'empêcher de lâcher ses sorts.

Le maître-carme s'effondra en avant, sur la rambarde. Je croyais l'avoir frappé assez fort pour le tuer, mais je ne percevais pas l'odeur de sa mort. Le monde sembla devenir fou autour de moi. Des hommes bondirent au bas de leur siège, s'efforçant d'éviter la vague de magie carmine qui jaillissait de Morthred. Des sièges volèrent dans les airs comme s'ils étaient de papier. La rambarde se brisa et des banderoles décoratives se désintégrèrent, léchées par des flammes qui semblaient n'avoir aucune origine logique. Le Capitaine de la Garde fut projeté à l'autre bout de la tribune, terrassé par une force invisible de magie carmine. Il glissa le long des dalles, accélérant progressivement jusqu'à glisser par-dessous la rambarde et disparaître dans les airs par-dessus le Cou malingre. Je le perdis de vue, mais son hurlement résonna longtemps à mes oreilles.

Yethrad s'était levé d'un bond, l'expression horrifiée, dès qu'il m'avait vu frapper. La magie carmine, par caprice, l'avait contourné, si bien que c'était moi, plutôt que les dégâts causés par la magie, qui retenais son attention. Comme je m'apprêtais à frapper de nouveau Morthred, dans une tentative désespérée pour sauver Braise, Yethrad me saisit par le bras et m'arracha la longue-vue. « Mais qu'est-ce que vous *faites* ? » demanda-t-il, totalement incrédule. Je le repoussai, cherchant ma dague. Les gens hurlaient, s'efforçaient tant bien que mal de s'échapper, sans voir la magie ni sentir son odeur, mais soufflés par sa puissance imprévisible comme si elle était tangible. Yethrad me dévisageait, incrédule et horrifié. « Au nom des vents ! *Gardes !* » Il se servit de la longue-vue comme d'une matraque et l'abattit sur mon poignet. Ma dague vola dans les airs.

Personne ne répondit à son appel. Les gardes avaient été projetés dans tous les sens. J'en vis plusieurs valdinguer à travers la rambarde ; d'autres se retrouvaient simplement soufflés vers la rue surélevée, emportés comme du duvet de chardon charrié par le vent. Puis Yethrad lui-même fut heurté par une bulle de magie carmine et se retrouva projeté vers le fond de la tribune comme s'il ne pesait rien. Un coup d'œil alentour m'apprit que plus personne n'était debout.

Création, me dis-je, horrifié, ce salaud a *tué* tout le monde !

Je pivotai à la recherche de ma dague et lançai un coup d'œil à Braise. Elle se tenait là, sur l'Éboulis, les cheveux dénoués par le vent. L'homme qu'elle pourchassait un peu plus tôt reposait à ses pieds, et elle tenait son épée, pointe tournée vers le bas. Il aurait dû m'être impossible de sentir son odeur avec ce vent, et pourtant j'avais conscience de la façon dont sa lassitude avait cédé la place à l'horreur. Une fraction de seconde plus tard, le pic voisin, la Nageoire, frémit comme s'il était heurté par une vague gigantesque. À sa base, du côté qui faisait face à l'Éboulis, la pierre semblait avoir été pulvérisée, sapant ainsi la falaise. Dans les prés du sommet, plusieurs concurrents tombèrent lorsque le sol trembla sous leurs pieds.

Braise avait tourné la tête vers la Nageoire. *Et le pic se mit à pencher.* Lentement, inéluctablement, la Nageoire s'inclina vers l'Éboulis. Braise lâcha son épée et ôta d'un geste vif le harnais qu'elle portait dans le dos. Puis elle s'éloigna d'un bond, progressant à foulées immenses tandis qu'elle descendait les rochers de l'Éboulis à toute allure en direction de l'océan. Elle prenait des risques et faillit voler dans les airs tandis qu'elle descendait d'un bloc à l'autre, atterrissant lourdement mais toujours debout. Je l'observai, le cœur battant la chamade. Je m'attendais à la voir tomber, se casser la jambe en atterrissant, glisser et plonger dans l'une des nombreuses ravines et crevasses qui parcouraient le pic. Glisser dans la mer de beaucoup trop haut…

Horrifié au point de ne plus pouvoir penser rationnellement, je ne pus que regarder le pic de la Nageoire basculer tout entier contre l'Éboulis, comme un vieil arbre privé de ses racines. Des oiseaux s'élevaient des falaises en dessinant des motifs noirs et blancs de colère, hurlant sans fin tandis que de violents tourbillons d'air les emportaient. Tandis que le sommet de la Nageoire s'inclinait, il y eut un instant d'absurdité totale où une ferme, avec son verger et ses dépendances, sembla rester suspendue dans les airs, évoquant une création spectrale des nuages de poussière de roche qui l'entouraient. Un troupeau de moutons dévala le pré comme des billes sur une pente et jaillit dans le vide. Leur chute vers la mer sembla lente et infinie. Je voyais aussi des gens agripper désespérément l'herbe comme s'ils pouvaient se sauver en s'accrochant à un terrain qui n'avait plus de base solide. Le sommet de la Nageoire heurta le bord de l'Éboulis et une véritable avalanche de fragments se mit à cascader, suivant Braise à une vitesse implacable et terrifiante. Inexorablement, les gens de la Nageoire disparurent derrière un voile de poussière et d'embruns tandis que le reste du pic plongeait dans l'océan ou s'écrasait contre les falaises du côté nord de l'Éboulis. De gros fragments creusaient dans l'eau des cratères éphémères. De l'eau jaillissait en fontaines puis retombait en trombes. La surface de l'océan se soulevait, des vagues enflaient, de profonds canaux se creusaient et s'étiraient, éparpillant ou submergeant les bateaux.

À mes pieds, Morthred gémissait et remuait. La magie carmine se dégageait de lui en un flux d'abjection sans cible définie, dont l'intense puanteur m'empêchait presque de respirer. Je le fis rouler sur le dos et cherchai ma dague. Alors que je me penchais pour le tuer, il ouvrit les yeux qu'il braqua vers les miens. J'hésitai, soudain incapable de tuer un homme qui soutenait mon regard. « *Qui* êtes-vous ? » demanda-t-il. Il ne m'avait jamais vu de sa vie ; il n'avait sans doute *jamais* vu d'homme des Prairies et je l'intriguais sincèrement.

Une vague de magie carmine, ciblée cette fois, m'envoya sa puanteur en pleine figure. Je la sentis passer, soulagé que le vent chasse ce miasme écœurant. Ses yeux se plissèrent de dépit face à mon absence de réaction ; puis il se releva d'un bond pour se jeter sur moi avec une force et une énergie surprenantes. Je tentai de m'écarter et perdis ma dague dans le feu de l'action. Ses mains se refermèrent autour de ma gorge.

« Sale monstre de Clairvoyant ! Je te tuerai pour ça ! » siffla-t-il en me secouant. Il était bien plus fort que je ne m'y attendais, et je ne m'étais pas battu depuis l'époque où Jaim et moi nous bagarrions gamins sur les pentes des collines des Prairies célestes. Retrouvant ces souvenirs d'enfance, je passai un pied derrière son genou et projetai tout mon poids sur lui. On tomba ensemble, mais je me trouvais au-dessus. Sa tête saignait et il aurait dû avoir une migraine de tous les diables, mais il ne semblait pas affecté. Des sorts curatifs carmins, me dis-je. *Oh non*.

Il parvenait à garder les mains autour de ma gorge et continuait à serrer. Je lui tordis le nez, très fort, puis lui plantai le pouce dans l'œil. Il hurla alors et relâcha mon cou. Les vestiges d'une chaise de bois s'enflammèrent tout près. Il nous fit rouler dans cette direction et tenta de me jeter dans le feu. Je dus faire appel à toutes mes forces pour résister. Il m'agrippa les cheveux et me cogna la tête contre le sol. D'un coup violent du talon de ma main, je lui cassai le nez. Il me lâcha et se releva d'un bond en jurant. Des gouttelettes de sang coulèrent de ses narines et il fut pris d'un haut-le-cœur, s'étouffant presque. Le sang cessa de couler, beaucoup trop vite pour que ce soit naturel, et il inspira profondément. Il agrippa l'un des poteaux soutenant les banderoles qui reposait, brisé, contre les vestiges de la rambarde. Le drapeau en lambeaux, à son extrémité, se mit à brûler, et il me jeta ce poteau comme une lance. Je trébuchai et me retrouvai, l'espace d'un instant de panique, enveloppé de flammes et de fumée lorsque toute cette masse de matière ardente se répandit sur tout mon corps. Terrorisé, je l'écartai, me brûlant les mains au passage, et m'éloignai d'une roulade.

Quand je levai les yeux, Morthred avait disparu.

Je regardai frénétiquement tout autour de moi mais ne le vis nulle part. Les gens que j'avais crus morts s'agitaient, gémissaient, vomissaient. Une nouvelle escouade de gardes traversait le toit à pas lourds pour venir leur porter secours.

Je me retournai à la recherche de Braise. Comme le combat m'avait paru durer une éternité, je fus stupéfait de la voir toujours en train de fuir le chaos qui menaçait de la terrasser par-derrière. Elle se jetait entre les colonnes de pierre avec l'énergie du désespoir. Alors même que je craignais que l'avalanche l'ait ensevelie, je l'apercevais de nouveau, bondissant toujours, accomplissant ce qui me semblait un impossible exploit. Un saut final la conduisit au sommet d'une mince colonne de pierre, d'une largeur de cinq foulées maximum, au bord de l'océan, toujours loin au-dessus de l'eau. Alors seulement, elle se retourna pour regarder derrière elle.

La pierre continuait à s'effondrer, se déversant dans la mer à la base de la colonne. Braise s'agenouilla en tremblant tandis que le sol, en dessous d'elle, frémissait sous l'impact. Le bruit s'estompa progressivement, bientôt couvert par les cris des oiseaux de mer. Par miracle, la colonne tenait toujours debout. Braise rampa jusqu'au bord et regarda en bas. Une série de vagues, séparées par des creux bouillonnants, jaillissaient du Cou malingre pour aller s'écraser au pied de sa tour, l'une après l'autre. La colonne vacillait.

Horrifié, je compris qu'il lui serait impossible de survivre à cet assaut. Braise le comprit elle aussi, car elle se releva tant bien que mal et s'élança après trois foulées par-dessus l'océan, minuscule silhouette se détachant sur une vaste vague bleue en arrière-plan, qui engloutit l'emplacement où elle s'était tenue. Quand l'eau se retira, la colonne de pierre avait été anéantie comme si elle n'avait jamais existé.

Alors seulement, je vis que Tor Ryder et Dek se tenaient près de moi, agrippant les vestiges de la rambarde avec la même émotion intense que moi. Ryder avait reçu une sorte de plaie à la tête ; il avait du sang séché dans les cheveux. Il tourna la tête pour me regarder, et je compris que mon visage reflétait un choc identique à celui que je lisais sur le sien. Pour les mêmes raisons.

« J'espère pour vous, Gilfeather, que vous ne l'avez pas tuée », dit-il calmement.

Je gardai le silence, incapable de répondre. Et même de réfléchir.

Ravalant l'humeur vengeresse que la magie carmine faisait naître en lui, il ajouta, rassurant : « Elle a davantage de vies qu'une pieuvre n'a de tentacules. Et elle sait nager. »

Je me détournai le premier pour regarder derrière nous.

Yethrad se disputait violemment avec Shavel et me désignait par gestes, exigeant l'arrestation de l'agresseur de Gethelred. D'autres courtisans les entouraient, en proie à différents stades de choc qui se manifestaient aussi bien sous forme de discussions animées ou de sanglots incontrôlables que de vomissements.

« Où est Morthred ? demanda Ryder.

— J'n'en sais rien, répondis-je. Il… il a disparu. »

Il me dévisagea, incrédule. « *Vous l'avez laissé filer ?* »

Je tressaillis, penaud. « Il s'est volatilisé. On se battait, il m'a lancé un drapeau en flammes. J'ai eu du mal à m'en dépêtrer… pis quand je me suis libéré, il n'était plus là. Et des gens arrivaient. Il a dû comprendre qu'on avait vu clair dans son petit jeu, pis il s'est enfui.

— Dans quelle direction ? »

Je m'obligeai à réfléchir, à raisonner. Dek et Ryder avaient remonté le toit depuis le centre-ville et aucune illusion n'aurait pu leur cacher Morthred. Et il n'était pas passé près de moi, j'en étais persuadé. Je désignai un étroit ruban de terre courant le long du promontoire qui bordait les murs des premières maisons de la ville. « Il a dû partir par là. » Les banderoles qui ornaient ces bâtiments l'avaient sans doute caché à ma vue.

Ryder n'attendit pas que je termine. Il appela Shavel et quitta la tribune quelques instants plus tard en compagnie de Dek, du Securia et des gardes pour suivre le chemin qui se faufilait entre les murs des maisons et un à-pic promettant une chute vertigineuse vers l'océan.

J'aurais dû les accompagner. Ma capacité à repérer la magie carmine à l'odeur dépassait celle de Ryder ou de Dek ; j'aurais pu leur être utile. Mais ils m'ignoraient et j'éprouvais un épuisement tout autant émotionnel que physique. Même maintenant que mon rôle paraissait terminé, j'étais malade d'inquiétude pour Braise. Étais-je arrivé trop tard pour elle, comme pour les habitants de la Nageoire ? Des gens étaient morts parce que j'avais hésité. Mes mains se mirent à trembler.

Yethrad, abandonné par Shavel et les gardes, me lança un coup d'œil furieux et s'éloigna d'un pas vif en direction des rues surmontant les toits, suivi d'autres courtisans mal en point. Pendant ce temps, les gens de la ville fabriquaient des civières de fortune à partir des chaises et rambardes brisées afin de transporter les blessés les plus graves. Avec lassitude, je m'appuyai aux vestiges de la rambarde et regardai l'emplacement où s'était dressée la Nageoire. Une partie était encore visible par-dessus les vagues : vestiges blancs de falaises et de rochers, jaillissant telle une dent brisée au cœur d'une mer démontée. Au-dessus, des oiseaux hurlaient leur incompréhension. Le long du Cou malingre, les restants de la flottille de bateaux de plaisance tournoyaient comme des scarabées, tandis qu'ils fouillaient les décombres en quête de survivants. Peut-être que l'un d'entre eux retrouverait Braise…

Je me penchai aussi loin que je l'osai, pour voir si qui que ce soit naviguait dans la zone où elle avait disparu, et vis à mon grand soulagement que de nombreux bateaux et poneys de mer se trouvaient toujours là, tout au fond de l'étroite voie navigable.

Puis je le vis, juste au-dessous de moi. Morthred. Il ne s'était pas enfui le long du promontoire ; il avait enjambé le bord de la falaise pour descendre la paroi rocheuse. Il comptait sans aucun doute recourir à ses pouvoirs d'illusion et de coercition pour appeler un canot à son secours une fois qu'il atteindrait le niveau de l'eau, mais il devait d'abord y parvenir et n'avait en fait pas progressé très loin. Sa descente le long du réseau de cordes utilisé par les ramasseurs de guano était lente, ses mouvements étudiés, parodie d'araignée traquant sa proie le long de fils de soie.

L'odeur de la magie carmine et de la peur s'élevait par volutes.

Il me fallut un moment pour comprendre.

Il avait peur. Non, plus que ça. Il était *terrifié*. Je n'avais pas besoin de son odeur pour le comprendre. La lenteur de sa descente, la prudence avec laquelle il cherchait les cordes à tâtons, la rigidité avec laquelle il refusait de regarder en bas pour trouver où appuyer les pieds, ses longues pauses entre deux mouvements, ses tressaillements chaque fois qu'un oiseau de mer le frôlait en adressant des hurlements de défi à cet intrus... Morthred, qui avait terrorisé et massacré sans scrupules lors de son ascension vers le pouvoir, qui avait délibérément choisi de devenir ce qu'il était, souffrait de vertige. Paradoxalement, j'admirais presque la ténacité avec laquelle il poursuivait ; il fallait du courage pour entreprendre une telle descente quand on souffrait de vertige.

Je cherchai derrière moi ma dague là où elle reposait sur la tribune puis m'engageai par-dessus le bord de la falaise. J'avais peur de beaucoup de choses, et Morthred occupait le haut de la liste, mais pas de l'altitude. Malgré tout, le calme que j'éprouvais paraissait presque surnaturel. J'avais décidé que je remporterais la partie ou mourrais et, une fois cette idée intégrée, je cessai de craindre le maître-carme. Je descendais vite, en me servant des cordes, des saillies et des trous où nichaient les oiseaux, avec une assurance anormale pour quelqu'un d'aussi maladroit. J'ignorais les oiseaux, alors que la vue d'une créature dont l'envergure égalait ma hauteur, fendant les airs à quelques centimètres de ma tête, aurait dû me perturber.

Il ne me fallut pas longtemps pour rejoindre Morthred.

Il me vit lorsqu'il leva les yeux. Toute son arrogance et son charme volatilisés, ne restaient que sa peur de tomber ainsi qu'une rage ardente – pas seulement contre moi, mais contre tout ce qui avait modifié sa situation. Il avait dû lire la résolution dans mes yeux, mais il avait du mal à la prendre au sérieux. Il savait déjà qu'il me manquait le caractère implacable d'un véritable tueur.

Je sentis l'odeur de la magie carmine lorsqu'il lança un sort, mais j'ignorais quelle était sa cible avant de voir brûler les cordes au-dessus de ma tête. Des fils se dissocièrent, le réseau se desserra puis céda. Je m'accrochai à la paroi rocheuse pour m'écarter des cordes et me hissai sur une étroite saillie située juste au niveau de sa tête. Plusieurs des oisillons les plus gros, perchés dans les trous où ils nichaient, sifflèrent à mon intention avec une indignation justifiée, puis vomirent le contenu malodorant de leur estomac pour signifier leur mécontentement.

Je m'y accroupis, doigts accrochés aux fissures de la roche pour éviter le gros de la chute de pierres. La majeure partie lui retomba dessus. « Les gens n'devraient jamais faire de feu dans des cabanes de paille », lui dis-je. Sa partie du réseau était déjà moins stable ; les cordes s'affaissaient et chacun de ses mouvements le faisait s'écarter brièvement de la falaise. Je me demandai de combien de temps je disposais avant qu'il décide, puis qu'il allait mourir, qu'il valait tout aussi bien m'emporter avec lui.

Il cracha de la poussière de roche. « *Qui êtes-vous ?* » Ces mots me brûlèrent l'esprit. C'est un sort coercitif, me dis-je. Mais au lieu d'être contraint à répondre, j'étais amusé par son insistance, intrigué qu'il lui importe tant de connaître l'identité de son agresseur, perplexe qu'il essaie même de recourir à la coercition alors qu'il m'y savait déjà insensible.

Je tirai ma dague. « Personne. Juste un type ordinaire, comme tous ceux qu'vous avez torturés pis tués au cours de votre vie misérable, Morthred. Mais c'qui me différencie d'eux, c'est qu'c'est moi qu'vais vous tuer. » Je n'écoutais même pas ce que je disais ; mon esprit s'emballait, cherchant comment m'en prendre à lui. Réfléchissant au meilleur moyen d'en finir.

« Je peux vous offrir tout ce que vous voulez, des richesses qui dépassent vos rêves les plus extravagants…

— Je n'veux rien qui vienne de vous. »

Il dut entendre ma sincérité, car je lus un éclat furtif dans son regard : le doute. « Le pouvoir, insista-t-il. On pourrait aller loin, vous et moi. Avec votre Clairvoyance et ma magie. » Il avait accroché un bras au réseau de cordes. L'autre main accrochait une petite protubérance rocheuse juste au-dessous de ma saillie. Je me levai et, d'un geste rapide, j'abattis ma botte sur ses doigts, très fort, et eus la satisfaction de sentir l'odeur de ses os en train de se casser. « Pour Lyssal », déclarai-je. Un mensonge : j'avais juste besoin de justifier cette cruauté à mes propres yeux.

Il hurla et ma botte se mit à fumer, mais la magie ne parvint pas à trouver prise. Je levai le pied et il retira la main. J'avais réussi à l'estropier. Son autre main, agrippant toujours les cordes, avait plusieurs doigts manquants. Braise lui avait fait la même chose à la Pointe-de-Gorth.

Il risqua un coup d'œil en bas. Les vagues n'étaient guère plus que des gribouillis. Personne ne pouvait survivre à une chute de cette hauteur. Je me demandai s'il lui restait assez de puissance pour raser Barbacane-Xolchas et nous tuer tous.

« Viens me chercher, crinière de tomatl… » me hurla-t-il, mais, malgré sa colère, il ne parvenait pas à cacher sa peur.

Et il me prenait pour plus bête que je n'étais. « Les lions des herbes acculés sont ceux qui griffent le plus fort », affirmait un célèbre dicton du Toit mekatéen. Je regardai autour de moi. Une pierre délogée par son pouvoir était tombée près de moi sur la saillie. Je la ramassai des deux mains. Elle faisait la taille d'une citrouille des Prairies et elle était beaucoup plus lourde. Je la soulevai directement au-dessus de sa tête. Il leva les yeux. « Tout ce que vous voudrez », dit-il d'une voix dont le calme ne reflétait pas la peur que je sentais dans sa sueur. « Je vous donnerai tout. Vous n'avez qu'à demander. Que voulez-vous, Mekatéen ? La richesse ? Le pouvoir ? Des femmes qui vous obéissent au doigt et à l'œil ? »

Quelque chose en moi se réjouit. En cet instant, il se trouvait réduit à rien. Ce n'était plus là le terrible maître-carme qui avait englouti l'archipel des Dustels, le sorcier redoutable qui avait corrompu des sylves du Conseil des Vigiles, l'homme puissant qui avait violé et torturé partout où il passait dans les Glorieuses. Il aurait pu recourir aux vestiges de sa magie pour que nous fassions tous deux une chute mortelle, mais la peur de mourir le paralysait. C'était un homme ordinaire, effrayé de voir sa fin si proche, qui ne différait en rien de nous tous, et marchandait pour sauver sa peau dans ses derniers instants. Lors de cette brève seconde, je faillis éprouver de la compassion. Je *faillis*.

Je lâchai la pierre.

Pourtant, ce ne fut pas si simple, même alors. Il lança un trait de magie carmine qui fit éclater la pierre en un millier de fragments. Je me retrouvai aspergé d'éclats, et l'impact de l'explosion m'écorcha la peau du visage et des mains. Poussière et cailloux retombèrent sur lui et il leva sa main blessée pour s'en protéger. C'était l'occasion. Je me jetai à plat sur la saillie, l'agrippai par les cheveux puis, d'un mouvement fluide, lui tranchai la gorge à l'aide de ma dague. En voulant m'en empêcher, il lâcha la corde de sa main valide et me saisit le poignet. Puis il se mit à tomber, m'entraînant avec lui.

Je lâchai la dague tandis que son poids m'attirait au bas de la saillie. Je saisis le réseau de cordes de ma main libre. L'espace d'une seconde terrifiante, ce fut tout ce qui nous empêcha de plonger tous deux dans l'océan. Avec une extraordinaire clarté d'esprit, je compris que tout allait dépendre de celui d'entre nous qui tiendrait le plus longtemps… ou de la solidité des cordes. Une grande partie du réseau, juste au-dessus de nous, était déjà brûlée ou déchiquetée.

Du sang coulait de sa gorge entaillée. Je compris à ma grande consternation que je n'avais pas tranché la carotide. Il n'allait pas se vider de son sang, pas encore en tout cas. Il darda sur moi un regard brûlant de haine. Et malgré tout, il m'interrogeait toujours, désireux de savoir, alors même que plus un son ne sortait de ses lèvres. *Qui êtes-vous ?* Son emprise était solide malgré ses doigts manquants. *Qui... ?* Je me sentis comme déchiré en deux. Il tendit l'autre bras pour tenter de l'accrocher aux vestiges du réseau. Je compris qu'il fallait que je l'en empêche. Je ne pouvais pas me permettre de lui en laisser le temps ; il me tuerait d'une manière ou d'une autre, ou il nous tuerait tous. Je lui balançai donc un coup de pied dans la gorge, enfonçant la pointe de ma botte dans la plaie béante avec une sauvagerie qui m'aurait autrefois fait honte. Sa tête heurta la paroi rocheuse alors même que sa gorge se déchirait et que le sang jaillissait de l'artère. Sa main perdit prise et glissa sur mon poignet. Puis son corps tomba en chute libre et je restai accroché seul à la corde, essoufflé.

Je le suivis du regard tandis qu'il tournoyait dans les airs en silence. Ça sembla prendre une éternité. Je compris le moment où ça se produisit, aussi sûrement que si j'avais écouté les battements de son cœur : je reconnus l'odeur de la mort. Le bruit d'éclaboussures, lorsque son corps atteignit l'eau la seconde d'après, parut dérisoire et insignifiant, pas le genre de fin qu'on prédirait à un homme qui avait détruit une nation.

Je croyais avoir vécu assez d'horreurs, assez de tout, pour la journée. Mais alors même que je levais les yeux pour entreprendre de remonter, un homme nu dégringola dans les airs près de moi. Il poussait des hurlements, des cris atroces d'animal acculé. Il heurta une saillie avec un bruit écœurant que j'espère ne plus jamais entendre de ma vie, puis tomba en silence et continua à dégringoler, inerte, jusqu'à la mer.

Je n'y comprenais rien. C'était absurde. Sa nudité défiait toutes les explications qui me passèrent par la tête. Je gravis la paroi, traversé de pensées décousues, concentré sur mon seul désir de regagner la ville. Quand j'atteignis le sommet, ce furent Dek et Ryder qui m'aidèrent à franchir le rebord.

« Nous vous avons vu vous battre depuis le haut du promontoire, dit calmement Ryder, alors nous sommes venus. C'était *vraiment* Morthred ? Il est mort ? » Il paraissait curieusement éteint. Son odeur trahissait une ferme emprise sur le choc qu'il éprouvait.

Je hochai la tête.

« Vous en êtes *sûr* ?

— J'ai senti l'odeur de sa mort. »

Au fond de la tribune, le corps d'un autre homme nu reposait sur les dalles, le visage fracassé, les membres tordus selon des angles anormaux.

« Qui... qui était-ce ? » demandai-je sans comprendre.

*Et qui était l'homme que j'avais vu chuter dans l'océan ?*

Tout autour de moi jaillissaient des cris d'angoisse irréels, inhumains, comme s'il s'était produit lors de ma brève absence une catastrophe qui avait en partie consumé la vie de la cité. Je me mis à trembler, agité de frissons incontrôlables.

« Je n'en sais rien », répondit Ryder.

Je flairai chez le patriarche une réticence à formuler ses pensées. Il y avait là du chagrin, de la fureur, et surtout du choc ; un mélange d'émotions trahi par sa posture autant que son arôme. Je me retournai vers lui pour l'interroger du regard, tout en sachant bien que la réponse ne me plairait pas.

Il répondit : « Je crois que… qu'il pourrait s'agir de Ruarth. »

J'examinai cette idée sous tous les angles, cherchant à comprendre ce qu'il ne disait pas.

« Cet homme est tombé du ciel alors que nous revenions, m'expliqua Ryder. De nulle part.

— Y en a p-p-plusieurs autres là-bas aussi, ajouta Dek, secoué. Des g-g-gens nus. Des hommes, des femmes. Un garçon de mon âge. Ils se sont tous… *écrabouillés* en tombant. » Il ouvrait de grands yeux aux pupilles dilatées. Il avait voulu de l'action ; maintenant qu'il en avait vu, il ne savait pas comment réagir.

Je restai encore un moment sans comprendre. Je me retournai vers les vestiges de la Nageoire et de l'Éboulis, vers la mer où Braise était peut-être ou non en vie quelque part, et enfin vers le corps nu sur le sol de la tribune. Puis, lors d'un moment de révélation fulgurante, mon univers changea à jamais.

Je tombai à genoux.

J'avais été tellement aveugle. Tellement persuadé que la magie n'existait pas. Que le peuple des Dustels n'avait pas réellement été ensorcelé par Morthred le Dément, Gethelred de Skodart.

« Oh, bleu du ciel, murmurai-je, *qu'est-ce que j'ai fait ?* »

## 37

### *Kelwyn*

Je garde un souvenir du trajet de retour jusqu'au centre de la Ville Haute. Une foule s'amassait le long d'une des rues surmontant les toits, les yeux baissés vers la corniche surmontant une fenêtre. Une fillette était assise sur cette étroite saillie rocheuse. Elle était nue et devait avoir dans les trois ans. Elle pleurait de terreur. Un garde du palais s'efforçait de tendre le bras pour l'attirer en lieu sûr, mais elle avait tellement peur de lui qu'elle tenta de s'échapper de la seule façon qu'elle connaissait. Elle tendit les bras et s'élança dans le vide…

Je me dirigeai tout droit vers ma chambre pour y prendre ma trousse de médecin, puis demandai à l'une des bonnes la route de l'hospice le plus proche de la Ville Haute.

Je ne me rappelle pas grand-chose du reste de la journée, ni de la nuit. Les gens défilèrent, avec des fractures osseuses et des blessures internes pour la plupart, et il y avait trop de médecins et aucun guérisseur sylve. Et beaucoup de victimes étaient si jeunes… Au bout d'un moment, toutes finirent par se confondre. Encore un corps broyé. Encore des membres brisés. À moins qu'il ne se soit agi des mêmes, à répétition ? Je n'en savais plus rien.

Quand on cessa enfin d'amener de nouveaux patients, tard le lendemain, je regagnai la Maison seigneuriale. Alors que je quittais l'hospice, je vis la pièce où l'on entassait les morts pour les identifier. La plupart étaient nus.


Je me rappelle être resté un long moment assis dans le noir dans ma chambre. Je crois n'avoir pas pensé à grand-chose. La vérité était trop grande, trop affreuse, trop énorme à accepter, sans parler de l'examiner en détail. Alors je restais assis sans rien faire.

J'eus vaguement conscience de voir Dek entrer, se plaindre que ce n'était pas juste que les autres se soient amusés la veille alors que lui était resté planté près d'un pont que personne n'utilisait jusqu'à ce que Tor passe à toute allure et l'emmène avec lui. Et même lorsqu'ils avaient atteint la tribune, ils n'avaient rien eu à y faire d'utile.

Voyant que je ne réagissais pas, il s'en alla.

Quelques minutes plus tard, Fouineur passa par la porte ouverte. Il posa le menton sur mon genou et se mit à geindre. Lui aussi avait été exclu de tout la veille : comme il était vulnérable à la magie carmine, Braise l'avait enfermé dans sa chambre. N'obtenant pas de réaction non plus, il repartit lui aussi.

Une atroce léthargie semblait m'avoir envahi, au point qu'il devenait trop fatigant de parler ou même de tapoter la tête d'un chien.

Braise apparut ensuite. Je ne m'en étonnai pas ; quelqu'un, j'oubliais qui, m'avait déjà dit qu'elle était en vie. L'un des canots l'avait repêchée dans l'océan, amochée, épuisée, mais indemne. Elle referma la porte derrière elle, sans un mot. Elle alla dans la salle de bains, ouvrit le robinet pour remplir la baignoire d'eau chaude et fumante. Puis elle revint s'agenouiller à mes pieds et délacer mes bottes. Elle n'avait pas dit un mot. J'avais conscience de sa présence, mais d'une manière vague et distante, comme si je regardais tout ça arriver à quelqu'un d'autre, et à travers une brume, par ailleurs.

Je la laissai mollement ôter ma chemise ensanglantée. Une partie de moi avait conscience du sang, de son atroce odeur, mais je paraissais incapable de bouger de mon propre gré. Elle me tira par la main pour que je me lève, sans résister davantage. Elle fit glisser à terre mon pantalon et mes sous-vêtements et me poussa vers la baignoire. Mon absence d'embarras en dit long sur la confusion qui m'avait envahi. Je n'éprouvais *rien*.

Je suppose qu'elle me lava, mais je ne m'en souviens pas. Peut-être même m'aida-t-elle ensuite à me rhabiller, car le souvenir le plus clair que j'aie ensuite est de me trouver assis au bord de mon lit dans une tenue propre. Et de la voir assise face à moi sur une chaise, les genoux touchant les miens. Elle m'entourait le visage des deux mains afin de m'obliger à la regarder. À croiser son regard.

« J'suis désolé d'avoir été en colère contre vous, lui dis-je en référence à notre dernière conversation privée. Au sujet de Flamme. » Ça paraissait important de le dire. Je lui avais crié dessus en proie à une colère terrible, puis, quand j'avais cru qu'elle allait mourir, j'avais eu honte de cette colère.

« Je le sais bien, répondit-elle. Et je suis désolée de ce que je vous ai dit, et de la façon dont je l'ai fait. » Elle me toucha doucement la joue, comme à un enfant. « Kel, nous n'avons aucune certitude qu'il se soit agi du corps de Ruarth. Ç'aurait pu être n'importe quel Dustellois. » Elle le répéta deux fois, jusqu'à ce que j'entende et comprenne réellement ce qu'elle me disait.

« Je sais que c'n'était pas lui, dis-je enfin en m'obligeant à penser à quelque chose de bien trop atroce pour que je puisse jamais l'accepter. C'n'était pas son odeur. Mais quelle différence ? S'il n'est pas rev'nu, on sait très bien qu'il est mort. »

Elle baissa les mains de mon visage pour serrer les deux miennes, très fort. « Kel… »

Je l'interrompis. « Tous les Dustellois qui étaient en vol, Braise, dans toutes les îles. Réfléchissez-y un moment. Une mère, par exemple, qui apportait à manger à ses p'tiots. Ou un oisillon qu'apprenait à voler. Ou un groupe qui partait chercher de la nourriture. Pis combien d'autres ? Combien de *milliers* ? Dix mille ? Cinquante ? Cinq *cent* mille ? Est-ce qu'on le saura jamais ?

— Non, répondit-elle doucement. Non. On ne le saura jamais. »

Je la dévisageai. J'aurais voulu qu'elle nie mes paroles. Qu'elle me dise que tout allait bien, que tout ça n'était pas vrai. Que je me trompais. Au lieu de quoi elle répondit : « Nous allons tous apprendre à vivre avec ça, Kel, tout comme nous apprenons à vivre avec l'idée de mourir un jour. Ce n'est pas vous qui les avez tués. C'est Morthred. Morthred-Gethelred, Seigneur de Skodart, c'est lui le meurtrier. Il les a assassinés le jour où il a transformé leurs grands-parents et arrière-grands-parents en oiseaux, il y a quatre-vingt-dix ans. »

Je cherchai mes mots, incapable d'élever ma voix au-delà du murmure. « J'n'y croyais pas, v'savez. Pas vraiment. Je n'croyais pas tout c'que vous m'aviez dit sur la magie carmine. Je me croyais plus malin. Je pensais que la science avait réponse à tout. Que la magie carmine était une maladie. Que les Dustellois n'avaient jamais été humains, qu'c'était juste un mythe. Et donc que tuer le maître-carme n'y changerait rien. J'étais tellement persuadé… » Je m'interrompis. « Tellement arrogant et persuadé de tout savoir. » Je ravalai mes larmes. « Mais *eux*, Braise, ils savaient la vérité. Ruarth. Les Dustellois de Xolchas, Comarth et les autres. Alors pourquoi ont-ils continué à voler ? *Ils savaient tous que Morthred allait mourir hier.*

— C'étaient des oiseaux, Kel. Peut-être qu'il était inconcevable pour eux de ne pas voler.

— Il doit y avoir autre chose.

628

— J'ai tenté de parler aux survivants. Je voulais retrouver Ruarth. Mais la communication est difficile. Ils n'ont pas appris à parler. Ils essaient encore de… de pépier, de battre des ailes. » Elle déglutit. « C'est atroce. Ils ne se *reconnaissent* même pas entre eux. Ils n'ont pas la moindre idée de ce à quoi ressemble leur famille. Ils n'arrivent pas à retrouver ceux qu'ils aiment. Ils ne peuvent même pas dire leur propre nom. » Elle inspira profondément. « Xetiana a demandé aux gardes d'aller secourir les… les enfants coincés sur les bords de fenêtres et les toits. Et les adultes aussi. Tout le monde n'est pas mort, vous savez. »

Je frissonnai en imaginant tout ce qui avait dû se passer ce jour-là, dans l'ensemble des Glorieuses. « Création, Braise, chuchotai-je, un corps qui tombe du ciel peut faire de ces dégâts… Il n'y a pas que les Dustellois qui soient morts hier. » Je décrivis un geste, impuissant à m'exprimer. « Il y en avait d'autres à l'hospice… »

Elle baissa les yeux vers nos mains serrées. « Je sais.

— Pis la Nageoire. J'n'ai pas tué Morthred assez tôt pour les gens de la Nageoire… Comment… comment est-ce que je peux continuer à vivre ? *Avec cette culpabilité ?* »

Elle garda un moment le silence avant de répondre : « Vous avez fait de votre mieux. Comment quiconque pourrait-il en faire plus ? »

Elle croisa et soutint mon regard. Je demandai calmement : « Braise, vous *saviez* c'qui allait se passer ? »

Elle fit signe que non. « J'avais posé la question à Ruarth. Évidemment. Flamme aussi. Vous croyez que nous n'avions pas réfléchi à tout ça depuis longtemps ? Il nous avait dit de ne pas nous en inquiéter. Il avait affirmé à Flamme que ça se produirait assez lentement pour que tout Dustellois en vol ait le temps d'atterrir… » Elle baissa les yeux, l'air malheureux. « Et elle l'a cru. J'étais moins convaincue. Ils sont devenus des oiseaux instantanément ; pourquoi en serait-il autrement de la transformation inverse ? Plus tard, il m'a pris à part pour me dire que de nombreux Dustellois croyaient qu'ils ne seraient jamais autre chose que des oiseaux. Ils n'avaient pas été transformés par magie carmine, *eux*, vous comprenez ; seulement leurs grands-parents et arrière-grands-parents, et tous ceux de ces anciennes générations étaient morts. De nombreux Dustellois croyaient donc que tuer Morthred ferait ressurgir l'archipel, mais qu'eux-mêmes ne subiraient aucun changement parce qu'ils étaient nés oiseaux…

— Et ils se trompaient.

— Oui, ils se trompaient. » Elle baissa les yeux. « Ruarth m'a dit un jour que tous les oiseaux dustellois étaient prêts à mourir pour que les Dustellois humains puissent rentrer chez eux… Sur le moment, je n'y avais pas réfléchi, mais je crois maintenant que c'est ce qu'il avait voulu dire. S'ils mouraient en même temps que Morthred, alors ils étaient prêts à l'accepter. Mais ils ne pouvaient pas s'empêcher de voler. C'étaient des oiseaux. Ce serait comme si l'on nous conseillait de ne pas marcher parce que ça pourrait nous tuer.

— Il m'avait dit qu'il tuerait Morthred lui-même s'il le pouvait. Pis que je n'devais pas me r'tourner. J'n'avais pas compris c'qu'il voulait dire. Mais il savait que ce serait peut-être à moi de tuer le maître-carme…

— De bien sages paroles. » Elle me regarda de nouveau dans les yeux. « Kel, si eux ont pu l'accepter, on doit le faire aussi. »

Je crois que c'est une des choses que j'ai toujours appréciées le plus chez Braise : sa franchise quelque peu brutale. Elle n'habillait jamais les choses de jolis mots ni d'hypocrisie. *Ils sont morts, Kel. Apprenez à vivre avec.* Voilà cinquante ans que j'essaie…

« À votre avis, qu'est-il dev'nu ? lui demandai-je.

— Ruarth ? Avec Tor, et puis Dek… On l'a cherché partout. Cela dit, on ne le reconnaîtrait peut-être pas. Mais je suis sûre que Fouineur pourrait.

— Et ?

— Il y avait un Dustellois qui volait le long de la falaise en direction de Port-Xolchas quand Morthred a été tué. Les gens l'ont vu tomber sur les rochers puis dans la mer. On n'a pas trouvé son corps, mais personne ne doute qu'il ait été tué. Nous… pensons que c'était sans doute Ruarth.

— Pourquoi ? Qu'est-ce qui vous le fait penser ?

— Parce qu'il aurait suivi Flamme. »

Puis je me rappelai pourquoi nous étions tous ici en premier lieu. « Flamme ? demandai-je, abasourdi de l'avoir totalement oubliée pendant un certain temps. Où est Flamme ? Comment va-t-elle ? »

Elle hésita et je perçus l'odeur de sa détresse. De son chagrin.

Une nouvelle vague de terreur m'envahit. Encore un de ces moments où je ne voulais rien savoir et ne pouvais accepter l'inacceptable. « Oh, bave de selve, dis-je, de nouveau pris de nausée. Elle est *morte* ?

— Non, non, s'empressa de répondre Braise. Non. On pense qu'elle est partie à bord de l'*Affable*. »

Je la dévisageai, stupéfait.

« Vous savez qu'elle a disparu lors du trajet de retour de la tribune vers sa chambre. C'était délibéré… elle a dû recourir à des illusions. L'*Affable* a pris le large peu de temps après. Les deux femmes sylves corrompues se trouvaient toujours à bord – celles qui ne savaient pas nager, rappelez-vous – ainsi que tout l'équipage asservi. Nous pensons que Flamme devait également se trouver à bord.

— Et les autorités du port n'ont rien fait pour les *arrêter* ? J'ai cru comprendre qu'il y avait des gardes munis d'arbalètes, qui avaient reçu des ordres…

— Ils n'ont pas vu partir le navire.

— Des illusions, là encore. »

Braise hocha la tête. « Je crois que ça devait être elle, pas les deux autres.

— Mais *pourquoi* ? Pourquoi est-ce qu'elle serait partie ? »

Braise haussa les épaules. « Peut-être qu'elle vous a reconnu et qu'elle a compris qu'on volerait bientôt à son secours. La magie carmine en elle ne voulait pas

632

redevenir sylve, vous vous rappelez ? Alors elle s'est enfuie. Ou alors, elle ne savait pas qu'on était si près de la secourir. Peut-être qu'elle voulait simplement échapper à Morthred, et qu'elle l'a donc fait. Et j'imagine que la partie sylve en elle avait compris qu'elle allait tôt ou tard trahir Ruarth. En fuyant Morthred, elle pouvait aussi sauver Ruarth, ou du moins le pensait-elle. » Elle lâcha un semi-grognement traduisant à contrecœur son admiration. « Elle a toujours eu du cran, Flamme. C'est l'une des personnes les plus courageuses que j'aie jamais rencontrées. Peut-être qu'elle est partie sans savoir que Morthred allait mourir, qu'elle lui a calmement volé son navire sous son nez, et qu'elle a pris la fuite. » Elle secoua la tête, stupéfaite.

Je déclarai d'une voix blanche : « Pis vous croyez que Ruarth a tenté de la suivre, et c't'à c'moment-là qu'j'ai tué Morthred. »

Elle hocha la tête. « Je ne crois pas qu'elle aurait permis à Ruarth de l'accompagner à bord de l'*Affable*. Elle le fuyait tout autant que Morthred. » Sa voix était rauque.

Je baissai la tête. « Alors on l'a perdue, Braise. » Je me rappelai que Flamme avait été son amie la plus proche. La seule femme qu'elle ait jamais eue pour amie. J'éprouvai sa douleur qui se mêla à la mienne, et dont l'arôme renforçait son propre chagrin. L'espace d'un moment, je me retrouvai incapable de nous distinguer l'un de l'autre. Elle nouait ses mains aux miennes, partageant sans réserve ce qu'elle éprouvait, sa façon à elle de me dire qu'elle comprenait.

« Même si on devait la retrouver, répondis-je, ce serait sans doute trop tard. »

Elle secoua la tête d'une façon qui trahissait son inquiétude. « Il nous manque un élément. Je le sais.

— Oui, répondis-je. Je crois qu'vous avez raison. » Je tentai de mettre le doigt sur ce qui me tracassait. « Les autres ex-sylves – tous les autres, ceux de l'Étang, ceux d'ici –, la magie carmine en eux porte l'odeur de Morthred. Mais celle de Flamme est différente. Comme celle de Ginna.

— Ginna ?

— L'enfant dont je vous ai parlé, la sylve qu'avait été violée par un des carministes de l'Étang.

— Qu'est-ce que vous essayez de me dire ?

— J'n'en sais rien. Mais je me suis dit que c'était peut-être parce que c'était Morthred qui avait contaminé tous les autres. Mais que quelqu'un d'autre avait corrompu Flamme. Et Ginna... elle était encore différente. »

Elle me regarda, l'air interdit. « Après notre départ de la Pointe-de-Gorth, vous voulez dire ? Mais qui... ? Où Flamme aurait-elle pu rencontrer quelqu'un qui lui ait fait ça sans que je m'en aperçoive ?

— Quand vous étiez en prison, peut-être. »

Elle y réfléchir. « Ça ne me paraît pas possible. » Elle fronçait les sourcils, l'expression intense. « Kel, parlez-moi de tout ce que vous avez lu sur la magie carmine. Tout ce que vous vous rappelez. Vous m'avez dit qu'un point vous intriguait... »

J'allai chercher mes notes sur ce que j'avais découvert dans les papiers de Garrow et commençai à lui raconter tout ce que je me rappelais. Elle m'interrompit en plein milieu de mon récit. « Attendez un instant. Qu'est-ce que vous venez de me dire ?

— Que les femmes sylves portent des enfants carministes quand elles ont une liaison avec un carministe.

— Ouais. Duthrick aussi m'avait dit ça. Sur le moment, je n'y avais pas réfléchi, mais *maintenant, si*. Kel, vous ne vous rappelez pas ? Flamme nous a dit que les sylves peuvent empêcher la conception. En fait, elle nous a quasiment fait comprendre qu'elle y avait eu recours quand Morthred l'avait violée. »

Je hochai la tête. « Je me rappelle.

— Alors, comment les sylves donnent-ils naissance à des enfants carministes ? Aucun sylve ne coucherait de son plein gré avec un carministe, croyez-moi. Donc ça doit être le fruit d'un viol, et la femme concernée interromprait sa grossesse.

— Oui. Si elle y parvenait, acquiesçai-je, et mon cœur sembla me remonter dans la gorge. Ginna était enceinte. Et elle était sylve. Visiblement, elle n'avait pas pu. »

Il y eut un bref silence. Puis elle reprit : « Vous ne me l'aviez pas dit.

— Je ne pensais pas que c'était important…

— Oh, merde, murmura-t-elle. Oh, *merde*, Kel. Flamme est enceinte de Morthred ! C'est *ça* qu'il voulait dire. Son héritage… Son héritage s'étendra à tout l'archipel. Son enfant sera l'héritier de Cirkase et de Breth tout à la fois. Flamme n'a pas besoin de se retrouver enceinte du bastionnaire : elle l'est *déjà* !

Morthred voulait duper le bastionnaire pour qu'il accepte cet enfant, son propre bâtard carministe, comme le sien. » Elle me regarda avec des yeux qui trahissaient toute l'horreur que j'entendais dans sa voix. « L'enfant est carministe… C'est *lui* qui l'a corrompue, Kel. Son propre bébé ! C'est pour ça que l'odeur n'était pas la même qu'avant. Elle nous a trahis parce que son propre enfant l'a corrompue de l'intérieur. L'enfant, pas Morthred. »

Horrifié, je gardai le silence.

Elle se releva d'un bond et se mit à faire les cent pas. « Nom d'un chien, Gilfeather. Quel médecin minable vous faites. Vous êtes censé voir ces choses-là, comme la grossesse chez une femme ! »

Inutile de lui répondre que c'étaient les femmes, dans ma famille, qui s'occupaient de la plupart des grossesses et des accouchements. Je gardai le silence.

Elle fit un rapide calcul. « Elle a été violée il y a quatre mois. Elle doit savoir. Et depuis une éternité… Enfer marin, si seulement elle nous en avait parlé, vous auriez pu agir ! »

— Peut-être. Mais, Braise, il faudrait que le bastionnaire soit sacrément crédule pour accepter comme le sien un enfant qui naîtra dans tout juste cinq mois.

— Une fois mariée, elle pourrait soumettre toute la cour à des sorts coercitifs pour lui faire croire que l'enfant est le sien… C'était ce que Morthred avait en tête, j'en suis persuadée. » Elle se rassit brusquement et enfouit la tête dans ses mains. « Comment est-ce que ça a pu se produire ?

— Facile, répondis-je en flairant l'amertume de ma propre bêtise. Aucune sylve ne peut être violée par un carministe qui ne soit pas plus puissant qu'elle. Et s'il l'est, alors il l'est aussi pour faire échouer ses tentatives visant à éviter une grossesse.

— Sans même qu'elle en ait conscience ?

— Apparemment.

— Que les tréfonds de l'Abîme l'engloutissent, ce *salopard*. Cette limace rampante des bas-fonds ! Même mort, il va continuer à nous hanter.

— Braise, nous n'savons pas c'qu'elle ressent… c'est l'enfant de Morthred. Elle a été violée. Il l'a soumise à la coercition pour qu'elle lui obéisse. Mais maintenant qu'il est mort et qu'elle est libérée de lui… Nous n'savons pas quel effet sa mort a eu sur elle. Ça nous facilitera ptêt' les choses – pour la retransformer en sens inverse. Ptêt' qu'elle n'ira même pas à Breth.

— Elle est libérée de Morthred, c'est vrai. *Mais pas de sa progéniture*. Ni de la corruption. Le corrupteur est en vie et à l'intérieur de son corps ! Et merde, Kel, le bébé doit avoir réussi à se protéger. À l'empêcher de nous dire…

— À ce stade, c'n'est pas vraiment un être humain doué de raison. C'n'est qu'un embryon.

— Je m'attends à tout de la part du bâtard de Morthred. »

On se dévisagea un long moment, brisés par cette soudaine révélation. Les yeux de Braise étaient brouillés par les larmes. Elle les essuya rageusement du dos de la main. « On doit réfléchir à un plan. Tor veut vous en parler, d'ailleurs.

637

— Ryder ? Me parler de quoi ?

— Il va prendre le prochain paquebot en partance pour Tenkor. Il veut que vous l'accompagniez. »

Je m'efforçai de chercher un sens à tout ça. « Pourquoi Tenkor ? Pourquoi *moi* ? Il devrait plutôt partir à la poursuite de Flamme !

— Il pense qu'il existe une meilleure solution. Il rêve de trouver un remède à la magie carmine. Il estime que vous pouvez y arriver tous les deux. Et qu'un remède est le seul moyen de sauver Flamme. Et puis, ce n'est pas parce que Morthred a été tué que les sylves ne courent plus le risque d'être corrompus. Un grand nombre de ses hommes de main savent comment s'y prendre. Tout ça ne prendra jamais fin, Kel, jusqu'à ce que toute magie disparaisse. »

J'éclatai d'un rire dépourvu d'humour. « En voilà une ironie, dam'selle ; met'nant que je crois à la magie, c'est Ryder qui la prend pour une maladie qu'il faut guérir. » Je secouai la tête devant l'absurdité de la situation.

« En fait, ce n'est pas vraiment qu'il croie que la magie n'existe pas. Mais il en est arrivé à penser qu'elle se transmet comme une maladie et peut donc être guérie comme telle. Il veut travailler à cette idée à Tenkor.

— Pis vous ? Les Vigiles ont mis votre tête à prix. Vous seriez plus à l'abri à Tenkor, vous aussi. »

Elle ricana. « Vous m'imaginez au milieu de tous ces patriarches ? Je deviendrais folle d'ennui en moins d'une semaine. Non, Dek et moi partons à la recherche de Flamme. Je ne sais pas ce que nous allons trouver.

Je n'ai aucune certitude quant à sa destination. Mais je vais la retrouver. Et ensuite… nous verrons. Xetiana a accepté de me financer. Comme elle est malade d'inquiétude à l'idée qu'une carministe épouse le bastionnaire de Breth, elle est prête à me payer pour garder la situation à l'œil. »

Je la regardai fixement. « Malgré tout, je crois peu probable que Flamme aille quand même épouser le bastionnaire de Breth de son plein gré.

— Elle est carministe, ou quasiment. Que désire un carministe par-dessus tout ? Le *pouvoir*, Kel. Celui de blesser, de mutiler, de tuer. Oui, je crois qu'elle est allée à Breth. Je crois qu'elle va l'épouser, et le tuer un peu plus tard. Son enfant deviendra le prochain bastionnaire et elle sera sa régente. Le père de Flamme finira par mourir et elle pourra hériter du trône de Cirkase. Sans compter qu'elle possédera la poudre noire pour les canons. »

J'avais du mal à me rappeler qu'elle parlait de Flamme. Je continuai à la dévisager, pris de nausée. « Vous allez la tuer.

— S'il n'y a pas d'autre solution. Je lui ai fait cette promesse.

— Et si Tor trouve un remède à la magie ?

— Il sera peut-être trop tard pour Flamme malgré tout. Dites-moi, Kel, combien de temps vous faudra-t-il pour trouver un remède, s'il en existe un ? Un an ? Deux ? Six ?

— On pourrait toujours essayer de refaire appel à des guérisseurs vigiliens et sylves…

— En dernier recours, bien entendu. Mais je souhaiterais éviter que les Vigiles soient au courant pendant encore un moment. Ils préféreraient la voir morte plutôt que de risquer qu'une carministe monte sur le trône d'un insulat. Enfin, peut-être que moi aussi – mais, au moins, je m'assurerais que nous ayons d'abord examiné tous les moyens possibles de la sauver. Les Vigiles n'auraient peut-être pas tant… d'égards.

— Alors eux aussi vont partir à sa poursuite, s'ils découvrent c'qui s'est produit ?

— Oui. Sans compter que Duthrick en voudra à ma peau dès qu'il apprendra ce qui s'est passé ici. Ces salopards de Vigiles ont des espions partout. » Elle sourit d'un air contrit. « Ne vous en faites pas, Kel, je m'ennuierais si la vie était trop facile… »

Je m'étouffai, saisi par la tragédie de sa situation, et me détournai pour qu'elle ne voie pas mon visage. « Alors v'z'avez tout mis au point.

— On ne vous oblige à rien, Kel. Vous pouvez aller là où vous le souhaitez. Faire ce que vous voulez. Parlez à Tor. Je sais que vous ne l'aimez pas, mais c'est quelqu'un de bien. »

J'avais envie de répondre : Bleu du ciel, Braise, plus maintenant. Nous nous en sommes assurés, vous et moi. C'est un homme en colère, furieux contre nous deux. Un homme dur, durci par la magie carmine que nous avons placée en lui.

Qu'avait donc dit le ghemph ? *Nous avons accompli davantage de mal que nous n'en avions conscience.*

Mais je ne répondis rien de tout ça. Je ne pouvais pas ajouter à son fardeau déjà pesant. Je soupirai. Rien de ce qu'il fallait faire ne serait facile. Ni sans risques.

Je pensai à Jastriá et aux Prairies célestes. À ma famille dont j'étais exilé. À tous les Dustellois et aux gens de la Nageoire qui étaient morts à cause de ce que j'avais fait, et je sus que je passerais le restant de mes jours à me racheter et que j'aurais toujours, malgré tout, du mal à dormir la nuit. Je songeai à Ruarth, à son amour si tenace, si intense et si tragique. À Flamme, corrompue par son propre enfant conçu dans la souffrance, engagée vers un futur si morne que c'en était inimaginable. À Braise, qui avait juré de tuer son amie. Braise, pourchassée par les gens qu'elle servait naguère. Le désespoir me terrassait.

« Quelle heure est-il ? demandai-je.

— Tard. Allons souper, puis nous coucher. Vous êtes épuisé. » Elle se leva et tendit la main. « Venez, Gilfeather. Nous avons des projets à établir. Des endroits à visiter. Des tâches à accomplir. »

Je ne saisis pas la main qu'elle me tendait. Je lui demandai plutôt, avec curiosité : « Il ne vous arrive jamais de r'noncer, Sangmêlé ? »

Elle pencha la tête et réfléchit un instant. « J'ai passé les trente premières années de ma vie sans amis ou presque. Ensuite, j'ai rencontré Flamme. Puis Tor. Puis vous. Et Dek. En quelques semaines – non, à partir du jour où j'ai rencontré Flamme – ma vie tout entière a changé. » Elle eut un sourire ironique. « Ce que j'essaie de dire, je crois, c'est que je traverserais les Glorieuses d'un bout à l'autre deux fois par an si

Flamme avait besoin de mon aide. Non, je ne vais pas l'abandonner. Pas encore. Et si je le fais jamais, ce sera pour la tuer. Pour abréger ses souffrances, comme je le lui ai promis. » Elle resta un moment silencieuse, puis ajouta : « Ça vous choque ? »

Je fis signe que non. « J'ai tué Jastriá pour exactement la même raison, rappelez-vous.

— Vous avez fini par l'accepter, je crois.

— Oui, je crois bien. Je n'pense pas avoir mérité la façon dont elle voulait me blesser, mais je n'peux pas le lui reprocher. Il faut la prendre en pitié, pas lui en vouloir. Les gens sont… plus complexes que je ne le croyais. J'ai beaucoup appris en quelques semaines.

— Moi aussi. Et ça n'a pas toujours été très agréable. J'ai… j'ai perdu un ami pour avoir voulu sauver sa vie. Et, maintenant, je projette d'en perdre une autre en la tuant. Je me débarrasse si facilement de mes amis qu'on pourrait croire – à tort – que j'en ai plein de rechange. » Il y avait dans ses mots davantage d'humour pince-sans-rire que d'amertume, mais ils étaient assez poignants pour m'émouvoir.

« Vous m'aurez toujours, moi, dis-je d'un ton léger.

— Ah bon ? Au train où vont les choses, je vais sans doute vous faire quelque chose d'affreux, à vous aussi.

— Mais c'est d'jà fait, dam'selle. Depuis le tout début de notre relation, vous vous rappelez ? V'm'avez volé mon selve pis v'z'avez fichu ma vie en l'air. » Je lui souris. « Et pourtant, je suis toujours là. J'ai dans l'idée que vous n'arriverez jamais à me faire pire que ça, alors vous v'là sans doute avec un ami dont v'z'aurez du mal à vous débarrasser. »

Elle ne me rendit pas mon sourire. En fait, elle se mordit la lèvre et détourna le regard. « Ça… représente beaucoup pour moi. Merci.

— V'z'avez parlé de manger », dis-je pour changer de sujet.

Elle tendit de nouveau la main, que je pris cette fois avant de me relever maladroitement. J'étais affreusement fatigué. « Kel, me dit-elle, ça va aller ? »

Je savais qu'elle ne parlait pas de mon état de fatigue. Je répondis en toute franchise : « J'n'en sais rien. Un jour à la fois, j'imagine. C'qui est arrivé aux Dustellois – j'en ai été l'instrument, même si j'n'ai pas été la cause. C'n'était pas ma faute, pis ce s'rait sans doute arrivé un jour ou l'autre de toute façon. Morthred n'aurait pas pu vivre éternellement. Mais j'aurais préféré le faire plus tôt. Alors les gens de la Nageoire seraient encore en vie. » Formuler ces choses-là n'y changeait rien, bien sûr ; il restait qu'une de mes actions avait tué des milliers de gens dans l'ensemble des îles, et que ça me hanterait pour le restant de mes jours. Elle le savait, et moi aussi. « Braise…

— Oui ?

— Je suis désolé. De vous avoir fait subir tout ça, pendant qu'vous étiez sur l'Éboulis. Parce que je n'ai pas eu le cran de le tuer plus tôt. Parce que j'attendais que Tor arrive, ou que vous arriviez, pour le faire à ma place. »

Son visage s'éclaira d'un sourire. « Ah, Gilfeather, que serait une vie sans un peu d'excitation ? Il vous restait deux secondes. Vous aviez largement le temps. »

Je ne compris pas ce qu'elle voulait dire. « Deux secondes ?

— Le sort qu'il a lancé – il était dirigé en grande partie vers l'Éboulis, où je me trouvais, pas vers la Nageoire. Mais il ne l'a jamais atteint. Comme vous l'avez frappé à la tête, il a perdu le contrôle de sa magie qui s'est dissipée dans toutes les directions, sans causer grand mal. Malheureusement pour eux, la Nageoire était plus près de l'endroit où il se trouvait, si bien que le sort l'a atteinte en premier. Ça s'est joué à deux fois rien, Kel. Si vous l'aviez frappé deux secondes plus tard, la magie m'aurait atteinte en pulvérisant l'Éboulis sous mes pieds. Et je serais tombée de *très* haut. »

Je la dévisageai, choqué. « Deux secondes. »

Elle hocha la tête.

« J'ai failli vous tuer. » Mon cœur s'arrêta, tout comme lorsque j'avais regardé le pic s'effondrer en croyant qu'il allait lui tomber dessus. J'eus alors envie de lui dire la vérité. Je voulais tellement qu'elle sache. Que je n'avais jamais été attiré par Flamme, mais par elle. Que depuis cette nuit dans le pré des Prairies célestes, où elle m'avait parlé de Jastriá et de l'ami qu'elle avait tué, et que nous avions humé ensemble les fleurs de lune, c'était vers elle qu'allaient toutes mes pensées. En fin de compte, lorsque nous avions

644

atteint les Pics-de-Xolchas, je l'aimais autant que j'avais jamais aimé Jastriá. Plus encore.

J'avais tellement envie de le lui dire, comme tant de fois auparavant ; mais à quoi bon ? Au départ, j'avais mal interprété la nature de son amour pour Flamme, puis Ryder était apparu et j'avais vu la façon dont les yeux de Braise le suivaient, le misérable. Il était tout ce que je n'étais pas : séduisant, compétent, un homme d'importance qui avait beaucoup voyagé. Qui lui avait sauvé la vie, plusieurs fois. Un véritable égal. Pas un médecin roux qui trébuchait chaque fois qu'il se levait.

J'étais jaloux de lui, bien sûr. Et je l'avais sauvé pour elle, absolument pas parce que je me souciais d'un prêtre fidéen. Pour racheter la vie de Tor, j'avais libéré dans le monde douze nouveaux carministes – parce qu'elle l'aimait. Je n'avais pas encore réussi à décider si ça rendait mon action plus répréhensible sur un plan moral, ou l'inverse…

Je souris. « C'est plutôt bien qu'vous sachiez courir *très* vite, non ?

— En effet, balourd de gardien de selves, répondit-elle gentiment. Allons souper. Le mouton de Xolchas est *délicieux*. »

Derrière ses taquineries, je sentais l'odeur de l'affection qu'elle me portait, et dus m'en contenter.

∽

Lettre du Chercheur (Première catégorie) S. iso Fabold, Département national d'exploration, Ministère fédéral du commerce, Kells, au Doyen M. iso Kipswon, Président de la Société nationale d'études scientifiques, anthropologiques et ethnographiques des peuples non-kellois.

En date du 15/1<sup>er</sup> Solitaire/1794

Cher oncle,

*Vous m'en voyez désolé, mais je n'ai pas de nouvelle liasse de traductions à vous envoyer. Nathan était occupé par la transcription d'autres documents dont le Ministère a besoin.*

*Mon oncle, je dois vous demander conseil au sujet d'Anyara. Comme vous le savez, notre relation s'est muée en profonde affection. Je lui ai même «fait ma demande», comme on le dit dans le langage vulgaire contemporain. Mais les choses, hélas, ne vont pas pour le mieux entre nous. Elle insistait pour m'accompagner lors de ce voyage vers les Glorieuses. Si elle* était mon épouse, il me serait effectivement possible de la faire participer, car le contrôleur de l'expédition est autorisé à emmener sa conjointe à bord. Mais j'ai le sentiment qu'une expédition de cette nature n'est pas appropriée pour une dame de bonne famille. Toutefois, quand je lui ai fait cette réponse, en l'encourageant à la patience, elle s'en est formalisée. L'entente qui régnait entre nous s'est entièrement volatilisée. J'ai cru comprendre qu'elle s'était rendue depuis au Ministère du Commerce. Elle ne m'en a rien dit, voyez-vous, mais j'ai appris par d'autres sources qu'elle tentait de se faire admettre au sein de l'expédition en l'une ou l'autre qualité.

Je me demandais si qui que ce soit avait contacté notre Société à ce sujet. Pour demander un avis, peut-être ? Je suis profondément inquiet, car j'ai le sentiment que je vais finir par passer pour un idiot, surtout si elle parvient à se faire parrainer par la Protectrice. J'ai besoin de vos conseils. Y aurait-il moyen que la Société nationale demande que l'on ignore sa candidature à quelque poste que ce soit ?

Franchement, mon oncle, j'ai le sentiment de l'avoir échappé belle. Mlle Anyara isi Teron est visiblement un garçon manqué de la pire espèce, et d'un caractère bien trop indiscipliné. Je n'ai jamais été à ce point dupé de toute ma vie. Il semble qu'elle ait même obtenu l'accès à la bibliothèque de ma Société et commencé à lire les papiers consacrés à Braise et à Gilfeather dans leur version non abrégée après que vous les y avez rangés ! Je suis certain que vous ne pouviez pas être au courant. Mais à quoi pensait donc

*notre bibliothécaire lorsqu'il l'y a autorisée ? Je n'ai*
*jamais été à ce point* consterné. *Quand je pense à cer-*
*tains travaux d'anthropologie rangés sur ces étagères,*
*totalement inappropriés pour des dames bien élevées !*
*Et Anyara semble à présent obsédée par l'idée de ren-*
*contrer Braise Sangmêlé. Vous rendez-vous compte ?*
*Mon oncle, j'espère de tout cœur que vous m'appor-*
*terez votre soutien et tenterez de rectifier cette*
*situation par tous les moyens possibles.*

*Concernant les prochains papiers : je vous les*
*enverrai dès que possible. Il y a bien sûr de nouveaux*
*entretiens avec Braise et Gilfeather, mais j'ai égale-*
*ment interrogé d'autres personnes, notamment un*
*dompteur de vagues de Tenkor. Un individu fascinant,*
*qui avait pour ainsi dire un pied dans les deux camps.*
*Par ailleurs, j'ai obtenu l'accès aux Archives*
*patriarcales ainsi qu'aux papiers du Conseil des*
*Vigiles – intéressantes lectures qui ont toutes éclairé*
*sous un nouveau jour les mythes, croyances et histoire*
*des îles Glorieuses.*

*Le problème n'a jamais été de disposer de trop peu*
*d'informations. Plutôt de réussir à séparer les perles*
*de leurs coquilles...*

*Bien à vous,*
*Votre dévoué neveu,*

*Shor iso Fabold*

# Glossaire

Termes et personnalités gloriens extraits d'un compendium élaboré par Anyara isi Teron, 1794-95, en référence à la situation de 1742. Hébergé à l'origine par la Société nationale d'études scientifiques, anthropologiques et ethnographiques des peuples non-kellois.

**Alain Jentel** : Patriarche fidéen des Spatts, tué lors du bombardement de Creed. Ami de Tor Ryder.

**Anistie Brittlelyn** : Amie de Garrowyn Gilfeather. Résidente de l'île de Porth, à Mekaté.

**Archipel des Dustels** : Îles disparues appartenant au groupe des Méridionales. Selon la croyance, elles auraient été submergées en 1652. Cette zone porte désormais le nom de Récifs de la Mer Insondable.

**Arnado, Syr-sylve** : Riche sylve et bretteur de l'archipel des Vigiles qui travaille pour le Conseil, plus spécifiquement pour Duthrick. Ancien mentor et professeur d'escrime de Braise.

**Asorcha** : Chambellane de la barbacanaire des Pics-de-Xolchas.

**Barbacanaire** : Dirigeant des Pics-de-Xolchas (*voir* Xetiana).

**Bastionnaire** : Dirigeant des îles de Breth. Le bastionnaire de 1742 est un pédophile notoire.

**Belle des Vigiles** : Nom donné au vaisseau du Syr-sylve Duthrick.

**Braise Sangmêlé** : Citoyenne Clairvoyante mi-fagneuse, mi-méridionale, née puis élevée à L'Axe, dans l'archipel des Vigiles. Parents inconnus. A travaillé pour le Conseil des Vigiles sous la direction du Syr-sylve Duthrick en tant que Clairvoyante, y compris comme tueuse de carministes.

**Castellaire** : Dirigeant des îles Cirkasiennes.

**Castenelle** : Nom donné à l'héritier du castellaire quand il est de sexe féminin.

**Clairvoyance/Clairvoyants** : Les Clairvoyants sont des individus nés avec la capacité (Clairvoyance) de voir la magie et d'en percevoir l'odeur. Ils ne peuvent exercer eux-mêmes de magie, ni être directement blessés ou trompés par elle.

**Conseil des Vigiles** : Assemblée dont les membres sont désignés par élection, et qui gouverne l'archipel des Vigiles sous la direction du vigilaire.

**Conseil fidéen** : Assemblée dont les membres sont élus lors d'un synode annuel, composé de patriarches et matriarches, qui dirigent les ouailles fidéennes des Glorieuses à travers un réseau de patriarches et matriarches. Son centre administratif se situe sur l'île de Tenkor, dans l'archipel des Vigiles.

**Creed** : Petit village d'éleveurs de coques de la Pointe-de-Gorth, envahi par les carministes puis bombardé par les vaisseaux vigiliens.

**Dek/Dekan Grinpindillie** : Fils illégitime d'Inya Grinpindillie de Port-Mekaté et de Bolchar, pêcheur du golfe de Kitamu, à Mekaté.

**Dih Pellidree, Parangon** : Chef des felliâtres de Mekaté.

**Domino/Dominic Scavil** : Fagneux de très petite taille, originaire de la Crique de Ethrey et homme de main de Morthred.

**Dragon de mer** : Créature marine de grande taille, peut-être légendaire, réputée dévorer les marins, faire couler les navires, etc.

**Duthrick, Conseiller Syr-sylve** : Conseiller exécutif de l'archipel des Vigiles. Responsable d'une grande partie des activités clandestines des Vigiles hors de leur propre insulat, en particulier lorsqu'une intervention est nécessaire pour protéger les intérêts vigiliens. Prénom : Ansor, rarement utilisé.

**Emmerlynd Bartbarick, sire** : Vigilaire des Glorieuses en 1742.

**Eylsa** : L'un des ghemphs de la colonie de la chantepleure. Morte en aidant Braise près de Creed en 1742. Nom spirituel : Mayeen.

**Felliâtre** : Personne qui vénère le Maître-Fellih, ou qui est née de parents felliâtres. La religion était concentrée sur Mekaté mais se répandait largement, en particulier dans les îles Méridionales.

**Fidéens** : Contraction de « Fidèles du divin », terme employé pour désigner les adeptes de la religion fidéenne. Concentrée sur l'archipel des Vigiles, elle était toutefois largement répandue dans tous les insulats et généralement choisie par la plupart des maisons souveraines insulaires.

**Flamme Coursevent, Syr-sylve** : Nom adopté par Lyssal (*voir également*) après sa fuite de Château-Cirkase.

**Fortenaire** : Dirigeant des îles de Béthanie. Dans les années 1740, le portenaire avait deux fils : Tagrus (décédé avant 1742) et Ransom, l'héritier-fortenaire.

**Fotherly Bartbarick, Conseiller Syr-sylve** : Fils du vigilaire Emmerlynd Bartbarick. Également surnommé Foth-les-fanfreluches ou Bart le Barbare.

**Gardien de selves** : Toute personne née dans un tharn des Prairies célestes.

**Garrowyn Gilfeather** : Gardien de selves des Prairies célestes de Mekaté, médecin du tharn Wyn.

**Gethelred, Syr-sylve** : Membre sylve de la famille royale dustelloise avant la disparition des îles. L'un des fils jumeaux de l'héritier-rempartaire Willrin au milieu du dix-septième siècle. A manqué se faire tuer par son oncle Vincen. On l'a longtemps cru mort lors de la guerre civile qui avait suivi ou de la submersion des îles.

**Ghemph** : Race non humaine. Responsable de l'application des tatouages de citoyenneté sur le lobe de l'oreille de tous les citoyens gloriens. Gris de peau, imberbes, les pieds griffus et palmés, ils ne possèdent aucun signe distinctif visible entre les sexes.

**Gorthain** : Habitant de la Pointe-de-Gorth.

**Grand Abîme** : Endroit que beaucoup croient situé au fin fond de l'océan et où vont les âmes mortes ; parfois considéré comme la dernière demeure de l'âme des marins perdus en mer ; les religieux l'assimilent à l'enfer et à l'antre du maléfique Diable des mers. On l'imagine généralement froid, sombre et déplaisant.

**Insulat** : Île ou groupe d'îles qui forment une unité administrative indépendante, ou un pays.

**Janko** : Serveur de la *Table avinée*, à Havre-Gorth (*voir* Morthred).

**Jastriákyn Longuetourbe** : Épouse de Kelwyn Gilfeather.

**Kelwyn Gilfeather** : Médecin des Prairies célestes originaire de Wyn, à Mekaté.

**Lance des Calments** : Rebelle réputé pour son audace lors du soulèvement populaire des sans-terre de Bas-Calment dans les années 1730. Sa tête est toujours mise à prix par les Calments. Très peu de gens connaissent son identité (*voir aussi* Tor Ryder).

**Lyssal, castenelle de Cirkase, Syr-sylve** (*voir aussi* Flamme Coursevent) Fille unique et héritière du castellaire de Cirkase. Élevée à Château-Cirkase dont elle s'est enfuie en 1742 pour rejoindre la Pointe-de-Gorth, où elle s'est fait amputer d'un bras suite à sa contamination par la magie carmine de Morthred le Dément.

**Magie carmine/carministe** : Magie rouge (ou brun-rouge) et la personne qui la pratique. Les pouvoirs les plus dangereux comprennent la capacité de blesser autrui, de détruire ses biens ou d'infliger des plaies à l'issue fatale. Ils peuvent également se soigner, se déguiser au moyen d'illusions et dresser des égides protectrices. Les carministes le sont de naissance, et sont généralement capables d'apprendre à contrôler et manier leurs pouvoirs, même si on ne le leur enseigne pas. La magie carmine n'est visible que par les Clair-voyants, ou le carministe qui la pratique, bien que les effets soient apparents aux yeux de tous.

**Magie sylve** : Magie bleue (ou bleu argenté) qui possède des propriétés curatives et permet la construc-tion d'illusions et d'égides protectrices. La magie sylve ne peut être utilisée pour détruire ou infliger des dommages physiques aux gens ou aux objets. Les sylves le sont de naissance, mais ils doivent apprendre à utiliser leurs pouvoirs, faute de quoi ceux-ci s'épuisent tout simplement. La magie sylve elle-même n'est visible qu'aux Clairvoyants ou à l'auteur des sorts, bien que ses effets soient apparents aux yeux de tous.

**Maître-carme** : Carministe particulièrement doué et puissant dans l'exercice de sa magie.

**Maître-Fellih** : Dieu des felliâtres, à ne pas confondre avec le Dieu fidéen, considéré comme un faux dieu par les felliâtres.

**Morthred** : Maître-carme que l'on estime respon-sable de la submersion de l'archipel des Dustels et de la transformation des insulaires en oiseaux en l'an 1652.

**Niamor** : Quillérien qui s'est lié d'amitié avec Braise à la Pointe-de-Gorth, ce qui a ensuite causé sa mort.

**Pic** : Nom donné aux îles de l'archipel de Xolchas.

**Pointe-de-Gorth, la** : La seule île extérieure à l'ensemble des insulats légalement reconnus. Endroit dépourvu de véritable gouvernement et qui ne possède aucun chef identifiable. N'a qu'une ville principale :

Havre-Gorth. Seul endroit où les non-citoyens peuvent résider sans être harcelés.

**Poney de mer** : Créatures marines amphibiennes de très grande taille qui laissent une piste de mucus sur la terre. On affirme qu'ils sont aveugles ou possèdent une vue médiocre. Ils peuvent servir au transport de personnes ou de marchandises, mais ne peuvent passer que quelques heures éloignés de la mer, faute de quoi ils meurent.

**Portenaire** : Dirigeant du groupe d'îles de Mekaté.

**Prairies célestes** : Partie de l'île de Mekaté située en haut des Pentes. Patrie des Célestiens, également appelés « gardiens de selves ».

**Ransom Holswood, héritier-fortenaire** : Fidéen qui a reçu ce titre d'héritier des îles de Béthanie à la mort de son frère aîné, ce qui a contrarié ses ambitions de devenir patriarche fidéen.

**Rempartaire** : Dirigeant de l'archipel des Dustels avant la submersion. Le titre n'a pas été maintenu parmi les survivants ou leurs descendants.

**Ruarth Coursevent, Syr-clairvoyant** : Oiseau dustellois descendant, du côté maternel, du dernier rempartaire de l'archipel des Dustels. Né puis élevé sur les toits de Château-Cirkase, jusqu'à ce qu'il s'en aille en compagnie de Lyssal en 1742.

**Securia** : Nom donné au titre de chef de la sécurité dans plusieurs insulats (*voir* Shavel).

**Selve** : Animal domestiqué qu'on ne trouve que dans les Prairies célestes. Les jeunes animaux produisent une laine très fine, très recherchée dans l'ensemble des îles Glorieuses, et nommée laine de selvereau.

**Shavel** : Le Securia de la barbacanaire des Pics-de-Xolchas, chargé de la sûreté de la barbacanaire et de la sécurité générale de l'insulat.

**Syr** : Titre de courtoisie donné à toute personne possédant un statut, généralement qualifiée par la raison de ce statut : par ex. Syr-clairvoyant, Syr-sylve, Syr-patriarche, etc.

**Toit mekatéen** : Autre nom donné aux Prairies célestes.

**Tor Ryder, Syr-clairvoyant patriarche** : Patriarche fidéen nébulien, ancien scribe, rebelle et bretteur. A été meneur actif de la rébellion calmentienne avortée (*voir aussi* Lance des Calments).

**Tunn** : Garçon de salle de l'auberge de la Table avinée à Havre-Gorth. Tué par la magie carmine de Morthred après avoir aidé Braise.

**Vigilaire** : Dirigeant de l'archipel des Vigiles, désigné par élection. L'actuel est Emmerlynd Bartbarick.

**Xetiana, sire** : Barbacanaire de l'insulat nommé Pics-de-Xolchas.

# Remerciements

Je tiens à remercier un certain nombre de gens des quatre coins du monde qui m'ont aidée à mener cette trilogie jusqu'à ce stade :

En premier lieu, mon agent Dorothy Lumley, au Royaume-Uni. Sans sa ténacité, vous ne liriez pas ces lignes. Merci, Dot, pour avoir cru en moi, même quand je n'y croyais pas moi-même.

Trudi Canavan, à Victoria, collègue publiée elle aussi chez Voyager, experte en localisation de trous dans les intrigues, pour son apport et pour m'avoir remonté le moral quand j'en avais besoin.

Russell Kirkpatrick, en Nouvelle-Zélande, auteur de Voyager lui aussi, pour ses commentaires aussi précieux que pertinents et pour sa capacité à vaincre les doutes de l'auteur grâce à son humour.

Tous les autres participants réguliers de mon *chatroom* : Gisty, Cando et tous les autres, pour m'avoir encouragée et fait rire pendant les mois qu'a duré la rédaction de ce livre.

Tous ceux qui ont répondu à mes questions sur le forum de Voyager avec intelligence et pertinence et qui m'ont aidée à choisir les titres.

Pendy Phillips de Fremantle pour ses cartes fabuleuses qui me donnaient envie de visiter les lieux.

Un certain Gilfeather de Glasgow qui ne s'est pas offensé quand je lui ai dit que son nom réclamait un rôle de premier plan dans un roman de fantasy : merci pour ce prêt, Matt !

Mon webmaster Colin, en Écosse, pour son temps et son humour.

Selina, de Virginie, pour avoir lu le début du manuscrit à Glasgow un jour de Noël.

Greg Bridges pour ses couvertures évocatrices et Kim Swivel pour ses corrections.

Et enfin, Stephanie Smith et l'équipe de Harper-Collins Publishers en Australie : Fiona, Linda, Gayna et tous ceux que je n'ai pas encore rencontrés, pour m'avoir permis de faire de ce livre ce qu'il est.

# Table

*Photocomposition Nord Compo*
*59650 Villeneuve-d'Ascq*

Achevé d'imprimer par GGP Media GmbH, Pößneck
en septembre 2011
pour le compte de France Loisirs,
Paris

N° d'éditeur : 65520
Dépot légal : juin 2011

Imprimé en Allemagne